# UMA ALMA DE CINZAS E SANGUE

Obras da autora publicadas pela Galera Record

**Série Sangue e Cinzas**
*De sangue e cinzas*
*Um reino de carne e fogo*
*A coroa de ossos dourados*
*A guerra das duas rainhas*
*Uma alma de cinzas e sangue*

**Série Carne e Fogo**
*Uma sombra na brasa*
*Uma luz na chama*

*O problema do para sempre*

# JENNIFER L. ARMENTROUT

# UMA
# ALMA
## DE
# CINZAS
## E
# SANGUE

*Tradução*
**Gabriela Araújo**

**1ª edição**

**Galera**
RIO DE JANEIRO
2024

PREPARAÇÃO
Emanoelle Veloso

REVISÃO
Cristina Freixinho

CAPA
Capa adaptada do design original
de Hang Le

DIAGRAMAÇÃO
Abreu's System

TÍTULO ORIGINAL
*A Soul of Ash and Blood*

CIP-BRASIL. CATALOGAÇÃO NA PUBLICAÇÃO
SINDICATO NACIONAL DOS EDITORES DE LIVROS, RJ

A76a

Armentrout, Jennifer L.
    Uma alma de cinzas e sangue / Jennifer L. Armentrout ; tradução Gabriela Araújo. – 1. ed. – Rio de Janeiro : Galera Record, 2024.

    Tradução de: *A soul of ash and blood*
    ISBN 978-65-5981-370-4

    1. Ficção americana. I. Araújo, Gabriela. II. Título.

23-86113
    CDD: 813
    CDU: 82-3(73)

Meri Gleice Rodrigues de Souza – Bibliotecária – CRB-7/6439

A Soul of Ash and Blood © 2023 by Jennifer L. Armentrout.
Direitos de tradução mediante acordo com Taryn Fagerness e
Sandra Bruna Agencia Literaria, SL.

Todos os direitos reservados.
Proibida a reprodução, no todo ou em parte, através de quaisquer meios.
Os direitos morais da autora foram assegurados.

Texto revisado segundo o Acordo Ortográfico da Língua Portuguesa de 1990.

Direitos exclusivos de publicação em língua portuguesa somente para o Brasil
adquiridos pela
EDITORA GALERA RECORD LTDA.
Rua Argentina, 120 – Rio de Janeiro, RJ – 20921-380 – Tel.: (21) 2585-2000,
que se reserva a propriedade literária desta tradução.

Impresso no Brasil

ISBN 978-65-5981-370-4

Seja um leitor preferencial Record.
Cadastre-se e receba informações sobre nossos
lançamentos e nossas promoções.

Atendimento e venda direta ao leitor:
sac@record.com.br

Para ver uma versão do mapa em tamanho completo, acesse:
thebluleboxpress.com/books/asoabmap/

# Agradecimentos

Por trás de cada livro existe um grupo de pessoas que contribuiu para que a obra fosse possível. Agradeço à Blue Box Press: Liz Berry, Jillian Stein, MJ Rose, Chelle Olson, Kim Guidroz, Jessica Saunders, Tanaka Kangara, à equipe incrível de edição e revisão, e Michael Perlman, junto de toda a equipe da S&S pelo suporte e expertise na distribuição do volume em capa dura. Também quero agradecer a Hang Le por seu talento incrível no design; meus agentes Kevan Lyon e Taryn Fagerness; minha assistente, Malissa Coy; a gerente Jen Fisher; e o cérebro por trás do evento ApollyCon e tantos outros: Steph Brown, junto de Vicky e Matt. Agradeço também aos moderadores do grupo JLanders, Vonetta Young e Mona Awad. Obrigada por serem a equipe mais incrível e prestativa que uma autora poderia desejar, por garantirem que esses livros sejam lidos no mundo todo, por criarem materiais de merchandising, ajudarem com problemas de enredo e muito mais.

Ainda preciso agradecer àqueles que me ajudaram a dar conta de tudo, fosse me ajudando a contornar um problema de enredo ou apenas estando ao meu lado para me fazer rir, servir de inspiração ou para me ajudar a resolver (ou acumular) os problemas: KA Tucker, Kristen Ashley, JR Ward, Sarah J. Maas, Steve Berry pelas histórias, Andrea Joan, Stacey Morgan, Margo Lipschultz e tantos outros.

Um grande obrigada ao grupo JLanders por sempre criar um espaço divertido, e quase sempre hilário, para podermos relaxar. E à equipe ARC pelas avaliações honestas e pelo apoio.

O mais importante: nada disso seria possível sem você, o leitor. Espero que saiba o quanto significa para mim.

*Para você, o Leitor.*

# Guia de pronúncia

## *Personagens*

Aios – (AYY-ohs)
Alastir Davenwell – AL-as-tir DAV-en-well
Andreia – ahn-DRAY-ah
Arden – AHR-den
Attes – AT-tayz
Aurelia – au-REL-ee-ah
Baines – baynz
Beckett – BECK-et
Bele – bell
Blaz – blayz
Brandole Mazeen – bran-dohl mah-ZEEN
Braylon Holland – BRAY-lon HAA-luhnd
Britta – brit-tah
Callum – KAL-um
Clariza – klar-itza
Coralena – kore-a-LEE-nuh
Coulton – KOHL-ton
Casteel Da'Neer – ka-STEEL DA-neer
Crolee – KROH-lee
Dafina – dah-FEE-nuh
Davina – dah-VEE-nuh
Delano Amicu – dee-LAY-no AM-ik-kyoo
Dorcan – dohr-kan
Dorian Teerman – DOHR-ee-uhn TEER-man

Duquesa e Duque Ravarel – RAV-ah-rell
Dyses – DEYE-seez
Ector – EHK-tohr
Effie – EH-fee
Ehthawn – EE-thawn
Elian Da'Neer – EL-ee-awn DA-near
Elijah Payne – ee-LIE-jah payn
Eloana Da'Neer – EEL-oh-nah DA-neer
Embris – EM-bris
Emil Da'Lahr – EE-mil DA-lar
Erlina – Er-LEE-nah
Ernald – ER-nald
Eythos – EE-thos
Ezmeria – ez-MARE-ee-ah
Gemma – jeh-muh
General Aylard – gen-ER-al AYY-lard
Gianna Davenwell – jee-AA-nuh DA-ven-well
Griffith Jansen – grif-ITH JAN-sen
Halayna – hah-LAY-nah
Hanan – HAY-nan
Hawke Flynn – hawk flin
Hisa Fa'Mar – hee-SAA FAH-mar
Ian Balfour – EE-uhn BAL-fohr
Ione – EYE-on
Ivan – EYE-van
Isbeth – is-BITH
Jadis – JAY-dis
Jasper Contou – JAS-per KON-too
Jericho – JERR-i-koh
Joshalynn – josha-lynn
Kayleigh Balfour – KAY-lee BAL-fohr
Keella – KEE-lah
Kieran Contou – KEE-ren KON-too
Kirha Contou – k-AH-ruh KON-too
Kolis – KO-lis
Kyn – kin

Lady Cambria – lay-dee KAM-bree-uh
Lailah – lay-lah
Lathan – LEY-THahN
Leopold – LEE-ah-pohld
Lev Barron – lehv BAIR-uhn
Lizeth Damron – lih-ZEHTH DAM-ron
Lucinda Teerman – loo-SIN-dah TEER-man
Luddie – LUHD-dee
Loimus – loy-moos
Lorde Ambrose – AM-brohz
Lorde Chaney – chay-NEE
Lorde Gregori – GREHG-ohr-ree
Lorde Haverton – HAY-ver-ton
Loren – LOH-ren
Lyra – lee-RAH
Mac – mack
Madis – mad-is
Magda – mahg-dah
Maia – MY-ah
Malec O'Meer – ma-LEEK O-meer
Malessa Axton – MAHL-les-sah ax-TON
Malik Da'Neer – MA-lick DA-neer
Marisol Faber – MARE-i-sohl FAY-berr
Millicent – mil-uh-SUHNT
Mycella – MY-sell-AH
Naill – NYill
Nektas – NEK-tas
Nithe – NIGHth
Noah – noh-AH
Nova – NOH-vah
Nyktos – NIK-toes
Odell Cyr – OH-dell seer
Odetta – oh-DET-ah
Orphine – OR-feen
Peinea – pain-ee-yah
Penellaphe – pen-NELL-uh-fee

Penellaphe Balfour – pen-NELL-uh-fee BAL-fohr
Perry – PER-ree
Perus – paehr-UHS
Phanos – FAN-ohs
Polemus – pol-he-mus
Preela – PREE-lah
Rainha Calliphe – KAL-lih-fee
Rainha Ileana – uh-lee-AH-nuh
Reaver – REE-ver
Rei Jalara – jah-LAH-ruh
Rei Saegar – SAY-gar
Rhahar – RUH-har
Rhain – rain
Rolf – rollf
Rune – roon
Rylan Keal – RYE-lan keel
Sacerdotisa Analia – an-NAH-lee-ah
Sage – sayj
Saion – SIGH-on
Sera – SEE-ra
Seraphena Mierel – SEE-rah-fee-nah MEER-ehl
Sera – SEE-rah
Shae Davenwell – shay DAV-en-well
Sotoria – soh-TOR-ee-ah
Sven – svehn
Talia – TAH-lee-uh
Taric – tay-rik
Tavius – TAY-vee-us
Tawny Lyon – TAW-nee LYE-uhn
Thad – thad
Theon – thEE-awn
Tulis [Family] – TOO-lees
Valyn Da'Neer – VAH-lynn DA-neer
Veses – VES-eez
Vikter Wardwell – VIK-ter WARD-well
Vonetta Contou – vah-NET-tah KON-too
Wilhelmina Colyns – wil-hel-MEE-nuh KOHL-lynz

*Lugares*

Aegea – (ayy-jee-uh)
Arquipélago de Vodina – voh-DEE-nuh
Berkton – BERK-ton
Câmaras de Nyktos – nik-TOES
Colinas Altas de Thronos – THROH-nohs
Dalos – day-lohs
Evaemon – EHV-eh-mahn
Ilhas de Bele – BELL
Kithreia – kith-REE-ah
Lasania – (la-sa-nee-uh)
Lotho – LOH-thoh
Mansão Cauldra – kall-drah
Massene – mah-SEE-nuh
Montanhas de Nyktos – nik-TOES
Vale de Niel – nile
Pensdurth – PENS-durth
Montanhas Skotos – SKOH-tohs
Solis – sou-LIS
Pontal de Spessa – SPESSAH
Sirta – SIR-ta
Tadous – TAHD-oos
Templo de Perses – TEM-puhl of PUR-seez
Vathi – VAY-thee


*Termos*

Arae – (air-ree)
benada – ben-NAH-dah
ceeren – SEER-rehn
Cimmerian – sim-MARE-ee-in
dakkai – DAY-kigh
demis – dem-EEZ
graeca – gray-kah
Gyrm - germ

imprimen – IM-prim-ehn
kardia – KAR-dee-ah
kiyou – kee-yoo
lamaea – lahm-ee-ah
laruea – lah-ROO-ee-ah
meeyah Liessa – MEE-yah LEE-sah
sekya – sek-yah
sparanea – SPARE-ah-nay-ah
tulpa – tool-PAH
wivern – WY-vehrn

Reproduzimos o guia de pronúncia original da autora, com exceção dos termos que receberam tradução para o português. (N. E.)

# Nota da autora

Enquanto as vidas descritas nestas páginas são fictícias, o que os personagens vivenciam acontece na vida fora das páginas... inclusive comigo. Por essa razão, por favor fique ciente de que existem debates acerca de automutilação e abuso nesta obra.

Por favor, saiba que você não precisa continuar sentindo dor.
Existe ajuda.

Acesse www.cvv.org.br ou ligue gratuitamente para 188 – Centro de Valorização da Vida (CVV).

# PRESENTE I

Um aroma doce mas rançoso emanava do corredor escuro. Minha cabeça se virou naquela direção ao som de passos leves, apressados, enquanto minha mão foi imediatamente ao quadril, sacando a adaga de pedra de sangue.

Um vampiro correu por entre as colunas de arenito, entrando às pressas no corredor iluminado pelas lamparinas da cripta que parecia infinita sob o Castelo Wayfair, nada além de um lampejo de cabelo escuro esvoaçante, pele clara e seda carmesim.

Não perdemos tempo. Nem Kieran nem eu tínhamos facilitado para eles desde que descemos ao subsolo.

Desembainhei a adaga, fazendo-a voar pelo corredor. A adaga de pedra de sangue acertou o alvo em cheio, fincando-se fundo no peito do vampiro, calando o guincho irritante e pavoroso ao derrubar o Ascendido. Logo uma trama de fissuras tomou seu corpo, espalhando-se pelas bochechas e goela abaixo. A pele se rachou e se descolou, desprendendo-se dos ossos e virando pó. Em um piscar de olhos, minha adaga tiniu no chão de pedra ao lado de um mero amontoado de seda.

— Cas. — A voz saiu como um suspiro, e abri um sorriso apesar da frustração que preenchia a palavra dita baixinho.

Eu não conseguia me conter quando Poppy me chamava daquele jeito. Às vezes ouvir meu apelido saindo de sua boca fazia com que meu peito apertasse, ao mesmo tempo que me fazia me sentir leve como uma pluma. Em outros momentos, me deixava com um tesão do caralho. Mas sempre me fazia sorrir.

— O Ascendido não nos atacou — argumentou Poppy.

— Ele estava vindo para cima de nós.

Fui até a adaga e a peguei do chão.

— Ou indo para *longe* de nós — sugeriu ela.

— Cada um vê de um jeito.

Depois de limpar a lâmina na calça, embainhei a adaga e olhei para ela... E cacete, perdi a porra do fôlego.

Tudo em Poppy denunciava que ela tinha acabado de enfrentar uma batalha assustadora. Havia sangue e sujeira em suas bochechas, mãos e roupas, isso sem contar o estado dos pés descalços. A trança que ela havia feito para conter o cabelo rebelde tinha se desmanchado quase que por completo, e as mechas cintilavam como vinho tinto audaz à meia-luz das lamparinas a gás, derramando-se por seus ombros e costas.

E ainda assim, para mim ela estava tão linda.

Meu coração gêmeo.

Minha Rainha.

Não uma Deusa, mas uma Primordial... *a* Primordial de Sangue e Osso. Da Vida e da Morte.

Senti um choque reverberando pelo próprio corpo, quase me fazendo tropeçar. Isso vinha acontecendo de vez em quando desde que ela atacara a Rainha de Sangue com toda a sua potência Primordial. Eu achava que ia demorar um tempão para que o efeito passasse.

— Mas a última coisa que alguém que não quer acabar virando pó deveria fazer é correr na sua direção. — Fiz uma reverência. — Minha Rainha.

Poppy apenas piscou devagar, evidentemente sem se impressionar com meu cavalheirismo. O gesto me fez sorrir ainda mais, e os lábios carnudos tremeram quando ela tentou conter o próprio sorriso, oferecendo um vislumbre de um canino afiado.

O desejo me percorreu por inteiro quando abaixei a cabeça e meu olhar encontrou o dela. Toda vez que eu via suas presas, queria senti-las em minha pele. *Correção*. Queria sentir suas presas penetrando minha pele enquanto eu a penetrava com força.

Alguém pigarreou.

— Podemos continuar? — perguntou uma voz rouca e sem emoção. — Ou vocês dois gostariam de um momento a sós?

As bochechas de Poppy coraram, tingindo seu rosto de uma cor que não aparecia desde que chegamos a Wayfair. Voltei o olhar na direção da voz.

A montanha imensa em forma de homem com o cabelo preto e grisalho levantou a sobrancelha.

Maldito Nektas. O mais velho, e sem dúvida o mais perigoso, dos dragontinos estava começando a me irritar.

Mantendo o contato visual com ele, controlei o desejo por minha esposa. Não por causa da presença dele. E nem porque estávamos aqui embaixo procurando pelo pai dela. Mas por causa de Poppy.

Algo estava errado.

Eu me juntei de novo a ela e ao sempre alerta Delano, que não deixara o lado dela em sua forma lupina.

— Está pronta?

Concordando com a cabeça, ela começou a andar de novo, o chão de pedra provavelmente congelante sob seus pés descalços. Eu já havia me oferecido para carregá-la.

O olhar que ela lançara para mim na ocasião fora o suficiente para garantir que eu não oferecesse de novo. No entanto, aquilo não tinha impedido Kieran de fazer a mesma oferta. Ele recebera o mesmo olhar de aviso: do tipo que fazia alguém querer proteger as próprias bolas. Por sorte, Poppy provavelmente preferia essas nossas partes específicas ilesas.

Não tirei os olhos dela enquanto prosseguíamos.

No Templo dos Ossos, antes que ela acabasse com a Rainha de Sangue, eu havia observado em completo horror enquanto a luz pura explodia sua armadura. E eu não tinha sido capaz de fazer nada. Houve apenas uma vez em que senti medo antes, quando a flecha a atingira nas Terras Devastadas, e eu vira a vida se esvaindo dela. Eu tinha sentido aquele mesmo medo quando vi sangue saindo de sua boca. Poppy tinha *mudado*, ainda que por poucos segundos, seu corpo se tornando um caleidoscópio de luzes e sombras com um contorno de asas ganhando forma e projetando arcos atrás dela. Aquilo me lembrou das estátuas aladas resguardando a Cidade dos Deuses em Iliseu.

Em seguida assisti enquanto ela destruía Isbeth.

Nenhum de nós sentiria falta da mulher, mas a Rainha de Sangue havia sido a mãe de Poppy.

Em algum momento a noção de que havia matado a própria mãe cairia sobre ela, o que provocaria muitos sentimentos confusos e complicados.

E eu estaria ali para confortá-la.

E Kieran também.

Ele caminhava do outro lado de Poppy, basicamente fazendo o mesmo que eu. Olhava para ela de tempos em tempos, uma mistura de preocupação e admiração tomando suas feições ensanguentadas.

Porra, ele estava um caos.

E eu também.

Nossas roupas e o que restara das armaduras estavam retalhados por causa da batalha. Eu sabia que tinha sangue por toda a minha pele; parte do sangue era meu, parte era dos dakkais. O restante eram respingos secos daqueles que foram abatidos, que morreram, mas não haviam *permanecido* mortos.

Olhei para onde Delano espreitava em silêncio atrás de nós. Enquanto a maior parte dos lupinos e dos outros percorria a Carsodônia em busca de Ascendidos e procurando pelo meu irmão, ele tinha escolhido seguir Poppy.

Quando Delano ergueu a cabeça e os olhos azul-claros luminosos focaram nos meus, tive uma sensação estranha e inquietante da qual não conseguia me livrar. Eu me perguntei se a vida restaurada àqueles que pereceram em batalha fora uma dádiva que poderia ser arrancada a qualquer momento. Eu não tinha motivo algum para me sentir dessa forma. Segundo Nektas, o ato de restaurar vida a tantas pessoas não era apenas de conhecimento dos Primordiais da Vida e da Morte, como também era feito com a ajuda deles.

Além disso, o sentimento de incômodo poderia ter sido causado por mil razões. No momento estávamos perambulando pelo covil do inimigo, e, embora nenhum dos empregados mortais nem dos Guardas Reais que ficaram em Wayfair tivessem oferecido resistência quando entramos, e só tivéssemos encontrado três Ascendidos no subsolo até então, nenhum de nós estava confortável ali. Wayfair não era nosso. Nunca seria.

Outra coisa martelando em minha mente no momento era meu irmão, que estava em algum lugar por aí atrás de Millicent, a irmã de Poppy. E nenhum de nós sabia qual era a opinião de Millicent sobre a mãe delas.

No entanto, pela minha experiência pessoal com Millie, meu palpite era de que nem ela própria sabia qual era a própria opinião sobre qualquer coisa no geral.

Também havia o fato de que os avós Primordiais de Poppy não estavam mais hibernando, e pelo que eu conseguira entender, qualquer um deles poderia adentrar o plano mortal quando bem entendesse.

E ainda havia Callum, o Espectro cretino dourado com o qual ainda precisávamos lidar, o que me levava ao que era provavelmente o item mais perturbador de todos. Sim, tínhamos derrotado a Coroa de Sangue, mas a real batalha ainda estava por vir. Tínhamos impedido apenas que Kolis, o original e *verdadeiro* Primordial da Morte, assumisse a forma corpórea por completo. Ainda assim, ele estava livre, desperto, e não era o único. Todas aquelas coisas eram questões urgentes, mas...

Voltei a olhar para Poppy, e meu peito apertou de novo. A cicatriz fina e irregular em sua bochecha e a que cortava sua testa e sobrancelha se destacavam com mais nitidez do que nunca. Ela estava pálida, mais pálida do que quando chegamos ao Templo. E não deveria ser o contrário? A pele dela não deveria ter ficado corada? A não ser pelo rubor momentâneo de antes, não fora esse o caso, e aquilo era o que mais me preocupava.

Poppy virou a cabeça em minha direção. Nossos olhares se encontraram. Suas íris eram da cor da grama primaveril coberta de orvalho, entremeada com traços prateados vívidos: éter. Era impressão minha, ou aquelas linhas luminosas tinham ficado mais brilhantes durante o percurso até Wayfair? Seus lábios volumosos se curvaram em um sorriso reconfortante, e eu soube de imediato que ela percebera minha preocupação, fosse porque eu a estava projetando, ou apenas porque estava lendo minhas emoções... lendo as emoções de todos ao seu redor.

Estendi a mão e segurei a dela. Uma pressão ainda maior comprimiu meu peito. A mão dela, tão pequena comparada à minha, estava *fria*. Não congelante, mas também não estava quente.

— Você está se sentindo bem? — perguntei com a voz baixa, que ainda assim ecoou pelo corredor cavernoso.

Poppy confirmou com a cabeça.

— Estou. — Ela franziu as sobrancelhas, e seus olhos buscaram algo nos meus. — E você?

— Sempre — murmurei, lançando um olhar a Kieran.

Havia mais preocupação do que admiração no olhar dele. Sem que eu precisasse dizer nada, ele se moveu para mais perto de Poppy.

Algo estava errado.

A começar por Nektas, que no momento andava em silêncio do outro lado de Kieran. Poppy perguntara mais cedo se o que ela tinha se tornado, uma Primordial que nunca existira antes, era algo bom ou ruim. Eu já sabia a resposta para aquilo. Mas e a resposta de Nektas?

*Ainda não se sabe.*

É, não gostei nada daquilo.

Também não gostei da expressão dele quando olhava para Poppy. Lembrava demais o modo como todos nós olhávamos para Malik... como se não tivéssemos certeza se poderíamos confiar nele. Ninguém queria um dragontino olhando para si daquele jeito.

De repente, Poppy parou na entrada de um corredor comprido e escuro. O lugar tinha cheiro de mofo, um cheiro que ameaçava levar minha mente de volta a lugares mais sombrios e frios. Interrompi meus pensamentos antes que aquilo acontecesse. Não era o momento para aquela merda.

Afastando a mão da minha, Poppy olhou para nós.

— Certo. Por que todo mundo fica me olhando o tempo todo? — interrogou ela, colocando as mãos na cintura e erguendo o queixo. — Alguma coisa mudou em mim, e eu não percebi?

— Além das suas presas fofas? — sugeri.

Ela estreitou os olhos para mim, mas abri um grande sorriso quando vi a pele ao redor de sua boca se mexer enquanto ela passava a língua pelos dentes superiores. Então ela estremeceu, como se tivesse cortado a língua outra vez.

— Além disso.

Kieran não disse nada enquanto Delano sentava o traseiro no chão, a cauda fazendo um baque no piso de pedra. Eu não tinha certeza de como o gesto poderia ser traduzido.

— Acredito que estejam preocupados com você — respondeu Nektas com sua voz grave característica.

— Por quê? — Poppy revezou olhares entre Kieran e eu. — Eu não sou a última coisa com que vocês deviam estar se preocupando?

— Bem... — Nektas alongou a palavra.

Kieran virou a cabeça na direção do dragontino de forma abrupta, inflando as narinas, e aquilo me lembrou da outra coisa que Nektas nos contara no Templo. O significado denso de suas palavras quando ele disse que precisávamos garantir que o que Poppy havia se tornado fosse algo *bom*.

— Eu não iria tão longe a ponto de dizer que você é a última coisa com que alguém deveria se preocupar — prosseguiu Nektas. — É provável que você seja... a segunda coisa com a qual eles deveriam se preocupar.

— O que você quer dizer com isso? — questionou Kieran, ríspido.

Nektas lançou um olhar breve para o lupino.

— Nossa preocupação principal é Kolis. — Ele inclinou a cabeça. As mechas grisalhas compridas deslizaram pelo ombro descoberto, expondo as saliências tênues das escamas. — E ela deveria ser a segunda.

Poppy franziu a testa.

— Discordo. Acho que meu pai e a sua filha estão empatados no primeiro lugar, depois Kolis. Eu nem mesmo deveria estar na lista de coisas com as quais se preocupar.

Nektas abriu a boca.

— Eu teria cuidado ao responder — alertei.

Devagar, o dragontino ancestral virou a cabeça na minha direção. Encaramos um ao outro. Suas pupilas verticais se comprimiram até virarem pequenas tiras pretas no azul vívido.

— Interessante.

Arqueei a sobrancelha.

— O que é interessante?

— Você — respondeu ele. Delano abaixou as orelhas no silêncio tenso que se seguiu. — Você entrou na frente dela como se acreditasse que ela precisa da sua proteção.

Eu nem percebi que havia feito aquilo. Kieran e Delano fizeram o mesmo.

— E daí?

Atrás de nós, Poppy suspirou.

— É uma ação inteligente. Mesmo o mais poderoso dos seres precisa ser protegido em alguns momentos — constatou Nektas. — Mas este não é um desses momentos.

— Eu não tenho toda essa certeza.

Coloquei a mão no cabo da adaga presa ao quadril. Não faria um grande estrago em um dragontino, mas eu garantiria que causasse dor.

— Nada disso é necessário — opinou Poppy.

— Também não tenho toda essa certeza. — Ao sentir que ela vinha para meu lado direito, desviei de seu corpo e mantive o olhar focado no de Nektas. — Não dou a mínima para quem você é. Não precisa se preocupar com ela de forma alguma.

O dragontino levantou o canto da boca, e outro longo momento de silêncio se seguiu.

— Você é parecido demais com ele.

— Com ele quem? — questionou Poppy.

As pupilas de Nektas se dilataram.

— Com aquele de cuja linhagem ele descende.

— Que porra é essa? — murmurou Kieran baixinho, então levantou a voz: — E quem foi?

Uma sombra de sorriso apareceu no rosto do dragontino.

— A pergunta correta é quem *é*.

Franzi a sobrancelha.

— Vou precisar...

Um estrondo contido me interrompeu. Delano se pôs de pé, olhando ao redor enquanto o barulho aumentava, se tornando mais grave. Olhei depressa para Kieran. Ele se virou enquanto o chão debaixo de nossos próprios pés começava a tremer. Virei-me para Poppy.

Ela arregalou os olhos verdes e prateados.

— Que foi?

Nuvens de poeira emanavam do teto alto como neve, cobrindo nossos ombros e o chão. O estrondo se intensificou enquanto todo o castelo tremia.

— Não sou eu — gritou Poppy por cima do barulho, erguendo as mãos. — Eu juro.

Voltei o olhar ao teto e vi fraturas minúsculas surgirem de repente na pedra.

— Merda.

Lancei o corpo para a frente. Delano me imitou enquanto eu segurava Poppy, as rachaduras se formando nas colunas e rapidamente se espalhando por suas extensões. Temendo que a porra do castelo inteiro estivesse prestes a desmoronar sobre nossas cabeças, a primeira coisa em que pensei foi nela. Empurrei Poppy entre Kieran e eu enquanto Delano se aproximava das pernas dela. Ela soltou um guincho quando a encurralamos, usando nossos próprios corpos para proteger o dela caso o teto acabasse caindo em cima de nós.

Delano ganiu quando algo pesado tombou em algum ponto do covil subterrâneo, desabando no piso. Mais poeira caiu em nuvens densas. O estrondo foi ficando mais alto até que não se podia ouvir mais nada além daquilo, e o próprio plano parecia estremecer...

Então cessou. Totalmente.

O estrondo. As rachaduras na pedra e no reboco. O desabamento do que provavelmente eram coisas importantes como vigas de suporte. Tudo apenas parou tão depressa quanto havia começado.

— Hum. — Foi a voz abafada de Poppy. — Não estou conseguindo respirar.

Eu só conseguia ver o alto de sua cabeça debaixo dos braços de Kieran e dos meus. Eu não estava totalmente pronto para abaixá-los.

— Não foi ela — concluiu Nektas, uma expressão confusa no rosto. — Foram eles.

— Eles? — repetiu Kieran, abaixando devagar os braços que protegiam Poppy.

— Os Deuses — explicou o dragontino. — Um deles deve ter despertado aqui perto.

Um deles deve ter...

Poppy escapou da minha proteção com a rapidez de uma flecha, os olhos ainda arregalados, mas dessa vez brilhando com entusiasmo.

— Penellaphe — disse ela, sem fôlego, virando a cabeça para olhar de Kieran para mim, e vice-versa. — Lembram? Você tinha dito que a Deusa Penellaphe estava hibernando debaixo do Ateneu da cidade! — Então deu um empurrão no braço de Kieran, fazendo-o cambalear para trás. — Ops. Desculpa.

— Tudo bem. — Kieran se equilibrou, sorrindo. — E, sim, eu disse.

Ela se virou para Nektas.

— Podemos ir vê-la? Quer dizer, depois que libertarmos meu pai e encontrarmos Jadis. Veja bem, meu nome é em homenagem à...

— Deusa que falou sobre você muito antes do seu nascimento — completou Nektas. — A primeira a te chamar de Arauto e Portadora da Morte. Uma profecia que você cumpriu.

Devagar, ela deixou os braços penderem para baixo.

— Bem, pensando por esse lado... — Poppy apertou os lábios. — Acho que mudei de ideia.

Eu nunca quis socar alguém mais do que queria socar o dragontino por roubar a breve empolgação de Poppy.

Nektas riu.

— Tenho certeza de que ela gostaria de encontrá-la. Todos eles vão querer quando chegar a hora certa — comentou ele, as feições suavizando de uma forma que eu nunca havia visto. — É melhor irmos andando no caso de haver outros hibernando na capital. Não quero estar aqui embaixo se isso acontecer de novo.

Ele tinha razão. Nenhum de nós queria aquilo.

— Aliás — acrescentou ele, olhando para Kieran e eu enquanto voltávamos a seguir pelo corredor. — Vocês dois são... uma gracinha.

Kieran franziu a testa enquanto limpava poeira do ombro.

— Acho que ninguém nunca se referiu a mim como uma gracinha antes, mas obrigado. — Ele fez uma pausa. — Acho.

O dragontino riu de novo.

— Vocês três correram para protegê-la. — Ele acenou com a cabeça para Delano, que trotava ao lado de Poppy enquanto ela nos conduzia por outro corredor, um mais estreito. Uma coluna tinha caído ali, escorando-se em outra. — A única pessoa que sobreviveria ao desabamento de um castelo.

Eu nem tinha pensado naquilo.

Poppy abriu um grande sorriso.

— Foi *mesmo* uma gracinha.

Kieran bufou, e juro que vi suas bochechas marrom-claras corando.

— Também foi desnecessário de várias formas — continuou Nektas. — Vocês três estão Unidos, não estão?

Delano ergueu as orelhas quando Poppy virou a cabeça na direção dele. As bochechas dela não estavam mais tão pálidas. Ele balançou a cauda. Era evidente que tinha comunicado algo a ela por meio do estigma Primordial. Eu teria que perguntar a ele do que se tratava depois.

— Aham — confirmou ela. — Mas acho que todos nós vamos precisar de um tempo para lembrar que estou bem, que nós três estamos.

— O eufemismo do século — disse Kieran, fazendo-me sorrir.

No entanto, expressão logo desapareceu. Porque assim que o rubor sumiu do rosto dela, a palidez de sua pele ficou ainda mais óbvia.

*Algo está errado.*

O sentimento só se intensificou enquanto caminhávamos, adentrando ainda mais o labirinto subterrâneo composto por criptas e corredores pelos quais Poppy transitara quando criança. Eu não conseguia identificar por que me sentia daquele jeito. A pressão em meu peito e no fundo da garganta persistia...

*Clique. Clique. Clique.*

Poppy parou de repente. Daquela vez, suas mãos se abriram e se fecharam nas laterais do corpo. Afastei o olhar dela com dificuldade e foquei no corredor adiante. À frente havia um brilho suave se espalhando pelo caminho, combatendo as sombras.

**28**

Aquele barulho. Todos nós o reconhecemos. Tínhamos ouvido antes na Trilha dos Carvalhos. O bater de garras contra pedra.

Nektas se impulsionou à frente, os passos rápidos e convictos enquanto Poppy continuava paralisada. Toquei o ombro dela, chamando sua atenção.

— Você está bem? — perguntei.

Daquela vez eu não estava me referindo ao seu estado físico.

Confirmando com a cabeça, ela engoliu em seco ao olhar para Nektas. Ele parou no limiar da luz, virando a cabeça para nós.

— Tem certeza? — perguntou Kieran, o olhar buscando o de Poppy.

— Aham. Tenho. — Ela pigarreou. — É só que... É meu pai, e não sei o que pensar nem o que dizer.

Eu entendia.

Poppy tinha um pai do qual se lembrava: Leopold. O homem que estava prestes a libertar era um desconhecido para ela, mesmo que tenha passado um tempo procurando por ele na juventude... alguém que estivera preso por tempo demais. E eu tinha certeza de que ela estava dividida entre a empolgação e a culpa, sentindo como se estivesse desonrando a memória de Leo, e o arrependimento por não ter percebido quem estivera aprisionado debaixo de Wayfair e na Trilha dos Carvalhos antes. Era demais para a cabeça de qualquer um. Era justificável que qualquer um ficasse inseguro sobre o que fazer.

Tocando sua bochecha, virei seu rosto em direção ao meu. Sorri, ainda que meu peito estivesse apertado e a garganta em um nó. A pele dela estava fria pra porra.

— Você não tem que sentir nem pensar em nada agora. Tudo o que precisa fazer é garantir que ele seja solto. — Abaixei o tom de voz. — Não precisa nem vê-lo se não estiver pronta. Ninguém vai julgar você por isso.

Kieran concordou com a cabeça.

— E, de qualquer jeito, vamos estar bem aqui com você.

Ela olhou de mim para ele e de volta para mim. Então voltou a atenção para Nektas. Acariciei a mandíbula dela com o polegar. Seu corpo tremeu de leve, e então ela respirou fundo. Fez um movimento circular com os ombros, e eu soube o que tinha decidido antes que ela dissesse.

— Estou pronta.

— Lógico que está — murmurei, abaixando a cabeça para dar um beijo em sua têmpora gelada. — Tão corajosa.

— Eu já não tenho tanta certeza — retrucou ela, mas assentiu. — Mas serei.

Kieran sorriu, erguendo a mão.

— Como sempre.

Em seguida tocou a outra bochecha dela, os olhos se arregalando um pouco. Por cima da cabeça de Poppy, o olhar dele se voltou ao meu depressa.

Ele sentira o quanto a pele dela estava fria. Assenti brevemente como resposta.

— Estou pronta — repetiu Poppy, afastando-se de nós.

Ela começou a andar com Delano ao lado.

Ficamos para trás só por um momento. Kieran falou comigo, a voz baixa demais para que ela não ouvisse:

— Por que a pele dela está fria desse jeito?

— Não sei — respondi. — Mas tem alguma coisa...

— Errada.

Olhei para ele bruscamente.

— Você também percebeu?

— Aham. No peito e aqui — revelou ele, indicando a garganta.

Inferno.

Aquilo não fez com que eu me sentisse melhor, mas não era a hora de descobrir o que estava acontecendo. Dissemos a Poppy que estaríamos ao seu lado e que iríamos apoiá-la, então logo tratamos de nos mexer, aproximando-nos dela e de Delano quando alcançaram Nektas.

O barulho de "clique" tinha se intensificado.

— Sei que isso não é fácil para você — disse Nektas, abaixando a cabeça para olhar para Poppy. Sua voz era quase um sussurro. — Não vai ser fácil para ele também. Ires sempre foi... — Ele balançou a cabeça. — É melhor nos apressarmos.

Percebi que Poppy estava com vontade de perguntar o que ele estivera prestes a dizer, mas em vez disso deu um passo na direção da luz e se virou. O arranhar de garras na pedra cessou. Nós a seguimos e meu coração se acelerou, alcançando o ritmo do dela. Desviei o olhar, prestando atenção no que nos aguardava adiante.

Havia uma jaula no meio da cripta iluminada por velas. Por trás das grades pretas, provavelmente feitas de pedra das sombras, estava um enorme felino cinza com os olhos verdes brilhantes fixados em Poppy... assim como fora o caso na Trilha dos Carvalhos. Eu não tinha dúvida de que, na época, ele sabia quem ela era. Provavelmente ele já sabia havia anos.

— Meus deuses — murmurou Nektas, arfando, os olhos se arregalando enquanto a pele ao redor de sua boca se retesava ao olhar para Ires.

O Deus não parecia tão abatido quando o encontramos pela última vez. As costelas se pressionavam contra o casaco de pele de um cinza desbotado; o abdômen estava para dentro; tendões se distenderam pela garganta quando ele virou a cabeça na direção de Nektas.

Ires reagiu ao ver o dragontino, dando um pulo fraco contra as grades enquanto os olhos ainda brilhantes se revezavam entre focar em Nektas e em Poppy quando os dois entraram na cripta.

— São proteções? — questionou Kieran, notando as marcações gravadas no teto e no chão feitos de pedra das sombras, símbolos e letras em um atlante antigo, a língua dos Deuses.

— São. — Nektas foi até as grades. — Ninguém no plano mortal devia ter acesso a este conhecimento.

— Callum — supus, observando Poppy se ajoelhar diante da jaula. Nektas assentiu.

— Mas esta não é a questão agora. — Ele segurou as grades, atraindo a atenção de Ires, mas só por um instante. — Talvez ele fique um pouco... instável, principalmente se estiver nessa condição pelo tempo que temo ter estado. Ele vai ser mais animal do que qualquer coisa. Precisamos ter cuidado.

Ninguém precisava ter dito aquilo quando Ires continuava pulando na direção das grades, pressionando o corpo e a cabeça contra elas enquanto um barulho baixo emanava dele, um som que era uma mistura de grunhido e lamento.

Eu me agachei atrás de Poppy, apertando os joelhos para evitar que minhas mãos a segurassem e a puxassem para longe.

— Você consegue passar pelas grades? — perguntou Poppy, apertando as mãos uma na outra, um sinal de que estava ansiosa. — Ou eu consigo fazer isso?

— Você provavelmente vai conseguir. Em algum momento — acrescentou Nektas. — Mas eu consigo. — Ele focou em Ires. — Agora você está seguro. Prometo — garantiu ele ao Deus, a voz embargando com a emoção. — Só preciso que fique calmo. Tudo bem?

Ires pulou contra as grades de novo.

— Acho que isso não foi um "sim" — opinou Kieran, ajoelhando-se ao meu lado.

— Está tudo bem — disse Nektas a Ires outra vez, mas quanto mais o dragontino falava, mais o Deus se descontrolava, andando de um lado ao outro e se jogando contra as grades. — Merda, ele vai se machucar.

— Eu mal consigo... mal consigo captar algo nele. — O tom de Poppy estava carregado de preocupação, e eu podia jurar que conseguia senti-la se acumulando em minha garganta como um creme grosso. — Ele não estava assim antes.

— Ele está nessa forma há muito tempo — constatou Nektas. — Não é o mesmo que para nós — complementou, acenando com a cabeça para Kieran e Delano. — Somos de dois mundos. Ele é de um só, e é muito fácil, mesmo para um Deus e um Primordial, acabar se perdendo se ficar em sua forma animal por muito tempo.

Merda. Quanto tempo era *demais* para um Deus quando provavelmente estávamos falando de séculos? Mas outro pensamento me ocorreu. Ele tinha dito "se um Deus e um Primordial ficassem na forma animal por muito tempo". Aquilo significava que Poppy ia...?

Balancei a cabeça. Não era o momento de considerar aquilo. Acariciando as costas de Poppy, observei Ires andar de um lado ao outro, odiando que ela estivesse passando por aquela situação... que os dois estivessem.

— Eu não sabia disso. — Poppy respondeu à revelação de Nektas.

— Nem eu — acrescentou Kieran.

— E, além disso, ele provavelmente sentiu quando os outros Deuses despertaram — explicou Nektas. — É como uma descarga de energia intensa para a qual ele não devia estar preparado.

Kieran se ergueu quando Ires pressionou o corpo nas grades à frente.

— Posso tentar distraí-lo enquanto você... Merda, *Poppy*.

Uma terrível sensação de déjà-vu me assolou quando Poppy se lançou para a frente. Tentei segurá-la, mas merda, ela era rápida quando queria... e ainda mais rápida agora.

— Poppy — berrei quando ela se agachou e enfiou a mão pelas grades. — Não...

Tarde demais.

A mão dela já tocava a lateral do pescoço de Ires quando consegui passar o braço por sua cintura. Ires recuou a cabeça, repuxando os lábios e revelando caninos afiados pra caramba. Um grunhido baixo de alerta emanou dele. Comecei a puxar Poppy para trás. Ela ficaria possessa, mas melhor que ela estivesse irritada comigo do que sentindo na pele o que acontecia quando um Primordial perdia a mão.

— Está tudo bem — assegurou ela, respirando fundo. — Só me dê um segundo. Por favor.

Eu não queria ficar parado, mas ela tinha pedido *por favor*. Ainda assim, tive que dar tudo de mim para não a segurar de novo. O único motivo de eu não ter fraquejado em minha decisão foi porque Poppy acertou na dela.

Ires estremeceu, o rosnado baixo se dissipando enquanto ele ficava parado, arfando. Eu sabia o que ela estava fazendo, alimentando o Deus com bons pensamentos e sentimentos. Acalmando-o.

A primeira vez que ela tinha feito aquilo comigo, eu ainda não sabia o que Poppy era capaz de fazer. O alívio, a *paz* que ela tinha me passado foram rápidos e impressionantes. Uma dádiva. Ainda assim, eu queria a linda mão dela o mais longe possível de Ires. Eu gostava das mãos dela e do que ela estava aprendendo a fazer com elas.

Os olhos de Poppy estavam entreabertos quando Delano encostou o corpo no dela com o olhar desconfiado e atento preso em Ires.

— Está tudo bem. Vamos dar um tempinho a ele.

— Seja lá o que planeja fazer com essas grades... — falou Kieran para Nektas, segurando a adaga, algo que eu sabia que ele não hesitaria em usar. — Sugiro que faça depressa.

— É o que estou fazendo.

Nektas deu um passo para trás, para longe das grades.

Um tremor tomou Ires. Seu pelo se arrepiou e Poppy continuava tocando-o enquanto o felino se deitava sobre a barriga. As orelhas dele se mexeram. Um clarão azul intenso surgiu à nossa direita, iluminando a cripta: fogo de dragontino. Nektas não tinha se transformado. Imaginei que teríamos reparado em um dragontino enorme na câmara se fosse o caso. Eu estava curioso, mas não tive coragem de desviar o olhar de Ires e Poppy.

Ires começou a tremer conforme o cheiro de metal quente preenchia o ar. Em seus olhos apareceu uma luz prateada, espalhando-se. Seu pelo se retraiu e desvaneceu, dando lugar a frações de pele marrom. Músculos encolheram, e ossos se partiram em posições diferentes. Um cabelo castanho-avermelhado quase tão comprido quanto o de Nektas apareceu. Passei o outro braço em volta de Poppy, apertando-a com força enquanto o pai dela passava pela transição. Parecia que ele estava lutando contra ela. Ou talvez a parte animal estivesse. Era provável que tudo tivesse acontecido em menos de um minuto, mas parecia doloroso, diferente de quando Kieran e os outros se transformavam. Era como se ele conseguisse sentir cada garra se arrastando de volta para a carne.

Outra ondulação de luz tremulante o cobriu e então um homem apareceu na jaula, no lugar em que o grande felino estivera. Ele estava de joelhos, o corpo todo encolhido. Através de mechas de cabelo sujo, ele olhou para a mão de Poppy que tocava o que descobrimos ser o seu ombro.

Poppy afastou a mão, curvando os dedos para dentro enquanto recolhia o braço. Ela apertou com força o braço que eu mantinha ao redor de sua cintura.

— Oi — sussurrou ela.

Os olhos verdes brilhantes do Deus focaram os de Poppy. Seus olhos eram quase idênticos. O brilho prateado nos dele, logo atrás das pupilas, era tênue. A maior parte de seu rosto estava escondida, mas era possível enxergar a composição de ângulos firmes e superfícies cavadas. Ele tremia.

— Não sei se você... se você sequer se lembra de mim — começou Poppy. Ela também tremia. Eu continuei segurando-a. — Mas meu nome é Poppy... bem, é Penellaphe, mas meus amigos me chamam de Poppy. Sou sua... — Ela parou de falar, o ar lhe faltando.

Passei a mão pela lateral de seu corpo, apertando-a.

Ires ficou calado enquanto a observava, parecendo alheio à minha presença, à de Kieran e até à de Delano, que estavam praticamente em cima de nós dois. Ires estava ofegante, os ombros ossudos se erguendo com cada inalar.

— Ires — chamou Nektas com a voz baixa.

O Deus virou a cabeça para o outro lado da jaula. Nektas não apenas derretera grande parte das grades como também estava na cela com Ires.

— Estou aqui agora — continuou o dragontino, falando com uma gentileza que eu não sabia que ele possuía enquanto mantinha as mãos ao lado do próprio corpo. — Vim te levar para casa.

Ires estremeceu de novo e fechou os olhos. Com cuidado, Nektas se aproximou mais um passo.

— Vou ver se consigo achar algo para ele. Um cobertor ou algo assim — anunciou Kieran com a voz áspera.

— Obrigada — respondeu Poppy, virando a cabeça para encostar a bochecha em meu peito. A região debaixo de seus olhos estava um pouco úmida. Deuses, eu não conseguia sequer imaginar o que ela estaria sentindo caso estivesse captando as emoções dele naquele momento.

Na verdade, eu imaginava sim.

Ele estava sentindo tudo e nada no momento. Alívio, mas também desorientação, provavelmente por causa da inanição, e sabiam lá Deuses o que mais tinham feito com ele. Ires devia estar apavorado. Eu tinha me sentido assim nas minhas duas vezes, temendo que estivesse só sonhando que era resgatado. Era provável que ele estivesse aflito com a possibilidade de acordar e nenhum de nós estar ali. De ser apenas *ela*. *Eles*. Provocando-o. Aterrorizando-o. Ele estaria apavorado com a possibilidade de aquilo não ser uma ilusão e com medo de machucar aqueles que tentavam ajudá-lo.

— Não é um sonho — anunciei.

Ires virou a cabeça depressa na minha direção, seu olhar encontrando o meu atrás da cortina de cabelo emaranhado.

Fiz um gesto afirmativo com a cabeça enquanto tocava os olhos de Poppy, secando as lágrimas.

— É real. Acabou. Ela está morta. Isbeth. Você está livre dela, de tudo isso.

Uma expiração entrecortada escapou de Ires. Ele engoliu em seco. Vi sua boca se mexer, mas só um som rouco saiu enquanto ele parecia lutar para que o corpo e a mente se comunicassem, permitindo que ele falasse. Só Deuses sabiam quando fora a última vez que ele fizera isso.

Kieran voltou, entregando o que parecia ser um tecido de flâmula preto e vermelho a Nektas.

O dragontino fez um aceno de agradecimento, então se ajoelhou ao lado de Ires e, com delicadeza, cobriu os ombros dele com o tecido. Parecia que o material faria o Deus desabar, mas depois de um momento, uma mão magra demais surgiu, e dedos frágeis se curvaram ao redor das pontas da flâmula. Ele manteve o tecido junto ao corpo, e embora fosse apenas um movimento pequeno, já era *alguma coisa*.

— Eu sei. — A frase saiu em um sussurro rouco. Ires levantou a outra mão, esticando-a por entre as grades. — Eu sei... quem é você.

Poppy quase recuou, o corpo ficando rígido no meu antes que ela chegasse para a frente.

— Certo — sussurrou ela, a voz falhando. Soltou um dos braços e aproximou a mão da dele. Os dedos dos dois se entrelaçaram. Os ombros de Poppy relaxaram. — Certo.

Abaixando a cabeça, dei um beijo na nuca dela quando Ires apertou a mão de Poppy sem força. Pai. Filha. Não importava que fossem desconhecidos um para o outro.

— Onde ela... onde ela está? — questionou Ires, rouco, ainda segurando a mão de Poppy. — Minha... outra menina.

— Millicent? — Foi a vez de Poppy engolir em seco, tensa. — Ela não está aqui, mas...

— Ela está bem. Está com meu irmão.

Eu não sabia se Malik já a tinha encontrado ou se seria algo positivo para qualquer um dos dois caso isso tivesse acontecido. Essa era outra confusão da qual Ires não precisava saber.

O Deus exalou de maneira pesada, voltando a atenção a Nektas.

— Me desculpe...

— Não precisamos disso agora — interrompeu Nektas. — Preciso te levar para casa. Você não está bem.

Kieran olhou para mim em questionamento, e balancei a cabeça.

— Precisamos... sim. Eu não sabia que isso... aconteceria. Eu... Eu não a teria trazido... comigo se eu achasse... — Ele tossiu, tremendo. — Me desculpe.

Jadis. Estavam falando da filha de Nektas. Merda.

— Ela está... — Ires inspirou e expirou o ar enquanto sua mão escapava da de Poppy, caindo fraca ao lado do próprio corpo. Ela se esticou para a frente, segurando as grades. — Sei onde... ela está. Nas Planícies...

O Deus inspirou, fraco.

— Planícies? — repetiu Nektas, o rosto ficando tenso.

— Planícies dos Salgueiros — concluiu Poppy. — Está falando daquela cidade?

— Isso. Ela está... ela está lá. Desculpe. Droga, estou tão... tão cansado. Não sei...

Ires cedeu. O corpo pendeu para baixo, e Nektas conseguiu segurá-lo por pouco.

— Não! — Poppy se colocou de pé depressa, ainda agarrada às grades. — Ele está bem?

— Acredito que sim.

Nektas tocou a testa do Deus agora inconsciente.

— Posso ajudá-lo — afirmou Poppy, já esticando o braço entre as grades de novo. — Só preciso tocar nele. Posso curar...

— Isso não é algo que outra pessoa possa curar. Ele está bem — acrescentou Nektas com rapidez. — Só desmaiou.

— Como alguém desmaiado pode estar bem? — rebateu Poppy, brusca. — Para mim ele não parece nada bem.

— É óbvio que faz tempo desde que ele se alimentou. — Mesmo enquanto tranquilizava Poppy, Nektas comprimia os lábios com raiva. — Ele está muito fraco.

— Tem certeza de que é só isso?

A preocupação na voz de Poppy me abalou interiormente, sufocando-me.

Nektas escorou o Deus fraco contra o peito.

— Ele só precisa chegar em casa, onde poderá se ancorar. Não consegue fazer isso aqui — explicou o dragontino. — Não com toda essa pedra das sombras.

— Certo. Ok. — Poppy respirou fundo, soltando as grades. — Acho que ele estava falando das Planícies dos Salgueiros. Fica a leste da capital, um tanto na direção norte. É onde treinam a maior parte dos soldados. Tem alguns Templos lá, e se forem parecidos com... — Ela deu um passo para trás, levando a mão à cabeça. — Caramba.

— O que houve?

Num instante eu estava ao lado dela, segurando seus braços.

— Não sei. — Poppy franziu a testa. — Só fiquei tonta por um momento.

— Você está pálida. — Olhei para Kieran. — Ela está ainda mais pálida, não está?

Kieran assentiu.

— Está sim.

— Provavelmente por causa da dor de cabeça — revelou ela. — Começou um tempinho atrás.

— Por que não disse nada? — questionei, tentando manter a voz calma, mesmo que calmo fosse a última coisa que eu estivesse.

— Porque é só uma dor de cabeça. — Ela falou lentamente.

— Só uma dor de cabeça? — repeti de modo estúpido. — Primordiais têm dor de cabeça? — Olhei para Nektas. — Se sim, isso é muito esquisito.

— Podem ter — respondeu o dragontino. — Mas geralmente tem uma razão para isso.

Toda dor de cabeça tinha uma razão, não?

Kieran ergueu a mão para tocar a bochecha de Poppy.

— A pele dela está ainda mais fria. — Ele tensionou a mandíbula. — Agora está gelada mesmo.

Poppy olhou de Kieran para mim.

— Quê? Eu não sinto que estou gelada.

Toquei a outra bochecha dela enquanto ela encostava no próprio queixo. Senti um embrulho no estômago. "Gelada" era pouco para descrever a temperatura glacial da pele dela. Então um pensamento me ocorreu.

— Você precisa se alimentar?

— Acho que não — retrucou ela, afastando a minha mão e a de Kieran. — E se minha pele está fria, é porque estamos no subsolo.

— Não acho que seja porque estamos no subsolo — contrapôs Kieran.

Eu concordava.

— Você já estava com a pele fria antes mesmo de virmos aqui para baixo.

Poppy lançou um olhar exasperado para nós dois.

— Gente, agradeço a preocupação, mas isso não é necessário. Temos coisas mais importantes com o que nos preocupar.

— Discordo — afirmei. — Ninguém é mais importante do que você.

— Cas — disse ela em tom de aviso, estreitando os olhos, que no momento estavam sombreados.

Um leve roxo lesionava a pele debaixo de seus olhos.

— Ela dormiu? — perguntou Nektas.

Poppy franziu a testa.

— Hã, noite passada.

— Não estou falando desse tipo de sono. — Nektas mudou o Deus inconsciente de posição. — Você entrou em um sono profundo? Uma estase ao final de sua Ascensão?

— Não — ela franziu o nariz.

— Ela dormiu pouco no início, mas isso foi porque… — Kieran olhou para Ires, então evidentemente mudou de ideia a respeito do nível de detalhes que daria, embora o Deus estivesse apagado. — Não, ela não dormiu desse jeito.

— Que merda. — Nektas contorceu a boca de maneira séria. — Então está me dizendo que passou pela Ascensão e completou a Seleção *sem* entrar em estase?

— Aham. Quer dizer, fiquei um tempinho desmaiada lá — revelou Poppy. — Mas você já sabe disso.

— Não estou gostando nem um pouco do rumo dessa conversa — comentou Kieran.

Eu também não estava.

— O momento vai ser bem inconveniente — disse Nektas, grunhindo.

Fiquei tenso.

— Está falando do quê?

— Do que vai acontecer a qualquer momento — explicou o dragontino.

— Precisamos de um pouco mais de detalhes — rebati, a frustração tomando meu corpo feito lava.

— Estou bem — insistiu Poppy, virando-se para Nektas. — Podemos, por favor, tirá-lo dessa jaula?

Nektas concordou com a cabeça.

— É o que pretendo, mas acho que você deveria se sentar.

— É melhor fazer o que ele diz — opinou Kieran com urgência, o olhar intenso.

As sombras debaixo dos olhos de Poppy estavam ainda mais visíveis.

— Por favor, não se preocupem comigo — contrapôs ela. — Estou completamente...

Ela puxou o ar com força, pressionando a mão na têmpora.

— É sua cabeça?

Eu a segurei pelos ombros, virando-a para mim enquanto sentia a lâmina afiada do medo me rasgando da barriga ao peito.

Poppy fechou os olhos com força.

— Aham, só uma dor de cabeça. Estou...

As pernas dela cederam.

— Poppy! — Eu a segurei pela cintura enquanto Kieran se lançava para a frente, apoiando sua nuca. — Abra os olhos. — Toquei sua bochecha... Deuses, a pele dela estava fria demais. Mexendo o braço debaixo das pernas dela, trouxe-a para perto do peito. — Anda. Por favor...

— Ela não vai despertar, não importa o quanto implore.

— Que porra você quer dizer com isso?

Kieran virou a cabeça depressa na direção de Nektas.

— Basicamente, quero dizer que eu estava errado quando concluí que ela tinha completado a Seleção. Ela entrou em estase para completá-la — explicou Nektas. — Fico surpreso de ter demorado esse tempo todo para que acontecesse, ou que ela sequer tenha despertado antes. Suponho que o éter dentro dela seja forte. É por isso...

— Estou pouco me fodendo para o éter dentro dela — interrompi em fúria. — O que vai acontecer com Poppy?

— Você deveria se importar com o éter dentro dela, principalmente considerando que você se Uniu a uma Primordial. Mas no momento isso é irrelevante — afirmou Nektas com uma enorme calma. — Ela está em estase, como o pai dela. É o que acontece quando Primordiais, mesmo Deuses, terminam a Seleção. Ou quando ficam fracos e não conseguem recuperar as forças. Vocês saberiam se ela estivesse ferida ou em perigo de alguma forma.

— Como assim? — Kieran se virou, o olhar recaindo sobre Poppy enquanto Delano choramingava, andando de um lado para o outro nervoso perto de mim. — Como saberíamos?

— A terra em si tentaria protegê-la — contou Nektas. — Ela ia...

— Ia se ancorar — completei, lembrando-me das raízes que tinham brotado do solo, tentando cobri-la quando ela fora fatalmente ferida nas Terras Devastadas.

Na hora não tínhamos compreendido o que estava acontecendo.

— Ela está *hibernando* — finalizou Nektas. — Só isso.

Só isso? Abaixei a cabeça para olhar para Poppy. Sua bochecha estava encostada em meu peito. Com exceção do roxo debaixo dos olhos e a pele fria, ela parecia estar apenas dormindo.

— Como...? — Pigarreei. — Por quanto tempo ela vai hibernar?

— Não posso responder sobre isso. E, sim, sei que essa não é uma boa notícia para nenhum de vocês — completou ele quando Kieran grunhiu. — Pode durar um dia ou alguns dias. Uma semana. Para cada um é diferente, mas é provável que o corpo dela esteja entrando no ritmo do processo como um todo. Ela vai despertar quando completar a Seleção.

Kieran xingou baixinho, passando a mão pelo cabelo. Olhei para Poppy, sentindo o peito ficar mais apertado. Fora isso que Kieran e eu sentimos por meio do vínculo que formamos durante a União? Que ela estava a ponto de entrar em estase? E poderia ficar desacordada por dias? Uma semana?

— Deuses — murmurei, sentindo-me impotente e odiando cada segundo.

— Levem-na para um lugar confortável e esperem. É tudo o que podem fazer — aconselhou Nektas. — Vou cuidar de Ires.

Um lugar confortável? Ali? Troquei um olhar com Kieran. Poppy não ficaria confortável em nenhum lugar em Wayfair, mas que escolha nós tínhamos?

— Vamos encontrar um lugar — assegurou Kieran, voltando a desempenhar o papel de sempre.

Ele era a parte lógica de nós dois. Acolhedor e calmo quando a porra toda explodia. Mas eu sabia que aquilo era frequentemente apenas uma fachada. Comecei a me virar.

— Só tem uma coisa que vocês devem saber — complementou Nektas, fazendo-nos ficar imóveis. — A estase que vem ao final da Seleção pode ter… efeitos colaterais inesperados e duradouros.

Senti meu coração se apertar quando a apreensão tomou conta de mim.

— Tipo o quê?

— Perda de memória. Não saber quem é ou quem as pessoas ao redor são — explicou.

O que antes era um aperto em meu peito…

Virou uma pressão intensa que o esmagou de vez.

O corpo de Kieran sobressaltou, dando um passo para trás.

— Pode acontecer de ela… — Sua calma começava a rachar. — Ela não saber quem é? Quem nós somos?

— Pode, mas é bem raro. Consigo me lembrar só de duas vezes que aconteceu — revelou Nektas, a tensão marcando sua boca. — Vocês só precisam estar cientes da possibilidade.

E se aquilo se tornasse realidade? O olhar de Kieran encontrou o meu. Engoli em seco.

— E se acontecer de fato?

Nektas ficou em silêncio por um longo momento.

— Então ela vai ser uma estranha para si mesma e para vocês.

Kieran fechou os olhos.

Não consegui fazer o mesmo. Olhei para Poppy. Ela era meu coração, meu tudo. Eu não podia nem imaginar que ela pudesse não saber quem era… não saber quem *nós* éramos.

— Conversem com ela. — A voz de Nektas estava mais suave. — Foi isso que Nyktos fez quando *ela* estava em estase. Não sei se ela o ouviu, mas acho que ajudou. — Então inclinou a cabeça enquanto olhava para Ires. — Sei que o ajudou.

Assenti, desviando a atenção do dragontino. Sabia que deveria ter perguntado quando ou se ele voltaria. Imaginei que sim. A filha dele estava naquele plano, mas considerando que eu era um desgraçado que só pensava em si, minha única prioridade era levar Poppy para algum lugar confortável. Eu não estava pensando em Nektas e em sua filha. Nem no pai de Poppy, ou na Coroa que tínhamos acabado de destituir... o reino que tínhamos conquistado, ainda que somente no sentido mais técnico. Todas aquelas coisas eram importantes, mas nenhuma delas importava.

Carreguei Poppy de volta pelo labirinto subterrâneo e ao primeiro andar, com o coração calmo e estável porque seguia o ritmo do dela. Tentei focar nisso enquanto Kieran andava à frente e Delano ficava bem próximo a mim. Todo o resto era só um borrão. Tudo o que eu sabia era que Kieran e um empregado do castelo sussurraram umas palavras um para o outro, e pensei ter ouvido a voz de Emil enquanto subíamos um estreito lance de escadas. Eu não sabia quantos andares havíamos subido. Havia apenas paredes de pedra esbranquiçadas e algumas janelas até entrarmos em um corredor vazio ladeado por cortinas pretas pesadas. Alguém abriu a porta adiante, e segui Kieran para dentro de um aposento escuro. Ele foi direto até duas janelas grandes emoldurando uma cama e pegou as cortinas brocadas, arrancando-as dos varões.

— É um quarto de hóspedes — explicou Kieran, jogando as cortinas de lado. — Não é usado tem um tempo, mas foi limpo recentemente.

Uma brisa fraca entrou pelas janelas enquanto eu olhava ao redor. O aposento era mobiliado com vários sofás e poltronas, e parecia ter acesso a uma sala de banho. Teria que servir.

Kieran me seguiu enquanto eu carregava Poppy para a cama. Ele afastou um cobertor bege para abrir espaço para ela. Eu não queria soltá-la. Era como se eu não fosse fisicamente capaz. Meus braços tremiam quando a coloquei na cama.

— Ela não se mexeu nenhuma vez. — Ouvi a mim mesmo anunciando enquanto me forçava a tirar os braços de debaixo dela. Sentei-me ao seu lado, balançando a cabeça. — Nem os cílios dela tremeram.

— Ela vai ficar bem — disse Kieran enquanto Delano pulava na cama e se deitava do outro lado de Poppy, próximo ao quadril, apoiando a cabeça sobre as patas da frente. O olhar dele estava fixo na porta. — Não acho que Nektas mentiria para nós.

— Isso faz você se sentir melhor?

— Óbvio que não.

Mordendo o lábio inferior, continuei balançando a cabeça. Tinha merda demais rondando minha mente.

— Não gosto de ficar aqui, neste lugar maldito, quando ela está vulnerável desse jeito.

— Vou garantir que nenhum empregado sequer acesse este andar — afirmou Emil, à soleira da porta.

Olhei para o Atlante. Eu tinha razão quanto a ter ouvido a voz dele, mas não percebi que ele havia nos seguido. Merda. Eu precisava me recompor.

— Obrigado.

Emil desviou os olhos dourados para Delano.

— E ele também vai garantir isso.

Assenti. Poppy parecia tão... sem vida. Fechei os olhos por um momento breve, obrigando meu maldito corpo a relaxar. Com certeza ela não estava confortável daquele jeito, com armas presas ao corpo e os pés imundos de sangue e sujeira. Olhei por cima do ombro para a sala de banho.

— Hisa está por perto? — questionei, referindo-me à Comandante da Guarda da Coroa.

Kieran confirmou com a cabeça.

— Quer que eu veja se ela consegue encontrar algo para Poppy vestir?

— Isso. — Pigarreando, passei a mão pelo cinto preso à coxa dela, soltando as tiras. Era estranho como a tarefa me acalmava de alguma forma. Desacelerava os pensamentos tumultuados o bastante para eu me lembrar de quem era... de quem éramos. — Emil.

— Sim — respondeu ele de imediato.

— Vamos ficar afastados por um tempo, mas ninguém além do nosso pessoal precisa saber o motivo — comecei a falar, retirando o cinto e a adaga da perna de Poppy. — A primeira coisa que precisamos fazer é garantir que Wayfair esteja seguro.

— Já estou cuidando disso — retrucou Emil. — Os lupinos já estavam resguardando as imediações enquanto vocês estavam lá embaixo, junto com Hisa e a Guarda da Coroa.

**43**

— Perfeito. — Observei Kieran pegar o cinto da minha mão e colocá-lo na mesa de cabeceira. — Precisamos encontrar meu irmão e... e Millicent.

— Naill foi atrás deles — informou Emil.

— Eu... — Encontrei o olhar de Kieran. — Não quero nenhum deles perto deste andar.

— Entendido — disse Emil. Ele não fez piadas nem provocações. Não naquele momento. — E o que quer que a gente faça com os Ascendidos? Não encontramos mais nenhum no castelo, mas chegou ao meu conhecimento que existem vários grupos nas mansões perto da Ponte Dourada e dentro do Bairro dos Jardins.

*Mate-os.* Foi meu primeiro pensamento. *Depressa e sem fazer bagunça.* Mas enquanto limpava uma mancha de sujeira da mão de Poppy, soube que ela não ia querer aquilo. Principalmente considerando que eu não saberia dizer se algum deles estava indo para cima de nós ou não.

— Mantenha-os dentro de casa. — As palavras deixaram um gosto de cinzas em minha língua. — Certifique-se de que todos saibam que não devem machucar os Ascendidos até termos discutido o que fazer com eles.

— Pode deixar — garantiu Emil. Então fez uma pausa. — E seu pai?

Merda. Não tinha pensado nele nem nos outros em Padônia.

— Precisamos entrar em contato com ele. — Kieran tinha se ajoe lhado ao nosso lado. — Atualizá-lo sobre como as coisas estão. Mas não precisamos falar sobre Poppy.

— Concordo. — Bufei, sabendo que ele viria ao nosso encontro assim que descobrisse que tínhamos vencido. Eu não sabia se Poppy já estaria acordada a essa altura. Pensei na amiga dela. — Faça com que Tawny venha com ele.

— E o povo da Carsodônia? — questionou Emil depois de um momento. — Eles ainda estão trancados em casa, no momento por escolha, mas não acho que isso vai durar muito tempo.

Eu também achava que não.

O que fazer com eles era uma boa pergunta.

— Muitos deles passaram a vida toda achando que somos monstros. Eles vão ficar com medo. Vamos... vamos precisar falar com eles.

Kieran concordou com a cabeça.

— Acho que vamos ter um tempo antes de precisarmos disso.

— Lidaremos com esse problema quando a única opção for incendiá-lo — respondi, dando uma risada seca antes de passar as costas da mão pelo queixo. — Encontrar Malik é importante. Ele conhece muitos Descendidos aqui.

— Eles podem ser úteis. — Kieran se voltou a Emil. — Mais alguma coisa?

— Não consigo pensar em mais nada, mas tenho certeza de que daqui a cinco minutos vai me ocorrer algo. — Emil deu um passo para trás, então parou. — Na verdade, só levou um segundo.

Dei um leve sorriso.

— Vocês o encontraram? — perguntou Emil. — O pai dela?

— Encontramos. — Então sorri de verdade, um sorriso mais aberto e mais firme. — Nektas vai levá-lo para… casa.

— Nektas — repetiu Emil, soltando um assobio baixo. — Ele é um puta dragontino mesmo.

Uma risada rouca me escapou. É, de fato ele era.

— E acabei de pensar em mais uma coisa — anunciou Emil, e Kieran abriu um grande sorriso. — Houve uma espécie de… ocorrência no ateneu da cidade, quase uma explosão. Estão verificando a situação agora.

— Está tudo bem — respondi, contando as respirações de Poppy. — É a Deusa Penellaphe.

— Como é? — A voz de Emil soou estridente.

— Isso mesmo que você ouviu — afirmou Kieran. — Os Deuses estão despertando. Ela estava hibernando debaixo do Ateneu. — Ele fez uma pausa. — Talvez haja outros despertando, aqui ou por Solis, se ainda não aconteceu.

— Ah. Tudo bem. É uma sequência de coisas totalmente normais e esperadas para se dizer em voz alta — retrucou Emil devagar. — Eu vou… vou avisar todo mundo. E tenho certeza de que nenhum deles vai ter uma única dúvida nem, possivelmente, perder a compostura com a notícia.

Ele fez menção de sair.

— Emil? — Girei o corpo, olhando-o com atenção dessa vez. Eu o vi ali parado, mas não conseguia esquecer a imagem dele com uma lança atravessada no peito. — Como está se sentindo?

— Estou… — Emil abaixou a cabeça para olhar para os rasgos irregulares em sua armadura. Engoliu em seco, então olhou para além de mim, para Poppy. — Estou feliz por estar vivo. Quando ela acordar, diga que ela tem minha eterna devoção e absoluta, total adoração.

Estreitei os olhos.

Emil deu uma piscadela e se virou para sair.

— Desgraçado — murmurei, virando-me para Poppy.

Eu não ia falar porra nenhuma para ela.

Kieran riu, mas o som logo se dissipou. Deuses, ela odiaria aquilo: nós dois olhando para ela enquanto ela hibernava. Quando despertasse, provavelmente ia apunhalar um de nós, ou ambos. Eu queria rir, mas não conseguia.

— Ela vai ficar bem. Vai acordar, e vai saber quem é. Vai saber quem somos. — Kieran colocou a mão em meu ombro. — Só temos que esperar.

— Aham.

Havia um nó em minha garganta e meu peito continuava apertado.

Kieran apertou meu ombro, então afastou a mão. Pigarreou.

— O que acha que Nektas queria dizer quando falou do éter e nós termos nos Unido com uma Primordial?

Esfreguei o queixo, precisando de um momento para me lembrar do que ele estava falando.

— Cara, tinha esquecido completamente disso. Eu não faço ideia. E, lógico, ele não entrou em detalhes.

— Estou começando a achar que dragontinos são excepcionalmente hábeis em serem vagos — opinou Kieran.

Outra risada rouca me escapou.

— É, mas todos nós estávamos com coisas mais importantes na mente. E ainda estávamos.

— Converse com ela — sugeriu Kieran, e olhei para ele de novo. — Foi o que Nektas disse.

— Foi sim.

Mas conversar sobre o quê? Balancei a cabeça ao observar o rosto de Poppy. Ela parecia estar tão tranquila, enquanto tudo em mim parecia estar se dilacerando. Passei as pontas dos dedos por sua bochecha gelada. *Converse com ela.* Toquei a cicatriz que começava em sua têmpora e, por alguma razão, pensei na primeira vez que eu a tinha visto sem o véu.

Então pensei na primeira vez que eu a tinha visto *de verdade.*

Eu não sabia se era aquilo que Nektas queria dizer, mas era alguma coisa. Eu me forcei a respirar fundo, com calma, enquanto Kieran ajeitava a manga da camisa de Poppy.

— Já te contei como era quando eu estava na Masadônia? — falei para ela, sentindo Kieran e Delano voltando a atenção para mim. — Não consigo lembrar, mas acho que não falei para você como era antes que eu virasse seu guarda. Tudo o que fiz. — Soltei o ar de forma mais pesada dessa vez. Eu tinha feito *muita coisa*. — E como tudo mudou, como *eu* mudei, por sua causa.

Coloquei uma mecha de cabelo atrás de sua orelha.

— Mas por onde começar? — Busquei em minhas próprias lembranças. De início minha mente estava turva. Mas então... — Acho que vou começar com a Colina.

# NA COLINA

Uma brisa fria chegou à Colina, afugentando o calor remanescente do final da estação que perdurava mesmo depois do início do outono. O ar noturno carregava indícios de que a neve se aproximava.

E não era só isso.

Virei o corpo e apoiei o pé na borda, olhando para baixo, para as construções decrépitas à sombra da muralha circundando a fossa de uma cidade conhecida como Masadônia. As casas eram todas em tons monótonos de cinza e marrom, marcadas pela sujeira e pela fumaça, umas sobrepondo-se às outras, deixando pouco espaço para que carroças cruzassem as ruas, que dirá espaço o bastante para que as pessoas respirassem qualquer outra coisa além do fedor de lixo e de podridão.

E morte.

Sempre havia morte no ar que envolvia a Colina.

Cerrei os lábios em um ato de repulsa enquanto analisava as fileiras e mais fileiras de casas na Ala Inferior. Iluminada por tochas e alguns postes, que usavam óleo em vez de eletricidade, lá e cá, as construções apinhadas pareciam estar a uma brisa de desabarem. Evidentemente o Duque e a Duquesa Teerman, os Ascendidos que governavam Masadônia, acreditavam que apenas os abastados mereciam luxos como ar limpo e espaço, eletricidade e água corrente.

Masadônia era uma das cidades mais antigas do reino, e eu tinha certeza de que fora linda enquanto a Atlântia ainda regia o plano mortal como um todo... antes da Guerra dos Dois Reis, da Coroa de Sangue, e de as Colinas serem erguidas em torno de cidades e vilarejos como prisões para afastar as consequências do mal que ali vivia. Antes que meu povo migrasse para leste das Montanhas Skotos pelo bem maior do Reino.

Mas bem nenhum resultara daquilo.

Os Ascendidos, aqueles que hoje dominavam tudo a oeste de Skotos, eram especialistas em revisionismo, reescreviam a história se colocando como heróis e amaldiçoando os Atlantes como vilões. Tinham conseguido convencer os mortais de que eram *Abençoados* pelos Deuses e se instalaram como governantes do que passaram a chamar de Reino de Solis.

Um grito abrupto ecoou das sombras da Ala Inferior.

*Aquele* mal não tinha se infiltrado. Hoje vivia entre os mortais.

Apertei o punho da espada presa ao quadril enquanto observava o piscar das luzes da Viela Radiante, localizada na base do Castelo Teerman. Atualmente, a única beleza a ser encontrada estava além do Bosque dos Desejos, que era bem arborizado, onde a elite de Masadônia morava em mansões enormes de incontáveis hectares. A maioria era Ascendida. Apenas alguns eram mortais que se beneficiaram com a riqueza geracional. E provavelmente tinham ciência do *quê* os Ascendidos eram.

Seria de imaginar que os vampiros cuidassem melhor de seu povo, considerando que eles acabariam secando e perecendo sem eles. Entretanto, de um modo geral, os Ascendidos pareciam carecer de visão tanto quanto careciam de empatia. Tratavam as pessoas como gado, mantendo-as vivas em condições de merda até que chegasse a hora do abate.

— Não dá para se acostumar nem com os cheiros nem com os barulhos. — A voz invadiu meus pensamentos. — A menos que você tenha sido criado na Ala Inferior.

Virei em direção a Pence. O guarda loiro não devia ter passado muito do primeiro ou segundo ano de sua segunda década de vida. Eu duvidava de que ele fosse envelhecer mais se continuasse na Colina. A maioria dos guardas não envelhecia.

— Você cresceu lá embaixo?

À luz de uma tocha próxima, Pence confirmou com a cabeça enquanto observava as casas enfileiradas como se fossem uma dentição torta e pontuda. Sua resposta não me surpreendeu. Não havia grandes oportunidades em Solis a menos que alguém nascesse rico. Ou você trabalhava como os seus pais faziam, mal conseguindo sustento, ou se juntava ao Exército Real, torcendo para ser um dos tolos sortudos que viviam por tempo suficiente para sair da Colina e conseguir algo como uma posição na Guarda Real.

Pence franziu a testa quando ouvimos uma série de gritos, vindos de uma região próxima da Cidadela, onde se gastavam moedas em covis de jogos ou bordéis. Só os Deuses sabiam o que estava acontecendo. Um negócio que dera errado? Um assassinato sem sentido e sem motivo? Os próprios Ascendidos? Eram infinitas possibilidades.

— E você? — questionou ele.

— Fui criado em uma fazenda a leste daqui. — A mentira fluiu com facilidade, e não era somente porque eu, de fato, tinha vindo do leste, do Extremo Leste, mas porque eu era tão bom em mentir quanto era em matar.

Pence franziu ainda mais a testa.

— Tinha ouvido dizer que você era da capital.

— Trabalhei na Colina na Carsodônia. — Outra mentira. — Mas não sou de lá.

— Ah.

O rapaz suavizou a expressão enquanto voltava a olhar para a Ala Inferior e as nuvens de fumaça emanando das chaminés.

Não fiquei nada surpreso com o fato de que ele não insistiu em saber mais a respeito do que eu revelei. A maioria dos mortais quase nunca questionava as coisas. O legado entre as gerações era simplesmente aceitar o que lhes fora dito. Algo pelo qual eu precisava agradecer aos Ascendidos. Facilitava muito o que eu tinha ido fazer.

— Aposto que a Carsodônia é bem diferente daqui — comentou Pence em um tom desejoso.

Quase ri. A capital era igualzinha à Masadônia, embora ainda mais estratificada e péssima. Mas contive o som da risada que queria escapar.

— As praias ao longo do Mar de Stroud são... bonitas.

Pence deu um sorriso rápido, o que o fez parecer ainda mais jovem.

— Eu nunca vi o mar.

E provavelmente nunca veria.

Uma dor insistente se espalhou por meu peito e barriga; um lembrete de que eu precisava me alimentar.

— Mas meu irmão vai ver — acrescentou ele, sorrindo. — Owen é um segundo filho, sabe?

A raiva substituiu a dor, preenchendo meu corpo, mas a mantive sob controle enquanto voltava a atenção à Ala Inferior.

— Ele é um cavalheiro de companhia, então?

— É. Ele está no castelo desde os 13 anos, aprendendo a ser um cavalheiro.

Dei um sorrisinho.

— E como se *aprende* a ser um cavalheiro?

— Imagino que seja aprendendo com qual garfo e colher se deve comer, merdas chiques desse tipo. — Pence deu uma risada rouca, o que me fez lembrar que ele tinha acabado de se recuperar de uma das muitas doenças que se alastravam pela Cidadela e pela Ala Inferior. — Provavelmente fica entediado horrores aprendendo sobre as histórias e como se portar, sem perceber como é sortudo.

— Sortudo? — repeti ao olhar para ele.

— Pra caramba. Todos os segundos filhos e filhas são sortudos. — Pence ajeitou o punho da espada. — Ele nunca vai ter que se preocupar com ficar a postos na Colina nem ir além dela. Ele está feito, Hawke. Feito para a vida.

Encarei o tolo… não, não um tolo. Pence podia não ter instrução, nenhum dos primeiros filhos e filhas tinham, a menos que fossem ricos, mas o homem não era um tolo. A Coroa de Sangue só tinha enfiado por sua goela abaixo a mesma merda de sempre. Então, lógico que ele acreditava que o irmão era sortudo por ter sido concedido à Coroa Real quando fizera 13 anos durante o maldito Ritual… como acontecia com todos os segundos filhos e filhas. Eram criados na Corte e então, em algum momento, recebiam a Bênção dos Deuses. Eram Ascendidos. Mas eu supunha que Owen tinha mais sorte do que os terceiros filhos e filhas que, quando crianças, eram concedidos durante o Ritual para servir aos Deuses nos vários templos pelo reino.

Rangi os dentes. A fé que as pessoas tinham nos Ascendidos era forte, não era? Na verdade, os cavalheiros e damas de companhia não recebiam porra nenhuma dos Deuses quando Ascendiam, e aqueles bebês não eram criados para servirem aos Deuses porque os Deuses vinham hibernando havia séculos.

Mas a maioria das pessoas de Solis não sabia daquilo, e, sendo justo, não era tão difícil entender por que tanta gente acreditava nos Ascendidos. Em uma análise superficial, não haveria por que duvidar de que os Deuses tinham Abençoado os Ascendidos. Não quando eles *pareciam* ter sido agraciados com força, longevidade, riqueza e poder; coisas as quais os mortais só sonhavam possuir. Contudo, nada nos Ascendidos (a Coroa de

Sangue e todos os Duques e Duquesas e cavalheiros e damas Ascendidos) era uma bênção.

Era tudo um puta pesadelo.

Um barulho estranho surgiu atrás de nós, era um uivo baixo que poderia ser confundido com o vento, mas todo mundo na Colina fora treinado para reconhecer aquele som. O alerta. Nós nos viramos imediatamente, observando as terras banhadas pelo luar fora da Colina.

Passei para o outro lado do muro e olhei para as terras áridas. Havia uma aglomeração de nuvens obstruindo a maior parte do luar, mas minha vista era bem melhor do que a de outros na Colina, e abaixo dela, logo depois do muro, onde os cavalos relinchavam nervosos, vi o que o som havia alertado. Passando pela fileira de tochas localizadas um pouco depois da saída da Colina, uma névoa densa se acumulava às margens da Floresta Sangrenta, uma única sombra em meio à névoa.

Pence veio para perto de mim, analisando o terreno obscurecido. Ele estava mais pálido naquele momento, mas seus ombros se mantiveram firmes enquanto ele pegava o arco preso às costas. O guarda estava com medo, mas o medo não extinguia sua coragem.

A Coroa de Sangue não merecia Pence nem os homens lá embaixo, aqueles que começaram a avançar na dianteira. Alguns não voltariam.

Outro lamento baixo e pungente ecoou da Floresta Sangrenta, e uma segunda sombra apareceu em meio à névoa. Então outra. Ainda assim, a névoa não ficou mais densa ou mais alta. Não parecia haver um monte, mas três Vorazes já poderiam significar um grande perigo.

— Malditos Atlantes — esbravejou Pence.

Olhei para ele e precisei me refrear para não jogá-lo Colina abaixo... ou rir, considerando que ele estava praguejando contra aqueles cujo sangue seria usado para Ascender o irmão dele quando chegasse a hora, uma vez que os Deuses não Ascendiam ninguém. A Coroa de Sangue simplesmente usava o sangue atlante.

E os Vorazes não tinham nada a ver com meu povo. Não eram fruto do nosso beijo venenoso como fizeram os mortais acreditarem. Aquela era outra mentira de merda que a Coroa de Sangue havia usado para encobrir as próprias maldades e sedimentar o ódio das pessoas por Atlantes. *Eles* eram os únicos responsáveis pelas criaturas que matavam de maneira indiscriminada na ânsia por sangue.

— Espero mesmo que meu irmão Ascenda logo — disse Pence, engolindo em seco. — Ele vai ficar mais seguro, sabe?

Aham, ficaria mais seguro.

Também criaria mais Vorazes que poderiam matar Pence um dia.

— Quantos anos seu irmão tem?

Eu sabia que a Coroa de Sangue geralmente não Ascendia os cavalheiros e damas de companhia até chegarem à fase adulta.

— Acabou de fazer 16. — Pence estreitou os olhos. — Não sei se ele vai Ascender durante a Ascensão da Donzela ou se vão esperar. Mas não vai demorar. Isso se acontecer mesmo.

Meu corpo enrijeceu, o que fez com que eu afrouxasse o aperto na espada.

*A Donzela.*

Respirando fundo, ignorei o fedor que eu praticamente sentia na língua. Ela era a única razão de eu estar naquele pardieiro de cidade. A Ascensão dela estava para acontecer em algum momento do ano, deveria ser a maior a acontecer desde o início da guerra alguns séculos antes.

"Deveria ser" sendo a parte crucial da frase. Porque Pence foi esperto de se questionar se a Ascensão aconteceria.

A resposta era não.

Mantive a voz neutra ao perguntar:

— Por que acha que a Ascensão não vai acontecer?

— Sério? Não acha que os Descendidos vão tentar alguma coisa? — Ele me lançou um olhar duro enquanto abaixava o arco. — Eles querem usurpar a Coroa. Ou, no mínimo, arranjar confusão. Evitar a Ascensão da Donzela seria uma forma de fazer isso.

— E por que a Ascensão da Donzela teria tanto impacto assim na Coroa?

Virei o corpo na direção dele, duvidando de que ele fosse responder o que eu e os meus espiões ainda tentávamos descobrir.

Ele estreitou os olhos.

— Porque a Donzela é a Escolhida pelos Deuses — respondeu ele com a reverência que com frequência tomava a voz de qualquer um que falasse sobre a Donzela e a confiança de qualquer puto que cuspisse aquelas palavras.

Contudo, as palavras de Pence carregavam um tom que demonstrava que ele me achava estúpido por sequer perguntar aquilo.

Ainda bem que eu consegui me impedir de gritar "por quê?" na cara dele. *Por que* aquela Donzela era a Escolhida? A Coroa de Sangue nunca explicava muito além de dizer que a Ascensão dela anunciava uma nova era. Não importava o quanto se questionasse ou quantos Ascendidos fossem interrogados, nunca descobríamos a razão por trás da crença ou de que maneira ela se tornaria aquela... arauta da nova era.

— Ouvi dizer que o Duque está preocupado com o próximo Ritual — contou Pence depois de um momento, a tensão visível no rosto magro. — Acho que devem ter recebido umas ameaças convincentes. Estão com medo de que o Senhor das Trevas aproveite que os Descendidos estão irritados para mandá-los para cá fazer alguma coisa.

O Duque tinha todos os motivos para estar preocupado com o Ritual seguinte. Levantei o canto da boca enquanto desviava a atenção de Pence, pensando que o guarda provavelmente se mijaria todo se soubesse quem estava ao seu lado, conversando com ele.

O suposto Senhor das Trevas.

O Príncipe de um reino arruinado que a Coroa de Sangue alegava estar determinado a disseminar a carnificina e o caos. Muitos acreditavam naquilo, mas o Rei e a Rainha falsos não conseguiram convencer ninguém em Solis. Os Descendidos sabiam que o reino de Atlântia não tinha sido destruído. Em vez disso, tínhamos nos desenvolvido e nos reconstruído nos quatro séculos que se seguiram à guerra, fortalecendo nossos exércitos.

Se Atlântia invadisse Solis, algo que muitos em Atlântia desejavam, Solis seria tomada. Milhares, senão milhões, morreriam no processo. E era exatamente aquilo que aconteceria se eu não saísse daquela maldita Colina e pusesse as mãos na Donzela.

Porque sem que o povo de Solis soubesse, a Coroa de Sangue havia roubado algo muito importante para Atlântia. Não apenas o Príncipe deles, mas o herdeiro do trono. Se ele não fosse libertado, haveria guerra. E daquela vez?

Daquela vez não bateriam em retirada pelo bem maior do povo.

# O CHEIRO DA PODRIDÃO

Seis guardas tinham avançado a cavalo para cuidar dos Vorazes antes que eles chegassem à Colina.

Três retornaram.

Era raro que aqueles que perecessem fora da Colina fossem trazidos de volta para serem sepultados. Às vezes nem sobrava nada do corpo para ser velado pelos entes queridos. Geralmente isso acontecia porque os Ascendidos não queriam que as pessoas soubessem exatamente quantas vidas eram perdidas nas lutas contra os Vorazes.

Em outras palavras, não queriam que as pessoas soubessem como tinham pouquíssimo controle da situação.

Fiquei tenso enquanto observava um dos guardas desmontar dentro da Colina. O homem mal conseguia se manter de pé. Inalei fundo, sentindo o cheiro doce e rançoso de... *podridão*. Merda. Não gostando nada do que eu tinha visto nem do cheiro, fui até a borda e esperei que o guarda se virasse.

— Hawke Flynn. — A voz aguda e anasalada do Tenente Dolen Smyth cortou o burburinho baixo daqueles na Colina. — Você não estava na chamada de hoje à tarde.

Pence fez uma reverência, como se fazia necessário para alguém da posição de Smyth. Permaneci imóvel e analisei os movimentos do guarda de cabelo escuro enquanto ele falava com os diversos guardas pelo terreno.

— Eu estava lá.

— Acabei de falar que não te vi lá — devolveu o Tenente Smyth, o que era uma puta mentira. Ele tinha me visto. Eu sabia que sim porque ele ficara de olho em mim como se quisesse ver minha cabeça em uma bandeja. — Então como exatamente você estava lá, Flynn?

— Não tenho certeza de como responder a isso. — O guarda que eu estava observando tinha começado a caminhar, conduzindo seu cavalo nervoso para os estábulos. Ele se virou por um breve momento, a lateral do corpo banhada pela luz da fogueira. Eu o reconheci. Jole Crain. Ele era jovem. Caralho, mais jovem que Pence. — Acho que um Curandeiro lhe responderia melhor.

— E por que você acha isso, porra? — perguntou o Tenente, irritado.

— Porque se não me viu... — respondi, avistando Pence pela visão periférica. Parecia que ele estava tentando desaparecer em uma das platibandas curvilíneas. — Então parece que tem algo errado com sua visão. — Eu me virei para o Tenente naquele momento, dando um sorriso forçado. O manto branco da Guarda Real se agitava com o vento em cima de seus ombros magros, como uma bandeira de rendição. Embora Smyth esbanjasse autoridade sobre os outros como muitos na posição dele faziam, ele tinha conquistado aquela vaga cobiçada na Guarda Real. Apenas os mais fortes e habilidosos ficavam vivos por tempo o suficiente para deixar a Colina. — Então eu sugeriria que averiguasse isso de imediato.

— Não tem nada de errado com minha visão — balbuciou o Tenente loiro, e suas bochechas normalmente rubras ficaram ainda mais coradas de raiva.

Lembrei a mim mesmo de que jogá-lo Colina abaixo não me traria nada de bom.

— Então você me viu. Talvez o problema seja com sua memória, então.

As narinas dele inflaram enquanto dava um passo em minha direção, mas, por fim, o Tenente se conteve. Os dedos de sua mão direita perderam a cor devido à força com a qual apertavam o punho da espada. Ele não a empunhou. Mas era evidente que era o que queria fazer. Seja lá qual fosse o instinto que o homem havia tido, o impedira de tomar uma decisão completamente tola. Ou talvez fosse a inteligência. O que Smyth tinha de canalhice tinha de esperteza.

E eu estava começando a considerar que talvez ele fosse astuto demais. Observador demais.

Porque ele estava na minha cola desde o primeiro dia, monitorando cada passo que eu dava e fazendo perguntas demais.

— Seu desrespeito vai ser reportado — afirmou ele enfim, com o tom de voz ainda mais estridente que o normal. — E vamos ver o que o Comandante Jansen dirá sobre isso.

Meu sorriso ficou mais aberto.

— Isso, vamos ver.

— E para a sua informação — continuou ele em um tom raivoso, erguendo o queixo —, estou de olho em você, Flynn.

— É o que a maioria diz — respondi, então dei uma piscadela.

O Tenente Smyth enrijeceu os ombros. Parecia que ele queria dizer mais alguma coisa, mas, para o meu desapontamento, ele se lançou para a frente, trombando o meu ombro com o dele enquanto continuava a patrulha.

Rindo, olhei para onde Pence quase tinha se fundido às sombras do parapeito.

— Você tem culhões de ferro, é? — questionou o guarda.

Ri com escárnio.

— Não que eu saiba.

— Eu tenho minhas dúvidas. — Pence cruzou a ameia, passando a mão pelo cabelo bagunçado pelo vento. — Smyth é um babaca.

— Eu sei.

— Então você também deve saber que ele fará exatamente o que disse. Vai contar ao Comandante.

— Tenho certeza de que vai, sim — respondi, ajeitando a alça do boldrié enquanto olhava para onde tinha visto o guarda antes. — Jole Crain tem um quarto nos dormitórios, não tem?

— Aham. Um no terceiro andar. — Pence franziu a sobrancelha. — Por que quer saber?

Dei de ombros.

Pence me observou por um momento.

— Você não está nem um pouco preocupado com o Tenente, não é?

— Não estou, não.

E não estava mesmo.

O Tenente Smyth não chegava a entrar na lista de coisas com as quais eu me preocupava.

Ergui o olhar para as torres de pedra da Cidadela e então para mais adiante, observando os limites da Ala Inferior e do Bosque dos Desejos, para depois das ruas mais amplas e bonitas e das mansões exuberantes. Atentei para os muros arqueados e extensos do Castelo Teerman, onde a Donzela provavelmente dormia com serenidade, segura em sua jaula de pedra e vidro, inalcançável.

Mas não por muito tempo.

# ELE MORREU CERCADO POR SONHOS

Atravessei o pátio da Cidadela, sobre o qual porções de grama se esforçavam para crescer, depois de todo o pisotear que sofreram ao longo de anos de treinamento.

Para minha sorte, apenas os novos guardas treinavam na Cidadela. O resto participava de sessões diárias no Castelo Teerman. Eu não me incomodava de treinar. Na verdade, até ansiava por aquilo. O tempo que passava no pátio permitia que eu me familiarizasse com o castelo.

Também me dava oportunidades de ver a *Donzela*.

Ou quase isso.

Ela não era vista em público a não ser nas sessões da Câmara Municipal. Mas eu a tinha encontrado observando de uma das muitas alcovas no castelo que davam para o pátio de treinamento. Geralmente, era só um vislumbre do branco do vestido ou do véu. Eu ainda não tinha visto suas feições, com exceção de um queixo levemente acentuado e uma boca surpreendentemente volumosa de um tom cereja. Eu ainda nem tinha ouvido sua voz.

Para ser sincero, eu estava começando a pensar que ela não tinha cordas vocais ou que só falava em sussurros, como um rato que se assustava diante de quaisquer sons altos. Não me surpreenderia se fosse o caso. Afinal, a suposta Escolhida tinha que ser ou uma criatura temerosa e submissa que se permitia ser coberta pelo véu e ter cada aspecto de sua vida sob o controle de outrem, ou acreditava na baboseira que a falsa rainha (a Rainha de Sangue) lhe enfiava goela abaixo. A segunda opção era a explicação mais provável para sua submissão voluntária, principalmente considerando que ela tinha um irmão que havia Ascendido.

Eu tinha visto a Donzela na alcova com a Duquesa algumas vezes, a Ascendida observando os homens treinando como se desejasse se deleitar da carne deles mais do que desejava o sangue. Damas e cavalheiros de companhia faziam o mesmo, geralmente dando risadinhas por trás de leques de seda entre uma olhadela nada recatada ou outra para aqueles que estavam no pátio. Era a atração que os levava a assistir, mas a presença da Donzela era um mistério intrigante, e poucas coisas me intrigavam ultimamente.

Todos em Solis sabiam que a Donzela era *intocada* tanto no sentido literal quanto no figurativo e assim deveria permanecer. Eu nem conseguia imaginar que tipo de lógica arcaica os Ascendidos tinham para justificar isso ou por quê. Para ser sincero, eu estava pouco me fodendo, mas não existia rumor nenhum indicando que a Donzela tinha se rebelado contra a jaula em que a colocaram. Então, eu não acreditava que ela assistisse aos treinos pelos mesmos motivos da Duquesa e dos outros.

Pensando bem, não existia rumor nenhum sobre a Donzela, provavelmente porque a maioria não tinha permissão de falar com ela. Havia boatos de guardas que foram afastados dos cargos ou mesmo rebaixados a trabalharem fora da Colina simplesmente por a terem cumprimentado com um sorriso ou um "olá" inofensivo.

Eu sabia pouquíssimo sobre ela. A Donzela supostamente nascera envolta no manto dos Deuses, que era outra baboseira dos Ascendidos. Os que estavam nas classes trabalhadora e inferior nutriam uma afeição por ela, o que ficava nítido na forma como falavam dela usando o mesmo tom reverente que Pence usara. E diziam que ela era gentil. Sabia-se lá como sabiam disso, considerando que não tinham a permissão de se dirigir a ela. As superstições bobas deles provavelmente eram o que gerava sua lealdade, não algo pautado na realidade.

Era provável que a Donzela não merecesse o apoio do povo, assim como a Rainha de Sangue a quem ela representava. Porque no fim das contas, não tinha como ela não saber o que os Ascendidos eram de verdade, como a Ascensão de fato acontecia e que eles eram responsáveis pelos monstros que haviam tirado tantas vidas.

Afastando os pensamentos sobre a Donzela, entrei no corredor nos fundos do dormitório e virei à esquerda, adentrando uma escadaria. Eu estava cansado, mas mesmo que eu fosse para meus aposentos, não conseguiria dormir. Levava horas até minha cabeça desanuviar o suficiente para

apagar, o que geralmente acontecia algumas horas antes de amanhecer...
se eu tivesse sorte. Porra, eu não conseguia lembrar a última vez que tinha
dormido uma noite inteira.

Naquela noite eu tinha um motivo real para evitar o silêncio do meu
aposento individual e suas paredes vazias e sem vida.

Fui subindo três degraus por vez, ponderando o que Kieran estava
fazendo. Combinamos de não cruzarmos o caminho um do outro, principalmente com o Tenente fungando meu cangote o tempo todo. Com
Kieran infiltrado na Guarda da Cidade, não havia muitas chances de nos
encontrarmos.

Ele tinha um pouco mais de liberdade para circular por aí, mas isso
também significava que ele via muito mais merda do que eu. Abusos nos
quais eu sabia que ele queria intervir, mas não podia fazer isso sem chamar
atenção. E a exploração com quem era mais vulnerável na Masadônia e
os maus-tratos só pioravam.

Também era assim que os Ascendidos mantinham o povo de Solis na
linha e sem perguntar nada. Recorrendo ao medo.

Chegando ao terceiro andar, entrei no corredor largo. Não levou muito
tempo para eu encontrar o quarto que buscava. O fedor de podridão não
seria notório para os outros ainda, mas estava *sim* mais forte. Continuei
seguindo adiante, perguntando-me que caralhos eu estava fazendo.

O problema que se formava naquele corredor não era meu.

Na verdade, era uma dádiva. Eu podia continuar andando e deixar
que o que estava prestes a acontecer acontecesse. Afinal, menos guardas
facilitava tudo. E se eu fosse esperto, veria todo mortal meramente atrelado
à Coroa de Sangue como um inimigo.

Mas eu conseguia ouvir os roncos atrás das portas fechadas e entendia
que a maioria dos guardas que servia a Coroa de Sangue não sabia da
realidade. Aquele andar estava cheio de homens inocentes, e se eu não
fizesse nada, metade deles estaria morta ao nascer do sol.

Ou ainda pior.

Parei em frente à porta, então bati.

Houve um momento de silêncio e então uma resposta abafada:

— Sim.

Levei a mão à maçaneta e girei; estava destrancada. Abrindo a porta,
dei um passo para dentro. Minha visão logo se ajustou ao aposento estreito
e mal iluminado, e encontrei quem vim procurar.

Jole Crain estava sentado na beirada da cama, que era pouco mais do que um catre, o cabelo escuro para a frente, cobrindo seu rosto enquanto ele apertava a nuca. Algo na postura dele me lembrou de meu irmão retornando depois de uma noite em que tinha exagerado na degustação de destilados. De repente, senti como se uma faca atravessasse meu peito. Tinha que ser por causa do cabelo. O do meu irmão era um pouco mais claro, um tom entre o loiro e o castanho, mas era do mesmo tamanho do de Jole.

Pensar em meu irmão era a última coisa de que eu precisava no momento.

Fechei a porta atrás de mim enquanto analisava o cômodo. A armadura dele estava perto da entrada, as armas em um baú aos pés da cama... todas, exceto uma. Havia uma adaga ao lado dele em cima do cobertor, sua lâmina de cor carmesim à meia-luz. Pedra de sangue.

Jole levantou a cabeça. O suor grudara as pontas do cabelo na testa, um sinal de que a febre tinha se apoderado dele. O rapaz estreitou os olhos. Já havia sombras sob os olhos nos pontos em que a pele era fina e se decompunha depressa.

E era exatamente o que estava acontecendo com Jole. Ele estava se decompondo. Apodrecendo. Já estava morto.

— Flynn? — questionou ele.

Confirmei com a cabeça, encostando-me na parede.

— Vi você voltando lá de fora da Colina.

— É?

Ele deixou a mão cair em cima do joelho. Seu braço tremia.

— Vim checar como você estava.

Jole ficou sem reação e então desviou o olhar.

— Estou... ótimo.

— Tem certeza?

Ele abriu a boca, mas tudo o que saiu foi uma risada rouca.

— Você foi mordido, não foi? — perguntei.

Outra risada escapou dele, agora trêmula e ríspida. Aguardei, e não levou muito tempo para ele fazer a coisa certa. Em silêncio, ele levantou o braço esquerdo e subiu a manga da túnica.

Lá estava. Outra confirmação do que eu já sabia.

Duas endentações irregulares em seu pulso. Da carne dilacerada escorria uma substância escura e oleosa. As linhas azuis e meio avermelhadas irradiavam do que deveria ser uma ferida pequena, espalhando-se pelo braço e desaparecendo debaixo da manga.

Jole se transformaria, tornando-se o que ele fora enviado para matar. Uma fera violenta e movida a raiva, com uma fome que não podia ser saciada. E isso aconteceria muito em breve.

Cada corpo lidava com a infecção à sua própria maneira. Muitos passavam um ou dois dias sem demonstrar nenhum sinal aparente. Outros se transformavam dentro de horas. O caso dele era o segundo, e aposto que o motivo disso era a parte do corpo que o Voraz tinha mordido. Era provável que tivesse acertado uma veia ou ao menos a perfurado superficialmente.

Jole estremeceu.

— Fui amaldiçoado.

— Não foi isso. — Inclinei a cabeça. — Você só deu azar.

Ele virou-se e olhou para mim. Os sulcos em suas bochechas estavam mais profundos.

— Se sabia que eu tinha sido mordido enquanto estava na Colina, deveria ter me denunciado. Não fazer isso é traição.

Era mesmo.

Eu me afastei da parede, olhando para a adaga de pedra de sangue. A pedra era feita de rochas da cor de rubi que se amontoavam pela costa dos Mares de Saion séculos antes de eu nascer. Quando criança, meu pai tinha dito ao meu irmão e a mim que eram as lágrimas de raiva ou tristeza que os Deuses haviam derramado e que se petrificava sob o sol. Era uma das únicas coisas naquele plano que matavam Vorazes ou aqueles que foram infectados.

Também matava quem os havia criado.

Os Ascendidos.

— Você ia tentar cuidar disso sozinho? — perguntei, indicando a adaga com a cabeça.

Cansado, ele seguiu meu olhar.

— Eu ia, mas não consegui. Não consigo nem tocar nela.

A infecção não deixaria que tocasse. Era meio inacreditável pensar naquilo: a mordida podia controlar a pessoa ao ponto de a impedir de tirar a própria vida.

— Eu... eu ia até o Comandante — adicionou Jole, com os ombros tremendo. — Mas me sentei um pouco para respirar, e eu... eu pensei que teria mais tempo. De verdade. Eu ia me entregar. — Ele fixou o olhar no meu, seus olhos cheios de lágrimas. — Eu juro.

Eu não sabia se era a verdade. Provavelmente não, mas eu não podia culpá-lo. Entregar-se significava uma morte terrível considerando que os Ascendidos gostavam de fazer da execução dos infectados um espetáculo público. Queimavam-nos vivos, o que era um puta jeito de respeitar e honrar o sacrifício que fizeram. Se eu o denunciasse, a última lembrança que ele teria, se Jole ainda fosse realmente Jole àquela altura, seria dos próprios gritos.

Eu me aproximei para ficar na frente dele.

— Você tem família?

Ele soltou o ar de forma trêmula enquanto balançava a cabeça.

— Minha mãe e meu pai morreram faz uns anos. Foi algo como um… um resfriado. Eles estavam bem… em um momento e no outro não. Morreram na mesma noite. — Ele ergueu o olhar para mim, parecendo mais velho a cada momento que passava. — Não tenho irmão nem irmã.

Acenei com a cabeça, pensando que era menos pior. Era sempre preferível que não houvesse ninguém para chorar a morte da pessoa.

— Se eu tivesse, teria ido até eles — continuou o jovem. — Eles… saberiam o que fazer. Ela teria… vindo até mim, me concedido alguma dignidade.

Ele estava falando de alguém que atendia ao chamado silencioso dos lenços brancos pendurados em janelas e portas? Eu tinha levado um tempão para descobrir o que representavam. Metade das pessoas se comportava como se não soubesse da existência deles quando eram questionadas. Uma vez que descobri o que eram aqueles retalhos brancos que apareciam de vez em quando (para logo depois desaparecerem) significavam… entendi o porquê. Significavam que uma suposta maldição residia ali dentro, alguém provavelmente infectado por um Voraz da mesma forma que Jole Crain tinha sido. O pedaço de tecido branco era usado para alertar o povo da Masadônia de que, ao proporcionarem mortes rápidas e dignas aos infectados, estavam arriscando trair o reino.

Eu ficava perplexo, mas não surpreso, com o fato desta ação ser considerada uma traição com punição de morte. A Coroa de Sangue sempre se superava na crueldade sem sentido.

— Ela? — questionei.

Ele confirmou com a cabeça, engolindo em seco.

— A filha dos Deuses.

A Donzela. As pessoas acreditavam que ela era a filha dos Deuses, mas eu não fazia ideia de por que ele pensava que, se sua família estivesse viva, teriam ido até ela.

— E como ela teria concedido dignidade a você?

— Ela... ela teria me transmitido paz — revelou.

Ergui as sobrancelhas enquanto o rapaz era tomado por outra crise de tosse. Transmitido paz? Eu não sabia como aquilo podia ser possível. A infecção estava confundindo a mente dele.

— O que... você vai fazer? — questionou Jole, ofegante, sua respiração cada vez mais difícil.

Ajoelhando-me na frente dele, sorri.

— Nada.

— Q-quê? Você tem que fazer alguma coisa. — Seu rosto, agora com as feições encovadas, foi tomado pela incompreensão e por um toque de pânico. — Você... — Ele inclinou o pescoço para o lado, as veias bem sobressalentes enquanto fechava os olhos. — Você tem que...

— Jole — murmurei, segurando suas bochechas pegajosas e febris. O corpo todo do jovem se sacudiu. — Abra os olhos.

Os cílios tremeram, então os olhos se abriram. As íris eram azuis. Não havia indício nenhum de vermelho. Ainda. Ele começou a abaixar as pálpebras de novo.

— Olhe para mim, Jole — sussurrei, abaixando ainda mais a voz enquanto o poder elementar dos meus ancestrais, os próprios Deuses, se espalhava por mim, preenchendo minhas veias, banhando o cômodo e Jole. — Não feche os olhos. Continue olhando para mim e só respire.

O olhar de Jole encontrou o meu.

— Fique calmo. — Fixei o olhar no dele. — Só continue respirando. Foque apenas nisso. Inale. Exale.

Ele respirou fundo e de maneira estável. A tensão abandonara o corpo rígido do rapaz. Ele relaxou. Inalou.

— Jole, qual é seu lugar favorito?

— Meus sonhos — murmurou ele.

Seus sonhos eram seu lugar favorito? Pelos Deuses, que tipo de vida era aquela, caralho? Senti uma onda de raiva me tomando, mas não deixei que se alastrasse.

— Qual o seu sonho favorito?

Ele nem hesitou.

— Andar a cavalo, indo tão rápido que parece até que tenho asas. Que posso levantar voo.

— Feche os olhos e vá até lá. Vá para seu sonho favorito, onde está andando a cavalo.

Ele obedeceu sem hesitar. Sua mandíbula ficou leve em minhas mãos. O tremular ágil atrás dos cílios fechados cessou. Sua respiração ficou ainda mais branda, mais profunda.

— Você está indo tão depressa que tem asas. Você está voando.

Jole Crain sorriu.

Torci a cabeça dele com força. O osso se rachou, rompendo o tronco cerebral. Ele morreu de imediato, ainda sendo ele mesmo e cercado por sonhos, não gritos.

# UM PRESSÁGIO

O vento soprava pelo campo, chocando-se contra os muros do Castelo Teerman e passando pelas muitas alcovas e terraços com vista para o pátio de treinamento. Uma claridade surgia da escuridão de um daqueles nichos, como as aparições que diziam assombrar o Bosque dos Desejos, mas o que tinha chamado minha atenção naquela manhã não era um espírito assombrando o castelo, não.

Era ela, como um reloginho.

A Escolhida.

A Donzela.

Ela surgia em uma das várias alcovas sombreadas, geralmente duas horas depois do amanhecer. Como eu era um homem dado a apostas, arriscava o palpite de que ela achava que ninguém a via.

Mas eu sempre via.

Com exceção das vezes que eu conseguia segui-la pelo muro interno cercando o castelo enquanto ela caminhava pelo jardim, aquilo era o mais próximo que eu chegava dela.

Entretanto, isso estava a ponto de mudar.

O canto de minha boca se ergueu enquanto o ar se agitava à direita. Ergui a espada, bloqueando o golpe. Abaixando para desviar do novo ataque, meu olhar se voltou ao nicho. A luz do sol que conseguia se infiltrar na alcova reluzia nas correntes douradas que prendiam o véu da Donzela.

Os passos do meu parceiro denunciaram seu movimento antes mesmo que ele golpeasse. Desviando, abati a espada dele, quase o fazendo derrubá-la, mesmo maneirando na força. Olhei para o segundo andar enquanto me inclinava para trás, evitando o golpe de uma lâmina grossa.

Outra fileira de correntes douradas cintilou em meio às sombras. Ela devia ter virado a cabeça. Para olhar o quê? Como saber? Ela estava sozinha. Bem, de certa forma. Ninguém estava ao lado dela, mas Rylan Keal, um dos dois Guardas Reais que atuavam como guardas pessoais dela, estava mais para trás na alcova. Ela nunca estava sozinha de verdade. Quando estava com a dama de companhia que eu via acompanhando-a vez ou outra, um guarda seguia atrás. Quando estava nos próprios aposentos, as portas dela eram guardadas.

Eu não conseguia entender como ela aguentava, como qualquer pessoa aguentaria aquilo. Ficar cercado o tempo todo daquele jeito me faria perder a cabeça.

Por outro lado, a quietude não era assim tão propícia, era? Não quando silêncio demais me fazia pensar em pedra úmida e fria, e na dor. Fazia com que eu pensasse em meu irmão. Então, talvez eu fosse meio fodido da...

— *Hawke* — bradou o homem, com raiva, quando minha lâmina bloqueou a sua, que estava a poucos centímetros do meu pescoço.

Devagar, virei a cabeça para meu parceiro de luta, dando a ele o que parecia querer: minha total atenção.

Vi o desconforto brilhar nos olhos azul-marinho do Guarda Real veterano que provavelmente já tinha visto umas coisas bem bizarras enquanto servia. Ele deu um leve passo para trás, uma reação instintiva que não poderia evitar, nem mesmo compreender. Aquela intuição geralmente fazia os mortais saírem correndo antes mesmo de identificarem o motivo, mas ele não. O homem se conteve antes de chegar ainda mais para trás, a pele ao redor dos olhos tensa. Logo o rosto envelhecido do outro guarda pessoal da Donzela foi tomado pela irritação.

— Você devia estar prestando atenção — disse Vikter Wardwell de forma dura, afastando uma mecha de cabelo loiro caindo em seu rosto. — A menos que esteja a fim de perder a cabeça ou outro membro do corpo.

A poeira da terra batida circulou ao nosso redor quando outra rajada de vento soprou pelo pátio.

— Estou prestando atenção. — Fiz uma pausa, olhando para o ponto em que nossas espadas permaneciam conectadas. Então dei um meio sorriso. — Obviamente.

A boca dele demonstrava a tensão.

— Permita-me reformular. Você deveria estar prestando mais atenção ao campo.

— Em vez de?

— Em vez de se concentrar no que quer que esteja prendendo seus olhos e sua atenção — completou ele, mantendo o olhar fixo no meu, sem desviar nem por um maldito segundo. — A Masadônia é bem mais suscetível a ataques do que a capital. Os inimigos que você enfrentará aqui vão aproveitar ao máximo quaisquer distrações.

Meu sorriso nem vacilou. Eu sabia o que estava incomodando o desgraçado irritadinho. Eu também sabia que ele provavelmente tinha um ótimo palpite sobre o que estava prendendo minha atenção. O que significava que eu tinha que dar créditos a ele por saber exatamente onde a Donzela estava, mesmo que Keal a estivesse guardando no momento.

Um apito soou, indicando o fim do treinamento. Nem Vikter nem eu nos movemos.

— Não tenho certeza do que você quer dizer — respondi, dando mais uma olhada em nossas espadas antes de forçar a ponta da lâmina dele contra o chão. — Mas agradeço o sábio conselho, de qualquer forma.

— Fico feliz em saber disso. — Um músculo pulsava em sua mandíbula. — Porque tenho mais um *sábio conselho* para te dar.

— Ah, é?

Vikter se aproximou, inclinando a cabeça para trás para olhar bem nos meus olhos. O homem era corajoso, mas não percebia que ele era um entre dois obstáculos que existiam entre a Donzela e eu.

E um desses obstáculos precisava desaparecer.

— Estou pouco me ferrando para os elogios vigorosos que fizeram ao seu trabalho na capital — anunciou o homem.

Arqueei a sobrancelha, ciente de que o Comandante da Guarda Real estava nos observando enquanto os outros começavam a sair do pátio de treinamento.

— Esse é seu conselho?

Ele cerrou a mão em um punho, e tive a sensação de que tudo o que ele queria era apresentar aquele punho ao meu rosto.

— Foi apenas o início do meu conselho, garoto.

*Garoto?* Quase ri. Vikter parecia estar na quarta década de vida, e apesar de eu parecer estar na segunda, eu não era mais um garoto havia mais de dois séculos. Em outras palavras, quando esse homem era um bebê de colo eu já dominava a arte de empunhar uma espada.

— Basta um segundo para seu inimigo ganhar vantagem — afirmou ele, o olhar fixo em mim. — Um mero piscar de olhos, por arrogância ou vingança, é o suficiente para perder tudo o que de fato importa. E se você não aprendeu isso ainda — Vikter embainhou a espada —, vai aprender.

Não disse nada enquanto o observava dar as costas e marchar pelo pátio, uma inquietação gélida me assolando.

O que ele dissera era algo que eu já tinha aprendido do jeito mais difícil, mas suas palavras...

Pareceram um aviso.

Um presságio do que estava por vir.

**70**

# PRESENTE II

— Vikter — falei, dando uma risada amarga enquanto torcia a toalha encharcada. — Ele não era meu fã, mesmo depois que virei seu guarda.

Só tive silêncio como resposta.

Ergui o olhar de onde estava sentado ao pé da cama, analisando o canto em que a cabeça de Poppy descansava sobre o travesseiro. Os lábios dela estavam entreabertos, e as pontas grossas de seus cílios emolduravam a pele arroxeada debaixo de seus olhos.

Ela não sofrera nenhuma mudança, mas poucas horas tinham se passado.

Horas que, para mim, pareciam uma vida inteira.

Aquilo me lembrou do quão profundamente ela dormira quando Vikter fora assassinado. Eu me sentia tão impotente no momento quanto me sentira na época.

Desviei o olhar para o cobertor fino cobrindo seu peito e demorei meus olhos ali até vê-lo se erguendo com sua respiração profunda e estável. Era estúpido. Eu sabia que Poppy estava bem. Sabia que o coração dela batia tranquilo porque o meu fazia o mesmo, mas não conseguia evitar checar de vez em quando. O silêncio no aposento não ajudava minha desconfiança descabida.

Delano estava no corredor, dando-nos um pouco de privacidade enquanto eu despia Poppy da roupa suja e ensanguentada. Kieran tinha ido falar com Hisa enquanto eu fazia o possível para limpar a sujeira e o que restara da batalha no corpo dela.

*Converse com ela.*

Pigarreei.

— Sabe, era quase como se Vikter estivesse pressentindo minhas intenções ou algo do tipo porque, desde o primeiro dia, ele não ficou nada impressionado comigo. — Passei o pano pelo pé dela, dando atenção especial à sola. — Mas o que ele disse para mim? Pareceu um presságio. Quase como se estivesse me avisando do que estava por vir. E ele estava.

Enxaguando a toalha, passei para o outro pé, colocando-o com gentileza em meu colo.

— Quando estávamos nas Terras Devastadas, depois que você foi capturada, fiquei distraído naquelas ruínas... desatento por causa da raiva e da sede de vingança. Eu devia ter prestado atenção só em você, mas não foi o que fiz. E por causa disso você acabou ferida.

Ergui o olhar para ela, vendo-a como ela estivera naquela noite, ensanguentada e cheia de dor, com tanto medo e tentando ao máximo não demonstrar isso. A lembrança me vinha com facilidade demais.

Engoli em seco.

— Em retrospecto, eu me pergunto se Vikter sabia o que ia acontecer. Ele era, na verdade, ele *é* parte dos Arae, dos Destinos, de certa forma. Será que ele sabia, mesmo que inconscientemente?

Não havia mais um traço de sujeira nos pés dela quando os enfiei debaixo do cobertor e me levantei. Troquei a água na bacia por uma limpa antes de voltar a me sentar do lado dela. Deixei para limpar suas mãos por último.

Peguei sua mão esquerda; a pele ainda estava fria demais. Sujeira e sangue se acumulavam entre os dedos e nas pontas deles. Virei a mão dela, passando a toalha pelo redemoinho dourado e reluzente da gravação de casamento. E se... e se ela se esquecesse daquilo? Da cerimônia. De tudo pelo que passamos para chegar àquele momento.

Bloqueei tais pensamentos, me forçando a deixar o medo de lado.

— Então talvez esse tenha sido o motivo de Vikter não gostar de mim desde o começo — prossegui, limpando a palma de sua mão. — Sendo ele um *viktor*, conseguia sentir minha intenção. — Sorri um pouco. — Eu me pergunto o que ele pensa agora. Aposto que ele teria uns adjetivos na ponta da língua para mim.

Levei sua mão limpa até os lábios, beijando a gravação de casamento.

— Mas eu não poderia culpá-lo por não ter uma boa impressão de mim na Masadônia. Mesmo que ele nunca tivesse suspeitado de quem eu era, eu estava lá para capturar você *sim*.

Baixando a mão dela para meu colo, enxaguei a toalha e comecei a limpar seus dedos.

— E matei aqueles nos quais ele confiava. Hannes. Rylan. — Apertei os lábios enquanto olhava para o rosto de Poppy. — Poderia ter sido Vikter naquela noite. Se ele tivesse assumido o posto de Rylan por qualquer motivo, teria sido ele.

Balançando a cabeça, voltei a atenção à sua mão. Limpei o anel.

— Na época eu não teria me importado. Quer dizer, eu não gostava de tirar a vida de homens que eu sabia que eram bons, mas teria sido um arrependimento passageiro. Quase nenhuma culpa. Eu tinha um objetivo. Isso era tudo o que importava, e eu...

Suspirei, colocando a mão dela sobre sua própria barriga enquanto eu ia para seu lado direito.

— Eu ainda não conhecia você. Não tinha ouvido você falar, e achava de verdade que você era uma criatura submissa que só falava sussurrando. — Gargalhei com vontade. — Ou que você estava de acordo com os planos dos Ascendidos. Deuses, eu não poderia ter me enganado mais.

A sujeira na mão direita dela não queria sair.

— Aí é que está. Eu tinha várias noções preconcebidas de você, noções baseadas em absolutamente nada. Porque ninguém falava sobre você, não de verdade. Acho que eu só... bem, eu precisava que você fosse ou fraca ou hostil. Tornaria o que eu planejava fazer mais fácil. — Franzi a testa. — O que na verdade faz de *mim* alguém fraco.

Se Poppy estivesse acordada, provavelmente concordaria com este momento de autoconstatação.

Passei o pano por entre seus dedos, estranhamente emocionado com a fragilidade de sua mão na minha, apesar de saber como tal mão poderia ser letal.

As aparências enganam, não é?

— Mas eu estava prestes a descobrir como eu estava errado a seu respeito — continuei. — Porque eu estava enfim prestes a conhecer você, e você... — Olhei para seu rosto imóvel e sereno. — Você estava prestes a conhecer quem eu era no passado.

# QUEM EU ERA

— Os guardas da Donzela são homens bons.

Ergui o olhar do copo de uísque que estendia ao homem de pé perto da lareira vazia.

— Homens bons morrem o tempo todo.

— Verdade — respondeu Griffith Jansen, o Comandante da Guarda Real. Ele estava em Solis havia mais tempo do que a maioria dos Atlantes poderia aguentar conseguindo manter sua verdadeira identidade em segredo. Ele era a única razão de meus homens estarem firmemente infiltrados no Exército Real naquele momento, servindo tanto na Colina quanto na cidade. Mas ele seria assassinado, ou coisa pior, caso descobrissem a quem Jansen era leal ou o que ele era. — Mas não há muitos homens bons em Solis.

— Nisso podemos concordar. — Observei Jansen por algum tempo. — Um homem bom a menos vai ser um problema?

O olhar dele encontrou o meu.

— Se fosse, eu não estaria aqui. Só estou dizendo que vai ser uma pena perder um deles.

— Sendo uma pena ou não, eu preciso me aproximar dela. — Dei um gole no uísque. A bebida defumada desceu bem melhor do que qualquer outro destilado disponível por aquelas bandas. — Estar na Colina não me serve de nada. Você sabe disso. Você precisa entender o que está em jogo aqui. — Inclinei a cabeça. — E como não tem nenhuma vaga em aberto para ser guarda pessoal dela, precisamos criar uma.

— Eu entendo. Mesmo. — Jansen passou a mão pela cabeça, os ombros tensos sob a túnica marrom simples que vestia. — Isso não significa que eu tenho que gostar do que precisa ser feito.

Dei um sorriso fraco ao ouvir a resposta.

— Se gostasse, então você que teria mais serventia aos Ascendidos, já que eles apreciam dor e morte gratuitas.

Ele ergueu o queixo com o lembrete de que podíamos até estar debatendo a morte de um homem inocente com casualidade, mas não éramos o inimigo. Nenhum nível de maldade poderia superar o que os Ascendidos tinham feito ao nosso povo ou ao povo deles.

Ao menos era o que eu continuava repetindo a mim mesmo.

— O que você sabe sobre a Donzela? — perguntou Jansen depois de um tempo.

Quase ri porque era uma pergunta estúpida pra cacete. Não tinha muito o que saber sobre ela.

Eu sabia que o nome dela era Penellaphe.

Sabia que os pais dela tinham sido mortos em um ataque de Vorazes.

Sabia que ela tinha um irmão que havia Ascendido; ele estava na capital, e eu tinha colocado alguém para ficar de olho nele.

Mas a próxima coisa que eu sabia era o que realmente importava. Ela era a favorita da Rainha, e aquilo fazia dela a única coisa no reino inteiro que poderia ser usada como trunfo contra a falsa Coroa. Ela era o único caminho possível para evitar a guerra.

— Eu sei o suficiente — declarei.

Jansen girou o pescoço de um lado ao outro.

— Muita gente gosta dela, não só a Rainha.

— Como isso é possível? — perguntou aquele que estava próximo à janela. — É raro a verem em público, mais raro ainda é ela abrir a boca.

— Ele tem um bom ponto.

O que provavelmente era um choque para todos no recinto.

— Para ser sincero, não sei. Mas muitos falam que ela é gentil — retrucou Jansen. — E os guardas gostam dela. Eles a protegem porque querem proteger, enquanto a maior parte dos Guardas Reais protegem aqueles lá porque é o que garante que vão ter comida na mesa e que vão continuar respirando. Em resumo é isso.

— E essas mesmas pessoas acreditam que ela foi Escolhida pelos Deuses, o que nós dois sabemos ser impossível porque eles estão hibernando há vários séculos. Desculpe se não confio completamente na opinião deles sobre a Donzela.

Jansen me lançou um sorriso irônico.

— Meu ponto é que quando ela desaparecer, isso vai causar um alvoroço. Não só com os Ascendidos. As *pessoas* vão começar a procurar por ela.

— O que vai causar um grande alvoroço são os exércitos do meu pai ocupando Solis e dizimando todas as cidades e vilarejos pelos quais passarem. Tudo em retaliação ao que os Ascendidos fizeram comigo e que estão fazendo com o Príncipe Malik agora — contrapus. — Então, diga, qual alvoroço você prefere? Perguntas sobre uma Donzela desaparecida? Ou guerra?

— O que prefiro é o extermínio desses malditos Ascendidos — bradou Jansen, raivoso. Eu só tolerava aquela reação vinda dele por causa do que o Comandante diria a seguir. — Eles mataram meus filhos. Meu primeiro filho e então meu segundo… — Ele se interrompeu, engolindo em seco de forma nítida, desviando o olhar por um instante para tentar conter aquele tipo de dor que nunca desaparecia. — Vou fazer qualquer coisa para detê-los e proteger nosso reino.

— Então me dê a deixa da qual preciso. — Passei o dedo pela borda do meu copo. — Quando eu libertar o verdadeiro Príncipe, vou matar o Rei e a Rainha falsos. Isso eu prometo.

Jansen soltou o ar com força, e ficou óbvio que ele não gostava daquilo. Meu respeito pelo homem cresceu. Nada naquilo era agradável. Se alguém gostasse de alguma parte em tudo isso, esse alguém estaria com os dias contados.

— Ela anda pelo jardim todo dia ao cair da noite — contou ele.

— Já sei disso.

Eu tinha seguido a ela e ao seu guarda pelos jardins por muitas vezes ao anoitecer, chegando o mais perto que podia sem ser visto. O que, infelizmente, com certeza não era perto o bastante.

— Mas você sabe que ela vai ver as rosas que florescem à noite?

Fiquei estático. Daquilo eu não sabia. Estranhamente inquieto com a revelação de que ela procurava flores nativas de Atlântia, eu me mexi no divã. Ao longo do dia, com frequência me pegava ponderando o que a interessava tanto naqueles jardins.

Agora eu sabia.

— Ou é porque elas ficam próximas das árvores de jacarandá? — adicionou Jansen.

Um sorriso lento brotou em meus lábios.

— Onde uma parte do muro interno caiu.

Jansen assentiu.

— A mesma parte que já disse aos Teerman para consertarem umas quinhentas vezes.

— Para minha sorte, não consertaram.

— Exato. — Jansen saiu de perto da lareira. — Faça o que tem que fazer, e eu cuido do resto.

— Tem certeza de que consegue garantir que ele vai assumir o posto de Guarda Real? — questionou o lupino mais uma vez, emergindo das sombras.

— Consigo. — Jansen olhou para o lupino com o cabelo escuro desgrenhado, então focou em mim de novo. — Você tem tantas honrarias da capital — respondeu ele com a voz seca, em referência às recomendações que ele tinha inventado. — E a Duquesa acha você... agradável aos olhos. Não vai ser difícil.

Torci a boca com nojo ao olhar para o lupino.

— Você sabe o que fazer, Jericho.

Ele sorriu e confirmou com a cabeça.

— Ela vai estar com um guarda a menos depois do próximo passeio ao jardim.

— Ótimo.

O "quanto antes, melhor" ficou implícito.

— Mais alguma coisa? — perguntou Jansen, e neguei com a cabeça. Ele deu um passo à frente, segurando meu braço. — De sangue e cinzas.

— Nós ressurgiremos — prometi.

Jansen fez uma pequena reverência com a cabeça, então se virou. Ergui o olhar para os homens ao chegarem à porta. Jericho era um tanto rebelde, mais do que outros da espécie dele, mas entre todos os que tinham ido para a cidade comigo, ele era quem os guardas desconheciam. O lupino seria incógnito.

— Não é para a Donzela sair ferida. Entendeu?

O Comandante ficou calado enquanto Jericho confirmava com a cabeça. Mantive o olhar nos olhos azul-claros do lupino.

— É sério, Jericho. Não é para ela se machucar.

Ele ergueu queixo coberto por um leve indício de barba.

— Entendido.

Ao observá-los indo embora, eu me recostei no divã e admiti para mim mesmo que minhas exigências faziam pouco sentido.

Eu planejava afastar a Donzela de tudo e todos que ela conhecia. Sequestrá-la não seria exatamente uma experiência agradável, mas a ideia de machucar uma mulher me causava asco. Mesmo quando era o que eu tinha que fazer. Mesmo que fosse uma Ascendida. Mas o que eu tinha planejado para ela era bem melhor do que o que meu pai faria caso colocasse as mãos nela. Ele a mandaria de volta para a Coroa de Sangue em pedacinhos... e meu pai também era o tipo de homem que o Comandante Jansen consideraria bom.

— Eu não gosto dele.

Erguendo o olhar do copo de uísque, levantei a sobrancelha.

Kieran Contou estava encostado na parede; a pele negra e acolhedora de suas feições disposta em sua máscara de indiferença característica. Ele havia ficado tão calado ao longo da reunião que eu duvidava que Jansen tivesse sequer percebido a presença dele. O lupino não podia parecer mais entediado, mas eu sabia a verdade. Eu já tinha visto seu rosto tão relaxado que ele parecia prestes a pegar no sono, para então cortar a garganta de quem quer que estivesse falando um segundo depois.

— Qual deles? — questionei.

Ele inclinou a cabeça.

— Por que eu teria um problema com o Comandante?

Dei de ombros.

— Jansen fez muitas perguntas.

— Se não tivesse feito, você iria repensar se queria trabalhar com ele — retrucou Kieran. — Eu não gosto de Jericho.

— E quem gosta? Ele é descuidado, mas não tem nenhum escrúpulo quando se trata de matar.

— Nenhum de nós tem. Nem você. — Kieran fez uma pausa. — Ao menos não quando estamos acordados.

Mas quando dormíamos, a história era bem diferente.

— Eu posso matar Jericho — ofereceu ele, seu tom idêntico ao que usaria para perguntar se eu queria ir fazer uma boquinha. — E cuidar do guarda.

— Não acho que será necessário. Suponho que ele vá acabar morto em algum momento de qualquer forma.

— Tenho a sensação de que você está certo.

Dei um sorrisinho. Era engraçado, a "sensação" que Kieran costumava ter geralmente se tornava realidade. Assim como era com o pai dele.

— Além do mais, se você ficar na Guarda da Cidade, pode acabar sendo reconhecido se as coisas derem errado.

Kieran assentiu, e houve um momento de silêncio.

— Mas é uma pena. Pelo que ouvi dos guardas da Donzela, Jansen está certo. Os dois são bons homens.

— É o único jeito — repeti, pensando em Hannes.

Ele tinha sido abatido antes que eu chegasse à Masadônia. Sua substituição me dera a oportunidade de me juntar à Guarda da Colina. A morte de outro guarda pessoal era simplesmente outra oportunidade.

Olhei para Kieran. Estávamos vestidos da mesma forma, trajando o preto do Exército Real e carregando armas com a heráldica dos nossos inimigos: um círculo com uma flecha perfurando o centro. O Brasão Real do Reino de Solis. Supostamente significava infinidade e poder, mas em atlante antigo, na língua dos Deuses, o símbolo representava outra coisa.

Morte.

O que também combinava bastante com a Coroa de Sangue.

— Ao me tornar um dos guardas pessoais dela, eu chego o mais próximo possível de um acesso irrestrito a ela, e você sabe que não podemos simplesmente pegá-la pelo braço e correr — lembrei a ele. — Teríamos sorte de conseguir sair da cidade. E mesmo se fosse o caso, não iríamos muito longe. — Eu me inclinei, jogando o braço por cima do encosto do divã. — Aproximar-me dela vai me fazer ganhar a confiança da Donzela, assim ela não vai tentar resistir e acabar nos fazendo perder tempo quando chegar a hora de escapar.

Desviando o olhar para as ruas escuras da cidade através da janela, Kieran ficou calado. Sabia que se agíssemos agora, não conseguiríamos passar pela Colina circundando Masadônia antes que descobrissem o que tínhamos feito. E isso significava que a única saída viria com muito sangue e morte.

Porque eu não seria capturado.

Nunca mais.

E se para isso eu precisasse tirar a vida de inocentes, que assim fosse. Mas era algo que eu estava tentando evitar. Kieran entendia. Ele não era assim *tão* sanguinário. Jericho, por outro lado...

— Não vamos ter que esperar tanto — garanti.

— Eu sei. O Ritual está chegando.

Confirmei com a cabeça. O Ritual servia como uma oportunidade perfeita para atacarmos. A maioria dos Ascendidos estaria no castelo, o que significava que os guardas mais habilidosos e experientes estariam lá, deixando a Colina e a cidade mal resguardadas. Dei um sorriso. Aqueles guardas se pegariam ocupados, lidando com a distração que os Descendidos criariam, e naquele momento agiríamos. A chave era conquistar a confiança da Donzela o suficiente para que quando eu dissesse a ela que recebi ordens para retirá-la da cidade, ela não me questionasse. Em algum momento questionaria, mas, àquela altura, estaríamos a caminho de um local mais seguro onde poderíamos negociar com a Coroa de Sangue.

O plano funcionaria, mas também levaria tempo.

E seria ao custo de mais vidas.

Kieran respirou fundo, os ombros se erguendo.

— É só que... é uma droga que pouquíssimos guardas possam ser considerados bons, e vamos fazer com que esse número fique ainda menor.

Isso faríamos mesmo.

— Você descobriu alguma coisa sobre o motivo de a Donzela ser tão importante para a Coroa de Sangue? — questionou ele. — Além de ela supostamente ser filha dos Deuses.

— Tudo o que consegui deduzir é que, de alguma forma, ela é fundamental para a Ascensão de todos os cavalheiros e damas de companhia. Por quê? Nem Jansen, que está aqui há anos, consegue responder a isso, então eu sei tanto quanto você. — Bufei, afastando uma mecha de cabelo que caíra no rosto. — Presumo que você também não tenha descoberto nada, então?

— Presumiu certo. Toda vez que menciono a Donzela como quem não quer nada, levanta suspeita. Dá até pra achar que ela é um tipo de Deusa benevolente, a julgar por como as pessoas falam dela. Até mesmo a Guarda da Cidade. — Ele olhou para perto da porta, onde eu tinha deixado as armas. — Tem que ser o manto.

Ergui a sobrancelha.

— Como é?

— Você ouviu dizer que ela nasceu envolta? No manto dos Deuses?

— Ouvi.

Franzi a testa.

— Então sabe o que significa.

Acreditava-se que os Atlantes nascidos em um manto, a membrana que envolve o bebê no útero, fossem Escolhidos pelos Deuses. Abençoados. Não houvera um Atlante nascido envolto desde o tempo dos Deuses. Mas além disso...

— Ela não tem sangue atlante, Kieran. — Era uma constatação óbvia. Não havia como ela ser metade Atlante, a menos que ela não tivesse relação de sangue com o próprio irmão. Mas pelo que investigamos, nada indicava que ele fosse um meio-irmão. — Ela é mortal.

— Não me diga — respondeu Kieran, seco. — Mas quem disse que mortais não podem nascer envoltos no manto?

*Quem* foi que disse?

— Suponho que não seja *im*possível — declarei. — Mas considerando que os vampiros são mentirosos patológicos, tenho certeza de que é mais uma mentira.

— Verdade — concordou Kieran. — Mas tem que ter um motivo para eles a manterem enclausurada e tão bem protegida o tempo todo.

— Talvez seja algo que eu vá descobrir quando virar um dos guardas dela.

— Porra, assim espero, né?

Abri um sorriso.

— E se não, talvez descubramos a resposta com um dos Ascendidos com os quais vamos... interagir.

— Interagir? — Kieran fez um som de escárnio. — Que jeito adorável de expressar a captura e tortura de vampiros em busca de informação.

— É mesmo, não é?

Balançando a cabeça, ele coçou a mandíbula.

— Aliás, como é que se conquista a confiança de alguém com quem você nem pode falar? — questionou o lupino.

— Além de usar meu charme irresistível?

— Além disso — retrucou com a voz seca.

— Vou fazer o que for necessário.

Kieran me lançou um olhar duro.

**81**

— E eu acho que você está falando sério.

Ergui o queixo.

— Estou sim.

— Talvez ela seja inocente nisso tudo — opinou.

Contive a irritação que me tomou. Kieran estava falando por bem. Como na maior parte das vezes.

— Você tem razão. Talvez ela seja inocente, mas a possível inocência ou mesmo a conivência não importa. A questão é conseguir usá-la para libertar Malik sem atear fogo em toda Solis. É só isso que importa.

Kieran me observou em silêncio por um tempo, inclinando a cabeça.

— Às vezes eu me esqueço.

Franzi as sobrancelhas.

— Esquece do quê?

— Que o Senhor das Trevas foi uma invenção dos Ascendidos para assustar os mortais. Que na verdade não é o que você é.

Soltei uma risada, mas o som não me pareceu certo aos ouvidos. Nenhuma parte do barulho baixo e áspero parecia certa.

Desviei o olhar, sentindo o músculo pulsar na mandíbula. A Coroa de Sangue podia ter criado histórias sobre como o Senhor das Trevas era um assassino violento antes mesmo de eu chegar a Solis. Eles criaram uma figura obscura para servir de exemplo de como os Atlantes podiam ser cruéis, usando a mera ameaça daquela ilusão para assustar e controlar ainda mais o povo do reino.

Mas será que estavam distantes da verdade?

Minhas mãos estavam banhadas em sangue. Eu tinha acumulado mais mortes do que todos os meus homens juntos. Aqueles que abati quando cheguei a Solis. Os guardas de maior patente na Carsodônia. As vidas que ceifei na cidade de Três Rios. As gargantas que cortei em todos os muitos vilarejos. Hannes. O guarda até então desconhecido que também perderia a vida. Alguns deles mereceram. Muitos só estavam em meu caminho.

Eu queria me sentir arrependido por acabar com aquelas vidas.

À luz do dia, eu achava que era o caso. Ao menos aqueles que foram apenas um obstáculo entre mim e libertar meu irmão. Mas à noite? No silêncio em que não havia álcool para acalmar os pensamentos nem um corpo quente no qual me esquecer do que eu tinha vivenciado e do que tinha perdido por culpa da Coroa de Sangue? Eu não sentia nenhum pingo de culpa.

E aquilo não fazia de mim uma espécie de *tulpa*, criado na mente de outros e então se manifestando na realidade? Porque, verdade fosse dita, o Senhor das Trevas não fora real. Não no início.

Mas agora ele existia.

# DO ÚNICO JEITO QUE EU SABIA FAZER

— Você está bem? — perguntou Kieran, observando-me com atenção.
Confirmei com a cabeça, pegando meu copo.
— Tem certeza?
Lancei a ele um olhar de aviso.
— Não tem nada mais interessante para fazer? Ou alguém para comer?
Kieran deu uma risada baixa.
— Vou ver se os outros chegaram. — Ele deu um passo à frente. — Vai ficar aqui?
— Por um tempinho.
Eu não estava a fim de voltar para o dormitório, onde eu ficaria deitado, quase rezando para os Deuses adormecidos para que *eu* conseguisse adormecer também.
— Está esperando alguém hoje? — questionou Kieran enquanto se dirigia à porta.
— Não. — Voltei o olhar ao uísque. A tensão se acumulou em meu pescoço. — Hoje não.
— O Pérola Vermelha é um lugar esquisito para passar a noite sozinho.
— É? Nunca imaginei que você saberia o que é ficar aqui sozinho.
— Como se você soubesse! — rebateu ele.
Dei um sorriso tenso, mas fiquei sério quando ele chegou à porta.
— Ah, uma última coisa... Como está Setti? — perguntei.
Kieran sorriu.
— Seu cavalo está bem. Embora eu ache que ele não esteja muito feliz com as opções de feno.

Sorri. Aquele cavalo era um mimado às vezes. Fiquei surpreso por ele não ter mordido Kieran por mantê-lo dentro do estábulo.

— Mais alguma coisa? — perguntou o lupino.

— Tchau, Kieran.

Ele soltou uma risada suave e insinuativa enquanto saía do quarto sem fazer barulho. Outra pessoa teria pensado duas vezes em dar aquela risada, mas não era o caso quando se tratava de Kieran, não para mim.

E ele estava certo.

O Pérola Vermelha era *sim* um lugar esquisito para passar a noite sozinho. Os quartos ali eram usados para os tipos de reuniões das quais você quisesse manter segredo. Em algumas, palavras eram trocadas. Em outras, outro tipo de comunicação acontecia, uma que requeria bem menos roupas e que não acabava com debates sobre a possibilidade da morte de alguém. Pensando bem, as reuniões verbais estavam cada vez mais escassas, não era verdade?

Terminei o uísque, grato pela queimação na garganta enquanto deitava a cabeça no divã. Eu estava bastante inquieto. Fitei o teto escuro, me perguntando desde quando umas horas de prazer impulsivo pararam de surtir o efeito desejado de esvaziar minha mente.

Será que alguma vez já tinha mesmo funcionado? Por mais do que alguns segundos? Eu podia fazer uso das minhas mãos, língua e todas as partes do corpo em curvas suaves e lugares quentes e ocultos, mas minha mente sempre voltava para o local do qual tinha tentado fugir.

A maldita jaula com a fome interminável.

A sensação de estar morto, mas ainda assim respirando. Como se tudo o que fazia a vida significar mais do que apenas existir ainda estivesse preso naquela jaula.

Mesmo no momento, eu conseguia sentir as mãos gélidas e brutais e ouvir a risada zombeteira enquanto os Ascendidos mutilavam parte de quem eu era. E Malik? Provavelmente estava passando por tudo que passei e mais, e era tudo culpa minha.

Eu era o único motivo para a Coroa de Sangue mantê-lo em cativeiro. O único motivo de Atlântia ter passado da hora de nomear um novo rei. Se eu não tivesse acreditado que poderia acabar com a ameaça ao oeste por conta própria, ele estaria livre. Em vez disso, ele havia me resgatado em detrimento da própria liberdade.

A Rainha de Sangue havia me mantido preso por cinco décadas. Ele estava preso fazia o dobro daquele tempo, e eu sabia exatamente o que estavam fazendo com ele.

Com meu *irmão*.

Como ele sequer poderia estar vivo ainda?

Eu interrompi essa linha de pensamento. Malik tinha que sobreviver. Ele *ia* sobreviver. Porque era forte. Eu não conhecia ninguém mais forte, e eu estava muito perto de libertá-lo. Eu só precisava...

O barulho de passos parando do lado de fora da porta me fez levantar a cabeça e abrir os olhos. A maçaneta da porta *destrancada* começou a girar.

Eu me movimentei depressa, colocando o copo em cima da mesinha perto do divã e me unindo às sombras ao encostar na parede. Segurei o cabo de uma das espadas que tinha deixado próximas à porta. Nenhum dos meus homens ousaria entrar em um cômodo sem bater. Nem mesmo Kieran.

Ao que parecia, alguém estava querendo morrer naquela noite.

A porta se abriu só o suficiente para um corpo passar pela fresta. De imediato, a curiosidade tomou o lugar da tensão, retesando meus músculos enquanto eu observava a figura delicada e encapuzada fechar a porta. A capa era familiar. Inalei com força quando a pessoa intrusa avançou, passando por mim direto. A capa era de uma empregada que eu conhecia, mas ela, e era definitivamente "ela", não tinha o cheiro de Britta. Todo mundo tinha um cheiro característico, algo a que Atlantes e lupinos eram sensíveis. O de Britta parecia rosa e lavanda, mas o cheiro que me intrigava no momento era outro.

Mas quem estaria usando a capa dela e dentro daquele quarto? A irritação foi embora enquanto eu a observei analisar o cômodo, mas junto ao sentimento estava uma inquietude iminente. Sendo Britta ou outra pessoa, a intrusão inesperada ao menos servia de entretenimento. Mesmo que muito passageira, ainda era uma trégua dos malditos pensamentos.

Das lembranças.

Do... *agora*.

Observando-a, soltei a espada. Ela começou a se virar, e eu agi. Mais silencioso que um lupino, eu estava em cima dela antes que ela tivesse a chance de perceber que havia outra pessoa no quarto.

Prendendo o braço ao redor de sua cintura, eu trouxe seu corpo contra o meu. Abaixei a cabeça quando seu corpo ficou rígido e senti o cheiro dela de novo. Era fresco. Doce.

— Isso — falei — é inesperado.

E seu corpo não parecia com o de Britta também.

A empregada tinha uma estatura média para uma mortal, mal alcançando meu queixo. Mas o quadril que eu tocava era mais largo, e aquele aroma...

Parecia mel.

Por outro lado, não era como se eu tivesse fixado muitos detalhes sobre a empregada na mente. A quantidade de uísque que eu tinha consumido quando me encontrei com ela provavelmente não havia ajudado.

— Mas é uma surpresa bem-vinda.

Ela se virou na minha direção, a mão direita abaixando para a região da coxa enquanto erguia a cabeça e congelava. Deu para ouvir bem quando ela inalou com força.

Passou-se um bom tempo enquanto eu tentava enxergar dentro da escuridão do capuz. Mesmo com as sombras densas do quarto iluminado por velas, minha visão era melhor do que a de um mortal; entretanto, eu não conseguia distinguir as feições dela. Mas eu conseguia *sentir* a intensidade de seu olhar, e ainda que as lembranças das horas que passei com Britta fossem confusas, eu não me lembrava de ela ter mantido o capuz.

— Eu não esperava que você viesse hoje à noite — admiti, pensando no que Kieran diria se voltasse. Um meio sorriso tomou meus lábios quando ouvi outro inalar suave. — Faz apenas alguns dias, queridinha.

O corpo encapuzado se sobressaltou um pouco, mas ela não disse nada enquanto continuava me observando das profundezas do capuz.

— Pence disse que eu estava aqui? — questionei, referindo-me ao guarda com quem Britta sabia que eu trabalhava com frequência na Colina.

Passou-se um momento, e ela negou com a cabeça. Britta não poderia saber em qual quarto eu estaria. Eu solicitava um diferente toda vez que visitava o local.

— Então você estava me observando? Me seguindo? — questionei, fazendo um som de reprovação baixinho quando senti a irritação me tomando de novo. — Vamos ter que conversar sobre isso, não é mesmo? —

E precisaríamos mesmo, porque aquilo não poderia se repetir. Mas naquele momento...? Ela estava ali. As lembranças e a inquietação estavam sob controle por ora, e ela... ela estava com um cheiro tão diferente. Gostoso.

— Mas não hoje à noite, ao que parece. Você está estranhamente quieta.

O que era esquisito.

Eu me lembrava *bem* de que Britta era o oposto do silêncio. Uma tagarela. Fofa, ainda que passasse um pouco da conta, principalmente depois que a garrafa de uísque ia ficando vazia. Aquele era um lado totalmente diferente da empregada. Talvez ela quisesse ser mais misteriosa naquela noite. Se sim, eu não ia reclamar.

— Nós não precisamos conversar.

Alcancei a borda da minha túnica e a removi pela cabeça, jogando-a para o lado.

Ela estava incrivelmente imóvel, mas aquele cheiro fresco e doce ficou mais intenso e denso, mais forte por causa de sua excitação. A promessa de um prazer brando e primitivo foi uma isca que me atraiu para perto dela.

— Não sei que tipo de jogo você está fazendo hoje à noite. — Segurando a parte de trás do capuz, passei o outro braço por sua cintura, encostando seu corpo no meu. Ela arfou, e gostei do barulhinho ofegante.

— Mas estou disposto a descobrir.

Eu a ergui, e as mãos dela, suas mãos *enluvadas*, foram parar em meus ombros. O tremor que senti pelo corpo dela aguçou meus sentidos. Tudo nela era diferente, e enquanto a levava para a cama, colocando-a deitada e me deitando também, eu estava começando a me questionar o quanto exatamente eu tinha bebido da última vez que estivera com ela. Cobrindo o corpo dela com o meu, fui pego desprevenido ao sentir a mistura excitante de firmeza e suavidade debaixo de mim.

Ali estava *outra* coisa da qual eu não me lembrava.

Eu me lembrava de Britta sendo magra, mas havia curvas ali, curvas abundantes que eu mal podia esperar para despir e descobrir.

E, porra, por mais que fosse errado, uma parte de mim estava feliz por eu ter estado tão inconsciente da última vez que estive com ela. Porque aquilo, naquele momento... parecia algo novo e não um meio que servia só para um fim. Aqueles momentos que afastavam as lembranças. Mas eu já tinha deixado de pensar nas mãos gélidas e brutais enquanto abaixava a cabeça, despejando minha gratidão no beijo, demonstrando o quanto estava grato do único jeito que eu conseguia.

Do único jeito que eu sabia fazer.

Sua boca era suave e doce na minha, e quando ela arfou, aprofundei o beijo o máximo possível sem revelar o que eu era, deslizando entre aqueles lábios abertos da forma como eu esperava deslizar entre suas pernas depois. Toquei a língua dela com a minha, absorvendo seu gosto. Seus dedos apertaram meus ombros enquanto ela estremecia. E como um raio, a constatação me atingiu enquanto o cheiro da excitação dela ficava mais forte, e senti o que só poderia ser descrito como o toque hesitante de sua língua na minha.

O corpo realmente não parecia com o que eu lembrava.

O gosto em minha língua, e o cheiro doce e fresco de mel não era nada como eu lembrava.

O jeito hesitante como ela retribuía o beijo. Não havia nenhum pingo de hesitação no jeito como Britta beijava. Pelo menos daquilo eu me lembrava. Ela beijava como se estivesse morrendo de fome, desde o momento em que nossos lábios se tocavam até o segundo em que se separavam. A mulher embaixo de mim beijava como...

Como alguém que tinha bem menos experiência do que aquelas com quem eu me relacionava geralmente.

Com o coração martelando, interrompi o beijo e levantei a cabeça.

— Quem é você?

Não tive resposta. Fiquei irritado. Qual fosse o jogo que aquela garota estivesse jogando, eu não brincaria mais sem saber quais cartas me tinham sido dadas. Empurrei o capuz para trás, revelando seu rosto...

Puta merda.

Por um momento eu não pude acreditar no que estava vendo. Fiquei chocado, o que era algo tão raro que quase ri, mas nenhum som saiu de minha boca enquanto eu olhava para o rosto dela... para as partes que eu conseguia enxergar, ao menos. Ela usava uma máscara branca, como muitos faziam no Pérola Vermelha, mas ainda assim, eu sabia qual era o corpo colado ao meu, o gosto que eu tinha na boca. Só não conseguia acreditar naquilo enquanto analisava a máscara grande que cobria seu rosto da bochecha à sobrancelha.

Era impossível, mas era *ela*.

Eu reconheceria a curva daquela mandíbula e aquela boca, os lábios volumosos em forma de arco e da cor de cereja, em qualquer lugar. Eram as únicas coisas dela que ficavam visíveis. E os Deuses sabiam que eu tinha tentado conseguir um vislumbre de como ela era debaixo da porra daquele véu quando eu a seguia junto aos Guardas Reais pelos jardins ou pelo castelo ou quando eu a observava com a dama de companhia. Eu já a tinha visto sorrir poucas vezes. Tinha visto aqueles lábios se mexendo ainda menos, mas eu conhecia aquela boca.

Era aquela sobre quem eu estivera conversando agora pouco.

Era ela.

A Donzela.

A Escolhida.

A *favorita* da Rainha.

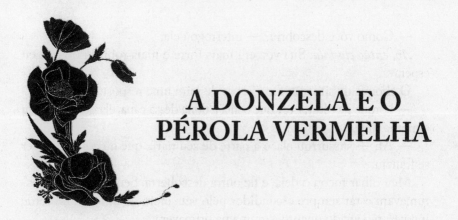

# A DONZELA E O PÉROLA VERMELHA

A Donzela estava ali, no maldito Pérola Vermelha, em um quarto comigo... *sob mim*, alguém que ela deveria temer mais que os próprios Deuses. Porque eu não tinha dúvida de que ela tinha ouvido os rumores a meu respeito. O nome que a Coroa de Sangue havia me dado.

O nome do que eu havia me tornado.

Eu havia passado anos planejando capturá-la, tinha planejado muitas mortes e acabado de determinar mais uma, tudo para que eu pudesse chegar perto o bastante para pegá-la. E ela tinha praticamente caído no meu colo.

Ou eu no dela.

Enfim.

Outra risada descrente subiu por minha garganta porque o que caralhos a Donzela *inalcançável*, *incognoscível* e *intocada* estava fazendo no Pérola Vermelha? Em um quarto privado. Beijando um homem.

A risada jamais ganhou vida porque tinha outra coisa prendendo minha atenção. O cabelo dela. Sempre estivera escondido debaixo do véu, mas à luz de velas, eu via que era da cor do vinho tinto mais encorpado de todos.

Tirei a mão que estava detrás de sua cabeça, percebendo a tensão que a tomava enquanto eu pegava uma mecha, analisando-a. A mecha era macia e deslizou em meus dedos.

A Donzela era ruiva.

Não fazia ideia de por que aquilo me surpreendia, mas parecia uma descoberta tão alarmante quanto encontrá-la ali.

— Você definitivamente não é quem eu pensei que fosse — murmurei.

— Como você descobriu? — interrogou ela.

*Ah, então ela fala.* Sua voz era mais forte e mais robusta do que eu esperava.

O choque da situação fez escapar de mim uma resposta honesta:

— Porque na última vez que beijei a dona dessa capa, ela quase engoliu a minha língua.

— Ah — sussurrou ela, e a parte de seu nariz que eu conseguia ver se franziu.

Meu olhar focou o dela, e fiz outra descoberta. Seus olhos, que costumavam estar sempre escondidos pelo véu, eram de um tom de verde incrível, tão vívido quanto a grama na primavera.

Olhei para ela, tentando assimilar o fato de que aquela era a Donzela, e que a Donzela era uma ruiva de olhos verdes, quando outra coisa me ocorreu.

— Você já foi beijada antes?

— Já!

Dei um sorriso de canto de boca.

— Você sempre mente?

— Não! — exclamou ela.

— Mentirosa — provoquei, sem conseguir me conter.

A pele debaixo da máscara assumiu um tom rosado enquanto ela empurrava meu peito.

— Você devia sair de cima de mim.

— Eu estava planejando fazer isso — murmurei, pensando que ela provavelmente não reconhecia o tom erótico da própria frase.

Mas então ela estreitou os olhos por trás da máscara de uma forma que me confirmou que ela reconhecia o tom sim, e aquele foi outro choque.

Ela tinha... A Donzela tinha uma mente suja.

A risada que vinha se formando se libertou, e foi uma risada mesmo, partindo de um lugar cálido que não existia desde que eu tomara a decisão tola de ir atrás da Coroa de Sangue por conta própria. A risada me surpreendeu pra porra, provocando sentimentos em mim que eu achava que já tinham morrido fazia tempo.

Interesse.

Admiração.

Curiosidade genuína.

Uma sensação de... contentamento.

*Contentamento?* De onde tinha saído aquilo, caralho? Eu não fazia ideia, mas naquele momento eu não me importava. Eu estava interessado. E, Deuscs, eu nem lembrava a última vez que estivera focado em qualquer coisa além do meu irmão. O calor em meu peito virou gelo.

— Você realmente devia se mexer — comentou ela.

Seu pedido me afastou do caminho desastroso para o qual meus pensamentos seguiam.

— Estou bastante confortável aqui.

— Bem, mas eu não.

Senti minha própria boca tremendo, contendo o sorriso, e eu não sei se foi o desespero de recuperar aqueles sentimentos passageiros ou algo mais que me impeliu a me comportar como se eu não fizesse ideia de quem ela era.

— Não vai me dizer quem você é, Princesa?

— Princesa? — repetiu ela, sem reação.

— Você é bastante exigente. — Dei de ombros, pensando que era um título bem mais adequado do que Donzela ou Escolhida. — Imagino que uma princesa seja exigente.

— Não sou nada exigente — contrapôs ela. — Saia de cima de mim.

Arqueei a sobrancelha, sentindo aquele calor de novo, aquela... satisfação.

— É mesmo?

— Pedir para você se mexer não é ser exigente.

— Vamos ter que discordar nisso. — Fiz uma pausa. — Princesa.

Seus lábios se curvaram, mas ela logo voltou a ficar séria.

— Você não devia me chamar assim.

— Então como devo chamá-la? Que tal me dizer o seu nome?

— Eu... eu não sou ninguém — respondeu ela.

— Ninguém? Que nome estranho. É comum que as meninas com esse nome usem as roupas dos outros?

— Eu não sou uma menina — retrucou, brava.

— Certamente espero que não. — Espere aí. Eu não fazia ideia de *qual* era a idade da Donzela. Eu estivera brincando ao chamá-la de menina, mas... — Quantos anos você tem?

— O suficiente para estar aqui, se é com isso que você está preocupado.

O grande alívio que senti serviu como um alerta.

— Em outras palavras, idade suficiente para se disfarçar, permitindo que alguém acredite que você é outra pessoa e depois a beije...

— Sei aonde você quer chegar — interrompeu. — Sim, eu tenho idade suficiente para todas essas coisas.

Ela sabia o que "todas essas coisas" sequer eram? De verdade? Se sim, tinha uma porrada de coisas que eu não sabia sobre a Donzela. Mas eu não achava que fosse o caso. Ela não beijava como alguém que sabia por experiência própria o que "todas essas coisas" eram.

— Vou lhe dizer quem sou, embora tenha a sensação de que você já sabe. Meu nome é Hawke Flynn.

Ela ficou calada por um tempo, então soltou um:

— Oi.

Aquilo foi... foi fofo.

Abri um sorriso.

— Essa é a parte em que você me diz o seu nome — afirmei. Quando ela não disse nada, só fiquei mais interessado. Não era como se eu esperasse que ela me dissesse quem era, mas eu estava morrendo de vontade de descobrir o *quanto* ela revelaria. — Então vou ter que continuar chamando você de Princesa. O mínimo que você pode fazer é me contar por que não me impediu.

Ela continuou teimosamente calada e mordeu o lábio inferior.

Cada parte do meu corpo focou naquilo... na boca dela. E, porra, aquilo me provocou alguns tipos variados de ideias com as quais meu corpo, de modo vergonhoso, concordava bastante. Mudei de posição de maneira discreta, escondendo minha reação.

— Tenho certeza de que não foi só por causa da minha beleza encantadora.

Ela franziu o nariz de novo.

— É óbvio que não.

Soltei uma risada, mais uma vez surpreso com ela... comigo mesmo.

— Acho que você acabou de me insultar.

A Donzela estremeceu.

— Não foi o que eu quis dizer...

— Você feriu os meus sentimentos, Princesa.

— Duvido muito disso. Você deve ser bastante consciente da sua própria aparência.

— Sou mesmo. — Dei um sorriso. — Minha aparência levou muitas pessoas a fazerem escolhas questionáveis na vida.

Eu esperava que *a* levasse a fazer algumas escolhas questionáveis na vida, as quais, considerando onde ela estava, não deviam ser inéditas para ela.

— Então por que você disse que foi insultado? — questionou ela, antes de voltar a fechar a boca, empurrando meu peito. — Você continua deitado em cima de mim.

— Eu sei.

— É muito rude da sua parte continuar fazendo isso quando deixei explícito que gostaria que você saísse daqui.

— É muito rude da sua parte invadir o meu quarto vestida como...

— Como a sua amante?

Eu a encarei por um momento.

— Eu não a chamaria assim.

— Como você a chamaria?

Inferno, como eu deveria responder àquilo?

— Uma... boa amiga.

Ela me encarou de volta.

— Não sabia que amigos se comportavam dessa maneira.

— Aposto que você não sabe muito sobre esse tipo de coisa.

— E você aposta tudo isso só por causa de um beijo?

— Só um beijo? Princesa, você pode aprender uma infinidade de coisas a partir de um único beijo.

Ela não respondeu, e eu... precisava saber por que ela estava ali, no Pérola Vermelha, naquele quarto, usando a capa de uma empregada. E onde estavam os seus guardas? Eu duvidava seriamente de que eles tivessem permitido que ela fosse até ali. Se sim, eu precisava descobrir qual deles fora para garantir que não fosse aquele que acabaria morto.

Mas comecei com a pergunta mais importante:

— Por que você não me impediu?

Enquanto aguardava a resposta, meus olhos analisaram sua máscara e então focaram mais para baixo, o local em que a capa tinha se aberto.

Senti o ar faltando quando vi o que ela estava vestindo.

Ou o que *não* estava vestindo, para ser mais exato.

O decote era cavado, deixando as surpreendentes ondulações de seus seios à mostra, e o vestido, qualquer que fosse o material sedoso de que era feito, tinha passado a ser o meu favorito. Era quase transparente e fino o suficiente para que eu pensasse por um momento que os Deuses tinham despertado de seu torpor para me abençoarem.

Ou me amaldiçoarem.

Mas se aquela era uma forma de maldição, então ser amaldiçoado não era assim tão ruim.

Contudo, nada daquilo respondia por que a Donzela intocada e pura estaria no Pérola Vermelha, um famoso bordel na Masadônia, sozinha. Em um quarto com um homem que pensava que ela era outra pessoa, ainda por cima. Alguém que a havia beijado sem que ela sequer reclamasse. Inferno, ela tinha me beijado de volta. Começado a beijar, ao menos. E ela estava vestida...

Estava vestida como a imagem da luxúria.

De repente ficou difícil de respirar enquanto eu focava o olhar no dela. Um senso de compreensão me tomou, logo seguido pela descrença. Só havia um motivo pelo qual ela estaria ali.

E meu interesse em todas as *razões* que explicariam aquilo era bem maior do que qualquer interesse que eu já tinha tido por algo... na vida. Eu não devia estar tão interessado. Eu tinha acabado de receber uma galinha dos ovos de ouro. Era a oportunidade perfeita para capturá-la. Eu poderia sair da cidade naquele momento.

Não haveria necessidade de continuar a farsa de ser um Guarda da Colina obediente e leal. Não precisaria me aproximar dela. Porra, não tinha nem como eu chegar mais perto do que já estava.

Bem, na verdade... tinha sim.

Tinha como eu chegar *bem* mais perto.

Mas se eu a capturasse naquele momento, nunca a ouviria explicar por que estava ali. E eu *precisava* saber. Se eu agisse, o martelar estranho em meu peito desapareceria. O calor. A satisfação. E eu era um filho da puta egoísta quando se tratava dos meus próprios desejos.

Além disso, não tinha sido eu a encontrá-la. Ela havia me encontrado. E só levou um instante para que eu estivesse mais do que disposto a deixar que a situação se prolongasse o máximo possível.

Porque tudo chegaria ao fim em breve.

— Acho que estou começando a compreender — falei.

— Isso quer dizer que você vai se levantar para que eu possa me mexer?

Balancei a cabeça.

— Tenho uma teoria.

— Mal posso esperar para ouvi-la.

A Donzela... tinha sempre uma resposta na ponta da língua.

Eu gostava daquilo.

Gostava muito.

— Acho que você veio até este quarto com um objetivo em mente — conjecturei. — Foi por isso que você não falou nada ou tentou corrigir a minha suposição sobre quem era. Talvez a escolha da capa que pegou emprestada também tenha sido muito bem calculada. Você veio até aqui porque quer algo de mim.

Ela arrastou o lábio por entre os dentes de novo.

Eu me movi mais uma vez, levando a mão à bochecha direita dela. O toque simples a fez estremecer.

— Estou certo, Princesa?

— Pode ser... pode ser que eu tenha vindo aqui para... para conversar.

— Conversar? — Quase ri de novo. — Sobre o quê?

— Um monte de coisas.

Contendo um sorriso, indaguei:

— Como o quê?

Ela engoliu em seco.

— Por que você decidiu trabalhar na Colina?

— Você veio até aqui esta noite para me perguntar isso? — questionei no tom mais seco do que qualquer um que poderia ter saído da boca de Kieran, mas ficou evidente só pelo olhar dela que a moça esperava uma resposta. Então, retruquei com o que sempre dizia a quem perguntava. — Pela mesma razão que a maioria.

— E qual é? — insistiu ela.

A mentira fluiu com muita facilidade:

— O meu pai era agricultor, e aquela não era a vida que eu queria para mim. Não há muitas oportunidades disponíveis além de ingressar no Exército Real e proteger a Colina, Princesa.

— Você tem razão.

Fui tomado pela surpresa.

— O que você quer dizer com isso?

— Quero dizer que não existem muitas oportunidades de os filhos se tornarem algo diferente do que seus pais foram.

— Você quer dizer que não há muitas chances de as crianças melhorarem de vida, de se saírem melhor do que aqueles que vieram antes?

Ela concordou com a cabeça de leve.

— A... a ordem natural das coisas não permite isso. O filho de um agricultor se torna um agricultor ou então...

A ordem natural das coisas? Só se fosse em Solis.

— Ele decide se tornar um guarda, arrisca a vida por um salário estável e provavelmente não viverá tempo suficiente para desfrutar dele? Não parece exatamente uma opção, não é?

— Não — confirmou ela, mais uma vez me surpreendendo. Nem por um momento eu tinha considerado que a Donzela despendesse um segundo pensando em quem resguardava a cidade. Ninguém na Coroa de Sangue pensava. — Pode até não haver muitas opções, mas eu ainda acho... Não, eu sei que se juntar à guarda exige um certo nível de força e coragem inatas.

— Você acha isso de todos os guardas? Que eles são corajosos?

— Acho, sim.

— Nem todos os guardas são homens bons, Princesa — declarei, e falava sério.

Ela estreitou os olhos.

— Eu sei disso. Bravura e força não são equivalentes a bondade.

— Nisso nós dois concordamos.

Abaixei o olhar para a sua boca.

— Você disse que seu pai era um agricultor. Ele está... ele já foi se encontrar com os Deuses?

Muitos achavam que meu pai era um deus entre os homens.

— Não. Ele está vivo e bem de saúde. E o seu? — questionei, mesmo já sabendo a resposta.

— O meu pai... o meu pai e a minha mãe já se foram.

— Lamento ouvir isso — respondi, sabendo que os pais dela tinham morrido havia muitos anos. — A perda de um dos pais ou de um membro da família permanece por muito tempo depois que eles partem. A dor diminui, mas nunca termina. Anos depois você ainda se pega pensando que faria qualquer coisa para tê-los de volta.

Ela ficou me observando.

— Parece que você está falando por experiência própria.

— Estou — confirmei, recusando-me a pensar naquilo.

— Sinto muito — sussurrou ela. — Sinto muito por quem você perdeu. A morte é...

Inclinei a cabeça.

— A morte é como uma velha amiga que faz uma visita: às vezes, surge quando menos se espera, e outras, quando você está esperando por ela. Não é a primeira nem a última vez que a morte faz uma visita, mas ela não deixa de ser dura e implacável.

— É verdade.

A tristeza se infiltrou em seu tom, incitando uma parte minha que precisava permanecer morta.

Abaixei a cabeça, percebendo que ela prendia a respiração enquanto minha boca se aproximava da dela.

— Duvido que a necessidade de conversa a tenha trazido até este quarto. Você não veio aqui para falar sobre coisas tristes a respeito das quais nada podemos fazer, Princesa.

Ela arregalou os olhos por trás da máscara, e senti seu corpo ficar rígido sob o meu. Eu não precisava ler os pensamentos dela para saber que estava lutando com o que sabia que devia fazer versus o que ela queria.

Aquela mesma luta tinha sido travada dentro de mim, mas a curiosidade imprudente tinha vencido. A curiosidade e o meu egoísmo. Seria ela a agir com responsabilidade e dar fim à situação? Se sim, eu deveria sair daquele quarto.

E era o que eu faria.

Eu não a capturaria naquela noite, mesmo que aquilo fizesse mais sentido do que sair do quarto sem a pessoa específica que fora minha motivação para ir até aquele reino. O que me impediu foi um senso distorcido de cavalheirismo, ainda que soasse ridículo. Eu sabia por que ela estava ali.

A Donzela queria conhecer o prazer.

E aquilo significava muitas coisas, coisas sobre as quais eu não poderia me permitir pensar de maneira crítica. Coisas que me fariam mudar o que eu sabia, ou presumia, sobre a Donzela, de verdade. Tudo o que eu me permitiria admitir era que havia algo... inocente por trás dos motivos dela para ir até ali. Algo corajoso. Inesperado. Eu não sabia o que havia influenciado sua decisão, o que ela tivera que fazer, como havia se preparado, ou mesmo o motivo. E se eu revelasse quem eu era, quem ela era para mim, em uma sociedade como a que os Ascendidos tinham criado, na qual mulheres precisavam esconder os próprios rostos quando buscavam prazer e felicidade, aquilo poderia ser tido como punição. Como se aquilo fosse o que elas merecessem quando buscavam tais experiências, e eu... eu não queria ajudar a estragar a experiência para ela.

Senti o momento em que ela tomou uma decisão. Seu corpo relaxou debaixo do meu enquanto ela mordia o lábio outra vez.

E Deuses, eu não estava esperando aquilo. Imaginei que ela fosse dar fim àquilo. Era o que deveria ter feito. Mas, porra, eu era um desgraçado porque estava... muito fascinado, muito intrigado, para não continuar.

Inalando de modo estranhamente fraco, passei o dedo pela fita de cetim de sua máscara.

— Posso tirar isso?

Ela negou com um movimento de cabeça.

Fui tomado pela decepção. Eu queria ver o rosto dela e as expressões faciais que faria, mas aquela máscara... era só um pedaço de tecido tolo. Ainda assim, às vezes a tolice servia de combustível para a coragem, e quem era eu para julgar? Afinal, eu vivia fingindo. Minha vida naquele reino era uma fachada. Tudo sobre mim era uma mentira. Bem, quase tudo.

Passei o dedo pela linha de sua mandíbula, descendo por seu pescoço, sentindo a pulsação acelerada. Parei no ponto em que a capa estava amarrada.

— E isto aqui?

Ela confirmou com a cabeça.

Nunca tirei uma capa tão depressa na vida.

O tremor que vi, a repentina elevação de seus seios enquanto eu traçava o dedo pelo decote maravilhosamente indecente, fez uma onda de desejo vivo e pulsante percorrer meu corpo. Em um vislumbre súbito, vi aquele vestido dela em pedaços, e eu entre suas coxas, primeiro com a língua e então com o pau. E aquele desejo era quase tão potente quanto a necessidade de ficar onde eu estava: cálido, interessado e vivo.

Foi então que me recompus.

Trincando os dentes, obriguei a pulsação que se intensificava a se abrandar. Eu estava disposto a deixar a situação seguir seu curso, mas não *tão longe*. Aquilo era tomar mais do que eu podia, e não importava se estivesse me sendo oferecido de bom grado. Eu era um monstro, mas não aquele tipo de monstro.

Mas tinha muita coisa que *poderíamos* fazer.

— O que você quer de mim? — perguntei, brincando com o pequeno laço entre as deliciosas ondulações que formavam seu peito. — Diga-me, e eu farei o que você quiser.

— Por quê? — perguntou ela. — Por que você... faria isso? Você nem me conhece e pensou que eu fosse outra pessoa.

Não era como se eu fosse responder àquela pergunta com sinceridade, e aquilo não tinha nada a ver com quem ela era. Ou talvez tivesse. Naquele momento, eu não tinha muita certeza.

— Não tenho nada para fazer agora e fiquei intrigado.

— Isso porque não tem nada para fazer agora?

— Você prefere que eu declame uma poesia sobre como estou encantado com a sua beleza, muito embora só consiga ver metade do seu rosto? Que, aliás, pelo que posso perceber, é bastante agradável. Ou que eu diga que estou cativado pelos seus olhos? Eles têm um belo tom de verde, ao que me parece.

Ela ficou séria.

— Bem, não. Não quero que você minta.

— Nada disso foi mentira. — Puxei o lacinho dela enquanto abaixava a cabeça, roçando os lábios nos seus. O aroma fresco e doce dela ficou mais forte. — Eu disse a verdade, Princesa. Estou intrigado com você, e não é comum alguém me intrigar.

— E daí?

— E daí — repeti, rindo contra a curva de sua mandíbula —, que você mudou a minha noite. Eu tinha planejado voltar aos meus aposentos. Quem sabe ter uma boa e tediosa noite de sono. Mas suspeito de que esta noite será tudo menos tediosa se eu a passar com você.

Seria mais como um milagre.

— Você... você estava com alguém aqui antes de mim? — questionou ela.

Ergui a cabeça.

— Essa é uma pergunta aleatória.

— Há duas taças ao lado do divã — explicou.

— Além de aleatória, é uma pergunta muito *pessoal*, feita por alguém de quem sequer sei o nome.

A Donzela corou.

E eu... eu conseguia entender por que ela estava perguntando aquilo, certo? A preocupação dela.

— Eu estava com alguém. Uma pessoa que não é nada parecida com a dona dessa capa. Uma pessoa que eu não vejo há um bom tempo. Estávamos conversando sobre a vida, em particular — expliquei, e aquilo me chocou.

Eu quase nunca explicava nada.

Mas não foi exatamente uma mentira. Eu não via Kieran havia uns dias, e como vivíamos grudados desde o berço, "uns dias" pareciam um longo tempo. Tinha sido o maior período em que estivemos separados desde que eu...

Interrompi a linha de pensamento antes que pudesse se assentar e se transformar em algo mais obscuro, mais difícil de deixar de lado.

— Então, Princesa, vai me dizer o que quer que eu faça?

Sua respiração falhou outra vez.

— Qualquer coisa?

— Qualquer coisa.

Fui deslizando a mão para baixo, segurando seu seio que, para minha surpresa, era farto, pesado. As vestes brancas que geralmente usava escondiam muita coisa.

Mas naquele momento, com o tecido fino de seu vestido prensado contra a pele dela, eu conseguia distinguir o rosa-escuro do mamilo tão endurecido e tão fascinante. Deslizei o polegar por ele.

Ela arfou enquanto arqueava as costas, pressionando o seio com mais firmeza em minha mão. Senti meu peito se apertar com uma vontade súbita.

— Estou esperando. — Deslizei o polegar mais uma vez, deliciando--me com o som ofegante que ela fazia e a forma como arqueava o corpo. — Diga-me do que você gosta para que eu possa fazer com que você adore.

— Eu... — Ela mordeu o lábio. — Eu não sei.

Olhei depressa para ela enquanto ficava estático. Suas palavras foram um lembrete. Também foram uma faísca que incendiou a vontade que eu sentia de mostrar a ela exatamente o que ela queria.

— Vou te dizer o que eu quero. — Mexi o polegar de novo, mais devagar, com mais força. — Quero que você tire a máscara.

— Eu... — Seus lábios estavam entreabertos. — Por quê?

— Porque eu quero vê-la.

— Você está me vendo.

— Não, Princesa. — Abaixei a cabeça. — Eu quero vê-la de verdade quando fizer isso sem o vestido entre você e a minha boca.

Mantendo o olhar no rosto dela porque eu me recusava a perder um instante, passei a língua por seu seio. A seda mal servia de barreira, e quando tomei o mamilo rígido na boca, consegui imaginar com facilidade fazer algo que eu quase nunca considerava quando estava com alguém mortal.

Eu podia me ver enfiando os dentes na carne abundante, descobrindo se o gosto dela era tão doce quanto o cheiro. Eu podia apostar que era. Meu corpo respondeu ao gemido de prazer que saiu da boca dela, ficando mais grosso e mais duro.

— Tire a máscara. Por favor. — Passei a mão pela curva volumosa de seu quadril, deslizando para sua coxa até onde o vestido se abria. A sensação da pele dela era bem parecida com a do tecido sedoso, suave enquanto eu curvava os dedos... tocando algo duro. — O que...?

Eu tinha tocado no cabo de uma *adaga*. Que porra era aquela? Desembainhei a lâmina, chegando para trás enquanto ela se sentava, esticando o braço para pegar a arma.

A Donzela tinha uma adaga. E não uma qualquer.

— Pedra de sangue e osso de lupino.

— Devolva isso — comandou ela, ajoelhando-se na cama.

Desviei o olhar da adaga para ela, declarando:

— É uma arma sem igual.

— Eu sei.

O cabelo dela caiu para a frente, por cima dos ombros.

— Do tipo que não é nada barata. — E uma que tinha um propósito específico. — Por que você anda com isso por aí, Princesa?

— Foi um presente, e eu não sou tola o bastante para vir a um lugar deste desarmada.

Era uma escolha inteligente.

— Carregar uma arma e não fazer a menor ideia de como usá-la não te faz sábia.

Ela estreitou os olhos, irritada.

— O que faz você pensar que eu não sei como usá-la? Só porque eu sou mulher?

Eu a encarei.

— Você não pode se surpreender por eu ter ficado chocado. Aprender a manejar uma adaga não é exatamente comum para as mulheres em Solis.

— Você tem razão, mas eu sei usá-la.

A confiança nas palavras dela me confirmou que ela não mentia. Então a Donzela sabia como manejar uma adaga. Aquilo era total e absurdamente inesperado. Em vez de fazer com que eu ficasse preocupado, fez com que eu ficasse ainda mais interessado.

Dei um sorriso de canto de boca.

— Agora estou realmente intrigado.

Ela arregalou os olhos quando enfiei a lâmina da adaga no colchão e fui para cima dela. Eu a deitei de novo na cama, colocando-me entre suas pernas para que ela sentisse exatamente o quanto eu estava *intrigado...*

Alguém esmurrou a porta.

— Hawke? — Era a voz de Kieran. — Você está aí?

Parei e fechei os olhos, dizendo a mim mesmo que eu não tinha acabado de ouvir a voz dele.

— É Kieran.

— Como se eu já não soubesse disso — murmurei, e ela deu uma risadinha.

O som me fez abrir os olhos e dar um sorriso.

— Hawke?

Kieran esmurrou a porta um pouco mais.

— Acho que você devia atender — sussurrou ela.

— Droga. — Se eu não abrisse, ele provavelmente ficaria preocupado e invadiria o quarto. — Estou bem ocupado no momento.

— Lamento ouvir isso — respondeu Kieran conforme eu voltava a focar nela. O lupino bateu à porta de novo. — Mas a interrupção é inevitável.

— A única coisa inevitável que vejo é a sua mão quebrada se você bater nessa porta mais uma vez — adverti, o que a fez arregalar os olhos. — O que foi, Princesa? — Abaixei o tom de voz. — Eu disse que estava mesmo intrigado.

— Então eu devo arriscar ter a mão quebrada — retrucou Kieran, e soltei um profundo grunhido de frustração. — O... emissário chegou.

Deuses.

Praguejei de novo, daquela vez baixinho. Aquilo não poderia ter acontecido em pior hora.

— Um... emissário? — questionou a Donzela.

— Os suprimentos que estávamos esperando — expliquei, o que era uma meia-verdade. — Eu tenho que ir.

Ela aquiesceu com a cabeça.

E eu tinha mesmo que ir, mas não era o que eu queria. Precisei de um tempo para conseguir me obrigar a me mover. De pé, peguei a túnica do chão enquanto avisava a Kieran que já estava saindo. Ele não ficaria me esperando no corredor, iria para um local mais reservado. Passei a vestimenta pela cabeça e, olhando por cima do ombro, vi que ela tinha pegado a adaga de volta. Sorri.

Garota esperta.

Coloquei o boldrié e peguei duas adagas curtas do baú perto da porta, e foi como se eu não tivesse controle sobre o que saía da minha boca:

— Voltarei assim que puder. — Embainhei as espadas na lateral do corpo, percebendo que o que eu tinha dito era a verdade. Eu voltaria *mesmo*. — Eu prometo.

A Donzela concordou com a cabeça mais uma vez.

Fiquei olhando para ela.

— Diga que você vai esperar por mim, Princesa.

— Sim, eu vou.

Virando-me, fui até a porta, então parei. Devagar, virei o corpo de volta e desfrutei da imagem dela... aquele surpreendente amontoado de ondas vermelhas e os lábios entreabertos, a forma como ela estava sentada ali, apertando as pontas da capa a sua volta, valente e ao mesmo tempo vulnerável. Era uma mistura interessante, uma que eu queria seguir desvendando.

— Estou ansioso para voltar.

Ela ficou calada outra vez, e eu sabia que era improvável que ela estivesse ali quando eu voltasse, mas eu voltaria. Procuraria por ela. E se não estivesse mais ali?

Eu a encontraria de novo.

O quanto antes.

Ela seria minha.

# BREVÍSSIMOS MOMENTOS

Atravessei depressa a mata densa no Bosque dos Desejos, querendo fazer logo o que precisava ser feito. Só um brilho suave do luar se infiltrava pelos amplos galhos dos pinheiros. A mata era perturbadora o suficiente durante o dia, caracterizada por um silêncio sinistro exceto pelo chamado distante e estridente de um pássaro ou o farfalhar sutil de alguma pequena criatura terrestre. À noite? Até eu ficava apreensivo ali. Mas graças ao fato de que pouquíssimas pessoas se aventuravam por aquela parte do Bosque de dia, algo que eu só sabia que acontecia por ter identificado pegadas no solo, aquele era um dos poucos lugares em toda a Masadônia onde se podia falar livremente sem a ameaça de ser ouvido.

E dali do Bosque dos Desejos, eu levaria poucos minutos, talvez até menos, para voltar ao Pérola Vermelha.

Para *ela*.

— Você sabe — começou Kieran —, eu não teria te interrompido se não fosse isso.

Concordei com a cabeça. Aqueles "suprimentos" não eram exatamente o que se esperaria.

— Faz muito tempo desde que você se alimentou — complementou Kieran.

As palavras dele foram como um canto de sereia, despertando um gigante que dormia. Senti minha maxila pulsar e a barriga doer.

— E como você não gosta de usar quem é apenas metade Atlante...

— Eu sei minhas preferências, Kieran — interrompi. Uma brisa fria balançou os galhos acima, fazendo algumas folhas caírem no solo. E ele sabia por que eu não gostava de usá-los. Quem era metade Atlante não estava acostumado a servir de alimento. Também era bem mais fácil acabar os machucando, ou pior, e por causa da Coroa de Sangue, eu... eu já tinha matado gente o suficiente para uma vida inteira. Eu preferia não repetir a experiência. — Sabe, quanto mais velho, mais mãe coruja você fica.

Kieran fez um som de deboche atrás de mim.

— Alguém precisa garantir que você não perca a sanidade. — Ele fez uma pausa. — Mais do que já perdeu, quero dizer.

Se ele soubesse com quem eu estivera uns minutos antes, diria que eu tinha alcançado novos estágios da falta de sanidade.

E estaria certo.

Era o que parecia justificar o tempo que eu passara com a Donzela. Perda de sanidade.

A lembrança tão recente do corpo macio dela debaixo do meu me confirmava que seria uma razão e tanto para perder a cabeça de vez, porém, e eu planejava fazer exatamente isso quando concluísse o que precisava fazer ali. Eu perderia parte da sanidade quando voltasse ao quarto. Isso se a Donzela tivesse honrado a promessa de me esperar voltar.

Ela tinha que honrar.

Pigarreei.

— Quem veio?

— Emil — revelou Kieran.

Levantei as sobrancelhas, surpreso.

— Por essa eu não esperava.

— É, nem eu, principalmente considerando que ele não conhece Solis muito bem. Mas Naill não conseguiu vir.

Confirmei com a cabeça, desgostando do fato de eles terem se deslocado para as profundezas de Solis daquele jeito, mas todos eles eram leais a mim. Leais demais.

— Vai me contar o que foi aquilo? — questionou Kieran depois de um tempo.

— Não sei do que você está falando.

Mantive o olhar à frente, um tanto surpreso por ele ter levado tanto tempo para perguntar.

— Uhum. — Ele prolongou o som, indo para a minha frente.

Não falei nada.

— Caso tenha esquecido — continuou Kieran, erguendo um galho baixo para passar debaixo dele —, consigo sentir o cheiro de outra pessoa em você.

Inferno, *eu* conseguia sentir o cheiro da Donzela. Eu estava coberto pelo cheiro doce dela...

Praguejando, segurei o galho que Kieran soltou antes que batesse na minha cara.

— Babaca.

— Você não estava sozinho — declarou ele, olhando para mim por cima do ombro. — E eu não reconheço o cheiro.

— E você sabe o cheiro de todo mundo na Masadônia?

Passei por ele.

— Conheço os cheiros de quem frequenta o Pérola Vermelha. — As folhas e gravetos caídos estalavam sob nossos pés. — E conheço os cheiros de quem geralmente passa a noite com você.

— Esse maldito nariz de lupino — murmurei.

Até eu conseguia decifrar as diferenças entre aqueles com os quais eu geralmente passava a noite. Considerando isso, eu deveria ter percebido que não era Britta no momento em que a Donzela entrara no quarto.

Mas nem em um milhão de anos eu teria adivinhado que era ela. Nem teria imaginado que ela tinha uma língua tão afiada. E, novamente, aquilo me deixava intrigado.

Assim como a empatia na voz dela ao falar da perda. Ela não me conhecia, nem sabia nada sobre o que eu tinha perdido, mas a compaixão fora genuína.

— Cas.

Parei de andar, sentindo a nuca ficar tensa. Em nenhum momento desde que tínhamos chegado ao reino de Solis Kieran havia usado aquele nome. Nem mesmo naquela mata ou no Pérola Vermelha.

— O fato de que está sendo evasivo sobre quem estava com você está me deixando preocupado.

Eu me virei devagar para encarar o lupino que conhecia desde que nascera. Ele tinha o direito de se preocupar. Tínhamos um vínculo, mas nossa conexão era mais profunda que aquilo. Sempre tinha sido. Eu não escondia nada de Kieran. Ele compartilhava tudo comigo, mas me peguei em uma posição estranha de não querer contar a ele o que havia acontecido no Pérola Vermelha e nem com quem. Eu não sabia o porquê. Ele era a pessoa em quem eu mais confiava, mas aquilo era...

Era a Donzela, caralho.

Outra onda de choque remanescente me atravessou. Se eu ainda não fosse capaz de sentir a doçura dela na minha boca, eu acreditaria que a chegada inesperada dela tinha sido uma alucinação.

Desviei o olhar, enrijecendo os ombros. Se eu não contasse a ele, ele não largaria o assunto. O encontro com aqueles que haviam acabado de chegar levaria mais tempo que o necessário, e, conhecendo Kieran, ele me seguiria de volta ao Pérola Vermelha.

— Eu estava com a Donzela.

Silêncio.

Absoluto e completo silêncio.

E Kieran sempre tinha uma resposta na ponta da língua, independente do que saísse da minha boca.

Voltei o olhar a ele. O lupino me encarava como se eu tivesse falado em um atlante antigo e distorcido enquanto bêbado. Arqueei a sobrancelha.

— Você está bem? Ou fritei seu cérebro?

Kieran ficou sem reação.

— Mas que caralho, como assim?

Dei uma risada baixinha.

— Pois é. Pensei a mesma coisa.

— Você não está de sacanagem com a minha cara, né? — Kieran inclinou a cabeça. — Você estava justo com a Donzela... — Ele parou de falar, respirando fundo. Então estreitou os olhos. — Você ficou *bem* próximo logo da Donzela?

— Eu não iria tão longe a ponto de dizer que fiquei *bem* próximo — menti, e sabia-se lá o porquê. — Mas, aham, era ela.

Kieran abriu a boca, então a fechou. Começou a se virar, mas então me encarou.

— Sabe que tenho perguntas a fazer, não sabe?

Suspirei.

— Sei.

— Assim, vou dar um palpite e presumir que os guardas não estavam com ela.

Lancei um olhar divertido a ele.

— Você presumiu certo.

Mais uma vez, ele pareceu não saber o que dizer.

— Como? Por quê? Mas que porr...?

— Acho que ela saiu escondida — interrompi. — E considerando o quão longe ela foi, imagino que não tenha sido a primeira vez.

— Que porra ela estava fazendo no Pérola Vermelha? — indagou Kieran.

Um sobressalto me percorreu quando um pássaro guinchou em algum lugar acima de nós.

— É *essa* a pergunta que vai fazer? E não por que estamos aqui parados sem ela?

— Ah, essa pergunta é a próxima, mas estou só tentando assimilar o fato de que a Donzela *intocada* estava em um quarto *privado* no Pérola Vermelha, um conhecido *bordel* e covil de jogos.

Ela tinha ido até aquele quarto para descobrir o que era prazer.

Ela tinha ido até lá para *viver*.

Eu ainda achava aquilo corajoso e audaciosamente inocente. Também era particular. Íntimo o bastante para eu não poder compartilhar aquilo com ninguém. Nem mesmo Kieran.

— Isso eu não tenho como responder — falei, e Kieran estreitou os olhos. — Ela só entrou no quarto direto. Não sei se ela sabia que eu estava lá.

Kieran ficou em silêncio por um tempo.

— É possível que ela estivesse esperando encontrar outra pessoa lá, ou que tenha entrado no quarto errado?

A julgar pela inexperiência dela (as respostas inocentes e hesitantes, mas muito afoitas), eu não achava que ela estivera lá para encontrar alguém específico. Mas eu podia estar errado. Afinal, era óbvio que eu estivera errado sobre algumas coisas em relação à Donzela.

— Não sei. — Passei os dedos pelo cabelo. — Não era como se muita gente soubesse que eu estava lá.

Kieran parou para pensar naquilo.

— Bem, só há algumas razões para ela ter estado lá, e duvido que ela quisesse arriscar ficar frente a frente com um guarda. Só pode ter sido coincidência.

Fiquei olhando para ele, observando seu rosto ficar sério.

— Mas você não acredita em coincidências.

— E você acredita?

— Sempre tem uma primeira vez.

Ele balançou a cabeça. Outro momento de silêncio.

— Por que você não a capturou, mesmo com os riscos?

Um músculo pulsou em minha mandíbula.

— Porque se eu fizesse isso, teria que fazê-la ficar quieta. Teria que ter usado persuasão. E não teria durado tempo o suficiente para tirá-la da cidade.

Kieran me observou.

— Isso soa razoável até demais.

Soava mesmo.

E ainda assim, não soava.

Porque não tinha sido meu único motivo.

Também havia o fato de que se eu a tivesse capturado, provavelmente ela veria aquilo como uma espécie de punição por infringir as regras da sociedade que os Ascendidos criaram e por sair da jaula na qual eu não tinha mais certeza que ela havia concordado em estar.

E, por alguma razão, eu não queria impedir que ela vivenciasse aqueles brevíssimos momentos.

Ao menos, não por ora.

# SUPRIMENTOS NECESSÁRIOS

Emil Da'Lahr era um filho da puta.

Ou você gostava de estar na presença dele ou passava todo o tempo arquitetando inúmeras maneiras de assassiná-lo, algo do qual eu tinha certeza que Emil extraía uma alegria perversa.

De qualquer maneira, eu vivia alternando entre as duas sensações quando ficávamos juntos.

Mas quando era hora da verdade, eu podia contar com o Atlante ruivo, e ele podia contar comigo. Ele era leal, sua destreza com a espada e a adaga tão rápida quanto suas respostas, e embora vivesse fazendo piadinhas, virava uma fera se mexessem com ele.

Sentado em um rochedo plano, ele nos esperava às margens de um lago calmo que ficava bem nas profundezas do Bosque.

E Emil não estava sozinho.

Sentado aos seus pés estava um enorme lupino prateado e branco. Ele se levantou quando nos aproximamos, ficando quase tão alto quanto o rochedo em que Emil estava sentado. O tamanho do lupino seria suficiente para um mortal ter uma parada cardíaca só de olhar, então ele devia ter viajado como mortal, mas eu apostava que havia descartado aquela forma assim que possível. Nenhum dos lupinos gostava de ficar na forma mortal por longos períodos, mesmo que fosse por escolha ou pela necessidade da situação.

— Arden — cumprimentei, sorrindo.

O lupino se afastou de Emil, primeiro roçando nas pernas de Kieran e depois vindo dar um empurrãozinho em minha mão. Acariciei o pelo entre as suas orelhas enquanto Emil se levantava e fazia uma reverência extensa e elaborada.

— Não vai me cumprimentar com seu sorriso lindo característico? — questionou o Atlante ruivo ao endireitar a postura. — Mostrar aquelas covinhas?

— Agora não.

Arden soltou um barulhinho anasalado que parecia uma risada.

Emil colocou a mão no peito.

— Assim você me magoa. — Ele fez uma pausa. — Meu Príncipe.

Estreitei os olhos para ele, e o sorriso do homem se ampliou.

— Às vezes acho que você gosta de flertar com a morte — murmurou Kieran baixinho.

Todos que conheciam Emil pensavam a mesma coisa.

Rindo, Emil se recostou no rochedo. Não carregava uma espada. Como estava usando uma calça de um marrom desbotado, típica de um plebeu de Solis, uma espada chamaria muita atenção. Ainda assim, eu sabia que ele tinha um arsenal debaixo do casaco preto simples.

— Como foi a viagem até aqui? — perguntei quando Arden voltou a atenção para a mata escura. — Tiveram algum problema?

— Nada que Arden e eu não déssemos conta de resolver. Só uns Vorazes e uns cinco guardas enxeridos — contou ele. — Todos esses anos de vida, e eu nunca tinha visto um lupino basicamente comer uma pessoa antes.

Ergui as sobrancelhas ao olhar para Arden. O lupino soltou o ar com um som de descaso, mantendo a atenção nas árvores.

— Não fazemos muito isso — informou Kieran. — A carne mortal não... tem um cheiro muito agradável.

— *Carne mortal?* — repeti baixinho.

— Assistir foi fascinante, de um jeito mórbido. Eu não consegui tirar os olhos. Além disso, foi bem nojento. — Emil cruzou os braços. Olhou na direção leste. — Enfim, preciso dizer que não achei a Masadônia grande coisa até agora, principalmente com a visão que se tem ao entrar na cidade. — Seus lábios se apertaram. — Deuses, não posso acreditar que eles fazem as pessoas viverem daquele jeito.

— A maioria não acreditaria, a não ser que vissem a Ala Inferior.

Ainda assim, mesmo que a Coroa de Sangue cuidasse mais de seu povo, as cidades deles ainda nem se comparariam a Atlântia.

Eu estava ansioso para voltar ao Pérola Vermelha, mas havia coisas que eu precisava saber.

— Como estão as coisas no Pontal de Espessa? — perguntei, referindo-me à cidade atlante na Baía de Estígia que ficava a um dia das Montanhas Skotos, indo a cavalo.

Acreditavam que o antigo entreposto comercial movimentado tinha sido destruído na guerra, assim como a cidade próxima, Pompeia, e como a região ficava no extremo leste, a Coroa de Sangue não sabia sobre a situação atual da cidade. E era para continuar assim.

— Tudo certo. Acho que estão prestes a colher algumas safras. Ao menos era o que Vonetta estava dizendo quando fui embora — revelou ele, mencionando a irmã de Kieran. Seu olhar âmbar encontrou o meu ao falar: — Várias outras casas foram construídas. Você mal vai reconhecer o lugar quando voltar. O que esperamos que aconteça em breve. Não eu. Mas outros, sim. Esperam que seja em breve.

Rindo, balancei a cabeça e mudei de assunto, passando para um tema bem mais delicado.

— Alguma notícia de Evaemon?

— O Rei e a Rainha estão... preocupados com seu paradeiro atual e seus motivos para estar longe há tanto tempo — informou ele, sem mais nenhum traço de humor no rosto. — O parecer de Alastir sobre o assunto não ajudou muito a aplacar a preocupação.

Passando a mão pelo cabelo, suspirei. Eu não estava muito surpreso ao saber daquilo. Como Conselheiro da Coroa, o dever de Alastir Davenwell era manter o Rei e a Rainha a par de tudo que acontecesse. Entretanto, o lupino ancião não fazia muito para abrandar o temperamento do meu pai nem atenuar os planos de guerra. Ele queria ver a Coroa de Sangue em chamas. Eu não podia culpá-lo por isso, na verdade. Assim como muitos outros, ele tinha seus motivos.

— É melhor a gente terminar logo com isso. — Emil acenou com a cabeça para Arden. Olhei para o lupino. As orelhas dele estavam em atenção de novo enquanto andava de um lado ao outro perto dos rochedos. — Acho que ele não gosta muito desta mata. Tenho medo de que ele comece a mastigar um de nós.

Arden grunhiu para o Atlante, e Emil apenas sorriu. Eu imaginava que a viagem deles tivesse sido... interessante e longa.

— É a energia ruim — murmurou Kieran, voltando o olhar para o lago parado.

Emil ergueu as sobrancelhas para mim.

Meneei a cabeça.

— Kieran acha que a mata é assombrada.

— Não acho — contrapôs Kieran. — Eu sei.

— Bem, nesse caso, precisamos nos apressar mesmo. — Emil começou a levantar a manga do casaco. — Porque se eu vir um único fantasma, acredite: o Atlante que vos fala é o que mais vai correr.

Kieran deu um sorrisinho.

— Ninguém corre mais rápido do que os mortos.

Com os dedos parando de erguer a manga, Emil virou a cabeça para o lupino.

— Essa frase foi... excepcionalmente sinistra.

Kieran deu de ombros.

— Só falei a verdade.

Emil franziu o cenho.

— E a verdade não ajudou.

— Obrigado por fazer isso — interrompi, impedindo-os de prosseguir com aquela conversa. Peguei a mão de Emil e olhei para ele, que era um pouco mais baixo que eu. — Agradeço de verdade, considerando o risco que correu para vir aqui.

— Faço qualquer coisa por você. — Emil olhou nos meus olhos. — Você sabe disso.

— Eu sei. — Apertei a mão dele. — Só vou tomar o necessário.

Kieran me lançou um olhar duro. Eu sabia que ele não desviaria o olhar. Não enquanto eu levava o pulso de Emil à boca. Hesitei, mesmo quando minha mandíbula começou a doer ainda mais. O sangue dele com certeza eliminaria o gosto remanescente da Donzela, e cacete, aquela era uma coisa estúpida até de se pensar.

Ainda mais estúpido era o fato de eu ter hesitado por causa *daquilo*.

Mordi com rapidez e habilidade o local em que a pulsação de Emil era forte, o lupino só se sobressaltou de leve quando retirei as presas. Passei o polegar pela parte interna do pulso dele, amenizando a breve pontada de dor. Alimentar-se podia ser doloroso ou causar prazer. Também poderia ser tão impessoal quanto um acordo de negócios. Era esse o caso enquanto eu sugava o sangue dele, sua própria força vital, para dentro de mim. No momento em que senti o gosto denso e terroso na língua, cada parte de mim pareceu vibrar. Era como passar muito tempo sem comer ou beber água. Eu queria engolir de uma vez, mas me forcei a sugar com calma e firmeza enquanto Emil permanecia parado.

Alimentar-se e deixar que se alimentassem de si era bem comum em nossa espécie, mas se um não confiasse no outro, havia uma reação instintiva que não poderia passar despercebida... uma reação física. Emil não demonstrou nenhum sinal. Não se afastou. Não ficou tenso nem proferiu som algum. Emil confiava em mim. De modo irrevogável. Eu não tinha certeza do que havia feito para merecer isso.

Conforme eu me alimentava, alguns fragmentos de imagens se formaram em minha mente. Árvores grossas de um verde-escuro. O cheiro do solo recém-arado e de serragem. Lembranças. Essa era de Emil. Ouvi a risada zombeteira dele enquanto via uma garota com tranças escuras e compridas que iam até a cintura e pele da cor das rosas que floresciam à noite buscadas pela Donzela ao pôr do sol. Eu a reconheci de imediato.

Era Vonetta, a irmã de Kieran. Por que Emil estaria pensando nela naquele momento, cacete? Bem, a resposta era bem óbvia.

Sorri contra o pulso de Emil. E, realmente, ele gostava de flertar com a morte.

Durou algum tempo até que eu me forçasse a recuar. Ergui a cabeça, limpando a gota de sangue que umedecia meus lábios enquanto focava o olhar no de Emil. Ergui a sobrancelha e sorri. Ele trincou os dentes ao olhar para Kieran. Meu sorriso ficou maior.

— Não é o suficiente — opinou Kieran.

— Foi sim. — Estendi a outra mão a Kieran. — Veja você mesmo.

Ele envolveu meu pulso com os dedos, o polegar pressionando minha pulsação. Considerando que Emil era como eu, uma das linhagens fundamentais que remetiam aos primeiros Atlantes criados pelos Deuses, o sangue dele era puro e poderoso. Eu já sentia minha pele ficando mais quente. A mente não estava mais turva. Meu ritmo cardíaco havia desacelerado.

Kieran soltou um audível suspiro de alívio.

— Tem certeza? — Emil me analisou. — Se precisar de mais, tudo bem.

— Tenho certeza. — Apertei a mão dele mais uma vez antes de soltar. — Obrigado de novo.

— Sabe, eu posso ficar. — Emil começou a abaixar a manga. — Posso ir passear um pouco, sem ser percebido. Ninguém vai nem saber que estou aqui.

— Achei que não tivesse achado a cidade grande coisa.

— Estou disposto a ficar para descobrir se com o tempo vou mudar de ideia — retrucou ele.

Sorri, sabendo que Emil, assim como todos nós, não tinha nenhuma vontade de ficar em um lugar controlado pela Coroa de Sangue. Ele estava oferecendo aquilo apenas para estar disponível caso eu precisasse me alimentar de novo. Com sorte, não seria necessário. Atlantes fundamentais conseguiam passar longos períodos sem se alimentar se permanecessem ilesos e mantivessem uma boa alimentação mortal.

— Obrigado por oferecer, mas preciso te pedir outra coisa. Outro favor — revelei, mudando o peso do corpo de um pé para o outro. A tensão em meus músculos também tinha sumido. — Eu quero que você volte a Atlântia e a Evaemon.

Emil inclinou a cabeça enquanto Arden ouvia.

— Presumo que haja um objetivo mais detalhado por trás do pedido.

— E há. Eu quero que você fique de olho em Alastir.

Emil fez uma expressão surpresa.

— Você está desconfiando dele?

— Não. Conheço Alastir desde que eu era bebê. Ele é tipo um segundo pai, ainda que mais exigente — respondi, o que levou Kieran a fazer um som de deboche. — Mas a última coisa que precisamos é de que ele descubra o que planejo fazer.

— No mínimo, precisamos ao menos adiar isso — complementou Kieran. — Alastir tem olhos e ouvidos em todo lugar. Ele vai acabar sabendo.

— Então quer que eu interceda? — resumiu Emil, e confirmei com a cabeça. — Posso fazer isso. — Ele olhou para Arden, que usava o focinho para esquadrinhar uma folha no chão como se fosse uma víbora. — Só por curiosidade, por que queremos esconder o plano de Alastir pelo tempo que for possível?

— Alastir quer guerra. É possível que queira isso até mais que meu pai. Se ele souber do meu plano de capturar a Donzela, vai querer usá-la como retaliação à Coroa de Sangue.

Assim como meu pai faria.

Emil voltou a atenção a mim.

— E como isso é diferente do que você está fazendo?

— Não estou planejando matá-la — falei em um tom neutro. — E é exatamente isso o que eles fariam.

O Atlante não disse nada por um bom tempo.

— Bem, espero que seu plano não acabe sendo exatamente o que você espera do *deles*. De verdade.

— Eu também — retruquei.

O incômodo que havia sentido naquela outra manhã treinando com Vikter retornou, fazendo morada e ficando bem à vontade em meu peito, que, por eu ter acabado de me alimentar, estava bem gelado e pesado.

Desejando boa viagem de volta a Atlântia a Emil e Arden, nós nos separamos. Kieran voltou para a cidade, onde Jansen havia conseguido uma acomodação mais ou menos privativa em um pequeno aposento em cima de uma das muitas marcenarias. E eu, bem, voltei ao Pérola Vermelha, aumentando o ritmo de tal modo que deixei o Bosque em poucos segundos. Movimentando-me rápido demais para que fosse visto por olhos mortais, forcei-me a diminuir o passo quando cheguei ao beco perto do Pérola Vermelha. Meu coração começou a bater forte, e não tinha nada a ver com o esforço físico.

Subi pela escada dos fundos, escalando três degraus por vez até chegar ao corredor do quarto. Eu só tinha passado uma hora fora, talvez menos, mas antes mesmo de tocar na maçaneta, eu já sabia. Ainda assim, precisava conferir. Abri a porta, deparando-me apenas com o cheiro doce dela que ali perdurava. O quarto estava vazio.

A Donzela não havia esperado.

# CAÇADA

A onda amarga de decepção que me tomou graças à Donzela não ter cumprido a promessa logo cedeu à preocupação quando vi a cama bagunçada.

Ela não estar ali significava que estava lá fora em algum lugar, nas ruas geralmente cruéis, sozinha, em um período da noite em que vagavam os que estavam aprontando alguma. Os que caçavam os mais fracos e indefesos.

Mas a Donzela não era exatamente indefesa. Abri um sorriso irônico. Ela tinha uma adaga consigo, uma adaga feita de osso de lupino e pedra de sangue, ainda por cima, e que manejava bem o suficiente para afirmar com convicção que sabia usá-la.

Ainda assim, dei um passo à frente. Pegando o cobertor, levei-o ao rosto e inspirei com vontade, absorvendo o cheiro doce e natural. Mel. Largando a coberta, virei-me e saí do Pérola Vermelha. Do lado de fora, analisei as ruas mal iluminadas, que estavam silenciosas a não ser pelo ruído abafado de risada e os berros obscenos vindos de dentro de inúmeros estabelecimentos.

Ela poderia estar em qualquer lugar se tivesse saído do Pérola Vermelha logo depois de mim. Ergui o olhar para o brilho distante de luzes atravessando as janelas do Castelo Teerman. Ir se aproximando do castelo não implicava nas ruas ficarem mais seguras.

Na verdade, ficavam mais perigosas porque não havia mais mortais habitando a região. Quanto mais perto do castelo, mais perto dos Ascendidos, e depois do pôr do sol, eles vagavam livremente.

Com ela vestida não como a Donzela, mas como uma plebeia, eu duvidava de que qualquer Ascendido fosse hesitar antes de se servir à vontade.

Senti a raiva queimando dentro de mim, mas eu não sabia ao certo a quem ela era direcionada. À Donzela, por colocar a vida em risco de maneira tola? Aos Ascendidos, que eram de fato os culpados? Ou a mim mesmo, por não garantir que ela ficasse quieta lá até eu conseguir levá-la de volta em segurança?

A Donzela era valiosa demais para que eu a perdesse nas mãos de um Ascendido sanguinário.

Atravessando a rua, fui em direção às pontes e caminhos que cruzavam a porção do Bosque dos Desejos que fora desflorestada e usada como parque pelos mais privilegiados da Masadônia. Toda a Ala Superior circundando a Viela Radiante, as casas, as lojas e o parque, estava muito movimentada; meus ouvidos sensíveis distinguiam o barulho distante de rodas de carruagens e de conversa. No meio do caminho para lá algo me ocorreu, e parei de repente.

A Donzela era esperta.

Ela devia ser, para ter conseguido se esquivar dos guardas e chegar ao Pérola Vermelha. Eu também duvidava de que fosse a primeira vez que ela havia fugido da guarda pessoal e de sua linda jaula. Ela não teria caminhado por ruas públicas, principalmente aquelas frequentadas por Ascendidos, que só podiam viver de verdade depois que o sol se punha. Ela não os evitaria pelo medo de se machucar, já que não sabia da verdade, mas sim pela preocupação em ser descoberta. Ela iria...

Diante de uma fileira de casas geminadas silenciosas, olhei para trás, para onde tinha acabado de passar. O único lugar pelo qual quase ninguém transitava.

O Bosque dos Desejos.

Minha boca se abriu em um sorriso. A parte mais profunda do Bosque levava direto aos muros internos do Castelo Teerman.

Voltando a atravessar, eu me uni às sombras das casas geminadas e comecei a correr. Cheguei ao muro de pedra baixo separando as casas da mata e pulei por cima dele, adentrando o Bosque outra vez. Diminuí o passo, eu tinha saído muito depressa, o que impossibilitou que eu captasse o cheiro dela. Talvez ainda não conseguisse captar. Aqueles sentidos lupinos que eu amaldiçoara mais cedo teriam vindo a calhar no momento.

Lembrando-me dos rastros tênues que passos deixaram marcados na grama, passei por entre as árvores, chegando a um caminho sinuoso de terra batida em poucos instantes. Mantendo-me junto à escuridão, segui o rastro enquanto me aproximava mais e mais dos limites com a área que tinham desocupado para fazer de parque. Bem depressa distingui um cheiro que diferia do solo úmido e encorpado da mata.

Doce. Levemente frutado.

Senti meus instintos zumbindo enquanto eu avançava, acelerando o passo e analisando as árvores à frente, todos os sentidos em alerta. Eu me movimentava em silêncio pela mata como um predador monitorando a presa. Era uma das únicas coisas que os Atlantes tinham em comum com os Ascendidos... os vampiros. Nosso foco obstinado quando estávamos caçando.

Ali.

Uma figura se movendo depressa em meio às sombras vários metros à frente, uma figura encapuzada. Voltei a sorrir enquanto me lançava em uma rajada de velocidade, chegando a mais ou menos 4 metros... dela. E era definitivamente ela. A brisa alcançava seu cheiro e o soprava em meu rosto.

Segui, dando passos leves enquanto a acompanhava. O Bosque era um labirinto pelo qual eu conseguia transitar graças à minha visão, que estava muitos patamares acima da de um mortal. Como a Donzela havia encontrado aquele caminho à noite estava além da minha compreensão, mas os passos dela eram firmes e decididos. Mais de uma vez, ela desviou de pedras e galhos que eu sabia que ela não conseguia ver, mas evidentemente sabia que estavam lá.

Minha audição captou o murmúrio baixo da conversa e dos sons mais suaves e tórridos vindos do parque. Barulhos que, se dependesse de mim, eu preferiria estar ouvindo a Donzela proferir.

Contudo, provavelmente era melhor que não tivesse acontecido. Porque eu queria acreditar que eu era capaz de ter controle o bastante para não ter ido longe demais, que eu não era aquele tipo de monstro. Mas honestamente? Eu teria parado se ela quisesse ter experimentado outras coisas? Eu teria sido o tipo de *bom homem* que minha mãe me ensinara a ser? Ou eu teria sido avidamente egoísta? Senti a garganta vibrando baixinho enquanto a seguia. Mesmo naquele momento, havia uma parte mais substancial de mim, uma mais primitiva, que me impelia com força, incentivando-me a acabar com a distância entre nós. A me revelar. Ela falaria comigo sobre as coisas tristes que evidentemente pesavam em sua mente? Ela me receberia de maneira voluntária, meu corpo colado ao dela outra vez? Ou o bom senso falaria mais alto, como devia ter acontecido para ela decidir ir embora? Ela correria? Se fosse o caso, ela não teria chance. Eu a pegaria. Eu iria...

Ouvi um graveto se partindo à esquerda, fazendo-me virar a cabeça naquela direção. Foi muito baixo para ela ouvir. Analisei o agrupamento de árvores, distinguindo o barulho de passos ágeis e quase silenciosos. O barulho surgiu de mais à frente, entre a Donzela e eu.

Eu não era o único seguindo-a.

Caçando-a.

Estreitei os olhos enquanto eu passava por baixo de vários galhos, aproximando-me. Uma sombra se moveu à esquerda dela, brevemente emergindo da escuridão. O brilho tênue do luar cintilou sobre o cabelo claro, as feições redondas, quase de menino, e os ombros nus. O vislumbre foi o suficiente para eu saber que o que se esgueirava atrás dela não era um mortal que se transformara em Voraz havia pouco tempo, algo que eu descobrira ser um acontecimento infeliz depois de uma semana que eu chegara ali. Pessoas como Jole, que achavam que tinham tempo para se entregarem, mas no fim não tinham. A mesma coisa acontecia na Carsodônia e em toda cidade dentro de Solis. Mas o cabelo espesso e brilhoso e a pele clara lisa mostravam que o que seguia a Donzela enquanto ela caminhava tranquilamente adiante era outro tipo de morte.

Um Ascendido.

Um que não fazia ideia de quem ele estava perseguindo. E quando descobrisse em quem estava enfiando os dentes, seria tarde demais. Apenas os mais velhos entre os Ascendidos teriam o controle de parar antes de beberem o sangue da vítima até a última gota. Por isso havia tantos Vorazes cercando a cidade. Era isso o que acontecia quando um vampiro drenava o sangue de um mortal.

Como a maior parte das mentiras, aquela parte da história tinha começado como uma meia-verdade. Mas eram os Ascendidos os donos do suposto beijo venenoso, não os Atlantes.

Apenas alguns Ascendidos ali eram velhos o bastante para ter o tipo de controle necessário para parar. O Duque e a Duquesa. Alguns dos Lordes que eu já vira transitando pelo terreno. Aquele não era um deles. Aquele não pararia. Ele mataria.

Sabendo que estávamos nos aproximando da parte do muro do jardim que eu tinha investigado, aquele do qual Jericho faria uso e que a Donzela evidentemente conhecia, senti os músculos ficarem tensos.

Então, agi.

Atravessei os espaços estreitos entre as árvores como um relâmpago, saltando por cima de um pinheiro caído. Quando a Donzela atravessou a margem do Bosque, em que a pedra do muro do castelo era um brilho fosco sob o luar, caí de pé atrás do Ascendido.

O vampiro se virou, os olhos inteiramente pretos ainda mais insondáveis na escuridão. Suas feições se franzindo em um rosnado, os lábios se repuxando para exibir dois caninos agudos e afiados.

Mostrei minhas próprias presas.

— As minhas são maiores.

A boca do vampiro se abriu ainda mais, e eu sabia que ele estava se preparando para soltar um rugido de gente grande... um que não apenas alarmaria seus amigos ali por perto como também a Donzela.

— Nada disso.

Peguei-o pelo pescoço, interrompendo seu grunhido. Ocorreu-me o pensamento de que eu deveria *interrogá-lo* como fazíamos com aqueles que capturávamos no passado, mas logo o descartei.

Antes eu estivera a fim de prazer.

Agora eu estava a fim de violência.

Ele tentou me golpear, mas segurei seu braço enquanto o erguia do chão e dei uma torção, esmurrando seu corpo no solo. O vampiro logo ergueu a parte inferior do corpo quando parti para cima dele, acertando minha barriga com o joelho. Eu não movi a mão para pegar a adaga presa ao meu peito, a lâmina de *pedra de sangue*. Bem parecida com a que a Donzela tinha, com exceção do punho de osso de lupino. Era a maneira mais ordenada de matar um Ascendido, não deixando resquício de nada além de pó.

Mas eu estava a fim de fazer bagunça.

Cobri a boca dele com a mão, calando seus gritos enquanto socava o peito do vampiro com a outra mão, atravessando o osso e a cartilagem. Meus dedos alcançaram o coração do desgraçado. Com um puxão brutal, arranquei o órgão do peito dele. O Ascendido se contorceu, arregalando os olhos enquanto o sangue jorrava de seu peito e escorria pelo meu braço.

— Devia ter ficado longe da mata hoje — comentei, espremendo o coração até não sobrar nada além de uma massa sangrenta.

Até o vampiro parar de se debater de maneira inútil.

Cheguei para trás enquanto pedaços de tecido caíam da minha mão. Limpei como pude na calça do Ascendido e segurei o maldito pelo cabelo, arrastando-o até a margem do Bosque. Eu o ergui e joguei o cadáver para cima de um dos galhos baixos e pesados, um lugar em que outros da espécie dele o encontrariam em algum momento. Se não encontrassem, quando o sol nascesse acabaria com o que sobrou dele.

Afastando-me, voltei ao caminho de grama desgastada, olhando para o ponto em que a Donzela tinha desaparecido. Dei um sorriso e comecei o caminho de volta para a Cidadela, assoviando baixinho.

# COMO UMA ASSOMBRAÇÃO

Enquanto mergulhava na água quente da banheira que me cobria até a cintura, pensei no que eu não daria para tomar uma ducha, mas como a infraestrutura atlante era aparentemente a única coisa que os Ascendidos não haviam roubado, eu teria que me contentar com o que tinha.

Mas não dava nem para esticar as pernas, porra.

Xingando baixinho, peguei o sabão no banquinho e comecei a esfregar o cabelo e a pele. Eu já tinha limpado a maior parte do sangue, considerando que eu não estava a fim de ficar coberto pelos restos de vampiro que restaram no meu corpo.

Enquanto a espuma se formava na superfície da água, comecei a divagar, revisitando o que Emil contara sobre Alastir e meus pais. Conhecendo Emil, ele já tinha saído da cidade com Arden havia tempo. Ele faria o que pedi, adiando o inevitável momento em que Alastir descobriria o que eu vinha fazendo.

O que eu faria em breve.

Dobrando os joelhos, recostei na banheira e descansei a cabeça na borda de cobre. Fechei os olhos, meus pensamentos se voltando à Donzela... não ao que eu planejava fazer, mas ao que tinha acontecido poucas horas antes. Percebi que aquela não fora a melhor escolha quando senti meu pau pulsar, crescendo.

Pensar na Donzela estava me deixando duro.

— Deuses — murmurei, uma risada rouca me escapando enquanto eu passava a mão pela testa.

Um mês antes, nunca teria nem passado pela minha cabeça. Seria impossível, e aquilo não tinha nada a ver com as vestes brancas disformes que a via usar ou o fato de que eu não fazia ideia de qual era sua aparência. Era *o que* ela era. A Donzela virginal e intocada, e não era meu estilo seduzir nem me relacionar com uma donzela de verdade. Não por conta da falta de experiência. Estava pouco me ferrando para aquilo. O prazer podia ser um aprendizado. Era, na verdade, o valor dado àquilo. A ideia de que tudo o que ela era estava atrelado à virgindade. *Aquilo*, sim, me impedia de sequer olhar para ela de tal forma.

Era *o que* ela simbolizava.

Os Ascendidos.

Eu tinha presumido que ela tivesse consentido completamente com o papel que desempenhava. Eu não devia ter presumido porra nenhuma porque era evidente que eu estava errado.

Abri os olhos, então os estreitei. Aquilo me fez ponderar sobre no que mais eu poderia estar errado a respeito dela. Por exemplo, sobre o que saberia ou não a respeito dos Ascendidos. Ou sobre como ela se sentia com a vida que levava.

Balancei a cabeça, sem querer pensar em nada daquilo porque não traria nada de bom. Só pensar na sensação do corpo dela debaixo do meu, macio e quente, já não estava trazendo nada de bom. Mas meu pau discordava. Estava em total harmonia com meus pensamentos e lembranças, ficando mais duro, volumoso, sensível pra porra, com a cabeça se projetando para fora da água.

— Caralho — murmurei, esfregando o rosto com uma das mãos enquanto a outra pressionava a lateral da banheira de cobre.

Desci a mão e a mergulhei na água. Pensando em como ela correspondera ao meu toque de um jeito tão instintivo e afoito, segurei a base da ereção. Minha respiração ficou irregular. Ela parecera tão surpreendida com a ideia de pedir alguma coisa e ser atendida, como se pedir por algo nunca tivesse lhe cruzado a mente. Como se nunca tivesse parecido sequer uma possibilidade. Era evidente que não tinha sido mesmo porque ela não soubera o que pedir. Não soubera colocar em palavras o anseio de seu corpo.

Mas ela tinha estremecido de expectativa quando eu abrira a capa dela. Em minha mente vi o contorno delicado de seu peito se erguendo de súbito e se pressionando no tecido apertado, exibindo a pele mais

**126**

escura ali debaixo, o tom rosado profundo dos bicos de seus seios bem visíveis através do material fino do vestido. Nunca na vida eu teria pensado que a Donzela tinha seios tão magníficos, coxas macias e fortes, e uma língua afiadíssima.

O ímpeto de puro desejo voltou, fazendo meu corpo pulsar. Deuses, eu teria dado muita coisa para enfiar a boca no meio daquelas pernas. Daria mais do que eu daria para tomar uma ducha, porque eu apostava que o gosto dela era tão doce quanto seu cheiro.

Se não tivéssemos sido interrompidos, eu teria mostrado o prazer a ela, se ela deixasse. Grunhi, pensando em como eu teria sentido seu sabor, como teria bebido dela... não o sangue, mas a umidade que eu sabia que estivera se acumulando no meio daquelas coxas fartas.

Eu deveria estar procurando outro jeito de aliviar a ânsia, fosse por meio da violência ou com outra pessoa. Eram coisas fáceis de se encontrar na Masadônia. Mas nenhuma das possibilidades me apetecia enquanto eu me tocava.

Ficar junto às lembranças me apetecia. Aqueles minutos no quarto quando eu não fora Hawke Flynn. Quando tudo a meu respeito não fora uma mentira, e eu não tinha me tornado um fantasma de escuridão e desvario transformado em realidade. Quando eu estivera apenas vivendo o momento, não vivendo o passado nem o futuro. E, pelos Deuses, fazia ... *décadas* que eu não tinha existido no momento presente, que não tinha tido interesse naquelas coisas, caralho.

Só se eu tivesse perdido a cabeça para querer me afastar daquilo.

Só se eu tivesse perdido a cabeça para não reconhecer os perigos de ficar.

Mas ainda assim minha mão se apertou mais, meus pensamentos voltando quase sem esforço àquele quarto e me vendo ali. Conjurando a imagem dela, daqueles lábios cor de cereja entreabertos, e olhos verdes tão vívidos pelo desejo enquanto eu levava a boca ao seu mamilo, a seda como uma barreira devassa.

Recostei a cabeça de novo enquanto movimentava a mão para cima e para baixo. Eu jurava que conseguia ouvir a voz dela... Aquela boca surpreendentemente implacável era tão excitante quanto as curvas macias. A forma como ela tinha segurado a adaga de pedra de sangue, arrancando a lâmina da cama. Ela havia manejado o objeto como quem tinha habilidade, o que era outra surpresa com a qual eu deveria me preocupar, mas tivera um efeito completamente contrário.

Aquela sensação ondulante e firme surgiu do nada e me atingiu com força, descendo por minha coluna. Meus quadris se ergueram, jogando água no chão de pedra. Rangi os dentes enquanto gozava, a urgência do orgasmo foi uma onda intensa, fazendo-me perder um pouco o ar enquanto o prazer tomava meu corpo.

Respirando fundo, fiquei ali deitado, o coração desacelerando. Porra, eu não gozava tão rápido e com tanta intensidade em...

Eu nem me lembrava em quanto tempo.

Abrindo os olhos, fitei o teto branco fosco, o corpo mole demais para sequer tentar sair da banheira. O gozo tinha amenizado a tensão em meus músculos, acalmando a mente.

Mas era algo temporário.

Não era diferente do prazer causado pelo calor de outra pessoa. Porque meus pensamentos já estavam a toda, voltando à mesma merda de sempre. Exatamente o que acontecia quando eu tentava dormir. O motivo de eu ficar deitado na cama por horas, fazendo o mesmo que eu fazia no momento: olhando para a porra do teto como se o dito-cujo tivesse as respostas que eu não tinha.

Mas aquilo não me impedia de tentar se lembrar da última vez que gozar não parecera algo mecânico. Só outra coisa que meu corpo queria dar por encerrado quando a vontade batia. Qual fora a última vez que não parecera nada além de um meio para um fim? Uma fuga brevíssima? Foi antes de eu ter a ideia tola de que poderia acabar com a ameaça da Coroa de Sangue por conta própria, o que me levou a ser capturado? Foi quando eu estivera com ela... *Shea*? Cerrei em punho a mão submersa pairando na coxa.

Enquanto vasculhava as lembranças, torci para que aquilo não fosse verdade. Sexo era ao mesmo tempo tudo e nada para Atlantes e lupinos. Compartilhar-se de maneira íntima com outra pessoa era algo a ser celebrado. O prazer que vinha da proximidade e não tanto do gozo em si.

Mas aquilo tinha se deturpado pra caralho enquanto eu era cativo dos Ascendidos, não tinha? Pegar algo que era uma expressão de desejo mútuo e às vezes afeto, ou mesmo amor, e transformá-lo em um ato a ser temido. Eu não tinha certeza do que havia sido pior durante o período em que eu passara naquela jaula fria e úmida. Os inúmeros cortes que fizeram pelo meu corpo para roubarem meu sangue, despejando-o em frascos e cálices e na própria boca. Sabendo que eles estavam usando parte de mim para criar mais Ascendidos. As *mordidas* enquanto aquela Rainha desgraçada e o Rei maldito assistiam, sentindo tesão em ver minha dor. Ou fora quando o Rei me obrigara a assistir enquanto ele matava, mas não sem antes fazer todo tipo de ato abominável que alguém poderia fazer com o outro? Eles deixavam que a vítima se transformasse e então fizesse o que quisesse comigo, até um deles enfim tirar a vida do infeliz. Houve aqueles que eram metade Atlantes, encontrados por eles, e aqueles de sangue puro que tinham ficado em Solis depois da guerra, aqueles sendo mantidos em outras jaulas desde antes de eu nascer. As coisas que faziam com aqueles Atlantes. O sangue que eu tivera de beber para continuar vivo. Ou foram os toques? As carícias que começavam cruéis e se tornavam ternas sem aviso.

O cobre foi ficando amassado sob meus dedos enquanto a imagem da desgraçada ruiva tomava minha mente, não importando o quanto eu quisesse esquecer de sua aparência porque *aquela* era a especialidade dela.

Da Rainha Ileana.

A Rainha de Sangue.

Ela era a prova viva de que a beleza nada mais era que uma fachada externa porque era a pior entre todos eles. O toque dela arranhava, as unhas afiadas que se cravavam em meu corpo e então se transformavam em afagos quase afetuosos, sempre sedutores, sempre tão... *eficazes*.

Ela gostava mais daquilo do que de extrair meu sangue: observar meu corpo ceder ao convite dela enquanto eu a xingava e me debatia contra as correntes que me prendiam, praguejando ao usar todas as ofensas nas quais conseguia pensar. Mesmo depois que Ileana se cansou de ser quem inflingia tais danos, e outras como ela assumiram seu lugar, eu ainda ouvia a risada dela, suave e tilintante como os sinos dos ventos que outrora decoravam os jardins de Evaemon... aqueles que eu destruíra em um acesso de raiva ao voltar para casa, deixando minha mãe assustada e meu pai em silêncio durante dias.

Cinco décadas tendo pedaços de quem eu era sendo arrancados de mim, pouco a pouco. Cinco décadas sobrevivendo com base na promessa de me vingar, de retaliar, sendo mantido à beira da sede pelo sangue, sempre faminto, até o dia em que meu irmão fora me encontrar. Eu mal o tinha reconhecido. Mal reconhecera Shea.

E eu não mais me reconhecia.

Abaixando o olhar para minhas próprias mãos, eu os vi. Vi o que eu tinha feito com eles. O primeiro ato que fiz depois que meus pulsos estavam livres. Meu corpo estremeceu. Eu não queria pensar no que Shea tinha feito... na barganha que fizera com os Ascendidos.

Não queria pensar no que eu tinha feito com ela.

Erguendo as mãos, pressionei os dedos nas têmporas em vez de fazer o que tinha feito no passado, mais vezes do que poderia contar, quando eu estava sozinho e as lembranças não me deixavam em paz. Quando os pensamentos não paravam de surgir.

O prazer não era a única fuga temporária.

A dor também era.

E se as cicatrizes permanecessem em minha pele com a mesma facilidade que permaneciam em mortais, meus braços seriam um mapa áspero que indicaria o caminho para todas aquelas vezes que busquei sentir alguma coisa, *qualquer coisa*, que não fosse o que aquelas lembranças traziam à tona.

Nem o prazer nem a dor tinham funcionado. Eu sabia disso, mesmo que os anos após meu resgate tivessem sido um borrão de tentativas para esquecer de tudo, custasse o que custasse.

Deixei as mãos penderem para baixo. Olhei para os meus dedos mais uma vez, pensando na série infinita de pesadelos. As longas noites bebendo. Os dias mais longos ainda fumando sementes verdes de papoula até ficar ou bêbado ou dopado o suficiente para esquecer quem eu era. E os inúmeros corpos sem nome e sem rosto com os quais me relacionara naqueles anos subsequentes obscuros. Atlantes. Mortais. Mulheres. Homens. Aqueles com quem transei só para provar a mim mesmo que era eu quem decidia quem me tocava. Quem eu tocava. Que eu estava no controle. Que eu ainda conseguia ter prazer com aquilo. Mas, inferno, eu estava um caos na época. Não adiantava quantas vezes eu provasse, quantas vezes eu olhasse para as próprias mãos como fazia no momento, quase um século depois, eu ainda veria as correntes cortando minha pele.

Eu ainda estaria naquele estado mental se não fosse por Kieran e pelos outros. Se eles não tivessem feito de tudo para me lembrar de quem eu era e quem, *o que,* eu não era. Kieran tinha feito o trabalho mais pesado. Porra, ainda fazia. Mas eles tinham me despertado. Tinham me arrancado da escuridão para uma nova vida que só tinha um propósito.

Libertar meu irmão.

E aquele tinha sido quem eu havia me tornado.

Tudo o que eu havia me tornado.

Não exatamente quem eu era antes. Eu nunca mais seria aquele alguém, mas este era o mais próximo que eu chegaria.

Hoje os pesadelos só me encontravam no sono, e houvera *sim* vezes desde então em que o sexo fora sobre o prazer de me partilhar com outra pessoa e não sobre o controle nem provar qualquer merda a alguém... nem a mim mesmo. Poucos momentos em que havia sido sobre algo mais profundo. Mas as outras vezes? Ainda havia muitos rostos que estiveram comigo naquelas ocasiões dos quais eu não conseguia recordar nada. Rostos demais.

Constatar aquilo não me causava senso nenhum de orgulho. Nenhuma satisfação presunçosa ou arrogância. Porque, verdade fosse dita, eu ainda não me esquecera aquela escuridão. Permanecia ali. Como uma assombração. Tão fria quanto os gozos.

E igualmente vazia.

131

# PRESENTE III

Eu estava sentado com os olhos fechados, as costas na cabeceira, segurando Poppy em meu peito. A cabeça dela estava apoiada em meu ombro, e seus quadris e pernas aninhados entre as minhas. Kieran havia voltado um tempinho antes com uma camisola azul-clara que Hisa encontrara para Poppy. Ela tinha demorado todo aquele tempo porque tivera que procurar algo que não fosse branco. Provavelmente Hisa não entendera por que aquilo era importante, mas Kieran não quisera que Poppy despertasse usando a cor da Donzela.

Foquei no peso do corpo dela no meu. Será que ela conseguia sentir meu coração batendo, mesmo em um sono tão profundo? Mesmo em estase?

— Eu tive... tive muita dificuldade para conseguir assimilar tudo. Os erros tolos que me fizeram ser capturado. Tudo pelo que passei. Shea. O que fiz depois disso. Às vezes era como se eu sentisse demais... a raiva e o alívio por estar livre. E aquilo parecia errado. Também tinha a culpa. Tudo era tão desgastante que eu não conseguia sentir mais nada.

Acariciei o cabelo dela.

— Às vezes, o sexo, as drogas e a bebida não silenciavam aqueles sentimentos. As lembranças. Então foi quando eu...

Foi como se minha garganta tivesse se lacrado. As palavras me fugiram. Não, não tinham fugido. Ainda estavam lá, pressionando minha boca. O que as tinha bloqueado fora a... maldita vergonha, mesmo depois de todos aqueles anos. Mesmo que eu soubesse que o que eles fizeram comigo e o que eu tinha sido forçado a fazer com os outros não havia sido minha culpa. Eu sabia daquilo.

Mas a minha mente, cara... Gostava de ignorar tudo aquilo.

Ainda assim, eu não me esqueceria de que a vergonha não era minha.

— Foi um acidente, a primeira vez que percebi que a dor podia fazer aquilo parar, como o sexo — obriguei-me a falar. Eu precisava que ela soubesse, mesmo que não pudesse me ouvir. Eu precisava ouvir a mim mesmo dizendo aquilo em voz alta. — Eu estava treinando, fazendo os músculos reaprenderem como manejar uma espada com agilidade e meus pés se moverem de forma mais hábil, mas era muito cedo. Eu estava muito preso na própria mente ainda. Eu não estava no presente, mesmo que Naill, que praticava comigo, não tenha percebido.

Uma risada seca e severa me escapou.

— Aprendi a esconder muito bem de quem eu conseguia. Então, escorreguei, e ele acertou meu peito com a espada. Não foi um corte profundo, mas aquela dor vívida e intensa não me levou de volta à jaula como achei que faria. Em vez disso, a dor... *calou* tudo. Aquilo me atordoou tanto que atravessou toda aquela merda na minha cabeça. Interrompeu os pensamentos, e Deuses, só de ter um minuto sem voltar para aquele lugar, sem pensar em Malik ou no que fiz e no que não fiz... Só um maldito minuto de silêncio era como um orgasmo. Não só um orgasmo físico, mas um mental. Porque havia uma sensação de calma depois. De nitidez.

Senti um tremor pelo corpo.

— Às vezes, eu usava uma lâmina. Outras vezes, minhas presas. — Trinquei os dentes. — O alívio, a nitidez surgiam assim que eu via o vermelho. E o esforço era bem menor do que o que para fazer sexo. — Dei outra risada dura enquanto balançava a cabeça. — Mas sabe o problema, Poppy? Não durava. Era outra fuga. Só que era eu me machucando em vez de o outro me machucar. Era de esperar que eu tivesse percebido aquilo de cara, mas precisei me abrir. Conversar. Sei que parece clichê pra caralho, mas é a verdade. Porque ainda que fosse doloroso de um jeito diferente, o alívio que me tomou depois de colocar em palavras aquela merda nojenta de fato durava.

E tinha durado mesmo.

Óbvio que conversar não havia surtido um efeito milagroso imediato. Conversar sobre aquilo levou tempo. Todo um redirecionamento. Foi preciso ser sincero, o que nem sempre fora fácil quando a reação natural era dizer que eu estava bem, mesmo nos momentos em que por dentro eu fosse uma explosão iminente.

Rocei os lábios na cabeça dela.

— Ninguém sabe de nada disso. Do que eu fazia para fugir de tudo. — Senti a garganta apertada. — Só Kieran. Ele sabe. Ele não tinha escolha por causa do vínculo. — E lá estava a coisa mais doentia de admitir. — O que eu estava fazendo comigo mesmo o deixava mais fraco. Também era de esperar que saber o que eu estava fazendo com ele fosse me fazer parar, mas não parei. Eu estava perdido dentro da minha própria cabeça, mas não perdido o bastante a ponto de não entender como eu estava sendo egoísta pra caralho.

— Você não estava sendo egoísta, Cas. Você estava sofrendo.

Minha respiração ficou irregular enquanto, por instinto, apertava mais Poppy em mim.

— Por favor, diga que você sabe disso agora.

Abrindo os olhos, observei a mão que segurava uma das mãos de Poppy, a que pertencia à única pessoa em quem eu confiaria sem ressalvas a tocá-la daquela forma... a ficar com ela enquanto ela estava o mais vulnerável possível, enquanto eu me apressava a limpar o sangue e o suor do próprio corpo.

— Eu sei.

— Sabe mesmo?

Tomando outra lufada de ar, virei a cabeça para onde Kieran estava sentado ao meu lado, seu ombro encostado ao meu. Ele parecia tão solene.

— Esqueço disso às vezes, mas eu sei.

— Tudo bem esquecer — respondeu ele, o olhar focando o meu. — Contanto que você se lembre depois.

Dei um sorriso atravessado.

— Uhum, eu sei. — Engoli em seco. — Só queria não ter feito você passar por isso.

— E eu queria que você não tivesse passado por toda aquela merda — contrapôs ele. — Mas não podemos mudar o que passou.

— Não podemos mesmo.

Kieran manteve o olhar focado no meu, então olhou para Poppy.

— Ela sabe a verdade sobre Shea?

Neguei com a cabeça.

— Você vai contar a ela um dia? — questionou ele.

— Vou.

— Ela não vai julgar você. — Kieran roçou o polegar pelos dedos de Poppy, e voltou a olhar para mim. — Se tem alguém que entenderia, é ela.

— Eu sei. — Recostei a cabeça na parede. — É só que... é algo que ela precisa estar acordada para ouvir.

Kieran ficou calado por um tempinho.

— Ainda não consigo acreditar que você esteve com ela no Pérola Vermelha. — Ele riu baixinho. — Quase caí para trás quando você me contou.

— Eu idem.

Ele sorriu, e um silêncio tomou o quarto. Não era tão ruim quanto antes. Relaxei um pouco com Kieran ali, sabendo que todo mundo estava fazendo o possível para dar tempo à Poppy.

Tempo.

Aquilo me fez pensar em como meus planos tinham começado a entrar em ação depois da noite no Pérola Vermelha.

Minha mente retomou o que tinha acontecido logo depois do encontro no bordel. Pensei no homem bom que tivera que morrer. Nos inocentes que foram massacrados. Nos malditos que precisavam ser punidos.

E na valentia de uma Donzela.

# JARDIM VAZIO

A Donzela não tinha ido ao jardim na noite anterior nem estivera nas alcovas sombreadas naquela manhã, enquanto eu treinava. Sem dúvida suas... aventuras tarde da noite explicavam a ausência. Ela não tinha ciência de que eu sabia quem ela era, mas imaginei que ainda faria o possível para me evitar.

Entretanto, logo aquilo mudaria... Inferno, já deveria ter mudado.

Mas nossos planos precisaram esperar quando eu soube por Jericho que ela não tinha ido ao jardim ao anoitecer.

O que a tinha feito não ir ao jardim?

Ela tinha sido pega no flagra ao voltar ao castelo? Eu achava que não. Jansen não mencionara nada quando eu o encontrara mais cedo. Ele teria ouvido algo sobre a Donzela estar com problemas e teria repassado a informação a mim.

Desviei a atenção do antigo salgueiro. Aquela coisa me fascinava. Pelo que eu lembrava, Atlântia não tinha nenhuma daquelas árvores. As estrelas cobriam o céu enquanto eu caminhava rente ao muro interno do castelo, analisando o terreno abaixo. A impaciência estava deixando meu corpo tão tenso quanto a fome costumava fazer. O jardim estava vazio e não deveria estar. Os únicos sinais de vida se davam no pátio perto dos estábulos, onde o Tenente Smyth repreendia um grupo de guardas por qualquer bobagem irrelevante como suas botas não estarem polidas. Como se os Vorazes ou qualquer outro inimigo fossem notar o calçado de alguém.

Voltei a atenção ao manto branco ao redor dos ombros do comandante Jansen. Ele estava diante de um dos corredores com alguns Guardas Reais.

As portas estavam abertas, uma luz forte emanava. Do muro, eu era capaz de ver grupos de empregados reunidos. Não era algo que eu via com frequência. Os Teerman tinham fama de serem exigentes quando se tratava de empregados. Se eles não estivessem ocupados, sabiam que deveriam parecer estar. Ninguém ficava simplesmente ali parado.

Tinha acontecido alguma coisa.

Alguém alto e de cabelo escuro veio marchando do corredor, vestido todo de preto. Estreitei os olhos enquanto olhava o homem bonito de pele clara de cima a baixo. Eu não sabia muito sobre aquele lorde, mas sabia seu nome.

Lorde Mazeen.

E ele não estava sozinho.

A Duquesa Jacinda Teerman, que também tinha cabelo escuro, andava ao seu lado, vestida em uma espécie de túnica azul-ciano. Era inegável que a Ascendida era linda, e quando ela sorria, quase parecia uma mortal. Viva. Clemente. Ela fingia melhor que a maioria. Quase tão bem quanto a Rainha de Sangue deles, mas os olhos dela eram tão frios e cruéis quanto os do resto. Três Guardas Reais seguiam atrás deles.

Desci os degraus internos, mantendo-me em meio às sombras do muro enquanto a Duquesa e o Lorde Mazeen se aproximavam do grupo perto da porta. Jansen e os outros fizeram uma reverência, e a reverência do comandante foi rígida. Dei um sorrisinho, indo para trás de uma coluna larga no nível principal do passadiço. Eu não precisava me aproximar muito para ouvi-los.

— Vasculhamos todo o terreno, Vossa Alteza. Como a Sua Alteza solicitou — informou o Comandante Jansen enquanto eu me encostava à pedra fria. — Não encontramos sinais nem de Descendidos nem de qualquer outro intruso.

Estavam procurando por Descendidos? Eu sabia que ninguém tinha visto Jericho. Ele teria me avisado se fosse o caso.

— Alguém deve ter estado aqui — retrucou a Duquesa enquanto o Lorde ficava mais atrás, a voz dela enganosamente suave. — Aquele pescoço não se quebrou sozinho.

Por trás dela, o Lorde riu baixinho.

— Pressuponho que não — disse Jansen; o tom de voz era pura cordialidade e profissionalismo. — Mas ninguém viu nada. Vamos questionar aqueles que estavam alocados no andar principal mais uma vez, mas duvido que as respostas sejam diferentes.

— Os Descendidos têm de astúcia o que têm de brutalidade, Comandante Jansen. O senhor sabe disso. — Ela ergueu o olhar para o Comandante, com as mãos cruzadas de modo elegante em frente à barriga. — Talvez haja algum deles trabalhando entre nós agora mesmo, na guarda ou dentro da nossa casa.

Talvez houvesse mesmo. Havia. Embora eu não fizesse ideia de sobre quem falavam, nem por que um Descendido atacaria alguém que eu presumia ser mortal. Ao contrário do que os Ascendidos alegam ou gostavam de acreditar, embora eu não soubesse de todos os seus propósitos e subterfúgios, Descendidos não tinham o costume de atacar assim, mesmo aqueles próximos aos Ascendidos.

— E se houver algum, vamos descobrir quem é — assegurou o Comandante de maneira tão genuína que quase acreditei nele. — Mas não tenho certeza de que o responsável por este ataque tenha sido um Descendido.

— Como assim? — indagou a Duquesa, franzindo as sobrancelhas enquanto o Tenente Smyth cruzava o pátio para se juntar a eles.

— Vossa Alteza... — O Comandante Jansen pigarreou, parecendo não querer perguntar o que precisava perguntar. Esse era um ator perfeito. — Vossa Alteza viu o corpo? Ou soube do estado em que foi encontrado?

— Vi o corpo dela brevemente. — Ela inclinou a cabeça, fazendo o cabelo cacheado preto cair pelo ombro. — Foi tempo o suficiente para eu saber que ela não está mais neste plano.

— Havia perfurações no pescoço dela — informou Jansen. — Perfurações profundas.

Todos os músculos do meu corpo ficaram rígidos enquanto a Duquesa fingia estar surpresa... e se tinha marcas de mordida no pescoço da mulher, sem dúvida aquilo era fingimento, cacete. O pescoço quebrado passava a fazer sentido. Provavelmente tinham drenado o sangue da mulher, e quebraram o pescoço dela para assegurar que ela não se tornaria uma Voraz dentro dos muros do castelo.

— Sinto muito ter que compartilhar essa notícia com Vossa Alteza — afirmou Jansen, sabendo muito bem que não havia como aquele detalhe ter passado despercebido por ela, não importando o quão "brevemente" ela tivesse visto o corpo. — Um Descendido não teria motivo algum para drenar o sangue de uma mortal.

— Não, eles penduram corpos em árvores — opinou Lorde Mazeen.

— Como fizeram com o Lorde Preston ontem à noite.

Abri um sorriso. Então alguém o havia encontrado *mesmo* antes de o sol fritá-lo. Aquilo me causou uma perversa satisfação.

— Mas isso não significa que eles não podem fazer parecer que é culpa de outra pessoa — sugeriu o Tenente Smyth, provando exatamente como ele era um estúpido do caralho.

— A menos que alguém estivesse vagando por aí com um picador de gelo ou outro objeto pequeno e afiado, acho improvável — retrucou Jansen, seco.

O Tenente Smyth bufou.

— Estou apenas dizendo que não é impossível.

A Duquesa olhou para Jansen por tempo o bastante para eu começar a ficar incomodado, mas a expressão dela se suavizou.

— Não, não é, mas é improvável. Assim nos resta um único suspeito. Eles mesmos?

— Um Atlante — resumiu Smyth... e errando de novo.

Porque a não ser *eu mesmo*, nenhum outro Atlante de puro sangue estava nem perto do castelo. Além disso, podíamos beber sangue de mortais, e às vezes acontecia em meio a momentos calorosos e passionais, mas o sangue mortal não tinha sustância. Não era algo que buscávamos.

— O Senhor das Trevas — sussurrou a Duquesa.

Ah, caralho, qual é.

A expressão de Jansen não demonstrou nenhuma emoção quando ele falou:

— Vamos verificar o terreno mais uma vez, Vossa Alteza. — Ele se voltou a Smyth. — Avise a Colina e os Guardas da Cidade para ficarem alertas a qualquer sinal ou indício de que o Senhor das Trevas chegou à Masadônia.

O Tenente Smyth concordou com a cabeça, então fez uma reverência para a Duquesa e o Lorde antes de se afastar depressa para fazer exatamente o que fora ordenado. O homem andava tão depressa quanto as pernas ossudas conseguiam, bastante afoito para cumprir as ordens dos Ascendidos.

Bastante feliz em ignorar o óbvio e espalhar inverdades que inevitavelmente levariam a pessoas inocentes serem acusadas de crimes dos quais não tinham participado e dos quais nada sabiam. Porque ele estava bem ciente do que os Ascendidos eram. Eles não escondiam a verdadeira natureza da alta classe da Guarda Real. Eu tinha descoberto aquilo durante o tempo em que estivera preso na capital.

Afinal, os membros da Guarda Real geralmente eram aqueles que se desfaziam dos corpos depois que os Ascendidos os drenavam, garantindo que eles virassem Vorazes fora dos muros da cidade.

Mas era daquele jeito que agiam: culpavam os Descendidos, o Senhor das Trevas e os Atlantes pelos crimes que eles mesmos cometiam. Eles davam ao povo algo a que temer para que não prestassem muita atenção *neles*. Observei Smyth enquanto ele subia pela Colina. Os mortais que ajudavam na dissimulação dos Ascendidos eram uma categoria à parte de sacanagem maléfica.

— Precisamos garantir que algo assim não aconteça de novo — declarou a Duquesa para Jansen, encarnando uma personagem por causa dos outros guardas ao lado do Comandante. Aqueles que não sabiam da verdade. Com sorte, ela teria o mesmo tipo de conversa com os outros Ascendidos porque um deles havia matado aquela mulher. — O lugar precisa estar seguro para o próximo Ritual. E ainda mais importante: precisa ser seguro para a Donzela.

A Donzela.

Meu corpo se retesou.

— Lógico. Ela é importante demais — respondeu Jansen, falando com sinceridade daquela vez. — A segurança dela é sempre crucial.

Contudo, nenhum deles, nem mesmo Jansen, sabia como ela estivera próxima de se machucar na noite passada.

Eles se separaram naquele momento, com Jansen virando a cabeça de leve em minha direção. Ou ele sentira minha presença ou me vira. A boca dele se curvou para cima com sutileza, então ele desapareceu dentro do Castelo Teerman.

A Duquesa e Lorde Mazeen foram na direção oposta, aproximando-se dos portões que levavam à Viela Radiante. Nem eles nem os guardas sabiam que eu estava ali ao se aproximarem do ponto em que eu me escondia em meio às sombras.

Meu corpo ficou rígido de novo.

Fixei o olhar no Lorde e estreitei os olhos quando ele passou. A maioria dos Ascendidos tinha o mesmo cheiro, mas o Lorde Mazeen estava com um cheiro diferente naquela noite. Debaixo do cheiro adocicado e rançoso que normalmente emanavam havia o indício de jasmim, ferro e... outra coisa. Não foi o aroma floral ou o rastro fraco de sangue que identifiquei nele que me fez fechar a mão ao redor do punho da espada, e deveria ter sido o caso, considerando o que eles tinham acabado de debater. Foi o aroma mais doce e natural que me fez inflar as narinas e um grunhido baixo ressoar em meu peito. Ele estava com o cheiro *dela*.

Da Donzela.

Ouvi passos suaves e rápidos à esquerda enquanto observava o Lorde desaparecer na noite.

— Hawke — chamou uma voz suave. — É você?

Desviando a atenção da direção em que o Lorde havia seguido, virei-me e vi Britta caminhando rente ao muro.

— Achei que eu estivesse bem escondido — comentei.

— É você mesmo — constatou ela, os braços cruzados com firmeza em frente ao peito. — Vi você lá de cima. — Ela acenou com o queixo arredondado para uma das janelas no segundo andar. — Vim dar um oi.

Contendo a irritação, sorri quando o cheiro dela me alcançou. Era ácido. Tipo limão. Analisei sua forma esbelta enquanto a mulher se aproximava. Eu não conseguia entender como na noite anterior eu não tinha percebido de imediato que não era ela. Provavelmente fora graças à necessidade de me alimentar. Nossos sentidos ficavam mais fracos quando passávamos tempo demais com fome, mas porra. Britta era linda, mas não era nada parecida com a Donzela.

— Aconteceu algo hoje à noite? — questionei, usando a interrupção em benefício próprio.

Vários cachos claros balançaram sob sua touca quando ela confirmou com a cabeça.

— Houve uma morte. — Ela levou uma das mãos à garganta fina. — Um... um assassinato.

— Foi o que ouvi. — Olhei para os portões. O Lorde e a Duquesa já estavam bem longe. — Foi uma empregada?

— Não. Foi Malessa Axton. — Britta abaixou a voz *e* chegou tão perto que estávamos quase respirando o mesmo ar. Considerando como ela falou baixo, a proximidade não tinha muito a ver com o tema da conversa. — Ela é a viúva de um dos mercadores e relativamente próxima da Lady Isherwood.

— Ela estava aqui com a Lady?

Britta negou com a cabeça enquanto se inclinava à frente, o peito dela roçando em meu braço.

— Até onde eu sei, a Lady Isherwood não está aqui hoje. — Ela inclinou a cabeça para trás ao erguer os olhos de um azul-cobalto para mim. — A sra. Axton estava sozinha...

A forma como ela deixou a frase incompleta denunciou que ela sabia mais do que estava compartilhando. Mas, por outro lado, Britta sempre sabia muito de tudo.

Com exceção da Donzela.

Quando eu perguntara a Britta sobre ela, ela havia tido pouquíssima informação para me passar. Era a mesma coisa com todo mundo, mas como a Donzela conseguira a capa de Britta?

Virei o corpo na direção dela, percebendo-a prender a respiração quando meu braço roçou em seu peito. Abaixei o queixo, e os cílios dela foram ficando pesados.

— Ouvi dizer que foi obra de um Descendido.

— Eu não tenho tanta certeza disso.

Ela abaixou a mão que estava no pescoço. Seus dedos seguraram o colarinho do uniforme castanho que os empregados usavam.

— Por que ela não estava sozinha? — insisti.

— Não. — Com a outra mão Britta ajustou uma tira do meu boldrié que não precisava ser ajustada, mordendo o lábio inferior. Ergueu os olhos. Ela adorava um flerte. — Ouvi dizer que ela estava em uma das salas com um Lorde. — O dedo dela se demorou na tira que passava pelo meu peito. — O cômodo no qual a encontraram. O pescoço dela estava quebrado.

— E tinham drenado o sangue dela?

Ela torceu o nariz arrebitado.

— Disso eu não sabia. Só do pescoço dela. — Engolindo em seco, ela afastou a mão. — Drenaram o sangue dela?

— Foi o que ouvi dizer, mas posso estar errado — acrescentei, sem querer deixá-la nervosa. — Você conhece o Lorde que estava com ela?

— Lorde Mazeen — respondeu.

Respirei fundo.

— Não sei muito dele. — Foi só o que falei.

Então fiquei calado, oferecendo a ela uma deixa para estender o assunto. Britta aceitou.

— Ele pode ser... bem simpático — retrucou ela, hesitando, com cuidado. Os empregados, até mesmo Britta, sabiam que era melhor não falar mal dos Ascendidos. Engoliu em seco de novo. — Alguns diriam que simpático demais.

Desgostei ainda mais do fato de ele ter estado com o cheiro da Donzela.

— Isso foi algo que você mesma presenciou?

— Eu procuro estar sempre bem ocupada quando ele está por perto.

— Garota esperta — declarei, e ela sorriu. — Ele aparece no castelo com frequência?

Ela deu de ombros.

— Não mais que os outros, mas geralmente anda com o Duque. Eles são muito amigos.

O Duque Dorian Teerman.

Aquele Ascendido era metade fantasma. Eu quase nunca o via.

Eu não podia perguntar diretamente a Britta se o Lorde Mazeen era muito simpático com a Donzela com frequência.

— E ele dá a mesma... atenção a outros no castelo? À Duquesa? Às damas ou cavalheiros de companhia...?

— Não sei, mas ele parece não entender muito qual é o espaço pessoal das pessoas com quem interage — revelou ela, seu sorriso tenso enquanto balançava a cabeça. Os olhos azuis bonitos focaram os meus de novo. — Você vai ao Pérola Vermelha por agora?

Meu sorriso foi um pouco mais genuíno.

— Talvez.

— Que bom. — Ela deu um passo para trás, olhando por cima do ombro. — Vou ficar de olho, caso você apareça. Boa noite.

— Boa noite — murmurei, observando-a entrar no castelo de novo antes de voltar o olhar para o portão, sem a menor intenção de voltar ao Pérola Vermelha em um futuro próximo.

Nem de ficar de olho, caso Britta aparecesse.

O que fazia pouco sentido. Britta era uma boa companhia, e às vezes, como naquela noite, seu jeito falante vinha a calhar. Mas a ideia deste tipo de companhia me deixou... desinteressado.

Voltei o olhar ao muro do jardim, onde a Donzela deveria ter estado naquela noite. Eu finalmente sabia por que ela não tinha ido.

Mas eu não sabia por que o Lorde, que provavelmente fora o responsável pelo que acontecera com aquela Axton, estava com o cheiro da Donzela.

# ESTÁ FEITO

— Está feito.

Parei no topo da Colina, de frente para as folhas vermelhas banhadas pelo luar na Floresta Sangrenta. De certa forma, não senti satisfação nem alívio ao saber de outra morte, uma que tinha acontecido sob minhas ordens. Senti apenas determinação.

— Qual deles? — questionei.

— Keal.

O tom de Jansen e a forma como ele tinha mastigado e cuspido o nome do guarda fizeram minha nuca ficar tensa.

— O que aconteceu?

O metamorfo exalou com força.

— Os planos mudaram?

Franzi as sobrancelhas e olhei por cima do ombro.

— Como assim?

O Comandante estava a alguns metros atrás de mim, mas olhava para a cidade.

— Até onde me lembro, os planos eram liberar um posto entre os guardas pessoais da Donzela. Não tentar capturar a Donzela. Não era para haver interação com ela.

Filho da puta.

Virei o pescoço para a esquerda e para a direita.

— Exatamente isso.

Houve um momento de silêncio enquanto ele inclinava o corpo para mais perto, ciente de que havia outros na Colina.

— Ele tentou capturá-la.

Senti a raiva queimar em meu sangue tão depressa que levei um momento para entender completamente o que ele havia dito. Jericho tinha *tentado* capturá-la.

— Ele falhou?

— Ela resistiu.

Virei a cabeça para ele de imediato enquanto o choque gélido abrandava parte da raiva.

— Explique.

— Ela o cortou. Acertou-o de jeito na lateral do corpo, com base na quantidade de sangue que ele deixou para trás. O único motivo de ela estar em segurança dentro do castelo é porque ela resistiu. Se não tivesse feito isso, os guardas não teriam chegado a tempo de impedir que ele a levasse. — Ele focou o olhar no meu. — Ou que a machucasse mais.

Fiquei estático. Tudo em mim ficou estático.

— Ele a machucou?

— Ele bateu nela. — Jansen desviou o olhar, e parei de enxergá-lo naquele momento. — Provavelmente teria batido de novo se Kieran não tivesse feito um sinal para ele.

A escuridão tomou conta enquanto uma torrente de fúria potente crescia dentro de mim. Aquele filho da puta do Jericho recebera literalmente uma única tarefa: eliminar um dos guardas e fazer aquilo sem ser visto. Não era para ele interagir com a Donzela. Ele fora alertado a não tocá-la. A não machucá-la.

— Me dê cobertura. — Virei o corpo e comecei a andar. — Tenho que tratar de um assunto.

Jansen veio logo atrás, mantendo a voz baixa.

— Hawke...

Parei durante um tempo e foquei o olhar no dele.

O que quer que tenha visto em meu rosto o fez interromper o passo. Acenou com a cabeça para mim brevemente.

— Vou te dar cobertura.

Sem dizer mais nada, saí da Colina, chegando a uma das guaritas. Havia alguns guardas por perto, mas nenhum deles me olhou enquanto eu pegava uma das capas penduradas ali. Vestindo-a, não me importei quem ou quantos a tivessem usado pela última vez. Levantei o capuz e logo me misturei à escuridão daqueles que moravam em meio às sombras da Colina.

Sabendo exatamente onde Jericho estaria, não perdi tempo enquanto atravessava as ruas repletas de fumaça e detritos da Ala Inferior, minha fúria aumentando a cada passo enquanto me aproximava dos Três Chacais, um covil de jogos conhecido pelos esportes sangrentos e pela clientela violenta.

Eu estava a alguns passos de me tornar o cliente mais violento que eles já tinham visto.

Uma sombra se descolou das paredes, passando em silêncio por um homem inconsciente na calçada. Kieran se aproximou de mim à meia-luz dos candeeiros que emolduravam a entrada sem janelas, vestido com a calça marrom e a jaqueta gasta de um plebeu, um chapéu bem baixo escondendo o rosto.

— Sei que você quer fazer algo irresponsável e imprudente, mas você não pode matá-lo — afirmou ele.

Não houve cumprimento. Não havia necessidade de perguntar nada. Ele sabia por que eu estava ali.

— Não vou matá-lo — respondi. — Vou só assassiná-lo.

Kieran girou o corpo, bloqueando meu caminho.

— É a mesma coisa.

— Não é, não. Matar alguém implica que poderia ter sido um acidente. O que estou prestes a fazer vai ser totalmente intencional.

— Entendo que esteja com raiva. Entendo...

— Acho que não entende, não. — Comecei a desviar dele, mas Kieran colocou a mão em meu ombro, impedindo-me. Abaixei o olhar para a sua mão e voltei a olhar para ele. — Acho que não entende *mesmo*.

— Ele não obedeceu, e passou e muito dos limites. Também estou puto. — Os olhos azul-claros dele brilhavam sob a borda do chapéu. — Mas você não pode assassiná-lo, matá-lo nem desvivê-lo.

Uma vibração de alerta emanou de mim.

— Posso fazer o que eu desejar — retruquei com um grunhido, chegando mais perto de Kieran e forçando o braço dele a se dobrar. — Eu sou a porra do Príncipe dele, e ele me desobedeceu.

— Ah, então *agora* você quer se apropriar do título? — contrapôs ele, a voz tão baixa quanto a minha. — Assumir todas as responsabilidades cabíveis? Que bom. Já estava na porra da hora. Tanto seus pais quanto Atlântia vão entrar em júbilo. Alastir vai até ficar de pau duro quando souber, blá-blá-blá, e caralho a quatro, mas você não vai só entrar lá como o Príncipe dele. Você vai entrar lá como o Príncipe de Atlântia, o Príncipe que rege todos nós.

Empurrei o braço dele para o lado.

— Eu não acredito que você está aqui fora defendendo-o.

— Você sabe que eu não suporto aquele babaca, cacete, mas a questão não sou eu. Nem é você — gritou de volta.

— Então me instrua sobre qual é a questão porque, neste exato momento, só o que me importa é o quanto eu vou me divertir já, já.

— Ele estava seguindo suas ordens… e, sim, ele não deveria ter tentado capturá-la. — Por não ter nenhum apreço pelo próprio bem-estar, Kieran segurou meu ombro de novo. — Mas você acredita que alguém vai achar ruim que ele tenha tentado apressar a coisa toda? Mesmo que tenha sido *sim* uma tentativa tola?

— Esse não é o único motivo — bradei. — Você estava lá.

— Eu estava sim. — Ele apertou mais meu ombro. — Vi o que ele fez. Vi o que ela fez. Ela o cortou, e foi uma ferida grave o bastante a ponto de que, se ele fosse mortal, teria morrido.

Inclinei a cabeça.

— Você acha que eu dou a mínima se ele se machucou, porra? Eu falei que era para ele não machucá-la.

— Eu sei, e eu já dei um sacode nele por causa disso. Mas como você acha que aqueles que estão com ele, que vieram para Solis com você e estão arriscando a vida por você, vão achar se o próprio Príncipe o matar?

— Eles estão arriscando a vida pelo meu irmão — corrigi, espumando de raiva.

— Tem alguma diferença?

Na minha mente tinha, sim.

Kieran chegou mais perto até a borda de seu chapéu roçar no meu capuz.

— Ninguém lá dentro vai se importar com ele ter batido na Donzela. Certo ou errado, eles não a veem como uma pessoa. Quando olham para ela, só veem um símbolo dos Ascendidos, daqueles que mataram muitos de seus entes queridos e quase extinguiram o povo deles. Isso não significa que todos concordem com o que Jericho fez, mas você precisa pensar no que vai acontecer se entrar lá e matá-lo, um lupino que descende de uma das famílias mais antigas.

Puxei o ar com força, parte do que ele dizia atravessando a névoa de fúria.

— Eu sei o que fez você ficar possesso. Não é porque ele tentou capturá-la — repetiu Kieran, apertando meu ombro. — Eu *sei*.

Inalei de novo, de forma irregular demais. A ideia de machucar uma mulher me enojava. Contudo, às vezes era uma infeliz necessidade, mesmo quando se tratava dos Ascendidos. Ainda assim, Kieran sabia da maior parte das coisas que a Coroa de Sangue tinha me obrigado a fazer enquanto me mantinham preso. Ele tinha arrancado muitas verdades de mim em uma das minhas bebedeiras. Ele sabia das vidas que eu fora obrigado a tirar, vidas que eu ceifara de forma lenta e dolorosa. Senti meu estômago se revirar.

Dei um passo para trás, exalando com força. Kieran estava certo. Nenhum dos outros esperaria que eu ficasse irado o suficiente para massacrar o lupino estúpido por tentar capturar a Donzela. E ele também estava certo sobre como eles a viam.

Exatamente como eu a via.

Um símbolo dos Ascendidos, um lembrete da carnificina e das perdas com as quais todos tivemos que lidar e que ainda vivenciávamos. O tempo que passei com ela no Pérola Vermelha não mudava aquilo. E nem o fato de a Donzela querer experimentar o prazer. Nada daquilo mudava porra nenhuma.

— Está firme? — questionou Kieran.

Confirmei com a cabeça.

— Obrigado.

— Eu não fiz nada pelo que você deveria agradecer — respondeu ele.

— Negativo. — Foquei o olhar no dele. — Você fez tudo. Como sempre.

# ELE FEZ POR MERECER

Com a raiva mais ou menos controlada, passei no meio do pessoal amontoado ao redor de um ringue onde dois homens travavam uma disputa sangrenta e destrutiva até o fim, e fui na direção de um dos quartos nos fundos. Nenhuma das prostitutas ali tentou nos segurar e ninguém tentou nos parar. Podia ser por causa da forma como eu andava ou da expressão facial de Kieran. Fosse o que fosse, todo mundo fez questão de nos dar ampla passagem.

Adentrando um corredor estreito, passamos por homens embriagados desfrutando de um prazer do qual provavelmente não se lembrariam, quartos sediando jogos de apostas e outros em que diversas armas eram vendidas a quem não tinha permissão de portá-las. Nos espaços mais ao fundo, homens e mulheres coletavam vida e morte.

Cheguei a uma porta fechada no fim do corredor, esmurrando-a com a mão. Ela se escancarou, batendo na parede.

De imediato vários homens saltaram das cadeiras. Eu logo os analisei. Eram os dois lupinos que haviam ido para a cidade com Jericho. Um deles era Rolf, do cabelo castanho. Dois Descendidos: um metade Atlante e um mortal loiro. Foquei o olhar em Jericho enquanto Kieran fechava a porta atrás de nós.

Jericho se levantou, com o peito desnudo. Ele pressionava um tecido manchado de vermelho na lateral do corpo. Na mesa havia uma garrafa meio vazia de uísque e vários copos.

Jericho ficou pálido quando avancei.

— Cas...

Peguei o braço dele que segurava o tecido e puxei, repetindo mentalmente o que Kieran havia me dito na entrada do Três Chacais. Não o *mate*. Não o *assassine*. Não o *desviva*. Dei uma olhada rápida na ferida irregular. Abri um sorriso satisfeito. Ela o tinha pego de jeito *mesmo*, bem debaixo da costela. Provavelmente acertara um órgão. Só que a ferida já estava cicatrizando, quase não havia sangue escorrendo.

— Você vai sobreviver — declarei com a voz dura, abaixando o capuz.

O mortal loiro engoliu em seco, nervoso, quando viu meu rosto. Eu achava que o nome dele era Lev.

Ali, no quarto iluminado por velas, parecia que todos estiveram prendendo a respiração até então, e por fim puderam soltar o ar.

— Vou sim. — Jericho jogou o farrapo ensanguentado na mesa. Então levantou o queixo. — Eu não esperava que ela tivesse um punhal. Muito menos uma adaga de pedra de sangue com osso de lupino.

— E eu não esperava que você tentasse capturá-la — respondi, escolhendo as palavras com cuidado.

— Eu sei — admitiu ele. Pelo menos não tentara mentir. — Não tinha nenhum outro guarda por perto. Vi aquilo como uma chance e agi.

Cerrei a mão em punho, então me forcei a relaxá-la.

— Eu não pedi a você para buscar chances.

Jericho assentiu, passando as costas da mão pela boca.

— Eu fiz merda.

— Fez mesmo. — Ciente de Kieran se aproximando à minha direita, peguei a garrafa de uísque. — E... não fez. Você fez o que pedi. — Acenei com o queixo para a cadeira. — Sente-se.

Jericho estava me ouvindo com atenção e sentou o rabo na cadeira.

— Você deixou o posto livre para mim. — Coloquei uma dose de uísque em um copo. — E por isso, sou grato.

O lupino me lançou um olhar por detrás das mechas do cabelo desgrenhado.

Kieran chegou ainda mais perto.

— Tem certeza? — questionou Jericho, apoiando os braços na mesa.

— Tenho. Agora vou conseguir seguir em frente com nosso plano, corretamente e de forma segura. — Coloquei o copo na frente dele. — Beba. Você fez por merecer.

O rosto dele ficou aliviado, e a tensão em sua mandíbula se esvaiu.

— Obrigado — disse, estendendo a mão para o copo.

— Uma coisa. — Dei um sorriso, e ele ficou estático. — Você é destro, não é?

— Sou. — O rosto de Jericho foi tomado pela desconfiança. — Por quê?

Observei-o esticar a mão para pegar o copo. Kieran percebeu o que eu estava prestes a fazer um segundo antes que eu agisse. Ele praguejou baixinho, mas fui mais rápido. Enfiando a mão dentro da capa, desembainhei uma das espadas. Jericho nem tinha levantado o copo... Ele não previu o que aconteceria. Tudo o que sentiu foi o fatiar hábil e ligeiro do *meu* punhal quando golpeei seu pulso esquerdo, decepando sua mão. O sangue jorrou, respingando pela mesa.

— Puta merda — murmurou alguém, arfando.

Jericho deu um impulso tão rápido para trás que derrubou a cadeira enquanto olhava para o local em que sua mão outrora estivera.

— Da próxima vez, faça como mandei, não como achar melhor. Precisamos da Donzela ilesa quando *eu* a capturar. Se voltar a me desobedecer, a futura vítima será sua cabeça. — Olhei ao redor do cômodo, percebendo os olhares. — Isso vale para todo mundo.

Eles concordaram com a cabeça depressa.

Jericho começou a gritar.

Dando um passo para trás, limpei a lâmina da espada na capa enquanto Jericho se inclinava para a frente, pressionando o braço no peito enquanto os uivos viravam lamentos deploráveis. Embainhei a espada, então peguei o pano que Jericho estivera usando.

— Você vai precisar disso.

Joguei o pano em cima dele, então me virei e saí.

Kieran me seguiu para o corredor. Olhei para ele. Ele tinha parado de andar, cruzando os braços.

— Que foi? — questionei. — *Além* de não matá-lo, ainda servi uma bebida para ele.

Os lábios de Kieran tremeram, contendo o sorriso.

— Eu queria fazer bem pior — lembrei-o.

O lupino suspirou.

— Eu sei.

— Quero ele fora da cidade — afirmei. — Mande-o para Novo Paraíso.

— Pode deixar. — Ficando em silêncio até chegarmos ao lado de fora, Kieran então perguntou: — Como ela conseguiu uma adaga de pedra de sangue feita com osso de lupino, cacete?

— Bem que eu queria saber. — Parei perto de onde estivera o homem desmaiado ao entrarmos, mas ele tinha desaparecido. Um momento se passou. — Ela estava com a adaga naquela noite, no Pérola Vermelha.

— Sério? — Ele alongou a palavra.

Confirmei com a cabeça.

— Fiquei chocado pra cacete. Ela disse que sabia usar. — Inclinei a cabeça. — E pelo jeito sabe mesmo.

Kieran balançou a cabeça enquanto se virava para olhar a lua.

— Uma Donzela com uma adaga de osso de lupino e, no mínimo, sem medo de usá-la? — Ele deu um sorriso de canto de boca. — Por que estou com a sensação de que a subestimamos?

Soltei uma risada curta e baixa.

— Porque acho que foi o que fizemos.

# UM HOMEM BOM

Os ritos fúnebres em Solis não eram muito diferentes dos característicos da minha terra natal. Aconteciam ao anoitecer ou amanhecer, os corpos eram envolvidos com cuidado em tecidos e se ateava fogo neles, uma vez que em ambos os reinos entendia-se que o que ficava após a morte não passava de uma casca. A alma já havia seguido para o Vale ou o Abismo, a depender do tipo de vida que a pessoa tivesse levado.

Os Ascendidos não tinham exterminado aquilo por completo, ao menos.

As principais diferenças eram que quem ficava presente quando o sol começava a escalar as Colinas Imortais e seu brilho intenso reluzia na pedra preta das paredes do Templo que celebrava Rhahar, o Deus Eterno, e Ione, a Deusa do Renascimento, acreditava que Rhahar esperava pela alma de Rylan Keal. Rhahar, como Ione e todos os outros Deuses, até mesmo o Rei dos Deuses e sua Consorte, hibernavam. Eu não sabia como as almas eram conduzidas nessas circunstâncias, mas era de imaginar que eles tivessem instituído algum tipo de esquema antes de se entregarem ao sono.

A outra diferença era que ninguém representando a Coroa estava presente. Na minha terra natal, o Rei e a Rainha, ao lado do Conselho de Anciãos que ajudava a governar Atlântia, participavam dos ritos fúnebres de todos os guardas que os tivessem servido. Em outras cidades, os Lordes e Ladies cuidavam dos funerais, prestando a homenagem devida a uma vida despendida ou findada a serviço do reino. Ali, ninguém da Coroa participava. Nem a Duquesa, nem o Duque, nem os inúmeros membros da Corte. O que era de esperar, considerando que eles não poderiam sair à luz do sol sem pegar fogo. Mas é lógico que eles tinham uma justificativa para aquilo, alegando que não conseguiam andar debaixo do sol porque os Deuses não conseguiam também.

O que devia ser a desculpa menos criativa de todos os tempos.

Eles poderiam ter feito a cerimônia ao anoitecer. Ou, ao menos, enviado os cavalheiros e damas de companhia, aqueles que ainda não haviam Ascendido.

Entretanto, não tinham feito nada disso.

Não se importavam o suficiente para tal.

De pé entre os outros guardas, passei a mão pela nuca, totalmente ciente da hipocrisia da minha irritação com a falta de respeito da Coroa de Sangue quando eu estava presente nos ritos fúnebres de um homem cuja morte eu havia ordenado.

Um que disseram ser um homem bom.

Que não merecia morrer.

Cujo sangue estaria em minhas mãos para sempre.

Um murmúrio percorreu a fileira de guardas à minha frente, afastando-me dos próprios pensamentos. Alguns se viraram, olhando por cima do ombro. Franzindo a testa, segui os olhares deles.

Fiquei boquiaberto. Pisquei algumas vezes, pensando estar vendo coisas, provavelmente graças a ter tido uma única hora de sono, cortesia das antigas lembranças que decidiram me visitar. Era a única explicação lógica para o que via. Ou quem.

A *Donzela*.

Ela caminhava ao lado de Vikter trajando suas vestes e véu brancos, as correntes douradas que mantinham o véu no lugar brilhando sob a luz do sol nascente.

Fiquei observando, tão estupefato quanto os outros evidentemente estavam. Ninguém esperava que ela estivesse presente. Eu com certeza não. Não importava que Keal tivesse sido seu guarda pessoal. A Donzela nunca era vista em público daquela forma, não sem o Duque ou a Duquesa. Observei os dois parando atrás da multidão. Ele olhava bem para a frente. Ela estava com o queixo um pouco abaixado, as mãos unidas.

Desviei o olhar depressa enquanto os murmúrios cessavam. Tive um sentimento estranho enquanto o corpo de Keal enrolado em linho era levado à frente e erguido em cima da pira. Era um... revirar no estômago e no peito. A presença dela me *desestabilizava*.

Tanto quanto o respeito que mostrava ao guarda falecido.

Olhei para ela, com o coração martelando. Ela estava tão estática que poderia ser confundida com uma das estátuas ladeando os jardins que gostava de visitar ao pôr do sol. Eu duvidava de que ela conseguisse ter uma boa imagem da pira de onde estava, considerando que quase todos parados em sua frente eram mais altos que ela. Sendo a Donzela, ela poderia ter caminhado até a frente e ficado ali junto aos Guardas Reais. Era onde Vikter deveria estar, mas ele permaneceu imóvel ao lado dela. Ela poderia se sentar à base da maldita pira se quisesse, mas imaginei que sua chegada silenciosa logo antes do início da cerimônia se devesse ao fato de ela não querer chamar muita atenção.

Ao fato de ela saber que o mais importante não era a presença dela, e não querer que o evento acabasse se tornando sobre isso.

Ao contrário de mim, uma vez que tinha feito da noite passada um culto à minha raiva.

Bem, se eu fosse ser sincero comigo mesmo, eu tinha ficado mais furioso com ela ter se ferido do que com o fato de Jericho ter desobedecido minhas ordens. Estreitei os olhos, focando o que conseguia ver do rosto dela, que era só a parte inferior. A raiva voltou a se alastrar enquanto eu estreitava mais os olhos. A pele no canto de sua boca estava vermelha e um pouco azulada.

Eu devia ter decepado a porra da cabeça dele, mas aquilo teria sido *irresponsável e imprudente*, ao menos segundo Kieran.

Eu a observei enquanto um dos sacerdotes usando vestes brancas começava a falar de maneira monótona, declamando os ritos como se estivesse quase dormindo. Ele jogou sal e óleo na pira, o que preencheu o ar com um aroma doce.

Então ela se mexeu.

Não muito. Um leve movimento enquanto ela olhava para Vikter e então de novo para o corpo de Keal. Ela separou as mãos e voltou a uni-las.

Na pira, desviei o olhar do Tenente Smyth para onde Jansen estava aguardando, a brisa agitando seu manto branco enquanto ele segurava uma tocha. Ele estava olhando para...

Vikter.

Merda.

A tradição entre os guardas ditava que o colega de trabalho mais próximo do falecido recebesse a honra de acender a pira, mas quando Vikter começou a se movimentar para a frente, parou e voltou a atenção à Donzela. Entendi o que ela também havia entendido.

Vikter não a deixaria desprotegida.

A Donzela entrelaçou as mãos enquanto mudava o peso de um pé ao outro, o corpo quase vibrando de ansiedade depois de ter ficado tão estática.

Eu já estava me mexendo antes mesmo de perceber o que fazia, desviando de um guarda e outro em silêncio enquanto passava. O fato de ser proibido que outros guardas além dos que eram os guardas pessoais dela se aproximassem da Donzela não me deteve.

Chegando por trás deles, mantive a voz baixa enquanto dizia:

— Eu cuido dela.

A Donzela ficou completamente estática mais uma vez, a ponto de eu ter começado a me perguntar se ela estava respirando. Vikter ergueu o olhar para mim. Por um breve momento, pensei no que ele tinha dito naquela manhã de treinamento. A inquietação insistente retornou.

— Cuida? — questionou ele.

Parei ao lado da Donzela, falando as palavras que pertenciam a Atlântia e tinham sido roubadas pelos Ascendidos:

— Com minha espada e com minha vida.

O peito dela subiu e desceu com firmeza, confirmando que, de fato, ela ainda respirava. Graças aos Deuses.

— O Comandante me disse que você é um dos melhores guardas da Colina — declarou Vikter.

Eu já sabia o que ele achava de tudo aquilo. Ele tinha deixado nítido na manhã em que treinamos juntos. Mas respondi, de qualquer forma. Aquele não era momento de ser babaca.

— Eu sou bom no que faço.

— E o que é? — contrapôs Vikter.

— Matar — respondi com sinceridade.

Eu sempre tinha sido bom naquilo, mesmo antes de ser mantido preso. Eu só tinha ficado ainda melhor desde então.

— Ela é o futuro deste reino — advertiu Vikter depois de um momento, e pelo canto do olho vi a Donzela contorcer as mãos com tanta força que eu não teria me surpreendido se acabasse se machucando. — Saiba quem está ao seu lado.

Algo no tom de Vikter me enervou. Ele tinha dito aquilo por causa de quem ela era ou o que simbolizava? Eu não tinha certeza de por que sequer importava, mas naquele momento, me importava.

— Eu sei quem está ao meu lado.

Vikter não disse nada.

Então falei a primeira mentira entre as que eu sabia que seriam muitas:

— Ela está segura comigo.

Vikter parou de me encarar e se voltou à Donzela. Logo notei que ele estava esperando que ela aprovasse aquilo.

Merda.

Eu honestamente não fazia ideia de como ela lidaria com a situação. Eu não saberia mesmo antes da pequena aventura dela no Pérola Vermelha, mas poderia acontecer qualquer coisa a partir dali. Não importava que ela não tivesse ideia de que eu sabia que havia sido ela. Ela sabia que era eu, e imaginei que aquilo fosse um tanto... constrangedor para ela.

A Donzela assentiu.

Um pouco surpreso, mal percebi o olhar de aviso que Vikter me lançou antes de se virar e se aproximar de Jansen. Era outro lembrete de que ela não estava ali por ela mesma. Tinha ido prestar a merecida homenagem a Rylan Keal. Se ela reclamasse, aquilo teria chamado atenção e evitado que Vikter honrasse o homem que tinha servido ao seu lado.

Mantive a cabeça virada para a frente, mas ainda assim percebi quando ela virou a cabeça de leve. Ela estava olhando para mim. Eu não fazia ideia do que ela estava vendo. Eu me perguntei mais de uma vez o quanto ela conseguia enxergar através do véu, mas eu *senti* o olhar dela, por mais estranho que soasse.

Ela não era a única olhando para mim. O Tenente também olhava e parecia possesso, como se estivesse a ponto de marchar por entre os guardas e enfiar o corpo entre o da Donzela e o meu. Mas ele que se fodesse.

Enquanto Vikter pegava a tocha, a Donzela continuava me observando. Ela estava se perguntando por que eu tinha me oferecido para resguardá--la? Ou estava preocupada que eu fosse reconhecê-la? Ela tinha acreditado em mim quando eu afirmara que ela estava segura comigo?

Ela não deveria acreditar nisso, não quando eu era o único motivo de ela estar ali. Senti uma sensação pesada na barriga. Parecia culpa. O músculo em minha mandíbula pulsou mais.

A Donzela desviou a atenção de mim naquele momento, bem quando me virei para olhar para ela. O véu balançou com a brisa, permitindo que eu tivesse o vislumbre de uma única narina. Abaixei o olhar para o canto de sua boca. Cerrei a mão em punho na lateral do corpo. O hematoma azul-avermelhado desfigurando sua pele não parecia mais tão tênue para mim naquele momento, não quando eu estava tão perto dela.

Eu não sentia um pingo de culpa por ter decepado a mão de Jericho. Nadinha.

Diante da pira, Vikter abaixou a tocha. Eu esperava que a Donzela desviasse o olhar, mas ela não fez isso. Respirou fundo, assistiu, e...

Bem ali naquele momento, parei de *esperar*. Parei de *presumir*. Kieran tinha dito que havíamos subestimado a Donzela, e eu tinha concordado, mas até aquele momento não havia me ocorrido completamente que tínhamos mesmo. Era evidente que eu não fazia ideia de quem era aquela sob o véu. Eu tinha apenas a parca informação sobre ela que havia conseguido, e então o pouco que descobrira.

A Donzela era adepta de sair escondida. Era evidente que não queria permanecer totalmente intocada. Ela carregava uma adaga de pedra de sangue e osso de lupino consigo e tinha ou dado sorte com a arma quando Jericho a atacara ou sabia usá-la para o básico. Era evidente que ela não era como os Ascendidos ali, ao menos não quando se tratava de demonstrar o mínimo de respeito aos guardas.

A Donzela inalou de maneira trêmula quando o fogo se acendeu na pira, rapidamente se espalhando pelo corpo envolto em linho.

Ela sabia o que a presença dela ali significava para os outros guardas? Até mesmo para os Guardas Reais? Se não sabia, deveria saber.

— Você o honra com a sua presença — disse a ela enquanto Vikter se ajoelhava diante da pira. Ela voltou a atenção a mim, inclinando a cabeça para trás. A borda do véu dançou à altura de sua boca. — Você honra a todos nós com a sua presença.

Ela separou os lábios, e... caralho, prendi a respiração, aguardando para ouvir se a voz dela era tão rouca e cálida quanto eu me lembrava de ser no Pérola Vermelha.

Mas ela não falou.

Não tinha permissão.

A Donzela fechou a boca, mais uma vez chamando minha atenção para a marca que minhas ordens causaram sem querer.

— Você foi ferida — declarei, contendo a fúria que se inflamava com facilidade demais. — Pode ter certeza de que isso nunca mais vai acontecer.

# O QUE ERA NECESSÁRIO

Enquanto eu seguia Kieran pelo corredor estreito e abarrotado do prédio baixo perto do distrito de armazéns, conversas abafadas ecoavam atrás da fileira de portas fechadas. O ar tinha um cheiro enjoativo de sândalo, disfarçando o fedor de pessoas demais apinhadas em um único espaço. Era o máximo que as pessoas naquele cortiço podiam fazer.

Tinha chegado aos ouvidos de Jansen que acontecera alguma coisa ali... algo que nunca haviam visto. E com base no cheiro de morte, tão revelador que incenso nenhum conseguia mascarar, eu sabia que era algo ruim.

Lev Barron aguardava nos fundos do corredor escuro, usando um chapéu marrom que cobria parte de seu rosto. O Descendido mortal se desencostou da parede quando nos aproximamos. Embora Kieran e eu estivéssemos trajando capas que escondiam as vestes de patrulheiro e guarda, ele nos reconheceu de imediato.

— O que está acontecendo? — questionou Kieran.

— É algo que vocês precisam ver — respondeu Lev, o olhar se revezando entre nós dois. O mortal, que tinha perdido um irmão para uma febre e outro para a Colina, exalava ansiedade. — Eu não consigo... — Ele pigarreou. — Não sou capaz de descrever.

Kieran trocou um olhar comigo. Dei um passo à frente, mantendo a voz baixa.

— Mostre-nos.

Assentindo, Lev passou as costas da mão pelo queixo e atravessou o corredor, levando a mão à maçaneta. A porta ao lado dele se abriu um pouco.

— Não tem nada para você ver aqui, Maddie — disse ele à pequena figura que apareceu pela brecha da porta. — Volte para a sua mãe.

Lev esperou até que a criança tivesse fechado a porta e abriu a que estava de frente para nós. O cheiro de morte quase me fez cambalear.

— Deuses — murmurou Kieran, abaixando a mão até tocar no punho de sua espada curta.

Lev entrou, parando para acender uma lamparina a gás. A luz amarela fosca surgiu, lançando um brilho fraco pela entrada. Havia um corpo no chão, enrolado em linho branco.

— Quem é que está ali? — questionei, observando a poça vermelha que tinha coagulado no chão de madeira debaixo da cabeça.

— Werner Argus — informou Lev, cobrindo o nariz com a mão. — Ele virou Voraz.

— Ele era um guarda? — perguntou Kieran enquanto um som fraco emanava do fundo da acomodação. — Um caçador?

Lev negou com a cabeça.

— Pelo que os vizinhos disseram, ele trabalhava como varredor, limpava as ruas. Nascido e crescido aqui. Nunca saiu da cidade. Nenhuma vez.

— Então se alimentaram dele e o deixaram aqui para se transformar? — deduziu Kieran em um tom enojado. — Os vampiros estão ficando cada vez mais desleixados.

Lev não disse nada enquanto eu passava por cima do desafortunado que gastara a vida limpando todo tipo de merda nas ruas para aqueles que inevitavelmente o trucidaram.

Olhei para a pequena área de cozimento. Não havia nada sobre os balcões, o fogo da fornalha tinha sido apagado havia tempo. Cheguei a caldeira, vendo o caldo que havia esfriado dentro dela. Não tinha bagunça alguma. As pessoas que moraram ali tinham feito o possível para manter o local organizado. O som ecoou de novo, atraindo minha atenção à porta fechada nos fundos do local, provavelmente o quarto. Eu não conseguia identificar o estranho som... borbulhante.

— Cadê a esposa? — perguntei, sabendo muito bem que Lev não teria convocado ninguém por causa de um mortal que virou Voraz.

Lógico que de alguma forma sempre era chocante que os Ascendidos fossem tão descuidados, mas não era tão incomum.

— Lá dentro. — Lev indicou a porta fechada com a cabeça. — Ela está lá dentro, morta. — Ele limpou a palma da mão na camisa e colete de linho que usava. A mão tremia. — Com... com a *coisa*.

— A coisa? — repetiu Kieran.

Eu me aproximei da porta, percebendo que Lev não se moveu para chegar mais perto. Um Voraz morto ou a vítima de um não o teria feito manter distância daquele jeito. A hesitação dele tinha tudo a ver com o que quer que fosse a *coisa*.

Abri a porta, abaixando a mão para a adaga presa ao quadril. O odor de podre quase me fez engasgar enquanto eu analisava o cômodo com uma única janela e iluminado pela luz do sol suave.

— Merda — praguejou Kieran atrás de mim, pegando algo do chão, algo que fez barulho. — Tem um bebê aqui?

Entrei no quarto e olhei para o espaço ao lado da cama. Achei a esposa. Ela estava deitada no chão em posição fetal, o cabelo marrom emaranhado na lateral do rosto. Um braço estava esticado, exibindo arranhões profundos. Os dedos estavam curvados como se tivesse morrido tentando alcançar o...

Havia um pequeno berço no chão. Dentro dele, um cobertor branco *encaroçado* e manchado de uma substância marrom com cor de ferrugem *se mexeu.*

E surgiu o som de novo: um borbulhar suave que se transformou em um lamento baixo e estridente de dentro do berço. Senti o cabelo em minha nuca se arrepiando.

Fiquei imóvel, olhando para o berço no chão, sem conseguir me mexer pelo que pareceu ser uma eternidade. Só quando Kieran se aproximou que consegui falar.

— Por favor, me diga que não é o que penso que é.

— Eu... eu queria poder fazer isso — respondeu Kieran, com a voz um tanto rouca. — Mas devo estar pensando no mesmo que você.

Nenhum de nós se mexeu quando o que parecia ser dois braços debaixo do cobertor se moveram. Dois bracinhos. Bem pequenininhos.

— Eles tinham um bebê — informou Lev do lado de fora do quarto. Ele tinha se aproximado o suficiente para que conseguíssemos vê-lo. Mas não muito. Eu não o culpava. — Uma... uma garotinha. Menos de um ano, segundo a mãe de Maddie.

— Não tem como — negou Kieran. — Eles não teriam...

— Eu quero acreditar nisso. — Engoli em seco. — Que nem mesmo vampiros conseguiriam ser depravados e cruéis a esse ponto, mas eu estaria mentindo.

**163**

Eu me forcei a ir adiante, desviando do corpo da mãe. Um som gutural veio de debaixo do cobertor, um som distorcido de arrulho. *Meus Deuses*, pensei enquanto me abaixava, pegando a ponta do cobertor outrora felpudo com os dedos enluvados. Joguei-o para o lado.

— Caralho, pelos Deuses.

Kieran cambaleou para trás após falar, a mão se afastando do punho da espada e pendendo para baixo.

Um bebê embrulhado pela metade me olhou com olhos da cor de sangue, as cavidades oculares parecendo a noite mais escura em contraste com as bochechas rechonchudas medonhamente pálidas e marcadas de sangue seco. A coisa se contorceu, levantando os bracinhos em minha direção, quase como se quisesse que eu a pegasse no colo. Mas aqueles dedinhos tinham unhas afiadas... garras que tinham brotado da pele.

O bebê sibilou e choramingou, abrindo bem a boca. Havia apenas dois dentes inferiores, incisivos que ficaram afiados. Pareciam frágeis, nada além de dentes de bebê desfigurados de maneira grotesca, mas eram fortes o bastante para rasgar a pele. Para infectar.

Inclinei a cabeça, vendo as marcas na parte interna de um dos braços, ao lado do cotovelo. Perfurações. Só duas. O braço era pequeno demais para que o Ascendido conseguisse enfiar os quatro caninos nele. Aquilo não fora necessário.

— Drenaram o sangue do bebê e o deixaram aqui para se transformar — afirmei com a voz sem emoção, controlando-me, comedido. — E se transformou.

— É o que eu acho — concordou Lev. — O bebê infectou o pai e...

E o resto era história.

A criança se contorceu, os braços se agitando no ar. Virei a cabeça, fechando os olhos. Eu já tinha visto muita coisa fodida na vida. Coisas que pensei que nunca seriam superadas em perversidade. Mas aquilo? Aquilo era completamente outro nível.

Alimentar-se de bebês não era nada novo, por mais doentio que fosse. Era o que faziam nos Templos com todos os terceiros filhos e filhas... com o irmão de Lev. Mas deixar que eles se transformassem? Não havia palavras para aquilo. Nenhuma.

Abri os olhos com o lamento baixo e mais suave de um Voraz.

— Alguém tem que detê-los. — Lev tirou o chapéu, passando a mão pelo cabelo loiro. — É preciso.

— E serão detidos — jurou Kieran. — Eles vão pagar por isso.

Olhei para o bebê de novo, sentindo a raiva me tomando. A Donzela sabia daquilo? Que coisas horrendas daquele tipo aconteciam enquanto ela estava indo escondida até o Pérola Vermelha ou tendo aulas com a Sacerdotisa?

Eu não sabia dizer.

E aquilo não importava, não enquanto eu desembainhava a adaga de pedra de sangue e fazia o que eu tinha que fazer. O que era necessário.

Assim como eu continuaria fazendo.

# REUNIÃO COM O DUQUE

— Então esse é o Hawke Flynn de quem tanto falam — comentou Dorian Teerman, o Duque da Masadônia, sentado em um divã de veludo vermelho.

— Espero que tenham falado só coisas boas — respondi enquanto observava o vampiro em minha frente.

Com as cortinas pesadas cobrindo as janelas para bloquear a luz do sol da tarde que se esvaía e o cômodo iluminado apenas por algumas lamparinas a óleo, Teerman parecia tão sem sangue quanto era possível. Até seu cabelo, tão loiro que era quase branco, era desprovido de cor... de vida.

Eu não gostava do cara.

Não só porque ele era um Ascendido, e um antigo, que devia ter sido criado logo depois da guerra.

O predador em mim reconhecia o predador nele.

E queria atacar Teerman.

Não demonstrei isso enquanto estava ali, parado no cômodo conectado aos aposentos privados dos Teerman, que pareciam ser feitos totalmente de mogno. As paredes. A mesa. O aparador abastecido com decantadores de bebida alcóolica. Havia várias bengalas presas a uma parede, quase todas feitas de mogno, com exceção de uma. A outra era de um vermelho escuro e profundo que parecia ter sido feita da madeira de uma árvore da Floresta Sangrenta.

— Recomendações maravilhosas tanto da capital quanto do Comandante — comentou ele, seu olhar de obsidiana se voltando brevemente para Jansen ao meu lado. — E da minha querida esposa.

Inclinei a cabeça para o lado, pensando na família nos cortiços. No bebê. Será que o Duque sabia que um dos vampiros dele estava deixando crianças para trás para virarem Vorazes? Se sim, eu duvidava de que o desgraçado se importasse.

— Ela gosta de olhar para você — acrescentou ele, bebendo do copo de uísque. A forma como o álcool afetava os Ascendidos sempre me divertia. Apesar de não mais precisarem de comida nem de água para que os corpos sobrevivessem, eles precisavam desfrutar de libações com cautela porque eram bem mais suscetíveis aos efeitos do álcool. — Embora eu imagine que isso não seja uma grande surpresa para você.

Ponderei o quanto de cautela ele estava tendo com o uísque naquele dia, principalmente considerando que a sessão da Câmara Municipal aconteceria dali a pouco tempo.

— Não é.

Teerman riu; a pele lisa ao redor de seus olhos nem ficou enrugada. O som era tão frio quanto o sorriso sem mostrar os dentes que eu tinha certeza que ele acreditava ser acolhedor e amigável. Em vez disso, a curva da boca dele me lembrava uma víbora. Se aparecesse uma língua bifurcada ali, eu não ficaria nada surpreso.

— Nada de falsa modéstia? Que grata novidade. Eu aprovo. — Ele inclinou o queixo. — Sou da opinião de que aqueles que negam o óbvio no geral são os mais desonestos.

Eu estava pouco me fodendo para a opinião dele.

— E para isso é necessário assertividade e confiança — prosseguiu o Duque. — Duas coisas essenciais para quem quer fazer parte da Guarda Real como um dos guardas pessoais da Donzela. Mas é preciso ser mais que isso.

Eu duvidava que ele soubesse como proteger sequer um filhote de lebre, quanto mais uma pessoa de verdade, mas aquilo não o impediu de detalhar o que ele achava. Uma coisa que a maioria dos Ascendidos tinha em comum: gostavam do som da própria voz.

— É preciso não apenas ter a maestria de uma arma e a força, como também a habilidade de prever quaisquer ameaças possíveis. Essa última característica era uma que Ryan Keal, infelizmente, não possuía.

Espere aí. Franzi as sobrancelhas. O primeiro nome de Keal fora Rylan. Não Ryan. Entretanto, não fiquei nem um pouco surpreso de saber que Teerman não sabia o primeiro nome do homem.

— Mas essa habilidade é necessária se alguém quiser assumir o dever de proteger um dos bens mais valiosos ao reino. Nada que você conquistou ou conquistará é tão importante quanto o que a Donzela fará pelo nosso reino. Ela trará uma nova era — continuou o Ascendido, e é lógico, não elaborou sobre o que exatamente era essa *nova era* ou como tal feito seria realizado. — Qualquer um que resguardar a Donzela deve estar disposto a sacrificar a própria vida por ela sem hesitação. A pessoa não pode ter medo da morte.

— Discordo disso — retruquei. Aquele sorriso fajuto congelou no lugar enquanto Jansen ficava tenso ao meu lado. — Com todo o respeito, Vossa Alteza — completei, mantendo o foco no olhar escuro e insondável dele —, se alguém não temer a morte, então não temerá o fracasso. A pessoa se apoiaria demais na condecoração de herói que receberia ao morrer. Eu temo a morte, porque isso vai significar que eu falhei.

Teerman inclinou a cabeça para a direita.

— Também acredito que o dever de resguardar a Donzela não requer que alguém sacrifique a própria vida — prossegui. — Considerando que quem a defende deve ser habilidoso o suficiente para defender a vida dela e a própria.

— Interessante — murmurou Teerman, ficando calado enquanto dava um gole rápido no uísque. — E como você teria lidado com o que aconteceu no jardim?

A ironia de que aquilo não teria acontecido se tivesse sido eu a estar lá não me passou despercebida.

— A tentativa de capturar a Donzela aconteceu onde as rosas noturnas florescem, correto? — Eu já sabia a resposta, mas esperei que ele assentisse. — É também ali que as árvores de jacarandá danificaram o muro interno do Castelo Teerman, um local no jardim que é especialmente perigoso.

— Então você não permitiria que ela visse as rosas — deduziu Teerman.

— Restringir o acesso dela a um local que ela gosta de frequentar é desnecessário — contrapus. — Eu apenas a posicionaria de forma tal que ela ficasse fora de vista de qualquer um buscando tirar proveito de tal fraqueza.

— Então você se colocaria na frente dela, sendo acertado com a flecha, como Keal fez? — Teerman deu um sorrisinho. — Não acabou de dizer que o sacrifício era desnecessário?

— Posicioná-la de modo que ela não pudesse ser golpeada a distância não significa que eu vá ser acertado por uma flecha — elucidei. — Há formas de ver as rosas que não requerem nenhum de nós se colocando em perigo.

O olhar de Teerman se voltou a Jansen.

— Ele tem razão, Vossa Alteza — confirmou Jansen. — Há várias barreiras naturais que teriam dificultado um ataque. Infelizmente, Keal pode ter ficado muito... relaxado enquanto resguardava a Donzela, considerando que ninguém nunca havia tentado atacá-la.

— E é por isso que ele está morto — afirmou Teerman. — Ele esqueceu de que a ameaça do Senhor das Trevas não diminuiu, e pagou o preço disso com sangue. — O Duque voltou a atenção a mim. — E você acredita que você não pagará o mesmo preço em algum momento?

— Acredito — respondi com total seriedade.

Teerman se mexeu, descansando um calcanhar no outro joelho.

— Com o Ritual se aproximando, já existe preocupação maior em relação aos Descendidos e ao Senhor das Trevas. E uma vez que a Ascensão dela está se aproximando, é provável que haja outros atentados.

— Com certeza vão haver — concordei. — Afinal, se o que as pessoas dizem é verdade, e o Senhor das Trevas quiser mesmo impedir a Ascensão dela, então o que aconteceu no jardim é apenas o começo.

— É verdade — confirmou o Duque. — A flecha usada estava marcada com o... — Ele contorceu o lábio. — O grito de guerra deles. Ou melhor, com o soluço moribundo deles.

Sorri.

— De sangue e cinzas?

— Nós ressurgiremos — finalizou o Duque, o que me fez achar muita graça. Ele ficou calado enquanto tamborilava contra a própria bota. — Com o atentado recente para capturar a Donzela e a... inquietação crescente por aqui, é provável que o Rei Jalara e a Rainha Ileana solicitem que a Donzela seja levada de volta à capital. O que significa que você poderia precisar ir embora para a Carsodônia a qualquer momento.

Seria uma puta sorte se aquilo acontecesse. Conseguir permissão para ir embora com a Donzela seria bem mais fácil do que fugir com ela pela cidade. Mas eu não faria o caminho sozinho. Haveria um grupo de guardas, o que seria um obstáculo.

— Seria um problema para você? — questionou o Duque.

— Eu não tenho nenhum laço aqui — respondi.

— Você dá todas as respostas certas, Hawke — comentou ele depois de um momento. — E o Comandante Jansen acredita que você está não apenas qualificado como também pronto para assumir um dever gigantesco. Entretanto, admito que tenho ressalvas. Você seria considerado jovem para tal cargo, e acho muito difícil que não haja nenhum entre os mais velhos que fosse mais adequado. Embora eu reconheça que isso não é necessariamente ruim. Olhos mais jovens e mais descansados possuem experiências diferentes. Mas você também é bonito.

— Obrigado — retorqui.

Ele deu um leve sorriso.

— A Donzela não é uma criança. Ela é uma jovem mulher com pouquíssima experiência e conhecimento de mundo.

Ele estava tão errado que *quase* ri.

Ele continuou tamborilando com os dedos.

— E ela nunca interagiu de maneira próxima com um homem da idade dela.

— Não estou interessado em seduzir a Donzela, se é essa a sua preocupação, Vossa Alteza.

Teerman riu e fez um gesto displicente com a mão.

— Não estou preocupado com isso — revelou ele, o que me fez ponderar por que exatamente ele tinha tanta convicção naquilo. — Estou mais preocupado com ela acabar se apaixonando e isso se tornar uma distração. Ela tem o... costume de não estabelecer limites entre ela e os outros.

O que ele disse, e o que deixou de dizer, incitaram minha curiosidade.

— Também não tenho a intenção de lhe fazer companhia ou ser amigo dela.

Ele arqueou a sobrancelha.

— Ela pode ser surpreendentemente encantadora... a inocência dela, no caso.

Embora ele estivesse correto sobre a Donzela ser encantadora, aquilo não tinha nada a ver com a inocência dela.

— Ela e eu não teríamos absolutamente nada em comum que nos aproximasse ou que sequer fosse tema de debate. — Isso era verdade. — Ela é um trabalho. Um dever. Um que eu ficaria honrado em ter, mas nada além disso.

— Está bem, então — disse Teerman. — Tenho que conversar com o Comandante sobre algumas coisas. Ele te informará sobre a minha decisão.

— Obrigado, Vossa Alteza.

Fiz uma reverência, então endireitei a postura e me virei em direção à porta.

— Uma última coisa — anunciou Teerman.

Eu me virei para ele.

— Sim, Vossa Alteza?

— Se você conseguir o posto de guarda da Donzela, precisa ficar ciente de que se ela se machucar estando sob seus cuidados... — A luz da lamparina refletiu nos olhos pretos do Duque. — Você será esfolado vivo e enforcado para que a cidade toda testemunhe seu fracasso.

Assenti.

— Nada além do esperado.

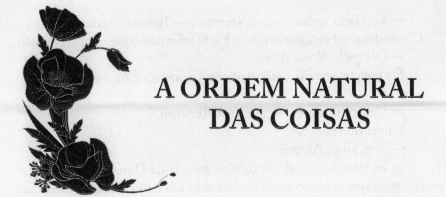

# A ORDEM NATURAL DAS COISAS

Toda vez que eu olhava para os onze Deuses pintados no teto do Salão Principal, eu acabava cheio de perguntas.

A começar por quem era aquele pálido e de cabelo branco Deus do Ritual e da Prosperidade. Os Ascendidos o chamavam de Perus, mas ele nunca existira. Eu supunha que eles tiveram que inventar um Deus para seus Rituais.

Analisei o teto enquanto o povo da cidade entrava no salão branco comprido feito de mármore e ouro, contornando com cuidado os vasos de prata cheios de flores de jasmim brancas e roxas. Quem quer que tivesse pintado aquilo tinha talento, captando as expressões soturnas de Ione, Rhahar, e então Rhain, o Deus do Povo e dos Términos que retratávamos em Atlântia com frequência. O cabelo vermelho de Aios, a Deusa do Amor, da Fertilidade e da Beleza, era tão vívido quanto o fogo, não tendo desbotado ao longo dos anos desde que o teto fora pintado. Penellaphe, a Deusa da Sabedoria, da Lealdade e do Dever, parecia pacífica e serena, enquanto Bele, a Deusa da Caça, tinha a aparência igual à que eu imaginava que teria quando desperta: como se estivesse prestes a golpear a cabeça de alguém com o arco. Mesmo as diferentes tonalidades de pele, desde Theon com a pele negra escura, o Deus dos Tratados e da Guerra, e sua gêmea, Lailah, a Deusa da Paz e da Vingança, até a pele negra em um tom mais frio e profundo de Saion, o Deus do Céu e do Solo, haviam sido trabalhadas com grande minúcia. Aquilo me fez pensar que o artista fora um Atlante, ou ao menos alguém que descendia de Atlântia.

Mas Nyktos, o Rei dos Deuses, foi pintado como fora em toda a Solis, o rosto e a forma visíveis apenas como um luar prateado. Eu não entendia por que eles o escondiam, nem o fato de os Ascendidos parecerem ter apagado todas as menções à Consorte dele. Nem nós conhecíamos o nome e o semblante dela, mas sabíamos que ela existia. Segundo a lenda, aquilo tinha a ver com Nyktos sendo superprotetor de sua Rainha, mas os Ascendidos a terem eliminado por completo sempre me pareceu ser um ato proposital e estranho, assim como a decisão de esconder a aparência de Nyktos. Tinha que haver um motivo. Alastir certa vez dissera que era porque, no fundo, os Ascendidos temiam a ira do Rei dos Deuses e não conseguiam suportar olhar para ele. E talvez aquela fosse a verdade, mas não explicava a remoção de todos os registros sobre a Consorte dele, ao ponto de que a maioria dentro de Solis nem a conhecesse.

Abaixei o olhar, passando pelas flâmulas brancas com o Brasão Real dourado penduradas do teto ao chão, entre as inúmeras janelas rodeando o Salão inteiro. A raiva antiga se alastrou. Branco e dourado eram cores do emblema de Atlântia. Modelar o deles com base no nosso também havia sido proposital.

Estreitando os olhos, olhei para o estrado elevado enquanto o som das conversas preenchia o cômodo. De onde eu estava, próximo à alcova, tinha uma visão desobstruída. Vários Guardas Reais já resguardavam as duas cadeiras nas quais o Duque e a Duquesa logo se sentariam. Encostei-me na pilastra de mármore, ponderando qual seria o objetivo daquela sessão. Geralmente não era nada além de um espetáculo de gente rica lambendo as botas dos Ascendidos. Como Guarda da Colina, eu não precisava participar de tais eventos, mas eu estava ali porque a Donzela também estava. Era a mesma razão implícita para tantos daqueles se apinhando no andar principal irem ao castelo a cada semana.

Eles também estavam ali por causa dela.

Provavelmente acreditavam que ela era ainda mais próxima aos Deuses do que os Ascendidos. Ponderei o que ela achava daquilo. Ela também acreditava? Que os Deuses a tivessem Escolhido? Uns meros dias antes, eu teria presumido que ela acreditava. Eu tinha presumido muitas coisas...

A multidão se aquietou.

O Duque e a Duquesa entraram sob uma onda de aplausos que eram, de maneira bem óbvia, pouco entusiasmados. Interessante. Mantive a atenção na porta lateral enquanto os Ascendidos tomavam os lugares.

Vikter surgiu primeiro, a mão no punho da espada, cada linha do rosto envelhecido em alerta.

Então a multidão ficou calada e estática como um todo quando a Donzela apareceu. Não houve um único barulho, nem mesmo uma tosse, enquanto ela caminhava para ficar à esquerda das cadeiras. O silêncio parecia... depressa analisei os rostos que eu conseguia ver. Todos olhavam para o estrado, focados nela, até mesmo os membros da Corte; os Ascendidos, os cavalheiros e damas de Companhia que ficavam na frente. Reconheci a dama de companhia que eu via com frequência com a Donzela, aquela com a pele negra clara e cabelo cacheado. Ela parecia estar só metade acordada. Os mortais, porém, sorriam. Alguns pareciam estar prestes a chorar de alegria. Outros estavam apenas boquiabertos, admirados. Os sorrisos emanavam reverência.

Deuses.

O Duque falou, começando, como sempre fazia, por ler uma carta enviada da capital. Eu duvidava de que tivessem sido o Rei Jalara ou a Rainha Ileana a escreverem-na. Estavam muito ocupados sendo grandes ameaças.

A Donzela estava tão estática quanto estivera na manhã anterior, durante o funeral de Keal. Coluna reta, olhar fixo à frente e as mãos juntas em frente ao quadril. Aquilo mudou quando um dos valetes do Duque anunciou os presentes e os convocou a avançarem para falar. Começou com ela mexendo as mãos, a esquerda sobre a direita e então a direita sobre a esquerda. Franzi as sobrancelhas, observando-a. Enquanto as pessoas começavam a tradição semanal de puxa-saquismo, ela mudou o peso de um pé para o outro, mantendo-se no lugar. Às vezes ela ficava inquieta durante essas sessões, mas geralmente bem no início, e então sempre parecia ficar mais calma. Ela estava desconfortável? Ansiosa? Ou eram os efeitos remanescentes do que acontecera com Keal? Era evidente que ela gostara do homem o suficiente para ir ao funeral dele.

Atrás dela, Vikter se inclinava para sussurrar algo. A Donzela assentiu, então ficou imóvel. Olhei para a multidão, vendo que muitos deles não prestavam atenção ao que era dito ao Duque e à Duquesa. Em vez disso, estavam tão concentrados nela quanto eu. Era *aquele* o motivo do desconforto da Donzela? Mas por que aquilo seria um incômodo diferente naquele dia, dentre as outras ocasiões? Foquei o olhar no teto e na sua homônima. Penellaphe. Eu não conhecia mais ninguém cujo nome fosse uma homenagem aos Deuses. Ninguém em

Atlântia sequer teria coragem de fazer aquilo. Os pais dela fizeram, e eu tinha certeza de que o nome era outro ato proposital desencadeado pela Coroa de Sangue...

— Você está comendo a Duquesa? — Surgiu a voz baixa e anasalada do Tenente Smyth atrás de mim.

Sorri com a pergunta, mantendo o olhar fixo no estrado. Na Donzela.

— Não que eu saiba.

Houve um momento de silêncio, e eu sabia que eu ter me recusado a me virar na direção dele estava fazendo o Tenente espumar de raiva.

Smyth veio ficar ao meu lado.

— Então como você foi escolhido para substituir Keal, porra?

— Isso você vai ter que perguntar ao Comandante.

— Eu perguntei — bradou ele. — Ele só falou que você era o mais qualificado.

— Bem, então pronto. Você tem a resposta.

— Isso é uma grande palhaçada. Só faz alguns meses que você está aqui. Tem muita gente mais qualificada.

Nesse momento olhei para ele.

— Como você?

As bochechas rubras dele ficaram ainda mais vermelhas. Ele não respondeu. Não era preciso. Sorri, voltando a atenção ao estrado. A ela. A Donzela estava começando a se remexer de novo.

Smyth se inclinou de novo a ponto de seu ombro encostar no meu. Tudo o que eu queria era me virar e quebrar o pescoço dele. Não foi a moral que me deteve, embora devesse ter sido, sim. O fato de que eu as achava irritantes provavelmente não era o melhor dos motivos para assassinar pessoas. Ele sobreviveu porque assassiná-lo na frente de centenas de pessoas resultaria em um pouco de drama desnecessário.

— Tem alguma coisa errada nisso tudo — afirmou Smyth, sibilando. — E vou descobrir o que é.

— Boa sorte — murmurei.

Ele praguejou baixinho e me deu as costas, fazendo cara feia enquanto se movimentava pela borda da alcova. Eu o observei, pensando que havia uma grande possibilidade de ele ter que morrer.

Fazer o quê?

Voltei a atenção à Donzela. Um homem falava sobre como a liderança do Duque e da Duquesa era excelente.

Ela virou a cabeça de leve para onde eu estava, e embora eu não pudesse ver seus olhos, eu sabia que nossos olhares haviam se encontrado. Minha nuca pinicou quando um sentimento estranho pra porra me atingiu. Eu conseguia *sentir* o olhar dela extirpando as camadas de quem eu era. Os músculos do meu corpo ficaram tensos. Vários instantes se passaram, então ela virou a cabeça para a frente de novo. Enquanto um casal se aproximava do estrado, a sensação inexplicável e totalmente tola demorou a sumir. Olhei para os mortais. Eu achava que o valete os tinha apresentado como os Tulis.

Continuei observando a Donzela enquanto o casal falava. Ela tinha me percebido em meio à multidão, e aquilo era curioso.

Porque eu tinha mentido para o Duque Teerman sobre muitas coisas durante a reunião, incluindo o que minha relação com ela implicaria.

Eu obviamente pretendia me aproximar dela o máximo possível. Conquistar a confiança dela era tão necessário quanto conseguir a deles. Eu usaria qualquer tática. Amizade? Um confidente? Mais? Dei um pequeno sorriso. Apesar do que eu dissera a Kieran naquela noite no Pérola Vermelha, eu não tinha tido a real intenção de seduzir a Donzela (nem qualquer interesse em o fazer), mas aquilo fora antes de encontrá-la. De provar sua boca. De senti-la debaixo de mim. A sedução com certeza era uma possibilidade.

— Ele é o seu primeiro filho? — questionou o Duque, atraindo minha atenção.

Ele falava com o casal na base do estrado. A mulher segurava um pequeno embrulho contra o peito, um bebê.

O sr. Tulis engoliu em seco.

— Não, Vossa Alteza. Ele é o nosso terceiro filho.

Cacete.

Uma imagem do bebê no cortiço me veio à mente.

A Duquesa teve uma reação completamente diferente, batendo palminhas em alegria.

— Então Tobias é uma verdadeira bênção e receberá a honra de servir aos Deuses.

— É por isso que estamos aqui, Vossa Alteza. — O sr. Tulis afastou o braço que circundava o corpo da esposa. — O nosso primeiro filho, nosso amado Jamie, ele... ele faleceu três meses atrás. — Ele pigarreou, emotivo. — Foi uma doença do sangue, como nos disseram os Curandeiros.

Aconteceu muito rápido, sabe? Um dia, ele estava bem, correndo por aí e se metendo em todo tipo de confusão. E então, na manhã seguinte, ele não acordou mais. Permaneceu inconsciente por alguns dias, mas então nos deixou.

Doença do sangue? A raiva sempre presente em mim fervilhou. A única doença eram os Ascendidos caçando mortais à noite enquanto dormiam. Era provável que esse fosse o motivo por trás da morte dos pais de Jole Crain. Fora também o que transformara aquela bebê. Nem os jovens nem os velhos compreendiam que o que os visitava à noite não eram nem fantasma nem sonho.

— Lamento muito por essa notícia — respondeu a Duquesa enquanto se recostava no assento, as feições delicadas exteriorizando compaixão. — E o seu segundo filho?

— Nós o perdemos para a mesma doença que levou Jamie — respondeu a mãe. — Ele só tinha um ano de vida.

Caralho.

— Isso é realmente uma tragédia — afirmou a Duquesa. — Espero que vocês encontrem consolo ao saber que o seu amado Jamie está com os Deuses, junto com o seu segundo filho.

— Encontramos, sim — confirmou a sra. Tulis. — É o que nos faz suportar a perda. Viemos aqui hoje na esperança de pedir...

*Ca-ra-lho.*

Eu soube o que era antes que falassem. Eu sabia o que estavam prestes a pedir.

— Viemos aqui hoje para pedir que o nosso filho não seja considerado para o Ritual quando atingir a maioridade — explicou o sr. Tulis, e um arquejo tomou o Salão Principal. Os ombros do homem ficaram tensos, mas ele prosseguiu: — Eu sei que é pedir muito a vocês e aos Deuses. Ele é o nosso terceiro filho, mas perdemos os dois primeiros e por mais que minha esposa deseje ter mais bebês, foi aconselhada pelos Curandeiros a não engravidar de novo. Ele é o único filho que nos resta. E será o último.

— Mas ele ainda é o seu terceiro filho — contrapôs o Duque Teerman.

— Não importa se o primeiro vingou ou não, isso não muda o fato de que o seu segundo e agora o terceiro filho estejam destinados a servir aos Deuses.

— Mas não temos outro filho, Vossa Alteza. — A voz da sra. Tulis tremeu enquanto ela tomava uma lufada de ar. — Se engravidar de novo, eu posso morrer. Nós...

— Eu entendo isso — interrompeu o Duque Teerman. — E você entende que, embora tenhamos recebido um enorme poder e autoridade dos Deuses, a questão do Ritual não é algo que possamos mudar.

— Mas vocês podem falar com os Deuses.

O sr. Tulis deu um passo à frente, mas parou quando vários Guardas Reais avançaram.

Aquilo era...

Desolador pra caralho.

— Vocês podem interceder aos Deuses por nós. Não é verdade? — A voz do sr. Tulis ficou mais rouca. — Nós somos boas pessoas.

Lógico que eram.

Só que aquilo não importava para os Ascendidos. Eles precisavam daquele pequeno embrulho nos braços da mãe. Precisavam dele para o seu banquete.

— Por favor. — A sra. Tulis chorava abertamente, as bochechas marcadas pelas lágrimas. — Nós imploramos que vocês ao menos tentem. Sabemos que os Deuses são misericordiosos. Oramos a Aios e a Nyktos todas as manhãs e todas as noites por essa dádiva. Tudo o que pedimos é que...

— O que vocês pedem não pode ser concedido. Tobias é o seu terceiro filho, e essa é a ordem natural das coisas — interveio a Duquesa, fazendo a mãe soltar um soluço destroçado que me cortou o coração. — Eu sei que é difícil e que agora dói, mas o seu filho é uma dádiva para os Deuses, não deles para vocês. É por isso que nunca pediríamos isso a eles.

Não havia nada de natural naquilo, e quando olhei para a multidão, vi que não era o único a pensar assim. Muitos assistindo estavam em choque, sem conseguir acreditar que os Tulis ousariam pedir aquilo. Mas outros observavam o horror acontecendo, os rostos cheios de compaixão e mal contendo a raiva enquanto olhavam para o estrado... para os Ascendidos e para a Donzela. Cerrei a mão em um punho enquanto me desencostava da pilastra. Vikter se aproximou dela, provavelmente sentindo a raiva crescente.

E ela, a Donzela, parecia *desconfortável*. Ela contorcia os dedos sem parar, e o peito subia e descia depressa. Ela parecia estar a ponto de sair correndo.

Ou de intervir.

— Por favor. Eu imploro a vocês. Eu imploro — suplicou o sr. Tulis, caindo de joelhos.

Aquilo era… Deuses, uma das piores coisas que eu já tinha visto, e eu já tinha visto muita merda. Feito muita merda. Mas ver um pai e uma mãe implorarem pela chance de manter o próprio filho estava em outro patamar.

Virando as costas para o pesadelo, eu me juntei à multidão na alcova e segui para a saída. Tive que tomar aquela atitude porque estava prestes a fazer algo totalmente irresponsável e imprudente.

Como trucidar os Ascendidos ali mesmo.

Mas havia algo que eu *poderia* fazer. O propósito me tomou enquanto eu saía do Salão Principal. Algo que nada tinha a ver com meu irmão. Eu poderia garantir que a família Tulis permanecesse inteira e unida e que Tobias não virasse outra vítima dos Ascendidos.

# A DONZELA SEM O VÉU

Depois de me mostrar meus novos aposentos na ala dos empregados do castelo, um andar abaixo do da Donzela, o Comandante Jansen e eu atravessamos o vestíbulo. Segundo ele, eu ainda teria um quarto no dormitório, mas os guardas pessoais da Donzela costumavam ficar no castelo. Por mim tudo bem.

— Só para você saber — disse Jansen, com a voz baixa —, o Duque concordou em colocar você como um dos guardas da Donzela, mas ainda está um tanto hesitante. Ele vai pôr gente para ficar de olho em você.

Assenti enquanto passávamos pelas estátuas de calcário da Deusa Penellaphe e do Deus Rhain. Não fiquei surpreso com o que ouvi e nem menos satisfeito por enfim conseguir o que eu queria. Ou ao menos estar no caminho para fazer isso.

— Imagino que Smyth vá ser um dos que vão monitorar meus movimentos de maneira obsessiva.

— Imaginou certo.

Fiquei calado enquanto passávamos pelo arco, onde empregados usando vestidos e túnicas marrons com toucas brancas penduravam uma guirlanda de hera. Uma mulher de cabelo escuro parou, as mãos emaranhadas no verde enquanto me olhava e sorria, o que me fez ponderar se eu a conhecia enquanto nos afastávamos, se ela fora uma das pessoas sem nome nem rosto com quem eu havia passado tempo.

Afastei o pensamento.

— Ele está virando um problema.

— Eu sei.

Olhei para Jansen enquanto mais empregados do castelo se apressavam por todos os lados, carregando cestos de linho limpo e louça suja.

— Provavelmente vamos ter que lidar com ele em algum momento.

— Foi o que pensei — respondeu o Comandante, sem se dar ao trabalho de argumentar como fizera na noite no Pérola Vermelha.

Ele sabia que Smyth não era um bom homem.

O salão de banquetes não estava tão cheio. Havia apenas uma mulher mais velha, com cabelo branco se curvando nas bordas da touca, organizando rosas noturnas em um vaso dourado em cima da mesa comprida.

— Você checou o que eu pedi?

Ele confirmou com a cabeça.

— Vamos tirá-los da cidade antes do Ritual — garantiu Jansen. — Levá-los para Novo Paraíso. Eles podem decidir o que querem fazer de lá.

— Obrigado.

Eu me permiti sentir um pouco de alívio ao saber que o que restara da família Tulis permaneceria unido.

— Não precisa me agradecer — respondeu ele em um tom rouco, passando a mão pelo queixo.

Jansen estava errado. Organizar a fuga dos Tulis da cidade era um grande risco, mas eu entendo por que ele não queria a gratidão de ninguém por fazer o que parecia ser uma mínima demonstração de decência.

— Pronto? — perguntou Jansen quando chegamos a um dos muitos espaços de reunião no andar principal.

— Pronto há um tempo, meu amigo.

Ele me deu um sorriso rápido, algo raro vindo do metamorfo, então abriu a porta. Como nunca estive ali antes, analisei rapidamente as paredes de mármore, contendo apenas trilhos de cadeira pretos e o Brasão Real pintado em branco e dourado atrás de onde o Duque estava sentado a uma mesa preta lisa e brilhosa. A Duquesa estava sentada em uma cadeira bege perto dele, e diante deles havia três fileiras de bancos de calcário.

Tanto Jansen quanto eu paramos depois de entrar e fizemos reverências.

A Duquesa sorriu.

— Por favor, ergam-se.

Ciente do olhar dela, endireitei a postura.

— Está muito bela hoje, Vossa Alteza — elogiei, a mentira saindo com facilidade.

Era óbvio que a Duquesa era bela, mas só exteriormente.

— Você é muito gentil — respondeu ela, levantando-se enquanto nos aproximávamos.

Ela juntou as mãos em frente ao quadril de modo que seus seios ficassem pressionados no cetim apertado do espartilho. Era bem possível que um dos botões de pérola se soltasse e acertasse o olho de um de nós.

O marido dela deu um sorriso vazio.

— Os outros chegarão já, já. Gostariam de algo para beber?

— Obrigado, mas não será necessário — respondeu Jansen, indo ficar ao lado da Duquesa. Eu o segui. Ela devia ter quase se afogado em gardênia porque eu quase não conseguia detectar o cheiro doce e rançoso dos Ascendidos nela. — A Donzela foi informada?

O Duque se recostou na cadeira.

— Será informada em alguns instantes.

Fixei a atenção nele. Havia um brilho estranho e afoito nos olhos dele, que eram como estilhaços de obsidiana enquanto observava a porta. Ele me passou a distinta impressão de estar aprontando alguma enquanto a Duquesa falava com Jansen sobre o próximo conjunto de guardas que em breve deixaria o treinamento. O Duque não prestava atenção alguma à conversa, em vez disso mantinha o olhar nos papéis em cima da mesa. E de novo, outro fato estranho, ele demonstrar tão pouco interesse em administrar o castelo ou a cidade era suspeito.

Os passos do lado de fora do cômodo chamaram minha atenção, mas não expressei nada disso enquanto um rompante de expectativa me percorria. Eu não fazia a menor ideia de como a Donzela reagiria àquilo.

A porta se abriu, e ela entrou. De imediato seus passos hesitaram. Embora a maior parte de seu rosto estivesse escondida, a forma como abriu a boca deixou evidente seu choque.

Tawny Lyon, a dama de companhia alta e esbelta que costumava estar com ela, entrou atrás. Ela parou imediatamente quando seu olhar castanho se voltou para mim. Suas feições escuras demonstraram surpresa enquanto ela recuava um pouco a cabeça, fazendo com que os cachos dourados e marrons balançassem. Tawny olhou depressa para a Donzela, os cantinhos da boca se curvando para cima.

A Donzela ainda não tinha dado mais nenhum passo adiante. Sob o robe branco seu peito se inflou, e a mão direita dela se retorceu, abrindo-se e se fechando ao lado do corpo, o local em que a adaga estivera embainhada na noite que havia ido ao Pérola Vermelha.

Ela estava com a adaga naquele momento?

Senti o sangue ferver enquanto meu olhar baixava para a parte inferior disforme de seu robe. Aquele rápido pulsar de desejo era bastante problemático.

— Por favor — disse o Duque —, feche a porta, Vikter. — Ele esperou o guarda atender a sua solicitação. — Obrigado. — Teerman abaixou o papel enquanto sua atenção se voltava à Donzela. Aquele brilho estranho e afoito retornou ao olhar dele enquanto gesticulou para ela se aproximar.

— Por favor, sente-se, Penellaphe.

*Penellaphe.*

Mexi a cabeça em reflexo. Era óbvio que eu sabia o nome dela, mas nunca tinha ouvido ninguém pronunciá-lo. Repeti em silêncio, preferindo o nome à *Donzela*. De imediato reconheci que era uma preferência irrelevante.

A Donzela avançou com uma cautela que não estivera presente quando ela fora ao Pérola Vermelha. Não mais olhando em minha direção, ela se sentou na beirada do banco do meio, com a postura muito rígida enquanto sobrepunha as mãos no colo. A dama de companhia se postou atrás da Donzela. Vikter, contudo, foi para o seu lado direito, como se tentando se colocar entre ela e eu.

— Espero que você esteja se sentindo bem, Penellaphe — comentou a Duquesa, retornando à cadeira ao lado da mesa.

A Donzela assentiu.

— Fico aliviada. Tive receio de que comparecer à Câmara Municipal logo após o atentado fosse ser demais para você — prosseguiu a Duquesa, em um tom surpreendentemente genuíno.

A resposta da Donzela foi mínima, uma leve inclinação de cabeça.

— O que aconteceu no jardim é a razão de estarmos todos aqui — interveio o Duque, e ainda que parecesse impossível, a postura da Donzela se tensionou ainda mais. — Com a morte de… — Ele franziu as sobrancelhas. — Qual era o nome dele? — perguntou à Duquesa, que também franziu a testa, confusa. — Do guarda?

Era sério aquela porra?

— Rylan Keal, Vossa Alteza — informou Vikter em sua voz neutra.

O Duque estalou os dedos.

— Ah, sim. Ryan — constatou ele.

Naquele momento a Donzela reagiu. Era provável que ninguém mais tivesse notado porque ninguém a observava com tanta atenção quanto eu naquele momento. Ela cerrou as mãos em punho... com tanta força que seus dedos perderam a cor.

— Com a morte de Ryan, você perdeu um guarda. Mais uma vez — acrescentou Teerman, dando um sorrisinho. — Dois guardas perdidos no período de um ano. Espero que isso não se torne um hábito.

Bem, ele ficaria decepcionado porque provavelmente seria um hábito, sim.

— De qualquer forma, com a iminência do Ritual e à medida que você se aproxima da Ascensão, Vikter não pode ser o único de vigia — continuou o Duque. — Precisamos substituir o Ryan.

Um músculo na mandíbula dela pulsou.

— O que, como eu tenho certeza de que você percebe agora, explica por que o Comandante Jansen e o guarda Flynn estão aqui.

A Donzela não demonstrou tê-lo ouvido.

— O guarda Flynn tomará o lugar de Ryan imediatamente — anunciou o Duque. — Sei que é uma surpresa, pois ele acabou de chegar à cidade e é muito jovem para ser um membro da Guarda Real.

Os cantos da minha boca tremeram, contendo o sorriso.

— Há vários Guardas da Colina esperando uma promoção, e trazer Hawke parece ser uma desfeita a eles. — O Duque se recostou na cadeira, cruzando as pernas. — Mas o Comandante nos garantiu que Hawke é mais adequado para a tarefa.

— O guarda Flynn pode ser novo na cidade, mas isso não é uma fraqueza. Ele é capaz de encarar as possíveis ameaças com novos olhos — afirmou Jansen em resposta, imaginava eu mais por causa de Vikter. — Muitos guardas teriam descartado a possibilidade de uma invasão no Jardim da Rainha. Não por falta de habilidade...

Eu podia jurar ter ouvido o Duque Teerman murmurar: *"Isso é questionável."*

— Mas porque há uma falsa sensação de segurança e complacência que geralmente ocorre quando alguém está em determinada cidade há muito tempo — prosseguiu Jansen. — Hawke não tem essa familiaridade.

Arqueei a sobrancelha pela forma como Jansen se referiu a mim, usando meu primeiro nome. Criando um ar positivo. Esperto.

— Ele também tem uma experiência recente com os perigos do lado de fora da Colina — acrescentou a Duquesa. — Sua Ascensão é daqui a pouco menos de um ano, mas, mesmo que você seja convocada mais cedo que o esperado, ter alguém com esse tipo de experiência é inestimável. Não teremos que nos fiar em nossos Caçadores para garantir que a sua viagem até a capital seja a mais segura possível — comentou, fazendo referência àqueles cuja tarefa era escoltar viajantes de cidade a cidade. — Os Descendidos e o Senhor das Trevas não são as únicas coisas a temer lá fora, como você bem sabe.

Ela estava certa.

Ainda assim eu não achava que a Donzela percebia o verdadeiro perigo neste cômodo, na cidade ou para além dela.

— A possibilidade de você ser convocada para a capital inesperadamente desempenhou um papel importante na minha decisão — explicou Jansen. — Planejamos as viagens para além dos muros da Colina com pelo menos seis meses de antecedência, e pode ser que na ocasião em que a Rainha solicitar a sua presença na capital, nós tenhamos que esperar pela volta dos Caçadores. Com Hawke designado como o seu guarda pessoal, nós poderíamos evitar essa situação.

A Donzela voltou a cabeça em minha direção. Senti a nuca pinicar. Ela relaxou os punhos antes cerrados, os dedos se esticando. Inclinei a cabeça, o que fez a respiração dela se acelerar.

— Como membro da Guarda Real pessoal da Donzela, é provável que ocorra uma situação em que você a veja sem o véu — anunciou a Duquesa, mas o tom dela me fez ficar atento. Sua voz sempre era suave, mas havia um toque de empatia ali. — Pode ser uma distração ver o rosto de alguém pela primeira vez, ainda mais da Escolhida, e isso pode interferir na sua capacidade de protegê-la. É por isso que os Deuses permitem a violação dessa regra.

Voltei a atenção de novo à Donzela, e meu maldito coração quase parou de bater. Puta merda, eu ia vê-la sem o véu e sem a máscara.

— Comandante Jansen, por favor, saia do recinto — pediu o Duque.

Jansen assentiu, obedecendo depressa. O olhar afoito nos olhos do Duque se transformara num sorriso, e então me ocorreu o que ele havia me dito no dia anterior. Como ele estivera confiante ao dizer que não estava preocupado comigo tendo qualquer tipo de interesse na Donzela.

— Você está prestes a presenciar o que somente alguns poucos podem ver — anunciou o Duque. — Uma Donzela sem o véu.

As mãos da Donzela estavam tremendo no colo.

— Penellaphe, por favor, mostre o seu rosto — solicitou o Duque, e aquele maldito sorriso na cara dele me deixou em alerta.

Tinha algo errado.

Por vários segundos ela não se mexeu. Ninguém se mexeu. Voltei o olhar à acompanhante dela. Tawny fechou os olhos, e ao reabri-los, vi um leve brilho neles. Olhei para Vikter. Ele parecia resignado ao olhar para a Donzela.

A Donzela ainda não havia se mexido.

— Penellaphe — avisou o Duque, e cerrei as mãos em punhos. — Nós não temos o dia todo.

— Dê um momento a ela, Dorian. — A Duquesa se virou para o marido. — Você conhece o motivo da sua hesitação. Nós podemos esperar.

Mas que caralho estava acontecendo ali?

A parte inferior do rosto dela ficou rubra, mas ela ergueu o queixo levemente pontudo, que se protuberava de maneira resignada. Ela se levantou no mesmo momento em que Tawny o fez. A acompanhante esticou as mãos para as correntes e fechos, mas a Donzela os alcançou primeiro.

Minha pele ficou fria enquanto eu a via *arrancar* as correntes, os movimentos ágeis e irregulares. O material se afrouxou, então deslizou para baixo. Tawny o segurou, removendo o véu.

Então toda a lateral direita de seu rosto foi revelada para mim.

Tinha um formato oval, as maçãs do rosto proeminentes e definidas, a sobrancelha cheia e naturalmente arqueada. Lá estava o cabelo vermelho que eu tinha vislumbrado no Pérola Vermelha, arrumado em uma espécie de trança complicada que parecia ter levado muitas horas para ser feita. Sem o véu e na sala bem iluminada, as mechas brilhavam com um tom profundo de vinho tinto. Seu perfil era forte e anguloso.

Linda.

Um dos cantos da sua boca se curvou para cima enquanto ela encarava o Duque. Só um sorrisinho leve, mas senti o estômago se revirando.

Tawny retornou ao assento, segurando o véu enquanto a Donzela se virava para mim.

Totalmente.

E eu vi.

A sua boca inteira. O queixo teimoso e a curva afiada de sua mandíbula. O ossinho do nariz se curvava e a ponta era levemente arrebitada. Ambas as sobrancelhas tinham o arqueado natural, emoldurando olhos verdes límpidos.

Eram ali que as similaridades entre os dois lados do rosto acabavam.

Havia o hematoma remanescente causado por Jericho, um que eu duvidava de que fosse notável para outra pessoa, mas também havia uma faixa irregular de pele, de um rosado um pouco mais claro que o seu corpo. Começava debaixo da linha do cabelo e cortava sua têmpora, chegando muito perto de seu olho esquerdo e indo até a lateral do nariz. Um corte menor, cicatrizado havia muito tempo, cortava o lado esquerdo de sua testa e sobrancelha, atravessando em cheio seu arco. Mais uma vez, próximo demais daquele olho esmeralda.

Meus Deuses, ela tinha muita sorte de ter os dois olhos. Mas a dor que as feridas que fizeram aquelas cicatrizes deviam ter causado... devia ter sido insuportável. Principalmente aquelas. Porque eu sabia o que havia causado aquelas cicatrizes. Os Vorazes. Eu tinha sentido aquelas garras se fincando no próprio corpo por inúmeras vezes, a única diferença era que meu corpo *quase* sempre se curava. O de uma mortal, não. Mas cacete. A força interna que ela devia ter para sobreviver a um ataque daqueles era inconcebível.

A Donzela tinha *força*. O tipo de resiliência interna que muitos não possuíam. Ela também... caralho. Ela era *linda*.

E aquelas duas coisas pareciam ser um problema. Um dos grandes.

As bochechas dela enrubesceram quando continuei olhando para ela. Seu lábio inferior tremeu antes de ela apertar os lábios. Nossos olhares se encontraram. Ela me olhou sem titubear, e não havia como ignorar o evidente desconforto que ela parecia sentir. Eu não entendia. Ela era bela, e as cicatrizes não diminuíam aquilo. Cacete, na verdade eram um complemento às feições dela, mas...

Ela vivia no mundo dos Ascendidos.

Um no qual a beleza impecável era cobiçada e reverenciada. Um mundo no qual alguns veriam apenas as imperfeições, mas não todos. Nem todos os Ascendidos veriam apenas aquelas cicatrizes, mas aqueles que o faziam...

De repente entendi por que o Duque tinha dito aquilo sobre meu interesse na Donzela. Desvendei aquela maldita avidez nojenta no olhar e sorriso dele porque ele também via como ela estava desconfortável. Todo mundo no cômodo via. Mas ele *se deleitava* naquilo.

— Ela é verdadeiramente única, não é? — comentou o Duque Teerman em um tom agradável. — Metade do seu rosto é uma obra-prima — continuou ele, fazendo o corpo da Donzela estremecer. — A outra metade é um pesadelo.

Por um momento eu não mais a via, embora não tenha desviado a atenção dela. Tudo o que via mentalmente era o Duque e minha mão socando sua cara por consecutivas vezes. Eu me vi arrancando a língua dele e então lhe enfiando goela abaixo enquanto ele se engasgava. O comentário dele foi desnecessário. O *Duque* era desnecessário pra caralho.

— As cicatrizes não são um pesadelo — contrapôs a Duquesa. — São apenas... apenas uma lembrança ruim.

Não eram nem um pesadelo nem uma lembrança ruim. Eram a prova de ao que a Donzela sobrevivera. Eram insígnias de força. Não havia nada de errado com ela ou com suas cicatrizes.

Dei um passo à frente, sem aguentar mais aqueles comentários.

— Ambas as metades são tão belas quanto o todo.

Os lábios da Donzela se entreabriram enquanto ela tomava uma lufada de ar com força, observando-me colocar a mão no punho da espada. Fiz uma reverência, ainda mantendo o olhar no dela enquanto recitava o juramento proferido pelos Guardas Reais que Jansen anteriormente me instruíra a falar, o voto que eu já sabia porque era parte daqueles falados pelo Rei e Rainha de Atlântia aos seus súditos.

— Com a minha espada e com a minha vida, eu juro mantê-la em segurança, Penellaphe. — Falar o nome dela me causou aquele pinicar na nuca de novo, dessa vez se espalhando por meus ombros e descendo pela coluna. No subconsciente, eu sabia que não devia ter usado o nome dela, mas era importante que ela soubesse que *alguém* naquele momento a enxergava, quando o Duque buscava humilhá-la. Não tinha nada a ver com meu plano, e talvez um pouco a ver com o fato de que eu sabia exatamente o que era ter tudo que você era arrancado de si, deixando de ser alguém para se tornar *algo*. E talvez também tivesse a ver com querer que ela soubesse que eu a achava totalmente deslumbrante porque meu tom ficou mais profundo, e reconheci isso em minha própria voz. — Deste momento até o fim, eu sou seu.

# POPPY

Não havia uma transição branda para alguém que ia de Guarda da Colina para o posto de resguardar a Donzela. Meu novo cargo começou de imediato enquanto Vikter e eu acompanhávamos Penellaphe e Tawny para...

Na verdade, eu não sabia para onde.

Nós quatro havíamos saído da sala e naquele momento atravessávamos o salão de jantar.

Parando, eu me virei para elas. A Donzela e a dama pararam de andar também. Vikter estreitou os olhos. A acompanhante da Donzela arregalou os olhos e apertou os lábios, parecendo ter sido pega fazendo algo que sabia que não devia estar fazendo. A Donzela usava o véu de novo, mais uma vez escondida.

— Para onde gostaria de ir? — questionei a ela.

A Donzela não respondeu, e Vikter estreitou os olhos ainda mais. O silêncio dela me lembrou o que ela havia me dito ao entrar no Pérola Vermelha, na época em que eu achava que ela não conseguia falar, só sussurrar. Mas, naquele momento, eu sabia a verdade. Ela conseguia falar de maneira bem nítida e afiada.

Quando queria.

O silêncio tenso se estendeu por segundos, e me ocorreu que tudo o que tinha acontecido dentro da câmara havia saído para nos fazer companhia. Eu queria que ela respondesse, falasse comigo, mas era evidente que ainda estava incomodada.

Olhei para Tawny.

Ela libertou os próprios lábios e disse:

— Para os aposentos dela... — Então fez uma pausa. — Sr. Flynn.
Dei um sorriso de canto.

— Pode me chamar de Hawke.

Ela deu um sorriso e olhou para a Donzela.

— Queremos voltar aos aposentos dela, Hawke.

— É o que quer? — perguntei à Donzela.

Ela assentiu depressa e seguiu apressada, deixando um rastro leve de seu aroma fresco e doce. Tawny andou com muito mais tranquilidade, o sorriso se ampliando. Vikter foi o único que não pareceu conseguir passar por mim sem fazer contato. Bateu o ombro no meu. Contive a risada enquanto os seguia.

Entramos no vestíbulo, e, logo de cara, tive um gostinho do que era estar na presença da Donzela. Duas mulheres estavam tirando pó das estátuas, conversando. Quando aparecemos, as duas pararam o movimento, arregalando os olhos e cessando a prosa. Uma delas derrubou o espanador. Elas nos seguiram com os olhos enquanto nos direcionávamos à escadaria principal, que levava aos andares de cima. Os empregados pelos quais passamos na escada fizeram o mesmo, todos encarando a Donzela, sem tirar os olhos dela até que não estivesse mais à vista. Era como se ela tivesse o poder especial de congelar as pessoas que a viam.

Franzi as sobrancelhas. Embora eu estivesse acostumado a chamar certo tipo de atenção de mulheres e homens, jovens e velhos, aquilo era diferente. Eu sabia que aqueles que olhavam para mim, aqueles que não faziam ideia de quem eu era, ainda me viam como uma pessoa. Geralmente, alguém com quem queriam curtir um pouco. Mas quando olhavam para a Donzela, era evidente que viam apenas *o que* ela era, a Donzela, e *o que* ela simbolizava para eles: aquela que fora Escolhida pelos Deuses.

Assim como quando o Rei e a Rainha me enjaularam e me acorrentaram, os Ascendidos tinham visto apenas *o que* eu era, o Príncipe de um reino que eles queriam ver destruído, e *o que* eu simbolizava para eles: o reservatório que continha o sangue do qual precisavam para sobreviver e se multiplicar.

Observei as mãos da Donzela. Estavam unidas em frente ao seu corpo, mas eu apostava que ela estava contorcendo-as como havia feito no Salão Principal. Ela tinha consciência do que a presença dela causava.

Mas será que tinha noção de que eles não a enxergavam? Que enxergavam apenas o que ela representava?

Eu não sabia dizer.

Enfim chegamos à porta dela. Eu não fazia ideia de por que ela estava acomodada na ala vazia do castelo, uma das partes mais antigas da estrutura. Os corredores ali eram mais estreitos, e eu apostava que no inverno ventava muito nos aposentos. Só se escutava o barulho dos nossos passos. Nem eu conseguia ouvir o quase constante movimento de agitação percorrendo os muitos andares e alas.

Não tive a chance de falar muita coisa quando chegamos à porta dos aposentos dela porque ela a abriu e basicamente se arremessou para dentro. Só tive um breve vislumbre do piso de pedra crua e uma cadeira antes que Tawny acenasse com a cabeça para nós, despedindo-se. Então, fiquei ali observando a porta fechada do quarto em que eu precisava entrar. A Donzela tinha conseguido sair daquele quarto e ir até o Pérola Vermelha. Era improvável que tivesse saído por aquela porta para conseguir isso.

Inclinei a cabeça para o lado quando ouvi um leve baque contra a porta.

— Devemos nos preocupar? — perguntei, virando-me para o homem que eu sabia não ser meu fã.

— Elas estão bem. — Ele me olhou de cara feia por trás de uma mecha de cabelo claro. — Preciso conversar com o Comandante, o que significa que você ficará sozinho resguardando a Donzela.

Assenti.

— Do corredor — acrescentou ele, como se fosse necessário. — E não saia de seu posto. Por ninguém nem por nada.

— Entendido.

— Nem mesmo pelos Deuses — insistiu.

— Eu sei o que precisam que eu faça. — Foquei o olhar no dele. — As duas estão seguras enquanto eu estiver aqui.

Vikter parecia querer dizer outra coisa, mas devia ter decidido que não valia a pena. Com a postura rígida, ele se virou, marchando pelo corredor. Imaginei que ele quisesse conversar com Jansen para reclamar sobre minha designação.

Não adiantaria de nada.

Eu estava mudando de posição para ficar de frente para a porta quando ouvi a voz abafada e baixa de Tawny.

— Hawke Flynn é o seu guarda, Poppy.

Ergui as sobrancelhas. *Poppy?* Era daquele jeito que Tawny a chamava? Não Penellaphe. Sim... Poppy. Os campos de papoula, que era chamada de "*poppy*", no Pontal de Spessa me vieram à mente.

— Eu sei. — Foi a resposta da voz ainda mais suave e mais baixa.

Era ela. *Poppy.* Senti a nuca pinicar outra vez. Eu não ouvia a voz dela desde a noite no Pérola Vermelha.

— Poppy! — A voz de Tawny foi alta o bastante para me deixar sem reação. — Aquele é o seu guarda!

Dei um sorrisinho enquanto eu ia para mais perto da porta.

— Fale baixo — orientou a Donzela, e mordi o próprio lábio. Elas teriam que sussurrar para eu não conseguir ouvir, e quando escutei os passos se afastando, torci muito para que a acompanhante dela continuasse praticamente gritando. — Ele deve estar lá fora...

— Como o seu guarda pessoal — interrompeu Tawny.

— Eu *sei*. — Foi a resposta exasperada.

— E sei que isso vai parecer horrível — Ouvi Tawny dizendo enquanto eu inclinava a cabeça mais para perto, mais agradecido do que nunca por minha audição aguçada —, mas eu tenho que dizer. Não consigo me conter. É uma grande melhoria.

Uma risada silenciosa me escapou.

— *Tawny.*

— Eu sei. Reconheço que foi horrível, mas eu tinha que dizer — respondeu a acompanhante. — Ele é muito... interessante de se ver.

Dei um sorriso aberto.

— E ele está visivelmente interessado em subir na hierarquia — retrucou a Donzela.

Fiquei sério. Ela não concordava com a acompanhante? Não era possível. Eu *sabia* que eu tinha uma aparência interessante.

— Por que você está dizendo isso?

Houve um momento de silêncio.

— Você já ouviu falar de um Guarda Real tão jovem?

Bem, eu não poderia culpá-la por dizer aquilo. Era uma pergunta válida.

— Não, nunca ouviu. É isso o que acontece quando você faz amizade com o Comandante da Guarda Real — apontou a Donzela. E olha, ela não sabia o quanto estava certa. — Não acredito que não houvesse outro Guarda Real tão qualificado quanto ele.

Tawny ficou um tempo sem responder.

— Você está tendo uma reação muito estranha e inesperada.

Cruzando os braços, tive a sensação de que a reação dela tinha mais a ver com o que acontecera no Pérola Vermelha do que com qualquer outra coisa.

— Não sei o que você quer dizer com isso — disse a Donzela.

*Aham, sabe não*, pensei, dando um sorrisinho.

— Ah, não sabe? — rebateu Tawny, que bem depressa se tornava uma das minhas pessoas favoritas no reino. — Você o viu treinando no pátio...

— Não vi, não! — contrapôs a Donzela, erguendo a voz.

Que mentirosa. Ela viu, sim.

Tawny estava do meu lado, mesmo sem saber.

— Eu estava com você em mais de uma ocasião enquanto você observava os guardas treinando da varanda, e você não ficava olhando para qualquer guarda. Você ficava olhando para *ele*.

Eu gostava à beça de Tawny.

— Você parece quase zangada por ele ter sido nomeado como seu guarda pessoal — prosseguiu Tawny —, e a menos que haja alguma coisa que você não tenha me contado, eu não entendo o motivo.

Houve um momento de silêncio.

— O que foi que você não me contou? — inquiriu Tawny quando ficou nítido que a Donzela não havia compartilhado os detalhes sobre sua ida ao Pérola Vermelha com ela. — Ele já falou com você antes?

Apertei os lábios. Foi um baita salto lógico para chegar àquela conclusão.

— Quando ele teria tido uma oportunidade de falar comigo? — retrucou a Donzela.

— Você se esgueira tanto pelo castelo que aposto que ouve muita coisa sem precisar que ninguém fale com você — constatou Tawny, revelando outro detalhezinho interessante enquanto confirmava minhas suspeitas. A que me dizia que a Donzela estava acostumada a perambular às escondidas. — Você o ouviu dizer algo ruim?

Estreitei os olhos. Tawny estava perdendo o cobiçado posto de uma das minhas favoritas bem depressa.

— Poppy...

Houve um longo momento de silêncio em que considerei brevemente me afastar da porta para não ficar bisbilhotando, mas logo descartei a ideia.

Então a Donzela anunciou:

— Eu o beijei.

Meu queixo caiu enquanto virava a cabeça na direção da porta. Eu não acreditava que ela tinha de fato admitido aquilo.

— O quê? — retrucou Tawny.

— Ou ele me beijou — acrescentou a Donzela enquanto eu começava a ficar um pouco preocupado. Aquele era um ato inteligente da parte dela? Ela podia confiar a informação àquela dama de companhia? Porra, eu esperava que sim. Aquilo colocava meu plano em perigo e, além disso, eu duvidava de que os Teerman fossem apreciar tal informação. Contudo, a forma como Tawny falava com a Donzela indicava que havia certo nível de proximidade entre as duas. — Bem, nós nos beijamos. Houve um beijo mútuo...

— Já entendi! — gritou Tawny, o que me fez ficar rígido enquanto checava o corredor vazio. — Quando isso aconteceu? Como isso aconteceu? E por que eu só estou sabendo disso agora?

O som de passos de novo, então a Donzela confidenciou:

— Foi... foi na noite em que fui ao Pérola Vermelha.

— Eu sabia. — Houve outro baque no chão, dessa vez parecendo que alguém, provavelmente Tawny, tinha batido o pé. — Eu sabia que tinha acontecido alguma coisa. Você estava muito estranha, preocupada demais. Ah! Eu vou dar na sua cara! Não acredito que não me contou nada. Eu contaria isso aos berros do topo do castelo.

Certo. Fiquei lisonjeado, e Tawny estava retornando ao cargo de minha pessoa favorita.

— Você contaria aos berros porque pode fazer isso — rebateu a Donzela com ironia. — Nada iria acontecer com você. Mas e comigo?

O que exatamente aconteceria com ela? Ela não explicou, e infelizmente as vozes delas ficaram baixas demais para eu ouvir, mas consegui distinguir a voz da Donzela uns instantes depois.

— É só que... eu já fiz um monte de coisas que não deveria, mas isso... isso é diferente — afirmou ela, e ponderei o que seria aquele "monte de coisas". — Pensei que se eu não dissesse nada, então não... sei lá...

— Não daria em nada? Que os Deuses não ficariam sabendo? — sugeriu Tawny, e revirei os olhos. — Se os Deuses sabem agora, então eles já sabiam antes, Poppy.

Ela tinha um ponto. Mas os Deuses não sabiam de porra nenhuma, e se soubessem, essa questão toda da Donzela e de ser Escolhida ainda seria uma grande palhaçada de qualquer forma. Apesar do que os Ascendidos diziam. Apesar do que até mesmo Kieran ponderava sobre o negócio com o manto.

Se a Donzela respondeu, não ouvi, mas ouvi Tawny tão bem que ela parecia estar ao meu lado.

— Eu a perdoo por não ter dito nada antes se você me contar o que aconteceu com todos os mínimos detalhes.

Aguardei prendendo a respiração para ouvir exatamente o que ela diria.

— Eu queria, sabe, vivenciar alguma coisa, qualquer coisa, e achei que aquele fosse ser o melhor lugar para isso. Vi Vikter lá — contou a Donzela. Embora eu não estivesse surpreso de ouvir aquilo, eu mesmo o tinha visto lá, fiquei surpreso por ela chamá-lo pelo primeiro nome. — Então tinha essa moça lá, e ela me reconheceu.

— Quê? — rebateu Tawny, quase gritando de novo.

— Eu não sei. Mas acho que ela era uma... uma Vidente, ou algo assim.

Hã. Franzi a testa. Até onde eu sabia, não havia Videntes na Masadônia. Nem nenhum metamorfo além de Jansen.

— Eu posso estar errada, porém. Talvez ela só tenha me reconhecido de outro jeito — continuou a Donzela. Tinha que ser aquilo porque com certeza não havia nenhuma Vidente no Pérola Vermelha. Eu saberia se fosse o caso. — Eu provavelmente só estava agindo toda estranha, e isso ficou óbvio. Enfim, entrei em um quarto que pensei estar vazio, e ele... ele estava lá dentro.

— E aí? — pressionou Tawny.

— Ele achou que eu fosse a Britta.

— Você não se parece nadinha com ela — contrapôs Tawny. Houve uma pausa. — A capa. Você estava usando a capa dela.

— Acho que os rumores sobre eles dois são verdadeiros porque ele me segurou... Não de um jeito ruim, mas de um jeito... passional, familiar — explicou ela, com a voz ficando tão baixa que tive que me esforçar muito para ouvir.

O que significava que eu tinha passado a bisbilhotar mesmo.

Era errado. Eu sabia que era.

Mas eu quase nunca me comportava bem, então, né?

— Foi... foi o meu primeiro beijo — confessou ela.

Todos os músculos em meu corpo ficaram tensos. Eu já sabia daquilo, mas ouvir da boca da Donzela... Aquilo me causou uma sensação estranha no peito. Como se estivesse ao mesmo tempo leve e pesado.

— E ele continuou beijando, achando que você era outra pessoa? — questionou Tawny. — Se sim, vou ficar bastante decepcionada.

— Comigo? — A voz da Donzela ficou mais aguda.

— Não, com ele. E vou ficar preocupada com sua segurança se, depois de invadir seu espaço pessoal daquele jeito, ele não percebeu que você não era a Britta. Bonitão ou não, ele não deveria ser seu guarda se foi esse o caso.

Abri um sorriso. Ela estava certa.

— Ele percebeu bem depressa que eu não era ela. Eu não contei quem eu era, mas ele... acho que ele deve ter sentido que eu não era, sabe, tão experiente. Mas ele não colocou o rabo entre as pernas e saiu correndo. Em vez disso, ele... — A voz da Donzela abaixou de novo. — Ele se ofereceu para fazer qualquer coisa que eu quisesse.

— Ah — murmurou Tawny. — Ai, ai. Qualquer coisa?

— Qualquer coisa — confirmou a Donzela.

E eu teria feito *quase* qualquer coisa que ela quisesse. Quem não faria quando o corpo suave e quente dela estava embaixo do da pessoa, a boca dela inchada por causa dos beijos, os olhos dela brilhando de desejo?

Porra.

O desejo pulsou dentro de mim, o suficiente para fazer meu pau latejar.

Eu deveria parar de ouvir a conversa. Seria bem constrangedor se Vikter voltasse e eu estivesse de pau duro bem ali.

— Só nos beijamos. Só isso — revelou a Donzela.

Mas não havia sido "só isso". Eu a tinha beijado em outro lugar.

Não que eu precisasse ficar pensando naquilo no momento. Mudei de posição, afastando as pernas e franzindo a testa. Puta merda, ela falar de beijos, e eu pensar em atividades que foram honestamente bem brandas, não deveriam me deixar duro.

— Ah, meus Deuses, Poppy — comentou Tawny depois de um tempo. — Eu queria tanto que você tivesse ficado.

— Tawny — murmurou a Donzela, suspirando.

— O que foi? Não vai me dizer que você não gostaria de ter ficado. Nem só um pouquinho.

Inclinei a cabeça de novo, aguardando... e aguardando.

— Aposto que você não seria mais uma Donzela se tivesse ficado — comentou Tawny.

Não, ela ainda seria, sim. Eu não teria ultrapassado aquele limite em um maldito bordel. Eu não teria ultrapassado aquele limite com *ela* em lugar nenhum.

— Tawny!

Identifiquei o choque na voz dela, e contive o sorriso.

— O que foi? — Tawny riu. — Eu estou brincando, mas aposto que você *quase* escaparia de não ser mais uma Donzela — acrescentou, e, tudo bem, aquilo poderia ser verdade. — Me diz uma coisa, você... gostou? Do beijo?

— Sim — respondeu ela com a voz quase baixa demais —, gostei.

Eu sabia daquilo, mas ainda sorri.

— Então por que você está tão chateada por ele ser o seu guarda? — perguntou Tawny.

— Por quê? — A voz da Donzela demonstrava descrença. — Seus hormônios devem estar afetando o seu cérebro.

— Meus hormônios estão sempre afetando o meu cérebro, muito obrigada.

Ri baixinho.

— Ele vai me reconhecer. Vai descobrir quem eu sou assim que ouvir a minha voz, não vai?

Era tarde demais para se preocupar com aquilo.

— Imagino que sim — respondeu a amiga.

— E se ele procurar o Duque e contar que eu fui ao Pérola Vermelha? — ponderou a Donzela, evidentemente preocupada, mas ela não precisava ficar. — Que eu... deixei que ele me beijasse? Ele deve ser um dos Guardas Reais mais jovens, isso se não for *o* mais novo. É óbvio que ele está interessado em subir na carreira, e não existe maneira melhor de conseguir isso do que cair nas graças do Duque. Você sabe como os guardas e empregados favoritos dele são tratados! Melhor que os membros da Corte.

Aquela era literalmente a última coisa com a qual ela deveria se preocupar a meu respeito.

— Não acho que ele tenha interesse em cair nas graças de *Sua Alteza* — retrucou Tawny. — Ele disse que você era bonita.

— Aposto que ele estava apenas sendo gentil.

Estreitei os olhos. Não estava, não. Fora uma das raras vezes que eu dissera a verdade desde que eu voltara àquele maldito reino. Ela era esplêndida.

— Primeiro, você é bonita. Sabe disso...

— Não estou dizendo isso para ganhar elogios.

— Eu sei, mas senti uma enorme necessidade de lembrá-la disso — contrapôs Tawny, e fiquei feliz por ela ter feito aquilo. — Ele não tinha que dizer nada em resposta à babaquice habitual do Duque.

Definitivamente a acompanhante voltara a assumir o posto de minha pessoa favorita.

— Hawke podia simplesmente ter ignorado o comentário e prosseguido com o juramento da Guarda Real, que, a propósito, ele disse como se fosse... algo *sexual* — afirmou Tawny.

Sorri.

— É — concordou a Donzela. — É, disse mesmo.

Meu sorriso se ampliou, oferecendo um vislumbre das minhas presas ao corredor vazio.

— Eu quase precisei me abanar, só para você ficar sabendo. Mas voltando à parte mais importante dos acontecimentos. Você acha que ele já a reconheceu?

— Não sei. Eu estava de máscara naquela noite e ele não a tirou, mas acho que eu conseguiria reconhecer uma pessoa com ou sem máscara.

— Gostaria de pensar que sim, e definitivamente espero que um Guarda Real consiga — retrucou Tawny.

— Então isso significa que ele decidiu não dizer nada — sugeriu a Donzela. — Embora talvez ele não tenha me reconhecido. Aquele quarto era muito mal iluminado.

Eu a teria reconhecido em qualquer lugar.

— Se ele ainda não sabe, então imagino que vai descobrir assim que ouvir a sua voz, como você bem disse. Não dá para ficar calada toda vez que estiver perto dele — constatou Tawny. — Isso seria muito suspeito.

— Obviamente.

— E estranho.

— Concordo. Eu não sei. Ou ele não me reconheceu, ou me reconheceu e decidiu não dizer nada. Talvez ele esteja planejando confundir minha cabeça ou algo do tipo.

— Você é uma pessoa incrivelmente desconfiada.

Porra, ela era mesmo.

— Ele provavelmente só não me reconheceu. — A Donzela ficou calada por um tempo, então falou: — Quer saber de uma coisa?

— O quê?

— Não sei se estou aliviada ou decepcionada por ele não me reconhecer. Ou se estou ansiosa com a possibilidade de que ele tenha me reconhecido. — Ela deu uma leve risada. — Eu simplesmente não sei, mas não importa. O que... o que aconteceu entre nós foi só daquela vez. Foi só uma... coisa de nada. Não pode acontecer de novo. Não que eu esteja pensando que ele fosse *querer* fazer aquilo novamente, ainda mais agora que sabe quem eu sou. Se é que ele sabe.

— Aham — murmurou Tawny.

— Mas o que estou tentando dizer é que isso não é algo que eu deva levar em consideração — prosseguiu a Donzela. — A única coisa que importa é o que ele vai fazer com a informação.

— Sabe o que eu acho? — disse Tawny.

— Estou quase com medo de ouvir.

Eu não estava.

— As coisas estão prestes a ficar muito mais emocionantes por aqui.

Inclinando a cabeça para trás, sorri ao olhar para as vigas no teto. Sim, as coisas *com certeza* estavam prestes a ficar mais emocionantes.

# ARROGANTE E CONVENCIDO

Vikter voltou não muito tempo depois de Tawny ter ido para o próprio quarto usando uma porta que o conectava aos aposentos da Donzela. Ele veio andando pelo corredor contorcendo um pano branco, e basicamente enfiou o tecido nas minhas mãos.

Olhando para o branco imaculado com seu brilho dourado, mal pude conter o nojo ao perceber que era o manto da Guarda Real.

— Obrigado — murmurei.

— Tente conter a alegria — respondeu Vikter.

Ergui o olhar para ele.

— Eu poderia te dizer o mesmo.

Ele estava na minha frente, a luz fraca destacando os cortes e ranhuras da armadura preta que cobria seu peito.

— Preferiria que eu fingisse que aprovo essa decisão?

— Não. — Joguei o manto sobre um dos ombros, ponderando se ele chamava a Donzela de "Poppy". — Contanto que compreenda que não importa quantas vezes for reclamar com o Comandante, isso não vai alterar a decisão dele.

Vikter soltou uma risada breve.

— Acha que não estou ciente disso?

— Acha que eu acredito que você foi até o Comandante apenas para fazer a gentileza de pegar o manto para mim?

— Estou pouco me fodendo para o que você acha — retrucou Vikter.

— Bem — murmurei, inclinando a cabeça —, isso não vai dificultar que trabalhemos juntos?

— Nada disso. — Ele balançou a cabeça, os olhos azuis tão frios quanto o gelo que cobria as Altas Colinas de Thronos perto de Evaemon. — Eu não preciso saber o que você acha para que qualquer um de nós cumpra o próprio dever. Já sei o suficiente.

— E o que é que você sabe?

— O Comandante acha que você não só está pronto como também é capaz de assumir essa responsabilidade. É evidente que você é habilidoso, rápido com a espada e forte como um touro.

— Fico lisonjeado — murmurei.

Ele abriu um sorriso afiado como uma lâmina.

— E você também é arrogante e convencido.

Arqueei a sobrancelha.

— Acredito que signifiquem a mesma coisa.

— E um sabichão — acrescentou Vikter.

Contive o sorriso enquanto, de maneira indesejada, sentia meu respeito pelo homem crescer. Algo o alertava a desconfiar de mim. Um instinto inato, que era certeiro.

— Você esqueceu de mencionar "terrivelmente lindo".

Ele exalou de um jeito debochado.

— O que esqueci é de que você não sabe a hora de calar a boca, mas isso é algo que você vai aprender.

Evitando rir, virei a cabeça para o final do corredor, onde rastros de poeira ficavam visíveis à esmorecente luz do sol que entrava por uma janelinha.

— Você não é o primeiro a desejar que eu aprenda isso.

— Não me surpreende em nada. A diferença é que comigo você vai aprender do jeito fácil ou do difícil.

Abri um sorrisão.

— Acha que eu estou de sacanagem? — bradou Vikter. — É bem comum acontecerem acidentes por aqui, com os Guardas Reais... até mesmo com os Guardas Reais recém-promovidos.

Virei a cabeça para ele. Sério que ele estava me ameaçando? O rompante de descrença cedeu a outra onda de divertimento.

— Eu não acho que esteja de sacanagem, Vikter. Você só me faz lembrar de alguém que conheço.

— Duvido muito — retrucou ele.

— Deixe-me adivinhar: o jeito difícil implica em quebrar minha cara ou algo pior? — Uma breve risada me escapou quando Vikter estreitou os olhos. — Então, estou certo. Ele me disse a mesma coisa algumas vezes.

Vikter ficou em silêncio por um tempo.

— E quem é essa pessoa evidentemente astuta?

— O pai de um amigo. — Foquei o olhar no dele, ficando sério. — Olha, não precisamos gostar um do outro. Nem precisamos nos dar bem. Você tem o seu dever, e eu tenho o meu, e dividimos essa responsabilidade. Não vou falhar com ela. É tudo o que você precisa saber.

Ele manteve o olhar focado no meu, então soltou um barulho baixo e áspero enquanto voltava a atenção à porta do quarto da Donzela. Passou-se um momento.

— Tawny ainda está lá dentro?

— Não, ela foi embora faz um tempo. — Coloquei a mão no punho da espada, presumindo que tínhamos chegado a algum tipo de consenso. — A Donzela vai ficar nos aposentos dela pelo resto do dia?

— Se for o que ela quiser fazer — respondeu ele. — Como o Comandante te preparou no que tange à sua função?

— Tratou do básico. Considerando os horários dela, ele não me deu muitos detalhes sobre o que é proibido ou não.

Vikter assentiu.

— Alternamos dias e noites. É como sempre fizemos — explicou, com os ombros ficando um pouco menos tensos. — Você precisa saber de uma coisa, para se preparar para quando for sua vez de resguardá-la à noite. Às vezes ela tem... sonhos desagradáveis.

A tensão que estivera nele passou para mim.

— Pesadelos? — Pensei no que eu tinha visto quando ela tirara o véu. — Qual a causa disso?

Ele só continuou me encarando.

— É por causa do que causou as cicatrizes nela? — deduzi.

Silêncio.

Contive a frustração.

— Olha, entendo que você a queira proteger. Mais até do que eu esperaria de um guarda — acrescentei, e ele estreitou os olhos. — Mas eu preciso saber de tudo sobre ela para fazer o meu trabalho.

— Para protegê-la você não precisa saber de nada além do que é a porra do seu trabalho — bradou ele, então xingou com a voz baixa. — As cicatrizes foram causadas quando ela tinha 6 anos. Foi um ataque de Vorazes que matou os pais dela e quase a matou.

— Caralho — murmurei, passando a mão no queixo. Eu sabia do ataque Voraz, mas eu não ouvira aquilo, ou então havia esquecido. — Ela tinha 6 anos? Como ela sobreviveu, porra?

— Ela é Escolhida — respondeu ele.

Olhei para Vikter, balançando a cabeça.

— Deve ser. — Olhei por cima do ombro. Ela tinha 6 anos? Pelos Deuses. — Não é de estranhar que ela tenha pesadelos.

— Pois é. — Ele pigarreou. — Talvez você a ouça gritando — continuou o guarda, dizendo cada palavra devagar como se precisasse de um tempo para escolher quais usaria. — Ela vai ficar bem, mas peço que não mencione isso a ela.

Sendo alguém que passara décadas demais tendo sonhos desagradáveis, logo entendi o que ele dizia. Ele não queria constrangê-la. Eu respeitava aquilo, contudo...

— Como vou saber quando um grito for por causa de um pesadelo e quando for sinal de que ela está sendo ameaçada?

Vikter bufou.

— Ela não vai gritar se estiver sendo ameaçada — comentou ele, o que me fez ponderar que porra ele queria dizer com aquilo, mas o guarda prosseguiu: — No que tange aos horários dela, ninguém deve incomodá-la nas primeiras horas da manhã. É um horário reservado para as orações e meditação. Ela geralmente faz as refeições nos próprios aposentos. — Ele me informou dos horários aproximados em que os empregados serviam as refeições, geralmente entregando a comida a quem estivesse resguardando a porta. — Os empregados geralmente adentram os aposentos para limpar quando ela está nas aulas com a Sacerdotisa Analia, nas quais você estará nos dias em que estiver resguardando-a. Às vezes ela vai estar presente quando os empregados precisam acessar o quarto. Tentamos evitar isso, mas... — Ele não concluiu, pigarreando. — Nesses momentos ela deverá usar o véu, e você precisará adentrar os aposentos se ela estiver presente quando os empregados ou qualquer outro funcionário estiver lá. Os únicos que podem estar dentro dos aposentos dela sem sua presença são os Teerman e Tawny. Quanto a...

— Espere aí — interrompi. — O Duque vai aos aposentos dela?

— Ele nunca veio, mas não é impossível. — A mandíbula de Vikter ficou tensa, e não gostei nada de ver aquilo. Logo ele continuou: — Às vezes ela se senta no átrio, geralmente no início da tarde, quando está vazio. Ela também gosta de andar pelos terrenos do castelo de manhã, e principalmente depois do jantar. Quando ela estiver andando pelo terreno, não é para ela interagir com ninguém...

Franzi as sobrancelhas mais e mais enquanto ele falava, e elas devem ter se unido como uma só quando ele chegou ao final da lista curtíssima de coisas que a Donzela fazia. Não podia ser só aquilo, mas algo que ele disse me fez pensar no Lorde Mazeen.

— E os Lordes e Ladies? Eles interagem com ela?

— Alguns sim. Eles não a veem sem o véu.

— Mas ela pode ficar sozinha com eles? — insisti.

— Geralmente não. É lógico que poderiam solicitar falar com ela em particular, mas isso é raro. — Ele me analisou. — Por que a pergunta?

— Só quero ter certeza de que eu sei exatamente o que é permitido ou não. — Cruzei os braços. — E ouvi rumores sobre uns Lordes e Ladies que costumam desrespeitar limites pessoais.

Vikter estreitou o olho esquerdo.

— Alguns costumam fazer isso.

— E algum de quem eu preciso estar ciente quando se trata da Donzela?

Houve um momento de silêncio.

— Eu não deixo a Donzela ir muito longe na presença do Lorde Mazeen.

Trinquei os dentes. Para o Lorde ter ficado com o cheiro da Donzela, alguém devia ter permitido, mas eu não acreditava que fora Vikter.

— Ele é um... problema?

— Ele pode ser um. — Ele passou a mão pela armadura na altura do peito. — Mas apenas ao ponto de ser inconveniente.

Pelo que Britta tinha dito, eu não consideraria o comportamento do Lorde Mazeen como apenas uma inconveniência. Mas havia um limite até onde Vikter poderia falar sobre os Ascendidos... ou *escolheria* falar, considerando que ele não exatamente confiava em mim.

Mas o que eu sabia era o suficiente para entender que eu deveria ficar de olho no Lorde Mazeen. Mudei de assunto.

— Então, ela só faz isso?

— Além de participar das reuniões da Câmara Municipal, é isso. Ela não sai em público.

Ah, ela saía sim, mas aquilo não era relevante. Olhei para as portas fechadas atrás de mim enquanto Vikter prosseguia recitando uma lista muito mais comprida de coisas que ela não podia fazer. Ela não podia falar com os outros, comer acompanhada de outros, sair dos terrenos do castelo... A lista seguia e seguia até eu ponderar se ela podia ir à sala de banho sem pedir o caralho de uma permissão.

— O que ela faz no restante do tempo?

Ele franziu a testa.

— Por que pergunta?

— Por quê? — Virei-me para ele. Ele estava falando sério? — Ela passa a maior parte do tempo dentro dos próprios aposentos? Sozinha?

O músculo na mandíbula dele pulsou ainda mais.

— Sim, e além de outras situações que citei agora há pouco, será raro que você adentre os aposentos dela. — Ele abaixou o queixo. — *Muito* raro. E quando o fizer, as portas precisam ficar abertas. Ela sabe disso.

Não respondi ao seu aviso nítido, e o silêncio se seguiu. Minha mente estava travada no fato de que a Donzela passava mesmo o tempo inteiro ou sozinha ou sendo observada. Eu soubera da constante observação, mas presumi que ela passasse os dias fazendo... bem, o que quer que fosse que uma Donzela fazia.

Ao que parecia, era... era só aquilo.

Porra. Passei a mão pela cabeça. A existência dela devia ser solitária. *Porra.*

— Você usou o nome dela.

Voltei a atenção ao Guarda Real.

— Quê?

— Quando fez o seu juramento — explicou Vikter —, você usou o nome dela. Por quê?

As mentiras se acumularam na ponta da minha língua. Eu poderia dizer que eu não sabia o porquê, mas depois do que eu havia descoberto?

— Eu só queria que ela soubesse que alguém a via.

Vikter inclinou a cabeça, mas não teve nenhuma outra reação. Nem repreensão. Eu acho que ele não tinha um problema com aquilo, e, mais uma vez, vi meu relutante respeito pelo homem aumentar.

E era mesmo uma pena.

Porque se fôssemos convocados à capital, ele seria um dos guardas escoltando-a. O que significava que era provável que, para eu conseguir fazer o que tinha ido fazer, Vikter Wardwell teria que morrer.

# FIZ UM
# NOVO AMIGO

O cheiro azedo de aço gelado preencheu o ar quando eu ergui a mão enluvada e removi o tijolo solto da loja do ferreiro. Um pedaço de pergaminho, repassado ao longo de uma corrente complexa de apoiadores e espiões, estava enfiado atrás do bloco frouxo. Não estava assinado e continha só quatro palavras:

*Fiz um novo amigo.*

Curvei os lábios enquanto enfiava o bilhete no bolso interno da capa. Eu o destruiria depois, eliminando o rastro de sua existência. Fui até a entrada do beco, onde poças do rápido aguaceiro formavam córregos estreitos pelos paralelepípedos esburacados.

Logo me juntei à multidão de gente se apressando pelas ruas apinhadas ao anoitecer, uns indo para casa e outros começando o dia. O ar estava frio, então havia muitas outras pessoas de capa. Eu me misturei a elas, invisível e sendo esquecido assim que eu passava por alguém enquanto atravessava a rede distorcida e complexa de ruas da Ala Inferior. Sempre havia uma melancolia nas sombras da Colina, mas com as nuvens densas sufocando o sol durante o dia e a lua à noite, a melancolia ficava ainda mais visível.

Registrei mentalmente os lenços brancos nas portas das casas estreitas e achatadas, três no total. Trinquei a mandíbula, mas me forcei a continuar andando, dizendo a mim mesmo que outra pessoa responderia aos chamados silenciosos. Pensei no que Jole dissera sobre a Donzela e balancei a cabeça.

Passando por entre duas carroças cobertas por lonas, atravessei a rua e de repente fui engolido pelo fedor de morte e de animais. Era possível sentir o cheiro do distrito frigorífico antes de adentrá-lo. A chuva não ajudava em nada a amenizar os cheiros. Muitas das lojas ali não fechavam durante a noite, então as ruas estavam cheias de plebeus e dos que não tinham onde morar.

Desde que eu chegara à cidade, a quantidade de pessoas sem abrigo dobrara, se não triplicara. A Coroa de Sangue não fazia nada por elas, nem mesmo com os meses mais frios se aproximando. Em Atlântia, todos que queriam uma casa a tinham. Prover para aqueles que não conseguiam se sustentar, independentemente do motivo, não era fácil, mas não era impossível. Atlântia sempre tinha provido o necessário, mesmo na época em que governávamos o continente inteiro.

Desviei de um ambulante vendendo carne de porco defumada, chegando a uma via estreita entre dois armazéns manchados pela fumaça. Conforme eu seguia para a entrada lateral de um dos prédios, duas criancinhas pequenas quase me passaram despercebidas sob a luz tremeluzente amarelada dos postes. Eram um menino e uma menina e não deviam passar do décimo ano de vida. Seus rostos estavam sujos, os corpos magros debaixo das camisas e calças desgastadas demais. Tinham conseguido se encostar em um alpendre sem uso, os olhos fundos, mas ainda observavam quem passava na calçada com a desconfiança de um adulto que vira a guerra.

Deuses, eles eram pequenos demais para aquele tipo de vida.

Desacelerando o passo, dei meia-volta e retornei para perto do vendedor, comprando um fardo de carne.

Uma das crianças avançou, usando o próprio corpo para servir de escudo para a outra quando me aproximei. Eles eram irmãos de sangue ou de circunstância?

Eu me ajoelhei, mantendo-me longe para não assustá-los. Embora tudo o que vissem fosse uma figura de capa e capuz pretos, agachada diante deles, eu duvidava muito de que pudesse fazer algo que *não* fosse assustá-los.

— Aqui. — Ofereci o fardo. O que tinha se posto à frente me observou com olhos castanhos. Atrás dele, a outra criança espiava por cima do ombro dele. — É para vocês.

O menino olhou para o fardo, a fome brilhando em suas feições franzinas. E, ainda assim, ele não aceitou a carne. Eu não o culpava. Nada nas ruas vinha de graça.

Exceto naquela noite.

Coloquei o fardo perto da bota suja da criança. Então, sem dizer mais nada, eu me levantei e me afastei. Um segundo depois, o garoto pegou o fardo e desapareceu em meio às sombras do alpendre. A carne era salgada demais, provavelmente tinha um gosto péssimo, e não era a opção mais saudável do mundo, mas era melhor do que um estômago vazio, e mais inteligente do que entregar uma moeda a eles, já que isso os tornaria alvos. Era o melhor que eu podia fazer.

Por ora.

Seguindo pela lateral do prédio, entrei no armazém movimentado. Caixotes de madeira se espalhavam pelas mesas, e cutelos afiados fatiavam carne e osso. Cabeças se ergueram conforme eu passava pelas mesas, pergaminhos descartados fazendo barulho sob minhas botas. Houve alguns sorrisos. Ninguém disse nada. Já tinham me visto antes.

Eles podiam adivinhar quem eu era.

Na parte dos fundos, um homem grande que eu conhecia apenas como Mac estava sentado em um banco perto de uma porta fechada. Ele tinha a cabeça careca e usava um avental sujo de sangue seco. Ele também não disse nada, mas acenou com a cabeça. Ele sabia quem eu era, e eu sabia exatamente quem *ele* era. Era o líder não oficial dos Descendidos ali.

Abri a porta. O corredor estava apinhado de caixotes sem uso, e o barulho de porcos perambulando pelos currais externos abafava os sons do frigorífico. Havia duas portas no final, e uma dava para o lado de fora. Eu me direcionei à outra à direita, descendo uma escada íngreme e sem iluminação que faria alguém sem algum tipo de luz ou sem a minha visão quebrar o pescoço ao tentar descer. Havia mais uma porta, e uma luz amarela fosca e o ar frio emanavam das frestas. Abrindo-a, entrei em um porão de gelo cheio de blocos grandes de água congelada, usada para conservar a carne pendurada em vigas por tempo o suficiente até que fosse embalada no andar de cima. O lugar era glacial e tinha cheiro de caça fresca, mas o que acontecia ali embaixo não era ouvido lá de cima.

— Já era hora — comentou Kieran enquanto eu passava entre duas placas de carne pendurada. — Acho que mais um pouco e eu viraria um dos blocos de gelo.

Dei uma risada sarcástica, sabendo que Kieran estava bem. O corpo dos lupinos era mais quente do que qualquer outro, pelo que eu sabia. Demoraria muito mais tempo para aquele nível de temperatura feri--lo minimamente. Cheguei à poça de luz amarelada e encontrei Kieran encostado em uma mesa de madeira, com os braços cruzados. Ele estava trajando o mesmo que eu, mas descera o capuz. Eu mantive o meu. Era comprovado ser mais assustador daquele jeito. Voltei a atenção ao homem curvado para a frente na cadeira à qual estava amarrado.

— Tenho o prazer de te apresentar o Lorde Hale Devries — anunciou Kieran, seguindo meu olhar. — Ele estava chegando de Pensdurth — contou, fazendo referência à cidade portuária próxima. — Mas ele é da Carsodônia, e de acordo com todos que foram obrigados a ouvi-lo se gabar de maneira insuportável na viagem para cá, ele tem boas ligações com a Coroa de Sangue.

Sorri ao observar o vampiro inconsciente. Ele tinha cabelo escuro e parecia estar entre a segunda e a terceira década de vida, mas eu apostava que ele era algumas décadas mais velho.

— Deuses, eu adoro aqueles que se gabam. — Tínhamos Descendidos na Guarda e alguns escoltando viajantes entre as cidades. Não muitos, mas o suficiente para que alguns Ascendidos acabassem ali. Rondei o Lorde, percebendo um hematoma roxo-azulado feio em sua têmpora. — Ele está desmaiado há quanto tempo?

— Desde que o largaram aqui. Quer que eu o acorde?

— Com certeza.

Parei atrás do Ascendido.

Kieran se desencostou da mesa e se abaixou; havia um balde debaixo dela. Ele pegou uma concha cheia. Fazendo-me sorrir, ele foi até o Ascendido desmaiado.

— Bom dia, flor do dia — murmurou ele, despejando uma concha de água congelante na cabeça do Ascendido.

O vampiro acordou arfando, balançando a cabeça e fazendo água respingar por todo lado.

— Mas que p...

O que quer que o Lorde estivesse prestes a dizer, acabou morrendo sufocado quando ele viu Kieran diante dele.

— Olá. — Kieran jogou a concha na mesa. — A sonequinha foi boa?

— Quem... quem é você? — disse o Lorde com a voz inquisitiva, virando a cabeça para a esquerda e para a direita, o corpo ficando rígido quando viu as placas de carne pendurada. — Onde eu estou?

— Acho que isso devia ser óbvio. — O rosto de Kieran não expressava emoção, mas seus olhos eram de um azul vívido e iluminado. — E você não devia se preocupar comigo. Devia estar perguntando sobre quem está atrás de você.

O Lorde virou a cabeça para o lado.

— Quem é que...?

Colocando a mão no topo da cabeça dele, eu o interrompi:

— Estou tão feliz em conhecê-lo, Lorde Devries. Tenho umas perguntas que espero que possa responder.

— Como você ousa? — bradou o Ascendido.

Abri um sorriso enquanto pressionava os dedos enluvados na cabeça dele.

— Como eu ouso?

— Você sabe quem eu sou?

— Acho que isso já foi estabelecido — afirmou Kieran.

— Eu acho que vocês não entendem...

— Olhe para ele quando estiver falando — comandei, virando a cabeça do Ascendido para encarar Kieran.

O Lorde relutou, mas perdeu a batalha. Ele acabou olhando para Kieran enquanto ameaçava:

— Eu sou um Lorde, um membro da Corte Real, e você cometeu um erro grave. — Devries cuspiu no chão. — *Descendido*.

Kieran arqueou a sobrancelha.

— O que é que você está querendo que o levou a fazer escolhas tão infelizes? — questionou Devries com aquele irritante ar de altivez que parecia acompanhar todos os Ascendidos. — Terras? Dinheiro?

— Não precisamos do seu dinheiro — informou Kieran. — As terras? Sim, mas isso vai ter que esperar.

Soltei uma risada.

— Você ri agora, mas está arriscando a ira dos Deuses — alertou Devries, sibilando, empurrando minhas mãos com a cabeça enquanto tentava se virar na minha direção. — Está correndo o risco da Coroa pedir a sua cabeça.

Eu me inclinei para falar bem perto do ouvido dele:

— Foda-se a Coroa.

— Palavras ousadas vindas de um covarde que fica atrás de mim — retrucou o Lorde, possesso.

Sorrindo, empurrei a cabeça dele e me afastei. Ele xingou quando tanto ele quanto a cadeira foram lançados à frente. Kieran o segurou, a bota tocando o peito do Ascendido, e coloquei a cadeira no lugar correto de novo.

— Seu pagão estúpido. Você vai queimar...

Ele se calou quando fui para a frente dele. Os olhos de um preto abissal me observaram, arregalados.

— Sabe quem eu sou? — questionei.

Ele analisou a capa preta, o capuz pesado que escondia meu rosto e as mãos enluvadas. O traje em si não seria preocupante, mas considerando a situação desagradável em que ele se encontrava, não demorou muito para ele compreender.

O Lorde lançou a cabeça para a frente, os lábios se repuxando por cima dos dentes, todo o fingimento sumindo em um instante enquanto ele exibia os caninos afiados.

— O Senhor das Trevas.

Fiz uma reverência.

— Ao seu dispor.

— Dramático — murmurou Kieran.

Sorrindo, endireitei a postura.

— Como eu dizia antes de você ficar todo emocionadinho por conhecer seu ídolo, tenho umas perguntas.

— Fodam-se as suas perguntas. Você vai morrer.

— Deixe-me interromper um instantinho, considerando que está frio e fedorento pra caralho aqui — interveio Kieran. — Você vai nos ameaçar. Vamos rir da sua cara. Você vai jurar que não vai responder às perguntas, mas vamos obrigá-lo a fazer isso.

O Lorde virou a cabeça na direção do lupino.

— E nesse momento, você acha que não há sentido nenhum em cooperar considerando que você não vai sair daqui — prosseguiu Kieran. — Mas o que você ainda não percebeu é que existe uma grande diferença entre morrer e ter uma morte prolongadamente dolorosa.

Devries inflou as narinas enquanto revezava o olhar entre nós dois.

— E se eu tiver que ficar aqui por mais tempo que o necessário? Eu prometo que você vai implorar para morrer — concluiu Kieran. — Você tem uma escolha.

— Ele está dizendo a verdade — comentei, estreitando os olhos para Devries. — Eu quero saber onde estão mantendo o Príncipe Malik.

— Eu não sei nada sobre o Príncipe Malik — respondeu ele, grunhindo e flexionando os braços.

— Mas você contou para todo mundo durante a viagem como você tem boas ligações com a Coroa — contrapôs Kieran.

Vampiros eram fortes... fortes o bastante para se libertar das cordas que os prendiam.

Suspirei.

— Ele vai fazer a escolha mais estúpida.

As cordas cederam, e o vampiro saiu da cadeira mais rápido que um mortal conseguiria se mexer.

Mas não mais rápido que um lupino.

Kieran o segurou pelos ombros, contendo o vampiro.

— Por que eles sempre fazem isso? — ponderou Kieran, abaixando o queixo.

— Talvez eles achem divertido — supus.

— Não é.

Um grunhido emanou do peito de Kieran enquanto suas narinas ficavam achatadas e a pele de seu rosto, mais fina. A mão segurando o ombro do Ascendido se esticou, as unhas crescendo e ficando mais afiadas, fincando-se com força na pele do vampiro.

O Lorde uivou de dor quando as garras de Kieran lhe atravessaram a carne e o músculo. Ele atirou Devries no chão de pedra gelado, e o Ascendido saiu deslizando até um pedaço de carne.

— Você é um... — O Lorde arfou, pressionando o ombro mutilado. — Lupino.

— Pode me chamar assim. — Kieran inalou profundamente, contendo-se. Sua pele se preencheu, e a mão voltou ao tamanho normal. Havia sangue e restos de tecido pingando de seus dedos. — Ou pode me chamar de morte. Como preferir.

Lancei um olhar a ele.

— Aposto que você esteve esperando o dia inteiro para dizer isso.

Kieran me mostrou o dedo do meio ensanguentado.

— E se eu te chamar de cão sarnento? — retrucou Devries.

Eu me lancei à frente, pressionando a bota no ombro destroçado dele. O Lorde berrou.

— Isso foi grosseiro. — Continuei pressionando. — Peça desculpas.

— Vai se foder.

— É melhor pedir desculpas — enfiei mais o pé, ouvindo um osso se partir —, porque você ainda tem um monte de ossos, hein.

Ele fez um movimento com a outra mão, tentando pegar minhas pernas, tinha um palpite, mas eu não sabia ao certo o que ele esperava conseguir com aquilo. Kieran segurou o braço dele sem esforço, puxando-o para trás e fraturando mais ossos ao fazê-lo. Devries uivou de dor mais uma vez, chutando Kieran enquanto a cabeça pendia para a frente, as presas expostas tentando alcançar minha coxa.

Suspirei.

Aquilo continuou por um tempo, provando que o Lorde não era muito inteligente. Quando ele enfim parou de tentar nos morder, ambas as pernas dele estavam quebradas. E o braço esquerdo também. O braço direito tentava em desespero seguir atrelado ao corpo. Ele estava uma bagunça de carne e ossos, pingando pelo chão.

Limpar aquilo tudo seria uma merda.

— Diga onde estão mantendo o Príncipe Malik — falei pelo que parecia ser a centésima vez.

— Não tem Príncipe nenhum sendo mantido — respondeu o vampiro com um gemido, e já era um progresso se comparado a mandar eu ir me foder.

Dei um chute no peito dele, fazendo-o cair deitado de costas.

— Filho da puta.

Devries grunhiu.

— Onde ele está sendo mantido? — repeti.

— Em lugar nenhum — disse o vampiro, rosnando e cuspindo sangue e saliva.

A fúria me tomou. Aproximando-me dele, ergui a perna, mas Kieran segurou meu braço, detendo-me antes que eu esmagasse a cabeça do vampiro.

— Está firme? — perguntou Kieran.

Respirando fundo, eu me afastei e assenti. Eu nem sabia o que estar firme significava no momento.

— Certo. Vamos seguir então, Devries. Eu quero que você me conte da Donzela.

O Lorde gemeu, virando-se de lado.

— Por que ela é importante para a Coroa de Sangue?

— Ela é Escolhida — afirmou o vampiro, grunhindo. — Pela Rainha. Pelos Deuses.

Kieran olhou para mim.

— Você se esqueceu de com quem está falando — alertei. — Sabemos que os Deuses não Escolheram ninguém, muito menos uma garota mortal.

— Ela é Escolhida *sim*, seu tolo. Aquela que trará uma nova era. — Ele arfou, o rosto se contorcendo de dor. — E você é um tolo.

— Eu acho que ele está querendo morrer — comentou Kieran, arqueando a sobrancelha.

Um olho roxo se abriu e focou em mim.

— Eu... eu lembro de quando você queria morrer. Quando... quando implorou para morrer.

Aquilo foi como um golpe no meu peito.

Kieran virou a cabeça para o vampiro.

— O que foi que você disse?

— Ele não me reconhece. Não é? Óbvio que não. — A risada do Lorde Devries foi sangrenta e molhada. — Você estava fora de si, gritando e abocanhando o ar em um instante...

Meu corpo se retesou.

Logo Kieran compreendeu as palavras do Lorde.

— Cala a boca.

— E no outro implorando pela morte — completou o Lorde, rindo enquanto se deitava de costas. — Eu estava lá na capital enquanto você estava preso.

Eu estava congelado no mesmo lugar, mas meu peito se moveu quando tomei uma lufada de ar rápida.

— Cala a porra da boca — ordenou Kieran com um grunhido.

— Eu me lembro da jaula no subsolo em que eles prenderam você. — O vampiro balançou os braços de maneira inútil enquanto imagens de grades úmidas tomavam minha mente. Vislumbres de pele exangue. Olhos escuros. Unhas afiadas. — De como você se contorcia de dor e então de êxtase...

As palavras do Lorde terminaram em um gargarejo, assustando-me. Pisquei e então voltei a enxergar os arredores. A carne pendurada. Os blocos grossos de gelo. Sangue e chumaços de carne pelo chão. O corpo do Lorde Devries estremeceu enquanto Kieran chegava para trás, espalhando sangue com os passos.

— Cas?

Quando não respondi, Kieran segurou meu ombro.

— Você está bem?

Fechei os olhos e assenti, mas eu não estava. Kieran sabia daquilo. Não importava quantas vezes eu dissesse que estava, eu não estava.

Eu nunca estaria.

# PRESENTE IV

— Eu tinha me esquecido disso — comentei, observando a curva elegante da mandíbula de Poppy e as linhas valentes que cortavam sua bochecha e sobrancelha. — Lorde Devries. O que ele disse de você. — Puxei o ar, abalado. — O que ele disse para mim.

Estava tarde, era algum momento no meio da noite. Kieran tinha saído para checar como estavam as coisas. Eu estava deitado ao lado dela no momento, meu corpo aninhando o dela. Não havia nenhum mínimo espaço entre nós. Encontrei as mãos dela no quarto à luz de velas sem desviar o olhar de seu rosto. Estavam apoiadas em sua barriga, logo abaixo do peito. Passei os dedos pelos dela. Estavam imóveis entre os meus, suaves. Os ossos embaixo da pele pareciam tão frágeis.

A pele dela ainda estava congelando.

— Ele estava certo, sabe? Sobre você ser Escolhida. Nem Kieran nem eu entendíamos na época. — Entrelacei os dedos nos dela. Segundos se passaram, viraram minutos. — Eu acho que nós dois bloqueamos a coisa toda. Eu... eu fiz aquilo porque não queria lembrar. Kieran teria feito o mesmo porque sabia que me causava dor.

Eu queria fechar os olhos. Era difícil pensar no período em que fiquei preso, e mais ainda falar a respeito. Era aquela vergonha que persistia. Ainda era difícil falar sobre aquilo assim como era difícil admitir que eu tinha machucado a mim mesmo.

— Eu não o reconheci, Poppy, e pensei que nunca me esqueceria do rosto de ninguém que tinha participado do que aconteceu. Mas esqueci, e... aquilo fodeu minha mente. Me fez questionar quantos deles eu havia bloqueado. Eu nem sei por que aquilo importava. Não acho que importa agora. — Observei a lateral de seu rosto. — Mas isso me incomoda, sabe? Que eu não consiga lembrar o que aquele Lorde viu. Ele me viu sendo usado? Ele estava lá quando eu machuquei outras pessoas... quando me alimentei delas até não restar mais nada? Ele estava com Malik no início?

Acariciei as costas de sua mão com o dedão.

— Ele também estava certo sobre Malik. — Uma risada baixa e áspera me escapou. — Ele disse "não tem Príncipe nenhum sendo mantido", e ele tinha dito a verdade.

No silêncio, tive que perguntar se aquela era a verdade mesmo.

Malik podia não ter sido mantido em uma jaula e acorrentado todo o tempo em que esteve com a Rainha de Sangue, mas ele tinha sido *mantido*.

— As correntes dele eram invisíveis — falei em voz alta, olhando na direção da porta do quarto. — E aquelas correntes tinham um nome.

Millicent.

O coração gêmeo dele.

Olhei para Poppy e nem queria imaginar como seria se nossos papéis estivessem invertidos. Poppy no lugar de Millie. Eu em vez de Malik. Mas eu sabia de uma coisa.

— Eu serviria *alegremente* a um ser monstruoso se isso significasse a sua segurança. Eu não posso culpá-lo por isso. Realmente não posso. Mas... — Meu olhar se voltou à bochecha dela. Às cicatrizes. Eu me inclinei, beijando a cicatriz em sua têmpora. — Eu não sei se posso perdoá-lo pelo que planejava fazer com você. Ele pode não ter te machucado com as próprias mãos, mas as ações dele deixaram marcas em você.

Marcas que eram tanto físicas quanto emocionais. Marcas que ela ainda carregava e provavelmente sempre carregaria.

— Você provavelmente quer que eu o perdoe. Eu quero perdoar, mas...

Mas eu precisava de tempo. Eu precisava falar com ele. Eu precisava entender, e nada daquilo aconteceria no momento. Ainda assim, eu queria que acontecesse.

Porque eu tinha visto Malik morrer no Templo dos Ossos. Ser abatido. E, caralho. Aquilo tinha custado parte de mim. Ele era meu irmão, mesmo com as escolhas fodidas e tudo o mais.

Colocando a confusão com Malik de lado, um leve sorriso surgiu em meu rosto ao lembrar o primeiro dia em que resguardei Poppy.

— Você se lembra de quando enfim falou comigo? Foi depois daquele dia no átrio.

Logo meu sorriso sumiu ao pensar no que acontecera depois.

No Duque.

E nos pesadelos de Poppy.

# A DONZELA FALA

Na tarde seguinte, estávamos de frente para um dos corredores que davam para a cozinha, e a Donzela esperava em silêncio pelo retorno de Tawny.

Ela estava ali calada como de costume, com o queixo abaixado e as mãos ligeiramente unidas em frente ao quadril.

— Precisa de algo enquanto esperamos?

Ela negou com a cabeça.

— Descansou bem ontem à noite?

Ela confirmou com a cabeça.

Mordi a parte interna da bochecha. Era como ela respondia a qualquer pergunta que eu fazia. Com um aceno de cabeça. Ela não tinha falado comigo nem falado nada na minha frente.

Pensando no que eu a tinha escutado conversar com Tawny, lutei contra um sorriso. Ela teria que falar na minha frente em algum momento. Ela devia saber disso.

Tawny retornou antes que eu pudesse atormentar a Donzela com mais perguntas fúteis, a barra de sua saia estalando contra os calcanhares. Ela ergueu uma bandeja de sanduíches fatiados.

— Olhe o que consegui! — exclamou ela. — Seu favorito.

A Donzela sorriu. Mais ou menos. Os cantos de sua boca ao menos se curvaram para cima.

— Qual é seu favorito? — questionei, colocando a mão no punho da espada.

Logo a Donzela virou o rosto para o outro lado.

— Pepino — respondeu Tawny, com vários cachos definidos da cor caramelo escapando do penteado e caindo sobre o ombro quando ela estreitou os olhos de maneira não tão discreta para a Donzela e logo começou a andar por outro corredor. — Qual é seu favorito, Hawke?

— Meu sanduíche favorito? — ponderei, percebendo como a Donzela inclinou a cabeça de leve para ouvir. — Eu acho que não tenho um.

— Todo mundo tem um sanduíche favorito — insistiu Tawny. — O meu é de salmão com pepino, o que Poppy acha nojento.

*Poppy*. Aquele apelido era... fofo. Combinava com ela de um jeito estranho, considerando que a Donzela não era exatamente alguém em quem eu pensaria como *fofa*. Embora o fato dela se recusar a falar na minha frente fosse... com certeza adorável.

— Preciso concordar com ela.

Tawny fez um som de desdém, apertando os lábios.

— Você já provou?

Neguei com a cabeça.

— E não pretendo provar.

Os lábios da Donzela tremeram, mas nenhum sorriso apareceu.

— Então qual é seu favorito? — perguntou Tawny depois de soltar outro suspiro dramático que até Emil teria achado impressionante.

— Acho que qualquer coisa com carne — respondi enfim, dando de ombros e erguendo o peso do que eu gostava de chamar de "manto-para-acabar-morto-depressa-em-batalha".

Se eu estivesse lutando com alguém enquanto o trajava, seria a primeira coisa que eu agarraria.

— Bem, essa é a coisa mais masculina que já ouvi — retrucou Tawny.

Rindo, eu as segui, e como no dia anterior, qualquer empregado ou membro da equipe doméstica pelos quais passávamos parava o que fazia e a encarava. Tawny e a Donzela continuavam andando como se nem percebessem, mas não tinha como não perceber. A menos que elas tivessem se acostumado com aquilo.

Adentrando um corredor com tapeçaria branca e dourada reluzente, chegamos a um átrio iluminado e arejado que Wardwell havia me dito que a Donzela preferia. Escolhi uma posição em que tinha a visão do espaço inteiro e da seção do jardim para a qual tinha vista. Tawny foi a que mais falou, ou a única que falou, enquanto desfrutavam dos sanduíches. Ela comentou sobre o Ritual que estava por vir e então fez fofoca de maneira relativamente inofensiva sobre quais Lordes e Ladies os rumores diziam ter escapulido juntos. Durante todo o tempo mantive o foco na Donzela. Ela comia com cautela, cada pequeno movimento parecendo ser pensado antes de ser executado, mesmo se fosse para beber do chá ou manusear os guardanapos de linho.

Passos e o som de risadas atraíram minha atenção à entrada. Duas damas de companhia apareceram, uma de cabelo escuro carregando uma bolsinha, a outra loira. Eu as tinha visto nos terrenos do castelo algumas vezes, observando os guardas treinarem. Quais eram os nomes delas? Loren e Dafina? Eu achava que sim, mas eu não fazia ideia de quem era quem. E, sinceramente, não dei muita importância enquanto eu voltava a atenção à Donzela.

Observei com atenção quando as duas damas de companhia ocuparam as cadeiras perto da Donzela, começando a ficar desconfiado. Segundo Wardwell, não era para a Donzela interagir com ninguém com exceção de Tawny, mas nenhuma das duas tentou ir embora.

Eu tinha uma escolha. Poderia agir como o guarda dela e a escoltar de volta aos seus aposentos, onde ela provavelmente ficaria por sabia-se lá quanto tempo, ou eu poderia seguir de acordo com o comportamento dela. E como eu achava que as regras eram uma palhaçada, escolhi a segunda opção.

Parte de mim se arrependeu disso depois dos primeiros minutos da chegada das damas de companhia.

Elas logo começaram a ser um tanto... demais, tagarelando a respeito de tudo com entusiasmo e muito alto. Ainda assim eu, de alguma forma, não fazia ideia do que estava sendo conversado. O tema da conversa era difícil de acompanhar.

Mas o que consegui de fato perceber foi a sutil mudança na Donzela. Eu não podia dizer que ela parecera relaxada quando era apenas ela e Tawny, mas ela estivera ao menos... confortável, eu supunha. A postura dela não estava tão rígida quanto no momento. Eu nem conseguia conceber como alguém poderia ficar sentada tão reta e imóvel daquele jeito. Ela era forçada a usar um daqueles corseletes que eu sabia que muitas das ricas gostavam de usar debaixo do vestido? O vestido que ela trajava era diferente do que usara no dia anterior. Mais elaborado. As mangas eram compridas e esvoaçantes, o que me fazia ponderar como ela conseguia não arrastar as mangas pelos sanduíches a cada vez que esticava o braço para pegar o chá. A gola do vestido quase chegava ao seu pescoço, o que fez minha garganta pinicar. Voltei o olhar aos ombros dela e ao corpete com contas. O material parecia fino, então eu duvidava de que houvesse um corselete por baixo. Era ela quem sustentava a postura. Observei a parte inferior de seu corpo. Ela estava com as mãos dobradas no colo.

Será que ela estava carregando a adaga?

Mudei de posição, então notei que seus pés cobertos pelo calçado branco tinham desaparecido sob a borda do vestido. A forma como ela estava sentada fazia parecer que ela não tinha nem mãos nem pés.

A loira abanou o leque, atraindo minha atenção por reflexo. Provavelmente era um dos motivos de eu ter dificuldade em decifrar o que elas falavam. Ela me observou por trás das pontas enlaçadas do leque, seus olhos azuis se preenchendo com o que era mais do que uma saudação. Era uma promessa.

Não era requerido que damas de companhia fossem tão estritas quanto a com quem interagiam ou o quão próximas escolhiam ficar da pessoa em questão, mas eu já estava bem ciente daquilo.

A de cabelo escuro não parecia capaz de ficar sentada, deixando a máscara na qual estivera costurando pequenas joias na mesa enquanto se esticava para olhar para o jardim, observando algum pássaro. Era provável que ela tivesse ficado nas janelas apenas por alguns instantes antes que um suave baque e um tilintar subsequente de cristais fossem ouvidos. Ergui o olhar e vi joias de todas as cores possíveis caírem da bolsinha que a de cabelo escuro estivera carregando por alguma razão.

— Ah, não! — exclamou ela, arfando, olhando para a bagunça de uma forma tão desesperada e impotente que era de pensar que ela tivesse deixado um bebê cair no chão. — Meus cristais!

— Sem jeito mandou lembranças, Loren — comentou Tawny do assento, observando a outra dama.

— Eu sei!

Loren se ajoelhou com um floreio dramático de seda e renda e começou a pegar os cristais, um por um.

— Permita-me ajudá-la.

Dei um passo à frente.

— Ah, que gentileza a sua. — Loren abriu um sorriso radiante, endireitando a postura. — Você é tão galante.

— Eu tento — respondi, pegando os cristais e os jogando dentro da bolsinha.

Ficando de pé, ofereci o objeto a ela.

— Obrigada. — Loren aceitou a bolsa, sua mão roçando na minha. — Muito obrigada.

Lutando contra um sorriso, acenei com a cabeça e fiz uma curta reverência antes de voltar ao meu canto. Eu ainda nem tinha chegado lá quando a loira parou a meio caminho da mesa com as bebidas.

— Oh, céus. — Dafina levou a mão molenga à testa. — Estou tão tonta.

E ela começou a cambalear.

Pelos Deuses...

Fui para perto dela antes que a dama desabasse em um monte de seda azul no chão, assim como os cristais.

— Pronto. — Segurei-a pelo cotovelo, e ela basicamente caiu em cima de mim. — Você deveria se sentar — aconselhei, guiando-a de volta à espreguiçadeira perto da Donzela. — Gostaria que eu buscasse uma bebida para você?

— Se puder fazer essa gentileza. — Dafina bateu as pestanas grossas para mim. — Água de menta, se for possível. — Ela olhou para as outras, abanando o leque. — Está absurdamente quente aqui, não é?

— Na verdade, não — contrapôs Tawny, não parecendo nada abalada.

Eu não fazia ideia do que a Donzela pensava enquanto eu servia um copo de água de menta.

— Deve ser o calor que me fez ficar tão desajeitada — opinou Loren enquanto eu entregava a água à outra dama de companhia, mais uma vez sentindo o toque na minha mão que parecia uma carícia. Loren tinha se esparramado pela espreguiçadeira, curvando o corpo de modo que seria preciso ser bastante desatento para *não* perceber como o decote do vestido dela tinha descido. Como o decote dos vestidos das *duas* tinha descido.

— E ele acabou me dando uma dor de cabeça horrível.

Tawny suspirou, revirando os olhos.

Ao lado dela, a Donzela abaixou o queixo.

Sem se perturbar, Loren pressionou dois dedos delicados na própria têmpora, e suspeitei de que ela estivesse prestes a deslizar para fora da espreguiçadeira.

— Então eu sugiro que você permaneça sentada — retruquei, para acabar com qualquer tentativa de ela tornar a se levantar. Dei a ela o sorriso que tinha me garantido muitas oportunidades no passado, mostrando uma covinha. — Tudo bem?

Loren ficou observando minha boca enquanto sua mão ia da têmpora à renda do próprio corpete, a audácia dela me fazendo achar graça. Ela assentiu.

Oferecendo mais um sorriso a todas elas, voltei ao meu posto. Quando as duas damas voltaram a atenção a Tawny, soltei um suspiro de alívio.

— Vocês sabem o que eu ouvi por aí? — questionou Dafina, estalando o leque enquanto olhava na minha direção. Ela abaixou a voz, mas ouvi com facilidade tudo o que ela disse a seguir. — Alguém tem visitado com bastante frequência um desses... um desses antros da cidade.

— Antros? — repetiu Tawny, e percebi que era a primeira vez que ela interagia com as outras damas para além de tecer comentários sobre serem desajeitadas e de corpo aparentemente fraco.

Dafina inclinou a parte superior do corpo à frente.

— Você sabe, do tipo em que homens e mulheres costumam ir para jogar cartas e *outros* jogos.

Tawny ergueu as sobrancelhas.

— Você está falando sobre o Pérola Vermelha?

A Donzela estava tão inerte quanto as estátuas de calcário que havia no jardim.

— Eu estava tentando ser discreta. — Dafina suspirou, olhando para a Donzela. — Mas, sim.

Mordi o interior da bochecha enquanto voltava a atenção brevemente aos painéis de vidro acima de nós.

— E o que você ficou sabendo que ele faz em um lugar desses? — questionou Tawny, a saia de seu vestido se movendo e o dedo de seu pé aparecendo...

A Donzela estremeceu de leve.

Tawny tinha acabado de *chutar* a Donzela por debaixo da mesa?

— Imagino que ele vá lá para jogar cartas, não é? Ou você...? — Pressionando a mão no peito, Tawny se recostou na cadeira. — Ou você acha que ele se envolve em algum tipo de jogo mais... ilícito?

— Aposto que ele só joga cartas lá. — Loren arqueou a sobrancelha enquanto pressionava o leque no peito. — Se for só isso, seria uma... decepção e tanto.

Então ela não ficaria nada decepcionada.

Não tanto.

Eu não tinha voltado ao Pérola Vermelha desde a noite em que a Donzela estivera lá, e eu tinha estado lá quase todas as noites antes daquilo.

— Imagino que ele deva fazer o que todo mundo faz quando vai lá — disse Tawny. — Encontrar alguém para passar... um tempo de qualidade.

Ela inclinou a cabeça levemente na direção da Donzela.

Tive que morder o interior da bochecha com mais força.

— Você não devia sugerir uma coisa dessas na presença da Donzela — advertiu Dafina.

Tawny quase se engasgou com o chá enquanto eu quase me engasgava com a própria respiração.

— Imagino que se a Senhorita Willa estivesse viva, ela já o teria apanhado na sua teia — comentou Loren. — E depois escrito a respeito dele em seu diário.

Quem era essa Senhorita Willa?

— Ouvi dizer que ela só escreveu a respeito dos *parceiros* mais... habilidosos — sussurrou Dafina, dando uma risadinha. — Então, se ele estivesse naquelas páginas, vocês já saberiam o que isso significa.

Eu estava lisonjeado por elas já terem concluído que eu seria habilidoso o suficiente para merecer a menção no diário.

Infelizmente a conversa saiu das minhas *habilidades* percebidas para o Ritual, embora eu ainda ocupasse os pensamentos a julgar pela forma como Loren e Dafina continuavam lançando olhares para mim.

Mas não eram as únicas.

A Donzela também estava olhando.

Eu não conseguia ver os olhos dela, mas havia uma leve inclinação de cabeça na minha direção. O que me confirmou foi o pinicar estranho na minha nuca sobre o qual eu não questionaria Kieran porque, conhecendo-o, ele provavelmente diria que era a minha consciência.

— Eu espero que você-sabe-quem não esteja na cidade como alguns estão dizendo — disse Dafina. — Se sim, talvez cancelem o Ritual.

— Eles não vão cancelar o Ritual — garantiu Loren. — E eu não acho que seja questão de "se". — Ela olhou para a Donzela, então lançou à amiga um olhar significativo. — Você sabe que isso significa que ele está por perto. — Ela ergueu o queixo. — O Príncipe Casteel.

Porra.

Ela falou meu nome verdadeiro? Geralmente só se referiam a mim como o Senhor das Trevas.

Dafina franziu a testa.

— Por causa do... — Ela olhou a Donzela de forma não tão tímida.

— Por causa do ataque?

— Além disso. — Loren voltou a atenção à máscara na qual costurava um cristal vermelho. Fiz uma expressão pensativa. Quantas malditas cores tinha naquela coisa? — Eu ouvi Britta dizer isso hoje de manhã.

— A empregada? — questionou Dafina, bufando.

— Sim, a empregada. — Loren ergueu ainda mais o queixo. — Elas sabem de tudo.

Aquilo era verdade.

Em sua maior parte.

Dafina riu.

— Tudo?

Ela assentiu.

— As pessoas falam a respeito de *qualquer coisa* na frente delas. Não importa quão íntimo ou particular seja o assunto. É quase como se elas fossem fantasmas. Não há nada que não fiquem sabendo.

— O que Britta disse? — questionou Tawny, colocando a xícara em cima da mesa.

— Ela disse que o Príncipe Casteel foi visto em Três Rios — revelou Loren. — Que foi ele quem causou o incêndio que tirou a vida do Duque Everton.

Fui eu mesmo que causei o incêndio.

Mas o Duque Everton já estava morto àquela altura.

— Como alguém pode dizer uma coisa dessas? — interrogou Tawny. — Ninguém que já viu o Senhor das Trevas fala sobre a sua aparência ou viveu o suficiente para dar uma descrição dele.

— Não sei de nada disso — contrapôs Dafina. — Ramsey me disse que ele é careca, de orelhas pontudas e pálido como... você sabe o quê.

Bem, aquilo era... ofensivo. Eu não parecia um Voraz, que era o que estavam insinuando.

— Ramsey? Um dos valetes de Sua Alteza? — desafiou Tawny. — Eu devia ter formulado melhor a pergunta: como alguém *digno de crédito* pode dizer uma coisa dessas?

— Britta diz que as pessoas que já viram o Príncipe Casteel falam que ele é muito bonito — acrescentou Loren.

— É mesmo? — murmurou Dafina.

Loren confirmou com a cabeça.

— Ela disse que foi por isso que ele conseguiu entrar na Mansão Brasão de Ouro. Que a Duquesa Everton iniciou um relacionamento de natureza física com o Príncipe sem perceber quem ele era e foi por isso que ele pôde se mover livremente pela mansão.

Parte daquilo era verdade. Minha aparência tinha facilitado meu acesso à mansão mesmo. Mas fora só isso.

— Quase tudo o que ela diz acaba sendo verdade. — Loren deu de ombros, pegando uma joia verde, uma esmeralda que me lembrava os olhos da Donzela. — Então ela pode estar certa a respeito do Príncipe Casteel.

— Você devia parar de pronunciar esse nome. — Tawny deu um sorriso mínimo quando as duas damas focaram nela. — Se alguém a ouvir, você vai ser enviada aos Templos mais rápido do que consegue dizer "eu não sabia".

Loren riu.

— Eu não estou preocupada. Não sou tola de dizer essas coisas onde alguém possa me ouvir e duvido de que alguém aqui diga alguma coisa.

— E se… e se ele estiver mesmo aqui? — Loren estremeceu. — Na cidade? E se foi assim que ele entrou no Castelo Teerman? — Algo que na verdade parecia entusiasmo preenchia seu tom de voz. — Fazendo amizade com alguém daqui… quem sabe com a pobre Malessa?

— Você não me parece tão preocupada assim com essa possibilidade — apontou Tawny, pegando a xícara. — Para ser franca, você me parece animada.

— Animada? Não. Intrigada? Pode ser. — Ela colocou a máscara no colo, suspirando. Ergui as sobrancelhas. — Alguns dias são terrivelmente tediosos.

— Então quer dizer que uma boa e velha rebelião pode animar as coisas para você? Homens, mulheres e crianças mortos são uma fonte de entretenimento?

As expressões surpresas nos rostos de Loren e Dafina com certeza eram iguais à minha porque fui tomado pelo choque. Virei a cabeça devagar na direção da Donzela. Havia sido ela. Ela falou. *Finalmente.*

Foi Loren quem se recuperou primeiro:

— Creio que eu... eu possa ter falado besteira, Donzela. Peço desculpas.

— Por favor, ignore Loren — implorou Dafina. — Às vezes, ela fala sem pensar e não quer dizer nada disso.

Loren confirmou com a cabeça, dando ênfase.

A Donzela nada disse enquanto sua cabeça permanecia voltada na direção delas. Entretanto, eu não tinha dúvida de que elas eram capazes de sentir o peso de seu olhar atrás do véu porque logo depois elas foram embora.

— Acho que você as assustou — comentou Tawny.

A Donzela deu um gole na bebida, e estreitei os olhos quando vi a mão dela tremendo de leve. Mantive meu corpo imóvel, olhando para a porta.

— Poppy. — Tawny tocou o braço da Donzela. — Você está bem?

Ela assentiu, colocando a xícara na mesa.

— Sim, eu só estou...

Ela parecia incerta sobre o que dizer naqueles momentos.

Imaginei que as palavras descuidadas de Dafina e Loren a tivessem feito pensar em Keal. Travei a mandíbula.

— Eu estou bem — continuou a Donzela com a voz baixa. — Só não consigo acreditar no que Loren disse.

— Nem eu — concordou Tawny. — Mas ela sempre... se diverte com as coisas mais mórbidas. Como Dafina disse, ela não quis dizer nada com aquilo.

A Donzela concordou com a cabeça.

Tawny se inclinou para perto dela.

— O que você vai fazer? — sussurrou Tawny.

— Sobre o Senhor das Trevas estar na cidade? — perguntou a Donzela, parecendo confusa.

— O quê? Não. — Tawny apertou o braço dela. — Sobre ele.

— Ele?

*Eu?*

A Donzela virou a cabeça na minha direção.

— Sim. Ele. — Tawny soltou o braço dela. — A não ser que haja outro rapaz com quem você tenha se envolvido enquanto a sua identidade estava oculta.

Certo, aquela conversa era bem melhor.

— Sim. Há muitos rapazes. Eles têm até um clube — respondeu a Donzela de forma seca, como havia feito no Pérola Vermelha. — Não há nada que eu possa fazer.

— Você ao menos falou com ele? — questionou Tawny.

— Não.

Ela inclinou a cabeça.

— Você sabe que terá que falar na frente dele em algum momento — informou Tawny, e, mais uma vez, ela provava ser minha pessoa favorita no reino.

— Estou falando agora — argumentou a Donzela, e engoli uma risada.

Ela estava falando tão baixo que eu sabia que ela acreditava que eu não conseguia ouvi-la.

Tawny a censurou em um piscar de olhos:

— Você está sussurrando, Poppy. *Eu* mal posso ouvi-la.

— Você pode me ouvir muito bem.

Tawny balançou a cabeça.

— Não sei como você ainda não o confrontou. Compreendo os riscos, mas se estivesse no seu lugar, eu teria que saber se ele tinha me reconhecido. E se reconheceu, por que ele não disse nada?

— Não é que eu não queira saber, mas é que... — Ela não completou, virando o rosto atrás do véu na minha direção.

De novo, senti seu olhar, e o pinicar estranho na nuca correu por minha coluna. E por mais que parecesse um absurdo, eu não via aquele maldito véu. Eu *a* via: o rosto desnudo, teimoso e orgulhoso, com o queixo erguido.

Incomodado com a intensidade daquela imagem e irritado comigo mesmo por estar ali, pensando em coisas estúpidas, olhei para a entrada quando ouvi alguém se aproximando. Um dos Guardas Reais do Duque apareceu. Ele ergueu o queixo brevemente. Olhando para as duas mulheres, fui até as portas depressa.

— Sua Alteza convocou a Donzela ao seu escritório no quarto andar.

— Entendido.

Dei as costas ao Guarda Real, ponderando o que o Duque poderia querer.

— Ele só está cumprindo o seu dever — dizia a Donzela. — E eu... eu apenas perdi a noção do que estava dizendo.

— É mesmo? — respondeu Tawny, seu tom seco como as Terras Devastadas do leste.

— Exatamente.

A Donzela alisou o vestido cobrindo seu colo.

— Então ele estava apenas se certificando de que você ainda estava viva e...

— Respirando? — sugeri, parando próximo à mesa. As duas se sobressaltaram. — Já que sou responsável por mantê-la viva, me certificar de que ela esteja respirando é uma prioridade.

O corpo da Donzela ficou imóvel.

Tawny levou o guardanapo à boca e parecia estar tentando se sufocar com ele.

— Fico aliviada por saber — balbuciou ela.

Dei um sorriso para a dama de companhia.

— Se não, eu estaria sendo negligente com os meus deveres, não é?

— Ah, sim, o seu dever. — Tawny afastou o guardanapo do rosto. — Entre proteger Poppy com a sua vida e recolher cristais caídos no chão, você está muito ocupado.

— Não se esqueça de levar as frágeis damas de companhia até a cadeira mais próxima antes que elas desmaiem — adicionei, olhando para a Donzela e sem nenhuma pressa de atender ao chamado do Duque. — Sou um homem de muitos talentos.

— Tenho certeza de que sim — respondeu Tawny, correspondendo a meu sorriso.

— A sua fé nas minhas habilidades enche o meu coração de alegria. — Olhei para a Donzela. — Poppy?

Ela fechou a boca tão depressa que me perguntei se teria rachado um dente.

— É o apelido dela — explicou Tawny. — Só os amigos a chamam assim. E o irmão dela.

— Ah, aquele que mora na capital? — perguntei a ela... à Donzela.

A tensão em sua mandíbula diminuiu um pouco, então ela confirmou com a cabeça.

— Poppy — repeti. — Gostei.

Os cantinhos da boca da Donzela se curvaram para cima. Não era bem um sorriso, mas era alguma coisa.

— Há alguma ameaça de cristais perdidos de que precisamos estar cientes ou você precisa de alguma coisa, Hawke? — perguntou Tawny.

— Há muitas coisas de que eu preciso — retruquei, abrindo um sorriso para a Donzela. De pronto fui recompensado por um leve rubor na mandíbula dela. — Mas vamos ter que discutir isso mais tarde. Você foi convocada pelo Duque, Penellaphe. Devo levá-la até ele imediatamente.

Eu não tinha passado muito tempo perto das duas, mas percebi que o humor delas logo mudou. As provocações de Tawny sumiram, assim como seu sorriso. A Donzela ficou imóvel por alguns segundos, então sorriu ao se levantar. Um sorriso tenso e *ensaiado*.

— Vou esperar por você nos seus aposentos — disse Tawny.

Aquelas reações me deixaram apreensivo enquanto a Donzela passava por mim. Segui atrás e caminhei quase ao seu lado enquanto entrávamos no vestíbulo. Ela estava retorcendo as mãos de novo, mas não havia empregados circulando quando nos aproximamos da escadaria. Continuei apreensivo.

— Você está bem? — questionei.

Ela confirmou com a cabeça.

Não acreditei nem um pouco naquilo.

— Você e a sua empregada pareceram ficar incomodadas com a convocação.

— Tawny não é uma empregada — retrucou ela e logo prendeu a respiração.

Ela não tivera a intenção de me responder.

Eu não tinha esperado que ela ficasse tão na defensiva em relação à sua acompanhante. Sua *amiga*. Pensei em como o Duque havia alegado que a Donzela tinha costume de não estabelecer limites. Eu estava muito feliz em saber que aparentemente era a verdade. Facilitava as coisas para mim. Mas por que caralhos importava se a Donzela tinha uma amiga?

De qualquer forma, eu queria gritar, triunfante, porque tinha conseguido que ela falasse comigo e agora sabia como fazê-la responder.

Irrite-a, e aquela língua afiada entrará em ação.

Mantive a expressão neutra ao perguntar:

— Não é? Ela pode até ser uma dama de companhia, mas eu fui informado de que ela tinha o dever de ser a sua dama de companhia. — Ninguém me dissera nada daquilo, e eu também sabia a diferença entre uma empregada e uma dama de companhia. A segunda categoria tinha uma patente, a outra não. — Sua acompanhante.

— Sim, mas ela não é... Ela é... — Ela virou a cabeça na minha direção enquanto a escadaria fazia a curva. — Não importa. Está tudo certo.

Olhei para ela, arqueando a sobrancelha.

— O que foi? — O pé dela ficou preso no vestido, fazendo-a pisar em falso. Eu a segurei pelo cotovelo, estabilizando-a. — Obrigada.

Havia aquela atitude... arrojada, o fogo que eu tinha visto nela.

— Nenhum agradecimento dissimulado é exigido ou necessário. É o meu dever mantê-la em segurança. Até mesmo de escadas traiçoeiras.

Ela respirou fundo de maneira audível.

— A minha gratidão não foi dissimulada.

Percebendo a irritação em sua voz, sorri.

— Peço perdão, então.

Chegamos ao piso do terceiro andar, virando à esquerda que levava à ala nova do castelo. Ela ficou calada de novo, como de costume, e usei o tempo para pensar no que dizer a ela em seguida. Ela estava evidentemente preocupada que eu a reconhecesse e a delatasse, o que era bobo. Mas será que ela acreditava mesmo que eu não reconhecia sua voz? Ou que não tivesse visto o suficiente de seu rosto naquela noite no Pérola Vermelha para saber que era ela quando removeu o véu? Ela não me parecia ser tão tola. Talvez ela *quisesse* acreditar que eu não a reconhecia, apesar do que dissera a Tawny.

Chegando às portas amplas de madeira no fim do corredor, propositalmente fiz questão de que meu braço roçasse no dela enquanto eu abria um dos lados da porta. Em resposta, ela respirou pela boca, com os lábios entreabertos. Mantive a porta aberta para ela, esperando que entrasse.

— Cuidado onde pisa — alertei, embora a escada em espiral estivesse bem iluminada graças às diversas janelas em formato oval na parede. Eu não achava que ela fosse tropeçar de novo, mas eu estava certo de que aquilo provocaria outra resposta dela. — Se tropeçar aqui, é bem provável que me faça cair junto com você.

Ela bufou.

— Não vou tropeçar.

— Você acabou de tropeçar.

— Foi um caso isolado.

— Bem, então fico honrado de ter presenciado isso. — Passei por ela, contendo um sorriso. — Eu já a vi antes, sabe?

Ela prendeu a respiração.

— Eu a vi nas varandas inferiores. — Mantive a porta para o quarto andar aberta. — Me observando treinar.

— Eu não estava te observando. Estava...

— Tomando um pouco de ar fresco? Esperando pela sua dama de companhia, aquela que não é uma empregada? — Segurei seu cotovelo de novo, fazendo-a parar. Abaixei a cabeça até estar a meros centímetros de sua orelha coberta pelo véu. — Talvez eu tenha me enganado — continuei, com a voz baixa — e não fosse você.

Aconteceu de novo, ela prendeu a respiração. Aquelas reações minúsculas eram um bom sinal.

— Você está enganado — respondeu ela, com a voz mais suave, mas não de um jeito submisso.

Dei um sorriso de canto e soltei seu braço. Aquela cabeça coberta pelo véu se virou para mim de novo, um vestígio de sorriso em seus lábios. Um não tão tenso. Não tão ensaiado. Entrei no corredor, vendo dois Guardas Reais prostrados fora dos aposentos em que eu havia falado com o Duque pela primeira vez. Esperei que ela passasse, mas ela ficou estática de novo. Percebi que ela não estava olhando para mim, e sim para os dois Guardas Reais no corredor.

— Penellaphe? — questionei.

Ela ajeitou a postura e respirou fundo de novo. Entrelaçou as mãos e seguiu adiante. Os dois Guardas Reais continuaram olhando para a frente, sem focar nela quando parou de frente para eles. Um começou a abrir a porta, mas ela virou a cabeça para mim.

Algo naquela ação me fez desejar poder ver todo o seu rosto. Fiquei mais apreensivo quando voltei o olhar às portas do escritório do Duque.

— Eu vou esperar por você aqui — garanti.

Houve um momento de hesitação, então ela assentiu, dando as costas. O Guarda Real abriu a porta o suficiente para ela entrar, só o suficiente para o fraco cheiro doce e rançoso do Ascendido emanar para fora. Quando ela saiu de meu campo de visão, o ímpeto de segui-la surgiu forte e inesperadamente. Aquela sensação apreensiva tinha ficado ainda mais intensa.

Fiz um esforço para ouvir o que acontecia atrás das portas, mas nada. As paredes nas partes mais novas do castelo eram mais grossas.

Apertei o punho da espada enquanto observava os dois Guardas Reais. Eu não os reconhecia.

— Isso é comum? — perguntei, acenando com a cabeça para a porta.

O de pele mais escura respondeu depois de um momento:

— Não muito comum.

Não era uma resposta muito útil.

— Quanto tempo demoram essas... reuniões?

De novo, o que havia falado hesitou:

— Depende.

Olhei para o outro guarda. Ele olhava para a frente como se não estivesse ouvindo a conversa. Revezei o olhar entre os dois, certo de que eles já deviam ter testemunhado umas merdas horripilantes.

Atrocidades com as quais tinham decidido conviver.

Eu poderia forçá-los a revelar o que haviam visto (as coisas que a envolviam), mas usar a persuasão era muito arriscado. Alguns mortais resistiam, lembrando de tudo o que foram persuadidos a fazer.

Em vez disso, pedi para um valete buscar Vikter. Talvez ele pudesse me contar o que estava acontecendo.

Tensionei a mandíbula, e o tempo foi passando enquanto eu gravava o rosto dos guardas na memória. Depois de mais ou menos dez minutos, as portas do final do corredor se abriram, e Wardwell entrou, seu manto branco fluindo atrás dele. Ele fez sinal para eu me aproximar quando parou a vários metros de onde eu estava.

Não me mexi por vários segundos. Era como se meus malditos pés estivessem grudados no chão. Olhando para as portas do escritório do Duque, eu me forcei a sair do lugar e me aproximar de Wardwell.

— Há quanto tempo ela está lá? — questionou ele, passando a mão pelas mechas claras do cabelo.

— Pouco mais de dez minutos — respondi, percebendo as rugas ao redor de seus olhos se intensificarem. — O que o Duque quer com ela?

— Provavelmente quer falar sobre a Ascensão dela que está por vir — retrucou ele, atento às portas atrás de mim. — Vou assumir a partir daqui e continuar pelo restante do dia.

Fiquei imediatamente em alerta.

— Meu turno só acaba daqui a horas.

— Eu sei. — Ele voltou o olhar ao meu. — Mas estou aqui agora. Se tem um problema com isso, trate com o Duque.

Senti a irritação me tomar, e a energia me deixou bastante agitado. Queria fazer Wardwell me contar o que estava acontecendo enquanto o encarava. Eu precisava me conter. Do jeito que eu tinha sorte, aquele desgraçado seria um dos que lembrariam de tudo o que fizeram sob minha persuasão.

Respirando fundo, contive o ímpeto. Olhei por cima do ombro para as portas fechadas.

— Ela...

— Ela o quê? — insistiu ele quando não concluí.

Ela tinha olhado para mim como se tivesse precisado de uma garantia de que eu estaria ali fora, esperando por ela.

E aquilo deveria ter me agradado. Significava que ela já estava começando a confiar em mim, apesar de eu estar há pouco tempo sendo seu guarda. Imaginei que o Pérola Vermelha tivesse muito a ver com isso, mas de qualquer forma, eu precisava ter isso dela. Confiança. Mas a verdade era que nada daquilo me cheirava bem.

— Hawke — bradou Wardwell.

— Nada — respondi, afastando o olhar da porta. Sorri para o Guarda Real mais velho. — Um bom dia.

Então fui embora.

Deixei o quarto andar.

Deixei a Donzela.

# UM TIPO DE
# IRONIA TORTA

O motivo para a reunião entre o Duque e a Donzela continuou sendo um mistério, para minha crescente insatisfação.

Principalmente quando Vikter mudou os horários na noite seguinte ao dia da reunião, colocando-me para resguardá-la naquele período quando era para eu estar protegendo-a durante o dia. Ele tinha feito a mesma coisa naquele dia, e quando eu perguntara por quê, ele tinha apelado para a hierarquia ao me chamar de *garoto*. Eu não sabia qual das duas coisas me irritava mais enquanto eu estava ali diante dos aposentos da Donzela, o corredor escuro iluminado por algumas poucas arandelas nas paredes.

Eu não via a Donzela desde que a havia deixado no escritório do Duque, e até onde eu sabia, ela não tinha saído do quarto. Tawny estivera com ela, porém, no dia anterior tarde da noite e naquele dia mais cedo.

— Ela não está se sentindo muito bem — alegara Tawny quando eu perguntara como a Donzela estava.

E então entrara depressa em seu quarto adjacente, sem se demorar muito para não me dar a chance de perguntar qualquer outra coisa.

Cerrei a mão em punho e tornei a abri-la enquanto dizia a mim mesmo que minha irritação era por causa do atraso nos planos. O Ritual logo, logo chegaria, e eu precisava ter a confiança irrevogável da Donzela muito em breve; que ela estivesse em um nível em que não questionaria ordens nem suspeitaria de nada. Não tínhamos chegado lá. Não estávamos nem perto disso. E eu não adiaria o plano.

Malik não tinha tempo.

Aquela era a fonte da minha frustração. Não tinha nada a ver com a forma como ela tinha se virado para mim diante do escritório do Duque ou da sensação de que ela buscara algum tipo de tranquilização da minha parte.

Xingando baixinho, olhei para a janelinha no fim do corredor. O cheiro fraco e mordaz de fumaça me atingiu. Houvera incêndios mais cedo. Uma das casas na Viela Radiante tinha pegado fogo, graças a um grupo de Descendidos. Dei um sorriso. Eles tinham capturado alguns Ascendidos, não que os Teerman fossem sofrer pela perda.

Tolos.

Eles poderiam ter usado aquelas perdas como forma de propagar ódio e medo. Em vez disso, não queriam que suas fraquezas fossem conhecidas. Queriam ser vistos como divinos. Imortais.

Aqueles Descendidos haviam agido por conta própria, motivados pelo que acontecera na última reunião da Câmara Municipal. O apelo dos Tulis não tinha apenas o apoio de quem buscava vingança contra os Ascendidos, como também tinha feito algumas pessoas mudarem de ideia. Cada vez mais pessoas deixavam de tremer de medo ao ouvir falar do Senhor das Trevas. Em vez disso, a determinação substituíra o medo, assim como a esperança por um futuro diferente e melhor. Eu queria que isso continuasse depois que eu libertasse meu irmão.

Eu queria que o povo de Solis reagisse.

Eles só precisavam saber que os Ascendidos não eram quem diziam ser. Os Deuses não os haviam abençoado, e todo o reino fora construído em cima de mentiras. Libertar Malik seria a primeira rachadura. Sem ele, não haveria mais Ascensões, e por causa do que levaram o povo a acreditar, pareceria que os Deuses tinham se voltado contra os Ascendidos. Afinal, a Coroa de Sangue não poderia admitir que eles usavam o sangue daqueles que haviam transformado em vilões para as Ascensões. As mentiras deles seriam sua ruína.

Mas aquilo não consertava tudo.

Não aos olhos do meu pai nem de Alastir.

Havia aqueles Ascendidos que ainda governavam... Precisaríamos lidar com a Rainha Ileana e o Rei Jalara, e todos os Duques, Duquesas, Lordes e Ladies. Ainda havia o fato de que Atlântia quase não tinha mais terrenos e estava prestes a ficar sem espaço para cultivo e para sua população. Tínhamos tempo, mas não muito. Não...

**238**

Um súbito e abrupto grito me fez virar a cabeça para a porta da Donzela. Pesadelos. Vikter havia me avisado, mas eu não estava disposto a arriscar.

Sacando a adaga presa ao quadril, abri a porta do quarto escuro da Donzela. Era uma noite nebulosa, não havia luar adentrando as janelas, mas de imediato a identifiquei na escuridão.

Ela estava na cama, deitada de lado, adormecida e sozinha. Era evidente que não estava sendo atacada.

Ao menos não por nada que eu pudesse ver.

Ela abria e fechava as mãos, que estavam diante de seus lábios entreabertos. Apenas uma bochecha estava visível, a esquerda. A que eu achava tão linda quanto a outra. Estava úmida, brilhando. Lágrimas. Ela gemeu, deitando-se de costas. Seu arfar quebrou o silêncio.

Foi o único aviso.

Caralho.

Eu me mexi rápido como um raio, encostando-me na parede em que as sombras da noite se projetavam mais profundas e pesadas.

Seu cabelo denso caiu para a frente quando ela voltou a se deitar de lado, apoiando-se no cotovelo. Sua respiração estava irregular. Fiquei o mais imóvel possível enquanto ela levantava a mão trêmula e afastava o cabelo do rosto.

Senti meu coração se apertar.

Ela estava olhando na minha direção, mas eu sabia que ela não conseguia me ver.

Mas eu a via… e via o horror em seus olhos. Puro terror.

— Só um sonho — sussurrou ela, deitando-se de lado de novo.

Ela curvou o corpo para a frente, os braços e pernas encolhidos. Ela manteve os olhos abertos, com suavidade balançando o corpo para a frente e para trás. Cada vez que ela fechava os olhos, demorava mais para os reabrir.

Eu sabia o que ela estava fazendo: lutando para não cair no sono de novo. Deuses, eu tinha perdido as contas de quantas vezes eu havia feito aquilo. Vários minutos se passaram até ela enfim perder a batalha, voltando a dormir. Eu não me mexi, porém. Só… a observei. Como um degenerado. Uma risada leve me escapou. Na verdade, aquela era a coisa menos degenerada que eu fazia em um bom tempo; entretanto, eu não tinha motivo algum para observá-la no momento. A Donzela estava bem.

A Donzela.

*Ela tem um nome*, uma voz indesejada em meu subconsciente me lembrou. Penellaphe. O Duque e a Duquesa a chamavam daquela forma, mas segundo Tawny os amigos dela a chamavam de Poppy. Mas ela era apenas a Donzela para mim.

*Ela não vai gritar se estiver sendo ameaçada.*

Ainda sem fazer ideia do que Vikter quis dizer com aquilo, eu me aproximei da cama dela. O cobertor estava enrolado em sua cintura, expondo o robe de manga comprida no qual ela devia ter adormecido ou que trajava geralmente para dormir. Eu não me surpreenderia. Olhei ao redor do quarto, do quarto frio e *austero*. Não tinha quase nada ali. Franzi a testa. Não havia itens pessoais. Eu tinha visto mais pobres no reino com mais coisas em casa.

Seria aquilo proibido também? Itens pessoais? Voltei a atenção a ela. Ela respirava profundamente, ainda que um pouco irregular, como se, mesmo adormecida, estivesse desconfiada de que os sonhos desagradáveis fossem retornar. Ela se lembrava deles ao acordar? Eu nem sempre lembrava. Às vezes, havia uma sensação geral de apreensão ao acordar, um sentimento de temor que permanecia ao longo do dia.

Eu me inclinei, sentindo o cheiro de pinho e sálvia, parecendo arnica, uma planta usada para tratar várias coisas. Levantei o cobertor, cobrindo-a até os ombros. Olhei para seu rosto. Os olhos fechados, a boca relaxada. Vi as cicatrizes e pensei na origem de seus pesadelos.

Afastando-me, deixei o quarto, vendo um tipo de ironia torta no fato de que os responsáveis pelo que alcançava a mim e a Donzela nas horas mais escuras da noite eram as mesmas pessoas.

# PRESENTE V

— Acho que nunca te contei isso. Não era que eu estivesse me escondendo de você. Eu só não queria que você ficasse constrangida — expliquei à Poppy enquanto ela repousava, passando o braço por sua cintura. — Também imaginei que você me esfaquearia se descobrisse que estive no seu quarto enquanto você dormia. — Fiz uma pausa. — Mais de uma vez.

Minha risada agitou fios de cabelo da têmpora dela, mas meu divertimento se esvaiu.

— Eu não sabia do Duque. Só sabia que tinha alguma coisa errada. A forma como você e Tawny reagiram. A forma como Vikter agiu quando apareceu lá. Agora eu sei por que ele me dispensou. Ele sabia que você não teria desejado que eu, ou qualquer um, na verdade, visse você depois da *lição*. Ele estava te protegendo da melhor forma que podia.

E a melhor forma não era boa o suficiente, na minha opinião. Ele soubera o que estavam fazendo com ela, e ainda assim, deixava acontecer. Mas guardei a opinião para mim. Ela não precisava ouvir aquilo.

Eu olhei para ela de novo. Amanheceria em breve. Eu deveria tentar dormir enquanto Delano estava ali, descansando no pé da cama em forma de lupino. Eu poderia tentar encontrá-la em nossos sonhos. Mas minha mente não queria descansar, e talvez eu estivesse com muito medo de que *não* nos encontrássemos. Nenhum de nós sabia como entrar nos sonhos um do outro; era algo que acontecia com naturalidade quando nós dois dormíamos ou caso um de nós começasse a fazê-lo. Mas aquele não era um sono normal. Ela estava em estase.

Ainda assim, descansar seria algo inteligente. Eu precisava de descanso. Só que não tinha como eu fazer aquilo até ela abrir aqueles olhos lindos e me reconhecer. Reconhecer a si mesma.

E ela reconheceria.

Eu acreditava naquilo.

Porque ela era forte e teimosa pra porra. Era corajosa.

Eu nem sempre soubera o quanto ela era forte.

Um sorriso surgiu em meu rosto ao pensar na primeira vez que percebi exatamente o quanto ela era corajosa e habilidosa.

— Quando estávamos no Pérola Vermelha, e eu encontrei a sua adaga? Você disse que sabia usá-la. Eu não tive certeza disso. Por que eu teria? Você era a Donzela, mas então você feriu Jericho, e eu devia ter entendido ali que você não era como eu imaginava. Não mesmo.

Abaixei a cabeça, beijando a pele de seu ombro ao lado da alça fina do vestido que Vonetta havia encontrado para ela.

— Mas a noite na Colina, quando os Vorazes atacaram, percebi que Kieran e eu tínhamos subestimado você, *sim*. — Na minha mente, eu conseguia vê-la com a capa esvoaçando ao seu redor com o vento logo antes de ela atirar a adaga em mim. — Foi quando começou a mudar... o que eu pensava de você. Como te via. Você não era mais a Donzela. Estava se tornando... estava se tornando Poppy.

# O MONSTRO
# EM MIM

A atmosfera havia mudado.

Senti aquilo no ar enquanto andava pela Colina depois de Vikter me render. Eu já estava à flor da pele, transbordando com uma energia não utilizada. Parte daquilo era por causa da frustração de saber que aquele era o segundo dia sem a Donzela aparecer. Independentemente do que tivesse sido aquela merda com o Duque. Os pesadelos dela. Os meus. O maldito defunto do Lorde Devries.

O que fez os cabelos de todo o meu corpo se arrepiarem foi algo totalmente diferente.

O silêncio na Colina era inquietante enquanto eu ia para a parte da frente, a brisa gelada sacudindo aquele maldito manto. Lá em cima, vi uma fileira inteira de guardas olhando para as terras áridas. Vendo a cabeleira clara de Pence, subi para onde ele estava em um recuo para arqueiros, com o arco em mãos.

— O que está…? — Parei de falar quando desviei o olhar de seu rosto pálido para a área depois da Colina e a fileira galvanizada de tochas acesas.

Então, não precisei de uma resposta.

Eu vi.

A névoa.

Era tão densa que quase encobria a Floresta Sangrenta, e se movia sob o luar, agitando-se e deslizando pelo solo de uma forma nada comum.

— Caralho — murmurei.

— Pois é — respondeu Pence, rouco. — A névoa estava normal, sabe? Só uns centímetros acima do chão, mas então começou a ficar mais grossa, começou a se mexer. Nos últimos três minutos já triplicara de tamanho.

Definitivamente não era um bom sinal.

Todos na Colina sabiam... sabiam o que havia naquela névoa.

Vorazes.

Eu ainda não tinha visto chegar a esse ponto ali, mas me lembrou da névoa Primordial que cobria as Montanhas Skotos no leste, a magia dos Deuses que protegia o Reino de Atlântia. E era uma coisa fodida como aquela magia ficava tão distorcida ali. Como protegia os monstros que os Ascendidos criavam.

Ninguém sabia responder com certeza por que a névoa agia daquele jeito em Solis. Nem mesmo os Anciãos em Atlântia. Mas o motivo não era a coisa mais urgente no momento. A névoa parecia já ter se espalhado por ambos os lados, e embora a distância entre a Colina e a névoa fosse o tamanho da Ala Inferior, não era longe o bastante enquanto eu observava as gavinhas se alastrando, estendendo-se metros à frente. Foi como se todos prendessem a respiração quando a névoa alcançou os tocheiros.

A brisa ficou estática.

Mas as chamas começaram a tremeluzir e então a dançar em descontrole, o fogo projetando sombras frenéticas no chão. Eu daria tudo para ter minha besta atlante no momento. Era muito superior e fazia um estrago bem maior do que um arco recurvado. Toquei o cabo da espada.

A tocha do meio foi a primeira a se apagar. Logo as restantes fizeram o mesmo, mergulhando a região diante da Colina em escuridão.

— Acendam-nas! — A ordem do Tenente Smyth rompeu o silêncio.

Os guardas que estavam lá embaixo na Colina avançaram com as pontas das flechas enroladas em um pano apertado com uma mistura de pólvora atrás das extremidades das setas. Uma após a outra, as flechas se acenderam. Então foram lançadas, cortando o céu noturno e desviando para baixo, atingindo uma trincheira repleta de material inflamável. As chamas irromperam do sulco, lançando um amplo brilho vermelho-alaranjado pelo terreno e pela névoa.

Mais uma vez o silêncio tomou a Colina enquanto a névoa avançava à frente. Quanto mais se aproximava, mais sólida ela ficava. Estreitei os olhos quando a névoa se infiltrou na trincheira por debaixo do sulco, envolvendo-o, sufocando as chamas que haviam sido acesas instantes antes.

Formas escuras e prateadas ao luar surgiram em meio à névoa. Corpos retorcidos. A névoa toda estava repleta deles.

— Acionem os alarmes — gritou alguém lá de baixo. — Acionem os alarmes.

Trombetas soaram nos quatro cantos da Colina, sinalizando um ataque iminente à cidade. Aquilo parecia mais um cerco enquanto eu me virava e seguia para a escada próxima. Dentro de instantes, todas as luzes pela Masadônia e dos negócios que ainda estavam abertos se apagaram... todas exceto as dos Templos, o ar ficando silencioso e imóvel com o medo.

Como hordas de Vorazes já tinham invadido as cidades antes, e mesmo que nenhum passasse da Colina, muitas famílias perderiam entes queridos naquela noite.

Quando arqueiros receberam a ordem de dispararem, ouvi um ruído distante, o som de ferro contra pedra. Olhei para o castelo. As pedras de ferro grossas e pesadas já estavam começando a bloquear cada ponto de acesso à fortificação. Todos lá dentro estariam a salvo — e o mais importante, a Donzela também. Ela estaria atrás de barreiras de pedra e ferro em alguns minutos, e Vikter estava com ela.

— Aonde está indo? — questionou Pence ao pegar uma aljava com flechas.

— Lutar.

Sabendo o que aquilo significava, Pence ficou de queixo caído.

— Você não tem que lutar. É um Guarda Real. Você é o guarda da Don...

— Eu sei — interrompi. Ao chegar à escada, complementei: — Fique vivo.

Pence ficou ali perplexo enquanto eu descia os degraus estreitos. Eu não podia culpá-lo. Ninguém em sã consciência gostaria de ir para além da Colina nem em um dia calmo, muito menos naquele momento, mas enquanto os Ascendidos se acovardavam em suas casas chiques, eu não temia a mordida de um Voraz. Nenhum Atlante temia. Não nos afetava.

Mas eu não estava em sã consciência também, porque um Voraz ainda poderia ferrar muito um Atlante. Poderiam até matar um se conseguissem vantagem em uma luta.

Eu não planejava que aquilo acontecesse.

Em vez disso, eu pretendia pôr a agressividade acumulada em uso, e parecia que eu conseguiria com facilidade considerando o tamanho daquela horda. Não tinha como os arqueiros conseguirem abater a todos eles.

Uma vez em solo firme, fiquei próximo às sombras da Colina enquanto soltava o manto. Aproximando-me da guarita, joguei-o em um dos bancos e logo me uni ao grupo de mais ou menos cem guardas que aguardavam nos portões da Colina.

Não olhei para nenhum deles enquanto as flechas zuniam pelo ar. Eu não precisava ver os rostos daqueles que não voltariam. Muitas bandeiras pretas seriam erguidas no dia seguinte.

Segundos se transformaram em minutos enquanto a ansiedade dos que esperavam ao meu redor me deixava agitado. Desembainhei as espadas nas laterais do corpo, as lâminas levemente curvadas brilhando como sangue sob o luar. Ao meu lado, um guarda estava tremendo enquanto rezava baixinho.

— Somos os únicos entre a queda da Colina — berrou o Comandante Jansen de lá de cima — e as feras na névoa que querem devorar sua carne e seu sangue. Se eles nos dominarem, dominam a Colina. E a cidade. Vamos escolher encontrar o Deus Rhain hoje?

A resposta negativa retumbou ao meu redor enquanto os cabos de espadas batiam contra escudos e peitos.

— Então vamos defender a Colina e as vidas atrás dela com nossos escudos, flechas e espadas. — Jansen ergueu a adaga em direção ao céu. — Avante e façam com eles o que eles fariam com vocês e os seus, pois os Deuses Theon e Lailah estarão com vocês. Rasguem aquela carne podre e encharquem o solo com o sangue deles.

Em qualquer outra situação, eu teria rido de Jansen falando dos Deuses daquela forma, mas não no momento. Não quando os rugidos sanguinários ultrapassavam a muralha.

— Abram os portões — ordenou o Tenente Smyth da parte de baixo da Colina. — Abram!

O ferro rangeu e grunhiu, abrindo-se. Nenhum dos guardas na espera falou enquanto a abertura entre os portões ficava maior. Centímetro a centímetro, o terreno adiante foi revelado, e não havia nada além da névoa densa e cada vez mais próxima dos corpos em meio a ela.

— Que os Deuses estejam com vocês! — gritou o Comandante. — E que os Deuses recebam aqueles que chegarem aos seus braços como heróis!

Nem um único guarda hesitou. Não importava o quanto os rostos estivessem pálidos nem o quanto haviam tremido segundos antes. Eles correram adiante empunhando espadas, com gritos de guerra cortando o ar na direção da área logo depois da Colina. Quando os portões se fecharam atrás de nós e as flechas continuaram se derramando para a frente, acertando os monstros na névoa, os guardas formaram várias fileiras. Eles se prepararam, muitos dos quais eu sabia que nunca tinham estado em uma batalha. Aqueles que provavelmente enfrentariam um Voraz pela primeira vez.

Esperei, os olhos atentos à névoa... às figuras dentro dela.

Não tive que esperar muito.

Um som surgiu a seguir. O gemido baixo e estridente de um Voraz se elevando em uma crescente que fez um arrepio descer pela *minha* espinha enquanto os arqueiros lançavam outra rajada de flechas acesas, reinflamando a trincheira.

Estiquei o pescoço devagar da esquerda para a direita, firmando o aperto nas espadas.

Então eles vieram, jorrando da névoa, os corpos em várias fases de decomposição. Alguns eram recentes, vestidos com a maior parte dos trajes que usavam quando se transformaram, os rostos pálidos. Outros já eram Vorazes havia um tempo, as vestes penduradas como farrapos cobrindo corpos de um branco leitoso, os braços e pernas tão finos quanto os ossos por baixo, os rostos ainda mais fundos e esqueléticos.

Os olhos de todos eles ardiam em carmesim.

Eles inundaram o solo e nos cercaram em *segundos*, arranhando com os dedos alongados e as unhas afiadas como presas pontiagudas. Garras que tinham deixado aquelas marcas na Donzela. Garras que tinham se cravado em minha pele.

A horda engoliu a primeira fileira de guardas, os homens se esparramando no chão em gritos e jatos de sangue. A segunda fileira atacou, e então não houve mais espera. Havia Vorazes em toda parte.

Era a hora de libertar meu monstro.

Eu me lancei à frente, pulando sobre o corpo de um guarda enquanto golpeava com a espada, arrancando a cabeça do Voraz mais próximo.

Girando, movimentei a outra espada, acertando a virilha de outro e subindo a lâmina, rasgando-o até parti-lo ao meio. As entranhas apodrecidas se espalharam pelo chão. O fedor de podridão e aquela doçura rançosa aumentaram enquanto eu me afastava. Outro Voraz tinha assumido o lugar do que estivera na minha frente, suas garras arranhando minha armadura na altura do peito.

Desgraçado.

Dei um chute em seu peito e ele caiu para trás. Outro me atacou pela lateral. Brandi a espada em seu pescoço enquanto me virava, utilizando a outra lâmina enquanto os guardas lutavam, aguentando firme. Alguns foram abatidos, e nem mesmo eu, rápido como era, conseguia alcançá-los antes que os Vorazes os trucidassem. Não havia mais ondas de flechas, mas sim disparos habilidosos e resolutos. Pontas de flechas afiadas que voavam dentre os guardas, acertando os Vorazes.

Mas para aqueles do lado de fora da Colina, não havia habilidade naquele tipo de batalha. Não havia arte. Nem pensamento, e de certa forma, era uma espécie de alívio. Era sobre o movimento. Manter-se de pé. Manter-se fora de alcance. Era cortar e clivar por entre o que parecia ser uma onda infinita de carne seca e cinzenta. Decepei membros. Rasguei peles. O icor escuro e oleoso fluiu, juntando-se ao sangue mais vívido e mais vermelho que se espalhava pelo solo de terra batida. Não tinha como saber quantos abati. Uma dezena. Duas? Três? De qualquer forma, aquilo fez meu coração e meu sangue pulsarem.

Calou minha mente.

Eu me virei, dando uma cotovelada na cara de um Voraz, sentindo os ossos cederem enquanto eu avançava, chutando outro que estava em cima de um guarda no chão. Um mortal enfiou a espada em um Voraz, o lampejo de branco chamando minha atenção. Ergui a cabeça bem na hora em que uma flecha zuniu ao meu lado, acertando a cabeça de um Voraz que chegava de mansinho atrás de outro guarda.

*Um Guarda Real.*

Vikter.

Ele estava a vários metros de distância, com respingos de sangue nas bochechas enquanto se voltava à Colina. Houve um momento breve, em que eu soube que poderia atacar e derrubá-lo, feri-lo o suficiente para um Voraz concluir o serviço. Era necessário porque assim ele não estaria por perto quando chegasse a hora de eu tirar a Donzela da cidade. Era minha chance. Uma perfeita. Senti meus dedos se contraírem ao redor do cabo da espada. Ninguém saberia. Ninguém suspeitaria de nada.

Mas não fiz aquilo.

Nem eu sabia o porquê.

Vikter se virou e me viu quase de imediato. Nossos olhares se encontraram por um instante, e foi como se percebêssemos a mesma coisa ao mesmo tempo.

Se ele estava ali fora, e eu também, aquilo significava...

*Filho da puta*, balbuciou Vikter.

— Merda.

Eu me virei, embainhando uma das espadas.

Disparei por entre a multidão escorregadia e entupida de corpos. A Donzela estava em segurança dentro do castelo, onde nenhum Voraz poderia alcançá-la, mas aquilo não significava que estava totalmente segura.

Principalmente levando-se em conta o fato de que ela estava trancada com os Ascendidos, e embora ela fosse importante para eles, eu não confiava em nenhum deles.

Segurando a túnica meio rasgada de um Voraz, joguei-o no chão e cravei a espada de pedra de sangue em seu peito. Xingando, tirei a lâmina de dentro dele e continuei avançando. Eu não gostava de deixar a luta, não quando havia um número considerável da horda ainda de pé, mas a Donzela estava desguarnecida, e considerando minha sorte...

Perto da base da Colina um guarda arrancou a espada do peito de um Voraz. O homem deu um passo para trás, erguendo o braço que segurava a espada. A pele de sua mão estava toda mutilada.

Ele havia sido mordido.

O guarda se virou, e no caos da batalha, seu olhar arregalado encontrou o meu. Eu não o reconhecia. Eu não fazia ideia de quem ele era, mas sabia que ele entendia o que o esperava a partir dali. Uma mordida. Aquilo bastava. Ele trincou a mandíbula, determinado.

O homem deixou a espada cair e desembainhou a adaga presa ao quadril. Eu soube de imediato o que ele estava prestes a fazer. Não hesitou. Nem por um segundo, e não poderia hesitar se quisesse ir *até o fim* com aquilo. A mordida impossibilitaria a ação em minutos.

O guarda mortal demonstrou mais honra naquele momento do que a maioria era capaz de fazer... mais do que os Ascendidos poderiam um dia merecer.

Ele cortou a própria garganta.

Caralho.

Desviei o olhar. A rapidez garantiu que a ação fosse bem-sucedida? A coragem de fazer aquilo pelo que era basicamente um bem maior?

*Caralho.*

De frente aos portões, levantei a cabeça.

— Comandante! — berrei, acertando um Voraz com um golpe de direita com a espada, partindo-o em dois.

Jansen se virou, olhando para baixo. Pela forma como ele trincou a mandíbula, eu soube que ele não ficou feliz em me ver, o único Príncipe livre de seu reino, fora da Colina, mas ele teria que lidar com aquilo.

— Abram o portão! — gritou ele.

Passando por cima do Voraz no chão, avancei à frente e me espremi pela abertura minúscula. Não perdi tempo com ninguém me examinando, só corri até a escada mais próxima e subi para a Colina. Era a forma mais rápida de voltar ao castelo. Jansen me lançou um olhar quando cheguei ao topo. Escondendo um sorriso, disparei pelo muro, passando por uma ameia e depois outra, chegando à parte da Colina que não fora ocupada antes. Simplesmente não havia arqueiros o suficiente para preencher cada...

Algo chamou minha atenção. Parei sem fazer barulho e me virei. Estreitei os olhos. Um dos recuos não estava mais vazio, mas não foi aquilo o que me fez parar. Franzindo a testa, cheguei para trás e espiei lá dentro. De início eu não soube identificar o que estava vendo.

Alguém estava ajoelhado dentro da ameia, escondido atrás da borda de pedra. Alguém que estava encapuzado enquanto puxava a corda do arco para trás, disparando uma flecha, acertando um Voraz que se aproximava do topo da Colina.

Respirei fundo, fungando o ar. Senti o cheiro podre do sangue e de Vorazes em mim, mas também havia um aroma bem fresco e doce característico apenas da...

Da porra da *Donzela*.

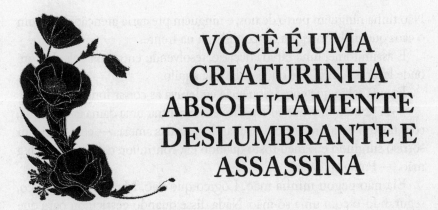

# VOCÊ É UMA CRIATURINHA ABSOLUTAMENTE DESLUMBRANTE E ASSASSINA

— Você deve ser a Deusa Bele ou Lailah assumindo a forma mortal — murmurei, achando que só poderia estar errado.

Não tinha como ser ela.

Apoiando-se em um joelho, a figura se virou, a capa e o *vestido* esvoaçando ao seu redor enquanto a pessoa mirava a flecha bem na minha cabeça.

Puta merda.

Eu não conseguia ver o rosto dela debaixo do capuz, mas soube que era ela. Era a Donzela, ali fora na Colina (não em seus aposentos onde deveria estar), com a porra de uma flecha apontada para a minha cabeça.

Eu não sabia se deveria rir.

Ou gritar.

Ela puxou o ar de maneira audível, mas não disse nada enquanto continuava de joelhos, e caralho, aqueles dedos não tremiam ao segurar a flecha.

— Você é... — Embainhei a espada e me peguei, de alguma forma, sem saber o que dizer, mas não por muito tempo. — Você é absolutamente magnífica. Linda.

Vi apenas uma pequena reação dela. Sua cabeça encapuzada se moveu uma fração de centímetro, mas foi tudo.

Minha mente estava a toda enquanto eu a observava. Era evidente que ela me reconhecia, mas provavelmente acreditava que sua identidade permanecia secreta, e era compreensível. Ela não sabia que eu conseguia identificar seu cheiro.

Meu coração ainda pulsava com a adrenalina, mas não era só aquilo que fazia meu sangue pulsar. Dei uma olhada rápida lá para baixo da Colina.

Não tinha ninguém perto de nós, e ninguém prestaria atenção. Não com o caos que mal conseguia ser contido ali na frente.

E assim tomei uma rápida decisão, resolvendo entrar na dela. Ver até onde levaria aquilo. Até onde *eu* levaria aquilo.

E eu já sabia que com frequência eu levava as coisas longe demais.

— A última coisa que eu esperava era encontrar uma dama encapuzada, com talento para tiro ao alvo, ocupando uma das ameias — comentei, um sorriso surgindo em meu rosto quando ela continuou calada. Estendi a mão. — Posso ajudá-la?

Ela não pegou minha mão. Lógico que não. Mas abaixou o arco, segurando-o com uma só mão. Nada disse quando gesticulou para que eu me afastasse.

Meus Deuses, ela realmente não ia falar.

Arqueei a sobrancelha enquanto levava a mão que tinha oferecido ao próprio peito e chegava para trás. Então, lutando para não rir, fiz uma reverência.

Ela fez um som suave que não consegui decifrar bem enquanto colocava o arco na borda abaixo dela. Senti-a me encarando enquanto ia até a escada e descia.

Ela não tinha desviado o olhar de mim.

E havia pegado o arco de novo.

Garota esperta.

— Você é uma...

Fiquei em silêncio de novo. Estreitei os olhos quando ela enfiou o arco *debaixo* da capa, prendendo-o às costas.

O arco era dela?

Para que caralhos ela tinha um arco?

Para matar Vorazes com a coisa, era evidente, mas aquilo levava à próxima pergunta. Como ela sabia matar um Voraz com um arco, cacete?

Ah, eu tinha tantas perguntas.

A Donzela deu um passo para a direita e parecia estar saindo da ameia. Entrei na frente dela.

— O que você está fazendo aqui em cima?

Não houve resposta.

Em vez disso, ela passou por mim com toda a altivez de uma... de uma *Princesa*. Torci os lábios. Eu tinha me esquecido de que a tinha chamado assim no Pérola Vermelha.

Eu me virei, segurando seu braço.

— Eu acho que...

A Donzela girou, contorcendo-se debaixo do meu braço. Fiquei de queixo caído. O choque me paralisou. Eu nem me mexi enquanto ela se agachava atrás de mim e chutava, me dando uma rasteira.

*Ela* tinha *me* dado uma *rasteira*.

— Caralho.

Arfei, segurando na parede para evitar cair. Ainda estava em choque. Eu não conseguia acreditar.

A Donzela quase tinha me feito cair de bunda no chão.

*A Donzela*, que naquele momento fugia de mim.

Nem fodendo.

Afastando-me da parede, desembainhei a adaga presa ao quadril. Disparei com precisão, acertando a parte de trás de sua capa. A ação a fez girar e a lançou contra a parede. Ela abaixou a cabeça encapuzada.

Dei um sorrisinho enquanto me aproximava dela.

— Aquilo não foi muito gentil.

Ela segurou o cabo da minha adaga, soltando-a. Para minha total descrença... e um *interesse* que aumentava depressa, ela girou a maldita adaga na mão, como se fosse uma especialista na coisa, segurando-a pela lâmina.

Fiquei imóvel.

— Não faça isso.

Ela a atirou bem na minha cara, mas fui rápido, segurando-a pelo cabo. Parte irritado e parte, bem, fascinado com sua absoluta audácia, voltei a me aproximar dela enquanto fazia um som de repreensão com a boca.

Ela disparou de novo, descendo correndo a Colina estreita e perigosamente alta enquanto usava... sapatilhas. Ela tinha *perdido* a cabeça.

Engolindo uma risada, eu me lancei pela muralha, ganhando velocidade. Eu não era nada além de uma sombra enquanto passava um nível acima dela. Pulei da muralha, aterrissando agachado diante dela.

Seu corpo se sacudiu, e seus pés acabaram deslizando. Ela caiu, batendo o quadril no chão, e quase me senti mal por isso.

Só que ela tinha jogado uma adaga na minha *cara*.

— Isso, então, não foi nada gentil. — Eu me levantei quando ela ergueu a cabeça na direção da muralha. — Sei que estou precisando cortar o cabelo, mas a sua mira está ruim. Seria melhor você treinar mais porque tenho muito apreço pelo meu rosto.

Fui até ela, notando que ela tinha ficado totalmente imóvel, e eu devia ter desconfiado. Devia mesmo. Mas parte da minha mente ainda não tinha captado o que eu estava vendo. O que estava descobrindo. E a outra metade ainda estava fascinada com a atitude dela... com o fogo nela.

Ela deu um chute, acertando a parte inferior da minha perna esquerda. Soltei um grunhido com a pequena onda de dor enquanto ela pulava para ficar de pé, girando para a direita. Fui bloquear seu caminho, e a espertinha desviou para a esquerda, me sacaneando como se eu fosse um novato.

E naquele momento eu me sentia um.

Bloqueei o caminho pela esquerda também.

Ela não ficou feliz. Era evidente. Porque girou, chutando a partir das dobras de sua capa...

Pegando seu tornozelo, segurei firme quando as laterais da capa se abriram, revelando a perna desnuda do joelho para baixo. Arqueei a sobrancelha.

— Que escândalo.

Ela grunhiu.

A Donzela realmente *grunhiu* para mim.

Uma risada me escapou, uma que eu nem consegui considerar conter.

— E que sapatilhas delicadas. De cetim e seda? Tão bem-feitas quanto a sua perna. O tipo de sapatos que nenhum guarda da Colina usaria.

Ela tentou se soltar.

— A menos que receba um uniforme diferente do meu.

Soltei o tornozelo dela, mas eu aprendia rápido. Segurei seu braço, puxando-a contra meu peito, sem deixar brecha para que ela me chutasse. Ou pelo menos era o plano.

Só que o cheiro dela, toda aquela doçura, me rodeou, e senti seu corpo colado a cada parte do meu que não estava coberta por couro e ferro. Não havia um único centímetro entre nós, e a última vez que eu estivera perto assim de um corpo macio fora...

Porra, fora quando eu estava com ela.

O desejo pulsou em mim enquanto eu observava seu rosto encapuzado, tão de repente e tão intenso que suspirei...

O cheiro dela ficou mais denso ao meu redor, ainda mais doce, o que era *muito* intrigante.

Abaixei a cabeça e levantei o outro braço.

— Sabe o que eu acho...?

A lâmina quente pressionada em meu pescoço me fez parar.

A Donzela estava com uma faca no meu pescoço.

A maldita adaga de osso de lupino.

Eu tinha me esquecido que ela tinha aquilo.

Senti raiva porque aquilo já era ir longe demais, na minha honesta opinião. É tudo muito divertido até que alguém envolva um punhal...

A dor me assustou. Não porque machucou. Mal foi o caso. E não porque calou minha mente. A dor não fez aquilo daquela vez. Foi o choque.

Ela tinha tirado sangue.

Meu sangue.

A irritação sumiu quando o choque surgiu, e a encarei, o divertimento tomando o lugar dos sentimentos anteriores, junto a outra coisa. Algo bem mais forte. Tesão. Um tesão puro, forte e intenso. E pelos Deuses, aquilo indicava que havia algo de bem fodido na minha pessoa. Mas não foi a dor que me deixou duro que nem pedra em um instante. A dor não tinha aquele efeito em mim.

Foi a ousadia dela.

Sua coragem.

Sua habilidade.

A absoluta imprudência e o fogo que queimava tão forte dentro dela. E eu nunca quis alguém tanto quanto eu a queria. Bem ali.

Pelos Deuses, se ela fosse qualquer outra pessoa, eu responderia ao desejo que captei dela. Eu a pressionaria na parede e meu pau estaria dentro dela tão rápido, tão forte, que ficaríamos os dois tontos. Mas ela não era qualquer outra pessoa.

— Correção — adicionei, e outra risada me escapou enquanto o sangue escorria pelo meu pescoço. — Você é uma criaturinha absolutamente deslumbrante e assassina. — Olhei para a adaga, não mais disposto a seguir o jogo dela fingindo que não a reconhecia. — Bela arma. Pedra de sangue e osso de lupino. Muito interessante... — Fiz uma pausa. — *Princesa*.

O choque a atingiu feito uma onda. Ela afastou a adaga.

Segurei seu pulso.

— Você e eu temos muito o que conversar.

— Nós não temos nada para conversar — devolveu ela.

Senti uma satisfação feroz.

— Ela sabe falar! Pensei que você gostasse de conversar, Princesa. Ou é só quando você está no Pérola Vermelha?

Ela ficou calada de novo.

— Você não vai fingir que não faz ideia do que eu estou falando, não é? Vai me dizer que você não é ela?

Ela tentou soltar o braço.

— Solte-me.

— Ah, eu acho que não. — Eu me virei com brusquidão, encurralando-a contra a parede antes que ela decidisse usar o braço livre contra mim. Eu me inclinei à frente, invadindo seu espaço pessoal. — Depois de tudo que compartilhamos, você atira uma adaga contra o meu rosto?

— Tudo o que compartilhamos? Foram só alguns minutos e uns beijos — respondeu ela, sacudindo o corpo de leve.

— Foram mais do que alguns beijos — contrapus, olhando para seus seios descendo e subindo com a respiração profunda. — Se você esqueceu, eu estou mais do que disposto a lembrá-la.

O cheiro do desejo dela ficou mais forte, e meu pau respondeu àquilo pulsando de um jeito quase doloroso.

Ela levantou a cabeça.

— Não aconteceu nada que valesse a pena lembrar.

Uma mentirosinha.

— Agora você me insulta depois de atirar uma adaga em mim? Você feriu os meus mais profundos sentimentos.

— Profundos sentimentos? — Ela bufou. — Não seja tão dramático.

— É difícil não ser dramático depois que você atirou uma adaga na minha *cabeça* e então cortou o meu pescoço — rebati.

— Eu sabia que você sairia do meu caminho.

— Sabia? Foi por isso que você tentou rasgar minha garganta?

— Eu fiz *uma incisão* na sua pele — contrapôs ela. — Porque você se recusou a me soltar. Você nitidamente não aprendeu nada com isso.

— Na verdade, eu aprendi muito, Princesa. É por isso que suas mãos e sua adaga estão bem longe do meu pescoço. — Rocei o polegar na parte interna de seu pulso. — Mas se você soltar a adaga, eu deixarei que as suas mãos passeiem por boa parte do meu corpo.

Eu deixaria mesmo.

Naquele momento eu a deixaria fazer qualquer coisa.

Exceto ficar calada.

— Como você é generoso — retrucou.

Meu sangue pareceu pegar fogo, e caralho, aquela sensação não tinha nada a ver com provocação.

— Quando me conhecer, você vai descobrir que eu posso ser *bastante* benevolente.

Ela prendeu a respiração.

— Não tenho a intenção de conhecê-lo.

— Então quer dizer que você costuma invadir sorrateiramente os aposentos dos rapazes para seduzi-los antes de fugir?

— O quê? — Ela arfou. — Seduzir rapazes?

— Não foi isso que você fez comigo, Princesa?

Comecei a acariciar seu pulso para cima e para baixo.

— Você é ridículo.

— Estou *intrigado*, isso sim.

Eu estava mesmo.

Ela grunhiu, tentando se soltar.

— Por que você insiste em me segurar desse jeito?

— Bem, além do que já repassamos, sobre eu ter muito apreço pelo meu rosto *e* pescoço, você também não deveria estar aqui. Faz parte do meu trabalho detê-la e interrogá-la.

— Você costuma interrogar quem não conhece desse jeito? Que método mais estranho de interrogatório.

— Apenas mulheres bonitas com pernas desnudas e bem torneadas. — Eu me inclinei por cima dela, achando graça por ela achar que eu não relacionava ela e o Pérola Vermelha com ela ser a Donzela. — O que você estava fazendo aqui em cima durante um ataque dos Vorazes?

— Dando um passeio relaxante à noite.

Abri um sorriso.

— O que você estava fazendo aqui, Princesa?

— O que parece que eu estava fazendo?

— Parece que você estava sendo incrivelmente tola e imprudente.

— Como é? — Sua voz estava tomada pela descrença. — Como é que eu estava sendo imprudente enquanto matava um Voraz atrás do outro e…

— Será que há uma nova política de recrutamento que não estou sabendo e estamos precisando de damas seminuas na Colina? Estamos tão desesperados assim por proteção?

— Desesperados? — A descrença havia desaparecido de sua voz. Em seu lugar surgiu a raiva. — Por que a minha presença na Colina seria um sinal de desespero quando, como você viu, eu sei usar um arco muito bem? Ah, espere aí. É porque eu tenho seios?

Arqueei as sobrancelhas.

— Conheci mulheres com seios menos bonitos que eram capazes de derrubar um homem sem pestanejar. Mas nenhuma dessas mulheres está aqui na Masadônia. E você é incrivelmente habilidosa. Não apenas com uma flecha. Quem a ensinou a lutar e a manejar uma adaga?

Silêncio.

— Aposto que foi a mesma pessoa que te deu essa lâmina — deduzi.

— Pena que quem quer que seja não a ensinou a evitar uma captura. Bem, pena para *você*, quero dizer.

Aquilo a fez reagir.

Ela ergueu o joelho, tentando acertar uma parte do meu corpo pela qual eu tinha um grande apreço.

Bloqueei o golpe antes que ela me fizesse gemer de dor feito uma criancinha.

— Você é tão incrivelmente agressiva. — Fiz uma pausa. — Acho que gosto disso.

— Me solte! — comandou ela.

— Para ser chutado ou apunhalado? — Sentindo que ela estava prestes a me chutar de novo, enfiei a perna entre as dela, evitando que a ação se concretizasse. — Nós já discutimos isso, Princesa. Mais de uma vez.

Ela lançou os quadris para a frente, e imaginei que estivesse tentando me empurrar para trás. Não, eu *sabia* o que ela estava tentando fazer. Era uma ação inteligente, na verdade.

Mas não foi o que conseguiu.

O que ela conseguiu foi basicamente *cavalgar* na minha coxa, e eu que não reclamaria. Não mesmo. Só que o desejo pulsando dentro de mim me deixava um tanto desequilibrado. Era intenso demais. Rápido demais. Por exemplo, se ela continuasse com aquilo, eu era capaz de fazer algo que não fazia desde que era um menino e acabar gozando na calça sem nem mesmo ser tocado.

E, porra, aquilo era...

Eu não sabia o que era.

Fazia parecer que o chão da Colina estava se movendo quando encostei a bochecha em sua cabeça encapuzada. Atordoado com a minha reação e com... tudo nela, falei:

— Eu voltei para vê-la naquela noite. Assim como prometi. Eu voltei, mas você não estava mais lá. Você me prometeu, Princesa.

Ela puxou o ar com suavidade. Um tremor leve sacudiu seu corpo.

— Eu... eu não podia.

— Não podia? — Deixei os olhos se fecharem por um momento, e aquilo foi tolo. Ela provavelmente me daria uma cabeçada, mas eu gostava daquela respiração suave e das palavras ditas baixinho. — Tenho a impressão de que, se for algo que você deseje bastante, nada a impedirá.

Ela deu uma risada, e foi fria e dura. Abri os olhos.

— Você não sabe de nada.

— Talvez. — Soltei seu braço, mas antes que ela se movesse, enfiei a mão dentro de seu capuz e toquei sua bochecha direita. Ela arfou enquanto eu me permitia mergulhar na sensação da pele quente dela contra a minha, só por um instante. — Talvez eu saiba mais do que você imagina.

Ela ficou imóvel.

Não se afastou.

Aquilo me agradou. Muito mesmo. Só que ela parecia não admitir que eu conhecia as duas versões dela. A jovem curiosa e responsiva que surpreendentemente levava jeito com a luta, e a Donzela calada e submissa de branco. Ou ao menos estava disposta a fingir que eu não sabia que elas eram a mesma pessoa.

Eu não permitiria aquilo.

Pressionei a bochecha na lateral esquerda de seu capuz.

— Acha mesmo que eu não sei quem você é?

Seu corpo ficou tenso contra o meu.

Aham. Eu estava certo.

Sorri.

— Você não tem nada a dizer sobre isso? — Abaixei a voz para sussurrar: — *Penellaphe*?

Ela exalou de maneira audível. Um instante se passou, um tempo que ela usou para afiar aquela língua.

— Você só descobriu isso agora? Nesse caso, fico preocupada que você seja um dos meus guardas pessoais.

Dei uma risada.

— Eu soube no momento em que você tirou o véu.

Eu soubera antes daquilo, mas ela não poderia saber disso.

— Então por que... por que você não disse nada?

— Para você? Ou para o Duque?

— Qualquer um dos dois — sussurrou ela.

— Eu queria ver se você mencionaria o assunto. Mas parece que ia fingir que não é a mesma garota que frequenta o Pérola Vermelha.

— Eu não frequento o Pérola Vermelha. Mas fiquei sabendo que você sim.

— Você ficou perguntando por aí a meu respeito? Fico lisonjeado.

— Eu não perguntei nada.

— Não sei muito bem se acredito nisso. Você conta um monte de mentiras, Princesa.

— Não me chame assim — bradou, irritada.

— Prefiro Princesa a como devo chamá-la. *Donzela.* — E aquela era a verdade mesmo, cacete. — Você tem um nome. E não é esse.

— Eu não perguntei o que você gosta ou deixa de gostar.

— Mas perguntou por que eu não contei ao Duque sobre as suas excursões. Por que eu faria isso? Sou o seu guarda pessoal. Se eu a traísse, você não confiaria em mim, e isso certamente tornaria o meu trabalho de mantê-la em segurança muito mais difícil.

Ela inclinou a cabeça de leve. Mais alguns instantes se passaram.

— Como pode ver, eu sou capaz de me manter a salvo.

— Estou vendo.

Eu me inclinei para trás, franzindo as sobrancelhas, então lembrei do que Vikter tinha dito.

— Hawke! — chamou Pence, fazendo-me ficar subitamente tenso. — Tudo bem aí em cima?

Olhei para baixo, certificando-me de que o capuz dela estava no lugar antes de gritar de volta:

— Tudo bem.

— Você tem que me deixar ir embora — sussurrou ela. — Alguém vai acabar vindo aqui em cima...

— E pegar você no flagra? Forçá-la a revelar a sua identidade? Pode ser uma coisa boa.

Ela inalou com força.

— Você disse que não me trairia...

— Eu disse que não a *traí*, mas isso foi antes de saber que você faria algo assim. O meu trabalho seria muito mais fácil se eu não tivesse que me preocupar com você se esgueirando para lutar contra os Vorazes... ou se encontrando com homens aleatórios em lugares como o Pérola Vermelha — argumentei, mais para mim mesmo. — E quem sabe o que mais você faz quando todo mundo acha que está em segurança nos seus aposentos.

— Eu...

— Imagino que, depois que contasse ao Duque e à Duquesa, eu não teria mais que me preocupar com a sua tendência de pegar um arco e subir até a Colina.

— Você não tem a menor ideia do que o Duque faria se contasse a ele. Ele... — Ela parou de falar.

Eu me imobilizei.

— Ele o quê?

Ela ergueu o queixo.

— Não importa. Faça o que achar necessário.

Eu não tinha intenção alguma de contar qualquer coisa ao Duque. Eu estava, em grande parte, só implicando com ela.

— É melhor você voltar logo para os seus aposentos, Princesa. — Eu me afastei. Tinha mais perguntas, mas teriam que esperar. — Teremos que terminar essa conversa mais tarde.

# ESSE VESTIDO VAI ACABAR COMIGO

Não me demorei, parando apenas por tempo o suficiente para lavar o rosto ensanguentado e me livrar da armadura pesada. Eu não fazia ideia de quando Vikter retornaria ao posto, e tinha perguntas a fazer a...

Eu não podia mais pensar nela como a Donzela. Verdade fosse dita, desde o Pérola Vermelha eu estava tendo dificuldade de pensar nela daquele jeito.

Agora, ela era... Penellaphe.

Abri e fechei as mãos ao lado do corpo. Antes, eu conseguia me forçar a pensar nela apenas como a Donzela. Não mais. Era como uma virada de chave. Quando havia acontecido, eu não sabia dizer. Podia ter sido no momento em que percebi que era ela na Colina. Ou quando ela quase me derrubou.

Ou quando arremessou uma adaga na minha cara.

Abri um sorriso irônico ao subir a escada. O *quando* não importava. O porquê sim, mesmo que não devesse importar, mas eu não podia ignorar o que acontecera na Colina. Ou o que não acontecera.

Eu não tinha pensado em por que eu estava ali. No meu passado. No futuro. No meu irmão. Eu não tinha pensado em nenhum dos meus planos. Eu só estava... *vivendo* o momento. Não existindo. Não confabulando. Não me deliciando com a ideia de vingança. Sobrevivendo com a noção de que eu estava fazendo tudo aquilo por Malik.

Eu não tinha sido eu mesmo.

Ou talvez eu *tivesse* sido, só por alguns minutos.

E aquilo era perturbador pra caralho.

Entretanto, no fim não mudava nada.

Com a respiração meio instável, segui para o corredor vazio e parei diante dos aposentos de Penellaphe. Eu conseguia ouvir a voz de Tawny.

— Muitas bandeiras de luto serão hasteadas amanhã — disse ela.

Sim, infelizmente, seriam mesmo.

Bati à porta.

— Eu atendo — anunciou Tawny, e passos ágeis e suaves se seguiram. A porta se abriu, e uma série de emoções passou pelo rosto bonito da dama antes de ela abrir um sorriso. — A Donzela está dormindo...

— Duvido muito.

Fui entrando, com zero paciência para cortesia ou etiqueta. Vasculhei o quarto com o olhar, encontrando-a...

Parei logo que entrei quando ela... quando *Penellaphe* se levantou da cama e se virou, os dedos emaranhados na trança que ela desfazia.

Ela estava sem o véu.

E fiquei congelado por alguns instantes enquanto observava suas feições. A sobrancelha arqueada. A curva teimosa da mandíbula. Os lábios entreabertos de surpresa. Ela era...

Contendo-me, fechei a porta com o pé. A irritação comigo mesmo cresceu.

— Está na hora daquela conversa, Princesa. — Olhei para Tawny. — Os seus serviços não são mais necessários esta noite.

Tawny ficou boquiaberta.

Penellaphe desentrelaçou as mãos do cabelo.

— Você não tem autoridade para dispensá-la!

— Não? — Arqueei a sobrancelha. — Como seu Guarda Real pessoal, eu tenho autoridade para remover qualquer ameaça.

— Ameaça? — Tawny franziu a testa. — Eu não sou uma ameaça.

— Você representa a ameaça de inventar desculpas ou mentir em nome de Penellaphe. Assim como me disse que ela estava dormindo quando, na verdade, sei que ela estava na Colina — apontei.

Tawny fechou a boca, e se voltou à Penellaphe.

— Tenho a impressão de que estou perdendo uma informação importante.

— Não tive a chance de te contar — começou Penellaphe. — E não era tão importante assim.

Bufei.

— Aposto que foi uma das coisas mais importantes que já aconteceram com você em um bom tempo.

Penellaphe estreitou os olhos.

— Você tem um senso de participação na minha vida bastante desproporcional se acha mesmo isso.

— Acho que tenho uma boa noção do papel que desempenho na sua vida.

— Duvido muito — rebateu ela.

Meus lábios tremeram de divertimento enquanto eu focava o olhar no dela.

— Fico me perguntando se você realmente acredita em metade das mentiras que conta.

— Eu não estou mentindo — contrapôs ela enquanto Tawny revezava a atenção entre nós dois. — Muito obrigada.

Perdi a batalha, e o sorriso tomou meu rosto.

— Se é isso que você precisa dizer a si mesma, Princesa.

— Não me chame assim!

Ela bateu o pé no chão.

Arqueei a sobrancelha. Aquilo foi... adorável. Bater o pé no chão. Principalmente porque eu suspeitava de que ela preferiria que minha cara estivesse debaixo daquele pé.

— Isso a fez se sentir bem?

— Sim! Porque a outra opção seria dar um chute em você.

Eu estava certo. Ri, adorando aquele lado dela.

— Tão agressiva.

Ela formou punhos com as mãos.

— Você não devia estar aqui.

— Eu sou o seu guarda pessoal. Posso estar onde quer que eu seja necessário para mantê-la em segurança.

— E do que você acha que precisa me proteger aqui? — Ela fez questão de olhar ao redor, como se buscasse a ameaça. — Uma cama desarrumada na qual eu possa bater o dedão do pé? Ah, espere aí, você está preocupado que eu possa desmaiar? Sei como você é bom em lidar com tais emergências.

— Você me parece mesmo um pouco pálida. A minha habilidade em socorrer mulheres frágeis e delicadas pode ser útil.

Penellaphe puxou o ar com força.

— Mas pelo que pude perceber, além de uma tentativa de sequestro ou outra, você, Princesa, é a maior ameaça a si mesma.

— Bem… — Tawny alongou a palavra. — Ele até que tem razão.

— Você não está ajudando — rebateu Penellaphe.

— Penellaphe e eu precisamos conversar — afirmei. — Garanto que ela está a salvo comigo e aposto que vai contar tudo o que discutirmos para você mais tarde.

Tawny cruzou os braços.

— Vai, sim. Mas não é tão divertido quanto testemunhar a conversa.

Penellaphe suspirou.

— Está tudo bem, Tawny. Vejo você pela manhã.

— Sério? — resmungou Tawny.

— Sério. Tenho a impressão de que, se você não for embora, ele vai ficar parado ali drenando todo o precioso ar do meu quarto…

— Enquanto permaneço excepcionalmente bonito — acrescentei, só para provocá-la. Funcionou. Ela fez uma carranca. — Você esqueceu de mencionar isso.

Tawny deu uma risadinha.

— E eu gostaria de descansar um pouco antes de o sol nascer.

Tawny soltou o ar, alto.

— Tá bom. — Ela me lançou um olhar. — *Princesa*.

— Ah, meus Deuses — murmurou Penellaphe.

Observei enquanto Tawny ia embora.

— Eu gosto dela.

— É bom saber — retrucou Penellaphe. — Sobre o que você gostaria de falar que não podia esperar até de manhã?

Virando-me para ela de novo, permiti-me observá-la… enxergá-la. O que sobrava da trança havia se desfeito. Ela tinha… muito cabelo. Eu não havia percebido aquilo no Pérola Vermelha, nem em outros momentos em que a vira, porque o cabelo estivera preso.

— Você tem um cabelo lindo.

Ela ficou sem reação, parecendo ter sido pega de surpresa. Caralho, *eu* fui pego de surpresa. Mas ela se recuperou rápido.

— Era sobre isso que você queria falar?

— Não exatamente.

Então abaixei o olhar, desviando minha atenção de seu rosto pela primeira vez desde que entrara ali.

Eu não deveria ter me permitido fazer aquilo porque, graças à luz tremeluzente da lareira e das lamparinas, vi coisas *demais*.

Ela usava uma camisola branca e fina que deixava apenas as partes mais escondidas dela para que eu precisasse imaginar. E os Deuses sabiam que minha imaginação era bem fértil. Mas o que eu vi...

Era perfeição.

Era pura perfeição, da inclinação de seus ombros até as pontinhas dos dedos dos pés curvados contra o chão de pedra, principalmente o que estava entre um ponto e outro. O vestido era solto, mas as curvas amplas de seu corpo estavam visíveis debaixo do tecido. As ondulações de seus seios fartos. A leve curva interna de sua cintura, o volume de seus quadris e aquelas coxas incríveis.

Cacete.

Voltei a focar o olhar no dela. Suas bochechas estavam com um rubor bonito, e ela alcançou o robe ao pé da cama.

Dei um sorriso de canto.

Ela se refreou, olhando para mim. Aquele queixo se ergueu um pouco enquanto eu esperava que ela se cobrisse, parte de mim esperando que fizesse isso.

A outra metade implorando quase em silêncio para que não o fizesse.

Ela não se cobriu. Ela ficou imóvel em uma estranha e intrigante mistura de timidez e ousadia que era... devastadora. Eu precisava sair daquele quarto e desanuviar a cabeça. Centrar-me.

Não foi o que fiz.

— Era isso o que você vestia sob a capa? — perguntei.

— Não é da sua conta.

Tinha sido *sim*. Mas que caralho, ela estivera lutando comigo praticamente nua debaixo da capa. Perceber aquilo fez meu sangue ferver ainda mais, o que era a última coisa de que eu precisava.

— Parece que devia ser — murmurei.

Ela inflou o peito, brusca.

— Isso parece ser um problema seu, não meu.

Uma risada subiu por minha garganta enquanto eu a observava, completamente perplexo. E com tesão. Inteiramente intrigado. E, Deuses, eu não me lembrava da última coisa que tinha me intrigado de verdade. Para ser sincero, eu não deveria gostar daquele lado dela. Seria mais fácil de lidar com uma Donzela submissa e assustada.

Nada com ela seria fácil.

— Você... você não é nada como eu esperava.

Ela me encarou por um bom tempo.

— Por causa da minha habilidade com o arco e a adaga? Ou foi o fato de eu ter te derrubado?

— Você *quase* me derrubou — corrigi. — Todas essas coisas. Mas você esqueceu de mencionar o Pérola Vermelha. Eu nunca pensei que fosse encontrar a Donzela lá.

Ela bufou.

— Imagino que não.

Mantendo o olhar no meu por mais um momento, ela se virou. A forma como caminhava era completamente diferente da que eu tinha visto antes. Os passos eram graciosos e calculados enquanto a extensão desnuda de sua perna se espreitava pela fenda na camisola. Era porque ela não estava assoberbada, de maneira literal e figurativa, pelas correntes do véu?

— Aquela foi a primeira vez que estive no Pérola Vermelha. — Ela se sentou, com as mãos se apoiando no colo. Eu a vira sentar bem daquele jeito como a Donzela, mas era diferente no momento. — E subi até o segundo andar porque Vikter apareceu lá. — Ela franziu o nariz. — Ele teria me reconhecido, mascarada ou não. Subi porque uma mulher me disse que o quarto estaria vazio. Não estou te dizendo isso porque tenha que me explicar, só estou dizendo... a verdade. Não sabia que você estava no quarto.

— Mas você sabia quem eu era — constatei.

— É óbvio. — Ela voltou a atenção ao fogo. As chamas ondularam sobre a madeira grossa. — A sua chegada já tinha provocado bastante... burburinho.

— Fico lisonjeado — murmurei.

Ela curvou a boca de leve.

— O motivo pelo qual eu decidi ficar no quarto não está em discussão.

Discutir aquilo não era exatamente necessário.

— Eu sei por que você ficou no quarto.

— Sabe?

— Agora tudo faz sentido.

E tinha feito sentido na hora. Ela fora até lá porque queria viver.

— O que você vai fazer a respeito da minha ida à Colina? — perguntou ela, os dedos se contorcendo no colo.

Ela achava que eu ia dedurá-la? Fui até onde ela estava sentada e acenei para o assento vazio.

— Posso?

Penellaphe confirmou com a cabeça.

Eu me sentei de frente para ela, os cotovelos apoiados nos joelhos enquanto eu observava as sombras do fogo dançando pelo seu rosto.

— Foi Vikter quem treinou você, não foi?

Não houve resposta, mas a pulsação dela se acelerou.

— Só pode ter sido ele. Vocês dois são muito chegados, e ele está com você desde que chegou à Masadônia.

— Você tem feito perguntas por aí.

— Eu seria estúpido se não tentasse descobrir tudo o que pudesse a respeito da pessoa que tenho o dever de proteger até a morte.

Ou de raptar.

— Eu não vou responder à sua pergunta.

— Por que você tem medo de que eu conte ao Duque, mesmo que não tenha feito isso antes?

— Você disse na Colina que devia fazer isso — lembrou ela. — Que facilitaria o seu trabalho. Eu não vou prejudicar ninguém.

Inclinei a cabeça.

— Eu disse que *devia*, não que *faria* isso.

— Há alguma diferença?

— Você devia saber que sim. — Analisei os contornos elegantes de suas bochechas. As cicatrizes não estragavam sua aparência em nada. Era por causa da beleza dela que a faziam usar o véu? Facilitava que protegessem sua... *virtude*. Afastei os pensamentos. — O que Sua Alteza faria se eu tivesse contado a ele?

Ela curvou os dedos para dentro.

— Não importa.

Uma mentirada.

— Então por que você disse que eu não tinha a menor ideia do que ele faria? Parecia que você queria me dizer mais alguma coisa, mas se conteve.

Respirando fundo, ela olhou para o fogo.

— Eu não ia te dizer nada.

Eu não acreditava nadinha naquilo. Lembrei de quando ela fora ver o Duque. De seu sumiço depois.

— Você e Tawny reagiram de um modo estranho à convocação dele.

— Nós não esperávamos que ele me chamasse naquele momento — explicou.

— Por que você ficou no seu quarto por quase dois dias depois de ter sido convocada por ele?

Eu a observei com atenção, e notei a forma como ela pressionou os dedos com força nas palmas das mãos. Lembrei do pesadelo que ela havia tido na noite anterior. Do cheiro que eu sentira nela. Pinha e sálvia. Arnica. A planta era usada para muitas coisas, inclusive para curar feridas e hematomas.

Eu me recostei no assento, apertando com força os braços da cadeira enquanto uma ira gélida me tomava.

— O que ele fez com você?

— Por que você se importa?

— Por que não me importaria?

Ela não sabia dos meus planos, e eles não incluíam que ela se machucasse... bem, que se machucasse mais do que já havia acontecido.

Devagar, ela virou o rosto em minha direção de novo.

— Você não me conhece...

— Eu aposto que a conheço melhor do que a maioria das pessoas.

As bochechas dela coraram outra vez.

— Isso não significa que você me conhece, Hawke. Não o bastante para se importar comigo.

— Sei que você não é como os outros membros da Corte — argumentei.

— Eu não faço parte da Corte.

Ergui as sobrancelhas.

— Você é a Donzela. Você é vista como a filha dos Deuses pelos plebeus. Eles a têm em mais alta conta que um Ascendido, mas eu sei que você tem compaixão. Naquela noite, quando conversamos sobre a morte no Pérola Vermelha, você realmente sentiu empatia pelas perdas que eu havia sofrido. Não foi uma gentileza forçada.

— Como você sabe?

— Sou bom em avaliar o caráter das pessoas. Você não falou comigo por medo de ser descoberta até que eu me referi a Tawny como sua empregada. Você a defendeu mesmo correndo o risco de se expor. — Fiz uma pausa, pensando no que tinha visto na reunião da Câmara Municipal. — Além disso, eu a vi.

— Viu o quê?

Eu me inclinei à frente mais uma vez, abaixando a voz:

— Eu a vi durante a reunião na Câmara Municipal. Você não concordava com o Duque e a Duquesa. Eu não podia ver o seu rosto, mas percebi que você estava desconfortável. Você se sentiu mal por aquela família.

Ela estava imóvel.

— Tawny também.

Quase soltei uma risada.

— Sem querer ofender a sua amiga, mas ela parecia estar dormindo durante a maior parte do conselho. Duvido que ela soubesse o que estava acontecendo.

Ela parou de mexer os dedos no colo.

— E você sabe lutar. E bem. E mais que isso, você é nitidamente corajosa. Há muitos homens, homens *treinados*, que não iriam até a Colina durante um ataque dos Vorazes se não tivessem que fazer isso. — Eu a observei com atenção enquanto dizia: — Os Ascendidos poderiam ter ido até lá, e eles teriam mais chances de sobreviver, mas não foram. Você foi.

Ela balançou a cabeça.

— Essas coisas são apenas traços de personalidade. Não quer dizer que você me conheça bem o bastante para se importar com o que acontece ou deixa de acontecer comigo.

Não me passou despercebido o fato de ela não ter tido resposta ao que eu falei sobre os Ascendidos, o que era intrigante.

— Você se importaria com o que acontecesse comigo?

— Bem, sim. — Ela franziu a testa. — Eu me importaria...

— Mas você não me conhece.

Ela apertou os lábios.

Eu me recostei, exalando com força. Meu respeito por ela só se intensificava.

— Você é uma pessoa decente, Princesa. É por isso que se importa.

— E você não é uma pessoa decente?

Bufei.

— Eu sou muitas coisas. Decente raramente é uma delas.

Ela franziu o nariz enquanto parecia pensar naquilo.

Era hora de eu retomar o assunto sobre o qual ela não falava.

— Você não vai me contar o que o Duque fez, vai? — Eu me estiquei um pouco. — Sabe que eu vou acabar descobrindo de um jeito ou de outro.

Ela deu um pequeno sorriso.

— Se você acha isso.

— Eu sei que sim — garanti, e senti o pinicar na nuca de novo. Relaxei as mãos nos braços da cadeira enquanto o silêncio entre nós se estendia por alguns segundos. Um sentimento muito esquisito e inexplicável me assolou. — É estranho, não é?

— O quê?

Nossos olhares focaram um no outro, e senti de novo. O pinicar na nuca. O repuxar no peito. A sensação de que eu...

— Como parece que eu a conheço há muito mais tempo. Você também se sente assim.

Logo que as palavras saíram da minha boca, pensei que talvez eu devesse dar um soco no próprio pau. Tinha soado tolo. *Era* tolo. Mas não mudava o que eu sentia.

Ela abriu a boca, e pensei que fosse responder. Ou, ao menos, rir de mim. Ela não fez nenhuma das coisas, aparentemente tendo mais bom senso do que eu e mantendo os pensamentos íntimos para si. Então desviou o olhar, focando nas mãos.

Resolvi mudar de assunto.

— Por que você estava na Colina?

— Não era óbvio?

— Não a sua motivação. Pelo menos me diga isso — insisti. — Diga-me o que a levou a subir até lá para enfrentar os Vorazes.

Ela ficou calada e relaxou os dedos, enfiando dois deles debaixo da manga direita.

— Você sabe como eu fiquei com a cicatriz no meu rosto?

— A sua família foi atacada por um Voraz quando você era criança. Vikter...

— Ele contou para você? — Ela abriu um sorriso cansado e retirou a mão de dentro da manga. — Não é a única cicatriz. Quando eu tinha 6 anos, os meus pais decidiram sair da capital e morar no Vale Niel. Eles queriam uma vida mais sossegada, ou pelo menos foi o que me disseram. Não me lembro muito bem da viagem, só que a minha mãe e o meu pai estavam incrivelmente tensos durante todo o percurso. Ian e eu éramos muito pequenos e não sabíamos quase nada a respeito dos Vorazes, então não ficamos com medo de estar lá fora nem de parar em um dos vilarejos, um lugar que, mais tarde me disseram, não tinha um ataque de Vorazes havia décadas.

Fiquei calado enquanto ela falava, focando totalmente em Penellaphe. Eu nem piscava.

— Havia apenas uma modesta muralha, como na maioria das cidades pequenas, e ficamos na estalagem por uma noite. O lugar cheirava a cravo e canela. Eu me lembro disso. — Ela fechou os olhos. — Eles vieram à noite, com a névoa. Não havia mais tempo depois que eles apareceram. O meu pai... Ele saiu para tentar afastá-los, enquanto minha mãe nos escondia, mas eles entraram pela porta e pelas janelas antes que ela pudesse fugir.

Voltei a apertar os braços da cadeira quando ela engoliu em seco. Pelos Deuses, ela devia ter ficado apavorada.

— Uma mulher, alguém que estava hospedada na pousada, conseguiu pegar Ian e levá-lo para um quarto escondido, mas eu não quis abandonar a minha mãe e isso só... — Ela franziu o cenho, seu rosto ficando pálido. — Acordei dias depois, de volta à capital. A Rainha Ileana estava ao meu lado. Ela me contou o que havia acontecido. Que os nossos pais tinham morrido.

— Eu sinto muito — falei, e era sério. — Sinto mesmo. É um milagre que você tenha sobrevivido.

— Os Deuses me protegeram. Foi o que a Rainha me disse. Que eu era a Escolhida. Mais tarde, fiquei sabendo que essa foi uma das razões pelas quais a Rainha havia implorado aos meus pais que não deixassem a segurança da capital. Que... que se o Senhor das Trevas ficasse sabendo que a Donzela estava desprotegida, ele mandaria os Vorazes atrás de mim.

Trinquei tanto a mandíbula que senti dor. Eu não tinha nada a ver com o que acontecera com a família dela. Eu nem sabia da existência dela naquele período.

— Ele queria que eu fosse morta naquela época, mas, pelo visto, parece que agora quer que eu viva.

Ela deu uma risada, e o som pareceu doloroso quando ela olhou para mim.

Forcei um tom de voz neutro:

— O que aconteceu com a sua família não é sua culpa, e pode haver inúmeras razões pelas quais eles atacaram aquele vilarejo. — Passei a mão pelo cabelo. — O que mais você lembra?

— Ninguém… ninguém naquela estalagem sabia como lutar. Nem os meus pais, nem as mulheres, nem mesmo os homens. Todos eles dependiam de guardas. — Ela esfregou uma das mãos na outra. — Se os meus pais soubessem se defender, eles poderiam ter sobrevivido. A chance podia até ser pequena, mas ainda assim seria melhor do que nada.

Então entendi. Na hora. Por que ela aprendera a lutar.

— E você quer ter essa chance.

Penellaphe concordou com a cabeça.

— Eu não vou… eu me recuso a ser indefesa.

E eu conhecia bem aquela promessa.

— Ninguém deveria ser.

Ela parou de mexer os dedos, exalando com suavidade.

— Você viu o que aconteceu hoje à noite. Eles alcançaram o topo da Colina. Se um deles conseguir entrar, outros seguirão no seu encalço. Nenhuma muralha é impenetrável e, mesmo que fosse, os mortais voltam do lado de fora da Colina amaldiçoados. Isso acontece com mais frequência do que as pessoas imaginam. A qualquer momento, essa maldição pode se espalhar pela cidade. Se eu tiver que morrer…

— Você vai morrer lutando.

Ela confirmou com a cabeça de novo.

Fiquei calado por um tempo, registrando tudo aquilo.

— Como eu disse antes, você é muito corajosa.

— Eu não acho que seja coragem. — Penellaphe voltou a olhar para as mãos. — Acho que é… medo.

— Medo e coragem costumam ser a mesma coisa. — Repeti para ela o que meu pai tinha dito para Malik e eu certa vez, quando estávamos aprendendo a manejar uma espada. — Podem transformá-la em uma guerreira ou em uma covarde. A única diferença é a pessoa em quem esses sentimentos residem.

Ela ergueu o olhar para o meu.

— Você parece ser muito mais velho do que é.

— Apenas metade do tempo — respondi com um sorriso. — Você salvou muitas vidas hoje à noite, Princesa.

— Mas muitos morreram.

— Muitos mesmo. Os Vorazes são uma praga interminável.

Ela descansou a cabeça no encosto da cadeira e remexeu os dedos em frente ao fogo.

— Enquanto um Atlante viver, haverá mais Vorazes.

— É o que dizem. — Virei em direção ao fogo que se apagava, lembrando a mim mesmo que ela não sabia da verdade. A maioria dos mortais não sabia. Eles... Outra coisa me veio à mente. As coisas começavam a se encaixar. A admiração que as pessoas tinham por ela ia além de ouvirem que ela era a Escolhida pelos Deuses. O que Jole Crain havia dito. Aqueles lenços brancos e as pessoas que ajudavam a conceder paz àqueles acometidos. — Você disse que mais homens voltam do lado de fora da Colina amaldiçoados do que as pessoas imaginam. Como sabe disso?

Ela não respondeu.

— Eu ouvi rumores — prossegui, mentindo. Foquei o olhar nela. — Não se fala muito a respeito disso, e no máximo em sussurros.

— Você vai ter que me dar mais detalhes.

— Ouvi dizer que a filha dos Deuses ajuda aqueles que são amaldiçoados — elaborei, pensando em Jole. — Que ela os ajuda a morrer com dignidade.

Penellaphe umedeceu os lábios.

— Quem disse uma coisa dessas? — perguntou logo depois.

— Alguns guardas — respondi, o que não era verdade. Um guarda dissera, um guarda moribundo. — Para ser sincero, eu não acreditei neles a princípio.

— Bem, você devia ter continuado com a sua reação inicial. Eles estão enganados se acham que eu cometeria um ato de traição à Coroa.

Eu sabia que ela não estava sendo sincera.

— Eu não acabei de dizer que sou bom em avaliar o caráter das pessoas?

— E daí?

— E daí que eu sei que você está mentindo e entendo por que você faria isso. Aqueles homens falam de você com tanta admiração que, antes mesmo de conhecê-la, eu meio que esperava que você fosse uma filha dos Deuses. Eles nunca a denunciariam.

— Pode até ser, mas você os ouviu falando a respeito. Outras pessoas também poderiam ouvi-los.

— Talvez eu devesse ser mais explícito em relação aos rumores. Na verdade, eles estavam falando comigo — expliquei. — Pois eu também ajudo os amaldiçoados a morrer com dignidade. Fazia isso na capital e faço aqui também.

O que era verdade. Jole não foi o primeiro, nem seria o último.

Ela abriu a boca e ficou me encarando. Era evidente que não esperava que eu dissesse aquilo.

— Os homens que voltam amaldiçoados já deram tudo pelo reino. Não serem tratados como os heróis que são, mas arrastados para a morte diante uma plateia, é a última coisa pela qual eles ou as famílias deveriam passar.

Ela continuou me encarando, mas um leve brilho surgiu naqueles olhos de um verde-esmeralda. Um instante se passou. E mais um, enquanto nos encarávamos. Eu não sabia o que ela estava pensando. Merda, eu não sabia nem o que *eu* estava pensando. Ela tinha me deixado chocado pra caralho naquele dia. Várias vezes. Era muita coisa para digerir. E eu tinha certeza de que ela não sabia o que pensar a meu respeito também. Era evidente que não confiava totalmente em mim, não com seus segredos, ao menos, e eu precisava da confiança dela.

Eu *queria* a confiança dela.

E eu não conseguiria aquilo naquela noite.

Eu me inclinei à frente na cadeira.

— Estou atrapalhando seu sono por tempo demais.

Ela arqueou a sobrancelha.

— Isso é tudo o que você tem a dizer sobre a minha ida à Colina?

— Eu só lhe peço uma coisa. — Eu me levantei. — Na próxima vez que sair, use sapatos apropriados e uma roupa mais pesada. Essas sapatilhas vão acabar com você. — Olhei para o vestido fino demais e quase grunhi. — E esse vestido... comigo.

# CAIR NAS GRAÇAS

— Por que você está guardando segredo?

Franzindo a testa, eu me virei para Vikter. Estávamos ali em silêncio enquanto Tawny ajudava Penellaphe a se arrumar para a convocação. Os Teerman precisavam falar ao povo da cidade depois do ataque de Vorazes. Tinha morrido gente demais para eles negligenciarem a situação como se fosse um pequeno incidente.

— Guardando segredo sobre o quê?

Os olhos azuis alertas e sempre desconfiados focaram nos meus.

— Ela esteve na Colina.

Dei uma olhada na porta, com imagens dela mirando uma flecha em mim alternando com a visão dela dentro do quarto, sem o véu, com o cabelo se derramando livre pelos ombros.

— Por que não me perguntou isso quando fui ao seu encontro ontem?

Eu tinha ido encontrá-lo assim que saí dos aposentos dela na noite anterior, em parte por irritação e estratégia. Eu queria saber por que caralhos ele estivera lá fora na Colina quando devia ter estado resguardando-a. Também pensei que se ela contasse a ele antes que eu contasse, ele pensaria que eu estava escondendo algo dele. Aquilo poderia fazê-lo ficar mais desconfiado do que já estava, o que o levaria a bisbilhotar ainda mais até que começasse a descobrir todas as outras coisas mais importantes que eu escondia dele.

— Eu pensei a respeito durante a noite — retrucou Vikter. — Então, estou perguntando agora.

— E não era para eu manter o que vi em segredo? Eu devia tê-la denunciado à Sua Alteza?

Respirei fundo quando ele se virou para mim.

— Fiz uma pergunta séria, Hawke.

— E eu também fiz — contrapus.

A paciência dele estava tão fina quanto a boca ficava. A minha também. Tínhamos aquilo em comum no momento.

— Porra, você sabe que ela não pode sair do castelo sem um guarda, muito menos estar na Colina.

— Tecnicamente, eu a reportei. A você, quem devia ter estado vigiando-a ontem à noite — apontei, e ele fechou a boca tão rápido que jurei ter ouvido seus ossos rangerem. — Talvez ela não tivesse ido à Colina se você tivesse permanecido no seu posto. — Deixei as palavras serem absorvidas. — Ao menos agora eu sei *por que* você deixaria a Donzela sem guarda durante um ataque de Vorazes.

Vikter não respondeu.

— Entretanto, tenho a sensação de que ela conseguiria ter saído de lá mesmo que você tivesse permanecido na porta — prossegui, voltando a atenção à porta fechada, pensando nos motivos dela para estar na Colina. — Ela me contou por que precisava estar lá.

— E então? — pressionou Vikter.

Enquanto prestava atenção à textura da madeira, eu me perguntei exatamente o que ela tinha compartilhado com o Guarda Real para incitar aquele monte de perguntas.

— E respeito isso... precisar fazer algo além de depender dos outros para se proteger.

— Por causa do que ela passou?

Sim.

E não.

Meu respeito por aquilo, por *ela*, era uma coisa muito complexa.

— Mesmo se ela não tivesse passado pelo que passou com os Vorazes, ainda consigo entender por que alguém gostaria de ter um papel mais ativo na própria proteção e na defesa daqueles com quem a pessoa se importa.

— A maioria não entenderia, principalmente considerando quem ela é.

Senti a onda de frustração.

— Eu não sou a maioria. — Olhei para ele. — E nem você.

Ele estreitou os olhos.

— Está insinuando o quê?

— Ah, Vikter, faz favor. — Ri, balançando a cabeça. — Acha que eu não sei quem a ensinou a lutar e a usar um arco? Você fez um ótimo trabalho. Ela quase me fez cair de bunda no chão.

— Obviamente o trabalho não foi bom o bastante — murmurou ele.

— Do contrário, ela teria feito você cair de bunda no chão.

Abri um sorriso. Ele não fazia ideia de como aquele "quase" era impressionante.

— Como falei para ela, não vou denunciá-la para os Teerman nem para ninguém.

Vikter ficou calado só por alguns instantes.

— Não faz sentido.

Suspirei.

— Você poderia conquistar a estima dos Teerman ao mantê-los informados — argumentou Vikter. — Poderia se dar ainda melhor com eles.

Lembrando a mim mesmo que socar Vikter não me faria conquistar estima alguma, respondi:

— Eu não tenho desejo algum de cair nas graças deles.

Ele estava tão próximo no momento que senti o peito dele roçar em meu braço quando o guarda respirou.

— Então é seu desejo cair nas graças *dela*?

Senti um ímpeto de irritação e me virei para ele devagar.

— Agora sou eu quem pergunto o que está insinuando.

Seu olhar ficou fixo ao meu por vários instantes tensos.

— Ela é a Donzela. É melhor não se esquecer disso.

Eu sabia aonde ele queria chegar, e o guarda tinha todos os motivos de me lembrar daquilo. Mais do que ele achava, porque eu já não pensava nela mais como a Donzela. Pelas últimas dez horas mais ou menos, quando pensava nela, eu a via como tinha visto na noite anterior, não na Colina, mas dentro de seu quarto, naquela camisola quase inexistente. Eu não via problema algum na segunda questão, mas na primeira? No não pensar nela como a Donzela? Aquilo poderia ser problemático.

Porque assim como no caso do respeito, era uma coisa muito complexa.

— Passei a maior parte do dia pensando no porquê você guardaria o segredo dela. O que você ganharia com isso — continuou Vikter. — E você sabe o que me ocorreu?

— Tenho certeza de que você vai me dizer.

— Você está tentando conquistar a confiança dela.

Vikter estava certo. Eu precisava da confiança dela. Eu queria aquilo, e havia um mundo de diferença entre querer e precisar. E aquela era a terceira coisa complexa com a qual eu precisava lidar.

— Lógico que quero a confiança dela. Não vou conseguir cumprir meu dever se ela não confiar em mim.

— Isso é verdade. — Vikter olhou para a porta. — E é melhor que esse seja o único motivo.

— Corrija-me se eu estiver errado, embora eu tenha bastante certeza de que não estou. Contudo, acredito que você disse que não precisava saber o que eu estava pensando para que qualquer um de nós desempenhasse as próprias funções.

Observei o músculo pulsando em sua mandíbula. Sorrindo, voltei a olhar para a porta.

— Você não estava errado — admitiu Vikter depois de um tempo.

— Eu sei. Raramente estou.

Ouvi passos se aproximando do outro lado da porta, graças aos Deuses.

— Hawke.

— Hum?

— Você pode estar certo. — Ele foi para a minha frente quando a porta enfim se abriu. — E ainda assim estar errado.

279

# DE SANGUE E CINZAS

— Foi por causa da Bênção dos Deuses que a Colina não foi invadida na noite passada. — O Duque gritou a mentira para todo mundo na Masadônia e além ouvir.

Mal consegui me conter para não começar a rir até cair do balcão enquanto estava atrás de Penellaphe e Tawny. A Colina não havia sido invadida por causa daqueles que a defendiam, muitos dos quais haviam morrido fazendo aquilo. *Muitos mesmo*, pensei, ao observar a multidão lá embaixo. O ar ainda estava pesado com a fumaça das piras e dos incensos funerais. Eu não conseguia nem contar quantos usavam o branco do luto nem quantas bandeiras pretas estavam penduradas em casas.

— Eles alcançaram o topo! — gritou um homem lá debaixo, onde um aglomerado de pessoas estava sob a luz de lamparinas a óleo e tochas. — Quase conseguiram invadir a Colina. Será que estamos a salvo?

— Quando acontecer novamente? — perguntou a Duquesa. — Porque isso vai acontecer novamente.

— Isso certamente vai abrandar o medo da população — murmurei.

— A verdade não foi projetada para abrandar o medo de ninguém — respondeu Vikter com a voz baixa também.

Dei um sorrisinho.

— Então é por isso que contamos mentiras?

— E que mentira foi contada? — contrapôs ele.

Como se fosse apenas uma.

— A de que os Deuses foram os responsáveis por a Colina não ter sido invadida. Os responsáveis foram aqueles que a defenderam.

— As duas coisas não se excluem mutuamente — retrucou ele.

Por um instante, considerei a ideia de segurar Vikter pelo pescoço e o arremessar do balcão. Entretanto, imaginei que aquilo não me ajudaria a conquistar a confiança de Penellaphe.

— Os Deuses não falharam com vocês — afirmou a Duquesa Teerman ao ir à frente, segurando o parapeito que alcançava sua cintura. — Nós não falhamos com vocês. Mas os Deuses estão *in*felizes. É por isso que os Vorazes alcançaram o topo da Colina.

Uma onda de medo assolou a multidão lá embaixo como um dilúvio.

— Nós conversamos com eles — continuou a Duquesa, proferindo o discurso menos reconfortante que eu já tinha ouvido na vida. A multidão ia ficando cada vez mais pálida. — Eles não estão satisfeitos com os últimos acontecimentos, nem aqui nem nas cidades vizinhas. Eles temem que o bom povo de Solis tenha começado a perder a fé nas suas decisões e esteja se voltando para aqueles que desejam comprometer o futuro deste grande reino.

Mas que grande baboseira.

Uma baboseira efetiva, porém. A multidão gritou em negativa, bem como os guardas fizeram na noite anterior, quando Jansen havia perguntado se eles deixariam que a Colina fosse invadida. O empinar nervoso dos cavalos atraiu minha atenção enquanto eu analisava a multidão, percebendo Kieran montado em um cavalo.

— O que achavam que aconteceria quando aqueles que seguem e conspiram com o Senhor das Trevas estão no meio de vocês agora mesmo? — perguntou o Duque, exigente. — Enquanto falo, neste exato momento, os olhares dos Descendidos me encaram, entusiasmados que os Vorazes tenham tirado tantas vidas na noite passada.

Kieran inclinou a cabeça, e eu sabia que era difícil para ele, tanto quanto era para mim, não fazer nada enquanto os Ascendidos espalhavam aquelas mentiras ridículas.

— Nessa multidão, há Descendidos que oram pela chegada do Senhor das Trevas — proclamou o Duque. E era verdade. — As mesmas pessoas que comemoraram o massacre de Três Rios e a queda da Mansão Brasão de Ouro. Olhem para os lados e talvez vejam alguém que ajudou a conspirar para o sequestro da Donzela.

Estreitei os olhos, e Penellaphe mudou o peso de um pé ao outro.

— Os Deuses ouvem e sabem de tudo. Até o que não é dito, mas reside no coração — disse o Duque de onde estava ao lado da esposa. — O que qualquer um de nós pode esperar? Quando aqueles que os Deuses fizeram de tudo para proteger vêm até nós e questionam o Ritual?

Mas que caralhos?

Penellaphe ficou imóvel e estreitei os olhos para o Duque. O que acontecera na noite anterior não tivera nada a ver com os Deuses, muito menos com a família Tulis, como ele tentava insinuar.

— O que podemos esperar quando há quem deseje nos ver mortos? — perguntou o Duque, erguendo as mãos. — Quando somos Deuses em forma humana e a única coisa entre vocês e o Senhor das Trevas e a maldição que o seu povo lançou sobre esta terra?

Tive que dar tudo de mim para não rir. Os Ascendidos não ficariam entre o povo e um ratinho.

O Duque continuou tagarelando, incitando a multidão e a enchendo de ansiedade e ira assim como faria um maldito Devorador de Almas. Era daquele jeito que se controlava as massas. Dando-lhes algo a temer, algo a que culpar por todas as perdas, e algo a que odiar. A efetividade daquilo sempre me surpreendia, e ainda assim...

Kieran captou minha atenção, acenando para a frente da multidão com o queixo. Checando os rostos ali embaixo, eu me detive em um homem loiro de ombros largos familiar, que se encaminhava para a frente.

Lev Barron.

Merda.

O que ele estava tramando? Pela última meia hora mais ou menos, cada vez mais ele estivera se aproximando da parte da frente da multidão. Não era o único. Havia mais três com ele, e eu não os reconhecia. Ao contrário do que diria o Duque, eu não conhecia todos os Descendidos.

De repente Penellaphe deu um passo para trás.

Vikter a segurou pelo ombro.

— Você está bem?

Foquei nela. Ela não se movia, mas tremia. Eu não achava que mais alguém tivesse percebido aquilo. Quem poderia culpá-la quando o Duque seguia gritando a plenos pulmões?

— Mas se continuarmos assim, os Deuses não nos abençoarão de novo. Os Vorazes vão invadir a Colina e então não restará nada além de terror — afirmou o Duque Teerman. — Se tiverem sorte, eles avançarão na sua garganta e vocês terão uma morte rápida. Mas a maioria não terá tanta sorte assim. Os Vorazes vão rasgar a carne de vocês, se banqueteando com o seu sangue enquanto vocês gritam pedindo a ajuda dos Deuses em que perderam a fé.

Mas caralho, pelos Deuses...

— Esse deve ser o discurso menos tranquilizador já feito depois de um ataque — murmurei.

Penellaphe sacudiu o corpo de leve, mas a tremedeira pareceu parar uns instantes depois. Ao observar a linha reta de suas costas, senti a tensão me tomar. Com base no que eu vira na noite anterior e no que soubera antes disso, ela não era alguém que se assustava com facilidade.

Mas ela sabia qual era a sensação real do horror que o Duque descrevia, porque tinha acontecido com ela. Era a dor e o medo que ela conhecia por experiência própria.

Ainda assim, ela saía e ajudava os infectados, sabendo que poderiam se transformar a qualquer momento.

Meu respeito relutante por ela cresceu.

Penellaphe inclinou a cabeça para Vikter.

— Está vendo aquele homem? — sussurrou ela. — O loiro perto dos guardas. De ombros largos. Alto. Vestindo uma capa marrom. Evidentemente com raiva.

Fiquei surpreso quando ela descreveu Lev. Como em nome dos Deuses ela o tinha percebido?

— Sim — confirmou Vikter, aproximando-se dela.

— Há outros como ele — complementou ela.

— Estou vendo — respondeu Vikter. — Fique alerta, Hawke. Pode...

— Haver algum problema? — interrompi, identificando Lev na multidão outra vez. Sim, ele estava evidentemente com raiva. Estava escrito nas feições rígidas, e os outros com ele estavam do mesmo jeito. Silenciosos. A fúria cravada em seus rostos. — Estou de olho no loiro há uns vinte minutos. Ele vem avançando lentamente. Outros três também se aproximaram.

— Estamos seguros? — perguntou Tawny, mantendo sua atenção na multidão.

— Sempre — garanti.

Eles estavam mesmo. Lev? Eu tinha para mim que não estaria.

Penellaphe assentiu quando Tawny olhou para ela, abaixando a mão para a lateral direita do vestido. Abri um sorriso discreto. Ela estava com a adaga, não estava?

Aplausos ecoaram de repente, e supus que os Teerman tivessem enfim dito algo inspirador.

— E honraremos a sua fé no povo de Solis não protegendo aqueles que vocês suspeitam de seguir o Senhor das Trevas, aqueles que não buscam nada além da destruição e da morte — afirmou a Duquesa. — Vocês serão amplamente recompensados nesta vida e na próxima. Nós podemos prometer isso a vocês.

A multidão respondeu em júbilo, até gritando como honrariam os Deuses durante o Ritual.

Se os Deuses estivessem de fato despertos, era provável que golpeassem a Duquesa ali mesmo.

A Duquesa se afastou do parapeito, ficando ao lado do Duque.

— Existe uma maneira melhor de demonstrar a nossa gratidão aos Deuses do que celebrar o Ritual?

— Mentiras! — gritou Lev em meio à multidão. — *Mentirosos.*

Porra, onde ele estava com a cabeça?

— Vocês não fazem nada para nos proteger enquanto se escondem no castelo, atrás dos guardas! Não fazem nada além de roubar crianças em nome de Deuses falsos! — gritou Lev. — Onde estão os terceiros e quartos filhos e filhas? Onde eles estão de verdade?

Um murmúrio de choque tomou a multidão e Penellaphe.

Lev enfiou a mão dentro da capa, e porra, ele foi rápido. Ele inclinou o braço para trás...

— Peguem-no! — gritou Jansen.

Vikter se colocou à frente de Penellaphe um segundo antes de eu passar o braço pela cintura dela, puxando-a contra mim quando um objeto passou voando por nós, batendo na parede e caindo no chão do balcão.

Lev havia jogado a mão de alguém... a mão de um Voraz.

Vikter se inclinou, pegando-a.

— O que, em nome dos Deuses, é isso?

Segurando Penellaphe, vi Lev de joelhos, os braços retorcidos para trás, e o sangue lambuzando sua boca. Apertei a cintura de Penellaphe com mais força enquanto lutava contra o instinto de intervir. Eu não podia intervir. Não havia nada que ninguém pudesse fazer por Lev naquele momento.

Ele sabia daquilo, ainda assim levantou a cabeça em direção ao balcão em desafio... E encarou Penellaphe.

Para *mim* ele gritou:

— De sangue e cinzas... — Um guarda o segurou pela nuca. — Nós ressurgiremos! De sangue e cinzas, nós ressurgiremos!

E nós faríamos isso.

Por ele.

Por todos aqueles que permaneciam calados, que não podiam falar.

Nós ressurgiríamos.

# HÁ UMA ESCOLHA

— Onde aquele homem arrumou a mão de um Voraz? — perguntou Tawny enquanto passávamos debaixo das flâmulas, atravessando o Salão Principal enquanto Vikter ficava para trás para falar com o Comandante.

— Ele pode ter ido até o lado de fora da Colina e cortado a mão de um dos mortos da noite passada — sugeri, andando ao lado de Penellaphe, mas ficando um passo atrás, pensando em Lev e em seu destino inevitável.

Eu não conhecia o homem tão bem, mas odiava não saber porra nenhuma do que aconteceria com ele.

Ele devia ter ficado calado, mas havia chegado ao limite, e eu tinha certeza de que o bebê que fora transformado em Voraz tinha contribuído pra cacete com aquilo. Era compreensível. Haveria outros como ele. Aquilo deveria me deixar empolgado, mas não aconteceu, pois eles teriam o mesmo destino que o de Lev.

— Isso é... — Tawny engoliu em seco, colocando a mão no peito. — Eu não tenho palavras para isso.

— Não acredito no que ele disse a respeito das crianças, dos terceiros e quartos filhos e filhas — comentou Penellaphe.

— Nem eu — concordou Tawny.

Ele tinha feito uma excelente pergunta. Aquelas crianças não serviam aos Deuses. Não passavam de gado.

— Eu não ficaria surpreso se mais pessoas pensassem a mesma coisa — opinei, e arqueei a sobrancelha quando elas me olharam em choque. Bem, era como eu presumia que Penellaphe estivesse olhando para mim. Ela usava o maldito véu. — Nenhuma daquelas crianças foi vista novamente.

— Elas foram vistas pelos Sacerdotes e Sacerdotisas e também pelos Ascendidos — disse Tawny.

— Mas não pela família. — Analisei o átrio, não vendo nada além das estátuas. — Se as pessoas pudessem ver os filhos de vez em quando, essas crenças seriam facilmente descartadas, e os medos, dissipados.

— Ninguém deveria fazer uma afirmação dessas sem provas — argumentou Penellaphe. — Tudo o que faz é causar preocupação e pânico desnecessários. Um pânico que os Descendidos criaram e então aproveitaram para explorar.

— Concordo — respondi, olhando para baixo quando chegamos à escadaria. — Cuidado onde pisa. Não gostaria que você prosseguisse com o seu novo hábito, Princesa.

— Tropeçar uma vez não é um hábito — afirmou ela. — E se concorda, por que você disse que não ficaria surpreso se mais pessoas se sentissem da mesma maneira?

Porque eu não concordava. Entretanto, eu não poderia dizer aquilo.

— Porque concordar não quer dizer que eu não entenda o motivo de algumas pessoas pensarem assim. Se os Ascendidos estivessem mesmo preocupados com a credibilidade dessas afirmações, tudo o que tinham de fazer era permitir que as crianças fossem vistas. Não posso acreditar que isso interfira tanto com a servidão aos Deuses.

Penellaphe olhou para a amiga.

— O que você acha?

— Acho que vocês dois estão dizendo a mesma coisa — respondeu a acompanhante.

Dei um sorriso de canto de boca enquanto subíamos a escada em silêncio e chegávamos ao andar dos aposentos delas. Ao alcançar o quarto de Tawny, parei.

— Se você não se importa, preciso falar com Penellaphe em particular por um momento.

Tawny olhou para Penellaphe como se estivesse a ponto ou de gritar ou de rir.

— Está tudo bem — garantiu Penellaphe.

Tawny assentiu, abrindo a porta de seu quarto.

— Se precisar de mim, me chame. — A acompanhante fez uma pausa dramática. — *Princesa*.

Penellaphe soltou um grunhido enquanto a porta se fechava.

Soltei uma risada.

— Eu gosto mesmo dela.

— Aposto que ela adoraria ouvir isso.

— Você gostaria de ouvir que eu gosto de você? — provoquei, virando-me para ela.

— Você ficaria triste se eu dissesse que não?

— Eu ficaria arrasado.

Penellaphe bufou.

— Aposto que sim.

Abri um grande sorriso. Eu gostava daquilo... do cinismo dela.

Ela fez menção de abrir a porta.

— Sobre o que você queria conversar?

Entrei na frente dela.

— Eu deveria entrar primeiro, Princesa.

— Por quê? Você acha que alguém pode estar esperando por mim?

— Se o Senhor das Trevas já veio atrás de você antes, então ele virá de novo — respondi com o rosto surpreendentemente neutro enquanto adentrava o quarto.

Duas lamparinas a óleo estavam perto da cama e da porta. Havia lenha queimando na lareira. Ainda assim o quarto parecia frio e sem vida.

Memorizei a localização de outra porta ali, que ficava próxima da janela. Eu não a tinha percebido na outra noite (ou eu estivera ocupado demais olhando para ela), mas pensei ter descoberto como ela saía escondida dos aposentos. Eu tinha para mim que a porta levava a uma das muitas escadarias de serviço inutilizadas na antiga ala. Abri um sorriso.

— Já posso entrar? — perguntou ela de trás de mim. — Ou devo esperar aqui enquanto você inspeciona debaixo da cama à procura de poeira?

Olhei por cima do ombro.

— Não estou preocupado com a poeira. Mas com degraus? Isso, sim.

— Ah, meus Deuses...

— E o Senhor das Trevas vai continuar atrás de você até conseguir o que quer — adicionei, desviando o olhar. — O quarto deve ser sempre inspecionado antes de você entrar. — Virando-me para ela, pensei em como ela tinha ficado abalada antes. — Você está bem?

— Sim. Por que a pergunta?

— Tive a impressão de que alguma coisa aconteceu com você enquanto o Duque se dirigia ao povo.

— Eu estava... — Ela levantou um dos ombros. — Fiquei um pouco tonta. Acho que não comi o suficiente hoje.

Sem conseguir ver nada acima de sua boca, eu não conseguia identificar se ela dizia a verdade.

— Eu odeio isso.

Penellaphe inclinou a cabeça para o lado.

— Odeia o quê?

— Eu odeio falar com o véu.

— Ah. — Ela levantou as mãos, tocando nas correntes. — Imagino que a maioria das pessoas não goste.

— Eu não acredito que *você* goste.

— Não gosto — admitiu ela, e um rompante de... alguma coisa passou por mim. Uma satisfação ao ouvir que ela não gostava de usar o véu? Eu não achava que fosse aquilo. — Quer dizer, eu preferiria que as pessoas pudessem me ver.

Eu também.

— Como é a sensação?

Ela abriu a boca para falar, mas ficou calada, o que foi quase insuportável, enquanto ia até uma das cadeiras e se sentava. Imaginei que não fosse responder.

E só então respondeu:

— É sufocante.

Senti o peito se apertar enquanto eu olhava para ela. Quase desejei que ela não tivesse respondido. Ou que eu não tivesse perguntado.

— Então por que você o usa?

— Eu não sabia que tinha uma escolha.

— Você tem uma escolha agora. — Eu me ajoelhei na frente dela. — Somos apenas você e eu, quatro paredes e uma quantidade ridiculamente inadequada de móveis.

Os lábios dela tremeram, achando graça.

— Você fica de véu quando está com Tawny? — perguntei.

Penellaphe negou com a cabeça.

— Então por que está de véu agora?

— Porque... eu posso ficar sem o véu quando estou com ela.

— Fui informado de que você deveria ficar de véu o tempo todo, mesmo diante das pessoas que tinham permissão de vê-la.

Ela não tinha resposta para aquilo.

Então, esperei.

Ela suspirou.

— Não fico de véu quando estou no meu quarto e não espero que ninguém além de Tawny entre. E não uso nesses momentos porque me sinto... mais no controle. Eu posso ter...

— A escolha de não o usar? — adivinhei.

Penellaphe confirmou com a cabeça, devagar.

— Você tem uma escolha agora — afirmei.

— Tenho, sim — sussurrou ela.

Vasculhei o véu com o olhar, sem conseguir ver nada além das sombras debaixo dele. Mas as mãos dela... estavam se contorcendo no colo de novo, revelando o que eu não conseguia ver em seu rosto. Eu me ergui.

— Estarei lá fora se você precisar de alguma coisa.

Penellaphe não disse nada enquanto eu saía dos aposentos. Assumi o posto em frente à porta do quarto, com o coração batendo rápido demais, considerando que eu não tinha feito nada. Encarei a parede diante de mim. Por que eu tinha falado de escolha? Eu não tinha certeza, mas sentia que era importante que ela entendesse que escolhas existiam. Que ela soubesse que estava tudo bem ficar sem véu perto de mim. E aquilo não tinha nada a ver com precisar da confiança dela.

Não tinha nada a ver com os meus planos, nada mesmo.

# UM TOQUE DE PAZ

— Skotos — pronunciou a Sacerdotisa Analia, interrompendo Penellaphe.
— Pronuncia-se como Sko*tis*.

Estreitei os olhos para as costas da Sacerdotisa. *Não* era daquele jeito que se pronunciava Skotos.

— Você sabe disso, Donzela — continuou a Sacerdotisa naquele tom duro que estivera me dando nos nervos desde que chegamos à sala. Cada palavra que a mulher falava era acompanhada de uma ferroada. — Fale corretamente.

Penellaphe respirou fundo e começou outra vez, lendo um volume que era grosso demais para ser composto só de mentiras.

E, ao que parecia, pronúncias errôneas.

Pensando bem, quem sabia de verdade o que havia no livro ou qual era o propósito de lê-lo quando a Sacerdotisa continuava interrompendo Penellaphe de cinco em cinco segundos, caralho? Eu queria arrancar o livro das mãos dela e dar com o volume na cabeça da mulher. Ou melhor, eu pagaria um bom dinheiro para ver Penellaphe pegando a banqueta dura na qual estava sentada e a jogando na Sacerdotisa. Dei um sorrisinho. Aquilo podia ser extremo, mas eu não conseguia negar que assistiria à cena com gosto.

Eu também teria muito gosto em jogar a Sacerdotisa pela janela.

Nem preciso dizer que eu estava de mau humor.

E havia um monte de motivos para tal, entre eles a falta de sono. Não era fácil dormir nos meus aposentos, como não fora no dormitório. Em parte por causa do que com certeza estava acontecendo com Lev, e as acusações infundadas já ocasionadas pelo discurso menos motivacional da década proferido pelos Teerman, ao menos de acordo com Jansen. Cinco pessoas, nenhuma das quais tinha nada a ver com os Descendidos, haviam sido denunciadas ao Comandante. Então, quando eu tinha conseguido pegar no sono, os pesadelos me encontraram, mas em vez de serem sobre onde fui mantido preso, foram sobre meu irmão.

— ...*que ficava no sopé das Montanhas Skotis...*

— Na verdade, pronuncia-se como Skotos — interrompi, não mais disposto a deixar que aquilo prosseguisse.

Ela virou a cabeça sob o véu na minha direção enquanto a Sacerdotisa ficava rígida no assento, diante de Penellaphe. A mulher se virou para me analisar de cima a baixo. Seu cabelo castanho estava tão repuxado para trás de seu rosto agressivo que era de admirar que os fios não tivessem se partido.

O olhar marrom-escuro da Sacerdotisa Analia ficou indiferente.

— E como você saberia disso?

— A minha família vem das fazendas não muito longe de Pompeia, antes que a região fosse destruída e se tornasse as Terras Devastadas que conhecemos hoje — respondi, o que tecnicamente não era mentira. Minha família tinha vindo daquelas redondezas. — O povo daquela região sempre pronunciou o nome das montanhas como a Donzela fez na primeira vez. O idioma e o sotaque das pessoas do extremo oeste podem ser difíceis... para alguns aprenderem. No entanto, parece que a Donzela não pertence a esse grupo.

Penellaphe mordeu o lábio inferior e abaixou o queixo, como se quisesse esconder um sorriso.

A Sacerdotisa não teve uma reação parecida. Seus ombros ossudos debaixo do vestido carmesim ficaram rígidos.

— Eu não sabia que tinha pedido a sua opinião.

— Peço desculpas.

Fiz uma reverência com a cabeça.

*Só mais uns dias*, eu me lembrei. Só isso.

A Sacerdotisa Analia assentiu.

— Desculpas...

— Eu só não queria que a Donzela soasse ignorante — continuei, desfrutando do rubor de raiva que tingiu as bochechas da Sacerdotisa — se surgisse alguma conversa a respeito das Montanhas Skotos. Mas vou permanecer em silêncio de agora em diante. — Olhei para Penellaphe. Sua boca estava aberta em forma de "o" no momento. — Por favor, continue, Donzela. Você tem uma voz tão agradável que até mesmo eu fiquei fascinado com a história de Solis.

Ela relaxou o aperto no volume.

— ...*que ficava no sopé das Montanhas Skotos. Os Deuses finalmente tinham escolhido um lado.*

Aquela era uma baboseira.

— *Nyktos, o Rei dos Deuses, e o seu filho Theon, o Deus da Guerra, apareceram diante de Jalara e seu exército* — continuou Penellaphe com mais uma mentira. Theon não era filho de Nyktos. — *Desconfiados do povo Atlante e de sua sede insaciável por sangue e poder, eles tencionavam ajudar a acabar com a crueldade e a opressão que haviam ceifado aquelas terras sob o domínio de Atlântia. Jalara Solis e o seu exército eram corajosos, mas Nyktos, em sua sabedoria, viu que eles não conseguiriam derrotar os Atlantes, que haviam obtido uma força física sobrenatural através do derramamento de sangue inocente...*

— Eles mataram milhares de pessoas durante o seu reinado — elaborou a Sacerdotisa de novo, dessa vez parecendo estar à beira de um orgasmo. — Derramamento de sangue é uma descrição sutil para o que eles realmente fizeram. Eles *morderam* as pessoas.

Eu estava com bastante vontade de mordê-la no momento.

— Beberam o seu sangue e ficaram embriagados de poder, com uma força imensa e praticamente imortais — prosseguiu ela. — E aqueles que não morreram se tornaram a peste que conhecemos como Vorazes. Foi contra eles que os nossos amados Rei e Rainha assumiram uma posição e se prepararam para lutar até a morte para derrubar.

Penellaphe assentiu.

— Continue — comandou a Sacerdotisa.

— *Não querendo ver o fracasso de Jalara, do Arquipélago de Vodina, Nyktos concedeu a primeira Bênção dos Deuses, compartilhando o sangue dos Deuses com Jalara e seu exército* — leu Penellaphe, estremecendo de leve. — *Encorajados com a força e o poder, Jalara, do Arquipélago de Vodina, e seu exército conseguiram derrotar os Atlantes durante a Batalha dos Ossos Quebrados, terminando assim com o domínio daquele reino corrompido e miserável.*

Era realmente aquilo que eles ensinavam às pessoas de Solis? Meus Deuses, era tudo um monte de porcaria. Não havia Bênção nenhuma dada pelos Deuses. Eles já estavam hibernando na época. E o Rei falso não tinha derrotado os exércitos atlantes. A Atlântia havia recuado pelo bem do povo, para acabar com a guerra que destruía as vidas e o futuro tanto de Atlantes quanto de mortais.

Penellaphe começou a virar a página, e, olha, eu mal podia esperar para ouvir o que vinha a seguir.

— Por quê? — perguntou a Sacerdotisa com um tom mandão.

Penellaphe olhou para a mulher.

— Por que o quê?

— Por que você estremeceu quando leu a parte sobre a Bênção?

— Eu... — Ela parou de falar, os dedos apertando as bordas do livro mais uma vez.

— Você me pareceu incomodada — afirmou a Sacerdotisa. — O que a afetaria tanto a respeito da Bênção?

— Eu não fiquei incomodada. A Bênção é uma honra...

— Mas você estremeceu — insistiu a Sacerdotisa. — A menos que você ache o ato da Bênção prazeroso, não devo presumir que isso a incomode?

Que tipo de pergunta era aquela, cacete? Eu não gostava nem do tom da Sacerdotisa nem da forma como ela se inclinou à frente, na direção de Penellaphe.

A parte inferior do rosto de Penellaphe ficou vermelha.

— É só que... a Bênção parece se assemelhar à maneira como os Atlantes se tornaram tão poderosos. Eles beberam o sangue dos inocentes, e os Ascendidos beberam o sangue dos Deuses...

— Como você se atreve a comparar a Ascensão com o que os Atlantes fizeram? — A Sacerdotisa Analia segurou o queixo de Penellaphe. Passei a mão pelo cabo da espada. — Não é a mesma coisa. Talvez você tenha se afeiçoado à bengala e está se esforçando para decepcionar não somente a mim, mas também ao Duque.

*À bengala?*

— Eu não disse que era a mesma coisa — contrapôs Penellaphe assim que dei um passo à frente. Ela não pareceu estar com dor, mas aquela mulher não devia estar tocando nela. — Só que me lembrava...

— O fato de você comparar as duas coisas me preocupa bastante, Donzela. Os Atlantes tomaram algo que não lhes foi dado. Durante a Ascensão, o sangue é oferecido livremente pelos Deuses. — A Sacerdotisa atacou, lançando outra ferroada verbal. — Eu não devia ter que explicar isso ao futuro do reino, ao legado dos Ascendidos.

— O futuro de todo o reino depende de eu ser entregue aos Deuses no meu aniversário de 19 anos? — questionou Penellaphe. — O que aconteceria se eu não Ascendesse? — continuou em um tom exigente, e estaquei no lugar, querendo muito ouvir a resposta àquilo. — Como isso impediria que as outras pessoas Ascendessem? Será que os Deuses se recusariam a dar o seu sangue tão livremente...?

A Sacerdotisa Analia movimentou a mão para trás, pegando impulso. Eu me lancei à frente, segurando o seu pulso. Eu já tinha chegado no meu limite.

— Tire as mãos do rosto da Donzela. Agora.

Os olhos arregalados da Sacerdotisa focaram os meus.

— Como você ousa me tocar?

Porra. Eu queria fazer mais que aquilo. Queria rachar aqueles ossos sob os dedos por sequer ter a audácia de tocar em Penellaphe.

— Como você ousa colocar um único dedo na Donzela? Talvez eu não tenha me feito entender. Tire a mão da Donzela, ou agirei de acordo com a sua tentativa de machucá-la — alertei, e grande parte de mim torceu para que ela não tivesse bom senso. — E posso lhe assegurar que eu tocar em você será a menor das suas preocupações.

Um instante se passou.

Então outro. E, Deuses, torci para que ela não tivesse bom senso. Torci mesmo.

Comecei a sorrir.

Infelizmente, a Sacerdotisa tinha uma pitada de discernimento. Ela tirou a mão do queixo de Penellaphe. Tive que me forçar a soltar seu pulso. Não era o que eu queria. Eu queria garantir que ela jamais usasse aquelas mãos para ferir Penellaphe ou outra pessoa de novo.

A fúria da Sacerdotisa era evidente quando ela se voltou à Penellaphe. Fiquei bem perto, logo atrás dela. Eu não confiava nada naquela mulher. Ela tinha levantado a mão para Penellaphe com muita casualidade, com muita facilidade, provavelmente não era a primeira vez. Também ficou nítido para mim que ninguém, nem um guarda, e nem mesmo Penellaphe, a havia impedido no passado.

Eu não conseguia entender como Penellaphe, que poderia esfregar a cara daquela mulher no chão, podia ficar ali, aguentando aquilo. Senti a ira aumentar enquanto olhava para o topo da cabeça da Sacerdotisa.

— O simples fato de falar algo assim revela que você não respeita a honra que lhe é conferida — afirmou a Sacerdotisa. — Mas quando for até os Deuses, você será tratada com o mesmo respeito que demonstrou hoje.

— O que você quer dizer com isso? — perguntou Penellaphe.

— Esta sessão acabou. — A Sacerdotisa se levantou. — Eu tenho muito o que fazer para o Ritual daqui a dois dias. Não vou perder o meu tempo com alguém tão indigna quanto você.

Estreitei os olhos e minhas narinas se dilataram. Aquela mulher não saberia o que era ser digna nem se nascesse de novo.

— Estou pronta para voltar aos meus aposentos — anunciou Penellaphe antes que eu pudesse dizer à Sacerdotisa o que eu achava de sua ideia de "dignidade". Ela assentiu para a mulher. — Tenha um bom dia.

Obrigando-me a seguir Penellaphe para fora da sala, adicionei a mulher à lista daqueles que responderiam por suas mentiras muito em breve.

Penellaphe não falou nada até termos atravessado metade do salão de jantar.

— Você não deveria ter feito aquilo.

Fiquei em completa descrença.

— E deveria ter deixado que ela batesse em você? Em que mundo isso seria aceitável?

— Em um mundo onde você acaba sendo punida por algo que nem sequer doeria.

Eu não acreditava no que estava ouvindo.

— Eu não me importo se ela bate como uma ratinha. Se alguém acha isso aceitável, este mundo é muito absurdo.

Penellaphe estacou no lugar e olhou para mim através do maldito véu.

— Vale a pena perder a sua posição e ser banido por causa disso?

Ela estava preocupada com meu cargo? A descrença bateu de frente com a minha fúria fervente.

— Se você precisa fazer essa pergunta, então não me conhece nem um pouco.

— Eu mal o conheço — sussurrou ela.

Merda, ela tinha razão. Ela não me conhecia. Caralho. Em boa parte do tempo, nem eu me conhecia, mas eu sabia de uma coisa.

— Bem, agora você sabe que eu nunca vou ficar parado enquanto alguém bate em você ou em qualquer pessoa por nenhum motivo além de achar que pode.

Penellaphe parecia a ponto de dizer algo, mas mudou de ideia. Ela se virou e começou a andar. Eu me juntei a ela, tentando controlar aquela fúria.

— Não é que esteja tudo bem com o modo como ela me trata — disse ela baixinho depois de um bom tempo. — Eu tive que me controlar para não jogar o livro nela.

Eu estava aliviado de ouvir aquilo. A ideia de ela ficar ali sentada aceitando aquilo...

— Gostaria que você tivesse jogado.

— Se eu tivesse, ela me denunciaria ao Duque. Aposto que ela vai denunciá-lo.

— Para o Duque? Que denuncie. — Dei de ombros. — Não posso acreditar que ele concorde que ela estapeie a Donzela.

Ela bufou.

— Você não conhece o Duque.

A forma como ela disse aquilo...

— O que você quer dizer?

— Ele provavelmente a aplaudiria — revelou Penellaphe. — Eles compartilham da mesma falta de controle quando se trata de temperamento.

Tudo se encaixou ali, embora parte de mim já tivesse percebido. Eu só não queria considerar aquilo.

— Ele já bateu em você — devolvi, ciente dos olhares nervosos que os empregados lançavam em nossa direção ao passarem. — Foi isso o que ela quis dizer quando disse que você tinha se afeiçoado à bengala? — Segurei o braço dela, me lembrando das bengalas que havia no escritório particular do Duque e como ela ficara sumida por dias depois da reunião com ele. E o cheiro da arnica...? Pelos Deuses, eu ia matar aquele desgraçado, caralho. — Ele usou uma bengala para bater em você?

Ela sacudiu um pouco o corpo e soltou o braço.

— Eu não disse isso.

— O que você estava dizendo?

— S-só que é mais provável que o Duque puna você e não a Sacerdotisa. Não faço a menor ideia do que ela quis dizer com a bengala — acrescentou ela depressa. — Às vezes, ela diz coisas que não fazem o menor sentido.

Ela não estava dizendo a verdade, mas eu sabia. Caralho, eu *sabia*. A Sacerdotisa tinha batido nela antes. O Duque a tinha espancado com a bengala. Ela estava acostumada com aquelas punições, punições das quais ela não queria que eu soubesse.

Eu fiquei gelado por dentro.

Não me senti oco nem vazio.

Fui tomado por uma fúria gélida e só com muito esforço me detive para não encontrar o Duque no mesmo momento e acabar com sua existência infeliz e patética. Fechei os olhos por um momento.

— Eu devo ter interpretado mal o que você disse, então.

— Sim — confirmou ela. — Só não quero que você arranje problemas.

Ela estava preocupada comigo? De novo?

— E quanto a você?

— Eu vou ficar bem. — Penellaphe recomeçou a andar. — O Duque vai apenas... me dar uma bronca ou um sermão, mas você enfrentaria...

— Eu não vou enfrentar nada — prometi. E nem ela. Forcei a tensão a deixar minha nuca. — Ela é sempre assim?

Penellaphe suspirou.

— Sim.

— A Sacerdotisa parece ser uma... — Eu não conseguia pensar em nada apropriado para dizer. — Uma vadia. Não uso essa expressão com frequência, mas agora digo com orgulho.

Uma risada contida escapou dela.

— Ela... ela é difícil de lidar e sempre se decepciona com a minha... falta de compromisso em ser a Donzela.

— E como exatamente você deveria provar que está comprometida? — questionei, com genuína curiosidade. — Melhor ainda, com o que você deveria se comprometer?

De supetão, ela virou a cabeça sob o véu em minha direção, então assentiu.

— Não sei muito bem. Não é como se eu estivesse tentando fugir ou escapar da minha Ascensão.

Olhei para ela quando adentramos um corredor curto e estreito cheio de janelas. Que coisa esquisita para ela dizer.

— Você faria isso?

— Que pergunta estranha — murmurou ela.

— Eu estava falando sério.

Penellaphe não respondeu, e meu coração começou a martelar em descontrole. Ela havia considerado fazer aquilo? Fugir da Ascensão? Se sim...

Eu a observei ir até uma janela com vista para o pátio. Ela estava tão calada e imóvel, que parecia um espírito trajando o branco da Donzela. Então olhou para mim.

— Não acredito que você me perguntaria uma coisa dessas — disse ela enfim.

Fui ficar atrás dela, mantendo a voz baixa.

— Por quê?

— Porque eu não poderia fazer isso — admitiu ela, mas não havia paixão na voz. Apenas o vazio. — E não faria.

Meu coração ainda martelava.

— Parece-me que essa *honra* que te foi concedida traz pouquíssimos benefícios. Você não tem permissão para mostrar o rosto ou perambular fora dos arredores do castelo. Não parecia surpresa quando a Sacerdotisa ameaçou estapeá-la, o que me leva a crer que é algo bastante comum. Você não tem permissão para falar com a maioria das pessoas, e ninguém deve falar com você. Fica presa no quarto a maior parte do dia, com sua liberdade restringida. Todos os direitos que os outros têm são privilégios para você, recompensas que parecem impossíveis de obter.

Ela abriu a boca, mas acabou só desviando o olhar. Eu não poderia culpá-la por fazer aquilo.

— Então, eu não ficaria surpreso se você tentasse escapar dessa *honra* — finalizei.

— Você me impediria se eu tentasse fugir? — perguntou ela.

Porra, não. Eu abriria a porta para ela. Fiquei imóvel. Onde eu estava com a cabeça? Meu coração estava agora acelerado.

— Vikter a impediria?

— Eu sei que Vikter se importa comigo. Ele é como... ele é como eu imagino que o meu pai seria se ainda estivesse vivo. E eu sou como uma filha para Vikter, aquela que ele perdeu no nascimento. Mas ele me impediria.

Ele impediria.

E se ela fosse fazer aquilo nos próximos dois dias. Eu precisava da...

— Então, você me impediria? — perguntou Penellaphe de novo.

Eu não sabia como responder aquilo, então optei pela verdade:

— Acho que ficaria curioso demais em descobrir como você planejaria a escapada para tentar impedi-la.

Ela deu uma leve risada.

— Sabe de uma coisa? Eu acredito nisso.

Colocando a conversa de lado, foquei no que era importante no momento enquanto observava as cores vívidas do jardim.

— Ela vai denunciá-la ao Duque?

— Por que a pergunta?

— Ela vai fazer isso? — insisti.

— Provavelmente não — informou ela. Não acreditei nela. — Ela está muito ocupada com o Ritual. Todo mundo está. — Então exalou de forma lenta e longa. — Eu nunca fui a um Ritual.

— Nem se esgueirou até algum?

Ela abaixou o queixo.

— Estou ofendida por você sugerir uma coisa dessas.

Ri e o som soou esquisito aos meus ouvidos.

— Que estranho que eu pudesse pensar que você, com o seu histórico de mau comportamento, faria algo assim.

Ela abriu um pequeno sorriso.

Não um sorriso completo.

Eu achava que ela não sorria completamente.

— Para ser sincero, você não perdeu nada. Há muito falatório, um monte de lágrimas e bebida demais — revelei, pensando nos Rituais que eu vira durante o período em Solis. — É depois do Ritual que as coisas podem ficar... interessantes. Você sabe como é.

— Não sei, não — contrapôs ela.

Dei um sorriso de canto de boca. Eu tinha para mim que ela sabia exatamente o que acontecia depois do Ritual.

— Mas sabe como é fácil ser você mesma quando está de máscara — eu a lembrei. — Como tudo o que você deseja se torna possível quando pode fingir que ninguém sabe quem você é.

— Você não deveria mencionar isso. — Sua voz saiu em sussurro.

Inclinei a cabeça.

— Não há ninguém por perto para me ouvir.

— Não importa. Você... nós não deveríamos falar sobre isso.

— Nunca?

Esperei que ela confirmasse, mas ela não fez isso, só voltou a atenção para o pátio outra vez.

Eu sabia que Penellaphe não tinha ressalvas quanto a falar o que pensava para mim. Se ela nunca quisesse falar daquilo, teria deixado evidente. A questão era... Não era aquilo que ela queria.

Eu achava que ela não queria muitas das coisas que aconteciam ao redor dela... que aconteciam com ela.

Meu coração fez a coisa de martelar de novo, e o pinicar na minha nuca resolveu entrar em cena também.

— Você gostaria de voltar para o seu quarto?

Ela negou com a cabeça, fazendo as correntes douradas tilintarem com suavidade.

— Não exatamente.

— Gostaria de ir lá fora?

Apontei para a área externa.

— Você acha que seria seguro?

— Considerando as nossas habilidades, acho que sim.

Ela abriu o leve sorriso outra vez.

— Eu costumava adorar o pátio. Era o único lugar onde, sei lá, a minha mente se tranquilizava e eu me sentia em paz. Onde não pensava nem me preocupava... com coisa alguma. Eu o achava tão sossegado.

— Mas não mais?

— Não — sussurrou. — Não mais.

Um grão de algo que parecia culpa me acertou em cheio. Eu era a causa de ela ter perdido a paz. Algo que eu começava a perceber que ela tinha muito pouco. E aquilo não me desceu bem.

— É estranho como ninguém fala sobre Rylan ou Malessa. É como se eles nunca tivessem existido.

— Às vezes, lembrar aqueles que morreram é como encarar a nossa própria mortalidade.

— Você acha que os Ascendidos ficam desconfortáveis com a ideia da morte?

— Até mesmo eles — afirmei. — Os Ascendidos podem até ser divinos, mas ainda podem ser mortos. Podem morrer.

Penellaphe se calou quando algumas damas de companhia apareceram no salão até então vazio. Elas olharam para os jardins enquanto conversavam sobre o Ritual. Continuei olhando para ela, desejando que ela saísse para o pátio.

— Você está animada para participar do Ritual? — perguntei quando ela não disse mais nada

— Estou curiosa.

O Ritual seria dali a apenas dois dias.

Dois dias. Em vez de pensar no que aquilo significava de verdade, eu me peguei pensando *nela*. Todos usavam vermelho para os Rituais, e imaginei que fosse ser o mesmo para a Donzela.

— E eu estou curioso para vê-la. Você vai estar sem o véu.

Presumi que todos usassem máscaras para o Ritual.

— Sim, mas vou estar de máscara.

— Eu prefiro essa versão de você.

— A versão de máscara?

— Posso ser sincero? — Eu inclinei a cabeça, mantendo a voz baixa.

— Prefiro a versão que não usa nem máscara nem véu.

Ela estremeceu de leve e abriu a boca, exalando com suavidade... Uma boca que eu me lembrava de ser muito macia. O calor pulsou pelas minhas veias. Eu me afastei antes que cedesse ao impulso e fizesse algo totalmente imprudente.

Ela pigarreou, mas quando falou, as palavras ainda soavam como um sussurro tentador.

— Lembro que você disse que o seu pai era agricultor. Você tem irmãos? Algum cavalheiro de companhia na família? Uma irmã? Ou...? — Ela inspirou de maneira superficial. — Eu só tenho o Ian, quero dizer, só tenho um irmão. Estou animada para vê-lo novamente. Sinto falta dele.

Ian.

O irmão que havia Ascendido.

O irmão que estava na capital, onde o meu estava preso.

O calor sumiu.

— Eu tinha um irmão.

Desviei o olhar. Às vezes era o que parecia. "Tinha". No passado. Em outras vezes, era como se eu tivesse chegado tarde. Como se ele estivesse perdido antes que eu pudesse libertá-lo, e sua morte e toda a sua dor...

Fossem minha culpa.

A angústia tomou meu peito, e não importava quantas vezes eu inspirasse, a dor se assentou ali, parecendo pesar mil rochedos. Malik nunca devia ter...

A sensação da mão dela sobre a minha me causou um choque. Comecei a olhar para ela, mas ela apertou meus dedos, e... Deuses, aquele gesto simples de conforto significava muito. A pressão em meu peito se abrandou, a angústia recuando.

— Eu sinto muito — disse ela.

Respirei fundo para conseguir falar, mas foi a respiração mais livre e profunda que tive em semanas... talvez meses ou mesmo anos. Pisquei, mal notando o fato de que ela não estava mais tocando em mim.

— Você está bem? — perguntou Penellaphe.

Franzi as sobrancelhas e coloquei a mão no peito. Eu estava? Eu me sentia bem. Melhor, até. Mais leve.

Como se eu tivesse provado a paz.

# QUEM EU ESTAVA ME TORNANDO

Algo me invocou, impelindo-me devagar para fora do calmo abismo do sono em direção à consciência.

Eu tinha ido me deitar cedo, ao menos para os meus parâmetros. Eu não tinha aberto o livro antigo que eu pegara da sala em que Penellaphe tivera a aula. Eu havia recolhido o livro por pura curiosidade, um volume bem menor da história de Solis do que o que ela fora obrigada a ler, mas tão absurdo quanto. Eu não tinha me pegado encarando as rachaduras finas no teto dos meus aposentos que eram ainda mais escassos que os de Penellaphe. Lembranças do passado não foram conjuradas nas horas extensas e escuras da noite. Em vez disso, eu me sentia... Eu não tinha certeza. Mais leve? Não sobrecarregado? Aliviado?

Em paz?

De todo modo, assim que minha cabeça tocou o travesseiro, peguei no sono e assim *fiquei*, o que não acontecia havia *décadas*. Eu não sabia o porquê, mas a cavalo dado não se olhavam os dentes.

Então surgiu a *coisa* de novo. Um toque leve em minha mão, então em meu braço. Um roçar de dedos contra minha pele. Então a coisa mais absurda aconteceu. Pensei *nela*. Em Penellaphe. Na forma hesitante como ela tinha me tocado no Pérola Vermelha. Na forma como seu corpo respondera com avidez e na sensação breve de sua mão na minha. Metade inconsciente, minha mente conjurou imagens de seus dedos envolvendo uma parte bem mais interessante do meu corpo. Reagindo aos pensamentos calorosos, meu pau ficou duro, e o desejo pulsou por mim. Soltei um grunhido.

Deuses, eu queria...

— Hawke.

A voz. O toque. Não vinham dos meus sonhos, e não eram *dela*.

Respirando fundo, senti o cheiro ácido de limão enquanto abria os olhos. A poeira dançava no feixe de luz do sol que se infiltrava pela brecha nas cortinas em frente à única janela. Pela claridade eu soube que já passava muito da hora em que eu geralmente acordava, e virei a cabeça para a direita.

Britta estava sentada na cama, debruçada sobre mim, seus cachos loiros escuros à mostra. Voltei o olhar ao meu braço, o qual a mão dela tocava.

— Está fazendo o que aqui? — perguntei, com a voz rouca de sono. As bochechas dela coraram.

— Vim limpar seu quarto. Normalmente a essa hora você já saiu — explicou ela.

E era comum *mesmo* que eu já estivesse treinando a essa hora, na maioria dos dias.

— Eu bati na porta como geralmente faço, mas... — Ela não completou, seu olhar desviando do meu, baixando para meu peito nu e mais para baixo, no local em que a coberta estava enrolada na altura do meu quadril, e eu bem sabia que minha ereção ficava evidente debaixo do tecido fino. — Mas você não respondeu.

A voz dela tinha ficado mais densa, assim como o aroma terroso que dissipou o cheiro de limão.

— Eu tentei te acordar quando entrei. Eu te chamei pelo nome várias vezes. Você tem o sono mais pesado do que eu imaginava.

Eu normalmente não tinha.

— Mas eu imagino que seja meu dia de sorte — acrescentou ela, a respiração acelerando enquanto ela continuava observando o volume grosso debaixo do lençol. — Você é uma bela surpresa de se encontrar de manhã. — Britta passou as pontas dos dedos pelo meu braço. — Uma bem inesperada, bem agradável.

Não falei nada quando ela mordeu o lábio. Então se inclinou à frente, passando a mão do meu braço para a minha barriga. As almofadas dos dedos um pouco ásperas por conta da limpeza enquanto acariciavam os contornos da minha barriga. Ela dizia algo sobre o meu sono ou o meu corpo, mas eu não estava ouvindo enquanto observava a mão dela e vasculhava as lembranças por qualquer detalhe da última vez que estivera com ela. Envolvera bastante uísque. Eu tinha a distinta impressão de que a foda havia sido rápida e intensa, algo do qual nós dois tínhamos gostado. Ela tinha gozado. Alto. Eu também. Em silêncio. Basicamente fora isso.

— Nós não vamos ser interrompidos — afirmou ela enquanto os dedos desciam por meu umbigo.

Meu corpo reagiu, os músculos ficando tensos enquanto eu observava a mão dela com os olhos entreabertos. Com base na intensidade da luz do sol entrando pela brecha nas cortinas, eu sabia que tinha tempo antes que eu precisasse resguardar Penellaphe. Ela provavelmente ainda estaria no momento das orações e tomando café da manhã, embora eu não soubesse ao certo o que ela fazia de manhã. Mas independentemente do que ela fazia e onde fazia, era irrelevante porque Britta estava *ali*, e eu não tinha um orgasmo com um estímulo além da minha própria mão em… Merda, fazia um tempo.

Meu pau pulsou de tesão, algo que eu tinha certeza de que Britta percebeu porque não havia tirado os olhos do contorno dele desde que dera a primeira olhada. Mas a ereção quase dolorosa não tinha nada a ver com a presença dela. Porra, eu acordava de pau duro quase todas as manhãs, mas naquela manhã? Naquela havia um motivo. Ergui o olhar para os cachos loiros. A causa da minha ereção atual tinha cabelo da cor de um vinho tinto encorpado.

Caralho.

Mas não tinha motivo para parar aquilo. Eu podia me divertir com Britta. Eu me lembrava daquilo. E ela gostava de se divertir com muitos. Eu também sabia daquilo. Não havia vínculo ali. Nem complicação. Poderíamos foder, ter prazer, e seguir felizes da vida.

Não tinha absolutamente nada de errado com aquilo.

Britta enfiou a mão por debaixo da coberta, os dedos a meros centímetros, ou menos, do meu pau…

Abaixei o braço, segurando seu pulso fino.

Britta focou os olhos arregalados nos meus.

— Desculpa — falei, mas tirei a mão dela com firmeza de debaixo do lençol.

— Ah — sussurrou ela, sem reação. — Eu achei…

— Tudo bem. Só não é a melhor hora — eu a interrompi, e meu pênis exigiu saber exatamente qual seria a melhor hora.

Porra, se eu soubesse.

Ela deixou a mão pender para o próprio colo, sobre o qual estava sua touca branca, e abaixou o olhar, depois voltou a olhar para mim.

— Tem certeza?

— Tenho. — Jogando a coberta para o lado, girei as pernas para o outro lado da cama e me levantei. — Eu preciso me arrumar.

Britta se levantou, o olhar dela acompanhando meus passos enquanto eu ia para o outro lado do quarto.

— Quer que eu volte mais tarde? — Uma pausa. — Para limpar seu quarto?

Ao abrir a porta para a minha sala de banho, tive a sensação de que "limpar seu quarto" era um outro jeito de dizer "sentar no seu pau". Parei, olhando para ela por cima do ombro. Ela não olhava para o meu rosto. Seu olhar estava abaixo da minha cintura.

— Não será necessário.

Sem esperar por resposta, fechei a porta e acendi a lamparina a óleo. Me agarrando às bordas da vaidade, encarei meu reflexo no espelho oval, meio chocado comigo mesmo... perplexo por eu ter dado as costas a um prazer simples e descomplicado.

— Que porra é essa? — murmurei.

Não houve resposta enquanto os olhos dourados me encaravam de volta. Reconheci minhas feições, mas eu não sabia quem eu era... quem eu estava me tornando.

# PRESENTE VI

— Eu espero mesmo que você não se lembre de muita coisa da última parte quando acordar — comentei, acariciando os tendões da mão de Poppy.

— De tudo o que você contou a ela, Britta no seu quarto vai ser algo de que ela vai se lembrar com certeza — respondeu Kieran, rindo. — Ela provavelmente vai querer fazer uns estragos no pau que você tanto menciona.

Rindo, olhei para onde Kieran estava sentado, do outro lado de Poppy.

— Que nada, eu acho que ela está bem mais interessada em me fazer colocar um piercing no pênis em vez disso.

Kieran arqueou a sobrancelha.

— Eu pagaria uma quantia incalculável de dinheiro para presenciar você deixando alguém colocar um piercing no seu pênis.

— Deve doer pra caralho. — Abri um sorriso. — Mas vale a pena.

— Eu não tenho certeza da segunda parte, e sinto que eu deveria me esforçar para te convencer a não fazer isso.

Outra risada me escapou enquanto eu abaixava a cabeça, dando um beijo no ombro de Poppy.

— Eu só lembrei da parte com a Britta porque na hora fiquei realmente chocado por não estar a fim.

— Você estava a fim — afirmou Kieran. — Só não com ela.

— Aham. — Eu me remexi, escorando-me no cotovelo. Os cílios de Poppy não tremeram enquanto eu observava seu rosto. — Você acha que as olheiras dela estão mais claras?

— Um pouco. — Ele inclinou o corpo para a frente e afastou uma mecha de cabelo que caíra no rosto dela. — Eu acho que sim, de verdade.

— Isso é bom.

Engoli em seco.

— É impressionante o que ela fez por você naquela noite. O que ela conseguia fazer mesmo antes de tudo isso — comentou Kieran, franzindo as sobrancelhas. — Ela te transmitiu paz de verdade só com um toque sem nem saber o que te atormentava.

— Eu sei. — A porra do meu peito doía com a intensidade da emoção. — Ela fez aquilo apenas por gentileza, uma gentileza que ela não tinha obrigação de ter comigo, principalmente quando eu tentava irritá-la a todo custo.

— É, mas eu acho que ela gostava de você tentar irritá-la, mesmo naquela época.

Sorri, concordando com a cabeça.

— Ela não conseguia resistir ao meu charme.

Kieran fez um som de deboche.

Soltando o ar com força, olhei para ele. Ele observava Poppy, o rosto suave como eu não via havia muito tempo.

— Tem alguma novidade? — perguntei.

Ele tinha retornado enquanto eu contava a história e não havia interrompido.

— As coisas estão calmas na cidade por ora. Vários Descendidos saíram para ajudar. — Ele coçou a mandíbula coberta pela barba por fazer. — Localizaram dezenas de Ascendidos, talvez até centenas. Eu não sei o número exato. Ainda estou aguardando.

— E?

— E estão todos basicamente em prisão domiciliar, seguindo as ordens.

— E como foi isso?

— Pelo que entendi, muitos só obedeceram. — Seu olhar era sinistro. — Outros não, e tiveram um fim não muito feliz.

Aquilo não era algo com que eu me preocuparia.

— Estamos dando uma chance a eles. É mais do que muitos deles teriam nos dado.

Kieran assentiu.

— Uma Descendida, acho que o nome dela é Helenea? Não sei ao certo. Mas enfim, ela chegou e avisou a Emil sobre os túneis e como os Ascendidos os usavam para perambular durante o dia — contou Kieran. Esperávamos aquilo, mas ainda era bom saber que tínhamos apoiadores ali na cidade, dispostos a ajudarem. — Hisa está liderando um grupo pelos túneis agora.

Eu me peguei assentindo enquanto minha mão se fechava em punho na lateral do corpo.

— Eu sei que é difícil — disse Kieran. — Não estar lá quando nosso povo está se arriscando. É difícil para mim, mas você precisa estar aqui.

— Nós precisamos estar aqui. — Forcei a mão a relaxar. — Alguma novidade sobre Malik?

— Ainda não.

Deuses, onde caralhos ele estava? Onde quer que Millicent estivesse, era um lugar desconhecido por todos. Eu não duvidava de que Naill em algum momento fosse encontrar aquele puto, mas eu esperava que não demorasse muito. Seria menos uma coisa com a qual me preocupar. Ao menos por ora.

— Seu pai e os outros provavelmente acabaram se demorando na Padônia, mas eles vão chegar aqui — afirmou Kieran. — Você devia descansar, Cas.

— E você, descansou?

— Não estamos falando de mim.

Dei um sorrisinho.

— Eu descansei. Enquanto você estava fora. — Peguei a mão de Poppy. Sua pele ainda estava fria. — Eu dormi por uma hora mais ou menos. Eu não andei nos sonhos dela.

— Não é por isso que estou dizendo que você devia dormir.

— Eu sei. — Levantei a mão de Poppy e beijei a palma. — Eu estou bem. — Olhei para ele. — E você?

Ele assentiu. A questão era que, se um de nós conseguisse dormir mais do que uma ou duas horas, não seria um sono tranquilo. Não até que Poppy despertasse. Não até que soubéssemos.

— Faltava quanto tempo para o Ritual? — questionou Kieran. — Do ponto em que parou na história?

— Caramba. Uns... dois dias, acho. — Inclinei a cabeça para trás, mergulhando nas lembranças daquela época. — A Senhorita Willa.

Kieran arqueou as sobrancelhas.

Olhei para Poppy.

— O diário dela. — Abri um sorriso. — Mas também teve eu encontrando você. — Lancei um olhar rápido a Kieran. — E a noite antes disso.

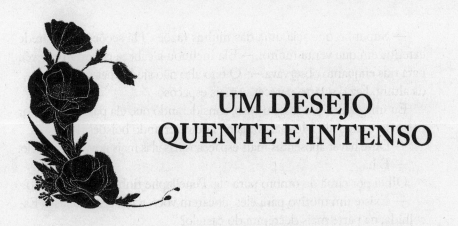

# UM DESEJO QUENTE E INTENSO

Avancei o passo, entrando no quarto de Penellaphe antes de ela entrar após sua caminhada noturna. O lugar estava vazio e frio apesar das chamas acesas na lareira.

— Vai checar debaixo da cama também? — questionou Penellaphe enquanto ia para o outro lado do quarto. — Ou na sala de banho?

Abrindo um sorriso, abri a porta do cômodo mencionado também.

— Sou muito minucioso quando se trata do meu dever, Princesa.

— Uhum. — Ela uniu as mãos em frente ao corpo. — Só há nós dois aqui.

Depois de dar uma olhada rápida na sala de banho escura, confirmei aquilo. Não que eu esperasse que houvesse alguém ali. Era apenas a desculpa perfeita para perguntar algumas coisas a ela em particular, além de passar um tempo com ela.

Virei-me para Penellaphe, percebendo que ela tinha fechado parcialmente a porta do quarto, deixando-a aberta poucos centímetros. O que significava que se alguém quisesse ver dentro do quarto precisaria fazer certo esforço. A porta deveria ficar aberta, e cada vez que tinha sido fechada, havia sido eu a fechar. Era um progresso.

— Seus aposentos estão sempre tão frios.

Fui até a lareira e peguei o atiçador.

— Nunca reparei — retrucou ela com a voz seca.

— Imagino que seja por causa das janelas. — Acenei com a cabeça em direção a elas enquanto me ajoelhava diante do fogo. — A pedra ao redor está se deteriorando.

— Suponho que seja uma das muitas razões. Há seções pela parede exterior em que venta muito. — Ela inclinou a cabeça coberta pelo véu para trás enquanto observava. — O teto alto não ajuda, mas gosto disso... da altura. Faz o quarto parecer... mais espaçoso.

Eu imaginava que fosse o caso, considerando que ela passava a maior parte do tempo ali. Movi as toras na lareira, criando bolsões de ar.

— Deve haver aposentos mais espaçosos nas alas mais novas do castelo.

— E há.

Olhei por cima do ombro para ela. Penellaphe tinha se aproximado.

— Existe um motivo para eles alocarem você, a filha dos Deuses Escolhida, na parte mais decrépita do castelo?

Penellaphe deu um sorriso irônico.

— Não foram eles. — Ela se aproximou um pouco mais de mim. — Fui eu.

Não havia sido aquela a resposta que eu esperava.

— E por que você escolheria a ala antiga?

Ela ergueu um ombro coberto de branco.

— É só minha preferência.

Alimentei as chamas de novo, fazendo uma varredura do quarto com o olhar. A porta estreita perto das janelas, a que eu tinha certeza de que levava à antiga escadaria de serviço. Abri um sorriso.

— Parece uma preferência estranha.

— Talvez. — Ela ficou calada por um momento. — Seus aposentos? Ficam nesta ala também?

— Está perguntando porque quer fazer uma visita?

Deixei o atiçador de lado.

A parte de baixo de suas bochechas corou.

— Não foi por isso que perguntei.

— Tem certeza? — provoquei, sabendo muito bem que não fora aquele o motivo, mas eu gostava do rubor cobrindo a parte inferior de seu rosto.

— Tudo bem se foi.

Ela ergueu o queixo.

— Não foi.

— Eu não me incomodaria nadinha.

Acordar com ela ali seria um prazer inesperado, ao contrário do que acontecera com Britta.

— Pode esquecer que eu perguntei — murmurou ela.

Dei uma risada, também desfrutando de sua ira que vinha à tona com tanta facilidade.

— Sim, meus aposentos ficam no andar de baixo. — Limpando as mãos na calça, eu me levantei. — Mas o teto não é tão alto quanto o seu, também não é tão frio.

— Fico feliz em saber disso. Quer dizer, que seus aposentos são confortáveis. — As mãos dela que seguiam unidas relaxaram, mesmo que a pele debaixo de seu véu continuasse a ficar mais ruborizada. — Você ainda tem aposentos nos dormitórios?

Assenti.

— E você fica lá? — A borda de seu robe branco deslizou em silêncio pela pedra enquanto ela dava um passo à frente. — Eu acho que Vikter não fica muito lá.

— Não fico desde que virei seu empregado.

— Você não é meu empregado — corrigiu ela depressa.

— Mas fui empregado para servi-la. — Inclinei a cabeça, observando a parte de baixo de seu rosto com atenção. A pele ali. A boca. — No que for necessário.

Penellaphe soltou um som que quase parecia uma risada.

— Você é meu guarda, não meu empregado. Você atua como minha proteção e...

— E?

— E como minha fonte de irritação.

Ri com vontade.

— Assim você me magoa de novo, Princesa.

— Duvido muito. — Sua boca tremeu como se ela relutasse contra um sorriso. — E não me chame assim.

Sorri para ela.

— Fiquei decepcionado hoje, aliás.

— Com o quê?

Ela tinha parado de se aproximar. As correntes douradas de seu véu reluziram sob a luz da lamparina.

— Eu esperava que você pedisse para caminhar no jardim.

— Ah. — Ela mordeu o lábio carnudo enquanto olhava para as janelas. — Eu... eu pensei em ir. — Penellaphe soltou um suspiro desamparado, o que me causou um aperto no peito. — Eu sinto saudade de caminhar por lá.

Um sentimento que eu não queria reconhecer se alastrou. Culpa. Segui o olhar dela para o céu azul-escuro. Só por um instante, eu me permiti desejar ter escolhido outro lugar no qual executar meu plano, um lugar em que ela não tivesse encontrado a paz. Assim eu não teria tirado aquilo dela.

— Talvez outra noite ainda nesta semana, depois do Ritual — concluiu ela.

Eu me virei para Penellaphe, percebendo que ela estivera me observando.

— Com certeza — menti. Afastar da mente o que eu já a tinha feito perder não era fácil, mas pensei em meu irmão. A paz que fora tirada dele. Aquilo foi o bastante. — Como eu disse, vivo para servi-la.

Ela deu um suspiro impressionante.

— Então você deve ter uma vida bem chata.

— Eu tinha. — Abaixei o queixo enquanto ia até ela devagar, logo depois das áreas de estar que ela tinha criado perto do fogo. — Até eu me tornar seu… — Eu podia jurar tê-la sentido estreitando os olhos. — Protetor.

— Guarda — elucidou ela.

— Agora, eu estou um *bocado* confuso. — Cruzei a distância entre nós, parando a uns quinze centímetros dela. Eu a observei com atenção, tentando medir sua reação à minha proximidade. A pulsação dela tinha se acelerado, mas ela não recuou. — Guarda e protetor não são a mesma coisa?

— Eu acredito que não. Uma coisa é apenas resguardar, outra é proteger.

Franzi as sobrancelhas enquanto a observava.

— Mais uma vez, não são a mesma coisa?

— Não.

— Explique.

Vi que duas das correntes na parte de cima do véu estavam emaranhadas.

— Resguardar… é mais passivo. Proteger é mais proativo — afirmou ela, com um sorriso, um que poderia ser descrito com ela estando satisfeita consigo mesma.

— Ambas as coisas requerem passividade e prontidão — contrapus.

Ela ergueu um ombro de novo.

— Bem, é só minha opinião.

— Evidente — murmurei.

Penellaphe inclinou a cabeça para o lado.

— Eu acredito que seus serviços não são mais necessários por hoje.

— Então, estou a seu serviço?

— Aparentemente não, considerando que ainda está parado aí — gracejou ela.

Outra risada me escapou.

— Vou largar do seu... véu logo.

— Do meu véu? — repetiu ela. — Não seria largar do meu pé?

— Seria, mas como não consigo ver seu pé, pensei que faria mais sentido dizer véu.

— Você é...

— O quê?

Silêncio.

— Não precisa ficar tímida.

Seu peito sob o robe rendado se ergueu quando ela respirou fundo.

— Você é estranho.

— Bem, eu com certeza achei que você fosse dizer algo mais ofensivo, mas falando no seu véu... — comentei, erguendo a mão. O corpo de Penellaphe ficou rígido quando estiquei o braço. Sua pulsação estava aos pulos. — Suas correntes estão emboladas.

— Ah — sussurrou ela, pigarreando.

Então ergueu a própria mão.

— Eu arrumo. — Minha mão roçou na dela quando enfiei os dedos debaixo das correntes. Quando ela inalou com suavidade e o cheiro fresco e doce dela se intensificou, abri um pequeno sorriso e me inclinei para a frente. — Mas eu estava me perguntando uma coisa.

— E o que seria?

O ar que ela exalou ao falar tocou meu pescoço e fez meu sangue ferver.

— Eu estava pensando em quando os Teerman estavam falando com o povo. — Comecei a desemaranhar as correntes com suavidade, confirmando que eram tão pesadas como eu tinha imaginado. — Muitos na multidão estavam insatisfeitos, e não só por causa do ataque.

Ela não disse nada enquanto eu mexia na extensão da corrente, mas separou as mãos e deixou que caíssem nas laterais do corpo.

— Como você sabia que alguns na multidão ficariam violentos? — perguntei, apesar de não achar que os atos de Lev tivessem sido tão violentos assim.

— Eu... eu não sabia com certeza — respondeu ela, retorcendo os dedos. — Eu só vi que eles estavam se aproximando e suas expressões faciais.

— Você tem uma visão muito boa, então.

Continuei mexendo nas correntes, apesar do fato de que uma criancinha já teria concluído a tarefa àquela altura, mas eu não estava com pressa.

— Suponho que sim.

— Fiquei surpreso. — Mantive o olhar nela enquanto soltava as correntes devagar, assimilando cada reação. Sua respiração tinha se acelerado, junto com a pulsação. Os dedos estavam imóveis. — Você percebeu o que muitos guardas não perceberam.

— Mas você percebeu.

— É meu trabalho perceber, Princesa.

— E porque eu sou a Escolhida, suponho que não seja meu dever notar tais coisas?

— Não é isso que estou dizendo.

— Então o que você... — Ela prendeu a respiração quando cheguei ao fim das correntes, as costas dos dedos roçando em seu ombro. — O que você está dizendo?

Voltei a atenção ao seu rosto. Aqueles lábios se entreabriram quando virei uma corrente para cima. Senti que o tecido do vestido dela era mais fino do que eu esperava. A reação dela me surpreendeu, ao mesmo tempo que não. Eu não tinha esquecido de como ela era incrivelmente responsiva ao toque, mas o roçar da minha mão não era bem uma carícia. Por outro lado, quem além de Tawny, e talvez Vikter, a tocava? Com gentileza? Qualquer contato provavelmente pareceria extremo para ela, sendo ou não sensual. Seria fácil seduzi-la e incitá-la a fazer várias coisas que eram proibidas para ela.

— Eu estava dizendo que todas as suas habilidades observadoras foram uma surpresa — respondi. — E isso não tem nada a ver com quem você é. Havia muitas pessoas lá. Muitos rostos, e muitos corpos em movimento.

— Eu sei. — A mão dela se levantou alguns centímetros, então Penellaphe a abaixou de novo. — Foi só coincidência que eu tenha olhado para eles no momento certo.

Ela estivera prestes a me tocar? Eu achava que sim. Em vez de sentir uma onda de satisfação, tudo o que eu sentia era desejo. Um desejo quente e *intenso*.

— O que acha que vai acontecer com aquele homem? — questionou ela.

Afastando a mão antes que eu arrancasse o maldito véu de sua cabeça e fizesse algo imprudente, mas também muito prazeroso, olhei para Penellaphe. Ela estava com a cabeça inclinada para trás, e tinha...

O choque me atingiu.

Penellaphe tinha chegado mais para perto. Era mais ou menos um centímetro que nos separava, mas não foi isso que me surpreendeu. Foi o fato de que eu não percebera.

Grande parte minha desejava não ter percebido no momento também. Com nossa proximidade, seria muito fácil tocar a boca dela com a minha. Eu queria saber como ela reagiria. Reclamaria? Ou sucumbiria?

Mas era arriscado demais por vários motivos. Um de bastante peso era a noção de que qualquer um poderia facilmente passar pelo quarto e dar uma espiada, ou que eu poderia até assustá-la ou sufocá-la. Eu queria muito saber qual era o sabor da boca dela sem que eu estivesse com o gosto de uísque na minha própria boca.

— Hawke.

Voltei ao foco.

— Desculpe. O que perguntou?

— Eu perguntei o que você acha que vai acontecer com aquele homem.

Aquela pergunta devia ter esfriado meu sangue.

— Ele provavelmente vai ser interrogado e sentenciado. — Dei um passo para trás, os ombros ficando tensos ao pensar em Lev. Jansen havia me informado de que o Descendido ainda estava vivo. Eu não sabia ao certo se aquilo era algo bom ou não. — Não vai haver um julgamento, mas imagino que você já saiba disso.

— Sei. — Ela levou os dedos a uma fileira de contas pequenas no centro de seu corpete. — Mas às vezes eles...

Esperei que ela prosseguisse, mas não o fez.

— Às vezes eles o quê?

Penellaphe balançou a cabeça.

— Dá para ter certeza de que ele é mesmo um Descendido?

A pergunta me intrigou.

— Isso importa?

Ela desviou o olhar.

— Provavelmente não.

— Ele recitou as palavras que os Descendidos usam. Eu imagino que seja o que ele é.

Ela assentiu, e eu a observei enquanto o silêncio seguia. Eu sempre a observava, mas naquele momento pareceu diferente. Parecia que eu estava buscando por algo. Pelo quê, eu não sabia dizer. Não consegui perceber nem mesmo depois que desejei boa noite a ela e voltei ao corredor antes que Vikter chegasse para o turno dele. Mas eu tinha a distinta sensação, uma muito forte, de que embora eu não soubesse pelo que procurava, independentemente do que fosse, seria melhor não encontrar.

# OS PLANOS
# NÃO MUDARAM

Atravessei o corredor em um dos andares de cima do Pérola Vermelha, com uma garrafa de uísque em uma das mãos e na outra, um saco de tela. O andar não estava silencioso. Havia gemidos e grunhidos vindo de ambos os lados do corredor, tantos que era difícil determinar quais quartos estavam ocupados e quais, vazios.

Dando um gole no uísque ao chegar ao quarto designado para reuniões, não me dei ao trabalho de bater. Abri a porta.

O cheiro de sexo foi a primeira coisa a me alcançar.

Então o arfar suave e ofegante de prazer virando surpresa.

Abaixando a garrafa e dando um chute para fechar a porta atrás de mim, meu olhar se voltou à cama, a mesma cama na qual eu havia deitado o corpo de Penellaphe.

Definitivamente não era ela na cama.

A mulher de joelhos tinha curvas voluptuosas, mas o cabelo era de uma cor entre o preto e castanho. Seus olhos, de um marrom-escuro, se arregalaram e pararam em mim enquanto as mãos que a seguravam pelo quadril a apertaram, cravando na pele. Estreitei os olhos, achando que eu reconhecia a mulher.

— Eu ia perguntar se você considerou bater — afirmou Kieran, os músculos em seus quadris e bunda flexionando enquanto diminuía o ritmo atrás da mulher. — Mas obviamente isso não passou por sua cabeça.

Arqueei a sobrancelha quando ele levantou a bunda farta da mulher, que sacudiu quando ele estocou de novo.

— Eu não sabia que estava acompanhado.

— Imagino que não. — A pele dele brilhava com uma leve camada de suor. — Você chegou mais cedo do que eu esperava.

— É evidente — murmurei devagar.

— Bem, considerando que está aqui... — Kieran tirou uma das mãos do quadril da mulher, subindo pela pele macia de sua barriga até chegar entre os seios balançantes dela. — Quer se juntar a nós?

A mulher gemeu, deslizando pelo pau molhado de Kieran.

Ele riu enquanto envolvia o pescoço dela com os dedos e puxava para trás, colando o corpo dela no dele.

— Eu acho que Circe não se incomodaria.

— Não mesmo — confirmou Circe, ofegando, e estendeu a mão na minha direção. — Vem.

Quando Kieran enfiou a outra mão no meio das pernas dela, foi que me ocorreu. Eu sabia por que ela parecia familiar. Ela era uma Descendida. E era quase certo que eu já tinha transado com ela.

Kieran ampliou o sorriso quando seu olhar focou no meu. Abaixando a cabeça, ele roçou os dentes no pescoço da mulher, o que a fez soltar um gemido de prazer. Voltei o olhar para a mão dele entre as pernas de Circe, os dois oferecendo uma grata e prazerosa distração. E considerando que meu pau tinha estado tão duro quanto o de Kieran enquanto eu estava no quarto de Penellaphe, eu deveria mergulhar de cabeça no que eles ofereciam.

Mas como na manhã com Britta, eu não desejava aquilo.

— Obrigado, mas estou de boa.

— Certeza?

Kieran deu um tapinha divertido no clitóris dela.

— Certeza. — Eu me virei, indo até o divã. Tinha alguma coisa errada comigo, caralho. Eu me sentei, mantendo o uísque em uma das mãos enquanto colocava o saco de tela no chão. — Mas, por favor, finjam que eu não estou aqui — adicionei, sabendo muito bem que nenhum dos dois faria aquilo, mas que sem ressalvas fariam o que falei a seguir: — E divirtam-se.

Kieran fez um som que era metade risada, metade grunhido. Dei um sorrisinho. Dando outro gole no uísque, escorei os pés na mesa baixa.

Circe devia ter sussurrado algo que provocou um aviso de Kieran para que ela me deixasse quieto. Meu sorriso se ampliou, e eu podia praticamente sentir o olhar intenso dele.

Eu estaria mentindo se dissesse que os sons de seus corpos se unindo ou a forma como Kieran transava, o controle rígido das estocadas, e como seu quadril se chocava com a bunda dela, não me causavam nenhuma reação, mas ao observar as saliências dos seios e dos mamilos rosados de Circe, não era o corpo dela que eu tinha em mente.

Era o *dela*.

O de Penellaphe.

Minhas fantasias resolveram colocá-la naquela cama entre Kieran e eu, e, cara, só imaginar aquilo me causou um golpe de tesão.

Deuses, eu não deveria estar pensando nela daquele jeito por mil motivos, o menor deles era que embora Penellaphe estivesse curiosa sobre a sexualidade, aquilo provavelmente a escandalizaria até a morte.

Não demorou muito para Circe ter um orgasmo, graças aos Deuses. Kieran a fez deitar de bruços, penetrando-a, e eu sabia como Kieran metia com vontade, algo que Circe apreciou ruidosamente. Quando ele enfim gozou, tive a impressão de que ela se pegaria comparando todos os futuros amantes com ele.

Fechei os olhos enquanto seus corpos se separavam e eles se levantavam da cama. Kieran sussurrou algo que a fez rir. O clique suave da porta se fechando anunciou que ela tinha ido embora.

— Você se divertiu? — perguntei.

— O que você acha?

Dei um sorriso, abrindo os olhos.

— Na verdade, fico feliz que você estava acompanhado hoje. A prática pode ser útil para você.

Kieran bufou enquanto mergulhava um pano em uma bacia com água.

— Está tudo bem?

— Lógico. — Dei um gole no uísque. — Por que pergunta?

— Você está sentado aí de pau duro — apontou ele, passando o pano molhado pelo próprio pau. — Por vontade própria.

— É. Não é como se eu não tivesse feito escolhas mais perturbadoras no passado.

— Verdade. — Ele deixou o pano de lado. — Tem alguma novidade?

— Tenho — confirmei, informando-o do que tinha acontecido, no que ele não se interessou muito até eu chegar à parte do que eu planejava fazer com o Duque.

— Você não pode matar o Duque — contrapôs Kieran, vestindo-se enquanto se aproximava.

— Ah, eu vou matá-lo. — Endireitei a perna. — Disso não há escapatória.

E se eu tivesse tempo e oportunidade, Lorde Mazeen seria outro desgraçado morto.

Aquela maldita Sacerdotisa também.

E eu não poderia esquecer do Tenente Smyth.

Seria um banho de sangue.

— Quando os Vorazes atacaram a Colina, ela estava lá fora — contei a ele, e ele olhou para mim, surpreso. — Ela escondeu o próprio rosto, mas salvou guardas naquela noite. E ela é boa pra porra no arco e flecha e provavelmente tão habilidosa quanto com uma adaga. Ela sabe lutar, Kieran. Sabe o que isso significa para ela, aceitar o que o Duque vem fazendo com ela? Não poder impedi-lo?

— Hawke...

— Ele está usando uma *bengala* para espancá-la, Kieran — cortei-o, a raiva pulsando dentro de mim, afugentando o último resquício da estranha sensação de paz. — E sabem lá os Deuses o que mais. Ele tem que morrer. Donzela ou não, o que eles vêm fazendo com ela é imperdoável.

Ele trincou a mandíbula.

— Eu não concordo com ninguém sendo agredido, mas você está falando de vingança.

— E daí?

Kieran focou o olhar no meu.

— Não é a mesma coisa que deter um agressor.

— Parece a mesmíssima coisa para mim.

— Uma coisa é um ato para proteger outra pessoa — contrapôs ele. — A outra faz a situação ser sobre você.

— E as duas coisas não podem ser verdade ao mesmo tempo? — questionei, dando uma risada fria. — Porque elas são.

— Eu não falei que não podiam ser.

— Então está falando o quê?

Por um bom tempo, só se ouviram os gemidos entusiasmados e abafados do quarto ao lado, então Kieran finalmente respondeu:

— Você se importa com ela.

— Quê? — Meu pé escorregou da mesinha e caiu perto do saco de tela no qual eu tinha enfiado umas roupas para Poppy, roupas as quais eu tinha quase certeza de que serviriam. Calça. Casaco. Uma capa. Kieran levaria com ele quando fosse embora, assim seria menos suspeito do que eu carregando o saco por aí na noite do Ritual. — Você vai ter que repetir isso, porque com certeza eu não entendi direito.

— Você entendeu direito.

Kieran cruzou os braços.

Por um momento tudo que fiz foi ficar olhando para ele, ponderando se ele fora acometido por alguma enfermidade da mente.

— Então essa é uma pergunta ridícula.

— Não foi uma pergunta. Foi uma afirmação. Você deve se importar com alguém para querer se vingar de algum mal que tenha sido feito à pessoa.

Aquilo era verdade? Eu achava que não. Não em todos os casos. Não naquele caso.

— E, sendo sincero, eu não fico muito surpreso. Você está sendo forçado a passar muito tempo com ela. Para protegê-la — continuou ele. — Imagino que seja natural que você acabe nutrindo uma espécie de sentimento por ela.

— A morte futura do Duque tem pouco a ver com ela ou com possíveis sentimentos e tudo a ver com ele. Porque se ele está fazendo isso com ela? Então ele está fazendo isso com outras pessoas. Eu não vou sair daqui e permitir que isso continue, e eu sei muito bem que você também não ia querer que ele continuasse machucando mais gente. — Foquei o olhar no dele. — Os planos não mudaram, Kieran. O Ritual vai acontecer. Os Descendidos vão agir, e eu vou capturá-la. Nada disso mudou.

Kieran continuou me encarando, inspirando com força pelo nariz.

— Fico feliz em ouvir isso.

Franzi as sobrancelhas.

— Você achou que tinha mudado?

— Não sei. — Ele fixou o olhar na lareira apagada. Uns instantes se passaram. — Eu já te falei como esse plano todo é uma péssima ideia?

Abri um sorriso.

— Já. Várias vezes.

— Então, eu já te falei como acho que é um erro colossal?

— Você já disse que é um erro enorme. Acho que também chamou de erro "gigantesco" antes. E "monumental" uma outra vez — lembrei-o. A expressão fixa em seu rosto era uma que eu já tinha visto milhões de vezes. Era uma que denunciava que ele estava prestes a dar um sermão que deixaria seu pai orgulhoso. — A essa altura, você deve estar ficando sem adjetivos.

— Eu tenho toda uma lista preparada, começando por "monstruoso". Eu ri.

— Você está começando a me lembrar de Emil, sabe?

Kieran fez um som de escárnio.

— Acho difícil. — O olhar azul-claro dele ficou sério. — Não vou conseguir te dissuadir desse negócio todo com o Duque, vou?

— Não. — Imaginei que seria melhor manter os nomes dos outros que eu queria matar para mim mesmo. — Acredito que ele vai ser uma vítima infeliz no ataque da noite do Ritual.

Ele estreitou os olhos.

— Os Descendidos não vão atacar o castelo.

— Não vão, mas vou fazer parecer que ao menos um deles conseguiu invadir. De qualquer forma, estaremos longe, então não importa.

O arquear de sobrancelha de Kieran dizia que ainda importava, sim.

— Como caralhos a Donzela aprendeu a usar um arco?

— Não é só o que ela sabe fazer. Ela também sabe lutar corpo a corpo. Quase me jogou no chão.

— Olha, eu quero saber mais sobre isso.

Dei uma risada seca.

— Não é tão interessante quanto você pensa.

— Eu discordo — murmurou Kieran.

— Eu acho que foi o outro guarda dela. Vikter — respondi. — Ele deve tê-la treinado.

— Isso é inesperado, e um potencial problema para o futuro.

Suspirei, olhando para a minha mão livre.

— E eu não sei?

Um instante se passou.

— Espancando-a com a bengala?

Enquanto eu confirmava com a cabeça, a raiva borbulhou dentro de mim mais uma vez.

— Caralho, pelos Deuses. — Seus olhos, de um azul mais vívido agora, focaram os meus. — Faça-o sofrer.

— Esse é o plano.

— Que bom. — Ele coçou a mandíbula. — Eu mal posso esperar para me livrar dessa pocilga.

— Somos dois — respondi, e nos livraríamos.

Em breve. *Nosso* plano funcionaria.

Mas as coisas ficariam mais revoltas e sangrentas do que já estavam, e eu não queria que Kieran estivesse nem perto daquilo. Eu não quisera que ele estivesse ali de jeito nenhum.

Ele sabia disso, e ainda assim insistiu em se unir a mim. Mas aquilo não significava que eu não poderia colocar algum juízo na cabeça dele.

Eu me levantei, e Kieran de imediato estreitou os olhos.

— Você sabe que eu preferiria que você...

— Não começa — interrompeu ele, abaixando a voz, embora nenhuma viva alma pudesse nos ouvir. — Eu sei exatamente o que vai dizer, Cas.

— Para começar, eu nunca quis você aqui. Se dependesse de mim, você estaria em Atlântia, ou no mínimo, no Pontal de Espessa, perturbando sua irmã.

— Eu não acabei de pedir para você não começar com essa porra?

— Você não pediu. Você ordenou, e eu estou ignorando. — Segurei o ombro dele. — Além dos riscos...

— Você diz além do fato de que meu pai acabaria com você se acontecesse algo comigo.

— Isso também. — Abri um sorriso, embora fosse verdade o que Kieran disse. O pai dele acabaria comigo se acontecesse algo com o filho dele. Eu ser quem eu era não o impediria. — Eu sei que estar aqui, tendo que ficar nessa forma, não tem sido fácil.

— Eu dou meu jeito. Vou continuar dando meu jeito, então não se preocupe comigo.

Óbvio que ele diria aquilo. Mas nenhum lupino gostava de ficar confinado à forma mortal, mesmo que por escolha própria.

— Você pode ir para Novo Paraíso.

— Eu estou contigo — afirmou Kieran, envolvendo meu antebraço esticado com a mão. — Sempre. Mesmo que eu ache que você está fazendo algo estúpido.

Assim como ele soubera que não tinha como ele me fazer mudar de ideia sobre o Duque, eu sabia que não tinha como eu fazê-lo mudar de ideia sobre aquilo. Mas eu precisava tentar. Apertei seu ombro, então afastei a mão.

— Eu já fiz coisas bem mais estúpidas.

— Diga uma.

Afastei uma mecha de cabelo escuro do rosto.

— Eu poderia dizer umas cem, mas aí ficaríamos aqui até o Ritual.

— Ficaríamos mesmo. — O humor desapareceu quando ele se agachou, pegando a sacola. — Se der tudo certo, da próxima vez que nos encontrarmos...

Respirei fundo.

— Estaremos indo embora para a Masadônia.

# SENHORITA WILLA COLYNS

Eu não sabia se ria ou se gritava.

A Donzela travessa havia saído escondida de novo, e eu só soube porque tinha entrado no quarto dela quando não houvera resposta ao bater à porta. Eu tinha estado entediado. Vikter não estava em nenhum lugar à vista, e era a oportunidade perfeita para me aproximar dela. Mas seus aposentos estavam vazios.

Minha suspeita sobre a porta perto da janela tinha sido certeira. Levava a uma escadaria empoeirada e cheia de teias de aranha que parecia estar prestes a desabar.

Eu imaginava que ela usava a seção quebrada do muro interno para sair do terreno do castelo, então atravessar o Bosque dos Desejos para chegar aonde planejava ir. Eu estivera certo, alcançando-a assim que ela deixou a mata.

Não a impedi, o que fazia de mim um guarda ruim *e* fazia da minha sanidade questionável porque, mais uma vez, outra oportunidade ideal de fugir com ela havia se apresentado, e não a aproveitei.

Mas eu teria que entrar em contato com Kieran, o que levaria certo tempo, e teríamos ainda que passar por uma Colina cheia de guardas.

Além disso, eu estava curioso a respeito do que ela estava aprontando. Ela iria ao Pérola Vermelha? Estava indo ao encontro de alguém? Eu não achava que fosse o caso.

Eu a perdi de vista por um momento quando ela entrou nas ruas abarrotadas, e levou um tempo angustiante para eu captar o cheiro dela de novo perto do Ateneu.

Ela estava indo escondida à biblioteca da cidade, o que era nauseantemente fofo... até eu pensar no fato de que ela tinha que *sair escondida* para ir a um lugar tão inofensivo quanto o Ateneu. Aquela era a vida dela. Senti pena.

Até eu erguer o olhar e vê-la pendurada no maldito beiral de uma janela diante do Bosque, longe demais do chão bastante duro. Eu nem conseguia me permitir ponderar que porra ela estava fazendo enquanto entrava no Ateneu. Havia muitos aromas, corredores e escadarias até que eu chegasse ao andar em que eu acreditava que ela estava. E enfim rastreei o que eu tinha a certeza que era uma bunda adorável até uma sala privada bem fria apesar de os outros lugares estarem aquecidos. Foquei a janela aberta.

E foi então que meu divertimento sumiu.

Certificando-me de que a porta para a sala especial estava fechada, fui até a maldita *janela.*

— Você ainda está aí, Princesa? — perguntei. — Ou já despencou para a morte? Espero que não seja o caso, pois tenho certeza de que isso refletirá mal sobre mim, já que presumi que você estivesse em seu quarto. — Coloquei as mãos no peitoril da janela. — *Comportando-se*. E não em um beiral, a vários metros de altura, por razões que eu mal consigo entender, mas que estou morrendo de vontade de descobrir.

— Droga — sussurrou ela.

Lutei contra um sorriso, lembrando a mim mesmo que eu estava irritado com ela. E com razão. Ela estava colocando a própria vida (e os meus planos) em risco. Eu me debrucei para fora da janela e olhei para a direita. Lá estava ela, emplastrada na parede de pedra, segurando um livro contra o peito. Arqueei a sobrancelha.

— Oi? — guinchou ela.

Era tudo o que ela tinha a dizer?

— Entre.

Ela não se mexeu.

Suspirando, estendi a mão. Eu jurava pelos Deuses que se eu tivesse que ir até lá...

— Agora.

— Você poderia dizer *por favor*.

Estreitei os olhos.

— Há muitas coisas que eu poderia lhe dizer e que você deveria agradecer por eu manter em segredo.

— Tanto faz — resmungou ela. — Afaste-se.

Aguardei, esperando para segurar a mão dela, assim eu estaria certo de que ela não escorregaria e morreria na queda, mas quando ela não fez menção de segurar minha mão, engoli um monte de palavrões e recuei.

— Se você cair, estará em apuros.

— Se eu cair, vou morrer — gracejou ela —, de modo que não sei como também estaria em apuros.

— Poppy — reclamei.

Um segundo depois, a parte de baixo de seu corpo encapuzado apareceu na janela. Ela segurou o peitoril superior, então deu impulso para dentro. Ela começou a soltar...

Eu me lancei para a frente, envolvendo sua cintura com o braço. Seu cheiro doce e fresco me envolveu enquanto eu a puxava para dentro. A parte da frente de seu corpo estava pressionada no meu enquanto a colocava no chão. Mantendo o braço ao redor dela, eu me movi para tocar a parte de trás de seu capuz. Se eu fosse gritar com ela, faria aquilo olhando para ela e não para um vácuo sombreado.

— Não...

Abaixei o capuz. Seu rosto ainda estava apenas parcialmente exposto para mim. Fiquei decepcionado, mas era melhor do que um véu.

— De máscara. — Olhei para as mechas macias de cabelo que tinham escapado de sua trança e caíam em sua bochecha. — Isso traz de volta velhas lembranças.

Suas bochechas coraram enquanto ela relutava contra meu aperto, sem sair do lugar.

— Entendo que você provavelmente está irritado...

— Provavelmente?

Ri.

— Tá certo. Você está definitivamente irritado — corrigiu. — Mas eu posso explicar.

— Eu espero que sim, pois tenho muitas perguntas. Comece dizendo como você saiu do seu quarto — respondi, embora eu soubesse exatamente como. Mas eu queria que ela admitisse — e termine explicando o que estava fazendo no beiral, por todos os Deuses.

Ela ergueu aquele queixo teimoso.

— Você já pode me soltar.

— Posso, mas não sei se devo. Você pode fazer algo ainda mais imprudente do que subir em um beiral que não deve ter mais de trinta centímetros de largura.

Por trás da máscara branca, ela estreitou os olhos.

— Eu não caí.

— Como se isso melhorasse a situação.

— Eu não disse isso. Só pontuei que estou com a situação sob controle.

Ela considerava aquilo como estar no controle? Ela realmente considerava. Fiquei sem reação, então o divertimento retornou, e ri.

— Você está com a situação sob controle? Eu detestaria ver o que acontece quando não está com a situação sob controle.

Na verdade, era provável que eu gostasse de ver quando ela não tinha a situação sob controle.

Um tremor passou pelo corpo de Penellaphe. Quase não percebi, mas a capa que usava tinha se aberto, e o que quer que estivesse vestindo sob ela não era tão grosso. Deuses, eu torcia para que não fosse aquela maldita camisola de novo. Ou talvez para que fosse.

Ela se remexeu, tentando se soltar. Não funcionou. O que ela conseguiu foi aproximar ainda mais as partes inferiores dos nossos corpos. Contive um xingamento quando sua barriga macia roçou em minha pélvis, me causando um ímpeto intenso e pulsante de desejo.

Poppy ficou imóvel, com a respiração se acelerando. Não ousei me mexer daquele jeito, com nossos corpos pressionados um contra o outro. Então, devagar, ela inclinou a cabeça para trás, e aqueles olhos verdes focaram os meus. Inalei com força, identificando que seu cheiro havia ficado mais forte. Caralho, meu coração martelou em resposta.

Milhares de coisas se passaram pela minha mente enquanto eu a observava, esperando que ela tentasse se afastar de novo. Mas ela não fez isso. A atração dela por mim tinha assumido o controle, e eu sabia que aquilo era bom. Eu poderia usar aquilo para conquistar a confiança dela. O Ritual seria naquela noite, e as coisas... as coisas aconteceriam bem rápido depois daquilo. A sedução era uma necessidade.

Também era um *desejo*.

Ergui a mão, posicionando os dedos logo abaixo da borda da máscara. Minha mandíbula relaxou com a sensação da pele suave dela na minha. Não movi a mão, e eu devia ter feito isso porque eu sabia que ela gostava de ser tocada. Seduzi-la não seria difícil, mas esperei para ver o que ela faria. Aquilo era importante para mim.

Poppy não se afastou.

Não foi satisfação o que percorreu meu corpo, foi tesão mesmo, puro e brutal. Corri os dedos pela borda da máscara, depois pelo canto de seus lábios entreabertos. Deuses, a boca dela era tão macia e volumosa.

Abaixei a cabeça, gostando de como ela prendeu a respiração, de como sua doçura se intensificou. Minha boca seguiu o caminho que meus dedos tinham feito antes mesmo de eu perceber. O desejo dela pesou no ar quando inclinei sua cabeça para trás. Nossas bocas estavam a meros centímetros de distância. Eu poderia beijá-la. Provavelmente eu poderia fazer bem mais, mas eu estava com o peito apertado.

Então, não beijei.

Eu nem sabia explicar o porquê. Porque eu precisava. Eu queria. Eu só não podia.

*Você se importa com ela.*

Xingando a mim e a Kieran por colocar aquele pensamento em minha mente, inclinei a cabeça, levando a boca ao seu ouvido.

— Poppy? — Minha voz saiu grossa.

— Sim? — sussurrou ela.

Rocei os dedos pela linha elegante de seu pescoço.

— Como você saiu do quarto sem que eu a visse?

O corpo dela se sacudiu um pouco em resposta.

— O quê?

Eu a tinha surpreendido com a pergunta. Até a decepcionado, porque ela queria minha boca fazendo outra coisa que não fosse interrogá-la. Sorri com aquilo.

— Como você saiu dos seus aposentos?

— Droga — resmungou ela, relutando contra meu aperto de novo.

Daquela vez a soltei, meu corpo de imediato sentindo falta do calor do dela e se arrependendo da decisão.

Com o rosto corado enquanto ela chegava para trás e abaixava o livro que segurava, Poppy ergueu o queixo.

— Talvez eu tenha passado por você.

— Não passou, não. E sei que você não saiu pela janela. Seria impossível. Então, como foi que você saiu?

Poppy se virou, erguendo o rosto para o ar fresco que entrava pela janela.

— Há uma antiga entrada de empregados que dá nos meus aposentos.
Abri um sorrisão, o suficiente para que, se ela tivesse se virado, veria
todas as minhas mentiras.

— Por ali, eu consigo chegar ao andar principal sem ser vista.

— Interessante. — Mantive a voz neutra. — Onde fica o acesso no
andar principal?

Ela se virou para mim.

— Se quiser saber, você vai ter que descobrir sozinho.

— Tudo bem. — Deixei aquilo de lado, considerando que eu já sabia
a resposta. — Foi assim que você foi para a Colina sem ser vista.

Poppy deu de ombros.

— Presumo que Vikter saiba disso. E Rylan?

— Isso importa?

Sim, importava.

— Quantas pessoas sabem a respeito dessa entrada?

— Por que a pergunta? — retrucou ela.

— Porque é uma questão de segurança, Princesa. — E era mesmo. —
Caso tenha esquecido, o Senhor das Trevas está atrás de você. Uma mulher
foi morta e houve uma tentativa de sequestro. — Dei um passo na direção
dela. — Ser capaz de passar despercebido pelo castelo e seguir diretamente
para os seus aposentos é o tipo de informação que ele consideraria valiosa.

Contudo, não era valiosa da forma como eu tinha insinuado. Eu estava
mais preocupado com os Ascendidos utilizando o acesso.

Ela engoliu em seco.

— Alguns dos empregados que estão há muito tempo no Castelo
Teerman sabem a respeito, mas a maioria não. Não é um problema.
A porta trava por dentro. Seria preciso arrombá-la, e eu estaria pronta
caso isso acontecesse.

— Tenho certeza de que sim — murmurei.

— E eu não me esqueci do que aconteceu com Malessa nem que
alguém tentou me sequestrar.

— Não mesmo? Então acho que você simplesmente não levou nada
disso em consideração quando decidiu sair perambulando pela cidade
até a *biblioteca*.

— Eu não estava *perambulando* por lugar nenhum. Passei pelo Bosque
dos Desejos e fiquei na rua por menos de um minuto — argumentou
ela. — Além disso, eu estava de capa e máscara. Ninguém conseguiria ver

nem um centímetro do meu rosto. Não me preocupei em ser capturada, mas vim preparada, só por precaução.

— Com a sua fiel adaga?

Abri um sorriso.

— Sim, com a minha fiel adaga — rebateu ela. — Ela nunca me deixou na mão.

— E foi assim que você escapou do sequestro na noite em que Rylan foi morto? — perguntei outra coisa que já sabia, mas da qual não havíamos falado ainda. — O homem não se assustou ao se aproximar dos guardas?

Ela exalou de maneira audível, e com um tanto de drama.

— Sim. Eu apunhalei o homem. Mais de uma vez. Ele estava ferido quando bateu em retirada. Espero que tenha morrido.

— Você é tão violenta.

— Você fica dizendo isso — rebateu ela —, mas eu não sou violenta coisa nenhuma.

Ri de novo, adorando como era fácil enfurecê-la.

— Você não tem muita consciência de si mesma.

— Tanto faz — murmurou. — Como você percebeu que eu tinha saído?

— Eu fui ver se você estava bem — menti, passando a mão pelas costas do divã. — Pensei que pudesse querer companhia e me pareceu bastante ridículo ficar entediado plantado no corredor com você dentro do quarto, possivelmente também entediada. E devia estar mesmo, já que saiu.

— Você fez isso mesmo? — Ela respirou fundo. — Quero dizer, você foi mesmo me procurar para perguntar se eu... eu queria companhia?

Assenti.

— Por que eu mentiria sobre isso?

— Eu... — Ela desviou o olhar, apertando os lábios. — Deixe para lá.

Eu não queria deixar para lá.

Recostei-me no divã.

— Como você foi parar no beiral?

— Bem, é uma história engraçada...

— Imagino que sim. Então, por favor, não me poupe dos detalhes.

Cruzei os braços.

Ela suspirou.

— Vim procurar algo para ler e acabei dentro desta sala. Eu... eu não queria voltar imediatamente para o meu quarto e não percebi que a sala era especial.

**333**

Segui o olhar dela para o armário de bebidas. Aquilo não tinha denunciado que aquela era uma sala especial?

— Enquanto estava aqui, ouvi a voz do Duque no corredor. Então me esconder no beiral foi uma opção muito melhor do que ser pega no flagra.

— E o que aconteceria se ele a pegasse no flagra?

Ela deu de ombros outra vez.

— Ele não me pegou, e é o que importa. O Duque teve uma reunião com um guarda da prisão. Pelo menos, acho que era da prisão. Eles estavam conversando sobre o Descendido que jogou a mão do Voraz. O guarda fez o homem abrir a boca. Ele disse que o Descendido não acreditava que o Senhor das Trevas estivesse na cidade.

— É uma boa notícia — forcei-me a dizer.

Ela olhou para mim.

— Você não acredita nele?

— Não acredito que o Senhor das Trevas tenha sobrevivido por tanto tempo deixando que o seu paradeiro fosse conhecido, mesmo pelos seus seguidores mais fervorosos — respondi.

— Eu acho... — Ela apertou o livro que segurava com mais força. — Acho que o Duque vai matar o Descendido com as próprias mãos.

Eu me lembrei do que ela tinha me perguntado.

— Isso a incomoda?

— Não sei.

Inclinei a cabeça.

— Acho que sim, você só não quer admitir isso.

Ela apertou os lábios.

— Eu só não gosto da ideia de alguém morrer em uma masmorra.

— Uma execução pública é melhor?

Ela me encarou.

— Não exatamente, mas pelo menos não parece...

Meu coração se acelerou ainda mais.

— Parece o quê?

Poppy balançou a cabeça.

— Pelo menos não parece que algo...

Ela lançou outro olhar para mim.

Eu estava prendendo a porra da respiração de ansiedade.

— ...está sendo escondido — concluiu.

Fiquei observando-a. Ela não gostava da forma como os Ascendidos faziam as coisas. Eu já havia suspeitado daquilo, mas ver como ela estava verdadeiramente desconfortável era algo...

Importante.

E eu teria que pensar naquilo depois com calma, tentar identificar qual era o real significado disso.

— Interessante — comentei.

— O que é interessante?

— Você.

Olhei para o livro que ela segurava.

— Eu?

Assenti, então peguei o livro em um movimento rápido.

— Não! — exclamou ela, arfando.

Tarde demais.

Arranquei o volume da mão dela e cheguei para trás, olhando para a obra.

— O diário da Senhorita Willa Colyns? — Franzi as sobrancelhas, virando o livro. — Por que esse nome me soa familiar?

— Devolva. — Ela esticou a mão, mas recuei. — Devolva agora!

— Eu devolvo se você ler para mim. Aposto que deve ser mais interessante do que a história do reino.

Sorrindo, abri o livro, passando os olhos pela página. Uma frase se destacou com ousadia.

*Ele me tomou por trás, socando sua masculinidade rígida feito aço dentro de mim.*

Fiquei boquiaberto, sem reação. Passei algumas páginas, erguendo as sobrancelhas quando vi palavras como *mamilos* e *gozo salgado*.

Mas o que ela estava lendo, pelos Deuses? E mais importante ainda, por que ela estava lendo aquilo?

— Que material de leitura mais interessante — comentei, olhando para ela.

Poppy parecia estar querendo jogar um objeto duro e afiado na minha cara.

Voltei a sorrir.

— *Penellaphe* — fingi choque. — Esse é... um material de leitura muito escandaloso para a Donzela.

— Cale a boca.

Ela cruzou os braços.

— Que menina travessa — provoquei.

Ela ergueu o queixo bem na hora.

— Não há nada de errado em ler sobre o amor.

— Eu não disse que havia. — Analisei uma página que incluía o trecho bastante romântico: *"Deuses, estou toda molhada só de escrever isso."* Olhei para ela. — Mas acho que o que ela escreve não tem nada a ver com o amor.

— Ah, quer dizer que você é um especialista no assunto agora?

— Mais do que você, creio eu.

Ela fechou a boca. Só um segundo se passou.

— É verdade. As suas visitas ao Pérola Vermelha têm sido motivo de conversa entre muitos empregados e damas de companhia, então suponho que você tenha bastante experiência.

— Parece que alguém está com ciúmes.

— Ciúmes? — Ela riu, revirando os olhos. — Como disse antes, você tem um senso de importância na minha vida bastante desproporcional.

Bufei, voltando a folhear o livro. Porra, essa Senhorita Willa era uma escritora bastante… descritiva.

— Só porque você tem mais experiência com… o que acontece no Pérola Vermelha, isso não quer dizer que eu não saiba o que é o amor.

— Você já se apaixonou? — perguntei, brincando apenas em parte, mas assim que a pergunta me escapou, não parecia mais uma piada. Estreitei os olhos. — Um dos valetes do Duque chamou a sua atenção? Um dos cavalheiros? Ou quem sabe um guarda corajoso?

Poppy negou com a cabeça enquanto olhava para o armário de bebidas.

— Nunca me apaixonei.

— Então como você saberia?

— Eu sei que os meus pais se amavam profundamente. — Ela brincou com a tampa ornamentada de um decantador. — E você? Já se apaixonou, Hawke?

— Sim — respondi com sinceridade, meu peito ficando apertado.

Então foquei o olhar no livro, sem ver palavra alguma enquanto pensava em Shea.

Poppy olhou para mim por cima do ombro. Ela roçou os dentes pelo lábio inferior.

— Alguém da sua cidade?

— Era, sim. Mas foi há muito tempo, no entanto.

— Há muito tempo? Quando você era uma criança?

Dei uma risada com a forma como ela soava confusa, grato por como a pergunta dela tornou mais fácil do que o normal afastar os pensamentos de Shea. Foquei no livro de novo, lendo um parágrafo específico.

— Quantas páginas você leu?

— Não é da sua conta.

— Provavelmente não, mas tenho que saber se você chegou nesta parte. Pigarrei.

— Eu só li o primeiro capítulo — acrescentou ela depressa. — E parece que você está no meio do livro, então...

— Ótimo. Então será uma novidade para você. Deixe-me ver, onde é que eu estava? — Passei o dedo pela página, parando na metade. — Ah, sim. Aqui. *"Fulton tinha prometido que, quando ele acabasse, eu não conseguiria andar direito pelo resto do dia, e tinha razão"*. Hum. Impressionante.

Fiz uma pausa, dando uma olhada para ela.

Ela arregalou os olhos por trás da máscara, mas talvez eu estivera errado em pensar que o que Kieran oferecera na noite anterior a fosse deixar escandalizada.

— *"As coisas que aquele homem fez com a língua e com os dedos só foram superadas pela sua surpreendentemente grande, decadentemente pulsante e perversamente latejante..."* — Soltei uma risada. — Essa mulher tem um talento especial para advérbios, não é?

— Você já pode parar de ler.

— *Masculinidade.*

— O quê?

Poppy arfou.

— É o final daquela frase — expliquei, erguendo o olhar. Contive o sorriso. — Ah, você não deve saber o que ela quer dizer com masculinidade. Acho que ela está falando sobre o pau dele. Piroca. Pênis. O...

— Ah, meus Deuses — sussurrou ela.

Continuei falando:

— O, pelo que parece, extremamente grande, pulsante e latejante...

— Já entendi! — berrou ela, descruzando os braços. — Eu entendi tudo.

— Eu só queria ter certeza. — Dei tudo de mim para não rir quando ela inalou com força, prendendo a respiração. — Não gostaria que você ficasse com vergonha de perguntar e pensasse que ela estava falando sobre o amor dele por ela ou algo do tipo.

Poppy tomou outra lufada de ar.

— Eu te odeio.

— Não odeia, não.

— E eu estou prestes a esfaquear você — prosseguiu ela. — De uma maneira muito violenta.

Como ela estava com a mão perto da coxa, era algo com o que eu devia me preocupar mesmo.

— Nisso eu acredito.

— Devolva-me o diário.

— Mas é óbvio. — Estendi o livro, sorrindo quando ela segurou o volume contra o peito como se fosse uma joia preciosa. — Você só tinha que pedir.

— O quê? — Ela ficou boquiaberta. — Mas eu pedi.

— Desculpe. Eu tenho escuta seletiva.

— Você é... — Ela estreitou os olhos. — Você é o pior.

— Você disse as palavras erradas. — Afastando-me do divã, passei por ela, dando tapinhas em sua cabeça. Ela tentou me golpear, e bem rápido, quase acertando minhas costas. — Você quis dizer que eu sou o melhor.

— Eu disse as palavras certas.

Sorrindo ainda mais, fui até a porta.

— Venha. Preciso levá-la de volta ao castelo antes que algo maior que a sua própria tolice a coloque em risco. — Parei, esperando por ela. — E não se esqueça do seu livro. Quero um resumo de cada capítulo amanhã.

Poppy bufou, mas foi à frente, e não em silêncio. Estava batendo o pé.

— Como você sabia onde eu estava?

Olhei para ela por cima do ombro, com um leve sorriso.

— Eu tenho uma incrível habilidade de rastreamento, Princesa.

# SÓ UM NOME

— Você não precisa ficar me seguindo — comentou Poppy enquanto ia na frente, a capa escura se misturando à escuridão do Bosque dos Desejos.
— Eu sei o caminho de volta ao castelo.
— Eu sei que sabe. — Mantive o ritmo, um passo atrás dela. — Mas que tipo de guarda eu seria se deixasse você andar pela mata sozinha à noite?
— Um menos irritante?
A resposta arrancou de mim uma risada genuína.
— Fico feliz por você achar isso engraçado. — Ela virou a cabeça encapuzada de leve. — Porque eu não acho.
Eu estava feliz por ela estar falando de novo. Ela havia ficado calada enquanto saíamos do Ateneu, o que tinha possibilitado que minha mente vagasse por questões inquietantes, como o fato da urgência seguida pelo desejo, de seduzi-la não terem parecido mutuamente excludentes.
*Você se importa com ela.*
Caralho, Kieran.
— Sabe o que eu acho engraçado? — questionei.
— Mal posso esperar para descobrir.
Um sorriso brincava em meus lábios enquanto eu continuava analisando as sombras a fim de identificar qualquer Ascendido errante.
— Como você consegue amansar essa língua com as outras pessoas.
— Você acha isso engraçado?
Ela contornou um afloramento de rochedos.
— Só porque imagino que o que quer que você esteja pensando nesses momentos chocaria até mesmo um marujo.

Ela fez um som de escárnio.

— Às vezes. — A ponta da capa dela ficou presa em um arbusto. Sendo o guarda solícito, ainda que irritante, que eu era, a soltei. — Obrigada — murmurou ela, apertando o diário contra o peito.

— Pareceu mais genuíno do que da última vez que você me agradeceu — indiquei.

— Foi genuíno na hora também.

— Uhum.

O suspiro pesado dela me fez sorrir. Ela seguiu andando na frente, evitando as pedras pontiagudas e o terreno irregular que alguém conheceria se passasse com frequência por aquela parte do Bosque dos Desejos.

— Não é fácil — revelou ela alguns instantes depois.

— O que não é fácil?

Poppy não respondeu de imediato.

— Ficar calada. Amansar a língua.

Quase perguntei por que ela fazia aquilo, mas eu já sabia a resposta. Era a mesma razão de ela permitir que a Sacerdotisa a destratasse. Ela não tinha escolha.

— Enfim — continuou ela, pigarreando —, você sabia que dizem que esta mata é assombrada? Ao menos Tawny acredita nisso.

Deixei que ela mudasse de assunto.

— Eu tenho um amigo que acha o mesmo.

— Você tem amigos?

Ri.

— É, pois é. Um choque, né?

Um som suave surgiu das profundezas de seu capuz, um que poderia ter sido uma risada. Será que ela ria de verdade alguma vez... de um jeito alto e incontrolável? Eu não sabia dizer, mas eu... eu não tinha rido nem sorrido com tanta facilidade como fazia na presença dela havia muito tempo.

Eu não sabia dizer a razão *daquilo* também.

Esfregando o peito, pulei uns galhos caídos e afastei os pensamentos.

— Então, você gosta de ler?

— Eu... eu gosto.

— E gosta de ler o quê? Além de relatos extremamente detalhados de certos membros grossos e latejan...

— Eu leio de tudo — interrompeu ela depressa. — Não precisa ser algo como... como aquilo, e já li a maior parte do que tenho permissão de ler.

— Permissão? — repeti.

— A Sacerdotisa Analia acha que eu devo empregar tempo apenas lendo coisas apropriadas, como histórias ou orações.

— Que se foda a Sacerdotisa Analia.

Poppy riu; uma risada breve e surpresa, mas alta e real. Eu fiquei feliz com aquilo, mas não havia nada de divertido na Sacerdotisa.

— Você não devia ter dito isso — comentou ela com a voz mais suave.

— É, eu sei.

— Mas não se importa?

— Exatamente.

— Deve ser muito bom não se importar.

A vontade na voz dela atraiu meu olhar e fez a pressão em meu peito aumentar.

— Eu queria que você soubesse como é.

Ela virou a cabeça encapuzada na minha direção, então voltou a olhar para a frente. O silêncio se seguiu, e não foi bom porque eu estava pensando em como Poppy só tinha *permissão* de ler determinadas coisas, como se ela fosse uma criança ou não se pudesse confiar nela para escolher por si mesma. Realmente não havia nada que os Ascendidos não controlassem quando se tratava dela.

Bem, aquilo não era exatamente verdade. O fato de que estávamos caminhando pelo Bosque depois que ela havia saído escondida era prova disso, assim como quando ela fora até o Pérola Vermelha. Mas eram minutos aqui e ali ao longo dos anos.

Não era certo.

Mas aquilo mudaria quando...

Eu me detive, sentindo aquele pinicar na nuca. O que mudaria para ela quando eu conseguisse o que queria? Ela voltaria para aqueles monstros, o Rei e a Rainha falsos. Era provável que a vida dela voltasse a ser o mesmo de antes ou se tornasse ainda mais restrita enquanto a Coroa de Sangue buscava por mais sangue atlante para completar suas Ascensões. Ao menos até que eles fossem detidos. A única coisa que mudaria seria onde a jaula dourada dela seria mantida, e que ela não estaria mais sujeita ao Duque. Entretanto, havia Ascendidos bem piores na capital. Daquilo eu tinha certeza.

Observei seu corpo encapuzado, meu coração martelando contra o peito. Como ela reagiria ao descobrir a verdade sobre os Ascendidos...

sobre sua preciosa Rainha Ileana? Em algum momento ela descobriria a verdade, e seria em breve. Com base no que eu já sabia, eu não achava que ela conseguiria seguir com a farsa que os Ascendidos criaram para ela. Mas e daí?

Eu poderia oferecer uma escolha a ela depois que resgatasse Malik, não poderia? Permitir que ela ficasse conosco. Fazer isso seria complexo, criaria um monte de riscos dos quais nem meu povo nem eu precisávamos. Eles tinham concordado com a libertação de Malik. Não com a libertação dele e da Donzela. E será que meu povo a aceitaria? Provavelmente não. Atlantes sabiam guardar rancor como ninguém.

Caralho. Não era hora de ficar pensando nesse tipo de merda.

— Eu venho me perguntando algo. — Analisando vários galhos baixos, acelerei o passo para caminhar ao seu lado esquerdo. — O que você faz de manhã?

— Faço as orações diárias. — Ela virou a cabeça encapuzada em minha direção. — E tomo café da manhã.

Estiquei o braço, segurando um dos galhos para que ela pudesse passar por baixo.

— Você ficaria brava se eu dissesse que não acredito em você?

Poppy bufou.

— Eu não te dei nenhuma razão para não acreditar no que eu digo.

— Mesmo? — Alonguei a palavra, erguendo outro galho. — Eu acho que eu sei a verdade.

— Sabe?

— Eu só preciso perguntar uma coisa para ter certeza — concluí enquanto passávamos debaixo de galhos mais finos.

Feixes de luar perfuravam a escuridão ao nosso redor.

— Por acaso Vikter fica com você durante as... orações?

Poppy não abriu a boca.

Sorri, conseguindo minha resposta sem que ela precisasse terminar. Provavelmente ela treinava a manejar a adaga e a lutar quando estava com ele.

— Eu estava me perguntando algo também — retrucou ela, os dois braços segurando o livro como se temesse que eu fosse arrancá-lo de suas mãos de novo. — Sobre você.

— Sim. As mulheres que sabem usar a adaga e quase me derrubam no chão despertam meu interesse — respondi, olhando para ela. — Também despertam desejo.

Sua inspiração suave virou um arquejo, e ela tropeçou em algo no meio da folhagem. Segurei seu braço, equilibrando-a.

— Eu não ia perguntar isso.

Ela se recuperou depressa, pigarreando.

— Mas é a verdade.

— Eu não poderia ligar menos.

Mentirosa. Afastei a mão de sua capa.

— O que estava se perguntando?

Poppy ficou calada de novo por uns instantes.

— Você... você me chamou de Poppy antes, lá no Ateneu.

Chamei?

— Até agora você vinha me chamando de Penellaphe. Por quê?

— Isso te incomoda?

— Não. — Ela me lançou um olhar por debaixo do capuz. — Você não respondeu.

Eu não podia responder. Caramba, eu nem tinha percebido que a tinha chamado de *Poppy*. Ou que havia começado a pensar nela assim. Franzi a testa. Não importava. Um nome era só um nome.

— Eu não sei ao certo por quê. — Lembrei do que Tawny havia dito.

— Imagino que isso significa que sejamos amigos.

Ela inalou com suavidade de novo, o que traiu suas palavras duras:

— Não é para tanto.

Dei uma risada.

— Acho que é, sim.

Poppy suspirou.

E ri de novo.

— Pode ter certeza: nós somos amigos.

# PRESENTE VII

— O quanto você quis me apunhalar quando tirei aquele diário da sua mão? — Ri, o som ecoando no quarto silencioso. — Eu imagino que muito. E teria valido a pena.

Abaixando o queixo, beijei o topo da cabeça de Poppy. Ela estava aninhada em meu corpo, a cabeça apoiada em meu peito e minhas pernas envolvendo as dela. Delano ainda estava aos pés da cama em forma de lupino, um grande monte de pelo branco. Ainda assim, eu sabia que ele estava acordado e alerta. Ele não tinha se afastado muito de Poppy.

Era quase noite, e Kieran estava usando a sala de banho ao lado. Poppy continuava do mesmo jeito, mas eu achava que sua pele já não estava mais tão fria como antes, e as olheiras tinham ficado ainda mais sutis. Um prato intocado de carne fatiada e frutas estava sobre uma mesa próxima. Eu tinha conseguido comer um pouco e não voltei a dormir, mas estranhamente, não estava cansado. Nem Kieran, que não tinha dormido nem comido muito mais do que eu. Certamente havia alguma fadiga, mas ela parecia derivar da preocupação. Do contrário, eu estava bem, e só havia uma coisa na qual eu poderia pensar que explicasse aquilo. O vínculo entre nós três. A força vital de Poppy, o éter nela do qual Nektas havia falado, abastecia-nos, mantendo-nos fortes. Eu achava que nem Kieran nem eu nos sentíamos realmente merecedores daquela força.

— Mas quando eu vi você no beiral? Fiquei furioso. Eu nem conseguia imaginar que porra você tinha na cabeça — prossegui. — Só que não consegui ficar irritado por muito tempo. Não depois de me dar conta do que você tinha que fazer só para conseguir ler um livro por escolha própria.

A raiva que sentira no passado nunca demorava muito a borbulhar de novo, e era difícil contê-la. Mas não era a hora nem o lugar para aquele tipo de sentimento.

— Fico feliz por você ter pegado o diário. Você sabe que eu adoro aquele livro pra caralho.

O que eu mais amava no diário da Senhorita Willa era como Poppy corava de um jeito tão lindo quando eu ou outra pessoa o mencionava. Bem, além de como a voz dela ficava rouca e sexy quando ela o lia, e como ela ficava molhada ao ler.

Caralho.

Meu pau, encostado na curva da bunda de Poppy, começou a ficar duro. Não era *mesmo* o momento para aquilo.

Inclinei a cabeça para trás.

— Imagino que temos que agradecer à Senhorita Willa por muitas coisas — murmurei, pensando em como o Ateneu fora o primeiro lugar em que eu a chamara de Poppy. E como ela se tornaria Poppy para mim depois daquela noite. — Eu devia ter percebido na hora, e talvez tenha percebido de maneira inconsciente porque foi quando comecei a repensar meus planos, me perguntando se eu poderia te oferecer a escolha e a liberdade. Eu acho que eu sabia, mesmo na época, antes de ficarmos debaixo do salgueiro e sair da Masadônia, que eu não podia simplesmente mandar você de volta aos Ascendidos. Mas eu não sabia como admitir isso. Eu acho que eu não conseguia fazer isso na época, sendo sincero.

*Você se importa com ela.*

— Mas Kieran sabia, ou ao menos começava a suspeitar por causa do que eu queria fazer com o Duque — continuei, e Delano levantou as orelhas. — Matá-lo não era parte do plano inicial. Se ele tivesse sido minimamente decente, poderia ter sobrevivido, ou ao menos teria tido uma morte rápida. — Apertei os lábios. — Não foi rápida.

Passei os dedos pelo cabelo dela, tirando as mechas macias de sua bochecha enquanto eu me recordava do dia nos aposentos do Duque.

— Eu nem sabia de tudo o que ele tinha te feito passar, o que ele havia permitido que acontecesse, até muito tempo depois. E, Deuses, perdi as contas de quantas vezes desejei voltar no tempo e fazê-lo sofrer ainda mais.

Uma brisa quente correu pelo quarto.

— Mas eu o fiz sofrer, como disse a Kieran que faria. — Um sorriso frio e brutal tomou meu rosto. — Eu já me arrependi de matar algumas pessoas. Mas o Duque? Essa é uma morte da qual não vou me arrepender *nunca*.

# O DUQUE

No dia do Ritual, eu estava sentado no escritório do Duque Teerman, à sua mesa, em sua cadeira, aguardando com paciência.

Eu geralmente não tinha muita paciência, nem a enxergava como uma virtude no geral.

Contudo, naquele caso, eu lidaria com isso.

Abaixei o olhar para as costas do Guarda Real sobre a qual eu descansava os pés. Com a persuasão, eu tinha conseguido o que eu queria do homem de cabelo claro antes de quebrar seu pescoço. Matá-lo não era necessário. Eu não planejava estar ali depois que o efeito da persuasão passasse, mas a questão era que ele soubera o que estava acontecendo dentro do escritório durante as *lições* do Duque. Eu tinha certeza de que o outro Guarda Real que com frequência vigiava a porta também sabia, mas aquele ali tinha ficado duro ao relatar como o Duque a fazia tirar a roupa da cintura para cima e se debruçar sobre a mesa que estava à minha frente. Então ele a açoitava com a bengala. Às vezes o Lorde Mazeen *assistia*. Mais de uma vez, ela tinha deixado aquela sala quase inconsciente. Não havia palavras para explicar o que eles tinham feito com ela.

— Desgraçado filho da puta.

Chutei o guarda morto para o lado, fazendo-o deslizar pelo chão.

Fixei o olhar na bengala comprida e elegante pendurada na ponta da mesa de mogno. Era aquela que ele tinha usado para punir Poppy? Ou uma das outras no armário? A fúria borbulhou dentro de mim, e foi difícil controlá-la.

Eu já tinha feito muitas coisas terríveis. Tenebrosas. Eu já havia matado a sangue-frio. Havia matado no fervor da raiva. Sangue que eu jamais conseguiria lavar manchava minhas mãos. Eu era um monstro capaz de atos monstruosos, mas o que o Duque Teerman havia feito com Poppy? O que provavelmente ele vinha fazendo com ela havia anos? Aquilo era muito baixo até para mim.

*Você se importa com ela.*

Apertei o braço da cadeira. Eu realmente não acreditava que era preciso se importar com alguém para ficar furioso e enojado com a forma como outros o tratavam, mas eu tinha mentido para Kieran.

Aquilo não era por vingança.

Era por causa dela.

Movi a cabeça de um lado para o outro, desfazendo a tensão crescente enquanto eu olhava para a bengala. Tudo o que eu via era o sangue sumindo da parte inferior do rosto de Poppy quando ela percebera o que havia dito no dia em que saímos da aula dela com a Sacerdotisa Analia. Eu conseguia ouvir o tremor leve em sua voz mesmo no momento. Eu sabia o que era.

Medo.

Um medo real, da garota que tinha saído escondida e perambulado pela cidade à noite. Que subira na Colina durante um ataque de Vorazes. Senti a raiva aumentar. E ainda havia mais. Era o papel que aqueles desgraçados haviam desempenhado em tudo o que era proibido à Poppy, o que eles haviam tirado dela. Amizade. Contato físico. A liberdade de desbravar. Experimentar. Ela não podia nem mesmo escolher o que ler. E por causa do que ela tivera que fazer, dos *riscos* que tivera que correr para ter um gostinho daquelas coisas. Mas pior ainda, era a vergonha que eu ouvira em suas negativas.

Tudo aquilo fora um fator no porquê eu estava disposto a correr aqueles riscos.

Não importava o que acontecesse depois. Que eu inevitavelmente virasse a causa do medo na voz dela. Que ela fosse outro ato monstruoso que eu estava no processo de executar. Eu não tinha pensado naquilo enquanto voltávamos ao castelo na noite anterior quando eu considerava escolhas. Ela não escolheria ficar conosco quando descobrisse a verdade.

Mas eu não a faria sentir *vergonha*.

E se eu fizesse?

Então aquele seria outro ato que eu jamais conseguiria apagar da minha alma.

Ouvi o som de passos. Relaxei o aperto no braço da cadeira.

O Duque Teerman abriu a porta para o escritório, deixando que se fechasse atrás de si. Senti um leve cheiro de ferro. Sangue. O desgraçado deu uns três passos antes de perceber que a sala não estava vazia.

— Mas que...? — Teerman estacou no lugar. Dei um sorriso de canto de boca enquanto eu virava a cadeira de frente para ele. Aqueles olhos escuros e desalmados se arregalaram. Então se arregalaram mais ainda quando percebeu o guarda morto. — Que *porra* é essa?

— Boa tarde. — Eu me inclinei para trás, escorando os pés dentro das botas na superfície lisa e lustrosa de sua mesa. Fiz questão de colocar uma canela sobre a outra. Ele ainda não estava arrumado para o Ritual, tinha estado ocupado fazendo um lanchinho. — *Vossa Alteza.*

O babaca de cabelo claro se recuperou depressa. Eu tinha que lhe dar os créditos. Ele endireitou a postura e jogou a capa no divã. Sua boca estava tensa de raiva.

— Devo admitir que o total desrespeito de suas ações me deixou sem palavras, mas presumo que esteja aqui para pedir demissão.

Inclinei a cabeça.

— E por que presumiria isso?

Ele inflou as narinas.

— Porque você seria um tolo de pensar que poderia manter seu posto como guarda depois que sair deste escritório.

— Bem, em primeiro lugar, eu não vou sair daqui. — Ampliei o sorriso quando o Duque ficou tenso. — E em segundo lugar, eu não posso ser desrespeitoso com alguém que nunca teve meu respeito.

Seus lábios muito vermelhos se abriram. Olhei para o colarinho engomado de sua camisa branca. Havia uma gotinha vermelha ali. Ele não sabia comer sem fazer lambança.

— Você perdeu a cabeça.

— Eu perdi muitas coisas. — Esticando o braço, peguei a bengala. Ele focou o olhar nela. Deu um passo à frente, formando punhos com as mãos. — Entre elas, a paciência. Estou aqui te esperando já faz um tempo. — Fiz uma pausa. — Dorian.

Ele estacou no lugar de novo, sua coluna ficando reta enquanto ele me encarava. Sua expressão facial mudou. Enfim ele tinha percebido. Quem eu era. O que ele tinha saudado de bom grado dentro de sua guarda e permitido que dormisse debaixo de seu teto. O motivo de eu estar ali. Ele lançou um olhar para a porta.

— *Duvido* você correr — incentivei. — Vai lá.

O Duque Teerman pareceu se recuperar.

— Ah, aí está. — Passando os dedos pela bengala, eu me inclinei à frente. — Podemos ver uma *centelha* de inteligência.

— Você — afirmou ele com um rosnado.

Segurei a ponta da bengala.

— Eu?

Teerman mostrou os dentes e abaixou o queixo enquanto soltava um grunhido baixo.

— O Senhor das Trevas.

— É o que dizem. — Abri um sorriso sem mostrar os dentes. — Mas eu preferiria que se referisse a mim corretamente. É *Príncipe* Casteel Da'Neer.

— E eu que pensava que preferiria desgraçado traiçoeiro.

Dei uma risada suave.

— Também serve, mas você se esqueceu de uma parte. É desgraçado traiçoeiro *e assassino*.

Ele engoliu em seco.

— Ah, é?

Confirmei com a cabeça.

— Você pretende cometer um ato de assassinato?

— Sempre — murmurei.

Um músculo pulsou em sua têmpora enquanto um instante se passava.

— Eu sei o que está planejando. Você não vai sair impune. Deveria saber disso.

— Deveria?

— Você está na minha casa, na minha cidade, ambas as quais estão cheias dos meus guardas. — Ele ergueu o queixo. — Tudo o que preciso fazer é gritar, e você estará cercado. Não tem como escapar.

— E depois o quê?

Ele sorriu.

— Depois eu mando sua cabeça para a Rainha.

Fiz um som de escárnio.

— Isso parece bastante dramático e bem equivocado.

— E onde exatamente está o equívoco?

Ele tinha dado um passinho para trás, evidentemente pensando que eu não havia notado.

— Sua cidade não está cheia de guardas leais a você. Já faz um tempo que não — informei. De alguma forma, o Ascendido ficou ainda mais pálido. — E você não faz ideia do que eu planejo.

Teerman então riu.

— Você acha que eu não sei?

— Bem, você não fazia ideia de que estávamos na sua cidade e na sua casa já faz um tempo. Então você deve imaginar que não estou te dando muito crédito.

Ele soltou uma risada baixa e dura.

— Sabe, a Rainha falou que você tinha uma língua afiada.

— Falou, é? Não fico surpreso em saber que ela ainda está obcecada com a minha língua depois de todo esse tempo.

— E não foi só isso que ela disse.

— Com certeza não. — Não haveria um repeteco do que acontecera com o Lorde Devries. Não havia muito tempo. Eu tinha que me preparar para um Ritual. — Mas não vim aqui falar daquela desgraçada.

— Então veio aqui por quê? — Ele olhou para a bengala. — Seu irmão?

Neguei com a cabeça.

Suas bochechas ficaram tensas.

— A Donzela.

Sorri.

— Você não vai colocar as mãos nela — jurou ele, os olhos reluzindo.

— Isso eu prometo. Você não vai...

— Sabe o que eu acho o máximo nas árvores da Floresta Sangrenta? — interrompi, passando a palma da mão pela lateral lisa da bengala, desfrutando do estrondo da raiva dele. — Além do fato de que é óbvio que você trata essas bengalas como se fossem uma extensão da sua pica murcha?

Ele sibilou por entre os dentes.

Dei uma risada.

— Enquanto a pedra de sangue não deixa nem vestígio de um Ascendido, a madeira da Floresta Sangrenta apenas mata um vampiro. Devagar. Causando dor. — Dei um sorriso de canto de boca ao focar o olhar no dele. — Deixando os restos para apodrecerem e se deteriorarem, como qualquer outro corpo.

Teerman engoliu em seco.

— E o que faz com um Atlante?

— Nada de mais. — Dei um sorrisinho. — Eu aposto que isso te irrita. Os Ascendidos querem tanto fingir que são Abençoados pelos Deuses. Você e eu sabemos que é tudo mentira. Vocês não são nada especiais. Nunca foram. Nenhum de vocês. São só uma imitação porca de nós, se agarrando em desespero aos últimos vestígios do poder e do privilégio enquanto eles desaparecem.

— E você acha que são melhores do que nós? — retrucou ele.

— A maioria de nós é. Eu? Não. Não sou muito melhor. Porra, talvez eu seja até pior que alguns dos Ascendidos. Mas você? — Apontei para ele com a bengala. — Em comparação a mim, você não chega a ser nem bosta de cavalo.

— A sua insolência, seu...

— Desgraçado traiçoeiro e assassino. Estou sabendo. — Suspirei. — Enfim, voltando às bengalas. — Estreitei os olhos, observando-o. — Eu sei o que você faz com elas.

Teerman ficou calado.

— Eu sei que as usou para feri-la.

Os ombros dele pareceram ainda mais tensos.

— E foi ela quem te contou isso?

— Poppy não disse nada.

Teerman ergueu as sobrancelhas.

— Poppy? — repetiu ele, e eu soube que tinha cometido um erro. Eu tinha dado *mole*. O Duque ficou me encarando, um sorriso lento surgindo no rosto. — Caralho, você só pode estar brincando.

Então eu que fiquei em silêncio.

Ele inclinou a cabeça para trás e riu.

— Se fosse qualquer outro se interessando por ela, eu não ficaria tão surpreso. Ela tem... um quê de especial. Um fogo. — Ele riu de novo, e eu senti meu corpo gelar. — O último guarda teve uma queda por ela. Mas você? O Senhor das Trevas? Por essa eu não esperava. — Ele deu um sorriso de canto de boca. — Por outro lado, *Poppy* é linda. Bem, ao menos metade da...

Então me movi, largando a bengala na mesa enquanto saltava sobre ela. Em um piscar de olhos, eu segurava o Duque pelo colarinho e as costas dele estavam contra o local que eu tinha acabado de sujar com as botas.

Segurei-o pelo pescoço, cravando os dedos na pele fria até que seus ossos começassem a estalar. Mas não os quebrei. Eu queria que o desgraçado continuasse respirando, só que sem gritar.

— Você não vai dizer o nome dela — afirmei quando uma lufada fina de ar saiu de sua boca entreaberta. — Não Penellaphe. Principalmente não Poppy.

Teerman tentou alcançar a bengala.

Segurei o braço dele, quebrando-o na altura do cotovelo. O som do osso rachando me fez sorrir enquanto um gemido baixo escapava dele. Ele tentou golpear com o outro braço. Então o quebrei na altura do ombro.

— Se você se mexer de novo, suas pernas serão a próxima coisa que eu vou quebrar — alertei, vendo a pele de sua testa ficar úmida. — Entendeu? Pisque uma vez para "sim".

Teerman piscou.

— Perfeito. — Dei um tapinha em seu peito. — Tem uma coisa que você precisa entender. Você já estava morto antes de me ver. Seu tempo estava acabando. Mas a sua morte, o porquê de estar acontecendo agora, não tem nada a ver com a Rainha de Sangue, o trono nem com as terras que você ajudou a roubar. Não tem nada a ver com meu irmão. Você estava certo quando disse que foi por causa dela. Você vai morrer agora, aqui, por causa dela.

Um tremor tomou o corpo do Duque Teerman enquanto ele lutava para respirar. Quando peguei a bengala, porém, ele ficou imóvel como a porra de uma estátua.

— Você está morrendo por causa *disso*. — Observei-o acompanhar o movimento da bengala quando a movimentei em cima de seu rosto. — Da última vez, quantas vezes bateu nela com isso?

Ele soltou um gemido, se contorcendo de forma instável em cima da mesa.

Eu me aproximei até nossos rostos estarem a centímetros de distância.

— Use os olhos. Pisque — orientei. — Pisque para cada vez que bateu nela.

Teerman continuou de olhos arregalados por vários instantes, então piscou. Uma. Duas vezes. Quando chegou a cinco, uma fúria com gosto de sangue queimou em meu peito. Quando ele parou de piscar, eu estava tremendo.

*Tremendo*, caralho.

Era parte em horror pelo que ele tinha feito com Poppy, parte em reverência por ela ter aguentado aquilo. E uns dias depois ter estado na Colina. Porra.

— Você a fez sangrar? Pisque uma vez para sim. Duas para não.

Ele piscou duas vezes depressa.

— E já a fez sangrar antes?

O Duque piscou uma vez, e arreganhou os lábios, mostrando os dentes. Respirei fundo enquanto me levantava. Óbvio que ele já a tinha feito sangrar.

Segurando-o pelo ombro quebrado, virei o corpo dele de forma brusca para que ficasse de bruços. Seu grunhido abafado de dor foi só um precursor. Rasguei a parte de trás de sua camisa, expondo a linha pálida de sua coluna enquanto eu me debruçava sobre ele e sussurrava em seu ouvido o número de vezes que ele tinha piscado.

Então açoitei suas costas o mesmo número de vezes, cada golpe silvando o ar, fazendo o corpo dele se sacudir a cada vez, e cada pancada fazendo rasgos finos na pele.

Golpeei-o uma vez a mais só porque me deu vontade.

Quando acabei e virei seu corpo de novo de costas, ele estava se tremendo todo, e o cheiro de mijo estava forte no ar. Balancei a cabeça, enojado.

Ele moveu os lábios enquanto tentava falar mesmo com a laringe ferida, enfim conseguindo emitir algumas palavras em meio a um ofegar fraco que só o ouvido de um Atlante ou de um lupino conseguiria ter identificado.

— Quando... ela descobrir quem... você é, ela... vai... *te odiar*.

— Eu sei. — Apertei a bengala. — E só para você saber, todas as partes de Poppy são lindas.

— Ela... é. — Algo brilhou em seus olhos. Um lampejo de luz solar moribunda em meio à escuridão. — E... ela sempre... vai ser... minha.

— Seu desgraçado doente. — Soltei um rosnado. — Ela nunca foi sua.

Então enfiei a bengala em seu peito.

O corpo do Duque se ergueu, os braços se sacudindo enquanto eu soltava a bengala. Permaneceu em seu peito enquanto eu recuava. Daquela vez, tive toda a paciência do mundo para aguardar. A morte não foi rápida. Eu tinha perfurado seu coração superficialmente, de propósito, então demorou vários minutos para que a árvore sangrenta concluísse o serviço.

O Duque da Masadônia morreu sem emitir nenhum som, o corpo quebrado e a urina manchando sua calça. Mas a onda de satisfação selvagem ao observar seus olhos perdendo a vida foi curta. Ele nunca mais encostaria um dedo em Poppy, ou em ninguém, aliás, mas isso não apagaria a dor e a humilhação que ele a tinha feito passar. Não anularia nada daquilo.

Desejei poder matar o desgraçado doente mais uma vez.

Eu estava dando as costas quando parei. Pensei no que aconteceria naquela noite e na oportunidade que eu tinha ali de adicionar um toque dramático à ocasião.

— Ora, Vossa Alteza — comentei, virando-me para ele de novo e sorrindo —, não é que você daria um excelente centro de mesa para o Ritual.

# PERDI O FÔLEGO

Eu estava atrasado.

Minha visita ao Duque e o preparativo subsequente haviam levado mais tempo do que o esperado.

De banho tomado, enfim eu estava vestido de vermelho para o Ritual e com a máscara no rosto enquanto passava pelo vestíbulo lotado. O plano era encontrar Poppy, separá-la de Vikter e Tawny, então levá-la ao jardim, onde Kieran estaria. Desacelerei o passo, porém. O local estava o puro caos.

Plebeus se moviam entre os Ascendidos e cavalheiros e damas de companhia como ondas de vermelho. Identifiquei alguns guardas apenas por causa das armas que usavam. Havia tanta gente, e o cheiro de rosas era forte no ar, quase me sufocando enquanto eu me aproximava do Salão Principal.

Eu tinha lavado o sangue do Duque das mãos, mas nada poderia apagar meu sorrisinho. Estava fixo em meu rosto e provavelmente seguiria ali por algum tempo.

Principalmente quando eu pensava em sua estimada bengala da Floresta Sangrenta.

Vi milhares de pessoas passando pelas portas abertas, preenchendo o piso e as alcovas. As flâmulas douradas e brancas haviam sido retiradas, substituídas pelo vermelho do Ritual, parecendo as que ficavam penduradas em Wayfair. Apertei os lábios. Havia vasos de rosas de todas as cores por toda parte, e vê-las me lembrou de ter ouvido Tawny reclamando deles. Um sorriso irônico repuxava minha boca quando parei perto das pilastras, analisando o cenário diante de mim. Todo mundo estava igual, vestidos e trajando as máscaras da cor de sangue fresco. Meu olhar passou por uma alcova e então retornou a uma das colunas...

Pelos Deuses.

Vi Poppy parada ali com Vikter e Tawny, e senti aquela estranha sensação de pinicar na nuca de novo quando perdi o fôlego.

Olhando para Poppy das pilastras, a vários metros dela, o ar simplesmente deixou meus pulmões como se eu tivesse esquecido de como respirar, caralho. O quanto aquilo parecia estúpido? Não se esquecia de respirar, mas nunca na vida eu havia sentido aquele... aquele zumbido no peito. Nunca. Eu não sabia se era porque ela não estava usando o véu, ou porque ela não estava de branco.

Ou talvez porque ela simplesmente era a criatura mais linda que eu já tinha visto.

Seu cabelo estava para trás, caindo em ondas livres pelas costas, a cor me lembrando framboesas sob a luz do Salão Principal. A máscara de dominó vermelha era muito superior ao véu, e mesmo de onde eu estava, pensei que sua boca parecia mais escura, mais cheia. E aquele vestido...

As mangas eram de um carmesim fino, assim como o dos outros. Só o material do corpete até as coxas era opaco. O resto era translúcido, e o conjunto todo abraçava as curvas tentadoras de seu corpo.

Poppy se virou, de costas para onde eu estava. Seu cabelo ia até um pouco acima da curva doce e voluptuosa de sua bunda.

Aquele vestido.

Provavelmente a razão de eu ter perdido o fôlego foi porque a peça era obscenamente irresistível e feita para o pecado.

E minha imaginação criou asas, enchendo minha mente de todas as formas divertidas pelas quais se poderia pecar quando comecei a andar na direção dela. Minha nuca formigava enquanto eu contornava a multidão, com o coração martelando contra a minha caixa torácica.

A curva dos ombros de Poppy ficou tensa, e então ela se virou. Seus lábios de tom rosado se entreabriram, e caralho... senti um desejo absurdo. Absurdo. A calça e a túnica eram finas demais para comportar o que eu sentia.

— Oi — cumprimentou ela, então fechou a boca.

Sorri quando as bochechas dela coraram.

— Você está... — Realmente não havia uma única palavra à altura dela, então me contentei com a melhor que consegui pensar no momento.

— Adorável. — Eu me voltei a Tawny, e eu jurava pelos Deuses, se ela estivesse nua ou vestindo uma sacola, eu não teria conseguido notar. — E você também.

— Obrigada — respondeu Tawny.

Olhei para Vikter.

— E você.

Ele bufou, e Tawny riu, mas recebi o sorriso de Poppy como um presente.

Ela se virou para Vikter.

— Você está excepcionalmente bonito hoje à noite.

O homem mais velho ficou vermelho e balançou a cabeça de leve.

Fui ficar atrás de Poppy, o mais perto possível.

— Desculpe pela demora.

— Está tudo bem? — perguntou ela, parecendo nervosa.

— Com certeza — respondi. — Fui convocado para ajudar com a inspeção de segurança. — O que não era de todo mentira. Eu tinha falado com Jansen sobre os incêndios que os Descendidos planejavam provocar. Ninguém se machucaria naquela noite, ao menos nenhum mortal, mas muitos Ascendidos teriam dificuldade de voltar para casa. — Não achei que demoraria tanto tempo.

Poppy parecia querer dizer outra coisa, mas apenas assentiu ao voltar a atenção ao estrado. A música começou enquanto os empregados entravam pelas muitas portas laterais, carregando bandejas com taças frágeis e comidas delicadas.

— Preciso falar com o Comandante — comentou Vikter, olhando para mim.

— Eu cuido dela — respondi.

Em vez de me lembrar como ela era importante como geralmente fazia, ele apenas assentiu antes de se virar. Senti um grande alívio. Eu não teria que contornar Vikter nem fazer o que inevitavelmente precisaria ser feito.

Fui ocupar seu lugar, ao lado direito de Poppy.

— Perdi alguma coisa?

— Não — respondeu Tawny. — A menos que você estivesse ansioso por um monte de orações e despedidas emocionadas.

— Não particularmente — comentei com a voz seca.

Poppy olhou para Tawny.

— Eles chamaram a família Tulis?

A dama de companhia franziu a testa.

— Sabe de uma coisa? Acho que não.

Contive o sorriso. Se tivessem chamado, a família Tulis não teria conseguido atender. Estavam bem longe a caminho de Novo Paraíso.

Um movimento chamou minha atenção. A Duquesa se aproximava de nós, seguida por vários Guardas Reais.

— Penellaphe — cumprimentou a Duquesa, sorrindo.

— Vossa Alteza — respondeu Poppy com tanta polidez que foi quase difícil acreditar que eu já a tinha ouvido xingar.

A Duquesa assentiu para Tawny e eu, seu olhar analisando meu corpo da mesma forma que eu havia analisado o de Poppy. Ela sentiria falta do marido? Eu achava que não.

Sorri.

— Você está gostando do Ritual? — perguntou ela a Poppy.

Ao que parecia, não importava se Tawny e eu estávamos nos divertindo. Poppy assentiu.

— Sua Alteza não está presente?

Meu sorriso se ampliou.

— Creio que ele esteja atrasado.

A boca da Duquesa ficou tensa, denunciando sua preocupação.

Ela não precisava se preocupar.

O Duque já estava ali.

Ela se aproximou de Poppy, falando com a voz baixa, mas a ouvi com perfeição:

— Lembre-se de quem você é, Penellaphe.

Meu sorriso desapareceu.

— Não deve se misturar nem socializar — prosseguiu a Duquesa.

— Eu sei — garantiu Poppy enquanto eu apertava minha mão em um punho.

Observei a Duquesa se misturar à multidão de adoradores Ascendidos e cavalheiros e damas de companhia, o músculo pulsando em minha mandíbula de novo.

— Eu tenho uma pergunta — comentei.

Poppy inclinou a cabeça.

— Sim?

— Se você não deve se misturar nem socializar, o que, aliás, é a mesma coisa — comecei, sentindo a raiva se esvaindo um pouco quando ela sorriu —, qual é o sentido de participar da celebração?

O pequeno sorriso sumiu.

— É uma boa pergunta — afirmou Tawny.

Poppy apertou os lábios.

— Para ser sincera, não sei muito bem qual é o sentido.

Nem eu.

Olhei para a multidão, mas depois de alguns instantes, voltei o olhar à Poppy, ao cabelo solto e ao maldito vestido. Deuses, por que ela tinha que ser tão linda? Tão *feroz*?

Ela estava contorcendo as mãos uma na outra, e olhei para seu rosto. Ela observava Tawny. Um momento se passou, então chamou o nome da amiga.

Tawny se virou para ela.

— Sim?

— Você não precisa ficar aqui do meu lado. Pode se divertir.

— O quê? — Tawny torceu o nariz. — Eu estou me divertindo. Você não?

— É lógico — confirmou Poppy, mas eu duvidada de que fosse o caso. — Mas você não precisa ficar aqui do meu lado. Você deveria estar lá no meio do salão. — Ela acenou para a pista principal. — Está tudo bem.

Tawny reclamou, mas Poppy não cederia, enfim a convencendo de que estava tudo bem que ela se afastasse. Que fosse socializar. Então Poppy abriu um sorriso. Não um grande, mas tive um vislumbre de dentes brancos. A amiga se divertindo a fazia feliz, a fazia sorrir.

Porra.

Eu queria que ela se divertisse.

Que ficasse feliz.

Eu queria aquele sorriso.

E em breve, demoraria um bom tempo até ela sorrir de novo. Poppy acabou sozinha sem que eu precisasse fazer esforço algum. O alívio que eu deveria sentir foi inexistente.

Eu me aproximei dela.

— Foi muita gentileza sua.

— Não exatamente. Por que ela deveria ficar aqui sem fazer nada só porque é tudo o que eu posso fazer?

— Isso é tudo o que você pode fazer?

— Você estava bem aqui quando Sua Alteza me lembrou de que eu não devo me misturar nem...

— Nem confraternizar.

— Ela disse socializar — corrigiu Poppy.

— Mas você não precisa ficar aqui.

— Não. — Ela se virou de volta ao salão. — Gostaria de voltar para o meu quarto.

Trinquei os dentes.

— Tem certeza?

— Tenho.

Abri espaço.

— Depois de você, Princesa.

Ela estreitou os olhos.

— Você precisa parar de me chamar assim.

— Mas eu gosto do apelido.

Ela passou por mim e levantou a bainha da saia.

— Mas eu não.

— Mentira.

Os lábios dela tremeram, contendo um sorriso, enquanto ela balançava a cabeça. Eu a segui pela multidão dos presentes mascarados, nenhum deles parecendo ter noção de quem passava por eles. O ar estava mais frio fora do Salão Principal. Poppy olhou para uma das portas abertas que levavam ao jardim.

— Aonde você vai? — perguntei quando ela prosseguiu, depressa afastando o olhar do jardim.

Poppy olhou para mim, torcendo o nariz, confusa.

— De volta aos meus aposentos, como eu...

Comecei a falar, mas meu olhar se fixou na onda de seu cabelo e na renda delicada de seu corpete.

— Eu me enganei mais cedo quando disse que você estava adorável.

— O quê? — sussurrou ela.

— Você está absolutamente deslumbrante, Poppy. Linda. — E ela estava mesmo. — Eu só... eu precisava te dizer isso.

Ela arregalou os olhos por trás da máscara enquanto olhava para mim, para meu rosto, por sorte. Se ela descesse os olhos, eu temia que ela percebesse como minhas palavras foram verdadeiras. Voltei o olhar para a renda de seu corpete.

Eu realmente precisava me controlar melhor.

E eu precisava terminar logo com aquilo.

Eu não esperava conseguir ficar sozinho com ela tão rápido nem com tanta facilidade. Eu tinha algum tempo até Kieran chegar. Eu poderia levá-la aos próprios aposentos e depois persuadi-la a sair, mas...

O jardim era o lugar favorito dela, e eu queria que ela o visse uma última vez. Eu queria aquele sorriso.

E se eu fosse ser sincero comigo mesmo, levá-la até o jardim naquele momento não tinha só a ver com os meus planos. Também tinha a ver com o fato de que acontecia alguma coisa quando eu estava com ela. Algo quase mágico.

Eu era... eu era apenas eu.

Cas.

E porra, aquilo parecia bem perigoso. Talvez até estúpido. Porque eu me conhecia o suficiente para reconhecer que no curto período em que eu a conhecia, uma conexão se formara entre nós, um vínculo que não era só unilateral. Se eu tivesse um pingo de bom senso ou fosse mais como eu era antes de me tornar prisioneiro da Rainha de Sangue, eu cortaria aquele mal pela raiz. Mas eu não era mais ele. Não havia sido em décadas. Eu tinha ficado bem mais impulsivo e imprudente. Egoísta. Quando eu queria, eu *queria*.

E não era como se fosse haver várias outras oportunidades para fazer aquilo naquela noite.

— Tenho uma ideia — afirmei, forçando-me a olhá-la nos olhos.

— É mesmo?

Assenti.

— Não envolve voltar para o seu quarto.

Ela mordeu o lábio.

— Estou certa de que, a menos que permaneça no Ritual, é esperado que eu volte para o meu quarto.

— Você está de máscara, assim como eu. Não está vestida como a Donzela. Como você pensou na noite passada, ninguém vai saber quem nós somos.

— Sim, mas...

— A menos que queira voltar para o quarto. — Comecei a sorrir. — Talvez você esteja tão absorta naquele livro...

Ela corou.

— Não estou absorta naquele livro.

Aquilo me deixou um pouco decepcionado.

— Eu sei que você não quer ficar presa nos seus aposentos. Não há motivo para mentir para mim.

— Eu... — Ela olhou ao redor. — E aonde você sugere que eu vá?

— Que *nós* vamos?

Indiquei a entrada do jardim com o queixo.

O peito dela se ergueu quando ela respirou fundo.

— Não sei. O jardim...

— Costumava ser um local de refúgio. Agora se tornou um lugar de pesadelos — falei, meu estômago se revirando ao pensar que eu era o motivo para ela ter perdido aquilo. — Mas só vai continuar assim se você permitir.

— Se eu permitir? Isso mudaria o fato de que Rylan morreu lá?

— Não.

A boca de Poppy estava tensa.

— Eu não estou entendendo aonde você quer chegar com isso.

Eu me aproximei, focando o olhar no dela.

— Você não pode mudar o que aconteceu lá. Assim como não pode mudar o fato de que o pátio costumava te trazer paz. Você apenas substitui a sua última lembrança, uma lembrança ruim, por uma nova lembrança, uma lembrança boa — expliquei, tendo eu mesmo aprendido aquilo. — E continua fazendo isso até que a ruim desapareça.

Poppy abriu a boca, voltando a atenção à porta para o jardim.

— Você faz parecer fácil.

— Não é. É difícil e desconfortável, mas funciona. — Ofereci a mão a ela. — E você não estará sozinha. Eu estarei lá com você e não apenas cuidando de você.

Ela voltou o olhar ao meu. Parecia contida, como se minhas palavras a tivessem assustado. De início, eu não soube o que eu havia dito para causar tal reação, mas logo pensei no que sabia sobre ela. Além de Tawny talvez, aqueles que ficavam com ela faziam aquilo porque era um dever. Até Vikter, de certa forma. Até eu.

Caralho. Aquilo pareceu deixar meu peito pesado como um rochedo.

Poppy estendeu a mão para mim e então recuou.

— Se alguém me visse... visse você...

— Visse nós dois? De mãos dadas? Meus Deuses, que escândalo. — Abri um sorrisão, olhando ao redor. — Não há ninguém aqui. A menos que você veja pessoas que eu não vejo.

— Sim, eu vejo os espíritos daqueles que fizeram más escolhas na vida — respondeu ela com a voz seca.

Ri.

— Duvido que alguém nos reconheça no pátio. Não de máscara, e com somente a luz da lua e de algumas lâmpadas para iluminar o caminho. — Balancei os dedos. — Além disso, eu tenho a impressão de que se houver outras pessoas lá fora, elas vão estar muito ocupadas para se importar.

Poppy colocou a mão na minha.

— Você é uma péssima influência.

Ela nem fazia ideia.

Envolvi sua mão com a minha. Senti minha nuca se tensionar.

— Só os maus podem ser influenciados, Princesa.

# O SALGUEIRO

— Isso me parece uma lógica falha — comentou Poppy.
Ri, guiando-a em direção ao ar mais frio da área externa.
— A minha lógica nunca falha.
Consegui arrancar um leve sorriso com a frase.
— Acho que isso não é algo que alguém saberia se fosse verdade.
Mas sob a luz do lampião, o pequeno sorriso sumiu muito depressa enquanto ela olhava ao redor do jardim, e a brisa agitava os arbustos pelo caminho. Ela desacelerou o passo. Mesmo sem os meus sentidos, eu sabia que ela estava quase vibrando de ansiedade.
Querendo distraí-la, falei a primeira coisa que me veio à mente:
— O último lugar em que eu vi o meu irmão era um dos meus lugares favoritos.
Ela desviou a atenção dos trechos escuros que nem os lampiões nem o luar conseguiam alcançar. Os olhos arregalados focaram nos meus.
Apertei a mão dela com mais firmeza, mas os dedos de Poppy permaneceram rígidos. Eu estava segurando a mão dela. Ela não estava segurando a minha.
— No meu vilarejo, há cavernas ocultas que poucas pessoas conhecem. Você tem que andar um bom caminho por um certo túnel. É estreito e escuro. Poucas pessoas estão dispostas a seguir a trilha para encontrar o que existe no final.
— Mas você e o seu irmão seguiram?
— O meu irmão, uma amiga nossa e eu seguimos a trilha quando éramos jovens e tínhamos mais coragem do que bom senso. — Franzi

as sobrancelhas. — Mas ainda bem que fizemos isso, porque no fim do túnel havia uma caverna enorme cheia da água mais azul, borbulhante e quente que eu já vi.

Ela olhou para o lado esquerdo, onde um murmúrio baixo de conversa emanava da escuridão.

— Como uma fonte termal?

— Sim e não. Aquela água... é sem igual.

— De onde...? — Ela virou a cabeça para a direita ao ouvir um gemido baixo. Abri um sorriso quando ela engoliu em seco. — De onde... de onde você é?

— De um pequeno vilarejo que eu tenho certeza de que você nunca ouviu falar — respondi, apertando a mão dela. Seus dedos seguiam esticados. — Nós nos esgueirávamos para a caverna sempre que podíamos. Nós três. Era como o nosso próprio mundinho. — Fui tomado por uma nostalgia que eu não sentia havia muito tempo, e então vi o chafariz de mármore e calcário esculpido à semelhança da Donzela velada. Havia água se derramando da jarra que ela segurava, caindo na bacia aos seus pés. — E, naquela época, havia muitas coisas acontecendo... coisas adultas e sérias demais para que pudéssemos entender. Nós precisávamos daquela fuga, de um lugar para onde poderíamos ir e não nos preocupar com o que estava deixando os nossos pais estressados nem com todas as conversas sussurradas que não entendíamos direito. Sabíamos o bastante para ter consciência de que era o prenúncio de algo ruim. Aquele era o nosso refúgio.

Parei perto do chafariz e olhei para ela.

— Assim como este jardim é para você. Eu perdi os dois. O meu irmão, quando éramos mais jovens, e a minha melhor amiga alguns anos depois — revelei, o que era apenas parcialmente verdade. Perdi os dois ao mesmo tempo. Um por causa da minha tolice, a outra pelo meu próprio punho. — O lugar que já foi cheio de felicidade e aventura se transformou em um cemitério de lembranças. Eu não conseguia nem pensar em voltar lá sem eles. — Um leve tremor correu por meu braço enquanto o nó de tristeza e rancor se esvaía. — Era como se o lugar fosse assombrado.

— Compreendo — disse ela, olhando para mim com uma expressão franca. — Fico olhando em volta, achando que o jardim devesse estar diferente. Supondo que haveria alguma mudança visível que representasse como eu me sinto em relação a este lugar agora.

Pigarreei.

— Mas continua igual, não é?

Poppy confirmou com a cabeça.

— Levei muito tempo para criar coragem de voltar à caverna. Eu também me sentia assim. — Eu não tinha voltado sozinho. Kieran fora comigo. Eu achava que não conseguiria ter voltado por conta própria. — Como se a água devesse ter ficado lamacenta, suja e fria durante a minha ausência. Mas não. Ela continuava calma, azul e quente como sempre.

— Você substituiu as lembranças tristes por lembranças felizes?

Neguei com a cabeça.

— Eu ainda não tive uma oportunidade, mas pretendo fazer isso.

Aquela era outra mentira. Eu duvidava que fosse algo que eu fosse conseguir fazer. E eu jurava pelos Deuses que não achava merecer.

— Espero que sim. — Ela disse aquilo com tanta sinceridade. E, Deuses, foi como um golpe no estômago enquanto eu observava a brisa brincar com as mechas de cabelo dela, lançando-as por seu ombro e peito.

— Sinto muito pelo seu irmão e pela sua amiga.

É, eu realmente não merecia aquilo.

— Obrigado. — Olhei para o céu pontilhado de estrelas. Eu sabia que era um monstro, mas também sabia que eu não era o único monstro ali. — Sei que não é a mesma coisa que aconteceu aqui, com Rylan, mas eu compreendo a sensação.

— Às vezes, acho... acho que foi uma bênção eu ainda ser muito nova quando Ian e eu perdemos os nossos pais — confessou ela após um instante. — As minhas lembranças deles são vagas e, por causa disso, há um certo... não sei, nível de desapego? Por mais errado que pareça, eu tenho sorte, de certa maneira. É mais fácil lidar com a perda, porque é quase como se eles não fossem reais. Não é assim para Ian. Ele tem muito mais lembranças do que eu.

— Não é errado, Princesa. Acho que é assim que a mente e o coração funcionam. Você não vê o seu irmão desde que ele partiu para a capital?

Poppy confirmou com a cabeça e olhou para a minha mão que segurava a dela.

— Ele escreve sempre que pode. Geralmente, uma vez por mês, mas eu não o vejo desde a manhã em que ele foi embora. — Devagar, ela envolveu meus dedos com os dela, e, caralho, aquela sensação de triunfo surgiu de novo. Eu não estava mais segurando a mão dela sozinho. — Sinto falta dele. — Ela ergueu o queixo, o olhar focando no meu. — Tenho certeza de que você sente falta do seu irmão e espero... espero que você o veja outra vez.

Caralho.

Ela disse aquilo com a mesma sinceridade de antes. Comecei a dizer que o veria, mas, porra, parecia errado de muitas formas falar aquilo para *ela*.

A brisa agitou outra mecha do cabelo de Poppy. Segurei o cacho, as costas dos meus dedos roçando na pele abaixo de seu pescoço. Senti um tremor correndo pela mão que eu segurava. O cheiro dela ficou mais forte, seu corpo reagindo com avidez ao toque mínimo.

Poppy soltou minha mão e chegou para trás, virando-se.

— Eu... — Ela pigarreou, e comecei a sorrir. — O meu lugar favorito no jardim é perto das rosas que florescem à noite. Há um banco lá. Eu costumava sair quase todas as noites para vê-las se abrindo. Eram a minha flor favorita, mas agora acho difícil até mesmo olhar para aquelas que são cortadas e colocadas em buquês.

— Você quer ir até lá agora? — perguntei.

— Eu... acho que não.

— Você gostaria de ver o meu lugar favorito?

Poppy me olhou por cima do ombro.

— Você tem um lugar favorito?

— Sim. — Estendi a mão a ela mais uma vez. — Quer ver?

Ela hesitou só por um instante, então voltou a segurar minha mão. Meu coração batia acelerado enquanto eu a conduzia para longe do chafariz da Donzela e por outro caminho que levava àquela parte do jardim. Seu cheiro doce e fresco invadiu meus sentidos, até mesmo se sobrepondo ao aroma das flores de lavanda próximas, fazendo-me pensar que ela estava ansiosa por causa daquilo. Poppy estava preocupada com o próprio desejo.

— Você é fã do salgueiro-chorão? — questionou.

O salgueiro antigo e grosso do qual ela falava apareceu sob a luz do lampião, seus galhos quase tocando o chão.

Confirmei com a cabeça.

— Eu nunca tinha visto um desses até chegar aqui.

— Ian e eu costumávamos brincar lá dentro. Ninguém conseguia nos ver.

— Brincar? Ou se esconder? Porque é isso que eu teria feito.

Ela abriu um sorriso.

— Bem, sim. Eu me escondia e Ian me acompanhava como um bom irmão mais velho. — Ela inclinou a cabeça para trás. — Você já passou por baixo dele? Há bancos ali, mas não dá para ver agora. Na verdade, alguém poderia estar lá embaixo agora, e nós nem saberíamos.

Dei uma espiada no salgueiro, conseguindo ver através da escuridão do dossel de galhos.

— Não há ninguém lá embaixo.

— Como você pode ter tanta certeza?

— Eu apenas tenho. Vamos. — Eu a puxei para a frente. — Cuidado onde pisa.

Poppy ficou calada enquanto contornávamos a parede de pedra baixa. Separei os galhos com uma das mãos, deixando que ela entrasse, e mantive a outra segurando a dela com firmeza enquanto a seguia para debaixo do salgueiro, sabendo que ela não conseguiria ver nada.

— Deuses — murmurou ela. — Eu tinha esquecido de como é escuro aqui dentro durante a noite.

— É como se estivéssemos em um mundo diferente aqui embaixo. Como se passássemos por um véu e entrássemos em um mundo encantado.

— Você devia ver o salgueiro quando está mais quente. As flores brotam... ah! — A voz dela vibrou de entusiasmo, o que me fez sorrir. — Ou então quando neva, e ao anoitecer. Os flocos de neve salpicam as folhas e o chão, mas só um ou outro cai aqui dentro. Então parece mesmo um mundo diferente.

— Talvez nós vejamos.

— Você acha que sim?

— Por que não? — falei, sabendo que não veríamos. Eu a fiz se virar em meio à escuridão. Estávamos bem perto, a centímetros de distância. — Vai nevar, não vai? — perguntei, permitindo-me... bem, fingir. — Podemos nos esgueirar um pouco antes do anoitecer e vir até aqui.

— Mas será que estaremos aqui? — perguntou ela, o que me deixou surpreso. — A Rainha pode exigir que eu vá para a capital antes disso.

— É possível. — Forcei o tom a permanecer leve. — Nesse caso, acho que teremos que encontrar outras aventuras, não é? Ou devo chamá-las de *des*venturas?

Poppy riu baixinho, e o som suave causou duas coisas ao mesmo tempo: acalentou meu peito e meu sangue. A coisa no peito me confundiu. A parte do sangue, não.

— Acho que vai ser difícil dar uma escapada de qualquer lugar na capital, não comigo... não comigo tão perto da Ascensão.

— Você precisa ter mais fé em mim se acha que não consigo encontrar um modo de escaparmos — respondi em vez de dizer que aquilo não aconteceria. — Posso garantir que não vou fazer com que você acabe em um beiral. — Afastei um fio de cabelo de sua bochecha. — Estamos aqui na noite do Ritual, escondidos dentro de um salgueiro-chorão.

— Não me pareceu tão difícil assim.

— É só porque eu estava guiando você — provoquei.

Aquilo a fez rir baixinho de novo.

— Certo.

— A sua dúvida me deixa magoado. — Eu me virei. — Você não disse que havia bancos aqui? Espere aí. Já vi.

— Como você consegue enxergar os bancos?

— Você não consegue?

— Hã, não.

Sorri.

— Então eu devo ter uma visão melhor do que a sua.

— Acho que você está mentindo dizendo que consegue vê-los e estamos prestes a tropeçar...

— Aqui estão.

Parei perto de um, sentando-me.

Poppy ficou de queixo caído.

— Você gostaria de se sentar? — ofereci.

— Gostaria, mas ao contrário de você, eu não consigo enxergar no escuro...

Ela ofegou quando a puxei para baixo de modo a se sentar na minha coxa.

Fiquei feliz de ela não conseguir enxergar porque meu sorriso estava tão grande que sem dúvida dava para ver minhas presas.

— Confortável?

Poppy não respondeu, mas seu cheiro estava denso e adorável, ficando cada vez mais forte.

— Você não deve estar muito confortável — concluí, passando o braço em volta dela e a puxando para perto, assim a lateral de seu corpo encostou firmemente em meu peito, e o topo de sua cabeça ficou logo abaixo do meu queixo. — Pronto. Assim deve ser muito melhor.

Ela estava com a respiração curta e irregular.

— Não quero que você fique com muito frio — continuei, sorrindo. — Sinto que é uma parte importante do meu dever como seu Guarda Real pessoal.

— É isso o que você está fazendo? — A voz dela estava mais densa, mais suave. — Me colocando no seu colo para me proteger do frio?

Com cuidado e delicadeza, coloquei a mão em sua cintura, pensando na pouca experiência que ela tinha. Embora eu tivesse sido ousado quanto à disposição de assentos, eu sabia que aquilo também era uma primeira vez dela.

— Exatamente.

Quando ela respondeu, sua respiração fez cócegas em meu pescoço:

— Isso é incrivelmente inapropriado.

— Mais inapropriado do que ler um diário obsceno?

— *Sim* — insistiu ela.

— Não. — Dei uma risada. — Não consigo nem mentir. Isso *é* inapropriado.

— Então por que você fez isso?

— Por quê?

Era uma boa pergunta.

Meu queixo roçou no topo da cabeça dela enquanto eu olhava para os galhos nos escondendo. Havia tantos motivos, e todos eles vinham antes de "ganhar tempo". Ela precisava de mim. Eu a queria.

Olhei para seus lábios em formato de arco, a pontinha orgulhosa de seu nariz.

— Porque eu quis — respondi, oferecendo a ela um pouco de sinceridade.

— E se eu não quisesse?

Ri.

— Princesa, aposto que se você não quisesse que eu fizesse alguma coisa, eu já estaria no chão com uma adaga na garganta antes mesmo de conseguir tomar fôlego. Mesmo que você não enxergue um palmo à sua frente.

Ela não negou aquilo.

Olhei para a curva em sua perna.

— Você está com a sua adaga, não é?

Poppy suspirou.

— Estou, sim.

— Sabia. — Enquanto eu soltava a mão dela, o desejo me tomou. Não era exatamente a adaga que me excitava. Era o que simbolizava. A resiliência dela. A capacidade. A força. A prova de que ela tinha transformado os próprios pesadelos e o medo em poder. *Aquilo* me excitava. — Ninguém pode nos ver. Ninguém sabe que estamos aqui. Para os outros, você está no seu quarto.

— Isso ainda é imprudente por inúmeros motivos — contrapôs. — Se alguém entrar aqui...

— Eu ouviria os passos antes — garanti. Eu tinha minhas razões para estar ali embaixo. Muitas delas. Uma delas sendo que eu queria que ela tivesse ao menos alguns minutos sendo apenas Poppy. Não a Donzela. Minutos durante os quais ela não precisasse se preocupar em ser flagrada. Eu queria que ela fosse quem fora no Pérola Vermelha, livre para experimentar. Para viver. — E se alguém entrasse aqui, não faria a menor ideia de quem nós somos.

Poppy se inclinou para trás, tentando ver meu rosto em meio às sombras.

— Foi por isso que você me trouxe aqui?

— O que você quer dizer com *isso*, Princesa?

— Para ser... inapropriado.

De início não fora. Mas no momento? Sem dúvida. Toquei o braço dela.

— E por que eu faria isso?

— Por quê? Acho que é bastante óbvio, *Hawke*. Eu estou sentada no seu colo. Duvido que seja assim que você converse inocentemente com as pessoas.

— É muito raro que eu faça algo inocente, Princesa.

— Que surpresa — murmurou ela.

— Você está sugerindo que eu a trouxe aqui, em vez de ir para um quarto privado com uma *cama* — sabendo como o toque era proibido para ela, explorei aquilo, roçando as pontas dos dedos por seu braço direito —, para te envolver em um determinado tipo de comportamento inapropriado?

— É exatamente o que eu estou dizendo, embora o meu quarto fosse uma opção melhor.

— E se eu dissesse que isso não é verdade?

— Eu... — A respiração dela se insinuou em minha mandíbula quando movi a mão para o seu quadril. — Eu não acreditaria em você.

— E se eu dissesse que não começou assim? — Rocei só o polegar pela pele suave da curva de seu quadril. Eu estava dizendo a verdade. Eu não tinha planejado aquilo. Principalmente por ser antes de eu a trair. Aquilo faria de mim o tipo de babaca que eu... bem, que eu era. — Mas aí eu vi o luar e você, com os cabelos soltos, nesse vestido, e *então* me ocorreu que este seria um lugar perfeito para um comportamento totalmente inapropriado.

— Bem, eu... eu diria que é mais provável.

Deslizei a mão para baixo.

— Então aí está.

— Pelo menos você é sincero.

Ela mordeu o lábio, e seus olhos se fecharam um pouco.

— É o seguinte — comecei, olhando para ela com atenção. — Farei um acordo com você.

— Um acordo?

— Se eu fizer alguma coisa de que você não goste... — Subi a mão pela parte superior de sua coxa, parando ao sentir a adaga sob o tecido fino. Envolvendo-a entre os dedos, sorri. — Eu te dou permissão para me apunhalar.

— Isso seria um exagero — afirmou ela.

— Espero que você me cause apenas uma ferida superficial. Mas valeria a pena descobrir.

Ela abriu um sorriso.

— Você é uma péssima influência.

— Acho que já estabelecemos que só os maus podem ser influenciados.

Poppy fechou os olhos quando soltei o punho da adaga e passei os dedos pela lâmina.

— E acho que eu já disse que a sua lógica é falha.

Meus sentidos aguçados identificaram como a respiração e a pulsação dela tinham se acelerado. Eu conseguia sentir a inquietação crescendo dentro dela.

Crescia em mim também.

— Eu sou a Donzela, Hawke — afirmou ela, e, pelo tom, parecia mais que ela queria lembrar aquilo a si mesma.

— E eu não me importo.

Ela abriu os olhos de imediato.

— Eu não acredito que você disse isso.

— Mas eu disse. — E eu falava sério porque mesmo com todas as mentiras que eu contara, aquela era a verdade. Naquele momento, debaixo daquele salgueiro, a única coisa que importava era *quem* ela era. — E repito. Não me importo com o que você é. — Tirei a mão de suas costas e toquei sua bochecha. — Eu me importo com quem você é.

E... caralho, a porra do Kieran tinha razão. Eu me importava com ela.

O lábio inferior de Poppy tremeu, e o músculo em minha mandíbula pulsou.

— Por quê? — sussurrou ela. — Por que você diria uma coisa dessas?

Fiquei sem reação; a pergunta me pegara desprevenido.

— É sério que você está me perguntando isso?

— Sim, estou. Não faz sentido.

— Você não faz sentido.

Ela me deu um soco no ombro, e um não tão leve.

Soltei um grunhido.

— Ai.

— Você está bem.

— Estou machucado — provoquei.

— Você é ridículo — retrucou ela. — E é você quem não faz sentido.

— Eu estou sendo sincero. — O que era algo bem fodido se eu parasse para pensar. Eu não planejava fazer aquilo porque, com certeza, teria que pagar um preço depois. — E você está batendo em mim. Como eu não faço sentido?

— Porque nada disso faz sentido. Você poderia passar o seu tempo com qualquer pessoa, Hawke... com quem não teria que se esconder embaixo de um salgueiro.

Aquilo era verdade.

— E, no entanto, estou aqui com você. E antes que comece a pensar que é por causa do meu dever, não é. Eu poderia simplesmente tê-la levado de volta para o quarto e ficar postado no corredor.

— É o que eu estou dizendo. Não faz sentido. Você pode escolher entre várias participantes dispostas a... seja lá o que for. Seria muito fácil — argumentou ela. — Você não pode me ter. Eu sou... sou "impossuível".

Franzi o cenho. *Impossuível?*

— Estou certo de que essa palavra nem existe.

— Essa não é a questão. Eu não posso fazer isso. Nada disso. Não devia ter feito o que fiz no Pérola Vermelha. Não importa se eu quero...

— E você *quer*. — Minha voz estava baixa porque parecia que se eu falasse mais alto, ela sairia correndo. — Você me quer.

— Não importa.

Aquilo era uma bobagem.

— O que você quer sempre deveria importar.

Ela deu uma risada brutal.

— Não importa, e essa também não é a questão. Você poderia...

— Eu te ouvi da primeira vez, Princesa. Você tem razão. Eu poderia encontrar alguém que fosse mais fácil. — Passei os dedos pelo contorno da máscara dela, por sua bochecha. — Uma dama ou um cavalheiro de companhia que não tem que seguir regras ou limitações, que não são a Donzela que jurei proteger. Eu poderia ocupar o meu tempo de diversas formas que não necessitam de uma explicação detalhada sobre o motivo de estar *onde* estou e com *quem*.

Poppy franziu o nariz.

— O problema é que — continuei — nenhum deles me intriga. Mas você, sim.

— É tão simples assim para você? — questionou ela.

Não.

Não mesmo.

Nem mesmo ali debaixo do salgueiro.

— Nada nunca é simples. — Encostei a testa na dela. — E quando é, raramente vale a pena.

— Então por quê? — sussurrou ela.

Contive o sorriso.

— Estou começando a acreditar que essa é a sua pergunta preferida.

— Talvez. É só que... Deuses, há tantos motivos pelos quais não entendo como você pode ficar tão intrigado. Você já me viu — afirmou ela. Talvez eu não a tivesse ouvido direito. — Você viu como eu sou...

— Vi — interrompi, porque puta merda, eu a tinha ouvido direito *sim*, e aquilo não deveria ter passado pela mente dela. Mas por conta de desgraçados como o Duque, passava. Deuses, eu queria matar aquele puto de novo. — E acredito que você já sabe o que eu acho. Eu disse na sua frente, na frente do Duque e do lado de fora do Salão Principal...

— Eu sei o que você disse, e não estou mencionando a minha aparência para você me elogiar. É só que... — Ela balançou a cabeça. — Deixe pra lá. Esqueça do que eu disse.

— Não posso. Não vou esquecer.

— Ótimo.

— É que você está acostumada a lidar com babacas como o Duque.
— Falei o título com um rosnado. — Ele pode até ser um Ascendido,
mas é um inútil.

O corpo dela ficou tenso.

— Você não deveria dizer essas coisas, Hawke. Você...

— Eu não tenho medo de falar a verdade. Ele pode ser poderoso, mas é
um homem fraco. — E morto. — Que prova a sua força ao tentar humilhar
aqueles que são mais poderosos que ele. Alguém como você, com a sua
força? Você faz com que ele se sinta incompetente... o que ele é mesmo.
E quanto às suas cicatrizes? Elas são uma prova da sua coragem. A prova
de que você sobreviveu. Do motivo pelo qual você está aqui quando tantas
pessoas com o dobro da sua idade não puderam estar. As cicatrizes não
são feias. Longe disso. Elas são lindas, Poppy.

A tensão se dissipou quando ela sussurrou:

— É a terceira vez que você me chama assim.

— Quarta — corrigi. — Nós somos amigos, não somos? Só os amigos
e o seu irmão a chamam assim, e você pode até ser a Donzela e eu um
Guarda Real, mas, apesar disso, espero que você e eu sejamos amigos.

— Somos, sim.

Eu devia me sentir um merda por causa daquilo... por me tornar o
que eu precisava ser. O amigo dela. Por conquistar sua confiança. A culpa
só se alastrou mais. Voltei o olhar aos galhos ondulantes do salgueiro.
Eu não precisava ir assim tão longe. Eu sabia disso. Caralho, eu soube
no Ateneu quando não a beijei. Eu sabia do que eu precisava. O resto
seria história.

Suspirei, tocando sua bochecha outra vez.

— E não estou... não estou sendo um bom amigo ou guarda neste
momento. Não estou... — Passei a mão por debaixo do caimento pesado
de seu cabelo e curvei os dedos ali, mantendo-a perto de mim. Só por uns
instantes porque eu gostava da sensação dela em meus braços, e eu imaginava que depois daquela noite, a única vez que eu a teria perto daquele
jeito seria para impedi-la de me socar. — Eu deveria levar você de volta
para o seu quarto. Já está ficando tarde.

Ela exalou de um jeito irregular.

— Realmente.

Lutando contra o desejo de fazer o exato oposto, comecei a levantá-la do meu colo...

— Hawke? — sussurrou ela. — Me beija. Por favor.

O choque me fez ficar imóvel, mas meu maldito coração quase fraturou minhas costelas quando olhei para ela. Eu sabia o que deveria fazer. Havia um passado. Havia um futuro fora daquele salgueiro. Eu precisava fazer o que tinha feito na noite anterior. Não havia necessidade de fazer aquilo.

Só que ela tinha me pedido para beijá-la.

Eu *queria* aquilo.

Que se fodessem as boas intenções e o pedacinho de mim que era um homem decente.

— Deuses — murmurei, arfando, tornando a tocar a bochecha dela. Eu pagaria por aquilo depois com certeza, mas naquele momento, nenhum preço parecia alto demais. — Você não precisa me pedir duas vezes, Princesa, muito menos implorar.

Aproximando-me dela, rocei a boca na de Poppy. Não foi um beijo. Não mesmo. E fui devagar sem pensar naquilo de maneira consciente. Não porque eu achava que ela não fosse conseguir lidar. Eu sabia que conseguiria. Se eu ia conseguir lidar é que era a questão no momento, mas eu queria que ela desfrutasse daquilo. Eu queria que ela sentisse o máximo que podia.

Eu queria que ela tivesse mais experiências.

Ela *poderia* tê-las, não importava como aquilo acabasse. Ela as *teria*.

Movi a boca na dela enquanto mudava a mão de posição até encostar o polegar na pulsação em seu pescoço. Estava num ritmo absurdo. E a minha também quando ela segurou a parte da frente da minha túnica com força. E puxou o tecido. Eu não tinha certeza de se ela estava ciente de fazer aquilo, mas eu estava.

Ela queria mais.

Eu daria mais a ela.

Inclinando a cabeça, aprofundei o beijo, sugando seus lábios volumosos com os meus. Ela gostou daquilo e pressionou o corpo com mais firmeza em mim. Quando o beijo acabou, eu me afastei só o suficiente para ver sua boca inchada e brilhante. Eu gostava dela assim. Gostava muito.

Poppy se aproximou de mim um segundo antes de eu tomar sua boca de novo... e caralho, gostei daquilo ainda mais. A avidez dela fez meu sangue ferver. Passei as mãos por seus ombros, tendo cuidado para ela não sentir meus dentes caninos afiados, mas a provocação tinha acabado. Ela estremeceu, respondendo ao beijo com uma paixão inexperiente que superava quaisquer beijos que tinham vindo antes. Soltei um grunhido profundo de aprovação que dançou contra a boca dela. Mordisquei seu lábio inferior, sorrindo quando Poppy prendeu a respiração. Ela cravou os dedos na túnica, seu toque quase desesperado enquanto ela se contorcia em meus braços, e eu sabia o que aquilo significava também.

Ela queria mais.

E eu estava mais do que disposto a dar mais a ela.

Segurando-a pela cintura, eu a ergui e a puxei para baixo com uma perna de cada lado dos meus quadris. Eu a puxei contra mim, a maciez dela contra a minha rigidez. E eu sabia que ela era capaz de me sentir. O cheiro do tesão dela se espalhou pelo ar ao nosso redor. Ela balançou o quadril, fazendo com que a doçura entre suas pernas deslizasse pela extensão do meu pau. A fricção me fez gemer.

E Poppy...

Ela me mostrou o quanto gostava da sensação de me ter pressionado nela. Ela segurou meu cabelo enquanto movia a boca na minha. Apertei seu corpo contra mim enquanto bebia de seus lábios. Ela puxou meu cabelo com mais força, e caralho, moveu os quadris de novo. Partindo de puro e total instinto, ela rebolou, se esfregando no meu pau. Mordi o lábio dela de novo. Ela soltou um gemido baixo e ofegante quando seus movimentos a recompensaram com prazer. Deuses, ela estava *faminta*.

E eu estava disposto a deixar que ela me devorasse.

Movendo os braços, segurei as saias dela, erguendo-as só o suficiente para enfiar a mão por baixo. Alcancei seus tornozelos, e ela tremeu.

— Lembre-se disso — falei, enquanto subia as mãos por suas pernas. — Se você não gostar de alguma coisa, é só me dizer e eu paro.

Poppy assentiu, encontrando minha boca na escuridão. Continuei subindo as mãos enquanto nos beijávamos. Ela chegou mais perto, forçando o quadril contra o meu. Precisando de mais. Querendo mais. Ela era gulosa.

Que bom que eu também era.

Uma onda intensa de desejo me tomou quando ela inclinou o corpo na minha direção. Meus dedos se cravaram na pele de suas coxas enquanto eu impulsionava os quadris para cima. Ela tremeu, se esfregando em mim, e caralho, era a tortura mais deliciosa que existia. Segurei as pernas dela, posicionando-a mais um pouco para a direita, para que ela estivesse pressionada bem na minha ereção.

— Hawke — murmurou ela, gemendo na minha boca, contorcendo-se contra mim e então se movendo para a frente e para trás.

E, Deuses, eu a ajudei a encontrar aquele ritmo.

Poppy cavalgou no meu pau por cima da calça e de qualquer roupa de baixo pífia que ela usava, o calor que eu sentia entre as pernas dela era tão inebriante quanto seus beijos. Os joelhos dela apertaram meus quadris, e caralho, eu queria jogá-la no chão e me perder dentro dela, me perder dentro daquele calor úmido dela. Meus braços tremiam. Eu estremecia com o desejo. A imagem dela debaixo de mim, seu corpete arriado, expondo aqueles mamilos escuros que eu vira através da camisola, e a saia levantada até os quadris era tão real que comecei a mover as mãos para lá. Para levantá-la outra vez, para fazer exatamente o que eu tinha imaginado, porque o pedacinho do homem decente estava ainda menor...

A língua de Poppy deslizou entre meus lábios, roçando por meus dentes. Merda.

Eu me afastei antes que ela pudesse descobrir por acidente algo pelo qual não esperava. Algo que a deixaria apavorada.

— Poppy.

Arfando, fechei os olhos e encostei a testa na dela. Meu corpo inteiro era feito de desejo. Meu pau latejava.

As mãos dela se contraíram entre as mechas do meu cabelo.

— Sim?

Tentando controlar o desejo, falei:

— Essa foi a quinta vez que eu disse o seu nome, caso você ainda esteja contando.

— Estou, sim.

— Ótimo.

Tirei as mãos de debaixo de seu vestido antes que cedesse à tentação e as deslizasse para cima. Eu não queria fazer aquilo, mas cheguei muito perto de tomar dela algo que eu não merecia. Engoli em seco, incomodado com a rapidez com que eu tinha me deixado levar.

Exalando de forma trêmula, toquei sua bochecha, as pontas de meus dedos encontrando sua máscara. Tracei seu contorno.

— Acho que não fui muito sincero agora há pouco.

— Sobre o quê?

Poppy abaixou as mãos para os meus ombros.

— Sobre parar — admiti. — Eu pararia, mas acho que você não iria me impedir.

— Não estou entendendo muito bem o que você está dizendo.

Abri os olhos.

— Você quer que eu seja franco?

— Quero que você seja sempre honesto comigo.

A culpa se alastrou como uma ferida antiga e feia, mas eu poderia ser honesto com ela em relação àquilo. Beijei sua têmpora.

— Eu estava prestes a deitar você no chão e me tornar um guarda muito, muito ruim.

O peito dela inflou com força contra mim, e o cheiro dela me inundou.

— É mesmo?

— Mesmo.

— Acho que eu não o teria impedido — sussurrou ela.

Soltei um gemido.

— Você não está ajudando.

— Eu sou uma péssima Donzela.

— Não. — Beijei sua outra têmpora. — Você é uma garota perfeitamente normal. O que é esperado de você é que é ruim. — Repensei o que falei. — E, sim, você também é uma péssima Donzela.

Então Poppy fez o que eu quisera que ela fizesse no início daquela desventura.

Ela riu.

E foi uma risada verdadeira e profunda. Ela inclinou a cabeça para trás e riu alto, o som passando por mim.

Pelos Deuses.

Envolvi-a com os braços e a trouxe para perto de mim. Fechei os olhos de novo, guiando sua bochecha ao meu ombro enquanto eu lutava contra o desejo renovado de fazer o que nós dois queríamos: jogá-la no chão. Fodê-la até que nenhum de nós se lembrasse de quem era. E ela dissera a verdade. Poppy não me impediria. Ela teria me recebido dentro dela de bom grado. E eu sabia que ela não se arrependeria.

Até mais tarde.

Em um futuro próximo, ela se arrependeria de cada momento que tinha passado comigo.

Beijando o topo de sua cabeça, encostei a bochecha nas mechas macias de seu cabelo. Eu precisava levá-la de volta, para que ficasse segura no próprio quarto. As coisas aconteceriam em breve, ou talvez já tivessem começado, o que significava que Kieran devia estar próximo.

— Tenho que levar você de volta, Princesa.

Poppy me apertou mais forte.

— Eu sei.

Ri.

— Você tem que me soltar, então.

— Eu sei. — Ela suspirou, continuando do mesmo jeito. — Não quero fazer isso.

Mantive-a contra mim, segurando-a com um pouco de força demais. Por um tempo longo demais. Mas eu estava relutante em soltar seu calor e seu peso porque senti-la em meus braços daquele jeito, relaxada e com tanta confiança, causou uma confusão de sentimentos que surgiu depressa e com intensidade. Eu não conseguia descrever a maioria deles.

Com exceção de um.

O sentimento de que aquilo era certo.

Como se todas as peças estivessem onde deveriam estar, e conectadas umas às outras. Eu sabia que parecia fantasioso e que fazia pouco sentido, mas aquilo me deixou inquieto.

— Nem eu — admiti, então pus fim a tudo aquilo.

Eu era bom nisso. Assim como fiz com as lembranças que surgiam, rápidas e sombrias. Era como me separar em duas pessoas diferentes. Havia Cas. E então havia aquele ali, aquele que tinha o controle.

Eu me levantei, colocando Poppy de pé com delicadeza, mas ainda estávamos agarrados um ao outro, nossos corpos bem colados. Talvez eu não estivesse tão no controle assim.

Poppy foi quem chegou para trás. Sentindo o peito estranhamente vazio, segurei a mão dela. Meu toque foi tão gentil quanto meu tom de voz quando falei, mas por dentro? Olha, a raiva e a frustração se intensificavam.

— Pronta? — perguntei.

— Estou — sussurrou ela.

Eu a conduzi para fora do salgueiro em silêncio, guiando-nos de volta ao caminho iluminado por lampiões. Com exceção do som do vento agitando caules e galhos, o jardim estava silencioso. Estávamos nos aproximando do chafariz quando um cheiro familiar me alcançou...

Vikter.

*Caralho.*

Foi tudo o que consegui pensar.

Caralho.

Kieran estava pronto. Ele estava ali. Eu precisava levá-la, mas eu tinha ficado tempo demais debaixo do salgueiro e agora... agora Vikter era um obstáculo pelo qual eu teria que passar, e eu estava prestes a apagar a boa lembrança do jardim que eu acabara de dar a Poppy, substituindo-a por uma bem mais horripilante do que o que acontecera com Keal.

Cada parte em mim se revoltou. Eu não conseguiria fazer aquilo mesmo que eu já tivesse quebrado o pescoço de um Guarda Real naquela noite. Eu tinha feito bem pior com o Duque, mas eu não poderia matar Vikter na frente dela.

Caralho.

Meus pensamentos estavam a toda. Não era um grande problema. Só uma pequena mudança nos planos. Eu teria que levá-la mais tarde, usar aquela porta de serviço.

Fizemos outra curva, e Poppy quase caiu para trás quando nos deparamos com um Vikter sem máscara. Apertei a mão dela enquanto me virava para segurá-la, mas ela tinha recuperado o equilíbrio.

— Ah, meus Deuses — sussurrou ela. — Eu quase tive um ataque do coração.

Vikter alternou o olhar ríspido entre Poppy e eu. Suas narinas se inflaram quando ele abaixou o olhar e viu que eu ainda segurava a mão de Poppy.

Eu provavelmente deveria soltá-la, mas não o fiz. E não poderia explicar por que caralhos que não fiz quando Vikter voltou o olhar a mim.

Poppy puxou o braço, e sem romper o contato visual com Vikter, segurei a mão dela por um instante a mais, então soltei.

— Está na hora de voltar para o seu quarto, *Donzela* — disse Vikter em um tom meio grunhido, olhando para Poppy.

Ela estremeceu.

Porra. Não gostei daquilo.

— Eu já estava escoltando *Penellaphe* de volta para o quarto.

Vikter virou a cabeça em minha direção.

— Eu sei muito bem o que você estava fazendo.

— Duvido muito — respondi, de propósito atiçando a ira de Vikter.

— Você acha que não? — Vikter se aproximou de mim. — É só olhar para vocês dois para saber.

Era provável que ele estivesse certo.

— Não aconteceu nada, Vikter.

— Nada? — repetiu Vikter, rosnando. — Garoto, eu posso até ter nascido durante a noite, mas não nasci ontem à noite.

— Obrigado por dizer o óbvio, mas você está passando dos limites.

— *Eu?* — Vikter soltou uma risada. — Você entende o que ela é? Você entende o que poderia ter causado se alguém que não fosse eu tivesse encontrado vocês dois?

Poppy se aproximou dele.

— Vikter...

— Eu sei exatamente quem ela é — interrompi. — Não o que ela é. Talvez você tenha esquecido de que ela não é só um maldito objeto inanimado cujo único objetivo é servir ao reino, mas eu não.

— Hawke.

Ela se virou para mim.

— Ah, sim, grande coisa vindo de você. Como você a vê, Hawke? — Vikter estava tão perto que só um mosquito caberia entre nós dois. — Como mais um entalhe na cabeceira da sua cama?

Poppy arfou, voltando a se virar para ele.

— *Vikter.*

— Isso é porque ela é o maior desafio de todos para você? — continuou Vikter.

— Entendo que você seja muito protetor em relação a ela. — Abaixei o queixo assim como abaixei a voz. — Eu compreendo isso. Mas vou dizer mais uma vez, você está passando dos limites.

— E eu prometo uma coisa: só por cima do meu cadáver você terá outro momento a sós com ela.

Naquele momento eu sorri, minha raiva se abrandando, mas aquela não era uma boa notícia para Vikter. Eu tendia a fazer as piores coisas quando estava calmo, e eu poderia fazer a promessa dele virar realidade. Bem ali. Bem agora. Acabar com ele e capturar Poppy. Era o que eu deveria estar fazendo.

Mas eu não queria fazer aquilo na frente dela.

— Penellaphe considera você como um pai — falei com a voz suave. — Ela sofreria demais se algum infortúnio acontecesse com você.

— Isso é uma ameaça? — bradou Vikter.

— Estou apenas informando que esse é o único motivo pelo qual não estou tornando a sua promessa realidade neste instante. Mas você precisa dar um passo para trás. Se não der, alguém vai acabar se machucando e não serei eu. Então Poppy vai ficar chateada. — Eu me virei para ela. Ela me observava com os olhos arregalados. — E é a sexta vez que eu digo o seu apelido — acrescentei, e ela ficou sem reação. Voltei a encarar Vikter. — Eu não quero vê-la chateada, então dê a porra de um passo para trás.

Parecia que Vikter faria o exato oposto.

Meu sorriso se ampliou.

— Vocês dois têm que parar com isso. — Poppy segurou o braço de Vikter. — É sério. Vocês estão exagerando. Por favor.

Mantive o olhar no de Vikter enquanto identificava outro cheiro. Olhei bem nos olhos dele e deixei parte de quem eu era se tornar visível. Só o suficiente para ele reconhecer os papéis que nós dois desempenhávamos no fim das contas.

Predador.

E presa.

Então, Vikter chegou para trás. O homem era corajoso. Eu precisava dar esse crédito a ele.

— Eu mesmo vou protegê-la pelo resto da noite — informou Vikter.

— Você está dispensado.

Dei um sorrisinho, abaixando o olhar e vendo Vikter segurando Poppy pelo braço e me dando as costas. Ele a segurou com gentileza. E aquela era a única razão para ele ainda estar com o braço.

Afastando-me, dei uma última olhada em Poppy, analisando seu cabelo que tinha ficado emaranhado e as curvas voluptuosas que eu tinha tocado havia pouco. Então me misturei às sombras de um dos caminhos sem iluminação. O vento tinha aumentado, lançando várias mechas do meu cabelo na testa enquanto eu andava sob as árvores de jacarandá. Senti um leve cheiro azedo quando identifiquei Kieran encostado em uma das estátuas mais antigas e adornadas por musgo, vestido de preto como um Guarda da Cidade. Ninguém, nem mesmo o próprio Nyktos, o teria feito usar o vermelho do Ritual.

— Não está esquecendo de nada? — questionou ele.

— Não. — Tirei a máscara de dominó do rosto e a descartei. — O outro guarda dela apareceu.

— E daí? — Ele se desencostou da estátua, franzindo a testa. — Você poderia ter acabado com ele, até arrancado o coração do homem se quisesse.

— Eu nunca faria uma coisa dessas.

Ele fez um som de deboche, lançando-me um olhar sabichão.

— Que porra é essa?

— Não tem problema. É só um pequeno atraso. Eu vou pegá-la daqui a pouco, e nos encontramos no Bosque em vez disso.

Kieran fez um som baixinho na garganta.

— Eu não gosto disso, cara...

— Eu sei. — A frustração comigo mesmo, com Vikter, com toda aquela merda, tomou conta de mim. — Olha, se eu acabasse com ele, ela ia tentar lutar com a gente mais do que já vai tentar. Não precisamos dessa dor de cabeça.

— Eu acho que já estou com dor de cabeça — rebateu ele. — Enfim, os Descendidos já começaram a agitar as coisas, então é melhor você levá-la logo para o Bosque.

# PRESENTE VIII

— O sentimento estranho que tive quando estávamos debaixo do salgueiro? — disse à Poppy, roçando os lábios no topo de sua cabeça, assim como eu fizera na época. — A sensação de que aquilo era simplesmente certo? Era parte da minha alma reconhecendo a sua. Coração gêmeo. Foi o que senti se encaixando. Na época eu não fazia ideia do que estava sentindo.

— E você não queria acreditar — afirmou Kieran. Ele estava de pernas cruzadas entre Poppy e Delano, remexendo uma pequena tigela de amêndoas. — Quando eu disse que ela era seu coração gêmeo.

— Quem acreditaria? — contrapus.

Ele me lançou um olhar frio.

— Qualquer um que visse vocês dois juntos.

Soltei uma risada, balançando a cabeça.

— Só era difícil acreditar. Corações gêmeos são raros.

Kieran desviou o olhar para Poppy.

— É, mas ela é rara.

Olhei para ela também.

— O maior eufemismo de todos. — Afastei uma mecha de cabelo que insistia em cair em seu rosto. — O que ela se permitiu fazer debaixo do salgueiro? Foi corajoso. Eu sei que não pareceria o caso para nós, mas foi.

— Não. Eu entendo. — Kieran enfiou uma amêndoa na boca, mastigando por vários instantes. — Eu não a conhecia bem na época, mas eu sabia o suficiente da sociedade que os Ascendidos tinham criado e o que era esperado dela... do que era proibido a ela.

Assenti devagar.

— Aliás, eu tinha suspeitas mesmo na época. — Ele me arremessou uma amêndoa, e a peguei. — Eu sabia que tinha alguma coisa acontecendo.

— Por causa do Duque?

Coloquei a castanha na boca.

Kieran riu, balançando a cabeça enquanto oferecia algumas amêndoas a Delano.

— Antes disso.

Arqueei a sobrancelha enquanto Delano as aceitava, de alguma forma conseguindo não abocanhar a mão de Kieran ao fazer aquilo.

— Depois do Pérola Vermelha, quando você não queria falar dela. Foi quando eu soube. — Kieran se abaixou, colocando a tigela no chão. — Você já a estava protegendo.

Eu estava, e parecia um tanto ridículo mesmo naquele momento, mas essa era a questão com corações gêmeos. Não que significasse que um outro amor tivesse menos valor do que o nosso. Caralho, eu conhecia outros que se amavam com tanta intensidade quanto Poppy e eu nos amávamos. Mas corações gêmeos era uma coisa totalmente diferente. Um sentimento que era mais forte e mais seguro, criando uma atração inegável. Não importava que eu não conhecesse Poppy na época. Éramos duas peças que se encaixavam uma na outra, e nossas almas tinham reconhecido aquilo, ainda que nenhum de nós tivesse.

E aquilo me fez pensar em meu irmão. O que ele alegava. O que eu sabia que tinha que ser verdade para ele ter ficado na Carsodônia e não ter tentado escapar nenhuma vez. Mas Millicent? Exalei profundamente. Ela sequer conseguia *ter* um coração gêmeo? Eu supunha que não era impossível, mas...

— Que porra *é* a Millicent?

Kieran arqueou a sobrancelha.

— Que aleatório.

E foi mesmo. Mas era uma pergunta válida.

— Quer dizer, ela não é exatamente um Espectro, né? Ela ainda é filha de Ires. Isso faria dela uma Deusa.

— Só que não — contrapôs Kieran, franzindo as sobrancelhas escuras. — Porque ela não Ascendeu. Seu sangue não foi... bom o bastante.

— Valeu.

Ele deu um sorriso breve enquanto ajustava a barra da camisola de Poppy.

— Ainda não sabemos ao certo como os Espectros sequer são feitos. Ou como o puto do Callum conseguiu ficar vivo esse tempo todo. — Ele se inclinou para trás, fazendo carinho em Delano enquanto o lupino soltava um grunhido baixo. — Mas aposto que Millicent sabe.

— Aham. — Com a cabeça inclinada para trás, olhei para o teto enquanto meu polegar fazia movimentos circulares no ombro de Poppy. — Na noite do Ritual...

— As coisas saíram do controle — finalizou Kieran.

Saíram do controle? Foi tanto um sucesso quanto um desastre.

— O que aconteceu naquela noite não foi o que você planejou — afirmou Kieran. — Você não mandou os Descendidos atacarem o Ritual, nem atacarem mortais. Era só para eles provocarem alguns muitos incêndios e acabar com alguns Ascendidos e seus viabilizadores. Só isso.

— Eu sei. — Trinquei a mandíbula. — Mas ainda sou responsável. Eles encontraram o próprio poder e força para resistir. Era o que eu queria, e eles fizeram isso em meu nome. Eu tenho que bancar isso. Todos nós temos.

Kieran ficou calado, mas eu sabia que ele entendia.

Mordi o lábio.

— Eu tive que matar alguns deles. Homens que arriscaram tudo por mim, por Atlântia e pela liberdade. Isso foi asqueroso.

— Foi asqueroso para todos nós — retrucou Kieran baixinho.

Ele também tivera que matar alguns Descendidos.

— Mas teve que ser feito. — Os círculos que eu fazia na pele de Poppy serviam para me acalmar. — Meu pai diria que só porque se começa no lado certo da história não significa que se continue nele.

Pensei que se poderia dizer a mesma coisa sobre mim. Mas o que acontecera naquela noite fora diferente. Pensei nas duas damas de companhia que tinham esvoaçado pelo átrio como dois colibris. Elas não mereciam morrer. Muitos dos cavalheiros e damas de companhia não faziam ideia do que os Ascendidos eram de verdade, mas o povo abatido e destroçado da Masadônia não conseguia diferenciar aqueles que não sabiam da verdade e aqueles que viabilizaram seus opressores.

— Meu pai também diria que as mortes de inocentes são uma consequência infeliz da luta contra a tirania. E ele estaria sendo sincero. Não indiferente ou impassível como alguém que nunca empunhou uma espada em batalha. Ele sabe o custo de cada vida perdida. Foi por isso que ele fez as forças atlantes recuarem no fim da última guerra. — Estreitei os olhos. — Mas o que eu sei? O que aprendi? Que a linha entre o certo e o errado é bem tênue e que às vezes a cruzamos sem perceber nem ter a intenção. A maioria de nós vive com um pé de cada lado da linha.

— Aquela noite? — Parei de acariciar a pele dela enquanto observava que os lábios de Poppy estavam entreabertos e seus cílios seguiam imóveis. — Foram poucos os que estavam no lado certo. — Dei um beijo na sobrancelha dela. — Os Deuses sabem que eu não era um deles.

# NÃO FORA O QUE EU PLANEJARA

— De sangue e cinzas! — O grito abafado surgiu de detrás da máscara prata modelada na cabeça de um lupino. O homem avançou, a espada fina de aço erguida no ar. — Nós...

Xingando, enfiei a espada no peito do homem, matando-o antes que o corpo caísse no chão. Tirei a espada de dentro dele e me virei, analisando o horror que o Salão Principal havia se tornado.

Corpos estavam espalhados pelo chão, um mar de tecido carmesim e vermelho fresco e vívido por entre as flores esmagadas e máscaras de lupino derrubadas. Membros haviam sido decepados. Crânios, estilhaçados. Peitos, empalados com flechas. Rostos desfigurados. Pessoas choramingavam. Gritavam. O Salão Principal parecia um campo de batalha. Eu me virei, vendo uma pessoa loira no chão. Havia vidro enfiado em seu olho. Eu a conhecia. Dafina.

Não era para aquilo ter acontecido.

Olhei para o estrado, onde eu havia deixado o Duque. Nada havia restado dele além de cinzas e uma mancha preta contra a pedra.

Eu precisava encontrar Poppy.

Nem ela, nem Tawny nem Vikter estavam ali, mas eu sabia que ela não estaria segura mesmo se chegasse aos próprios aposentos. Pelo tempo que aquela merda parecia ter começado, ela devia ter passado ali no pior momento. A única vantagem era que ninguém sabia quem ela era, o que era bom. Porque se os Descendidos pusessem as mãos nela?

O sangue de Poppy teria sido derramado.

Virando-me, saí do Salão. Com o coração martelando contra o tórax, passei as costas da mão pela bochecha, limpando os respingos de sangue.

A fúria cresceu a cada passo que eu dava, a cada mortal pelo qual eu passava que estava caído morto ou morrendo, alguns convidados e outros Descendidos. Não era para ter chegado a esse ponto. Nada daquilo deveria ter acontecido.

Entrei no vestíbulo. Havia corpos lá também. Alguém estava chorando. Virei a cabeça para o lado. Um Descendido estava agachado no canto, segurando uma espada curta que ainda era grande demais para a sua mão. Uma criança. Ele era só uma *criança*, caralho. Eu não recrutava crianças.

Espumando, eu me virei ao ouvir passos apressados se aproximando.

O Tenente Smyth marchou para dentro da sala circular, empunhando uma espada da qual pingava sangue. Era óbvio que o filho da puta ainda estava vivo.

— Você sabe onde a Donzela está? — bradei.

Ele me lançou um olhar enquanto ia direto para cima da criança.

— Ela está segura com a Duquesa. Não graças a você, ao que parece — zombou ele, voltando a atenção ao garoto. Fiz menção de ir embora. — Levante-se.

A criança não se mexeu.

— Levante-se e enfrente a espada, seu merdinha. — Smyth cuspiu ao falar.

Um choramingo soou por trás da máscara. O menino largou a espada. Olhei para o salão principal, segurando firme a espada em meu punho. Eu não tinha tempo para aquela merda. Eu tinha que pegar Poppy.

— Tarde demais para isso.

Smyth se abaixou, segurando o braço esquelético. Ele puxou o garoto para ficar de pé e o jogou contra a parede.

— Caralho.

— Rhain te espera. — Smyth deu impulso com a espada. — Seu pedaço de...

Dando um passo à frente, enfiei a espada nas costas de Smyth.

O corpo de Smyth se sacudiu, cambaleando para o lado, a espada caindo de sua mão enquanto ele olhava para o rasgo irregular na túnica na altura do peito. Quando ele levantou a cabeça, havia sangue escorrendo do canto de sua boca.

— Cacete, que sensação boa — murmurei.

— Desgraçado — disse Smyth, ofegando e então caindo contra a parede.

— É, bem, e você é irritante pra caralho. — Observei-o deslizar para o chão, a luz sumindo de seus olhos. — E agora você é um cadáver. Que seja.

A criança estava congelada no lugar.

— Você precisa sumir daqui. — Eu me aproximei dele e peguei a lateral de sua máscara. Rasguei a fita, expondo seu rosto. Fui tomado pela surpresa. Não era um menino. Era uma *menina*. A que eu tinha visto do lado de fora do armazém frigorífico no dia em que Kieran tinha me apresentado seu novo amigo, Lorde Devries. Pelos Deuses, caralho. Eu me abaixei, focando os olhos arregalados e aterrorizados dela. Descartei a máscara. O objeto caiu aos pés da estátua de Penellaphe e rachou. A criança estremeceu. — Vá *agora*.

A criaturinha me encarou por mais um instante e se virou, correndo o mais rápido que suas pernas finas que nem gravetos e os pés descalços conseguiam.

— Deuses.

Eu teria que ter uma longa conversa com Mac. Deixei o vestíbulo, apressando o passo ao chegar ao salão. Havia guardas e Descendidos no chão em intervalos de poucos metros. Cheguei ao fim do corredor, o som de espadas se chocando ressoou. O silêncio se seguiu.

Então ouvi Poppy gritar:

— Não!

Senti todos os cabelos do corpo se arrepiarem enquanto eu corria, movimentando-me com mais rapidez do que um olho humano conseguiria acompanhar. Vi que a porta para uma das salas de recepção estava aberta. Um Descendido machucado estava à soleira. Depois dele, vi o rosto acabado familiar de Vikter, mas tinha algo errado. Consegui perceber mesmo enquanto avançava, saltando sobre um divã. Sua pele escura estava pálida.

Vários outros guardas avançaram, mas cruzei o espaço enquanto um Descendido ensanguentado puxava a espada, retirando-a de...

Não era para aquilo acontecer.

Desacelerando o passo, ergui a espada no alto e então decepei a cabeça do Descendido. Eu nem sabia dizer quem mais estava na sala.

Só vi o que eu tinha feito Poppy passar, não tinha feito com as minhas mãos, mas com as minhas ações.

Ela estava de joelhos ao lado de Vikter, as mãos pressionando o peito dele. O sangue jorrava por entre seus dedos enquanto o peito de Vikter subia com muita rapidez, a respiração muito fraca. Aquela ferida. Todo aquele sangue. Abaixando a espada, entreabri os lábios. Não fora aquilo que eu planejara.

— Não — murmurou Poppy, e o horror naquela única palavra... a angústia...

Fechei os olhos ao sentir o aperto no peito. Eu não queria aquilo.

— Não. Não, não — repetiu Poppy, e abri os olhos. — Não. Deuses, não. Por favor. Você está bem. Por favor...

— Eu sinto muito — murmurou Vikter, arfando, então ergueu a mão trêmula e segurou a dela.

— O quê? — retrucou ela. — Você não pode lamentar. Você vai ficar bem. Hawke. — Ela focou os olhos arregalados em mim. — Você tem que ajudá-lo.

Eu me ajoelhei ao lado de Vikter, colocando a mão um pouco abaixo de seu ombro. Senti o que eu já sabia. O estalar e borbulhar no peito dele. Falei o nome dela baixinho.

— Ajude-o — comandou ela. — Por favor! Vá buscar alguém. Faça alguma coisa!

Deuses, não havia nada que eu pudesse fazer. Se eu pudesse, teria feito. Só para acabar com o pânico e o terror que havia na voz dela. Não importava que eu tivesse basicamente ameaçado a vida dele antes. Ou que aquilo fosse... caralho, era inevitável. Nada daquilo importava.

Porque Poppy...

Ela estava desabando.

— Não. Não.

Ela fechou os olhos, balançando a cabeça em negação.

— Poppy — murmurou Vikter. O sangue escorria do canto de sua boca. — Olhe para mim.

Ela estremeceu, apertando os lábios, mas ela era, porra, ela era forte. Abriu os olhos.

— Sinto muito por... não... protegê-la.

Ela se inclinou para perto dele.

— Mas você me protegeu. E ainda vai me proteger.

— Eu... não a protegi.

Ele piscou com rapidez, erguendo o olhar.

Segui seus olhos até onde estava o Lorde Mazeen. O Ascendido de cabelo escuro parecia estar *achando graça*, e parecia também não ter levantado um dedo para defender uma única pessoa naquela noite. E ele poderia tê-lo feito. Qualquer um dos vampiros poderia. Minhas narinas se inflaram e fiz uma anotação mental para lidar com aquele puto depois.

— Eu... falhei com você... como homem. Me perdoe.

— Não há nada para perdoar — garantiu ela. — Você não fez nada de errado.

— Por favor — pediu ele.

— Eu perdoo você. — Poppy encostou a testa na dele, e cacete, eu tinha que acabar com aquilo. — Eu perdoo você. De verdade. Eu perdoo você.

Ainda tocando nele, senti Vikter estremecer.

— Por favor, não — pediu Poppy. — Por favor, não me deixe. Por favor. Eu não posso... eu não posso fazer isso sem você. Por favor.

Deuses.

O olhar de Poppy percorreu o rosto de Vikter em desespero, buscando sinais de um milagre, mas ela não encontraria nenhum. Ele tinha morrido.

— Vikter? — Ela pressionou o peito dele, e foi quando percebi Tawny. Ela estava ali perto, chorando. — Vikter?

— *Poppy.*

Coloquei a mão sobre a dela, impedindo-a de continuar buscando por um coração que não bateria.

Ela olhou para mim.

— Não.

— Sinto muito. — E eu sentia mesmo. Ergui a mão dela. — Eu sinto muito.

— Não — repetiu Poppy, ainda arfando depressa. — *Não.*

O Lorde Mazeen falou:

— Creio que a nossa Donzela ultrapassou certos limites com os seus Guardas Reais. Acho que as lições não foram lá muito eficazes.

Devagar, olhei para onde o Lorde estava. Foi quando percebi que a Duquesa estava ali também. Eu estava pouco me fodendo para ela quando avisei:

— Se disser mais uma palavra para ela, vai perder a língua.

O Lorde arqueou a sobrancelha.

— Como é? — retrucou ele, contorcendo a boca ao olhar para mim. Senti Poppy tirar a mão da minha. — Você está falando comigo?

Eu faria bem mais do que falar com ele.

O leve arranhar de metal na pedra atraiu minha atenção para uma espada no chão. Para os dedos ensanguentados de Poppy envolvendo o punho da arma.

Eu a observei se levantar, as mãos e braços cobertos de sangue e a parte de baixo do vestido banhada nele. Ela se virou para o Lorde.

O Ascendido deu um sorrisinho.

Eu me levantei.

— Não me esquecerei *disso* tão cedo.

Depois de falar, o Lorde Mazeen acenou com a cabeça para Vikter, o sorriso se ampliando.

Eu poderia ter impedido Poppy. Poderia ter tirado a espada dela. Poderia tê-la afastado daquela sala e lidado com o puto eu mesmo. Com facilidade.

Mas eu *soube*.

Ainda que parecesse absurdo, eu soube por instinto que nada em todo aquele maldito plano nem além me teria feito detê-la.

O grito de Poppy expressou dor e fúria, fazendo-me estremecer. Era um som que eu já tinha ouvido. Eu tinha gritado do mesmo jeito ao perceber o que Shea fizera.

E foi por esse motivo que eu não detive Poppy. Ao menos um dos motivos. Porque eu sabia o que ela estava prestes a fazer.

Eu já tinha feito aquilo.

Poppy foi rápida, movendo a espada. O vampiro ergueu a mão, sabe-se lá por quê. O que quer que fosse, deu bastante errado para ele. A lâmina atravessou músculo e osso, arrancando o sorrisinho maldito junto com o braço dele.

Ergui as sobrancelhas. Aquilo foi tão... violento da parte dela.

Alguém gritou enquanto o Lorde arfava. A Duquesa? Tawny gritou para Poppy.

Sorri quando o sangue jorrou do toco onde o braço do Lorde deveria estar. Ele cambaleou para trás, olhando para o braço decepado como o desgraçado estúpido que ele era.

Ela golpeou com a espada de novo, decepando a mão esquerda do Lorde. O grito. Era *dela*. Meu sorriso sumiu.

E Poppy... ela girou, e ela parecia *gloriosa*, erguendo a espada no alto. Ela o acertou no pescoço. A cabeça do Lorde foi para um lado e o corpo, para o outro.

Então ela o acertou no peito, na barriga, enquanto gritava, a fúria e o luto assolando-a, fazendo com que desabasse ainda mais.

Aquilo eu não poderia permitir.

Avancei passando o braço por sua cintura. Eu trouxe seu corpo contra o meu e segurei o punho da espada... Caralho, era a espada de Vikter. Eu a tirei das mãos dela, mas ela lutou para avançar até o Lorde de novo, chutando minha perna, contorcendo-se e relutando em meus braços.

— Pare. — Eu a girei para ficar de costas para o que restava de Mazeen. Abaixei a cabeça, encostando a bochecha na dela. — Deuses, pare. Pare.

Ela lançou o pé para trás, acertando-me na canela e depois na coxa. Com força. Grunhi quando ela chegou para trás, fazendo-me tropeçar.

Deuses.

Envolvi seu corpo com os braços, arrastando-a para a porta, passando pelo corpo do Descendido. Os guardas se afastaram, abrindo caminho enquanto ela gritava, as unhas cravando em minha pele, arranhando até causar uma ardência feroz.

Forçando-a a ficar de joelhos, eu a mantive ali para que ela não se levantasse.

— Pare. Por favor. Poppy...

Ela golpeou a cabeça contra meu peito. A pele de sua mandíbula e do pescoço estava bem vermelha. Sua respiração estava descontrolada, e os gritos...

Meu coração se partiu de uma forma que eu não sabia ser possível. Eu me inclinei sobre ela, prendendo-a com meu próprio corpo. E ainda assim, ela continuava gritando. Eu não sabia por quanto tempo ela continuaria, poderia acabar se machucando. E ela se machucaria. Aqueles gritos... Parecia que eles a estavam matando.

Virei a cabeça, encostando a boca em sua têmpora quente demais.

— Me desculpe — sussurrei.

Ela não conseguia me ouvir por causa dos gritos dolorosos.

Sabendo que nenhuma persuasão conseguiria alcançá-la naquele estado, mesmo que tivéssemos privacidade, fiz a segunda melhor opção. Afastei um dos braços que a segurava e o levei até a frente de seu corpo, pressionando com força os pontos específicos em seu pescoço, na pulsação ali. Apertei com força. Os gritos dela cessaram de imediato. Um momento cambaleante depois, seu corpo ficou mole em meus braços, sua cabeça pendendo para trás.

— Poppy — sussurrou Tawny atrás de mim. — Poppy?

Eu me levantei com ela nos braços e comecei a andar. A Duquesa falou algo, mas tudo o que eu ouvia eram os gritos de Poppy.

# A DOR DELA

— Ela vai ficar bem — comentou Tawny, colocando a mão molenga de Poppy na cama. — Ela só precisa de tempo.

— Quanto tempo mais? — retruquei com o tom exigente, parado próximo às janelas.

Tawny olhou para mim enquanto ajeitava o cobertor ao redor de Poppy.

— Ela passou por muita coisa, Hawke, e Vikter... — Apertando os lábios, ela fez uma pausa. — Vikter era importante para ela.

— Eu sei. — A pergunta tinha saído mais dura do que fora minha intenção. Voltei a observar Poppy, então desviei o olhar, passando a mão pelo cabelo. — Ela está dormindo faz tanto tempo. Isso não pode ser saudável. Ela sequer comeu?

— Ela acordou algumas vezes. — Tawny franziu as sobrancelhas e se levantou. — E consegui fazê-la tomar água e um pouco de sopa. — Ela deu um meio sorriso cansado e foi até os pés da cama, alisando o próprio vestido verde-claro. — Mas você já sabe disso. Faz essa pergunta toda vez que conversamos.

Eu fazia mesmo, mas eu só vira Poppy acordada uma vez, o que nem tinha contado porque ela não conseguira usar a voz. Os gritos tinham ferido sua garganta. A Duquesa havia chegado com um Curandeiro, e Tawny a tinha ajudado a lavar o sangue da pele. Mas depois daquilo? Tudo o que eu vira fora o luto que não a deixava em paz nem no sono. O sono parecia profundo demais. E alguns goles de água e sopa não eram o suficiente para ninguém.

Voltando o olhar à janela, observei a pedra fria da Colina contrastando com o céu cinzento do anoitecer. A situação era fodida. Muitas coisas eram. Uma delas era que eu sentia mesmo falta daquele desgraçado irritadiço. Eu não diria que passei a gostar de Vikter. E os Deuses sabiam que ele não tinha ido com a minha cara, apesar de Poppy achar que ele estivera começando a gostar de mim. Mas eu o respeitava. Pela lealdade à Poppy, não ao que ela era. Nenhum outro guarda a teria ensinado o que ele ensinara, corrido aqueles riscos. Poppy sobrevivera por causa dele.

A morte de Vikter não fora inevitável. Seria diferente se eu tivesse só feito o que havia planejado. Eu a teria levado até Kieran antes que Vikter nos encontrasse, usando a persuasão se necessário. Ele ainda estaria vivo, e Poppy nunca teria visto o que eu havia tentado evitar. Testemunhado aquilo. Vivido aquilo.

Lembranças das quais ela não precisava.

Mas aquela não era a única coisa fodida. Obviamente, eu não tinha ido encontrar Kieran no Bosque. Jansen o tinha alertado sobre o que acontecera, e eu sabia que ele provavelmente estava furioso, mas eu não podia fazer aquilo com Poppy. Eu simplesmente não podia.

O atraso não importava de qualquer forma.

Senti Tawny me observando. Ela vinha fazendo muito aquilo nos últimos dias em que compartilháramos o mesmo espaço, esperando que Poppy voltasse para nós. O que ela não tinha feito em nenhum momento era perguntar por que eu estava sempre dentro do quarto de Poppy. Não que Tawny parecesse do tipo que seguia regras, mas ela devia estar curiosa, considerando o que ela sabia sobre Poppy e eu.

Mas ela não fora a única que não dissera nada sobre o posto de onde eu resguardava Poppy. Não havia dúvida de que a Duquesa estava bem ciente de que eu estava fazendo uma vigília bem íntima e pessoal.

Tawny pigarreou.

— Você... — Ela parou de falar.

— O que foi?

Eu me virei para ela.

Ela balançou a cabeça de leve, e os cachos se agitaram por suas bochechas. Ela se virou de volta para a cama.

— Você se importa com ela.

Meu corpo ficou tenso, me lembrando de Kieran dizendo a mesma coisa. Eu não precisava ouvir nenhuma daquelas vozes quando eu já tinha a minha enchendo a porra do saco o tempo todo.

Porque minha voz interna respondeu à pergunta dela sem hesitar. Sim, eu me importava com Poppy. E não parava ali. Ah, não, minha voz também estivera matraqueando bastante, lembrando-me de que eu não deveria me importar mais do que eu faria com qualquer um que tivesse perdido alguém. Que eu não deveria me importar demais por causa de quem ela era.

De quem eu era.

E do que eu faria com ela.

— Está tudo bem — murmurou Tawny baixinho. — Não vou contar para ninguém.

Virei para encará-la.

— Tenho uma aula agora. Era de pensar que seriam adiadas, mas lógico que não. — Tawny inclinou a cabeça à frente. — Vejo você depois.

Eu a observei sair do quarto, fechando a porta sem fazer barulho.

— Caralho — murmurei, afastando-me das janelas.

Desembainhando duas espadas, coloquei-as no baú perto da espada maior. O quarto estava muito silencioso enquanto eu ia para perto de Poppy, mas sempre fora daquela forma, não? Provavelmente bem antes de eu chegar à Masadônia.

Eu me sentei perto dela como havia feito dezenas de vezes àquela altura. Seu cabelo estava espalhado pelo travesseiro como vinho tinto derramado, os lábios entreabertos, a respiração estável e regular. A pele ao redor dos olhos estava vermelha e inchada, prova de que o sono calmo do momento era raro.

Os pesadelos a atormentavam. Se eram de anos antes ou da noite do Ritual, eu não sabia, mas ela chorava enquanto dormia. Eu nunca tinha visto algo como aquilo. As lágrimas escorriam mais rápido do que eu conseguia enxugá-las, mas ela se acalmava quando eu falava com ela. Quando dizia que estava tudo bem. E ficaria mesmo.

Mas também... não ficaria.

Olhei para os meus próprios braços, as mangas da túnica dobradas na altura dos cotovelos. Olhei para onde Poppy enfiara as unhas em meio ao pânico e ao desespero, a fúria e a agonia. Os arranhões que ela tinha feito em meus antebraços já haviam sumido, mas eu jurava que ainda podia vê-los.

Exalando de maneira brusca, apoiei a cabeça nas mãos, pressionando as pontas dos dedos na testa e nas têmporas. A culpa se revirava dentro de mim. O que tinha acontecido no Ritual não fora o que eu planejara, o que eu quisera. Mas eu ainda era responsável. Centenas haviam morrido, e a estrondosa maioria fora mortal. Algumas mortes foram de viabilizadores, mas muitas foram de inocentes. Houvera tantos funerais que muitos tiveram que acontecer ao mesmo tempo. O sangue deles estava nas minhas mãos.

E ainda que aquilo soasse fodido, era algo com o qual eu podia conviver. Era preciso. Mas o que era difícil de engolir? Que eu causara dor à Poppy. Soltei uma risada dura enquanto esfregava o rosto. Não era como se eu não soubesse o tipo de inferno que eu provocaria quando decidira ir atrás da Donzela e usá-la para libertar meu irmão. Eu sempre soube que atiçaria os Descendidos, que provavelmente os estimularia a uma insurreição violenta. Que como resultado disso pessoas inocentes morreriam. E que eu chegaria à vida da Donzela como uma tempestade, destruindo tudo o que ela conhecia ao fazer isso, talvez até ela mesma.

Eu havia aceitado aquilo.

Fora um preço que eu estivera disposto a pagar, e à custa do que eu forçaria outros a aguentar porque eu sabia que não importava quantos morressem por meu punho ou por causa das minhas ações, aquilo nem se compararia às vidas perdidas se meu pai levasse nossos exércitos para dentro de Solis. Milhões morreriam. Aquela merda era para o bem maior e tudo o mais...

Com uma dose de retaliação.

Mas o que eu não havia previsto fora ela. Poppy. Quaisquer preconceitos que eu tivera sobre ela estiveram errados. Poppy não era calada e submissa, nem era uma participante ativa daquilo. Ela era como muitos outros que não sabiam a verdade ou, por autopreservação, não queriam olhar com muita atenção para todas as coisas que não se encaixavam ao redor. Eu não havia desejado que ela fosse gentil, mas poderia ter lidado com isso. Eu não conseguia lidar era com a coragem dela. O quanto ela era destemida.

Eu não havia previsto *gostar* da Donzela, não o suficiente para que eu me empenhasse para fazê-la feliz, sorrir e rir.

Eu não havia previsto me importar com a Donzela, não o suficiente para ficar ali sentado ponderando outra forma das coisas funcionarem.

De eu conseguir o que eu precisava *e* de ela ter o que queria: uma vida. Liberdade.

Eu não havia previsto desejar a Donzela, não o suficiente para, até naquele momento, meu sangue pulsar com a lembrança do gosto de sua boca e da sensação de tocar sua pele.

E com certeza eu não havia previsto mudar perto dela, o suficiente para logo me pegar sem pensar no passado ou no futuro, esquecendo-me de por que eu estava ali. Sentindo-me tranquilo. Em paz.

Simplesmente eu não havia previsto querer. Porque eu não vinha querendo nada. Não nos anos e décadas desde que eu me libertara. Eu não tinha desejado porra nenhuma.

Mas eu queria aquelas coisas para Poppy, e eu *a* queria.

Então, e agora?

Abaixei as mãos no espaço entre os meus joelhos e ergui o olhar. O vento golpeava as janelas, esfriando o quarto. Eu fora convocado pela Duquesa no dia anterior. Jansen estivera lá. Fora uma reunião rápida. Nenhum sorriso irônico. Ela me dissera que a Coroa tinha ficado preocupada com a segurança da Donzela devido à última tentativa de assassinato, assim como o Duque dissera na nossa primeira reunião, e desde que a notícia do que acontecera no Ritual havia chegado à capital, ela tinha certeza de que a resposta da Coroa seria convocá-la. Tanto que ela tinha dado a ordem ao Comandante para organizar um grupo que viajaria com a Donzela para a Carsodônia.

Eu estava conseguindo o que tinha ido buscar. O que eu precisava. Eu a escoltaria para fora da Masadônia com a permissão da Coroa.

Mas não era o que eu queria.

Cenário após cenário se formava em minha mente enquanto eu estava ali sentado, tentando pensar em como poderia ao menos conceder liberdade à Poppy quando aquilo acabasse. Opções diferentes. Escolhas. Mas todas as opções pareciam inviáveis.

Um choramingo baixo me afastou dos pensamentos. Eu me virei quando Poppy estremeceu, as mãos segurando o cobertor que Tawny havia ajeitado com tanto cuidado ao redor dela.

Suas bochechas estavam molhadas.

Senti um aperto no peito enquanto enxugava as lágrimas.

— Está tudo bem — disse a ela. — Você não está sozinha. Estou aqui. Tudo bem.

Enxuguei a umidade de seu rosto, deixando que as pontas dos meus dedos deslizassem na pele texturizada pela cicatriz de sua bochecha esquerda.

— Me desculpe — falei a ela, como havia feito umas cem vezes àquela altura. — Me desculpe por tudo... por Vikter. Apesar da nossa última conversa, ele não merecia aquilo. Ele era... ele era um bom homem, e sinto muito que isso tenha acontecido.

Eu também já havia dito aquilo a ela antes. Continuei sussurrando para ela, e depois de alguns minutos suas mãos soltaram a coberta. Sua respiração se regularizou, e parte da pressão em meu peito se esvaiu.

Outros minutos se passaram. Os Deuses sabiam quantos antes de eu perceber que eu continuara tocando nela, acariciando sua mandíbula de leve. Eu nem percebera estar fazendo aquilo. Assim como não percebera nas últimas duas noites em que acabei pegando no sono enquanto a reconfortava.

E acordara ainda deitado ao lado dela.

Eu não achava que ela gostaria de nada daquilo. Não das minhas ações, mas de que eu estivesse ali vendo pelo que ela estava passando. Acariciei seu queixo.

— E agora? — sussurrei para ela, com meu estômago se revirando.

Não houve resposta, mas percebi algo vermelho se projetando debaixo do travesseiro do lado em que ela dormia. Passando o braço por cima dela, peguei o objeto. Dei um pequeno sorriso quando reconheci o diário vermelho de couro. O diário da Senhorita Willa. Soltando o travesseiro, olhei para Poppy. Ela estivera lendo à noite?

Interrompi os pensamentos antes que começasse a ponderar o que ela sentia lendo aquelas páginas e se ela fazia algo a respeito. Não era o momento de pensar naquilo.

Ao cair da noite, ouvi o barulho de passos se aproximando. Sabendo que havia mais de uma pessoa, eu me levantei da cama e peguei as espadas curtas, embainhando-as antes de assumir o posto perto da janela.

A porta se abriu sem que batessem antes, revelando a Duquesa vestida de branco. A cor do luto. Sua pele impecável não continha sinal algum de luto, mas eu nunca tinha visto um Ascendido chorar. Talvez eles não fossem capazes disso. Seus olhos escuros se fixaram onde eu estava.

Fiz uma reverência breve a ela.

A Duquesa entrou no quarto, mas os dois guardas permaneceram à porta.

— Eu estava vindo ver como Penellaphe estava. Alguma mudança?

— Não, Vossa Alteza. Ela continua dormindo.

— Imagino que dormindo profundamente. — Ela parou aos pés da cama, as mãos unidas. — Mas fará bem a ela, suponho, utilizando a poção para dormir.

— Poção para dormir? — repeti.

A Duquesa assentiu.

— O Curandeiro trouxe a poção com ele quando a examinou para garantir que ela não tivesse se ferido — explicou ela.

A visita do Curandeiro devia ter acontecido quando Tawny estava com ela da primeira vez que Poppy acordou, e eu estivera me banhando nos meus aposentos.

Aquilo explicava como ela estava conseguindo dormir por tanto tempo sem ser incomodar com nada que acontecia ao redor.

— É uma pena, não é? — comentou a Duquesa. — Que uma pessoa sofra tantas perdas.

Era, sim.

Ela se virou para mim, e esperei que ela dissesse algo sobre minha presença. Não mudaria nada.

— Cadê o seu manto? — questionou ela.

— Esqueci.

— Hum. Compreensível. Tenho certeza de que sua mente está... ocupada, protegendo-a.

Que porra era aquela? Era tudo o que ela questionaria?

— Sua lealdade a ela é admirável. — Ela olhou para Poppy de novo. — Quer que enviem algo aqui para cima? O jantar, talvez?

— Estou bem.

Tawny estivera levando comida para mim.

— Então vou deixá-lo para cumprir seu dever. — A Duquesa foi para a porta, então parou. Ela sorriu, e senti um arrepio na espinha. — A Rainha vai gostar muito da sua devoção, Hawke. Tenho certeza de que ela vai recompensá-lo à altura pelo seu serviço à Coroa.

# A VINGANÇA DELA

Eu encontrara a poção para dormir logo depois que a Duquesa fora embora. O frasco estava na gaveta da mesa de cabeceira. Retirei o frasco do quarto. Poppy poderia ficar brava comigo o quanto quisesse. Eu não me importava. Ela precisava comer e beber, não se entorpecer até esquecer tudo.

A boa notícia era que Poppy não estava mais dormindo.

A má notícia era eu.

*Eu* era a má notícia para ela enquanto caminhava pelo Bosque dos Desejos, vendo sua figura encapuzada adiante de mim sob o luar. Eu a teria deixado entorpecida se eu soubesse que ela sairia escondida do quarto na primeira chance que havia tido. E enquanto eu apoiava muito que ela tivesse as experiências a seu bel-prazer e estivesse muito curioso para saber exatamente o que ela estava aprontando, aquele não era o momento para aquilo.

Não quando os Ascendidos estavam executando sua vingança à noite pelo que acontecera no Ritual. Mesmo naquele momento, o vento espalhava o cheiro de sangue fresco. De manhã, corpos seriam encontrados dentro das próprias casas e pelas ruas, frios e encerados. E como muitos não faziam ideia de como era o rosto de Poppy, seu status não a protegeria.

Quando Poppy diminuiu os passos, desembainhei a adaga no quadril. Ela abriu caminho em meio a um emaranhado de raízes expostas. Girando a adaga entre os dedos, estreitei os olhos. O vento soprava pelas vinhas, lançando espinhos ao chão enquanto a capa esvoaçava ao redor dela.

Sorrindo, atirei a adaga.

Poppy deu um gritinho quando a lâmina prendeu sua capa, puxando-a para trás. Equilibrando-se, ela se abaixou para pegar a adaga, soltando-a de onde tinha se cravado nas raízes.

— Nem — avisei quando ela começou a se virar na minha direção, o braço já dando impulso para trás — pense nisso.

Ela se virou.

— Você podia ter me matado!

— Exatamente — bradei com um rosnado, aproximando-me. — E você nem teria se dado conta.

A mão enluvada dela envolveu o cabo da adaga. Eu não conseguia ver seu rosto entre as sombras do capuz, mas eu sentia que ela estava prestes a fazer algo tolo com aquela lâmina.

Segurei seu pulso antes que ela fizesse.

— Vou pegar isso de volta. — Tirei a arma de sua mão e a observei, ficando de olho nela, sabendo que provavelmente estava armada, ainda que não estivesse com a adaga de lupino. A adaga estava comigo. — Vou ter que colocar grades na porta do seu quarto.

Ela grunhiu em frustração.

— Que fofo. — Embainhei a adaga. — Me fez pensar em uma criaturinha brava. Uma peludinha.

Poppy tentou se soltar.

— Não vou te soltar. Eu prefiro não levar um chute na canela, Princesa. — Outra chuva de espinhos caiu em cima de nós. — Aonde você está indo?

Não recebi nada além de silêncio como resposta.

Não me surpreendi. Ela não havia dito muita coisa desde que acordara, nem eu. Porque eu tinha me deparado com um dilema estranho de não saber o que dizer, mas havia algo que eu precisava falar.

Algo estava diferente.

*Ela* estava.

*Eu* estava.

Toda aquela *coisa* parecia diferente.

— Tudo bem — bradei com irritação. — Não me conte. Eu não preciso saber qual coisa imprudente você estava tramando. Mas o que você precisa saber é que não vai fazer algo assim de novo. As coisas estão muito instáveis agora, e você é...

— O quê? Importante demais para morrer? Quando ninguém mais é? — Ela estava espumando de raiva, sua voz chegou até mim como um soco no estômago. Ainda estava rouca por conta dos gritos. Por conta da dor. — Porque eu sou a Donzela...

Eu a puxei contra meu peito, as palavras dela virando um arquejo. A fúria me tomava. Eu não sabia ao certo se estava mais irritado com ela ou comigo.

— Como eu disse antes, estou pouco me fodendo para você ser a Donzela. Eu achei que você já teria percebido isso a essa altura.

Ela também não teve resposta para aquilo, o que foi ótimo. Uma belezura. Eu a afastei de um emaranhando de raízes, o som da voz dela ainda me afetando, e parecia que havia um lupino de trezentos quilos sentado em cima do meu peito. Aquela era a razão de eu não ter falado muito com ela desde que Poppy acordara. Por causa do papel que desempenhara em sua dor. O grande papel. Caralho, o único papel. Eu teria que superar aquilo.

Tínhamos dado só alguns passos quando ela falou:

— Ela sabia.

Um músculo pulsou em minha mandíbula.

— Quem?

— Agnes.

Franzi a testa.

— Ela estava no Ritual e alertou... — Poppy respirou fundo, trêmula. — Ela nos alertou que o Senhor das Trevas estava planejando algo. Agnes sabia mais do que contou, e ela poderia ter nos alertado antes.

— E se tivesse alertado? — questionei, de olho na escuridão adiante quando ouvi um grito distante, um que Poppy não conseguia ouvir.

— Ela poderia ter evitado o que aconteceu.

Balancei a cabeça.

— Uma única pessoa não poderia ter evitado o que aconteceu.

— Teria ajudado — insistiu ela, a voz falhando no meio da frase.

Não teria mesmo, mas eu sabia que não tinha como convencê-la disso.

— Então o que você planejava fazer? Encontrar Agnes e dizer isso a ela?

— Eu não planejava conversar com ela.

— Seu plano era descontar sua raiva nela? — Pensei no baú cheio de armas em seu quarto. Era provável que eu tivesse que tirá-lo de lá. — A pessoa que tentou te alertar.

— Não o suficiente — retrucou ela, sibilando.

Eu podia respeitar seu desejo de vingança e aquele fogo dentro dela. Em qualquer outra situação, talvez eu não a tivesse impedido. Mas naquele momento?

— Que bom que estou aqui, então — comentei e quase ri das próprias palavras enquanto descia a mão de seu pulso para a mão dela.

— Mesmo? — respondeu ela, sem zombaria.

E então parecia que tinha dois lupinos sentados em meu peito.

— Se você tivesse feito o que planejava, teria se arrependido. Talvez não agora, mas depois, teria.

Poppy ficou calada por um tempo.

— Acha mesmo isso?

Olhei para ela quando ela envolveu os dedos nos meus, mas não conseguia ver seu rosto.

— Você estaria errado — afirmou ela.

— Nunca estou errado.

— Dessa vez, estaria.

Erguendo o olhar para as vinhas apinhadas acima, apertei a mão de Poppy quando senti um sorriso hesitante surgir em meu rosto. De alguma forma aquilo era mais frustrante e enfurecedor do que as escapadas noturnas dela.

E mais preocupante.

# ENTÃO
# EU MENTI

— Eu já estava começando a achar que tivesse acontecido algo com você. — Kieran ergueu o olhar de onde estava sentado quando entrei no quarto privativo do Pérola Vermelha. — Imaginei que você fosse aparecer antes.

— É. — Fechando a porta, cruzei o quarto e me sentei na cadeira de frente para ele. — Demorei a conseguir sair.

Kieran arqueou a sobrancelha.

Bem, fora a primeira vez que eu tinha me sentido confortável em deixar o castelo, deixar Poppy. Ela estava com Tawny, e com a antiga porta de serviço bloqueada com grades, e o estoque de armas retirado do quarto (um estoque surpreendentemente variado), eu estava seguro de que ela não tentaria escapar. Por um tempinho. Mas eu não a tinha deixado desprotegida. Jansen a vigiava do corredor. Não que eu estivesse preocupado com alguém ameaçando-a por agora. Com o Duque e o Mazeen fora de cena, eu era o maior perigo para ela.

Eu estava mais preocupado com ela ter um ataque de fúria.

— Ouvi dizer que o outro guarda não vai ser mais um problema — afirmou Kieran.

Minha respiração falhou.

— Não, não vai ser.

— Você não parece muito feliz com isso.

Sentindo o peso do olhar dele, forcei um sorriso.

— Eu deveria estar?

— Não totalmente, mas você está com uma voz... — Pegando o decantador de uísque, ele serviu uma dose para mim. — Pesarosa.

Suspirei, aceitando a bebida. Então me recostei na poltrona, apoiando o copo no braço do móvel.

— Você tem certeza de que não tem nenhum Vidente na sua linhagem? Kieran riu.

— Não é preciso de um Vidente para perceber a tensão na sua voz. — Ele inclinou a cabeça. — Ou a barba que está deixando crescer.

Fiz um som de escárnio, passando a mão pela mandíbula ao perceber que eu não tinha feito a barba. Estreitei os olhos, abaixando a mão para o outro braço da poltrona.

— A Duquesa está aguardando o contato da capital entre hoje e amanhã.

— Estou sabendo. — Kieran apoiou o pé na mesinha entre nós. — Jansen me contou. Eu também fui promovido. — Ele abriu um sorriso grande e zombeteiro. — A Caçador.

— Eu não acho que essa seja bem uma promoção.

Ele riu.

— Eu também não, mas fui autorizado a escoltar a Donzela para a capital quando chegar a hora.

A *Donzela*.

Dei um gole no uísque. O líquido queimou minha garganta enquanto eu olhava para a cama. Não vi Kieran e Circe ali. Vi Poppy e eu. Deuses, aquele maldito quarto.

— Sabe, já poderíamos ter ido embora. — Kieran coçou o peito. — Devíamos ter ido.

— Eu sei, mas… as coisas ficaram difíceis. — Eu não tinha certeza do quanto Jansen compartilhara com Kieran, mas o lupino não disse nada. — O outro guarda? Vikter. Ela o considerava um pai e o assistiu a morrer. — O segundo gole de uísque desceu mais fácil. — Ela meio que perdeu a cabeça com aquilo. Matou um Ascendido.

— Disso eu não estava sabendo. — Ele ergueu as sobrancelhas. — Por que ela faria isso?

— O desgraçado riu da morte de Vikter. Ela fez pedacinhos dele. — Dei um sorriso rápido. — E porra, foram pedacinhos mesmo.

— Porra — murmurou ele.

— Pois é.

Kieran ficou calado, observando-me. Mas não durou muito.

— E você não pôde levá-la para o Bosque nos dias antes de descobrir que a Coroa provavelmente a convocaria de volta?

— Se não pude? — Dei uma risada seca, virando o resto da bebida. — Ela estava se automedicando, e antes que você pense que isso teria facilitado, ela não estava comendo nem bebendo nada. Levá-la fraca pelo caminho que temos que fazer não seria bom.

Coloquei o copo de lado.

— Mas aqui estamos, demos sorte, não é? — completei.

— Imagino que seja uma forma de enxergar as coisas, sim. Agora temos permissão. Isso significa que conseguiremos ir muito mais longe antes de levantar qualquer suspeita — respondeu ele, tamborilando os dedos no joelho dobrado. — Mas também significa que vamos ter que lidar com os outros.

— Sim, mas provavelmente vamos conseguir chegar a Novo Paraíso antes de ela descobrir a verdade. Antes, teríamos que lutar para mantê-la sob controle daqui para lá... E acredite, queremos adiar isso, porque ela sabe meter a porrada nos outros.

— Imagino que sim, se ela fez um Ascendido em pedacinhos. — Kieran ainda estava me observando daquele jeito irritantemente astuto dele, que caralho. Ele parou de tamborilar os dedos, e fiquei tenso. — Só para constar, você está esquisito.

Eu estava prestes a negar, mas de que adiantaria? Minha cabeça estava uma bagunça completa. Voltei o olhar às vigas no teto.

— Ela sobreviveu a umas coisas bem horríveis, e as cicatrizes e a força dela são provas disso. Ela é corajosa, Kieran. Passional. Com fome de viver e experimentar coisas. Ela é feroz, até um pouco cruel se a provocarem. — Fiz uma pausa enquanto trincava a mandíbula. — Ou bem cruel. Você estava certo quando disse que a tínhamos subestimado. Ela não é nada do que esperávamos.

— Parece que vou gostar dela.

— Você vai. — Sorri com aquilo. — Ela não sabe a verdade sobre os Ascendidos, mas eu sei que ela não concorda com muitas das práticas, principalmente sobre os Rituais, e mesmo sobre a posição dela entre eles. Ela não entende por que é Escolhida, e eu sei... — Alonguei o pescoço para um lado e para o outro. — Eu sei que se ela tivesse escolha, não teria escolhido a vida de uma Donzela.

— Tem certeza disso?

— Tenho. — Soltei o ar de forma brusca. — E mesmo que ainda não saibamos por que ela é Escolhida ou qual seu papel em toda a questão da Ascensão, pode-se presumir que é por um motivo bem fodido.

— Sem dúvida. — Ele pegou o decantador e se serviu de uma dose.

— E o que está considerando?

— Estou considerando que ela... ela não merece qualquer que seja a merda que reservaram para ela. Ela merece a chance de ter uma vida.

— Bem, se os planos não mudaram, Cas — comentou Kieran, e foquei o olhar no dele depressa. — Então isso tudo significa o quê?

— Nada. — Dei uma risada, mas não houve um pingo de humor no som. — No fim das contas não significa nada.

Kieran balançou a cabeça.

— Tem certeza disso?

Com certeza não. Significava que Poppy merecia um futuro, um que envolvia permitir que ela vivesse, mas aquilo não era algo no qual eu envolveria Kieran.

Então, eu menti.

— Tenho.

# É UM PROGRESSO

Esperei até que o guarda da Duquesa tivesse sumido do corredor diante do quarto de Poppy antes de me aproximar da porta.
Levando a mão à maçaneta, parei. Eu duvidava de que estivesse interrompendo algo. Provavelmente Poppy estava sentada à janela. Era tudo o que ela vinha fazendo desde que deixara o quarto no meio da noite para ir atrás de vingança.
Poppy havia se tornado mais calada do que o normal, mais retraída. A ponta de seu queixo mais teimosa. Desde que eu a vira acordada, ela não havia chorado nem seus olhos pareceram marejados. De início eu tinha achado que aquilo era bom.
Mas agora?
Eu não achava mais.
Os Deuses sabiam que eu não era especialista quando se tratava de lidar com os sentimentos de alguém, era óbvio, mas ela tinha perdido alguém importante. Não era o tipo de dor que simplesmente desapareceria ao acordar.
Batendo à porta, esperei um pouco e entrei. Como eu esperava, Poppy estava à janela, mas enquanto eu ficava ali parado, analisando seus olhos cansados e a pele mais pálida que o normal, algo me veio à mente.
Nos últimos dias desde que acordara ela não tinha vestido aquele maldito véu.
Poppy estreitou os olhos.
— O que foi?
Cruzei os braços.

— Nada.

— Então por que você está aqui?

A grosseria dela me fez querer sorrir. Um sorriso que a irritaria ainda mais.

— Preciso de um motivo?

— Sim.

— Não preciso, não.

Eu tinha um motivo para estar no quarto dela daquela vez; contudo, ela estava de fato falando comigo em vez de me encarar, calada.

— Você só está verificando se eu não descobri uma maneira de sair do quarto?

— Eu sei que você não pode sair deste quarto, Princesa.

— Não me chame assim — devolveu ela.

Lutei contra um sorriso, mas recebi a raiva de bom grado em vez do silêncio.

— Vou tirar um segundo para me lembrar de que isso já é um progresso.

Poppy franziu a testa.

— Progresso com o quê?

— Com você. Você não está sendo muito gentil, mas pelo menos está falando. Já é um progresso.

— Eu não estou sendo cruel — rebateu Poppy. — Só não gosto de ser chamada assim.

— Aham.

— Tanto faz.

Ela desviou o olhar, remexendo-se um pouco no parapeito de pedra.

Eu a observei olhar para as próprias mãos, a tensão emanando dos ombros rígidos. Eu me aproximei em silêncio. Ela parecia... Eu não sabia ao certo. Um pouco perdida? Ou talvez presa entre a raiva e o luto. Eu conhecia aquele sentimento.

— Eu entendo — comentei.

— Você entende? — Ela arqueou as sobrancelhas. — Entende mesmo?

— Eu sinto muito.

— Pelo quê?

A frieza tinha se dissipado um pouco de sua voz.

— Eu já disse isso antes, logo depois que tudo aconteceu, mas acho que você não me ouviu. Eu devia ter dito isso de novo antes. Sinto muito por tudo o que aconteceu. Vikter era um bom homem. Apesar das últimas palavras que trocamos, eu o respeitava. — Cada palavra era verdadeira. — E lamento por não ter podido fazer nada.

O corpo dela pareceu ficar tenso.

— Hawke...

— Não sei se a minha presença... e eu deveria ter estado lá... teria mudado o resultado — continuou ele. — Mas lamento por não ter estado. Por não haver nada que eu pudesse fazer quando *finalmente* estava. Eu sinto muito...

— Você não tem nada pelo que se desculpar. — Ela se levantou, as mãos indo para a saia do vestido. — Eu não o culpo pelo que aconteceu. Não estou brava com você.

— Eu sei. — Parte de mim queria que ela estivesse. Desviei o olhar de Poppy, focando a Colina ao longe. — Mas não muda o fato de que eu gostaria de ter feito algo para evitar que aquilo acontecesse.

— Há muitas coisas que eu gostaria de ter feito diferente — revelou ela. — Se eu tivesse ido para o meu quarto...

— Se você tivesse ido para o seu quarto, aquilo ainda teria acontecido. Não coloque esse fardo sobre si mesma. — Eu me virei para ela. Ela olhava para as próprias mãos. Coloquei os dedos embaixo de seu queixo, com delicadeza erguendo seu olhar ao meu. — Você não tem culpa disso, Poppy. Nenhuma. Pelo contrário, eu... — Meu coração martelou, e minha garganta ficou seca. — Não assuma a culpa que pertence aos outros. Entendeu?

Seus olhos cansados buscaram algo nos meus.

— Dez.

— O quê?

— É a décima vez que você me chama de Poppy.

Sorri, relaxando um pouco.

— Eu gosto de chamá-la assim, mas prefiro *Princesa*.

— Que surpresa.

Analisei as linhas de suas sobrancelhas, o arquear delicado delas, e a cicatriz orgulhosa que cortava a esquerda. Pensei no que eu sentira depois que Malik fora levado, depois da morte de Shea. Houvera momentos em que eu sentira demais, e outros em que não havia sentido nada. E a segunda coisa? Vergonha. Eu imaginava que ela estivesse passando por algo parecido. O luto, então o nada, e talvez até a normalidade, e então a culpa por se sentir relativamente bem.

Mantendo o olhar fixo no dela, abaixei o queixo.

— Está tudo bem, sabe?

— O quê?

— Tudo o que você está sentindo e tudo o que não está.

Ela inspirou com força, então seu movimento foi rápido, passando os braços ao meu redor. Senti uma onda de surpresa, mas antes de perceber, eu a abraçava de volta. Eu a abracei tão forte quanto ela me abraçou, colocando a mão em sua nuca enquanto ela pressionava a bochecha em meu peito. Ela precisava daquilo.

Talvez eu também precisasse.

Ficamos nos abraçando por um tempo, e pensei que talvez em uma outra vida, eu fosse feito exatamente para aquilo.

Mas aquela não era minha vida.

E não seria a dela.

Chegando para trás, percebi os fios de cabelo que sempre pareciam escapar de sua trança. Eu os ajeitei.

— Eu vim aqui com um propósito. A Duquesa quer falar com você.

Poppy fechou os olhos brevemente.

— E você só me diz isso agora?

— Achei que o que tínhamos para dizer um ao outro era muito mais importante.

— Creio que a Duquesa não concordaria com você. Está na hora de descobrir como serei punida pelo que... pelo que eu fiz com o Lorde, não é?

Franzi a testa.

— Se achasse que você seria castigada, eu não a levaria até lá.

Ela arregalou os olhos.

— Para onde você me levaria?

— Para algum lugar longe daqui — respondi, um pouco surpreso por estar falando a verdade. Aquilo me fez oscilar. — Você está sendo convocada porque chegou uma mensagem da capital.

# PRESENTE IX

Caí em silêncio ao lado de Poppy, pensando nos dias que se seguiram à noite do Ritual. Eu conseguia ouvir os gritos dela com tanta nitidez que pensar neles, mesmo então, me fazia estremecer.

Eu sabia que descobrir o que Vikter fora de verdade não diminuía a dor da perda.

— Aqueles dias em que dormiu e fiquei te observando? Isso me faz pensar no que Kieran deve ter passado quando voltei para casa. As situações eram diferentes, e passei muito mais tempo naquele luto e na raiva, muito tempo depois de acordar.

Envolvi a cintura dela com o braço.

— E aquilo tudo com o Duque? Sabendo que você teve que lidar com... com o que você sentiu? Com como ainda te aflige às vezes?

E eu sabia que afligia.

Às vezes, era quando ela dormia, as lembranças levando-a de volta para o escritório do Duque. Em outras era como ela ficava imóvel de modo não natural na ocasião rara de alguém mencionar o Duque Teerman.

Não passamos pela mesma coisa, mas trauma era trauma. Afetava cada um de um jeito diferente, mas sempre afetava.

Pigarreei.

— Eu costumava dizer a mim mesmo que o que fizeram comigo não importava porque eu já tinha processado tudo. Lidado com aquela merda. Mas repetir isso na verdade significava que eu não havia lidado com nada. Porque o que vivenciei sempre vai importar de alguma forma... Às vezes, é insignificante e quase imperceptível, e em outras, pode acabar com a porra do meu dia. Mas tudo bem ser assim. É sério. Porque dizer que alguém *escolhe* viver no passado, revivendo toda a merda que fizeram com a pessoa, é uma palhaçada. Não se pode escolher isso. As coisas dentro de você? São partes incontroláveis do corpo e da mente que decidem isso. E levou um puta tempo para eu aprender que o que *posso* controlar é como reajo a essas lembranças, a essas feridas emocionais. Como eu trato a mim mesmo. Como eu trato outros por causa disso. Não é tão simples quanto falar, eu sei. As coisas nunca são simples.

Respirei fundo.

— Mesmo que minhas ações estúpidas tenham me levado a ser capturado, eu sei que o que aconteceu comigo não foi minha culpa. Levou um tempão para eu entender isso, mas agora entendo. Como eu respondo a isso? Determinar uma boa forma de lidar com isso era minha responsabilidade. — Sorri para ela. — Mas eu acho que você já sabe disso. Porque você lida com tudo pelo que passou. Eu só queria que soubesse que quando você sente que não está conseguindo lidar? — Eu me inclinei à frente, beijando sua bochecha. — Está tudo bem também.

Dando outro beijo em seu nariz, voltei à posição anterior.

— Eu devia ter notado que havia algo de errado com a Duquesa quando ela não viu problema algum em eu estar em seu quarto, mas as coisas sempre parecem diferentes em retrospecto, não é? Eu sequer podia considerar que eles sabiam quem eu era e que não apenas me permitiram te levar como praticamente viabilizariam isso.

Voltei o olhar ao teto. Ainda me impressionava o quanto Isbeth havia manipulado e controlado, mas ao final, mesmo com toda sua tramoia e estratagema, ela tinha falhado quando se tratava de Poppy.

Voltei o olhar a ela. Para Isbeth levar Kolis a assumir todo o poder de novo, ela havia escolhido sacrificar alguém que amava e decidido perder seu coração gêmeo em vez da própria filha, das *filhas*. Caralho. Eu não conseguia conceber aquele vestígio de decência em Isbeth.

Era só um pequeno vestígio, mas estivera lá. E se eu não sabia o que pensar daquilo, eu imaginava então como era para Poppy.

E eu não podia dizer ao certo que não faria o mesmo.

Por outro lado, eu não tinha filhos. Eu não fazia ideia do que era sentir aquele tipo de amor. Que tipo de vínculo ele criava... um que poderia levar a fazer escolhas que nunca imaginou que faria.

Mas eu já o vira na prática.

Era só pensar no que fizera Isbeth. A perda do filho havia sido a gota d'água para ela. Meus pais? Tinham mentido por séculos, acreditando estar protegendo Malik e eu. Tinham matado. E este era um vínculo que não era forjado pelo sangue. Coralena e Leopold eram exemplos disso. Eles não só arriscaram a vida, como a perderam, tentando proteger o filho e Poppy, a quem eles criaram como filha.

Aquele amor tornava alguém capaz de cometer os maiores atos de altruísmo, mas também poderia fazer alguém mergulhar em uma espiral profunda de maldade. E Isbeth, ainda que fosse uma depravada, amava as filhas, de seu jeito distorcido e doentio.

— É difícil não ponderar o que teria sido de Isbeth se Malec tivesse feito escolhas diferentes. Porra. Se minha mãe não tivesse ido atrás deles, se não o tivesse enterrado. Ela e Malec teriam simplesmente partido para viver suas vidas? Os Ascendidos nunca teriam se enraizado com tanta força como fizeram sem ela e o conhecimento dela os guiando?

Eu achava que não.

Na verdade, o plano seria um lugar diferente. Um lugar melhor. Kolis não seria uma ameaça. Tantas vidas teriam sido salvas. Mas também significava que eu não estaria ali no momento.

Poppy não estaria viva.

Balancei a cabeça. Não há sentido algum em remoer o que nunca acontecera ou o que poderia ter acontecido.

Exalando devagar, pensei no nosso último dia na Masadônia.

— Você lembra — perguntei com suavidade — de estar na Colina com os olhos fechados e o rosto virado na direção do sol? Eu lembro.

# UM MOMENTO SIGNIFICATIVO

— Eu sei que está ansioso para sair daqui — murmurei para Setti, olhando não para o cavalo, e sim para ela. — Mas não vai demorar muito.

Poppy estava na Colina, a brisa fresca da manhã jogando os fios de seu cabelo nas laterais do rosto.

Ela não usava o véu.

E evidentemente desfrutava da sensação do sol e do vento na pele. Ela estava com a cabeça inclinada para trás, os olhos fechados e um sorriso suave no rosto. Aquilo me fez ponderar quando havia sido a última vez que o sol beijara a pele de suas bochechas ou das sobrancelhas. Provavelmente fazia anos. Aquele era um momento significativo para ela.

Eu não queria apressá-la, mas os outros chegariam em breve. Então, eu me coloquei em movimento, conduzindo Setti para perto dela.

— Parece que você está se divertindo.

Poppy abriu os olhos e virou o corpo na minha direção. Eu não sabia se ela ainda estava com raiva de mim por eu ter recusado permitir que Tawny a acompanhasse. Se ela estava, eu não a culpava. Tawny era sua amiga, e Poppy precisava dela, mas eu estava fazendo um grande favor às duas garantindo que Tawny não fosse junto.

Mas quando Poppy continuou olhando para mim, imaginei que ela não estivesse mais chateada. Suas bochechas estavam coradas enquanto ela me observava, seu foco parecendo estar um pouco preso ao tecido da túnica contra meu peito, e a calça marrom que eu vestia.

Arqueei a sobrancelha, esperando que ela terminasse de me secar com os olhos. Não que eu fosse reclamar. Eu gostava daquilo.

Ela ergueu o olhar para mim.

— É gostoso.

— A sensação do ar no seu rosto?

Poppy assentiu.

— Só posso imaginar que sim. Eu prefiro essa versão de você.

Ela mordeu o lábio e voltou a atenção ao cavalo preto. Afagou o focinho do animal.

— Que lindo. Qual é o nome dele?

— Me disseram que é Setti.

Não consegui revelar que eu havia escolhido o nome e o criado desde que era um potro.

— Ele tem o nome do cavalo de batalha de Theon? — Ela deu um leve sorriso quando Setti pressionou o focinho em sua mão, sempre em busca de atenção. — É uma grande responsabilidade nos seus cascos.

— Isso é verdade. Presumo que você não saiba andar a cavalo.

Ela negou com a cabeça.

— Eu não monto em um cavalo desde... — Seu sorriso se ampliou. — Deuses, já faz três anos. Tawny e eu entramos de fininho nos estábulos e conseguimos montar em um cavalo antes que Vikter chegasse. — Então o sorriso desapareceu, ela abaixou a mão e chegou para trás. — Então, não, eu não sei andar a cavalo.

— Isso vai ser interessante — comentei, querendo distraí-la da dor associada ao nome de Vikter. — E uma tortura, já que você vai cavalgar comigo.

Poppy voltou a atenção a mim.

— E por que isso é interessante? E uma tortura?

Abri um sorriso.

— Além do fato de que vou poder ficar de olho em você? Use a imaginação, Princesa.

Ela franziu as sobrancelhas, então desfez a expressão.

— Isso é inapropriado — murmurou, provando que a imaginação dela era bem fértil.

— É mesmo? — Abaixei o queixo. — Você não é a Donzela aqui fora. Você é Poppy, sem véu e sem obrigações.

Aqueles olhos verdes deslumbrantes focaram em mim de novo.

— E quando eu chegar à capital? Vou me tornar a Donzela mais uma vez.

— Mas isso não vai acontecer nem hoje nem amanhã. — Virei-me para mexer nos alforjes do cavalo. — Eu trouxe uma coisa para você.

Ela aguardou com certa impaciência, tentando espiar ao redor do meu corpo enquanto eu remexia em vestes extras. Encontrando o que eu procurava, retirei o objeto dali e logo abri o pano no qual o tinha envolvido.

— Minha adaga — disse ela, arfando. — Pensei... pensei que a tivesse perdido.

— Eu a encontrei mais tarde naquela noite. Não quis devolver quando tinha que me preocupar que você fugisse para usá-la, mas vai precisar dela para a viagem.

— Eu não sei o que dizer. — Ela pigarreou, fazendo-me olhar para ela enquanto eu lhe entregava a adaga e a bainha. Seus olhos estavam marejados, e seus dedos tremiam de leve ao pegar o cabo da arma. — Vikter me deu essa adaga no meu aniversário de 16 anos. É a minha adaga preferida.

Não fiquei surpreso ao ouvir que havia sido um presente de Vikter.

— É uma bela arma.

Ela concordou com a cabeça, virando um pouco o corpo enquanto abria a própria capa, dando-me um vislumbre breve da calça que usava ao prender a adaga no lado direito do quadril.

Calça.

Ela estava usando uma calça justa. Senti um nó no estômago. Não era que eu estivesse surpreso. Não tinha como ela usar um vestido nas estradas pelas quais passaríamos, mas eu não havia considerado que ela usaria algo que revelaria cada curva voluptuosa de seu corpo.

Seria uma viagem bem intrigante.

— Obrigada — sussurrou ela.

Assenti, virando-me ao ouvir os outros.

— A comitiva chegou.

Poppy seguiu meu olhar, chegando mais para perto de mim de uma forma que eu não sabia ao certo se ela percebera fazer enquanto eu a apresentava aos outros. Nenhum deles a olhou nos olhos ao cumprimentá-la, mas assim que eu seguia para apresentar um outro, eles erguiam o olhar, e cada um tinha uma expressão de admiração ou surpresa. Nenhum deles havia visto a Donzela sem o véu antes, e naquele momento viam o que sempre houvera debaixo dele.

Uma jovem linda.

Estreitei os olhos para Airrick, o guarda de cabelo castanho que era o mais jovem dos designados a escoltá-la. Ele a observou de queixo caído, deslumbrado, parecendo um peixe fora d'água.

Trincando a mandíbula, eu me voltei ao último membro do grupo.

— Esse é Kieran — anunciei. O lupino me lançou um breve olhar de lado. — Ele veio da capital comigo e está familiarizado com a estrada que vamos percorrer.

— É um prazer conhecê-la — disse Kieran enquanto montava o cavalo.

— Igualmente.

Poppy inclinou um pouco a cabeça ao olhar para ele.

Kieran a observou por um momento, sua expressão parecendo neutra para qualquer um que não o conhecesse. Mas percebi. Identifiquei o leve arregalar de olhos e o curvar do canto de sua boca para cima. Ele também a enxergava. Finalmente.

— Precisamos seguir caminho — comentou ele. — Se quisermos atravessar as planícies ao cair da noite.

— Está pronta? — perguntei à Poppy.

Ela desviou o olhar de nós, focando o centro da Masadônia e o castelo que chamara de casa por tantos anos. Onde sua amiga Tawny e todas as suas lembranças recentes, as boas e as ruins, permaneciam. E mais uma vez me dei conta de como aquele era um momento significativo para ela. Ela estava mesmo saindo da cidade não como a Donzela, mas como Penellaphe Balfour.

Como Poppy.

# ENCANTADO

Nunca imaginei que eu poderia ficar tão empolgado por causa da inabilidade de outra pessoa de andar a cavalo sozinha.

Mas com Poppy sentada à minha frente e pouco ou nenhum espaço entre nossos corpos, pensei que talvez eu precisasse orar em agradecimento.

Engoli um grunhido quando Poppy se remexeu. Com a sela achatada e sem assento, a curva de sua bunda se pressionava diretamente em meu quadril, e quando ela se movia, o que acontecia muito, aquela bunda maravilhosa roçava no meu pau.

O que fez com que uma viagem normalmente monótona pelas terras despovoadas ficasse bem intrigante e levemente desafiadora para meu autocontrole.

E aquele era só o primeiro dia.

Não tínhamos entrado direto na Floresta Sangrenta. Teria sido a rota mais rápida, mas também significaria viajar pela seção mais densa. Ninguém, nem mesmo Kieran e eu, queria aquilo. Então, evitamos, nos deslocando mais na direção de Pensdurth, onde a Floresta Sangrenta ficava mais esparsa. Atravessaríamos por lá.

Observando Kieran indo mais à frente com Phillips, um dos guardas mais experientes, Poppy se remexeu de novo.

Mudei de posição, esticando o braço por entre a abertura da capa dela e segurando seu quadril.

Ela parou de se mexer.

Eu me inclinei à frente, abaixando a cabeça para perto da dela.

— Você está bem?

— Não consigo sentir minhas pernas.

Soltei uma risada.

— Você vai se acostumar com isso daqui a alguns dias.

Ela puxou o ar de repente quando acariciei seu quadril com o polegar, e abri um grande sorriso.

— Ótimo.

— Você tem certeza de que comeu o suficiente? — questionei.

Ela só tinha comido um pouco de queijo e castanha mais cedo, e eu sabia que ela não estava acostumada a comer e cavalgar ao mesmo tempo.

Ela assentiu.

— Nós vamos dar uma parada?

— Não.

— Então por que estamos diminuindo a velocidade?

— É o caminho... — Airrick parou de falar quando lancei um olhar a ele.

Ao menos uma vez, ele conseguiu se refrear antes de chamá-la de Donzela. Eu ter prometido chutá-lo para fora do cavalo provavelmente havia ajudado. Vi Poppy sorrir para o jovem guarda.

Airrick talvez fosse derrubado do cavalo de qualquer jeito.

— O caminho fica irregular neste trecho — continuou Airrick. — E também há um riacho, mas é difícil ver com toda a vegetação.

— Não é só isso — acrescentei, fazendo círculos com o polegar no quadril de Poppy.

— Não? — perguntou ela.

— Você viu o Luddie? — Eu me referia ao Caçador calado que viajava conosco. — Ele está de olho nos jarratos.

Ela torceu a boca.

— Pensei que eles estivessem extintos.

— Eles são a única coisa que os Vorazes não comem.

Poppy estremeceu.

— Quantos você acha que existem por aqui?

Provavelmente milhares, mas eu não achava que ela precisava saber daquilo.

— Não sei.

Ela olhou para Airrick.

O jovem guarda logo desviou o olhar. Rapaz esperto.

Poppy, como de costume, não se abalou.

— Você sabe quantos, Airrick?

— Ah, bem, eu sei que costumava haver mais — respondeu ele, lançando um olhar nervoso para mim. Ergui as sobrancelhas. — Eles não costumavam ser um problema, sabe? Ou pelo menos foi o que meu avô me disse quando eu era menino. Ele morava aqui. Foi um dos últimos a ir embora.

— É mesmo? — Poppy soou interessada.

Airrick assentiu.

— Ele cultivava milho, tomate, feijão e batata. — O guarda abriu um pequeno sorriso. — Ele me dizia que os jarratos não passavam de um estorvo.

— Não consigo imaginar que ratos que pesam quase noventa quilos sejam só um estorvo — afirmou Poppy.

— Bem, eles se alimentavam do lixo e tinham mais medo das pessoas do que nós tínhamos deles — explicou Airrick. — Mas depois que todo mundo foi embora, eles perderam a...

— Fonte de alimentação? — resumiu ela.

Airrick concordou com a cabeça, olhando para o horizonte.

— Agora, tudo o que eles encontram vira comida.

— Incluindo nós — murmurou ela, olhando para Luddie.

Instiguei Setti a trotar mais à frente, nos distanciando dos outros um pouco.

— Você é intrigante.

— Intrigante é a sua palavra favorita — respondeu ela.

— Só quando estou perto de você.

Poppy sorriu.

— Por que sou intrigante agora?

— Quando você *não* é intrigante? Você não tem medo dos Descendidos nem dos Vorazes, mas ficou tremendo como um gatinho molhado com a simples menção de um jarrato.

Ela bufou.

— Os Vorazes e os Descendidos não andam em quatro patas e não têm pelos.

— Bem, os jarratos não andam — revelei. — Eles correm tão rápido quanto um cão de caça fixo na sua presa.

Ela estremeceu de novo.

— Isso não está me ajudando em nada.

Dei uma risada.

— Você sabe o que eu adoraria fazer agora?

— Não falar de ratos gigantes que comem pessoas?

Eu a abracei brevemente.

— Além disso.

Poppy fez um som de deboche, e eu gostava de quando ela fazia aquilo. Era um barulhinho fofo.

Franzi a testa mesmo que ela não pudesse ver.

— Faça-me um favor e enfie a mão no alforje ao lado da sua perna esquerda. Mas tome cuidado. Segure firme na sela.

— Eu não vou cair.

— Aham.

Mas ela me ouviu. Segurando-se, alcançou a bolsa e levantou a aba.

Eu a observei com atenção enquanto ela vasculhava ali dentro. Eu soube de pronto quando ela encontrou. Poppy franziu a testa e retirou de lá o diário de couro vermelho.

E então ofegou.

— Ah, meus Deuses.

Ela enfiou o objeto dentro da bolsa de volta.

A reação dela acabou comigo. Uma risada me escapou, alta o suficiente para Kieran e Phillips olharem para nós por cima do ombro.

— Eu não acredito nisso. — Ela se remexeu na sela, e sua voz perdeu um pouco do fervor. — Como você encontrou esse livro?

— Como eu encontrei esse diário obsceno de Lady Willa Colyns? — Abri um sorrisão. — Eu dei o meu jeitinho.

— Como? — insistiu ela.

— Jamais revelarei.

Ela deu um tapa em meu braço.

Meu sorriso se ampliou.

— Que agressiva.

Ela revirou os olhos.

— Você não vai ler para mim?

— Não. De jeito nenhum.

Abaixei a cabeça para mais perto da dela, sem conseguir evitar provocá-la.

— Talvez eu leia para você mais tarde.

Ela ergueu o queixo.

— Isso não é necessário.

— Tem certeza?

— Absoluta.

Ri de novo, apreciando o rubor que tomara suas bochechas.

— Até onde você leu, Princesa?

Teimosa, ela apertou os lábios. Aguardei por uma resposta. E enfim veio com um suspiro:

— Eu quase o terminei.

A surpresa me tomou, junto com alguma coisa quente e fumegante. Aquilo era bem, bem mais do que eu pensei que ela leria.

— Você vai ter que me contar tudo a respeito.

Ela franziu o nariz. Seus lábios tremeram, e então aconteceu.

Poppy sorriu, e foi um sorriso aberto, enrugando a pele ao lado de seus olhos. Foi lindo.

Então ela riu, e não era uma risada baixa, mas uma profunda e gutural. E eu... eu perdi o fôlego pela segunda vez na vida. Minha nuca pinicou. Eu nunca a tinha visto sorrir daquele jeito. Nem rir daquele jeito. E havia outra sensação me agitando por dentro. Eu estava... encantado.

Levei alguns instantes para perceber que Poppy tinha relaxado encostada em mim. Ela estivera todo esse tempo sentada ereta, com as costas rígidas, mas não mais. Ela se inclinou em mim, a cabeça repousando em meu peito e se encaixando perfeitamente ao meu corpo. De novo, eu não pude evitar em pensar no que pensara antes de levá-la à Duquesa. Que em uma outra vida, eu teria sido feito para aquilo. Apertei o braço em volta dela.

A tranquilidade na postura dela, na forma que me permitia abraçá-la, não durou. Não com o sol se pondo. Não com o que eu podia ver ao longe.

Um horizonte de vermelho.

Nosso ritmo acelerou, e não demorou para que Poppy visse também. Ela ficou tensa, então se sentou reta enquanto nos aproximávamos, até que tudo o que pudéssemos ver fosse cascas de árvore cinzentas e contorcidas e folhas da cor de sangue seco.

Estávamos nos arredores da Floresta Sangrenta. Não havia espaço para provocações. Mãos a postos, incluindo as de Poppy. Ela tinha passado a segurar o cabo da adaga. Todos nós estávamos alertas. O único som que havia era o dos cascos dos cavalos passando por pedras, então o rachar de algo bem mais frágil.

Poppy começou a prestar atenção.

— Não — avisei. — Não olhe para baixo.

Mas, óbvio, ela olhou.

Observei-a, vendo seu rosto ficar pálido quando viu os ossos opacos espalhados pelo caminho.

Arfando, ela se sacudiu e virou o rosto para a frente.

— Os ossos... — Ela engoliu em seco. — Não são só ossos de animais, não é?

— Não.

Sua mão esquerda segurou meu braço.

— São os ossos dos Vorazes que morreram?

— Alguns deles — respondi, sabendo que eu não deveria ser condescendente com ela. Aquilo era bem mais perigoso que jarratos. Eu a senti tremer e xinguei baixinho. — Eu disse para você não olhar.

— Eu sei — sussurrou ela.

Continuei analisando os espaços entre as árvores, mas principalmente o chão. Estava tudo bem. Até então. Não havia névoa.

O chão começou a virar um emaranhado de raízes expostas e pedras maiores, forçando-nos a desacelerar e a seguir em uma fila. O cavalo de Airrick deu ré, sentindo o cheiro de algo de que não gostou. Kieran também percebeu. Ele virou a cabeça no sentido norte, com a mandíbula tensa. Enquanto seguíamos à frente e a temperatura caía, senti o cheiro que eles já haviam percebido. O cheiro leve de podridão.

— Sem folhas — sussurrou Poppy.

Vi que ela observava o solo da floresta. Então olhou para a copa densa de folhas vermelhas acima de nós. Antes elas cintilavam sob a luz do sol esmaecendo. Mas agora haviam ficado escuras como poças de sangue em contraste com a noite que se aproximava depressa.

— O quê?

Eu me inclinei para perto dela, falando baixo.

— Não há folhas no chão. É só grama. Como é possível?

— Esse lugar não é natural — respondeu Phillips, mais à frente.

— Isso é um eufemismo — acrescentou Airrick, torcendo o nariz.

Com aquilo eu concordava. Eu me inclinei para trás.

— Vamos ter que parar em breve. Os cavalos precisam descansar.

Poppy apertou mais meu braço. Eu conseguia sentir a pressão de seus dedos através do agasalho que eu usava debaixo da capa. Ela não contrapôs,

**428**

não reclamou nem perdeu a coragem. Ninguém a teria culpado se tivesse perdido. Com exceção dela, todos nós havíamos estado na Floresta Sangrenta antes. E considerando o que ela tinha vivenciado quando criança?

Com certeza Poppy estava com medo, mas ela não estava aterrorizada. Eu sabia disso por causa de sua respiração tranquila, da forma calma como ela olhava ao redor, e por causa daquela mão direita estável na adaga.

Sorri.

# O PRAZER DELA

Depois de checar se Setti tinha feno o suficiente para mordiscar, atravessei o acampamento, minha atenção não se distanciando muito de onde Poppy estava, enrolada em um cobertor. Eu me movimentei em silêncio, sem querer acordar os quatro guardas que dormiam ali enquanto ia até Kieran; logo eles se levantariam para render os outros.

— Está olhando o quê? — questionei ao vê-lo olhando bem para a frente.

— O riacho — respondeu ele com a voz baixa. — A água é vermelha.

Estreitei os olhos, percebendo o alvo de seu comentário a vários metros sob o luar.

— Quando Airrick disse que este lugar não é natural, ele não estava errado.

— Não me diga — comentou Kieran, cruzando os braços.

Vasculhei as sombras com o olhar, então foquei em Poppy. Ela estava acordada, arregalando os olhos com o estalar de cada graveto, ou com cada galho balançando ao vento. Mesmo de onde eu estava, via que ela estava tremendo. Era capaz de congelarmos naquela porra. Mas quando ela dormisse, descansaria? Ou os pesadelos a encontrariam? Em um lugar daqueles, a segunda opção era bem provável.

Olhei para Kieran de novo.

— Os Vorazes que identificou hoje mais cedo? Acha que eles estavam longe?

— Longe o bastante. — Ele fez uma pausa. — Por ora.

Eu sabia o que ele estava dizendo. Não conseguiríamos descansar por muito tempo. Logo, logo os Vorazes perceberiam que havia sangue e carne fresca perambulando pelo território deles.

— Estive conversando com Phillips um pouco — comentou ele.

— Percebi.

— Ele faz muitas perguntas e é observador pra caralho. Ele está desconfiado.

— De nós?

Percebi Phillips ao longe, resguardando o lado a oeste do acampamento.

— Até então, só no geral — informou Kieran.

— *No geral* é um tema comum, pelo que vejo.

Olhei para Poppy. Ela estava de olhos fechados. E ainda tremendo.

— Fiquei surpreso com você hoje mais cedo — comentou Kieran.

— Ah, é?

Voltei a atenção a ele.

Kieran estava olhando na direção de Poppy no momento.

— Você riu. — Ele estreitou os olhos. — Você riu de um jeito como não te ouvia rir fazia anos.

Eu não sabia o que responder, e então ficamos em silêncio por vários instantes.

— Ela está com frio — afirmei.

— Ela está tremendo tanto que daqui a pouco sai rolando pelo chão da floresta — retrucou ele em um tom seco.

— Ela não está acostumada com isso. — Observei Poppy com atenção. — E ela não é como nós.

— Eu só estava comentando que ela está com frio. — O tom dele demonstrava que achava graça. — Não precisa partir para a defensiva.

— Eu não estava...

Então parei de falar. Eu estava *sim* na defensiva. Por causa dela. Meus ombros ficaram tensos.

— Você devia ver se consegue esquentá-la — sugeriu ele, e arqueei a sobrancelha. — Antes que um dos outros considere fazer isso.

Endireitei a postura.

— Isso não vai acontecer.

— Eu não colocaria a mão no fogo.

Ignorei a frase e olhei para Poppy.

— Ela tem um sono conturbado às vezes — revelei, abaixando mais a voz enquanto me voltava para Kieran. — Pesadelos.

Kieran, que tinha presenciado mais meus pesadelos do que gostaríamos de admitir, olhou de volta para ela.

— Tem a ver com as cicatrizes?

Assenti.

— Bem, então mais motivo para você ir lá ficar com ela.

— Cala a boca.

Voltei a olhar para Poppy. Ela tinha voltado a abrir os olhos, e estava tremendo ainda mais.

Saí de perto de Kieran, a risada baixa dele me acompanhando pela pequena clareira. Parando, ajoelhei diante de Poppy, que tinha fechado os olhos de novo, mas eu sabia que ela estava acordada. Olhei para ela, sorrindo ao ver como ela tinha se enrolado em uma espécie de casulo, deixando só a cabeça para fora.

— Você está com frio.

— Eu estou bem — murmurou ela, batendo os dentes.

A ponta de seu nariz estava vermelha, mas as bochechas estavam pálidas.

Parei de sorrir e removi a luva, enfiando no bolso da capa. Toquei sua bochecha, o que a fez abrir os olhos. Merda.

— Correção. Você está congelando.

— Eu vou me aquecer. Em algum momento.

Eu apreciava a fachada dela e a recusa em reclamar, mas aquilo poderia ser perigoso.

— Você não está acostumada com esse tipo de frio, Poppy.

Ela torceu o nariz de ponta vermelha.

— E você está?

— Você não faz ideia do que estou acostumado.

Eu já estivera com bem mais frio e em situações mais… desagradáveis do que aquela, mas eu não era mortal.

Poppy, sim.

Eu me levantei, fui até onde estava minha bolsa a alguns centímetros da cabeça dela. Tirei dali o que precisava. Passando por cima de Poppy, fui para atrás dela. Ela me observou estender o cobertor que serviria de cama, e então me deitar ali perto do cobertor de pele pesado.

— O que você está fazendo? — perguntou ela.

— Estou me certificando de que você não congele até a morte. — Desenrolei a coberta de pele e joguei em cima das minhas próprias pernas. Eu não estava sentindo tanto frio ao me deslocar, mas ali deitado naquele solo? Logo meu corpo começaria a esfriar. — Eu seria um péssimo guarda se isso acontecesse.

— Eu não vou congelar até a morte.

— Mas vai atrair todos os Vorazes em um raio de oito quilômetros com os seus tremores.

Eu me estiquei perto dela, sendo relembrado brevemente daquelas poucas horas em que eu pegara no sono ao seu lado depois da noite do Ritual. Ela tinha basicamente estado inconsciente na época, e eu não tinha percebido como meu corpo inteiro se curvava com tanta facilidade ao redor do dela.

— Você não pode dormir ao meu lado — afirmou.

— E não vou.

Eu me virei de lado. De frente para ela, peguei o cobertor e coloquei tanto o objeto quanto o braço em cima dela, mas mantive a própria mão pendurada no ar.

Poppy ficou sem reação.

— Como você chama isso, então?

— Eu vou dormir *com* você.

Com o rosto a meros centímetros do meu, ela arregalou os olhos.

— E qual é a diferença?

— Há uma enorme diferença.

Ela virou a cabeça na direção dos galhos acima de nós.

— Você não pode dormir comigo, Hawke.

— Eu não posso deixar que você congele ou fique doente. É muito perigoso acender uma fogueira e, a menos que você prefira que outra pessoa durma com você — e com exceção de Kieran, aquilo não aconteceria nem fodendo —, não há muitas opções.

— Eu não quero que ninguém mais durma comigo.

— Eu já sabia disso — provoquei.

— Eu não quero que *ninguém* durma comigo — corrigiu ela, virando a cabeça para mim de novo.

Fixei o olhar no dela.

**433**

— Eu sei que você tem pesadelos, Poppy, e que eles podem ser bastante intensos. Vikter me alertou a respeito.

— É mesmo? — A voz dela estava densa e rouca.

— É.

Ela fechou os olhos então, e porra, desejei poder eliminar a dor que vi naquelas feições pálidas e tensas.

Mas eu sabia que não podia.

— Quero estar perto o suficiente para intervir no caso de você ter um pesadelo — continuei, o que era verdade. E também era verdade o fato de que eu estava preocupado que estivesse frio demais para ela. — Se você gritar...

Poppy soltou o ar, devagar.

— Então, por favor, relaxe e tente descansar. Teremos um dia difícil pela frente amanhã se não quisermos ser obrigados a passar duas noites na Floresta Sangrenta.

Ela ficou calada e me observou. Então fiz o mesmo. Ela não sabia que eu já tinha pegado no sono ao lado dela antes. Ter alguém do outro gênero dormindo perto dela não era algo pelo que tinha passado.

Mas ela continuou me encarando.

Meus lábios tremeram, contendo o riso.

— Durma, Poppy.

O suspiro que ela soltou foi impressionante, assim como o modo brusco com que voltou a encostar a bochecha no cobertor que usava de travesseiro. Meio que me perguntei se ela tinha se machucado.

Ficamos em silêncio, mas eu sabia que ela não tinha dormido. A tremedeira e os pequenos movimentos constantes a denunciavam. Era como estar com ela em cima de Setti de novo.

— Isso é absurdamente inapropriado — murmurou ela.

Dei uma risada, como sempre achando graça do que ela achava inapropriado em comparação ao que tinha feito por vontade própria.

— Mais inapropriado do que você se disfarçar de plebeia e agir de modo bastante diferente no Pérola Vermelha?

Ela ficou calada.

— Ou mais inapropriado do que a noite do Ritual, quando você deixou que eu...

— Cale a boca — sibilou.

— Eu ainda não terminei. — Eu me aproximei dela. — Que tal sair de fininho para enfrentar os Vorazes na Colina? Ou aquele diário...?

— Eu já entendi, Hawke. Você pode calar a boca agora?

Sorri, meus lábios próximos a nuca dela.

— Foi você quem começou.

— Na verdade, não.

— O quê? — Ri de novo. — Você disse e eu cito: "Isso é absurda, grosseira e irrefutavelmente..."

— Você acabou de aprender o que é um advérbio? Porque não foi isso o que eu disse.

— Desculpe. — Eu não sentia nem um pingo de culpa. — Eu não sabia que tínhamos voltado a fingir que não fizemos todas aquelas coisas inapropriadas. Não que eu esteja surpreso. Afinal de contas, você é uma Donzela pura, imaculada e intocada. A Escolhida. Que está se guardando para um marido da Realeza. Que, aliás, *não* será puro, imaculado, nem intocado...

Poppy tentou me bater, mas o que conseguiu foi descobrir metade do corpo.

Soltei uma risada.

— Eu te odeio.

Ela voltou a se cobrir até o queixo.

— Mas esse é o problema. Você não me odeia.

Poppy não teve como negar aquilo.

— Sabe o que eu acho? — comentei.

— Não. Nem quero saber.

Óbvio que aquilo era uma mentira.

— Você gosta de mim.

Mais uma vez Poppy não teve como negar.

— O suficiente para ser *absurdamente inapropriada* comigo — pontuei. — Em várias ocasiões.

— Bons Deuses, eu preferiria congelar até a morte agora.

Sorri com sua atitude irritadiça.

— Ah, certo. Estamos fingindo que nada disso aconteceu. Eu sempre esqueço.

— Só porque não falo disso a cada cinco minutos não significa que eu esteja fingindo que não aconteceu.

— Mas mencionar isso a cada cinco minutos é tão divertido.

Poppy puxou a borda do cobertor para cima, mas percebi o pequeno sorriso antes que ela cobrisse a boca.

— Não estou fingindo que nada disso aconteceu — afirmou ela depois de um tempo. — É só que...

— Não devia ter acontecido? — questionei, sem provocações.

O que ela pensava do que tinha acontecido debaixo do salgueiro? Eu não precisava saber, mas *queria* saber.

— É só que eu não deveria... fazer nada disso — afirmou ela enfim. — Você sabe. Eu sou a Donzela.

Mas não era *quem* ela era.

— E como você se sente a respeito disso, Poppy?

Ela ficou calada por tanto tempo que achei que não fosse responder.

— Eu não quero isso. Não quero ser entregue aos Deuses. — No momento em que ela revelou isso, o resto saiu em um rompante que parecia quase doloroso: — E depois, isso se houver um depois, me casar com alguém que nunca conheci e que provavelmente deve ser...

— Deve ser o quê? — perguntei com suavidade.

— Que provavelmente deve ser... — Ela suspirou. — Você sabe como é a Realeza. A beleza está nos olhos de quem vê, e os defeitos são inaceitáveis. Se eu Ascender, aposto que a Rainha vai me juntar com alguém assim.

Tive que respirar fundo porque eu temia começar a xingar. Bem alto. Eu odiava os Ascendidos por muitas razões, mas aquilo? Como eles fizeram Poppy sentir que era defeituosa? Como se precisasse sentir vergonha de si? Aquilo tinha passado a ser o principal motivo para odiá-los.

— O Duque Teerman era um bosta — bradei. — E estou feliz que ele esteja morto.

Ela soltou uma risada vigorosa, mas rápida.

— Ah, Deuses, eu ri alto demais.

Sorri, sem me importar se a risada dela atraísse uma horda de Vorazes.

— Tudo bem.

— Ele era mesmo um bosta, mas é... Mesmo que não tivesse essas cicatrizes, eu não ficaria entusiasmada. Não entendo como Ian fez isso. Ele mal conhecia a esposa e... acho que ele não é feliz — revelou Poppy, e ficou evidente que aquilo a incomodava. — Ele nunca fala sobre ela, e é muito triste, pois os nossos pais se amavam. Ele também deveria ter isso.

436

E por que ela não poderia ter isso?

— Ouvi dizer que a sua mãe se recusou a Ascender.

— É verdade. O meu pai era um filho primogênito. Ele era rico, mas não foi escolhido. Mamãe era uma dama de companhia quando eles se conheceram. Foi por acaso. O pai dele, meu avô, era amigo do Rei Jalara. Certo dia, o meu pai foi ao castelo com ele e foi então que viu a minha mãe. Aparentemente, foi amor à primeira vista. — Ela se remexeu um pouco dentro de seu casulo. — Sei que parece bobagem, mas eu acredito nisso. Acontece... pelo menos com algumas pessoas.

— Não é bobagem. Existe, sim.

Ergui o olhar para os galhos e folhas escuras, sentindo um vazio no peito. O que aconteceria com ela quando fosse entregue à Rainha de Sangue? Eles dariam a ela o sangue de meu irmão e a transformariam em um monstro frio e desalmado? Eles a fariam se casar com um desgraçado como o Duque? Meu peito ficou apertado. Eu não podia...

Não podia o quê? Deixar que aquilo acontecesse? Quase ri. Quando o acordo fosse feito, Poppy voltaria a ser a Donzela de novo. Ela voltaria a sê-la bem antes daquele momento.

Balancei a cabeça.

— Foi por isso que você foi ao Pérola Vermelha? À procura de amor?

— Não acredito que alguém procure o amor por lá — respondeu em um tom frio.

— Nunca se sabe o que você pode encontrar lá. — Pelos deuses, eu com certeza não sabia. — O que você encontrou, Poppy?

— Vida.

— Vida?

Ela assentiu.

— Eu só quero ter algumas experiências antes da minha Ascensão. Há tanta coisa que eu ainda não experimentei. Você sabe disso. Não fui até lá procurando por algo em particular. Eu só queria experimentar...

— A vida — finalizei. — Entendo.

— Entende? De verdade?

Havia tanta esperança em suas palavras que eu soube que estivera certo em não falar com Kieran sobre um plano diferente para ela.

— Entendo. Todo mundo ao seu redor pode fazer tudo o que quiser, mas você está presa a regras arcaicas.

— Você está dizendo que a palavra dos Deuses é arcaica?

— Foi você quem disse isso, não eu.

— Eu nunca entendi por que as coisas são assim — admitiu ela, tão baixinho que mal passava de um sussurro. — Só por causa do modo como nasci.

— Os Deuses a escolheram antes mesmo de você nascer. — Meu peito roçou nas costas dela. — Só porque você foi *nascida no manto dos Deuses, protegida mesmo dentro do útero, velada desde o nascimento.*

— Sim. Às vezes, eu gostaria de... eu gostaria de ser...

— O quê?

Aguardei.

E aguardei.

— Deixe pra lá. Além do mais, não durmo muito bem. Também foi por isso que eu fui ao Pérola.

— Por causa dos pesadelos?

— Às vezes. Outras vezes, a minha cabeça não... fica quieta. Fica repassando as coisas sem parar.

Eu sabia muito bem como era aquilo.

— Sobre o que você pensa tanto?

Ela se remexeu de novo dentro do casulo.

— Ultimamente, sobre a Ascensão.

— Imagino que você esteja animada para conhecer os Deuses.

Revirei os olhos.

Ela fez aquele sonzinho de deboche fofo.

— Longe disso. Na verdade, eu estou apavorada...

Ela parou de falar, inspirando de repente.

— Está tudo bem — respondi, aliviado por ela se sentir daquele jeito. — Não sei muito a respeito da Ascensão e dos Deuses, mas eu ficaria apavorado de conhecê-los.

— Você? — A voz dela soou cética. — Apavorado?

— Acredite ou não, algumas coisas me assustam. O segredo em torno do ritual da Ascensão é uma delas. — E aquilo era verdade porque eu sabia exatamente como eles *Ascendiam* aquelas pessoas. O que eles estavam fazendo com meu irmão para possibilitar aquilo. — Você tinha razão sobre o que disse para a Sacerdotisa naquele dia. É muito parecido com o que os Vorazes fazem; mas o que será que é feito para impedir o envelhecimento... para evitar a doença durante o que deve ser uma eternidade aos olhos de um mortal?

— São os Deuses, a Bênção deles. Eles se mostram para nós durante a Ascensão. Até mesmo olhar para eles transforma você — informou ela, mas as palavras foram estranhas, vazias.

— Deve ser uma visão e tanto — respondi, seco. — Estou surpreso.

— A respeito de quê?

— De você. Você não é o que eu esperava.

Ela me surpreendia toda vez que conversávamos. Ou era a curiosidade e as perguntas dela, sua sede por conhecimento e entendimento. Ou simplesmente o que ela pensava. No que acreditava. Suas esperanças. Os medos. Tudo. Mas o que de fato me surpreendeu foi aquela curiosidade. Como ela nunca havia visto além da forma como os Ascendidos se apresentavam? Como ela não havia reconhecido as inconsistências? Identificado as mentiras?

Mas aquilo não era justo.

Reconhecer e ver aquelas coisas teriam feito seu mundo inteiro desabar. E era preciso mais do que valentia e força para fazê-lo.

Era preciso não ter nada a perder.

Nem mesmo a si próprio.

— Eu devia estar dormindo — comentou ela, afastando-me dos próprios pensamentos. — E você também.

— O sol vai nascer antes do que imaginamos, mas você não vai dormir tão cedo. Está tensa como a corda de um arco.

— Bem, dormir no chão duro e frio da Floresta Sangrenta, esperando que um Voraz tente morder a minha garganta ou que um jarrato coma o meu rosto, não é muito reconfortante.

Contive uma risada.

— Nenhum Voraz vai chegar até você. Nem um jarrato.

— Eu sei. A minha adaga está embaixo da bolsa.

— É óbvio que sim.

Sorri. Ela tinha mesmo medo de jarratos, mas se aparecessem, eu tinha para mim que ela seria a primeira a matar um.

Nos momentos de silêncio que se seguiram, o que ela havia compartilhado comigo ficou rodeando minha mente. Deitado ali, pensei no porquê de ela ter ido ao Pérola Vermelha. Para viver. E experimentar coisas.

Experimentar algo além dos sentimentos de estar sendo sufocada e aguentando a dor. Ela tinha ido em busca de prazer.

Uma ideia bem inapropriada me veio à mente e mordi o lábio, sentindo aquele meu lado impulsivo e totalmente indecente que aparecia quando eu estava perto de Poppy assumir o controle. Eu poderia dar a ela o que ela tinha buscado naquela noite no Pérola Vermelha e ajudá-la a dormir.

O que ela ainda não estava fazendo, a julgar pela forma como se remexia.

Abri um sorriso.

— Aposto que posso deixá-la relaxada o suficiente para que você durma como se estivesse deitada em uma nuvem, se aquecendo ao sol.

Ela fez um sonzinho de deboche de novo.

— Você duvida de mim?

— Não há nada que alguém possa fazer para que isso aconteça.

— Há tanta coisa que você não sabe — rebati.

— Pode até ser verdade, mas disso eu sei.

— Você está errada. E eu posso provar.

— Tanto faz.

Ela suspirou.

— Eu vou provar e, quando terminar, logo antes de dormir com um sorriso no rosto, você vai me dizer que eu estava certo.

— Duvido muito.

Coloquei a mão em sua barriga.

Ela virou a cabeça depressa.

— O que você está fazendo?

— Estou deixando você relaxada.

Abaixei a cabeça para perto da dela.

— Como é que isso vai me relaxar?

— Espere, e eu vou te mostrar.

Poppy parou de fazer perguntas enquanto eu enfiava a mão pelo que parecia ser incontáveis camadas de tecido empacotadas em volta dela, enfim achando a camisa fina debaixo de seu agasalho. Atento a sua respiração, fui devagar, fazendo pequenos círculos com os dedos e roçando o polegar para cima e para baixo, acariciando as doces ondas nas laterais de seus seios até sentir parte daquela tensão deixar seu corpo, embora ela ainda estivesse olhando para mim, ou ao menos tentando olhar. Então fiz círculos maiores com os dedos, deslizando-os para logo abaixo de seu umbigo.

A respiração dela se acelerou.

— Acho que isso não está me deixando relaxada.

— Deixaria se você parasse de tentar esticar o pescoço. — Abaixei a cabeça, roçando os lábios em sua bochecha ao dizer: — Deite-se de costas, Poppy.

Ela fez o que pedi. O que me deixou chocado.

— Quando você me ouve, fico achando que as estrelas vão cair do céu — admiti baixinho. — Eu gostaria de poder capturar este momento.

— Bem, agora fiquei com vontade de erguer a cabeça novamente.

Dei um leve sorriso.

— Por que não estou surpreso? — Deslizei os dedos mais para baixo, abaixo do umbigo. — Mas se fizesse isso, você não descobriria o que planejei. E se eu sei alguma coisa a seu respeito, é que você é curiosa.

Ela estremeceu, e foi bem diferente da tremedeira anterior.

— Acho… acho que isso não deveria acontecer.

— *Isso* o quê? — Meus dedos roçavam no cós da calça dela. — Eu tenho uma pergunta melhor. Por que você foi ao Pérola Vermelha, Poppy? Por que você deixou que eu a beijasse debaixo do salgueiro? — Rocei os lábios pela bochecha dela de novo. — Você estava lá para viver. Não foi isso o que disse? Você deixou que eu a puxasse para dentro daquele quarto vazio para ter experiências. Deixou que eu a beijasse debaixo do salgueiro porque queria sentir. Não há nada de errado com isso. Nada mesmo. Por que esta noite não pode ser assim?

Poppy ficou em silêncio.

Meu coração estava martelando contra o meu peito. Ela só ficava calada quando queria alguma coisa.

— Deixe-me mostrar um pouco do que você perdeu quando não voltou ao Pérola Vermelha.

— Os guardas — sussurrou ela.

Não me passou despercebido que a preocupação de Poppy não tinha nada a ver com as regras impostas a ela ou as consequências nas quais fora forçada a acreditar.

Aquilo me fez sorrir e me remexi um pouco atrás dela, deslizando a mão entre suas coxas.

— Ninguém pode ver o que eu estou fazendo.

Poppy arfou quando toquei nela por cima da calça, e o som suave e ofegante me fez ficar duro.

— Mas nós sabemos que eles estão ali. Eles não fazem a menor ideia do que está acontecendo. Não têm a mínima ideia de que a minha mão está entre as coxas da Donzela. — Puxei-a para trás até que sua bunda estivesse encostada no meu quadril. Grunhi com a sensação, então me lembrei de que aquilo não era sobre mim. Era sobre ela. O prazer dela. Estremeci de leve. — Eles não fazem a menor ideia de que estou tocando em você.

Eu só conseguia ver seu perfil. Ela estava de olhos abertos enquanto eu a tocava por cima da calça, acariciando a costura da virilha. O cheiro doce dela se intensificou ao meu redor. Imaginei que podia sentir seu gosto na minha boca enquanto seguia a costura perfeita, com o toque suave de início e então progressivamente mais forte. Quando fiz pressão com os dedos, ela prendeu a respiração. Então seus lábios tremeram, e fechei os olhos por um momento, sentindo um rompante intenso e quente de desejo.

Mas logo abri os olhos de novo, sem querer perder um segundo daquilo, e subi a mão, fazendo a camisa dela se embolar em cima do meu pulso. Senti a pele dela quente encostada em meu braço.

Encontrando aquela região que a fizera mexer os quadris, trinquei a mandíbula enquanto brincava com seu clitóris por cima do tecido.

— Aposto que você está macia, molhada e pronta — sussurrei em seu ouvido. — Devo descobrir?

Poppy estremeceu, e, caralho, tudo o que eu mais queria era enfiar a mão dentro de sua calça. Sentir a pele quente e aconchegante, e descobrir o calor úmido que eu sabia que encontraria.

— Você quer que eu faça isso?

Poppy respondeu ao balançar os quadris, pressionando o corpo na minha mão enquanto apertava o cobertor até os dedos perderem a cor.

Um som baixo de aprovação escapou de mim antes que eu pudesse me conter. Voltei o olhar para onde Kieran estava de guarda. Havia uma excelente chance de ele ter ouvido aquilo. E que pudesse ter uma noção do que eu estava fazendo. O que *nós* estávamos fazendo. Se eu tivesse um pingo de decência, pararia com aquilo. Porra, eu nem teria começado aquilo. Com certeza havia outras formas de ajudá-la a dormir.

Mas eu não era lá muito decente.

— Eu faria mais do que só isso — prometi, e minha mente conjurou vários tipos de coisas que eu queria fazer, começando com descobrir o quanto o gosto dela era doce.

Ela entreabriu os lábios, e seus olhos pesaram, enquanto continuava reagindo ao meu toque. Seus quadris se moviam de maneira sutil e inconsciente, cada movimento intensificando o prazer até que ela começasse a mexê-los de propósito.

E, pelos Deuses, o jeito como ela se esfregava na minha mão fez meu sangue ferver.

— Você está sentindo o que eu estou fazendo, Poppy?

Ela assentiu.

— Imagine como seria a sensação dos meus dedos sem nada entre eles e a sua pele. — Estremeci. Ou foi ela. Talvez tenhamos os dois estremecido ao mesmo tempo. — Eu faria isso. — Pressionei com mais força, e ela contorceu as pernas. — Eu poderia entrar em você, Poppy. Eu provaria o seu gosto. — Minha boca encheu d'água só de pensar. — Aposto que você é doce como o mel.

Ela mordeu o lábio e soltou o cobertor. Eu até prendi a porra da respiração quando ela enfiou a mão debaixo do cobertor e tocou meu braço. Esperei para ver se ela removeria minha mão dali ou não.

Ela pressionou os dedos na parte superior da minha mão e impulsionou os quadris.

*Essa é minha garota*, pensei e voltei a acariciá-la.

— Você quer que eu faça isso, não quer?

— Sim — sussurrou ela.

Caralho.

A onda intensa de desejo me tomou. Quase perdi o controle bem ali.

— Eu colocaria mais um dedo. Você estaria tensa, mas pronta para mais.

A respiração dela era uma série de arquejos rápidos enquanto ela segurava minha mão, sentindo o que eu fazia com os dedos. Seus quadris seguiam meus movimentos.

— Eu meteria e tiraria os dedos de dentro de você — falei com a boca encostada em sua orelha. — Você cavalgaria neles como está fazendo na minha mão neste exato momento.

Poppy estremeceu, apertando meu braço enquanto fazia bem aquilo: cavalgava contra a minha mão.

— Mas não vamos fazer isso hoje à noite. Não podemos — lembrei mais a mim mesmo do que a ela. — Pois se colocar *alguma* parte do meu corpo dentro de você, eu vou querer entrar *todo* em você, e quero ouvir cada som que você fizer quando isso acontecer.

Esfreguei seu clitóris com o polegar. Ela soltou um gemido, e aquele som... pelos Deuses, eu viveria, beberia e me alimentaria daquele gemido. Mas quando ela esmagou minha mão com as coxas? *Caralho.*

Passando o braço por baixo de seu corpo, usei-o para envolver a parte de cima do peito dela, segurando-a contra mim enquanto seus quadris começavam a se esfregar na minha mão de maneira frenética. Eu sabia que ela estava quase lá. Seu corpo inteiro tremia. Sua respiração estava acelerada, falhando. Ela apertou mais meu braço. Aqueles gemidos baixos dançavam no ar escuro, quase me fazendo perder a sanidade. Eu conseguia sentir o orgasmo se apoderando de seu corpo enquanto eu pressionava a boca na pele atrás de sua orelha. Repuxei os lábios ao sentir aquela vontade brutal assolando meu corpo. Dei um beijo em sua pele. Lambi. Minha mandíbula pulsou. Inclinei a cabeça. Senti as minhas presas roçarem sua carne. O corpo de Poppy se tensionou. O meu também.

Tapei sua boca com a mão, abafando seus gemidos quando ela gozou. Foi preciso todo o esforço para eu controlar o próprio corpo. Tentei focar na porra da respiração e trinquei a mandíbula enquanto ela tremia e se contorcia contra mim.

Beijando seu pescoço, lutei contra a própria urgência, enquanto eu tentava fazer durar aquela sensação cálida no peito. O sentimento repentino de me sentir *pleno.* De estar completo sem ter chegado à completude.

Poppy foi parando de tremer, assim como foi soltando minha mão. Afastei a mão da região entre suas coxas e toquei sua barriga. Eu a abracei, com o coração martelando quase tão rápido quanto o dela. E continuei abraçando-a, mesmo quando seu corpo amoleceu, saciado e relaxado enquanto eu continuava duro que nem pedra. Eu a abracei em silêncio enquanto a noite prosseguia ao nosso redor.

Respirando fundo, levantei a cabeça só o suficiente para ver o rosto de Poppy. Ela estava de olhos fechados, os cílios formando pequenas luas crescentes em suas bochechas, e pensei que aquele tinha sido o pensamento mais bobo que eu poderia ter tido, cacete, mas porra, ela estava espetacular, ainda radiante de prazer.

— Sei que você não vai admitir — falei com a voz densa por causa do desejo contido. — Mas nós dois sabemos que eu estava certo.

Poppy deu um sorriso cansado, e sorri em resposta enquanto me acomodava atrás dela, mantendo os braços ao seu redor. Porra, meu pau estava dolorido, e levaria um tempo até aquilo passar, mas cacete, aquele pequeno desconforto mais do que valia a pena.

Porque um orgasmo meu jamais se compararia à noção de que eu tinha sido a primeira pessoa com quem ela havia experimentado o prazer. Uma espécie de satisfação primitiva me tomou. Uma da qual eu deveria me envergonhar pra porra, mas não era o caso. Eu não conseguiria me envergonhar. Não quando eu a ajudara a encontrar prazer.

A experimentá-lo.

A vivê-lo.

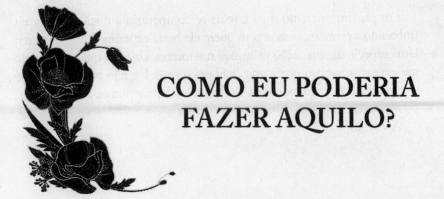

# COMO EU PODERIA FAZER AQUILO?

Quando o céu cinzento da manhã que se aproximava alvoreceu, hesitei em deixar Poppy, embora estivesse acordado havia um tempo, só olhando para ela e pensando.

Pensando no que tínhamos conversado na noite anterior. No que ela tinha experimentado. Em como parecera uma honra presenciá-la *vivendo*. No que estava por vir.

E durante todo o tempo, Poppy parecera tão em paz, como se estivesse em um lugar onde monstros nunca poderiam alcançá-la.

Mas eles já haviam alcançado.

Eu era um deles, nem um pouco melhor do que os Ascendidos.

Porque quando eu conseguisse o que queria, eu a enviaria de volta àquelas feras capazes de cometer atrocidades impensáveis. E era o que eu precisava fazer porque a Coroa de Sangue só estaria disposta a negociar por ela. Ela era a única forma de eu libertar meu irmão e evitar uma guerra.

Mas como eu faria aquilo?

Depois da noite anterior? Depois de como ela fora corajosa de buscar por algo para si mesma, de verbalizar que aquela não era a vida que teria escolhido, confirmando o que eu já suspeitava? Depois de como ela tinha se agarrado a mim antes de eu levá-la à Duquesa? Depois de eu ter visto sua dor na noite do Ritual e do que fizemos debaixo do salgueiro? Depois de tê-la encontrado no Ateneu, lendo aquele diariozinho tão obsceno? Depois de ela ter admitido que não concordava com o Ritual? Depois de o Duque tê-la torturado, ainda assim ela ter se preocupado com a possibilidade de eu me encrencar por ter impedido a violência da

Sacerdotisa? Depois de encontrá-la na Colina, de descobri-la no Pérola Vermelha, e todos aqueles segundos, minutos e horas entre uma coisa e outra, quando ela me mostrara de novo e de novo que não era quem eu esperava? Como, se quando eu estava com ela, não pensava no passado nem no futuro? Eu apenas vivia.

Mas como eu não faria aquilo?

Ela era importante para a Coroa de Sangue. Ela, e só ela, era o motivo pelo qual eles fariam qualquer coisa. E mesmo se não fosse o caso, eu já estava muito imerso naquilo. Corpos demais jaziam entre o momento que eu havia começado e o momento atual... Muitas vidas já estavam em risco para eu desistir de tudo.

Caralho, aquela nem era a primeira vez que eu tinha pensado naquilo.

Desde o momento em que eu descobrira que era ela no Pérola Vermelha, a dúvida havia se infiltrado e se intensificado. Eu tinha dado tudo de mim para ignorar, para eliminar a dúvida e a culpa, dizendo a mim mesmo que meus motivos eram justos. Que tudo o que fizera fora pelo meu irmão e pelo bem maior.

Senti uma pressão no peito enquanto afastava um fio de cabelo da bochecha dela com cuidado. Ela se remexeu, aninhando-se em meu corpo, ainda dormindo.

Fechei os olhos quando um vazio enorme substituiu a pressão. Caralho, eu não queria aquilo para ela.

Então por que as coisas tinham que ser daquele jeito?

Um músculo pulsou em minha têmpora e abri os olhos, percebendo Kieran andando pelo acampamento, checando os cavalos. Tinha que ter outro jeito. Meus pensamentos estavam na velocidade de um piscar de olhos. No silêncio sinistro da Floresta Sangrenta, considerei cenário após cenário como antes. A menos que eu conseguisse que a Coroa de Sangue soltasse Malik antes de entregar Poppy a eles, não havia opções viáveis. E nem era uma questão de escolha. A Coroa de Sangue era muitas coisas, mas "estúpida" não era uma delas, caralho.

Tinha que haver uma solução.

Eu só precisava de tempo para pensar em uma solução que não fosse uma impossibilidade tosca.

Uma brisa errante sacudiu uma mecha de cabelo dela. Segurei a mecha, colocando-a para trás. Mas eu não tinha muito tempo. Senti um nó no estômago. Muito em breve, Poppy descobriria a verdade. Ela saberia que eu estivera mentindo para ela, usando-a.

Que eu era tão ruim quanto os Ascendidos.

Eu precisava pensar em uma alternativa para ela antes daquilo, porque e quando ela descobrisse? Poppy não confiaria em mais nada que eu dissesse. Ela estaria totalmente contra mim.

Ela me odiaria.

Odiaria a si mesma.

Eu não queria...

Xingando baixinho, interrompi o pensamento. Eu precisava de tempo. Não daquilo. Afastei o braço que a envolvia, parando quando ela se remexeu. Senti a nuca pinicar ao olhar para ela, sua bochecha exposta virada em minha direção. Aquela com a cicatriz. O que ela dissera na noite anterior sobre como um pretendente Ascendido a veria se repetiu em minha mente.

Se alguém não visse a beleza dela, então tal alguém era irrelevante.

Porém, a maioria dos Ascendidos era irrelevante pra caralho.

Levantando o cobertor, coloquei-o sobre Poppy. Comecei a me levantar, mas parei de novo. Ajeitei o cobertor, ajustando o material em que estivera deitado. Abaixando a cabeça, beijei o topo de sua cabeça. Então me obriguei a levantar logo. Erguendo-me, vi Kieran. Ele estava perto do agrupamento de árvores de sangue, observando. Provavelmente ponderando que porra eu estivera fazendo aquele tempo todo.

Virando-me, peguei a sacola e tirei de lá a escova e a pasta. Escovei os dentes depressa, tendo que me virar com um gole de água para lavar a boca. Então adentrei mais a mata para mijar. Quando voltei, Kieran ainda esperava, e Poppy ainda dormia.

Fui até ele.

— Dormiu bem?

Ele arqueou a sobrancelha.

— Não tão bem quanto você.

Estreitei os olhos e lancei um olhar a ele enquanto pegava o cobertor que ele usara para dormir e o dobrava.

— Com que frequência você dorme bem daquele jeito? — questionou ele.

Eu sabia aonde ele queria chegar.

— Foi a primeira vez. — Prendi o cobertor à trouxa dele. — A primeira vez em muito tempo.

Kieran ficou calado enquanto eu me levantava.

— Ela gosta de você.

Franzi a testa.

— E por que acha isso?

— Além do fato de ela ter deixado você fazer o que quer que tenha feito debaixo daquele cobertor?

Ignorei aquilo, levando a bolsa dele ao seu cavalo.

— Notei antes disso. — Kieran seguiu enquanto eu abaixava para passar sob um galho baixo. — Assim que vi vocês dois juntos.

— Você não falou porra nenhuma sobre isso ontem.

— Não, não falei. Não vi necessidade.

— E vê necessidade agora?

— Vejo.

Seu rosto estava tenso.

Prendendo a trouxa à sela, tudo em que eu tinha acabado de pensar veio à superfície, o que fez as palavras que se seguiriam saírem ríspidas.

— Ela gostar de mim significa que ganhei a confiança dela — devolvi, querendo arrancar a porra da própria pele. — É parte do plano.

— A noite de ontem foi parte do plano? — Os olhos dele pareciam placas de gelo. — Só para você saber, eu quero muito te socar. Ela é...

— Eu sei o que ela é, Kieran.

— Mas você sabe quem você é?

Ele tinha formado um punho com a mão.

Meu corpo se tensionou inteiro e eu respirei fundo.

— Sei.

Ele me observou com o olhar duro por um tempo antes de soltar a respiração.

— Precisamos partir logo.

Assentindo, olhei para ele. Tempo. Meu tempo estava acabando. Estreitando os olhos, tentei pensar em algum lugar onde eu pudesse ficar um dia ou dois antes de chegarmos a Novo Paraíso. Era óbvio que a Floresta Sangrenta não era ideal. Então só restava Três Rios, mas aquele era um palpite a esmo.

— Nós chegamos mais longe do que eu imaginava — afirmei, cruzando os braços. — Devemos chegar a Três Rios antes do anoitecer.

— Não podemos ficar lá — retrucou Kieran, como se de algum modo soubesse que eu tentava adiar o inevitável. — Você sabe disso.

— Eu sei — repeti, frustrado. Ficar lá chamaria muita atenção dos que transitavam conosco, o que nos obrigaria a lidar com eles antes do previsto. — Se pararmos na metade do caminho para Três Rios, poderemos cavalgar durante a noite e chegar a Novo Paraíso pela manhã.

— Você está pronto para isso? — perguntou Kieran.

Foquei o olhar no dele.

— Por que não estaria?

— Você acha que eu não percebi o que está acontecendo? — Ele abaixou a voz até ser quase um sussurro. — Sério? Que esqueci do que acabamos de falar? Ela ter sentimentos por você não é a única coisa que me preocupa, *Hawke*.

Fui tomado pela irritação.

Percebendo aquilo, Kieran deu um sorriso sem humor.

— Lembre-se da sua missão.

Ao longo da vida já tínhamos tido vontade de meter a porrada um no outro muitas vezes, mas eu nunca havia desejado tanto quanto no momento.

— Lembre-se da sua missão — repetiu ele.

— Eu não a esqueci nem por um segundo. — Meu tom ficou mais duro. — Sequer.

Kieran ergueu o queixo.

— É bom saber.

O jeito como Kieran me olhou enquanto eu desviava dele demonstrou que ele não acreditava muito em mim. Eu teria que compartilhar com ele a merda que eu estava pensando, mas aquele não era o momento para aquilo também.

Fui para perto de Poppy, ajoelhando-me diante dela. Eu ainda não queria acordá-la, mas o tempo… É, estava acabando.

Toquei sua bochecha, e seus cílios se ergueram. Olhos verdes focaram nos meus, e a facilidade com a qual deixei a frustração e a irritação de lado parecia meio que um milagre.

Rocei o polegar por sua bochecha e por seu lábio inferior, e sorri. Aquilo também era fácil.

— Bom dia, Princesa.

— Bom dia.

— Você dormiu bem.

— Dormi.

— Eu te avisei — provoquei.

Poppy sorriu enquanto corava.

— Você estava certo.

— Eu estou sempre certo.

Ela revirou os olhos.

— Duvido muito.

— Vou ter que provar para você novamente?

O cheiro de Poppy ficou mais intenso, um alívio adorável e bem-vindo considerando a rancidez da Floresta Sangrenta.

— Acho que não será necessário.

— Que pena — murmurei. — Temos que ir.

— Certo. — Ela se sentou, piscando como se estivesse com dor. — Eu só preciso de alguns minutos.

Depois que ela se desemaranhou dos cobertores, segurei sua mão e a ajudei a se levantar. Como eu preferia ser útil a continuar puto, ajeitei o agasalho dela, abaixando-o até os quadris.

Poppy ergueu o olhar para o meu, e a conversa com Kieran parecia ter acontecido uns dez anos antes. Havia incerteza em seu olhar e na curva de sua boca, e levei só um momento para lembrar que tinha sido a primeira vez que ela havia vivenciado o que acontecera na noite anterior. Só os Deuses sabiam o que se passava pela mente dela. Provavelmente estava um caos completo como a minha, apesar de ser por motivos diferentes.

Abaixei a voz.

— Obrigado por ontem à noite.

— Acho que sou eu quem deveria agradecer — afirmou ela.

— Embora saber que você se sente assim deixe o meu ego inflado — e deixava mesmo —, não precisa fazer isso. — Entrelacei os dedos nos dela. — Você confiou em mim ontem à noite, mas o mais importante é que sei que o que fizemos foi arriscado.

De tantas formas.

Eu me aproximei dela e falei uma verdade que era ao mesmo tempo triste e linda. Algo que me atingiu tão forte que me deixou cambaleando.

— E é uma honra que você corra esse risco comigo, Poppy. Sendo assim, obrigado.

# SANGUE NA FLORESTA

Conforme avançamos mais para dentro da Floresta Sangrenta, começou a nevar. As árvores de sangue eram menos densas ali, possibilitando que transitássemos mais afastados uns dos outros, mas não conseguíamos ir muito rápido a menos que quiséssemos arriscar que um dos cavalos se machucasse. O solo da floresta ainda era um emaranhado retorcido de raízes densas e pedras.

Olhei para Poppy. Ela olhava para o solo, provavelmente atenta a possíveis jarratos. Dei um sorrisinho. Ela estivera olhando para as árvores. Eram bem mais estranhas ali naquela parte da Floresta Sangrenta, seus galhos e ramos retorcidos e enroscados, o casco brilhando de uma forma que não era natural, como diria Airrick.

Pela maior parte do trajeto, Poppy ficara calada. Nós todos já havíamos estado naquela porção profunda da Floresta Sangrenta, mas ela tinha relaxado de imediato quando eu montara em Setti atrás dela. Ainda havia aquele pequeno inalar ofegante que eu gostava de ouvir quando passava o braço ao redor dela ou quando colocava a mão em seu quadril. Eu estava me distraindo fazendo círculos em sua pele com o polegar e linhas com o indicador, quando minha mão ficou imóvel.

Meus sentidos se aguçaram enquanto eu analisava as sombras impiedosas entre as árvores emaranhadas. Trinquei a mandíbula. O vento gélido soprou por entre os galhos, trazendo o cheiro de podridão e putrefação.

Adiante, o cavalo de Kieran recuava de repente. Apertei as rédeas de Setti enquanto Kieran acalmava o bicho, alisando o pescoço do cavalo. Tirei o braço da cintura de Poppy.

— O que foi isso? — questionou um Caçador chamado Noah diante de nós enquanto sinalizava para que os que vinham atrás parassem.

Perto de Kieran, Phillips levou um dedo aos lábios. Estreitei os olhos, atento às árvores. Poppy ficou tensa quando os músculos de Setti se contraíram, e ele começou a chegar para trás, choramingando de nervosismo. Fiz menção de acalmá-lo, mas Poppy agiu mais rápido. Ela se inclinou à frente, acariciando a crina do cavalo. Todos os cavalos ao nosso redor começaram a se agitar.

Algo se aproximava.

Algo que corria sobre quatro pernas e provavelmente causaria um ataque do coração em Poppy.

Dei tapinhas na adaga embainhada de Poppy. Ela não precisou de instruções adicionais. Assentiu, colocando a mão dentro da capa.

Kieran virou a cabeça para a esquerda no mesmo momento em que vi o pelo preto-avermelhado. Nenhum de nós dois disse nada porque, bem, um guarda a menos era menos um com o qual teríamos que lidar.

O jarrato apareceu do nada. Um rompante de preto e vermelho mais ou menos do tamanho de um javali saltou no ar, golpeando a lateral do cavalo de Noah enquanto Poppy recuava subitamente contra meu corpo. Assustado, o cavalo recuou, jogando o mortal no chão. O jarrato, sempre oportunista, num instante avançou no homem, abocanhando o rosto dele enquanto o Caçador tentava agarrar o pelo oleoso.

Phillips se virou na sela, com o arco em mãos. Ele disparou a flecha já posicionada, golpeando o pescoço da criatura.

O jarrato guinchou quando Noah o arremessou para longe de si. O mortal não perdeu tempo. Ele sacou a espada curta, a lâmina num carmesim luminoso enquanto ele a lançava para baixo, acabando com o sofrimento do roedor. Ou com o nosso. Voltei a atenção para onde a criatura tinha vindo. Não era a única.

— Deuses — murmurou Noah, grunhindo. — Obrigado, cara.

— Não tem de quê — respondeu Phillip, com outra flecha a postos.

— Se há um jarrato, então há dezenas deles — comentei. — Temos que chegar a...

De repente havia jarratos por todo lado, saindo correndo da folhagem, surpreendendo até a mim com o quão próximo estavam. Poppy se pressionou mais em mim.

— Merda — xingou Noah, pulando em um galho baixo.

Ele jogou as pernas para cima enquanto um mar de pelo preto-avermelhado nos inundava.

Os jarratos matraqueando e ganindo zuniram por nós, correndo entre os cavalos nervosos. Eles desapareceram na folhagem densa do outro lado. Aquilo não era nada bom.

Aquelas gavinhas de névoa se acumulando por entre as raízes expostas também não indicavam boa coisa. O cheiro de podridão se intensificou, e a névoa cresceu e ficou mais densa à esquerda.

— Temos que sair daqui — afirmou Kieran. — Agora.

Enfim decidindo parar de se pendurar na árvore, Noah saltou para o chão. A névoa já estava densa o bastante para as pernas dele desaparecerem debaixo dela. Depois de arrancar a espada da criatura, ele se apressava até seu cavalo e segurava as rédeas quando Setti ficou tenso...

Um Voraz saiu correndo da névoa mais rápido que os malditos jarratos, suas vestes rasgadas com os retalhos pendurados pelo corpo. Noah, o pobre infeliz, não teve chance. Nem mesmo com o alerta. A criatura foi para cima dele na hora, rasgando o peito do homem com as unhas afiadas e seu pescoço com as presas pontiagudas. Xinguei quando Noah caiu, derrubando a espada enquanto seu cavalo fugia.

Então surgiram os uivos, o lamento baixo de uma fome interminável.

— Merda — falei com um rosnado enquanto Luddie virava o cavalo para o outro lado, golpeando o Voraz que tinha abatido Noah com a lança de pedra de sangue.

— Não vamos escapar se tentarmos fugir. — Luddie girou a arma para cima. — Não com essas raízes.

Ele estava certo.

A névoa já alcançava nossas cinturas. Passaria de nossas cabeças se tentássemos escapar.

Olhei para Poppy e não hesitei em falar:

— Você sabe o que fazer. Faça.

Poppy assentiu.

Pulando de Setti, caí em cima de uma das raízes mais grossas. Poppy veio logo atrás de mim, movendo uma das pernas sobre Setti e caindo de pé nas raízes. Pelo canto do olho, vi Airrick levantar as sobrancelhas quando viu a adaga dela.

— Sei como usá-la — afirmou ela.

Airrick abriu um sorriso ridículo pra caralho.

— Por alguma razão, não estou surpreso.

Estreitei os olhos para o jovem rapaz.

— Eles estão aqui — anunciou Kieran, erguendo a espada.

E estavam mesmo.

Desembainhando a espada curta, eu me preparei enquanto eles avançavam na nossa direção, uma horda de pele cinza pálida, vestes retalhadas e ossos. Eu me lancei à frente, enfiando a espada no peito de um Voraz.

Girando, passei a lâmina pelo pescoço de outro enquanto observava Poppy. Ela golpeou o ombro de um Voraz com a mão, puxando-o para trás enquanto enfiava a adaga no coração da criatura. Ela se virou ao mesmo tempo que eu, segurando o Voraz que avançava em Setti sem hesitar nem por um segundo. Merda, o jeito como ela se movia... Ela era tão segura em seus movimentos. Mechas de cabelo caíram em sua bochecha enquanto ela girava o corpo, suas feições determinadas e totalmente destemidas enquanto ela deixava um rastro de sangue vermelho-escuro pela névoa. Simplesmente não havia nada... mais sexy que aquilo. Golpeei um Voraz por trás, perfurando seu coração. Poppy ergueu o olhar, focando-o no meu.

— Nunca pensei que acharia sexy algo relacionado a um Voraz. — Arranquei a cabeça do Voraz mais próximo. — Mas vê-la lutar contra eles é incrivelmente excitante.

— Isso é tão inapropriado — murmurou ela, jogando um Voraz inconsciente para o lado.

Rindo baixinho, desviei de uma raiz, cortando um Voraz ao meio enquanto Kieran manejava ambas as espadas, contorcendo a boca em desgosto quando sangue podre espirrava no ar. Havia guinchos por toda parte enquanto eu golpeava o pescoço de um Voraz com a espada. Segurei a roupa rasgada que ia na direção do grupo enquanto continuava de olho em Poppy. Não era que eu não confiasse em sua habilidade. Ela enfiou a adaga no peito de outro. Ela era *magnífica*, caralho, mas a arma dela fazia com que ela precisasse se aproximar demais dos Vorazes. Vi Luddie golpeando com a lança enquanto a névoa chegava aos nossos joelhos. Um Voraz veio para cima de mim, seus dentes ensanguentados estalando no ar. Chutei o desgraçado para trás. Kieran se virou, enfiando a espada nele enquanto uma flecha passava zunindo entre nós, golpeando a nuca de um novo Voraz, um que se transformara recentemente.

Pulei de cima da raiz, alcançando o chão. A névoa se espalhou. Uma Voraz se virou, o cabelo viscoso caindo do couro cabeludo irregular e batendo contra a lateral da cabeça. Ela abriu a boca. Deuses. Enfiei a espada em seu peito, acabando com aquele lamento estridente. Ela caiu para trás, em cima de Noah. Vendo a espada que caíra da mão do homem, peguei-a. Voltei a atenção à Poppy.

Ela removeu a adaga de um peito afundado e chegou para trás.

— Princesa — chamei, levantando-me. — Tenho uma arma melhor para você.

Joguei a espada para ela.

Poppy a segurou, logo embainhando a própria adaga.

— Obrigada.

Ela se virou, fatiando um Voraz.

Cacete, ela era...

Um Voraz guinchou, avançando em minha direção. Outro surgiu atrás daquele. Nenhum deles se parecia mais com algo vivo. Ambos eram mais ossos e tecido fino do que qualquer outra coisa. Irritado porque eu não podia parar para observar Poppy ser, bem, fodona, despedacei a cabeça de um e depois do outro. A névoa rodopiou pelo solo quando um Voraz menor partia para cima. Fiquei rígido, chegando para trás quando surgiu o rosto de... de uma *criança*.

— Cacete — murmurei, surpreso.

Sempre havia compaixão pelos Vorazes, mesmo aqueles que tinham rasgado minha carne com a fome insaciável enquanto eu era prisioneiro da Coroa de Sangue. No passado eu ponderara quem eles haviam sido antes daquilo. Agricultores? Caçadores? Aldeões? Mortais inocentes que tinham vidas, famílias e futuros cheios de desejos e necessidades que haviam sido roubados deles? Eu tinha parado de ponderar aquilo havia muito tempo. Era mais fácil vê-los como eram no momento: criaturas que tinham morrido fazia bastante tempo.

Mas aquilo? Uma criança? E uma que não deveria ter sido mais velha que aqueles dois que vi na frente do armazém frigorífico. Talvez até da idade da garotinha que de alguma forma acabara no castelo usando a máscara de um Descendido e assustada pra cacete. Aquele poderia muito bem ser o destino dela a menos que os Ascendidos fossem detidos.

Focando a tarefa brutal do presente, avancei e segurei a criança pelo queixo. A criatura estalou os dentes e sibilou como um animal feroz. Aquela imagem seria algo difícil de se esquecer. Enfiei a espada em seu peito.

— *Cacete.*

— A névoa está diminuindo. — Kieran chutou um Voraz para trás, olhando para algum ponto às minhas costas. — Merda.

Virei o corpo assim que Poppy cambaleou para trás. Comecei a avançar quando Airrick a alcançou, empurrando-a para o lado. Garras seguraram a porra da minha capa, puxando-me para trás. Xingando, eu me virei, cortando a cabeça do Voraz. Então voltei a virar, e meu coração deu um pulo. Eu não a via mais. Fui tomado pelo pânico. Se algo tivesse acontecido com ela...

Ela se ergueu de onde a névoa estava mais densa sobre o solo. Com um grito, enfiou a espada no peito de um Voraz magro e sem pelo.

O alívio foi tão grande que quase perdi o ar. Ela era boa. Mais do que boa ao remover a adaga da criatura e avançar à frente, as bordas de sua capa esvoaçando em volta dela, espalhando mais da névoa que se esvaía. Ela esmagou as costas de um Voraz ferido com o pé, enterrando-o no solo. Com um golpe rápido, cessou o guincho com um sorriso selvagem.

— Deuses — murmurei, sentindo o sangue esquentar apesar da morte e da putrefação ao nosso redor. — Viu isso?

— Vi.

Kieran passou as costas da manga pela bochecha, limpando respingos de sangue.

Dei um sorriso de canto.

— Foi sexy.

Kieran deu um sorrisinho.

— Foi mesmo.

Rindo baixinho, eu me virei e analisei as árvores. A névoa tinha sumido quase por completo, revelando o casco em tom de cinza das árvores de sangue e suas folhas carmesim cintilantes. Luddie perfurou um Voraz com uma flecha atravessando suas entranhas. Vi outro, com tufos de cabelo castanho-avermelhado desgrenhado, se contorcendo, sibilando e grunhindo em meio às raízes. Mãos esqueléticas e ensanguentadas arranhavam o ar quando passei por cima de um Voraz no chão. Uma faixa de luz do sol se infiltrou pelas árvores, expondo a carne encerada e fina da bochecha e dos olhos vermelhos e desalmados da criatura. Ele tentou me atacar em meio à fome irracional. Meti a espada em seu peito.

Retirando a lâmina, comecei a analisar o dano. Tínhamos sofrido algumas perdas. Só havia quatro guardas de pé. Kieran e Luddie olhavam para um Caçador que tivera o peito e a barriga estraçalhados. Erguendo o olhar, vi Poppy ajoelhada ao lado de Phillips. O homem mais velho estava pressionando o peito retalhado e ensanguentado de Airrick.

Limpei a adaga na roupa rasgada de um Voraz, então a embainhei e foquei os olhos em Poppy. Ela estava franzindo as sobrancelhas em agonia enquanto se ajoelhava ao lado de Airrick, colocando a espada ao seu lado. Passei por cima das pernas de um Caçador abatido, indo devagar para perto deles. O rosto de Poppy estava pálido. Eu estava acostumado com aquele tipo de morte, mas...

Mas ela também, não era verdade?

— Você me salvou — disse Poppy com suavidade.

Airrick deu uma risada fraca. Saiu sangue de sua boca.

— Eu não... acho que você... precisava ser salva.

— Precisava, sim — contrapôs ela, olhando para a barriga dele. Segui seu olhar e de imediato desejei que ela não tivesse olhado. O Voraz tinha arrasado o jovem. Tinha muito, muito sangue ali. — E você estava lá para mim. Você me salvou, Airrick.

Eu me ajoelhei do outro lado de Phillips enquanto Airrick se contorcia de dor. Poppy olhou para mim com uma esperança desesperada enquanto o peito do pobre infeliz subia e descia depressa. Neguei com a cabeça, dizendo a ela o que com certeza ela já sabia. A única coisa que poderíamos fazer agora era acabar com a dor com um ato de misericórdia. Não havia como se recuperar daquele tipo de ferida.

Poppy fechou os olhos brevemente, e então pegou a mão pálida de Airrick. Ela franziu a testa ainda mais enquanto apertava a mão trêmula do jovem guarda entre as dela, parecendo focar exclusivamente no jovem, a pele ao redor de sua boca tensa...

Algo aconteceu.

Airrick parou de tremer. Suas feições não demonstravam mais dor. De início, achei que ele tinha falecido, mas o homem ainda estava vivo. E olhava para Poppy de novo com aqueles olhos arregalados e maravilhados.

— Eu não... sinto mais dor — sussurrou ele.

— Não?

Ela sorriu para ele, ainda segurando a mão do jovem.

— Não. — Airrick relaxou a cabeça no solo frio. — Sei que não estou, mas me sinto... me sinto bem.

— Fico aliviada por saber disso — afirmou Poppy enquanto uma expressão de paz tomava o rosto de Airrick.

Franzi a testa. Que merda estava acontecendo ali? Olhei para a ferida feia de Airrick. As entranhas do homem estavam meio penduradas pelas pernas. Não era uma morte pacífica.

— Eu conheço você — falou Airrick, a respiração ficando mais lenta, as palavras não mais densas e truncadas por causa da dor. — Achei que não... devia dizer nada, mas nós já nos encontramos antes. — Mais sangue escorreu de sua boca. — Nós jogamos cartas.

O sorriso dela se ampliou.

— Sim, é verdade. Como você sabia?

Eles tinham jogado cartas? Fora quando ela fora escondida ao Pérola Vermelha? Ou em outro momento em que ela fora aonde não devia ter ido? Nada daquilo importava. O que acontecia com Airrick naquele momento, sim.

Era evidente que o homem não estava com dor. E além disso, ele parecia relaxado e em *paz*.

— São... os seus olhos — disse Airrick. — Você estava perdendo.

Meu coração começou a martelar. Uma mecha de seu cabelo tinha caído para a frente, roçando na ponta do nariz dela. Que caralhos estava acontecendo ali?

— Estava mesmo. — Ela se inclinou para mais perto dele. — Eu costumo jogar melhor. Meu irmão me ensinou, mas eu só recebia cartas ruins.

Airrick riu... O homem, que estava com as entranhas ali penduradas, *riu*.

— Sim... eram bem ruins. Obrigado... — Ele focou o olhar em algo atrás de Poppy, os lábios ensanguentados formando um sorriso trêmulo. — Mamãe?

Airrick inalou. Um instante se passou. Então outro. Olhei para Poppy quando ela abaixou a mão do rapaz para o peito dele, sem conseguir acreditar no que eu tinha acabado de ver.

*Ela nasceu em um manto.*

Meu coração ainda martelava quando Poppy ergueu o olhar.

— Você fez alguma coisa com ele.

— É verdade — confirmou Phillips com a voz rouca; o guarda veterano estava visivelmente abalado. — Os rumores. Eu ouvi, mas não acreditei neles. Deuses. Você tem o toque.

# TRÊS RIOS

*Você tem o toque.*

As palavras de Phillips continuaram circulando em minha mente de novo e de novo enquanto eu passava pelo cavalo de Noah. Algumas horas depois de sair da Floresta Sangrenta, tínhamos encontrado o cavalo pastando em um prado, totalmente despreocupado. Tínhamos avançado depressa, chegando aos arredores de Três Rios ao anoitecer com o intuito de tirar algumas horas para descansar e então fazer o restante do trajeto a Novo Paraíso.

Chegando perto do aglomerado de árvores, olhei para onde Poppy estava sentada perto da fogueira, jantando carne curada e queijo... principalmente o queijo, pelo que eu percebera. Estávamos em um terreno alto com alguns poucos pinheiros espalhados e uma visão desobstruída de todas as direções. Uma pequena fogueira para afugentar o frio era seguro, mas não fui muito longe. Phillips estava ao lado dela, e embora não tivesse mencionado o que tínhamos presenciado com Airrick, ele continuava lançando olhares admirados a ela.

E por que ele não faria aquilo?

Phillips vira Poppy, a porra da Escolhida, amenizando a morte e as feridas dolorosas de um homem moribundo com o *toque*.

Caralho, *eu* estava admirado e um tanto descrente.

*Ela é Escolhida, nascida em um manto.*

Deuses.

Procurei por Kieran. Não tínhamos tido a chance de conversar até o momento. Por sorte, ele não havia ido longe.

Ele apareceu por entre as árvores, com o colarinho da túnica úmido; ele devia ter ido até o riacho para limpar o sangue.

Não perdi tempo ao perguntar:

— Viu o que aconteceu na Floresta Sangrenta?

— Ouvi Phillips falando umas coisas estranhas sobre um toque. — Ele parou à minha frente. — Mas não vi o que estava acontecendo.

— Lembra o que você falou sobre o manto? — Mantive os olhos fixos em Poppy enquanto meus pensamentos se aceleravam. Nada diferente de como já tinham ficado nas últimas horas. — Que não era impossível que um mortal nascesse em um? Pois bem, acho que essa parte é verdade sobre Poppy.

— Poppy? — repetiu Kieran.

— É o que ela... Não importa. É só um apelido. Você já ouviu falar de um mortal que nasceu mesmo em um manto?

— Não que eu me lembre agora — respondeu ele, observando-me com atenção. — Isso não significa que, em algum momento, não tenha existido um. — Então inclinou a cabeça. — O que aconteceu lá?

Arqueando as sobrancelhas, balancei a cabeça.

— Ela amenizou a dor dele com um toque..., e tenho completa certeza de que foi isso que aconteceu.

— Isso é...

— Impossível — concluí. — Eu sei. Ela é mortal. — Caralho, meu coração falhou uma batida quando olhei para ele. — A menos que ela não seja.

— Metade Atlante? Eu nem sei ao certo se isso explicaria essas habilidades, esse tipo de dom — argumentou Kieran. — A linhagem dos Atlantes que conseguia fazer essas coisas foi extinta faz muito, muito tempo. E, beleza, às vezes certas habilidades pulam uma ou duas gerações, mas nesse caso seria uma porrada de gerações para se pular.

— O irmão dela é um vampiro, e a menos que ele não seja seu irmão de sangue, ela ser metade Atlante não faz sentido.

— E já houve algum indício de que os pais dela não sejam quem ela acha que são? — Ele coçou a mandíbula quando neguei com a cabeça. — Você tem certeza de que foi isso que viu? O corpo mortal passa por umas porras estranhas no fim da vida.

— Foi o que eu vi. O toque dela fez a dor dele passar. Ele ficou... ficou em paz com o toque. — Exalando devagar, observei Phillips oferecer um cantil à Poppy. — Eu não acho que tenha sido a primeira vez que ela fez aquilo. Phillips disse que os rumores eram verdade. — Pensei em Jole Crain. — Um dos guardas falou da filha dos Deuses, dela. Dizendo que ela teria amenizado seu sofrimento e lhe proporcionado dignidade. — Passei a mão pela cabeça. — Ele foi infectado, então resolvi deixar pra lá. — Eu me virei para Kieran. — Mas foi o que ela fez com Airrick.

Kieran ficou me olhando, abrindo e fechando a boca.

— Mas como isso é sequer possível?

— Cacete, não faço ideia.

Um pássaro saltou de um galho a outro, observando-nos.

— Bem, talvez seja por isso que ela é tão importante para a Coroa de Sangue, ao menos em parte.

Ele também olhava para Poppy, erguendo as sobrancelhas.

— Sem dúvida. — Mas ainda que a habilidade de amenizar o sofrimento de alguém fosse algo notável e extraordinário, por que aquilo teria valor para os Ascendidos? Eles buscavam poder e vida eterna. Não queriam conceder paz a ninguém. Poppy entregou o cantil de volta a Phillips e olhou por cima do ombro, procurando onde Kieran e eu estávamos à sombra dos pinheiros. — Então imagino que você também nunca tenha ouvido falar de um mortal com esse tipo de habilidade?

Kieran soltou uma risada brusca.

— Você passou mais tempo com mortais do que eu. Se você nunca ouviu falar, eu é que também não. Já o meu pai é outra história. Ele pode ter ouvido, mas... — Xingou. — E se ela for mesmo Escolhida?

Olhei nos olhos de Kieran.

— Os Deuses estão hibernando.

— E temos certeza de que isso os impossibilite de fazer o que quer que façam para escolher alguém? — desafiou ele. — Não sabemos. O que nós *sabemos* é que a vida e a morte e tudo entre elas continua enquanto eles hibernam.

— Verdade — murmurei. O último resquício de luz do sol sumiu por trás do vale ocidental ali embaixo. — Precisamos descobrir quais são os dons dela e como os Ascendidos provavelmente planejam usá-los antes de fazer essa troca. Isso tem que ter a ver com o motivo de ela ser tão importante para eles.

Kieran me lançou um olhar aguçado.

— Concordo que precisamos saber mais das habilidades dela, mas essa é a única coisa que *eu* preciso saber antes de fazermos a troca?

— É.

Mas não era a única coisa. Eu precisava saber exatamente qual era a opinião de Poppy sobre os Ascendidos. Ela não queria ser a Donzela, certo. Ela questionava tudo a respeito daquilo e não concordava com o Ritual, mas ela não tinha verbalizado de forma direta qualquer discordância real contra os Ascendidos, e principalmente não contra sua querida Rainha Ileana. Eu tinha que saber o posicionamento dela antes da troca.

Mas e aí? E se ela se desse conta do que os Ascendidos eram? O irmão dela era um deles. Eu conseguiria fazer a troca, libertar meu irmão e então capturar Poppy de novo? Eu tinha entrado na capital antes sem ser pego. Eu conseguiria fazer aquilo de novo. Era uma opção.

Uma opção arriscada pra caralho.

Entrar na Carsodônia era como cair de cara em um ninho de vespas. Voltei o olhar à Poppy, que refazia a trança no cabelo.

Poppy... Ela valia o risco. Valia tudo isso para conseguir dar a ela a chance de viver de verdade.

Mas eu não pediria a ninguém do meu povo para me ajudar com aquilo. Nem mesmo Kieran. Eu teria que fazer tudo sozinho.

— O que está se passando na sua cabeça? — questionou Kieran, atraindo minha atenção de novo. — Dá pra ver as engrenagens de alguma coisa bem ruim girando aí dentro.

Dei uma risada seca.

— Só pensando nas coisas. — Suspirei. — Vou conversar com ela quando chegarmos a Novo Paraíso e ver o que descobrimos. Agora, precisamos descansar.

Kieran assentiu.

— É, mas precisamos falar sobre ela rapidinho.

Senti os músculos da minha coluna se tensionarem.

— O que tem ela?

— Pensei que o nome dela era Penellaphe.

Franzi a testa.

— E é.

— Mas você a chamou de Poppy.

Aonde caralhos ele queria chegar?

— Com tudo o que acabou de acontecer, você quer falar comigo de um apelido?

Ele arqueou a sobrancelha.

— Só queria dizer que parece um apelido... fofo.

— E daí?

— Também parece um apelido que alguém próximo dela usaria.

— Sou obrigado a me repetir: e daí, caralho?

Kieran se aproximou de mim, mantendo a voz baixa, mesmo que os outros guardas estivessem longe demais para ouvir.

— Certo, vou ser mais direto. Ela ainda é uma *Donzela*, correto?

Tudo dentro de mim ficou imóvel enquanto eu olhava para Kieran.

— Eu sei que você disse que estava disposto a fazer qualquer coisa para conseguir a confiança dela — continuou Kieran. — É evidente que conseguiu a confiança.

Trinquei os dentes e desviei o olhar. Aquela não era a conversa que eu queria ter com ele. Não no momento. Não quando eu também pensava sobre a confiança que tinha ganhado, mas não merecia.

Kieran identificou aquilo e prosseguiu:

— Então, não há motivo algum para você fazer *qualquer coisa*, para fazer *aquilo* com ela. Principalmente se o que me contou sobre ela é verdade. Ela não merece o quanto isso acabaria com a mente dela.

Virei a cabeça na direção dele.

— Você acha que não sei disso? — Eu estava espumando de raiva. — Acha que não pensei nisso?

Kieran trincou a mandíbula, inflando as narinas.

— Eu quase não sei mais o que você está pensando nos últimos tempos.

Respirei fundo, sentindo aquelas palavras como um golpe no peito. Comecei a dizer que aquilo não era verdade. Que de todo mundo naquele maldito plano, ele me conhecia... meus pensamentos e tudo, mas *caralho*. Ele realmente não fazia ideia do que eu estava pensando quando se tratava de Poppy. Será que *eu* mesmo sabia? Passei os dedos pelo cabelo enquanto voltava a atenção a um ponto atrás de Kieran, à Poppy.

— Eu vou deixá-la do mesmo jeito que eu a encontrei — afirmei, focando o olhar no dele. — Eu não sou um merda tão grande assim.

A boca de Kieran formou uma linha tensa.

— Eu não disse que você era.

Bufei, soltando uma risadinha.

— É sério. — Ele apertou meu ombro. — O ponto dessa conversa desconfortável pra caralho é para você não acabar se sentindo desse jeito quando tudo isso acabar.

Quando tudo isso acabar...

Quando eu entregasse Poppy aos Ascendidos.

— Eu sei. — Pigarreei, sabendo que Kieran também estava cuidando de Poppy, de uma garota que não conhecia, mas que não queria que se machucasse. Era um dos motivos de eu amá-lo. Ele se importava com os outros, mesmo quando não tinha a obrigação de fazê-lo. Segurei sua nuca e dei um apertão enquanto dizia: — Descanse. Vamos precisar.

— Aham — concordou Kieran.

Começamos a andar de volta para a fogueira, nos separando, mas eu sabia que Kieran estava preocupado. E ele tinha razão de estar. Fui até Setti e peguei os cobertores para forrar o chão e nos cobrir. Phillips percebeu que eu me aproximava e se levantou. Assentindo para mim, ele se afastou.

A brisa agitou as chamas, levantando faíscas no ar. As feições de Poppy estavam mais suaves à luz do fogo, tornando sua aparência quase etérea.

E se ela fosse a Escolhida?

Sacudi os cobertores, colocando o dela no lado que ficaria mais aquecido.

— É melhor descansarmos.

— Tudo bem.

Poppy se levantou, limpando a poeira das mãos. Ela olhou para mim com aqueles olhos verdes tão brilhantes.

Ela foi para onde eu tinha esticado os cobertores e se sentou, conforme as estrelas surgiam no céu. Soltando as espadas, mantive-as a fácil alcance, então coloquei o cobertor sobre as pernas dela.

— Você não precisa do cobertor? — perguntou ela, contendo um bocejo.

— Vou ficar bem. — Eu não estava com tanto frio. — Você precisa ficar aquecida.

Aquilo a fez corar enquanto ela olhava ao redor do acampamento. Não havia ninguém perto o suficiente para nos ouvir.

Deitei-me no cobertor ao lado dela.

— Só temos algumas horas para descansar, e então vamos seguir no meio da noite.

— Tudo bem — repetiu ela, mordiscando o lábio inferior. Ela olhou para mim. — Aquilo que você viu antes. Com Airrick.

Balancei a cabeça.

— Falamos disso depois.

— Mas...

— Depois. — Segurei a mão dela, puxando-a para baixo. Eu não queria que ninguém tivesse a chance de ouvir aquela conversa. — Precisamos descansar. O trajeto até lá vai ser difícil.

Poppy bufou com tanta força que poderia ter apagado o fogo se estivesse na frente dele. Contive um sorriso enquanto a observava fechar os olhos. Mas os olhos não ficaram fechados.

— Hawke...

— Durma.

Ela estreitou aqueles olhos.

— Eu não estou cansada.

— Você acabou de bocejar alto feito um urso.

— Eu não...

Outro bocejo a interrompeu.

Ri.

Passou um segundo. Dois. Ela virou a cabeça na minha direção.

— Você precisa de ajuda para relaxar de novo? Estou muito feliz em poder te ajudar a pegar no sono.

— Não é necessário — bradou ela, quase se jogando para o outro lado, com as costas viradas para mim.

Só que o cheiro dela se intensificando de repente invalidou sua resposta negativa.

E o fato de que ela me espiou por cima do ombro.

Sorri, mas aquilo não durou. E se Poppy fosse Escolhida pelos Deuses? Se o impossível fosse de alguma forma possível?

Aquela tinha que ser a razão de ela ser tão importante para a Coroa de Sangue.

O que aquilo significava para eles? Como eles poderiam usar isso, além do que já faziam? Eu suspeitava que tivesse alguma ligação com as Ascensões planejadas, mas como? Eu não sabia, mas o que eu sabia ao certo era que o "como" era terrível.

# A CAMINHO

— Aqui.
Kieran enfiou a mão no alforje enquanto passávamos pelo vale do norte, pegando um pedaço de queijo enrolado em papel de cera.
Poppy olhou para o que ele oferecia.
— Tem certeza?
Kieran assentiu.
Ela hesitou.
— Mas você não vai ficar com fome depois?
— Vamos chegar a Novo Paraíso daqui a algumas horas — respondeu ele. — Quando chegarmos, eu como.
— Então quando chegarmos, eu como também.
Olhando para as costas de Phillips e Bryant, abri um sorriso.
— Mas você comeu todo o seu queijo — contrapôs Kieran.
— E o meu — adicionei.
Ela virou a cabeça para o lado.
— Você disse que não queria.
— E eu não queria mesmo. — Olhei para ela. — Você quer o queijo dele, sabe que quer.
Poppy ergueu o queixo em teimosia.
— Não vou comer a comida dele.
— Se ele quisesse comer, não estaria oferecendo.
— É verdade — opinou Kieran, com o braço ainda estendido, o queijo no ar entre o cavalo dele e Setti.
— Aceite, Princesa — encorajei. — Se não aceitar, ele vai ficar magoado.

Kieran me lançou um olhar divertido.

Ignorei.

— Ele é bem sensível, sabe? Vai levar para o lado pessoal.

— Não vou levar para o lado pessoal.

Abaixando a cabeça, sussurrei:

— Ele com certeza vai levar para o pessoal.

— Está bem — cedeu Poppy, abrindo um pequeno sorriso. Então pegou o queijo. — Obrigada.

— Está mais para agradecer aos Deuses — murmurou Kieran.

Poppy o observou enquanto colocava um pedacinho de queijo na boca.

— Então, você vai ficar na capital, Kieran?

Meu sorriso se ampliou, e levantei as sobrancelhas na direção dele. Quando Kieran se juntara a nós no trajeto, Poppy tinha ficado calada enquanto o espiava vez ou outra. Ela ficara nervosa de início, parecendo incerta sobre o que pensar dele, então começara a enchê-lo de perguntas, muito para o crescente desconforto do lupino. De onde ele era? Havia quanto tempo que ele era um guarda? Ele morara na Masadônia por muito tempo? O cavalo dele tinha nome? Aquela fora minha pergunta favorita, porque fora a primeira vez que Kieran parecera achar graça da ladainha questionadora de Poppy.

— O nome é Pulus — respondera ele, o que era engraçado por duas razões.

Aquele não era o nome do cavalo. Eu nem tinha certeza de se Kieran sabia como o cavalo se chamava.

E Pulus era o nome de um Deus menor, um que tinha estado a serviço da Deusa Penellaphe e, em nossas histórias, era conhecido por fazer muitas perguntas.

— Eu não planejo ficar na Carsodônia — retrucou Kieran, analisando as colinas à nossa direita.

— Ah. — Poppy mordiscou o queijo. Uns instantes se passaram. — Então vai viajar de volta à Masadônia?

— Vou viajar de novo — afirmou ele.

Ela olhou para cima quando uma nuvem densa passou por cima de nós, deixando que um pouco da luz do sol evanescente nos banhasse. Era mais tarde do que eu esperava.

— Deve ser cansativo percorrer trajetos tão longos e então ter que voltar e fazer tudo de novo.

— Eu não me incomodo. — Kieran se mexeu em cima da sela. — Prefiro estar ao ar livre.

Ela arqueou as sobrancelhas.

— Você prefere estar fora da Colina?

Kieran assentiu.

— Mas é tão perigoso. — Ela abaixou o queijo. — Você viu o que acontece com aqueles que vivem fora da Colina, ou mesmo aqueles que vivem nas cidades que possuem muros como a Masadônia ou a capital. Eles acabam virando o que encontramos na Floresta Sangrenta.

— O que está dentro daqueles muros pode ser tão perigoso quanto o que está do lado de fora — retrucou o lupino.

Poppy inclinou a cabeça. Ela começou a falar, mas então deu outra mordida no queijo enquanto eu acariciava seu quadril com o polegar.

— Você está certo, imagino.

Ela provavelmente estava pensando nos Descendidos e na noite do Ritual. O suposto Senhor das Trevas e os Atlantes que os Ascendidos juravam que viviam escondidos entre eles.

— Tenho uma pergunta para você — afirmou Kieran enquanto a brisa fria soprava contra as árvores próximas, agitando os ramos. O ar tinha cheiro de neve. — Se você tivesse escolha, o que você estaria fazendo agora?

— Em vez de te perturbar com perguntas? — retrucou ela.

— É — disse Kieran com a voz seca. — Em vez disso.

— Você não está perturbando ele — afirmei, lançando um olhar sombrio a Kieran enquanto dava um tapinha suave no quadril dela. — Ele gosta de responder perguntas porque significa que alguém está dando atenção a ele. Ele adora atenção.

Kieran bufou.

— Ele não parece do tipo que gosta de atenção — comentou ela, olhando para ele. — Mas respondendo à sua pergunta... O que eu escolheria fazer? Eu acho... acho que escolheria isso.

— Você escolheria viajar para a capital? — rebateu ele, e senti um nó no estômago.

— Não. Não estou me referindo a isso. — Poppy embrulhou o que sobrara do queijo em papel de cera enquanto uma onda um tanto incômoda de alívio me tomava. — Quer dizer, eu escolheria estar aqui do lado de fora. — Ela olhou para o céu cinzento. — Só do lado de fora.

Kieran olhou para ela, a testa franzida.

— Eu sei que isso não faz muito sentido. — Poppy riu, tímida. — É só que eu nunca estive aqui. Nunca estive em lugar nenhum, na verdade. Ao menos que eu consiga me lembrar. E eu não sei o que... — Ela parou de falar, remexendo-se um pouco. — Enfim, eu escolho isso, mas com mais queijo.

Eu acho que sabia o que ela estivera prestes a dizer. Que ela não sabia o que mais existia para sequer escolher algo diferente. E, caralho, aquilo era... muito triste.

Percebi que Kieran tinha pressentido o que ela queria dizer também. Identifiquei aquilo na tensão em seus ombros.

— Faz sentido, sim — falei a ela, bem ciente de que Kieran tinha passado a olhar para mim. Apertei Poppy com mais força, aproximando-a do meu peito. — Eu escolheria o mesmo.

# PRESENTE X

— Nem Kieran nem eu sabíamos como era possível que você tivesse os dons. Não fazia sentido para nós. Nada que eu tinha descoberto sobre Ian ou o que se dizia sobre quem você acreditava que seus pais eram indicavam algo do tipo — falei ao lado de Poppy, mantendo a voz baixa.

Kieran estava dormindo ao lado dela em forma de lupino, assim como Delano, que estava na base da cama. Eu não queria acordar nenhum deles.

— Eu ainda não tinha me dado conta de que você usara suas habilidades em mim. Eu tinha minhas suspeitas na época, mas não soube até conversarmos a respeito. — Eu me inclinei, ajeitando a alça de sua camisola. — E quando descobri? Fiquei chocado por você fazer aquilo por mim.

Engoli em seco. Ainda ficava chocado que ela tivesse se arriscado daquele jeito, assim como fora arriscado fazer o que ela fizera por Airrick na Floresta Sangrenta.

— Eu não sei se você captou o que eu estava sentindo na época. Eu estava... — Uma risada rouca e baixa me escapou. — Eu estava uma bagunça do caralho de culpa e preocupação, e aquele desespero que eu não entendia completamente até então. Eu só sabia que não poderia deixar você continuar sob o controle da Coroa de Sangue. Que você merecia a chance de viver de verdade.

Dando um beijo em sua têmpora, fiquei assim por um bom tempo, com o nariz encostado em sua bochecha, até que ouvi passos se aproximando no corredor do lado de fora.

— O que está fazendo aqui? — A voz de Emil soou fora do quarto.

Kieran despertou de imediato, erguendo a cabeça e se endireitando enquanto eu franzia a testa. Aos pés da cama as orelhas de Delano estavam erguidas em atenção. Ele pulou para o chão, as garras arranhando o piso com suavidade. Um grunhido baixo começou a emanar de seu peito. Eu me levantei, pegando a adaga na mesa de cabeceira.

Ouvimos um grunhido, seguido pelo barulho de um corpo atingindo a parede. Kieran se mexeu, fincando as grandes patas do outro lado das pernas de Poppy para que ficasse sobre ela, e eu fui para a frente, manejando a adaga. Segurando a lâmina entre os dedos, curvei o braço quando a porta foi escancarada, revelando um lampejo de uma figura de cabelo claro vestida de preto...

Millicent entrou, a borda de sua túnica apertada estalando contra a calça preta justa. Ela parou de pronto, estreitando os olhos azul-claros.

— Ah, por favor, não — pediu ela. — Eu realmente agradeceria se não precisasse agora entrar naquela de morrer e ressuscitar. — Ela voltou a atenção ao lupino grunhindo diante dela e então no que estava na cama. — Ou ter que regenerar membros do corpo. Isso é uma merda. Formar pele e ossos de novo não é nada divertido. E é doloroso, se querem saber.

— Eu não quero saber. — Não abaixei a arma enquanto focava o olhar no corredor. Eu só conseguia ver metade de Emil. Um desgraçado de cabelo castanho-claro o prendia na parede. Meu irmão. — Mas estou deduzindo que Naill tenha localizado vocês dois.

— Na verdade — retrucou a voz incorpórea de Naill do corredor —, encontrei e não encontrei. Achei um, mas não o outro...

— Sabe — falou meu irmão devagar —, nada disso importa agora.

Soltando Emil, Malik se virou de frente para o quarto.

Fiquei tenso. Malik não parecia estar descansado. Seu cabelo castanho-claro estava preso em um coque na nuca. Os olhos ostentavam olheiras que não rivalizavam com as de Poppy, e ele estava com um leve hematoma na mandíbula. Ele também usava preto, mas a camisa de linho estava amassada e com um rasgo no peito. Eu tinha certeza de que ele estivera usando aquela mesma calça da última vez que eu o vira.

— Ouvi dizer que você estava me procurando — comentou Malik, cruzando os braços enquanto Emil lhe mostrava o dedo do meio pelas costas. — E ainda assim, quando chego aqui, sou informado de que eu não poderia te ver... por Naill, Emil, Hisa e uma outra lupina aleatória...

— E ainda assim, aqui está você — interrompi. — Vocês dois.

— É, estamos. — Malik voltou o olhar para a adaga dourada que eu segurava. — Isso é necessário?

— O que você acha? — respondi ao mesmo tempo que Kieran soltava um grunhido baixo.

Abaixei a adaga, mas nem fodendo que eu a soltaria.

Malik começou a se aproximar.

— Você só pode estar de sacanagem, caralh...

— O que tem de errado com ela? — questionou Millicent em um tom exigente, curvando-se para ver atrás de Kieran.

Cada músculo no meu corpo ficou tenso.

— Não tem nada de errado com ela.

— Não me diga mentirinhas — cantarolou ela, endireitando a postura devagar. — Ninguém continua dormindo quando tem um lupino de duzentos quilos grunhindo em cima.

As orelhas de Kieran estavam erguidas.

— O que tem de errado com ela? — repetiu Millicent. — Ela está... bem?

— Isso não é da sua conta — respondi.

Ela virou a cabeça para mim depressa.

— Não é da minha conta? Ela é minha *irmã*.

— Vocês podem ter o mesmo sangue, mas você é uma desconhecida para ela... uma que achava melhor que ela estivesse morta — lembrei.

— Eu nunca disse isso.

— Você disse que não conseguiu matá-la — cuspi as palavras. — Isso passa a impressão de que a queria morta.

— Eu precisava que ela estivesse morta, todos nós precisávamos, e você sabe o porquê. Mas agora isso é irrelevante, não é? — Ela contorceu os dedos ao lado do corpo. — Mas eu nunca a *quis* morta.

A escolha de palavras dela fez meu corpo se tensionar.

— Tem diferença?

— Cas — disse Malik com um rosnado. — Ela não vai machucar...

— Não tem ninguém falando com você — interrompi com irritação. — Então que tal calar a porra da boca?

Malik estreitou os olhos, mas não teve como não perceber suas pupilas se contraindo, ou o olhar que lançou para mim. Eu já tinha visto aquilo milhares de vezes quando éramos jovens e eu o irritava.

— Além do fato de que eu não posso fazer porra nenhuma a uma Primordial — começou Millicent —, eu não quero machucá-la.

— Ela matou a sua mãe.

— Mãe? — Millicent gargalhou, o som estridente e talvez um pouco desvairado, o que fez Delano ficar tenso. — Aham. — Ela parou de rir e uniu as mãos. — Ela era a nossa mãe, mas se você acha que quero me vingar, deve achar que sou uma estúpida.

— Bem... — Alonguei a palavra, dando um sorrisinho quando Malik grunhiu. — Eu não diria "estúpida", mas um pouco desequilibrada? Isso sim.

— Se não fosse verdade, eu ficaria ofendida — retrucou ela, começando a contorcer os dedos uns nos outros. Ela balançou a cabeça, olhando para o teto. — Eu não sou uma desconhecida para ela. Passei anos com ela quando ela era criança. — Millicent voltou o olhar para onde Kieran, que parara de grunhir, estava. — Ela provavelmente não lembra. Provavelmente bloqueou a lembrança. De qualquer forma, ela não sabia, mas eu... eu cuidava dela. Ela estava sempre nas criptas no subsolo... — Ela parou de falar, e seus dedos perderam a cor por causa de tanto que os apertava.

— Seu pai foi liberto — comentei depois de um tempo.

Millicent fechou os olhos, a pele ao redor deles ficando tensa. Atrás dela, Malik tinha ficado calado, seu foco concentrado nela.

— Que bom.

Um instante se passou.

— Ele perguntou de você.

Ela abriu os olhos na mesma hora, seu peito subindo ao inalar e não descendo.

— Contamos que você estava bem — revelei.

Ela enfim soltou o ar de forma irregular. Naquele momento olhei para Millicent, olhei de verdade. Não havia cor escura em seu cabelo. Era um loiro tão claro que era quase branco e caía em cachos até o meio das costas. Não havia uma máscara preta nem vermelha pintada em seu rosto, nem nenhuma pintura em seus braços. Sardas salpicavam seu nariz arrebitado e cobriam as bochechas no rosto oval. Ela era mais magra, mas a boca, as sobrancelhas fortes e o queixo teimoso? Senti uma pontada de choque, assim como acontecera quando eu a vira sem a tinta e a pintura. Ela era tão parecida com Poppy.

Millicent tinha perguntado se Poppy escapulia para passear como ela. Aquilo e a aparência eram as únicas coisas que tinham em comum. Olhei para as mãos dela, como ela contorcia os dedos assim como Poppy fazia sempre que estava ansiosa ou desconfortável.

Olhei para Kieran, então voltei a focar em Millicent. Eu estava dividido. Tecnicamente, Poppy não havia completado a Ascensão, e eu apostava que aquilo a deixava vulnerável de certa forma. Eu não queria assumir nenhum risco, principalmente com Poppy, mas pensei no que eu havia dito a ela enquanto ela dormia. E toda a merda pela qual Millicent provavelmente passara com aquela mãe desgraçada. Vi Malik, ainda a observando. Eu sabia em primeira mão com o que ele tivera que lidar antes de começar a jogar o jogo de Isbeth, e eu sabia que ele tinha feito aquilo apenas por causa dela.

Millicent.

Irmã de Poppy.

E Poppy havia perdido tanto. Vikter. O irmão. As duas pessoas que haviam sido seus pais. O tempo que poderia ter passado com o pai biológico. Tempo com Tawny. Eu não sabia que tipo de relacionamento Poppy ia querer ter com Millicent. Não houvera tempo para pensarmos sobre aquilo, mas não cabia a mim impedir que acontecesse. Mesmo que me deixasse perturbado o fato de que meu sangue fora usado em uma tentativa de Ascender Millicent à sua divindade.

— Por que você fugiu? — perguntei. — Por que escapou do Templo?

— Talvez isso não seja da sua conta — rebateu Malik.

Considerando que era algo que eu diria se eu estivesse no lugar dele, ignorei a resposta.

— Eu pensei... — Millicent piscou rapidamente. — Quando vi a luz prateada, os planos se abriram, e... e aquele dragontino apareceu, de início eu pensei que fosse ela. — Ela abaixou o olhar. — A Primordial da Vida. E mesmo quando percebi que não era ela, eu soube... eu soube que ela tinha despertado.

Franzi a testa.

— Por que você fugiria por causa disso? Ela é a sua avó — contrapus, e, realmente, aquilo ainda soava esquisito.

Millicent voltou o olhar ao meu.

— Ninguém odeia Espectros mais do que a Primordial da Vida, e não é só porque somos abominações...

— Você não é uma abominação — interferiu Malik.

Ela sorriu, mas o sorriso não expressava nada. Não havia emoção nele.

— Sim, somos. Mas com a Primordial da Vida, é pessoal, e eu... eu fugi porque pensei... — Ela exalou com força e focou no que conseguia ver de Poppy. Levantou um dos ombros ao falar: — Eu pensei que ela fosse acabar comigo. Fiquei com medo.

— Poppy não faria isso — afirmei.

— E como Millicent podia saber disso? — contrapôs Malik à soleira da porta.

Comecei a responder, mas ele estava certo. Entretanto...

— Você não me parece do tipo que tem medo da morte.

Millicent voltou a olhar para mim. Não falou nada, e eu estava certo. Ela não tinha receio de morrer, fosse algo definitivo ou não. Não era a morte dela que ela temera.

Olhei para meu irmão e xinguei baixinho.

— Ela está dormindo... está em estase até completar a Seleção — falei com a voz baixa, e deixei por isso.

Nem ela nem Malik precisavam saber que existia uma chance, mesmo que pequena, de que Poppy acordasse sem saber quem era.

Millicent se sobressaltou.

— Isso é comum?

— Você não sabe?

Ela negou com a cabeça.

— Eu sei o que é a estase, que eles entram nesse estado para se assentarem. Quanto tempo falta para acabar?

— Não muito.

Esperava eu.

Kieran recuou devagar, deitando-se sobre a barriga ao lado de Poppy. Delano fez o mesmo, voltando à base da cama, mas continuando no chão.

E Millicent... ela olhava para a cama.

— Ela parece a mesma — murmurou ela depois de alguns instantes. — Quer dizer, está mais pálida do que o normal.

Não mencionei que estivera bem pior antes. Percebi que Millicent estava contorcendo os dedos de novo. Olhei para Malik; havia coisas que eu precisava perguntar... como caralhos se formavam Espectros, e toda a coisa com Callum, mas aquele não era o momento.

— Quer ir se sentar perto dela?

Millicent virou a cabeça para mim. Não disse nada, mas assentiu. Olhei de novo para Malik. Ele tinha saído novamente para o corredor, em silêncio, e eu precisava conversar com ele, mas...

Kieran se levantou da cama e depressa se transformou. Ele focou o olhar no meu.

— Vou ficar com eles.

— Você vai colocar uma roupa? — questionou Millicent.

— Eu preciso colocar?

— Bom, é seu pau aí de fora, não o meu.

Millicent deu de ombros e se aproximou, de olho em Delano, mas não em Kieran, enquanto se sentava bem na pontinha da cama.

Foquei o olhar no de Kieran, e ele assentiu. Joguei a adaga para ele. Ele sorriu para Millicent.

— Você tem medo de lupino?

— Isso é como perguntar se não se tem medo de dragontino — retrucou ela, olhando para Delano. Eu podia jurar que o maldito lupino sorriu. — Todos deveriam ter medo de uma coisa que tem garras e dentes afiados.

Então saí do quarto, deixando uma frestinha da porta aberta. Malik não reclamou. Ele sabia que Kieran não faria nada a menos que tivesse motivo para tal, e eu supunha que aquilo também significava que ele sabia que Millicent não daria motivo.

Olhei para onde Emil estava com Naill.

— Podem nos deixar a sós um momento?

Naill assentiu, mas Emil respondeu:

— Eu meio que quero presenciar essa reunião constrangedora...

— Emil — murmurou Naill, segurando as costas da túnica do outro homem. — Eu juro pelos Deuses.

Malik observou Naill arrastar o outro Atlante pelo corredor.

— Parece que Emil não mudou nada mesmo.

— O que aconteceu com você, porra? — questionei.

Ele me encarou.

— Eu não sei do que está falando.

— Seu rosto. — Cruzei os braços. — Parece que você esteve brigando.

— Eu estive. Nós estivemos, na verdade.

— Com?

— Outros Espectros. — Ele se recostou na parede. — Aqueles leais a Isbeth.

Aquilo me deixou surpreso.

— E como foi?

— Sangrento. Ainda há alguns por aí, em fuga, mas acabamos com a maioria daqueles que seriam um problema.

— E quando diz "acabamos", quer dizer que mataram? Porque isso é interessante. — Eu o observei. — Eu tinha a impressão de que só era possível matá-los com fogo de dragontino.

Ele deu um sorriso de canto.

— Tem outras coisas que matam Espectros.

— Sério?

Eu não sabia ao certo se acreditava nele. Não era a informação que eu tinha.

— A Primordial da Morte pode matá-los, e presumo que isso signifique que *os dois* podem matá-los — revelou ele, fazendo referência a Nyktos e Kolis. — Como Kolis os criou... E, antes que pergunte, eu não sei como ele fez. E ela pode. A Primordial da Vida.

— E Poppy.

Malik trincou a mandíbula.

— Mas nenhum de vocês é nenhuma dessas duas coisas, então como mataram os Espectros problemáticos?

Um músculo pulsou em sua têmpora.

— Eu entendo — falei quando ele não respondeu. — Você não quer que eu tenha conhecimento de como matá-los, o que é uma besteira, considerando que minha esposa é uma dessas maneiras, mas principalmente porque se eu quisesse descobrir como matar Millicent, eu não a teria deixado no quarto com Poppy.

— Você não a deixou realmente sozinha com Millie.

Eu me aproximei dele.

— E você teria deixado se estivesse no meu lugar?

— Não. — Malik soltou uma risada seca. — Fogo e sangue de dragontino podem matá-los. Para a nossa sorte, Millie sabia onde Isbeth mantinha os frascos com o sangue. Ou você faz com que eles engulam, ou mergulha uma lâmina ou uma flecha nele. Se conseguir que esta atinja o coração ou a cabeça deles, estão acabados. Eu tinha a impressão de que Reaver não sabia disso... Cadê ele?

— Levou Malec para Iliseu.

— Merda. — Ele arqueou as sobrancelhas. — Ele ainda estava vivo?

— Por um fio, pelo que percebi. — Olhei para o corredor. — Tem mais dos frascos?

O olhar dele se tornou afiado.

— Tem.

— E você ou Millicent sabem se a dragontina de quem Isbeth recolhia esse sangue está presa? — questionei, embora soubéssemos. — É a filha de Nektas... sabe, o dragontino enorme.

— Eu estava meio que morto temporariamente quando ele apareceu — respondeu ele, e senti meu estômago se revirar. Malik tinha morrido. Eu também tinha visto aquilo. — Então, eu não o vi naquela forma, mas para responder à pergunta, eu não sei. Millie? Talvez saiba. Tem várias coisas que não era para ela saber que acabou descobrindo, mas duvido muito que aquela dragontina esteja bem. Então, quando for até ela, leve outro dragontino com você. Eles conseguem ferrar à beça com um Primordial.

— Entendido.

— Eu estou surpreso que nosso pai ainda não tenha chegado — afirmou Malik.

— Nós o atrasamos um pouco.

— Por causa de Poppy? — retrucou ele, e não respondi. Malik riu. — Você também não confia nele.

— Só tem uma pessoa na qual confio irrevogavelmente. Eu não arrisco a sorte com mais ninguém.

Malik ficou me olhando.

— Você está sendo um pouco superprotetor demais com um ser que é literalmente imortal.

Só porque Poppy era uma Primordial, aquilo não significava que ela era indestrutível. Eu não sabia muito sobre Primordiais. Nenhum de nós sabia. Mas *sempre* havia pesos e contrapesos. Além do mais, eu não temia que meu pai tentasse machucar Poppy.

Era aquela mínima chance de Poppy não se lembrar de quem era quando despertasse.

— Por que eu tenho a sensação de que você não está me contando alguma coisa?

Não respondi.

— Certo. — Malik sorriu, mas o sorriso não chegou aos seus olhos. Percebi que aquele fora o caso desde que tínhamos nos reencontrado. — Então qual é seu plano, Cas? Você derrubou a Coroa de Sangue, mas não houve nenhum anúncio público. Só os Descendidos nas ruas, agindo como Sacerdotes e Sacerdotisas, pregando a bondade de Atlântia e os novos Rei e Rainha deles.

— Poppy e eu não somos o Rei e a Rainha deles.

Ele arqueou as sobrancelhas.

— Desculpe, vocês regem Atlântia, certo? E vocês acabaram de tomar a capital e destruir a monarca regente. Isso não faz de vocês líderes soberanos?

Eu entendia o que ele estava dizendo, mas aquela era outra coisa sobre a qual Poppy e eu não tínhamos tido tempo de conversar.

— Nenhuma decisão vai ser tomada até que ela desperte.

— Beleza, então, mas eles acham que vocês são os novos regentes, um Atlante e uma Deusa, aliás. Eles não fazem ideia de que ela é uma Primordial...

— Eu sei. — Massageei a têmpora. — Vamos cuidar do problema quando chegarmos a ele.

Malik me encarou, então riu. Daquela vez, o som se assemelhou à sua risada antiga, e aquilo foi como um golpe no peito.

Um forte.

Pigarreei.

— Que foi?

— É só que... — Parando de falar, ele balançou a cabeça. — Quando éramos crianças, você sempre chegava às aulas na hora. Eles precisavam ir atrás de mim. Você aprendeu sobre como lidar com disputas de terra e quais safras cresciam melhor onde, e eu esquecia de tudo no instante em que nossos tutores iam embora. Você sempre teve potencial para ser um Rei melhor do que eu. — Ele voltou o olhar ao meu. — E ainda assim, eu tenho a impressão de que você não quer ser Rei.

— Ser Rei significava aceitar que você tinha morrido — retruquei, e a boca de meu irmão ficou tensa. — Ou, ao menos, que não conseguiria governar. Então, talvez, quando eu era mais novo e tinha inveja do que você tinha, eu quisesse aquilo, mas agora não quero mais.

— Mas você fez isso mesmo assim — disse ele baixinho.

— Poppy assumiu o trono — lembrei-o. — Ela suplantou todos nós. Ela é Rainha. Eu sou Rei por causa dela. Se ela tivesse escolhido outro destino? Nossos pais ainda estariam sentados no trono. Ainda seria seu. — A raiva se alastrou pelo meu peito. — Porra, poderia ter sido seu anos antes de Poppy chegar a Atlântia se tivesse ido para casa.

— Eu não podia ir. — Malik se desencostou da parede, com a raiva brilhando nos olhos. — Eu não teria deixado Millie sozinha, e não é como se você não fosse ter feito a mesma coisa. Você acabou de admitir que abdicaria do trono por ela. E eu tenho certeza de que por ela você já fez muitas outras coisas que vão contra o que é certo ou errado. Então que tal se você desse um tempo em toda essa hipocrisia? Você não é melhor que eu...

— Eu nunca falei que era — rebati, irritado e me aproximando dele. — Passei o último século arrasado, pensando no que estavam fazendo com você, nos horrores pelos quais estava passando. Enquanto isso eu sabia que eu... que haviam sido minhas ações que fizeram com que você estivesse lá..

Malik ficou tenso.

— Cas...

— Se eu não tivesse estado tão ridiculamente obcecado com a ideia de provar meu valor, eu não teria sido capturado. Você nunca teria ido atrás de mim. Não há argumentos contra isso. Não foi Shea que te colocou lá. Fui eu, então fiquei vivendo com culpa até aprender a conviver com ela. — Minhas narinas se dilataram e apertei os lábios. — E olha, eu não te culpo por fazer o que precisava ser feito para sobreviver, entrando no jogo fodido qualquer que tivesse que entrar. Eu não te culpo por ficar por causa de Millicent. E aquela merda que aconteceu quando a Poppy era criança? Eu nem vou pensar nisso porque me faz ter vontade de te esganar, caralho. Mas sabe o que eu não entendo? Seu silêncio. Você poderia ter entrado em contato. Você poderia ter me avisado que estava sobrevivendo.

Malik manteve o olhar no meu, a mandíbula tensa.

— Não é possível que você não soubesse de tudo que eu estava fazendo nos últimos anos para tentar te libertar — continuei, cerrando minhas mãos em punhos. — Todas as pessoas que matei? Aqueles que machuquei? Aqueles que morreram para te libertar? Mas não. Você me deixou todos esses malditos anos morrendo de medo, acreditando que eu chegaria tarde demais. Que você estaria morto ou que não poderia mais ser ajudado, consumido pela culpa... — Parei de falar, dando um passo para trás, e levei um momento para me certificar de que conseguiria falar de novo. — Por que você não entrou em contato?

— Não é... — Malik engoliu em seco, balançando a cabeça. — Eu pensei em fazer isso, Cas. Centenas de vezes. Milhares.

— Então por quê? — perguntei com a voz rouca. — Você poderia ter me dito que tinha passado para o lado deles. Você poderia ter dito *qualquer coisa*.

— Isso não é verdade, e você sabe.

— Sei porra nenhuma.

Comecei a me virar antes que eu fizesse algo que eu adoraria no momento, mas do qual me arrependeria mais tarde.

Malik se mexeu depressa, bloqueando a porta.

— Você quer ter essa conversa agora? Então vamos ter. Se eu tivesse entrado em contato e contado que tinha me unido à Coroa de Sangue, você teria acreditado em mim? Ou teria pensado que era alguma espécie de farsa?

Voltei a cabeça na direção dele.

— Teria te impedido de fazer algo? — exigiu ele, as bochechas corando de raiva. — E se eu tivesse contado dela? Você teria acreditado que eu tinha encontrado meu coração gêmeo? Naquela época? Porque eu sei que não. Você não acreditava nessas coisas. Nem eu. Então, você ainda teria feito o que vinha fazendo.

— Talvez você tenha razão — rebati, e porra, talvez tivesse mesmo. — Mas tinha que existir outras opções, Malik. Você podia ter dito qualquer coisa, a começar pela verdade...

— Eu não queria que você fosse atrás de mim! — berrou Malik, me empurrando. — Eu não queria você nem perto da capital...

— Mas eu já estava! — gritei, empurrando-o de volta. — Não me dizer nada não impediu isso.

— Eu sei disso. Deuses, como eu sei. Mas eu estava fodido, Cas. Não importava o que eu fizesse — disse ele, com o peito subindo e descendo depressa. — Porque eu sabia que se contasse a verdade sobre o que Isbeth estava tentando fazer, você teria abandonado os planos para me libertar. Você não teria ido atrás de Poppy. Em vez disso, teria ido direto para a capital. — Ele bateu com os dedos na porta. — E se eu dissesse que tinha me unido à Coroa de Sangue, você ainda teria ido direto para a capital sob o pretexto de fazer a mesma coisa. E se tivesse feito isso? O que você acha que Isbeth teria feito?

— Você a conhecia melhor que eu — devolvi. — Me diz você.

O sorriso de Malik foi uma curva cruel.

— Você estaria morto.

Dei uma risada dura e breve.

— Duvido muito.

— Ah, duvida mesmo? — A risada dele ecoou a minha. — Eu acho que você está esquecendo do plano original, aquele em que você não tinha utilidade nenhuma para Isbeth. Era para ter sido eu a Ascender Poppy quando chegasse a hora.

Inclinei a cabeça para o lado, repuxando os lábios enquanto eu segurava Malik pelo colarinho da camisa e o arremessava na parede.

— Você pode grunhir o quanto quiser, Cas, mas a verdade é que você era inútil para Isbeth antes de decidir capturar a Donzela. Ela não tinha planejado isso. Ela só havia adaptado os planos, mas se você tivesse ido atrás de mim antes disso? Ela teria me feito te matar. — Malik moveu os braços, empurrando os meus para longe. Então chegou bem perto do meu rosto. — Isbeth sabia sobre Millie, sobre o que ela é para mim. E acredite quando eu digo que ela aproveitou todas as oportunidades para tirar vantagem disso. Ela teria me feito escolher, Cas. Você ou Millie.

Fiquei imóvel.

— E eu não podia depositar qualquer confiança em algum vínculo maternal que ela pudesse ter tido com Millie. — Seu olhar focou no meu. — Porque eles podem usar coisas piores que a morte, como você sabe bem. Então eu acho que você sabe o que eu teria escolhido.

Eu sabia.

Virei de costas para ele, passando a mão pelo cabelo. Porque eu sabia exatamente o que eu teria feito se a situação fosse contrária. *Caralho*.

— Eu odiava aquilo — acrescentou Malik baixinho. — Saber que você estava lá, arriscando a vida para me libertar. O que eu mais queria era que você voltasse para casa e esquecesse de mim…

— Eu nunca teria conseguido fazer isso.

Eu me virei para ele de novo.

— Eu sei, mas era o que eu queria. — Os ombros dele ficaram tensos. — Eu queria que você voltasse para casa e *vivesse* sem culpa, porque você não teria sentido a necessidade de provar seu valor se eu tivesse sido um irmão melhor… um herdeiro melhor.

— Malik…

— Vamos ser honestos, a única razão pela qual você prestava atenção às aulas era a mesma pela qual sentia ter que lidar com a Coroa de Sangue.

Porque você sabia que assim que eu assumisse o trono, começaria uma guerra e eu acabaria morrendo.

— Não, você não teria feito isso. Você não queria guerra.

— Eu não queria, mas poderiam ter feito a minha cabeça. Você sabe que Alastir teria me convencido — contrapôs ele enquanto eu fazia que não. — Ele queria aquilo muito antes de a porra toda dar errado entre nós e Shea. E eu teria ouvido. Caralho, eu teria deixado que ele governasse o maldito reino contanto que eu pudesse fazer o que queria, que era qualquer coisa que requeresse o menor esforço.

— Você não se dá o devido valor — murmurei. — Nunca se deu.

— Nisso vamos ter que discordar. — Passaram-se uns instantes de silêncio enquanto nos olhávamos. Ele exalou devagar. — Eu sinto muito, Cas.

— Não sinta.

— Eu sinto. Sinto muito pelo que você teve que acreditar. Por tudo o que teve que fazer. Pela dor. Por todas as mortes. — Ele abaixou a voz. — Por Shea.

Fechei os olhos.

— Eu queria que o passado fosse diferente para nós — continuou Malik. — Mas não é, e eu não acho que nenhum de nós dois mudaria muita coisa, mudaríamos?

Não se aquilo significasse destruir quem éramos agora, não importasse o quão bizarro fosse. Esfreguei o peito e olhei para meu irmão, pensando em como eu sabia que não teria feito nada de diferente no lugar de Malik.

Abaixei a mão, suspirando. Sabendo que aquilo e aquela conversa não mudavam todos os sentimentos caóticos que tínhamos a respeito de tudo. Nossas mentiras. Nossa culpa. Nossas cagadas. O sangue em nossas mãos.

Mas éramos irmãos, e eu amava aquele puto.

Soltei o ar devagar, voltando o olhar à porta. Quando falei, mantive a voz baixa:

— Imagino que Millicent ainda não faça ideia de que vocês são corações gêmeos?

Malik voltou a atenção à porta também. Então negou com a cabeça.

— E você vai contar a ela?

— Eu ainda nem fiz nada a respeito.

Arqueei as sobrancelhas. Eu imaginava que ele estava se referindo a contato físico, e não do tipo que envolvia sangue.

— Então, suponho que isso seja um não?

Malik assentiu.

— Por quê?

Ele deu um sorriso irônico.

— Porque ela me odeia.

— Eu não acho que isso seja verdade — retorqui, cruzando os braços.

— Quando você ficou ferido lá fora, ela...

— É verdade, sim — interrompeu ele. — Ela me odeia e tem todo o direito de odiar.

De início, eu não soube o que dizer. Eu não sabia das razões dela nem o que ele acreditava que elas fossem.

— Poppy chegou a me odiar.

— É, mas você não fez as coisas que eu fiz — disse ele, pigarreando. — De qualquer forma, tem algo que você precisa saber. É sobre os Espectros e Kolis.

Não me passou despercebido que ele mudou de assunto, mas deixei de lado, por ora.

— O quê?

— Callum se certificou de que todos eles soubessem quem era o criador deles, então aqueles que eram leais à Isbeth? Aquilo só estava na superfície. Eles eram leais a Kolis. E aqueles que não conseguimos encontrar? — Malik focou o olhar no meu. — Eles vão ser um problema. Vão tentar de tudo para dar todo o poder a ele e vão deter qualquer um que tentar impedir isso.

Millicent não se demorou quando voltei a entrar no quarto. Sem dizer nada, ela se levantou e saiu. De acordo com Kieran, ela não dissera nada em todo o tempo que ficara sentada ali.

Só tinha ficado segurando a mão de Poppy.

— Tudo bem com você? — questionou Kieran, pegando uma calça limpa.

O fato de que ele tinha permanecido nu ao lado de Poppy, sem deixar Millie sozinha, me fez abrir um sorriso que era metade divertido e metade, bem, orgulhoso.

— Você ouviu a conversa entre Malik e eu?

Voltei para meu posto ao lado de Poppy.

— Todo mundo neste andar provavelmente ouviu vocês dois — afirmou ele, seco. — Ao menos partes da conversa.

Fiz um som de deboche, pegando a caneca da mesa de cabeceira.

— Está tudo... tão bem quanto poderia estar.

Kieran subiu a calça, fechando os botões.

— Você acha que as coisas podem melhorar?

— É possível. — Dei um gole na água, então ofereci a Delano. Ele negou com a cabeça. — Você ouviu o que ele disse sobre os Espectros?

Coloquei a caneca de volta na mesinha.

— Um pouco.

Descalço, ele voltou para a cama e se sentou do outro lado de Poppy. Contei tudo a ele, e nada do que compartilhei era boa notícia.

Mas como eu dissera à Poppy uma vez, eu não tentaria resolver hoje os problemas do amanhã.

Pegando a mão de Poppy que Millie havia segurado, levei-a aos lábios. Afastei da mente a coisa toda com Kolis e meu irmão enquanto buscava lembrar do ponto da história em que tinha parado. Estivéramos a caminho.

De Novo Paraíso.

Onde tudo mudara de verdade.

# NOVO PARAÍSO

Chegamos a Novo Paraíso ao anoitecer, e eu sabia que Poppy devia estar cansada. Tínhamos nos deslocado por quase 24 horas, fazendo pequenas paradas, e definitivamente não havia mais nenhum queijo sobrando. Mas assim que entramos na cidade, Poppy endireitou a postura e olhou ao redor, absorvendo tudo com uma expressão bem próxima do deslumbramento. Ela provavelmente não tinha esperado muita coisa de uma modesta cidade comercial, principalmente considerando que a elite mortal não migrava para a cidade distante. Aquilo era benéfico para nós. Os Ascendidos não tinham nenhum motivo para ficar em cima de Lorde Halverston, que outrora administrara a cidade, então Novo Paraíso era comandada inteiramente por Descendidos e descendentes mortais de Atlântia, sem que a Coroa de Sangue soubesse. Era por essa razão que a Colina estava em boas condições, e as fileiras de casas pelas quais passávamos estavam bem conservadas e eram bem mais espaçosas do que as que se viam na Colina na Masadônia.

Como havíamos chegado perto do horário do jantar, eu esperava passar despercebido.

Não passamos.

Portas e janelas se abriram, e houve sorrisos e acenos de mão. Uma pequena horda de crianças seguiu nosso trajeto, sorrindo para nós. Poppy fez um aceno rápido e nervoso, o que me fez sorrir.

Ela se recostou em mim e sussurrou:

— Isso é meio estranho.

— Acho que eles não recebem muitos visitantes — respondi, apertando sua cintura.

— É um dia emocionante para eles — comentou Kieran em um tom divertido, sabendo muito bem que eles reconheciam a mim.

A nós.

— É mesmo? — retruquei, olhando para Kieran.

— Eles estão se comportando como se a Realeza estivesse entre eles — opinou Poppy.

— Então eles não devem mesmo receber muitos visitantes — falei.

Kieran me lançou um olhar de lado demorado.

— Você já esteve aqui antes? — perguntou Poppy.

— Apenas brevemente — revelei, sorrindo para uma menininha com tranças escuras e uma pele negra que acenava de uma das janelas do segundo andar de uma casa de porta dourada.

Poppy se voltou a Kieran.

— E você?

— Já passei por aqui uma ou duas vezes.

Estava mais para uma ou duas dezenas de vezes. Por sorte surgiu à frente a pedra cinza-esverdeada do Forte Paraíso de dois andares, emoldurado pela mata densa que separava a cidade de Ponte Branca. A estrutura era antiga, construída antes da Guerra dos Dois Reis, e aparentava ter a idade que tinha.

A neve começou a cair enquanto passávamos pelo pátio do forte, e vi vários guardas de preto. Para Poppy, provavelmente pareciam Guardas comuns da Colina. Não eram.

Relaxei ao ver alguns rostos familiares enquanto conduzia Setti em direção aos estábulos. Uma vez dentro do celeiro à luz de lamparinas, desci, dando tapinhas no cavalo antes de erguer os braços para ajudar Poppy.

Ela olhou para as minhas mãos, arqueou a sobrancelha e então deslizou pelo outro lado da sela.

Suspirei, e Poppy abriu um grande sorriso enquanto acariciava o pescoço de Setti, que se ocupava cheirando o feno.

Pegando o alforje, joguei-o no ombro e fui para perto dela.

— Fique perto de mim.

— É lógico.

Estreitei os olhos para ela. Aquela concordância tinha sido rápida demais. Ela juntou as mãos, fixando no rosto uma expressão que ela provavelmente considerava inocente, mas que só a fez parecer travessa.

Kieran e os outros se juntaram a nós quando saímos da baia de Setti, onde ele tinha encontrado feno fresco nos suportes. Fora dos estábulos, a neve caía mais forte. Tínhamos chegado bem a tempo. Poppy apertou a capa em volta do corpo enquanto atravessávamos o pátio. Encontrando o olhar de vários dos meus homens, assenti. Seus rostos demonstravam uma mistura de alívio e expectativa.

Eu sentia o mesmo.

Ao mesmo tempo que não.

As portas do forte foram abertas, e cacete, era bom ver o lupino alto e loiro na entrada. Fazia tempo demais desde que eu vira Delano Amicu pela última vez.

— É bom ver você. — Delano apertou a mão de Kieran enquanto olhava para mim, e então para Poppy. O olhar dele se demorou nela por alguns instantes, então retornou para Kieran. — É bom ver todos vocês.

— É bom ver você também, Delano — respondeu Kieran enquanto eu colocava a mão na lombar de Poppy. — Faz muito tempo.

— Não o suficiente.

Abri um sorriso ao ouvir a voz profunda emanando de dentro do forte. Um segundo depois, o imenso Elijah Payne, de barba e cabelo escuro, saiu, com a mão na espada presa à lateral do corpo. Não que aquela montanha em forma de homem precisasse da arma. Eu já tinha visto o homem metade Atlante erguer um Voraz e *arremessá-lo* como se não passasse de um saco de batatas.

Kieran sorriu, e vi Poppy se surpreender.

— Elijah — murmurou o lupino —, você sentiu a minha falta mais do que qualquer um.

Elijah provou exatamente a extensão de sua força ao apertar Kieran em um abraço. Ele ergueu o lupino pesado do chão enquanto focava o olhar marrom-dourado em Poppy e eu.

Elijah soltou Kieran e deu um meio sorriso. Então foi à frente, fazendo Kieran se apressar para sair do caminho.

— O que temos aqui? — perguntou Elijah.

— Precisamos de abrigo durante a noite — expliquei.

Elijah jogou a cabeça para trás e riu. E contive um suspiro quando ele respondeu:

— Temos bastante abrigo.

— É bom saber.

Lancei um olhar de aviso a Elijah enquanto guiava Poppy para o vestíbulo do forte.

O espaço estava lotado. Mantive a mão na lombar de Poppy, sabendo que os olhares desconfiados vindos de alguns deles se davam ao simples fato de eles não reconhecerem Poppy nem os guardas que haviam feito a viagem conosco, mas aquilo me deixou tenso. Eu precisava me certificar de que nenhum deles fosse ser um problema, principalmente se alguém acabasse descobrindo quem Poppy era. Ela ficou olhando ao redor, e eu podia apostar que estava procurando pelo Lorde ou Lady responsável pela cidade.

Ela não encontraria nem um nem outro.

— Nós temos muito o que... conversar. — Elijah deu um tapa no ombro de Kieran, o que fez o lupino cambalear de novo. O sorriso de Elijah se ampliou. O babaca adorava sacanear o lupino, feito uma criança que insistia em cutucar um urso adormecido.

Um lampejo de túnica verde-musgo e de um xale bege chamou a minha atenção. Virei-me e vi a verdadeira Lady do forte se aproximando, com o cabelo preto puxado para trás, e usando uma túnica que ia até os joelhos e uma calça que pareceram atrair o olhar de Poppy. Não foi aquilo que chamou a minha atenção. Foi a barriga protuberante da sobrinha de Elijah.

A pequena Magda estava grávida? De novo?

Bem, ela já não era pequena, mas era difícil não pensar nela como a garota de tranças e membros compridos que distribuía socos com tanta destreza quanto o tio.

Um tio que no momento observava Poppy, parecendo estar prestes a dizer coisas que não eram necessárias serem ditas.

— Eu preciso falar com algumas pessoas, mas Magda a levará até o seu quarto. — Olhei para Magda, em quem eu confiava que teria mais prudência do que o tio. — Certifique-se de que ela tenha um local para tomar banho e comida quente.

— Sim... — Ela começou a se curvar em uma reverência, mas se conteve. Suas bochechas coraram, e ela me lançou um olhar de desculpas antes de se virar para Poppy. — Desculpe-me. Às vezes, eu perco o equilíbrio. — Ela deu um tapinha na barriga. — Culpa do bebê número dois.

— Parabéns — respondeu Poppy, com as bochechas também coradas. Ela se virou para mim. — Hawke...

— Mais tarde — interrompi, detestando cortá-la daquele jeito, ainda mais com desconhecidos ao redor e considerando como ela estava em uma situação que não lhe era habitual.

Mas eu precisava fazer aquilo porque Phillips estava dentro do forte no momento, e as coisas... algumas coisas começariam a acontecer depressa.

Decidido, eu me aproximei de Elijah.

— Cadê os outros?

— Estão se certificando de que a área externa está segura — respondeu Phillips, atento a Magda e Poppy.

Elijah riu.

— A área externa não tem como ficar mais segura.

Phillips voltou os olhos escuros ao homem, olhando-o de cima a baixo.

— Vamos confirmar isso por nós mesmos, senhor.

O sorriso de Elijah se ampliou, e foquei o olhar no de Kieran brevemente.

— Como quiserem.

Kieran deu um passo à frente, apertando os ombros de Phillips.

— Vamos ver o que arranjamos na cozinha enquanto nos familiarizamos com a disposição do local.

Phillips hesitou, ainda observando a porta lateral por onde Poppy havia passado.

— É uma boa ideia deixá-la sozinha com aquela mulher?

— Aquela mulher? — repetiu Elijah, o sorriso desaparecendo.

Eu me coloquei entre os dois.

— Fui informado de que as pessoas aqui são boas e confiáveis. Não vamos sair ofendendo ninguém — sugeri, bastante ciente da carranca de Elijah atrás de mim. — Além disso, Poppy não é indefesa.

— Sim, mas...

— Ela está bem — interrompi. — Vá com Kieran enquanto eu me certifico de que teremos tudo de que precisamos.

Ele apertou os lábios, contrariado, mas foi com Kieran daquela vez.

— Nós vamos matá-lo? — questionou Elijah. — Caralho, diz que sim.

Suspirei, virando de frente para ele.

— Precisamos conversar.

— Precisamos mesmo. — Elijah olhou para as pessoas por perto. — Vocês todos podem ir andando. Há coisas a serem feitas. Façam-nas. — Ele ergueu a mão. — E façam *em silêncio*. Temos visitas. — Fez uma pausa. — Visitas especiais.

Delano fechou os olhos por um momento, balançando a cabeça enquanto o pessoal soltava algumas reclamações. Uma risadinha ou outra. Ainda assim, o grupo se dispersou, a maior parte sumindo em salas variadas ou seguindo para o salão de banquetes. Todos com exceção de um. Um Atlante alto de pele negra.

— Naill — cumprimentei, aproximando-me dele. Apertei seu braço. — Faz um tempo, não faz?

— Tempo demais. — Ele me apertou com a mesma força enquanto sorria, a pele ficando enrugada ao redor dos olhos dourados. — Que bom que conseguiu chegar.

— Digo o mesmo.

— Estou quase que triste por eu não ter recebido o mesmo cumprimento — gracejou Delano.

Rindo baixinho, virei para o lupino de cabelo claro.

— Poderia ser um tanto suspeito se eu conhecesse cada um de vocês.

— Eu sei. — Delano se aproximou. — Eu só queria reclamar.

Apertei seu braço.

— É bom ver você.

Olhos azuis feito o inverno focaram nos meus.

— Eu temia que não fôssemos nos encontrar... — Ele forçou um sorriso. — Você está bem?

Puxando o lupino mais jovem para um abraço, segurei sua nuca.

— Estou bem.

— Ah, nossa — murmurou Elijah. — Depois disso ele vai ficar ainda mais manteiga derretida.

— Manteiga derretida? — repeti, chegando para trás.

Delano revirou os olhos.

— É, ele diz que eu sou tipo uma manteiga derretida, todo mole e sentimental.

— E estou mentindo?

Elijah jogou as mãos para o alto.

— Você vai perceber que eu não sou mole na hora que eu te jogar naquela parede de pedra — alertou Delano, apontando para a dita parede.

— Você não teria coragem. — Elijah riu, gesticulando para que o seguíssemos na direção de uma das portas de madeira fechadas. — Sabe por quê? Depois você ia ficar todo tristinho por ter me machucado.

— Eu não apostaria nisso, não — retrucou Delano, mas abriu um sorriso ao falar.

Sorrindo também, balancei a cabeça enquanto os seguia para dentro de um escritório. Eu tinha sentido falta deles, tinha sentido falta de todos, cacete. Fazia um ano desde que eu vira alguns deles. Anos que eu vira uns outros. E era bom demais ouvi-los implicar uns com os outros. Ali só faltava meu irmão. Senti meu peito se apertar, e me forcei a inalar e segurar o ar até sentir o nó afrouxar. Só então exalei. Malik logo estaria conosco.

Contendo o sentimento, olhei ao redor enquanto Naill fechava a porta. Arandelas a gás projetavam um brilho amarelo leve pelo escritório. Uma mesa de carvalho de aparência antiga estava em um canto. Nas paredes só havia um aparador cheio de bebidas alcóolicas e uma pintura desbotada de Forte Paraíso sobre a lareira. Várias cadeiras estavam dispostas perto do fogo.

— Quer alguma coisa para beber? — Elijah foi para atrás da mesa, sentando-se ali enquanto Delano se dirigia ao aparador. — Temos uísque e, bem, mais uísque.

— Para mim não precisa. — Soltando a capa, joguei nas costas da cadeira. — Mas fiquem à vontade.

Naill negou com a cabeça quando Delano olhou para ele, e então Elijah questionou:

— Então é ela? A Donzela?

— É. — Ajustei o boldrié enquanto Delano servia uma dose para si e outra para Elijah. — Eu quero te agradecer mais uma vez, Elijah, por se arriscar nos abrigando aqui.

— Eu faria qualquer coisa por você e pelo nosso Príncipe — respondeu ele em um tom sério. — Qualquer coisa para deter aqueles Ascendidos desgraçados. Nenhum risco é grande demais. — Ele aceitou o copo oferecido por Delano, acenando com a cabeça em agradecimento. — E não há ninguém aqui, neste forte nem nesta cidade, que não esteja disposto a assumir o risco.

— Eu sei, mas estar disposto a assumir riscos não é o mesmo que de fato assumi-los — rebati. — A Coroa de Sangue provavelmente vai mandar uma divisão de seus exércitos. Seus Cavaleiros Reais.

— E vamos estar prontos para eles se vierem. — Elijah se inclinou à frente. — No fim das contas, todos nós sabemos o que está em risco aqui. Não apenas o que construímos em Novo Paraíso, mas nossas vidas. Nossos futuros. Os futuros dos nossos filhos. E se tivermos que sangrar em nome disso, assim faremos. Olha, todos nós sabemos que o que temos aqui pode desabar em cima das nossas cabeças a qualquer momento — afirmou ele, o que era verdade. — E se libertar o seu irmão e evitar que essa terra toda acabe tomada pela guerra for o que causa isso? É um jeito e tanto de morrer, a meu ver.

Meu respeito pelo homem, por todos ali, não tinha limites.

— Tudo isso aqui, já não era sem tempo de acontecer. — Seu tom de voz expressava a sua incredulidade. — Quase não dá para acreditar que estamos aqui. Que você está com ela e que a liberdade de Malik está a nosso alcance.

Eu mesmo tinha tido dificuldade de acreditar naquilo, e eu podia sentir a expectativa e a determinação para fazer tudo acontecer, mas também sentia uma pontada de incômodo. De culpa. E uma sensação crescente de perda da qual eu não conseguia me livrar.

— Eu não quero ser babaca — começou Delano, chamando minha atenção —, mas o que aconteceu com ela?

Uma coisa com a qual eu poderia contar era que Delano nunca era babaca.

— Ela foi atacada por Vorazes quando era criança.

— Puta merda — murmurou Elijah baixinho. — Ela sobreviveu a um ataque de Voraz quando criança? Maldito seja. — Ele riu, dando um gole na bebida. — Talvez ela seja Escolhida mesmo.

Pensei no que ela tinha feito por Airrick.

— Deuses — murmurou Delano, recostando-se na mesa. — Ela tem sorte.

— Ou azar — comentou Naill, sentando-se próximo ao fogo. — Considerando tudo. — Então olhou para mim. — Vocês tiveram algum problema no caminho para cá?

Contei a eles o que acontecera na Floresta Sangrenta, deixando de fora a parte sobre Poppy.

— Fora isso, correu tudo bem.

Elijah me observou por cima da borda do copo. A maior parte do uísque já tinha sumido. O homem deixava qualquer um ali para trás quando o assunto era bebida.

— Então, você já perdeu alguns guardas pelo caminho. E o resto?

— Vou lidar com eles — respondi.

Delano abaixou o copo.

— Não dá para persuadir nenhum deles a passar para o nosso lado?

Abri um pequeno sorriso para o seu otimismo.

— Acho bem difícil.

— Viu? Manteiga derretida. — Elijah se recostou na cadeira, escorando os pés na mesa. — A primeira coisa que ele pergunta: o que causou as cicatrizes na Donzela? A segunda coisa… — Ele terminou o uísque, e Naill escondeu o sorriso atrás da mão. — Se dá para salvar algum dos guardas? Daqui a pouco ele vai perguntar… — O homem xingou quando Delano se virou e golpeou as pernas dele, fazendo-as deslizar da mesa e quase levando Elijah a cair da cadeira. Ele usou a mão para se endireitar.

— Peço desculpas.

— Aham. — Delano voltou a se virar. — Quer outra dose?

— E garganta seca lá recusa alento? — rebateu Elijah, rindo quando Delano pegou o copo dele. — Suponho que vamos ter que lidar com os outros depressa.

— Quanto antes, melhor — respondi.

— Eu sei que você disse que lidaria com eles, mas nós damos conta. — Naill inclinou a cabeça para trás e olhou para mim. — Até mesmo nosso amigo manteiga derretida.

Delano suspirou, entregando o copo de volta a Elijah.

— Eu não quero esse sangue nas mãos de vocês — afirmei.

Eu tinha levado os guardas até ali. Eles eram minha responsabilidade.

— Você não pode ser o único a sujar as mãos — argumentou Delano. — Vamos cuidar disso, e não aceitamos "não" como resposta. — Fez uma pausa, abrindo um sorriso acanhado. — Meu Príncipe.

Dei uma bufada.

— É sério. Nós damos conta. — Naill focou o olhar no meu. — Vamos cuidar disso.

Trinquei a mandíbula ao olhar para seus rostos resignados, bem, os rostos de Delano e Naill. Elijah apenas parecia afoito, o que me fez querer rir.

— Eles não são sua responsabilidade — continuou Naill, sabendo minha opinião a respeito daquilo. Não era nenhuma surpresa. Além de Kieran e sua família, Naill era quem me conhecia havia mais tempo. — Você já fez o bastante.

Mas eu nem tinha começado. Ainda assim, assenti. Não lhes agradeci. Não se expressava gratidão por uma coisa daquelas.

— Falando em mãos sujas de sangue — comentou Elijah, com os pés escorados na mesa de novo —, reparei que Jericho chegou com uma a menos.

Olhei para o homem metade Atlante.

— Ele fez por merecer.

— E duvido que alguém nesta sala esteja surpreso com isso — comentou Delano.

— Ele não contou o motivo por trás disso. Ivan e Rolf tampouco — prosseguiu Elijah, fazendo referência aos dois que estiveram com Jericho na Masadônia. — Você vai nos contar o que aconteceu? Estamos aqui nos corroendo para saber.

— Ele recebeu instruções de não machucar a Donzela. E ele machucou mesmo assim. Então, cortei a mão dele fora — expliquei. — E o mesmo vale para vocês e todos que moram em Novo Paraíso. Ela não deve ser ferida.

— Entendido — concordou Delano quando encontrei seu olhar.

Naill assentiu.

— Seu desejo é uma ordem, como sempre — respondeu Elijah com um sorriso aberto. — Mas eu tenho umas perguntas.

— Lógico que tem.

Ele ergueu um dos ombros largos.

— Eu sou enxerido, admito e não nego. Eu presumo que a Donzela não saiba quem você é... Quem nós somos.

Senti aquele nó no peito de novo. Assenti.

— No momento, não.

Elijah ergueu as sobrancelhas.

— No momento?

— Ela acha que vamos passar apenas uma noite aqui — expliquei. — Quando não formos embora amanhã de manhã, vai começar a questionar.

— E então? — perguntou Delano.

— Eu vou contar tudo a ela. Quem eu sou. Quem os Ascendidos são de verdade — continuei, sabendo que aquela conversa estava por vir, provavelmente ao anoitecer do dia seguinte.

Elijah cruzou o olhar com o meu.

— Eu também presumo que ela não vá lidar bem com isso. Não, provavelmente não ia.

— E depois? — questionou Naill.

— Eu vou lidar com ela — afirmei, sentindo um frio no peito. — Ninguém mais vai.

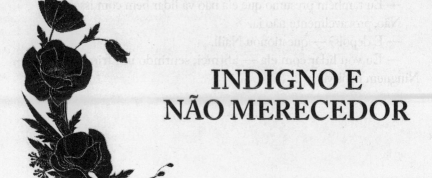

# INDIGNO E NÃO MERECEDOR

Magda havia provado mais uma vez que estava sempre um passo à frente, dando a Poppy um quarto no segundo andar do forte, cujo acesso se dava somente por um corredor externo coberto. Havia poucas opções de fuga naqueles aposentos, com apenas uma única porta e uma pequena janela.

Tinha a sensação de que ficaria grato a Magda por aquilo porque eu achava que Poppy não iria aceitar bem a verdade. Eu não esperava que o fizesse.

Antes de checar como ela estava, usei um quarto perto do dela para comer alguma coisa, me banhar e vestir uma roupa limpa. Quando voltei ao corredor externo, continuava a nevar e mais ou menos uns três centímetros de neve cobriam o pátio e os pinheiros próximos. Fui até a porta de Poppy e parei.

A reunião com os outros havia levado mais tempo do que o necessário, e considerando como o trajeto fora intenso, era provável que Poppy estivesse dormindo. Ela deveria mesmo descansar, mas eu também precisava falar com ela. Eu tinha que descobrir o máximo possível sobre suas habilidades antes que eu revelasse tudo. Eu duvidava de que ela fosse compartilhar informações de bom grado depois disso. Ou talvez quem sabe iria após descobrir a verdade. Poppy era inteligente e gentil. Era compreensiva... Interrompi os pensamentos. Nada daquilo importava. Poppy poderia entender ou não. Ela poderia aceitar minha oferta de eventual liberdade ou não. De todo modo, ela não me perdoaria. Eu não merecia aquilo. Disso eu sabia.

Passando a mão pelo cabelo molhado, bati à porta antes de abrir.

Poppy não estava dormindo.

Na verdade, ela estava de pé ao lado da cama com a adaga na mão.

— Hawke — murmurou ela baixinho.

Arqueei as sobrancelhas.

— Achei que você já estivesse dormindo.

Ela abaixou a adaga.

— Foi por isso que invadiu o quarto?

— Já que bati na porta, não considero isso uma invasão. — Depois de fechar a porta, analisei-a com mais atenção. Ela usava um robe de veludo de uma cor escura, entre verde e azul. Seu cabelo molhado estava solto, formando cachos na altura do pescoço e das bochechas coradas. Ela estava linda, ainda mais empunhando a adaga. — Mas fico feliz de saber que você estava preparada caso fosse alguém que não quisesse ver.

— E se você for alguém que não quero ver? — retrucou.

— Você e eu sabemos que não é o caso. De modo algum.

Aquilo ainda era verdade. Depois? Eu tinha para mim que eu teria que confiscar aquela adaga e todos os objetos afiados, pesados e pontiagudos ao alcance dela.

Poppy colocou a adaga na mesa de cabeceira e se sentou na beirada da cama.

— Seu ego nunca deixa de me surpreender.

— Eu nunca deixo de surpreender você — corrigi.

Ela sorriu, e era um sorriso raro... grande e luminoso.

— Obrigada por provar o que acabei de dizer.

Soltei uma risada.

— Você já comeu?

Ela assentiu.

— E você?

— Enquanto tomava banho.

— Multitarefa.

— Eu sou habilidoso. — Eu me aproximei, parando a alguns centímetros dela. — Por que você não está dormindo? Deve estar exausta.

— Sei que a manhã chegará em breve e retomaremos a viagem — explicou ela, e tive que fazer algum esforço para não reagir à frase —, mas não consigo dormir. Ainda não. Eu estava esperando por você. — Ela começou a brincar com a faixa das vestes. — Este lugar é... diferente, não é?

— Imagino que alguém acostumado apenas com a capital e a Masadônia acharia que sim. As coisas são muito mais simples aqui, sem pompa e circunstância.

— Percebi. Eu não vi nenhum Brasão Real.

Inclinei a cabeça.

— Você esperou por mim para falar sobre estandartes reais?

— Não. — Poppy soltou a faixa. — Esperei para falar com você sobre o que fiz com Airrick.

Observei-a passar a mão pelas laterais do cabelo, jogando os fios para trás por cima do ombro esquerdo. Naquele momento algo me ocorreu. Quando falava com Kieran e os outros, ela sempre virava a cabeça de modo que o lado direito de seu rosto ficasse de frente para eles. Ela não fazia aquilo comigo.

— Agora é tarde o bastante para você? É uma boa hora?

Sorri.

— É uma boa hora, Princesa. E é privado o suficiente, algo que achei que precisaríamos.

Pareceu que Poppy ia falar, então mudou de ideia. Um ar de desapontamento pareceu tomar seu rosto.

— Vai me explicar por que nem você nem Vikter mencionaram que você tinha esse... toque? — perguntei.

— Eu não o chamo assim — respondeu depois de um momento. — Só algumas pessoas que ouviram... rumores a respeito. É por isso que alguns pensam que sou a filha de um deus. — Ela franziu as sobrancelhas delicadas, que eram de um tom mais escuro que seu cabelo. — Você, que parece ouvir e saber de tudo, nunca ouviu esse boato?

— Eu sei de muita coisa, mas não, nunca ouvi falar disso — admiti. — E nunca vi ninguém fazer o que você fez.

Ela ficou calada por um momento.

— É um dom concedido pelos Deuses. É por isso que sou a Escolhida. — Ela franziu ainda mais a testa, então desfez a expressão. — Fui instruída pela Rainha a nunca falar sobre isso nem a usá-lo. Não até que eu seja considerada digna. Na maioria das vezes, eu obedeço.

Eu me senti como Elijah naquele momento porque eu tinha muitas perguntas na ponta da língua.

— Na maioria das vezes?

— Sim, na maioria das vezes. Vikter sabia a respeito, mas Tawny não. Rylan e Hannes também não. A Duquesa sabe, o Duque sabia, mas é só. — Fez uma pausa. — E eu não uso o dom com muita frequência... ou *quase*.

Ou *quase*?

— O que é esse dom?

Ela apertou os lábios e exalou devagar.

— Eu consigo... sentir a dor das outras pessoas, tanto física quanto emocional. Bem, pelo menos começou assim. Parece que quanto mais eu me aproximo da Ascensão, mais o dom evolui. Acho que posso dizer que consigo sentir as emoções das pessoas agora — explicou ela, puxando o cobertor no qual estava sentada com nervosismo. — Eu não preciso tocá--las. É só olhar para elas e é como... como se eu aguçasse os meus sentidos. Geralmente, eu consigo controlar, mas, às vezes, é difícil.

De imediato pensei na ocasião em que os Teerman tinham discursado para a cidade depois do ataque.

— Como no meio de uma multidão?

Poppy confirmou com a cabeça.

— Sim. Ou quando alguém projeta a sua dor sem perceber. Essas ocasiões são raras. Eu não vejo nada além do que você ou qualquer outra pessoa veria, mas sinto o que a pessoa sente.

O que ela estava me contando era... Parecia ser impossível para uma mortal.

— Você... apenas sente o que as pessoas sentem? — Espera. Arregalei os olhos. — Então você sentiu a dor que Airrick, que havia sofrido um ferimento muito doloroso, estava sentindo?

Poppy voltou a me encarar, assentindo.

Pelos Deuses. Fechei os olhos por um instante.

— Deve ter sido...

— Uma agonia? Foi, mas não foi a pior dor que eu já senti. A dor física é sempre quente e intensa, mas questões emocionais e psicológicas são como... como tomar um banho de gelo no dia mais frio do ano. Esse tipo de dor é muito pior.

Minha mente estava a toda de novo, lembrando as vezes em que eu a havia visto desconfortável... contorcendo as mãos sem parar.

— E você consegue sentir outras emoções? Como felicidade ou ódio? Alívio... ou culpa?

— Consigo, mas é algo novo. E nem sempre sei muito bem o que estou sentindo. Tenho que me basear no que conheço, e bem… — Ela deu de ombros. — Mas para responder a sua pergunta, sim.

Eu não fazia a menor ideia do que dizer porque mesmo que eu a tivesse visto fazer aquilo, meu cérebro se recusava a absorver a informação.

— Não é só isso que eu consigo fazer — acrescentou ela.

— Obviamente — falei com a voz seca.

— Também consigo aliviar a dor das pessoas por meio do toque. Geralmente a pessoa nem percebe, a menos que esteja sentindo muita dor.

Algo se agitou no fundo das minhas lembranças.

— Como?

— Eu penso em… momentos felizes e repasso a sensação por meio do vínculo que o meu dom estabelece entre nós.

— Você tem pensamentos felizes e é só isso?

Seu nariz se franziu.

— Bem, eu não explicaria desse jeito. Mas, sim.

Espera um instante… Voltei o olhar ao dela depressa.

— Você já sentiu as minhas emoções?

Ela engoliu em seco.

— Sim.

Recuei o corpo. Mas que caralho, sabiam lá os Deuses o que ela tinha captado de mim.

— A princípio eu não fiz de propósito… bem, eu fiz, sim, mas só porque você sempre me parecia… sei lá — revelou ela, e a olhei de novo. — Como um animal enjaulado toda vez que eu o via pelo castelo, e fiquei curiosa para descobrir o porquê. Sei que não deveria ter feito isso. Não fiz… muitas vezes. Eu me contive. Mais ou menos — acrescentou, e arqueei as sobrancelhas. — Na maioria das vezes. Às vezes, eu não consigo evitar. É como se eu estivesse negando a minha natureza em não…

Senti um nó no estômago.

— O que você sentiu emanando de mim?

Poppy balançou a cabeça minimamente.

— Tristeza.

Meu corpo ficou tenso.

— Um pesar e um sofrimento profundos. — Ela abaixou o olhar para meu peito. — A dor está sempre presente, mesmo quando você brinca ou sorri. Não sei como você lida com isso. Acho que tem a ver com o seu irmão e sua amiga.

Abri a boca. Aquele incômodo no meu subconsciente? De repente pensei no que tinha acontecido depois que nós tínhamos deixado a aula com a Sacerdotisa. A *paz* inexplicável que senti.

— Desculpe — continuou ela. — Eu não devia ter usado o meu dom em você, e era melhor que tivesse mentido agora...

— Você já aliviou a minha dor?

Ela pressionou as mãos nas coxas.

— Sim.

— Duas vezes. Certo? Depois da sessão com a Sacerdotisa e na noite do Ritual.

Quando estivéramos no jardim, e eu tinha falado sobre as cavernas. Eu havia sentido meu sofrimento e amargura se amenizarem. Não fora forte, nem durara muito, mas aquelas emoções fortes tinham *sim* se atenuado.

Poppy confirmou com a cabeça.

— Bem, agora eu sei por que me senti... mais leve. Na primeira vez, isso durou... droga, durou um bom tempo. Fazia anos que eu não dormia tão bem. — Dei uma risada breve, um tanto chocado. Certo, muito chocado. — É uma pena que isso não pode ser engarrafado e vendido.

Fiz uma pausa, então a pergunta jorrou de mim:

— Por quê? Por que você tirou a minha dor? Sim, eu sinto... tristeza. Sinto falta do meu irmão todos os segundos do dia. A ausência dele me assombra, mas eu sei lidar com isso.

Agora. *Agora* eu sabia lidar.

— Eu sei — murmurou ela baixinho. — Você não deixa que isso interfira em sua vida, mas eu... eu não gostei de saber que você estava sofrendo, e eu podia ajudar, pelo menos temporariamente. Eu só queria...

— O quê?

— Eu queria ajudar. Queria usar o meu dom para ajudar as pessoas.

Cheguei para trás, exalando com força.

— E você ajuda? Além de mim e Airrick?

— Sim. Sabe os amaldiçoados? Eu costumo aliviar a dor deles. E Vikter tinha dores de cabeça horríveis. Às vezes, eu o ajudava com isso. E Tawny também, mas ela nunca soube de nada.

— Foi assim que os rumores começaram. — Cacete. — Com você ajudando os amaldiçoados.

— E as famílias também — revelou ela em uma voz muito baixa e hesitante, ainda mais para alguém que se importava tanto com os outros. — Normalmente eles sentem tanta tristeza que eu tenho que fazer isso.

— Mas você não tem permissão.

— Não, e isso me parece tão estúpido. — Poppy jogou as mãos para o alto. — Não ter permissão para usar o meu dom. Não faz sentido. Os Deuses já não me consideraram digna ao me concedê-lo?

— Parece que sim. — E aquela era uma excelente pergunta. — Seu irmão consegue fazer isso? Ou outra pessoa da sua família?

— Não. Só eu e a última Donzela. Nós duas nascemos envoltas em um tipo de membrana. E a minha mãe percebeu o que eu podia fazer quando eu tinha uns três ou quatro anos de idade.

Franzi a testa. A última Donzela? Até onde eu sabia, não houvera nenhuma outra Donzela.

Ela olhou para mim.

— O que foi?

Balancei a cabeça, então voltei o olhar ao dela.

— Você está me lendo agora?

— Não — insistiu ela, passando a olhar para as mãos. — Eu tento não fazer isso, mesmo quando quero muito. Fazer isso parece trapaça quando é com alguém que...

Poppy ficou tensa de repente, voltando os olhos arregalados para os meus. Ela abriu a boca ao olhar para mim. E continuou olhando para mim enquanto suas bochechas coravam.

— Gostaria de ter o seu dom neste momento, pois adoraria saber o que você está sentindo.

— Eu não sinto nada vindo dos Ascendidos — revelou Poppy, me deixando sem reação. — Absolutamente nada, mesmo sabendo que eles sentem dor física.

— Isso é...

— Estranho, não é? — completou ela.

— Eu ia dizer perturbador, mas certamente é estranho.

— Sabe de uma coisa? — Ela se inclinou à frente, abaixando a voz como se tivesse alguém escondido na sala de banho dos aposentos. —

Sempre me incomodou que eu não sentisse nada emanando deles. Deveria ser um alívio, mas nunca foi. Só me fazia sentir uma... frieza.

Eu queria dizer a ela que havia uma razão para aquilo. Era porque eles não possuíam almas. Mas aquilo seria basicamente jogar em cima de Poppy a informação de que o próprio irmão dela não possuía uma.

— Entendo. — Imitei os movimentos dela, me aproximando. — Eu devia agradecer a você.

— Pelo quê?

— Por aliviar a minha dor.

— Não precisa — sussurrou ela.

— Sei disso, mas eu quero — insisti, ainda pasmo com o fato de ela ter feito aquilo por mim. Por qualquer um. Principalmente sabendo como o Duque a tratara. — Obrigado.

— Não foi nada.

Ela semicerrou os olhos, então os abaixou, escondendo o olhar de mim.

— Eu tinha razão.

— Sobre o quê?

— Sobre você ser corajosa e forte — expliquei. — Você se arrisca muito quando usa o seu dom.

— Acho que não me arrisquei o suficiente. — Ela torceu os dedos uns nos outros. — Não pude ajudar Vikter. Eu estava muito... sobrecarregada. Talvez se eu não estivesse sempre lutando contra o meu dom, pelo menos teria aliviado a dor dele.

— Mas aliviou a dor de Airrick. — lembrei. — Você o ajudou. — Assim como fez com inúmeros outros. Encostei a testa na dela. — Você não é nada como eu esperava.

— Você sempre diz isso. O que você esperava?

— Para ser sincero, eu nem sei mais — admiti, apenas sabendo que simplesmente jamais havia esperado ela.

Nunca.

Deuses.

Ela era...

Porra, *ela* me deixava abismado. Quem não ficaria? Aqueles que a tinham encarado com desconfiança anteriormente se colocariam de joelhos diante dela se soubessem como ela era gentil e forte. Eu mesmo estava tentado a me ajoelhar.

— Poppy?

A respiração suave dela bateu contra a minha boca.

— Sim?

Toquei em sua bochecha com os dedos.

— Espero que você perceba que, não importa o que alguém tenha lhe dito, você é mais digna do que qualquer pessoa que eu já conheci.

— Você não deve ter conhecido muitas pessoas.

— Eu já conheci muitas. — Fechando os olhos, beijei sua testa. Tive que me forçar a recuar em vez de inclinar sua cabeça e encostar a boca na dela. Eu não era digno de beijá-la. Acariciei sua mandíbula. Eu nem era digno de tocá-la. — Você merece muito mais do que aquilo que está por vir.

Meus Deuses, aquela era a coisa mais sincera que eu já havia dito. Mesmo que eu conseguisse conceder a liberdade a ela, Poppy não merecia a posição na qual eu estava colocando-a. Ela não merecia o que os Ascendidos já tinham roubado dela. E ela não mereceria o senso de segurança que eu tomaria dela.

Poppy estremeceu, abrindo os olhos. O verde era tão intenso, tão límpido.

Apertei os lábios e me afastei mais, esperando muito que eu não estivesse... Como ela chamava? Projetando. Eu realmente esperava não estar projetando nela o que eu sentia.

— Obrigado por confiar o seu segredo a mim.

Ela não respondeu, só continuou olhando para mim, com os lábios entreabertos como se estivesse em meio ao processo de respirar. E ela não estava apenas olhando para mim. Aqueles olhos verdes analisavam meu rosto devagar, então meus ombros e a mão que estava entre nós. Ela voltou o olhar ao meu lentamente, e a forma como ela exalou me fez prender a porra da respiração pela terceira vez.

— Você não devia olhar para mim desse jeito — alertei.

— Que jeito? — A voz de Poppy tinha ficado ofegante de tal forma que pareceu acariciar meu corpo inteiro.

— Você sabe muito bem como está olhando para mim. — Fechei os olhos. — Na verdade, você pode não saber, e é por isso que eu deveria ir embora.

Porque eu *conhecia* aquele olhar nos olhos lindos dela, mesmo se eu não sentisse o cheiro de seu desejo. Ela olhava para mim como se quisesse ser beijada.

Olhava para mim como se precisasse de mais do que aquilo. Como se quisesse mais.

E, nossa, eu estava um pouco chocado com o fato de ela chegar àquela decisão por causa do que aquilo representava para ela... por causa do papel em que ela fora colocada. Aquilo era algo grande. Meu corpo, contudo, não estava nem um pouco chocado, e sem demora acatou o plano... Pulsação acelerando e meu pau ficando duro. Comecei a me aproximar dela, respondendo à urgência e ao desejo que eu via em seu olhar. Cada parte de mim exigia aquilo. Queria.

Mas ela era real. Ela por inteiro.

E eu não. Tudo em mim era uma mentira.

— Como eu estou olhando para você, Hawke?

Meu corpo ficou tenso, e abri os olhos.

— Como eu não mereço que alguém me olhe. Não por você.

— Não é verdade — garantiu ela.

Senti meu peito se apertar.

— Eu gostaria que não. Deuses, como eu gostaria. Tenho de ir.

Fiquei de pé depressa, me afastando.

Eu precisava sair daquele quarto antes que o pouco autocontrole que eu tinha se rompesse. E já era quase inexistente. O que eu tinha dito a Kieran anteriormente? Que eu não era um merda tão grande assim? Fora uma mentira. Eu era uma mentira. Porque com Poppy era fácil demais esquecer quem eu era. Também era fácil demais me perder nela, deixar para trás tudo aquilo que me levou a ela. Era fácil pra porra só... só viver junto à Poppy.

E, Deuses, eu queria aquilo. Demais. Mas eu não poderia nem me enganar com a crença de que ficaria ali e daria prazer a ela. Eu não era altruísta. Não estávamos na Floresta Sangrenta. Ali não havia barreiras.

Eu precisava ir embora.

— Boa noite, Poppy.

Fiz uma das coisas mais difíceis que eu já havia feito e me virei para a porta. Cheguei na metade do caminho.

— Hawke?

Parei, embora eu soubesse que não deveria fazer aquilo. Era como se a voz dela contivesse a mais pura persuasão.

— Você... — A voz dela ficou mais forte. — Você vai ficar comigo hoje à noite?

Eu me senti estremecer até os ossos.

— Não há nada que eu queira mais do que isso, mas acho que você não entende o que vai acontecer se eu ficar.

— O que vai acontecer?

Então eu me virei para ela, e de onde eu estava conseguia ver a pulsação acelerada em seu pescoço.

— É impossível me deitar nessa cama e não me atirar para cima de você em uma questão de segundos. Nós nem chegaríamos na cama antes que isso acontecesse. Eu conheço as minhas limitações.

O peito dela se ergueu em uma respiração doce e forte.

— Sei que não sou um homem bom o bastante para me lembrar dos nossos deveres e nem de que sou tão incrivelmente indigno de você que deveria ser um pecado. Mesmo sabendo disso, seria impossível para mim não arrancar esse roupão e fazer tudo o que eu disse que faria quando estávamos na floresta.

E aquela era a mais pura verdade. Apesar do que eu sabia. Apesar das minhas mentiras. Caralho, apesar de como ela merecia algo muito melhor que eu. Eu a teria.

Poppy me encarou.

— Eu sei disso.

Respirei fundo.

— Sabe?

Ela assentiu.

— Eu não vou só abraçar você. Não vou parar de beijá-la. Os meus dedos não serão a única coisa dentro de você — prometi, com o sangue quente. — O meu desejo por você é intenso demais, Poppy. Se eu ficar, você não sairá por essa porta ainda Donzela.

Ela estremeceu.

— Eu sei disso.

Eu tinha me movimentado sem perceber, dando muitos passos para longe da porta… longe do que era certo… e na direção dela, na direção do que era errado pra cacete.

— Sabe mesmo, Poppy?

Ela não falou, só manteve o olhar no meu, que era intenso. Em vez disso, ela ergueu a faixa em sua cintura com as mãos seguras, e tudo dentro de mim ficou estático e então acelerou quando ela desfez o nó. O roupão se abriu, revelando um pedacinho de seus seios, um vislumbre da barriga, e o paraíso misterioso entre suas coxas.

Então Poppy deixou o roupão deslizar por seus ombros e cair no chão.

Eu queria ser um homem bom que se afastaria do que ele sabia que não era digno ter, que não merecia ter. O tipo de homem que Kieran achava que eu era. O tipo que fui criado para ser. Mas eu não era um homem bom.

Eu só era dela.

# ISSO É VERDADEIRO

Poppy não escondeu nada ao se desnudar diante de mim, ainda que tremesse. Ainda que ninguém a tivesse visto daquele jeito. Ela era corajosa e ousada a esse nível, e eu tinha criado raízes onde estava, com o coração martelando no peito enquanto meu olhar deixava o dela, seguindo o tom corado por seu pescoço.

Eu já tinha visto muitos corpos. Mulheres. Homens. Magros. Gordos. Aqueles entre um e outro. Corpos que eram macios e sem imperfeições aparentes. Aqueles cuja pele refletia a vida vivida. Eu já tinha visto corpos dos quais me esquecera por completo, mas eu sabia que nunca tinha visto ninguém como ela.

Poppy tinha que ser uma Deusa.

Porque, pelos Deuses, ela era totalmente *de tirar o fôlego*... cada partezinha da suavidade infinita e voluptuosa de suas curvas. O volume de seus seios e as aréolas de um rosa profundo. O leve recuo em sua cintura e a forma como seus quadris se alargavam, a exuberância de suas coxas e o vale escondido entre elas. Vi as cicatrizes sobre as quais ela me contara, as marcas que as garras dos Vorazes haviam deixado em seu braço forte, na maciez de sua barriga e aquelas nas partes internas das coxas, e elas também eram lindas, um atestado de sua força e resiliência.

— Você é tão linda e tão inesperada — balbuciei, voltando o olhar ao dela; as palavras mais eloquentes me faltando porque olhar para ela era tanto um pecado quanto uma bênção.

Uma recompensa que eu não havia merecido.

Mas uma que eu aceitaria.

Eu me movimentei mais rápido do que eu deveria, provavelmente, mas eu não estava pensando direito. Eu tinha parado de pensar no momento em que ela desfizera aquele nó no roupão. Eu a envolvi nos braços e tomei sua boca. Não havia gentileza em meu beijo. A ação transparecia toda a minha avidez e meu desejo.

Então me perdi nela.

Poppy tentou alcançar minha túnica no mesmo momento que eu. A peça caiu no chão enquanto eu chutava as botas dos pés. A calça foi em seguida, e então não havia nada entre nós.

Fiquei parado ali, deixando que Poppy olhasse o quanto quisesse, e ela olhou. Seu olhar passeou por meu peito e barriga, então mais para baixo.

— A cicatriz na sua coxa — disse ela, observando a marca desbotada. — Quando você a conseguiu?

— Há muitos anos, quando eu era burro o bastante para ser capturado — respondi, afastando várias mechas do cabelo dela para trás.

No geral, eu odiava quando alguém mencionava a marca ou olhava para ela, mas com Poppy? Eu não me importava.

Eu não me importava com *nada* além dela, nada além do momento presente.

Poppy desviou o olhar, e percebi o instante em que ela soube exatamente o quanto eu a queria. Ela mordeu o lábio inferior enquanto eu a encarava. Meu pau latejou.

— Se você continuar olhando para mim desse jeito, vou acabar antes de começar.

Ela corou ainda mais.

— Eu... Você é perfeito.

Meu peito se apertou porque, caralho, como eu queria ser. Se eu fosse, não estaria ali.

— Não sou, não. Você merece alguém que seja perfeito, mas eu sou cretino demais para permitir isso.

Ela franziu as sobrancelhas e olhou para mim.

— Eu discordo de tudo que você acabou de dizer.

— Que surpresa — murmurei, passando o braço por sua cintura.

O modo como ela inspirou quando nossos corpos se tocaram foi intoxicante. Eu a ergui, levando-a para a cama. Com cuidado, coloquei-a ali e me deitei sobre ela.

Eu me contive, dando tempo a ela, ainda que cada parte de mim ansiasse por sentir seu corpo inteiro encostado no meu, para descobrir qual era a sensação de estar dentro dela. Mas aquela... aquela era uma primeira vez para ela. Muitas primeiras vezes. E eu nunca fora o *primeiro* de ninguém. Eu não era perfeito, mas eu queria que aquilo fosse perfeito para ela.

Deixei aos poucos que o peso do meu corpo se acomodasse em cima do dela. Estremeci ao sentir suas pernas contra as minhas.

Poppy engoliu em seco.

— Você está...?

— Protegido? Eu tomo o antídoto mensal — assegurei, falando da erva que garantia que aquelas uniões não fossem do tipo que renderiam frutos. — Presumo que você não.

Ela fez aquele sonzinho debochado e fofo.

— Isso não seria um escândalo? — provoquei, acariciando seu braço direito.

As cicatrizes ali eram profundas. Eu não conseguia conceber como ela não tinha perdido nem o braço nem a vida.

— Seria, sim. Mas isso...

Voltei o olhar ao dela, e pareceu que o forte inteiro se mexeu sob e ao redor de nós. Houve uma sensação de suspensão em meu peito. A minha nuca pinicou enquanto nos olhávamos. Meu coração ficou acelerado. Aquele momento... Era como se fosse inevitável. Como se toda escolha que eu fizera, que fizéramos, tivesse sido um condutor àquilo. Era um sentimento absurdo e totalmente sem sentido, e ainda assim...

— Isso muda tudo.

Encostei a boca na dela, e daquela vez me contive. Mapeei a linha de seus lábios com os meus. Eu a beijei devagar, sugando seu lábio para dentro da minha boca e então separando seus lábios. Eu queria beijá-la com mais força, mais intensidade, mas eu não podia. Não podia deixar que ela sentisse a prova de quem eu era daquela forma, mas eu a beijei até que ela começasse a tremer sob mim, até eu saber que ela queria mais.

Então me permiti explorar seu corpo.

Passei os dedos por seu pescoço e pela curva de seus ombros até a ondulação doce de seu seio. Rocei a língua na dela e senti seu mamilo ficar rígido em meu dedo. Ela arqueou as costas, e sua respiração ficou curta e superficial contra minha boca. Passei a ponta dos dedos por sua barriga, passeando pelas cicatrizes finas e irregulares ali, e então mais para baixo, roçando por suas coxas, pelo conjunto macio de pelos.

Poppy gemeu com o toque leve. Abri um sorriso, amando o jeito como ela reagia tão facilmente. Seria um sonho provocá-la e tentá-la, ser cruel do jeito mais decadente e levá-la até o auge do desvario de tanto desejo. Mas não havia tempo para aquilo.

Provavelmente nunca haveria.

A dor me atravessou, e por um momento, pensei que ela tivesse empunhado aquela adaga e a enfiado em meu peito. Fiquei imóvel, movendo os dedos gentilmente na parte mais suave dela enquanto minhas entranhas se reviravam...

Ela ergueu a cabeça, encostando a boca na minha de forma simples e arrancando-me dos pensamentos. Seu beijo inexperiente era... era mágico pra caralho, mais sedutor do que qualquer coisa que eu já tinha vivenciado.

Estremeci ao tirar a boca da dela e seguir com os lábios o caminho que fizera com os dedos. Beijei seu pescoço, um pouco assustado com a vontade de me demorar ali em sua pulsação. Enquanto eu prosseguia, minha mandíbula começou a doer quase tanto quanto meu pau. Rocei os lábios pela linha delicada de sua clavícula e provei a pele de seu seio. Desacelerei, erguendo o olhar. Poppy estava com os olhos metade fechados quando pressionei a boca em seu seio. Ela arfou, apertando o lençol debaixo de nós. Observando-a, coloquei o mamilo na boca.

O gemido de Poppy me causou um grunhido em resposta enquanto ela se movia em descontrole, por puro instinto. Sorri e desci mais, passando a língua por sua barriga. Ela ficou tensa quando me aproximei das cicatrizes, e mesmo sendo corajosa como era, eu sabia que me ter ali perto delas a preocupava.

Eu mostraria a ela que não havia motivo para se preocupar.

Passando a boca pelas feridas cicatrizadas, beijei-as, oferecendo o respeito que lhes era devido. Ela prendeu a respiração, e desci ainda mais, embaixo de seu umbigo. Envolvi sua coxa com a mão e afastei suas pernas até a linha dos meus ombros. Com a boca a centímetros dos pelos úmidos, olhei para ela.

— Hawke — sussurrou ela.

Sorri.

— Lembra daquela primeira página do diário da Senhorita Willa?

— Sim.

Mantendo o olhar no dela, eu a beijei entre as coxas. Poppy curvou as costas. Não desviei o olhar. Nem ela, mas meu coração martelou quando passei a língua ali, provando-a, e Deuses, seu gosto era bom pra porra. Tão doce. Enfiei a língua dentro dela, sentindo os músculos do meu corpo se comprimirem de desejo. Mudei a cabeça de posição, roçando a boca onde ela era mais sensível.

Poppy ergueu os quadris, o que me fez responder aprovando. Continuei com os olhos nela quando coloquei seu clitóris na boca. Ela jogou a cabeça para trás e se contorceu.

Caralho, Deuses, dava para eu gozar só com o gosto dela, com a visão de seus seios subindo e descendo depressa, a ponta daquele queixo teimoso, e a forma como ela se dava de forma tão doce à ferocidade crescendo dentro de si.

E eu sentia o tremor em suas pernas, o arfar de sua respiração. Eu a *devorei*, lambendo e chupando até me afogar em seu cheiro. Até eu saber que poderia sobreviver só do gosto dela.

— Ah, Deuses. — Ela arfou, cravando os dedos no lençol. Suas pernas se esticaram. — Ah, Deuses, Hawke...

Ela gemeu, o corpo se sacudindo e tremendo enquanto gozava. Sua coluna se distendeu sobre o colchão, e seu olhar desfocado encontrou o meu.

Saboreei-a uma última vez, então ergui a cabeça. Enquanto ela me olhava, passei a língua pelo meu lábio inferior.

— Mel. — Soltei um grunhido. — Exatamente como eu falei.

Poppy tremeu, e eu sorri.

A dor no meu pau e na minha mandíbula se intensificou enquanto eu escalava seu corpo de novo, segurando sua nuca. Ela me observou com aqueles olhos esmeralda misteriosos e estremeceu quando minhas coxas tocaram as dela. A porra dos meus braços tremiam quando me coloquei em cima dela de novo. Então ela fechou os olhos.

— Poppy — sussurrei, sentindo o desejo por ela se tornar primitivo. Eu a beijei, deixando-a sentir o próprio gosto em meus lábios enquanto pressionava o pau em seu corpo, úmido e quente. Meu coração ficou acelerado ao olhar para ela. — Abra os olhos.

Ela fez o que eu pedi.

— O que foi?

— Quero que você fique de olhos abertos — afirmei.

— Por quê?

Dei uma risada.

— Tantas perguntas.

Ela arfou de leve.

— Acho que você ficaria decepcionado se eu não perguntasse nada.

— É verdade.

Levei a mão de seu pescoço até seu seio.

— Então, por quê?

— Porque quero que você me toque — respondi. — Quero que você veja o que faz comigo quando me toca.

Ela tremeu.

— Como... como você quer que eu toque em você?

O jeito como ela perguntou aquilo... acabou comigo.

— Como você quiser, Princesa. Não dá para fazer nada errado.

Ela soltou o lençol devagar. Eu a observei levar a mão à minha bochecha. Seu toque era tão gentil. Correu a ponta dos dedos por minha mandíbula, então minha boca, e senti a carícia pelo corpo inteiro.

Então ela se pôs a explorar meu corpo como eu fizera com o dela, passando a mão por meu peito, o que me fez respirar rápido e com força. Ela continuou abaixando a mão entre nós, traçando os músculos da parte de baixo da minha barriga. Quando ela chegou à linha de pelos ásperos debaixo do meu umbigo, eu provavelmente parei de respirar. Com certeza não me mexi, a não ser para fazer curvas preguiçosas ao redor de seu mamilo com o polegar. Não até as pontas de seus dedos tocarem meu pau.

Meu corpo inteiro pulsou.

— Por favor. Não pare — implorei quando seu movimento cessou. — Bons Deuses, não pare.

Poppy fez o que pedi, focando o olhar no meu enquanto movia os dedos pela base do meu pau. Entreabri os lábios quando ela seguiu a veia, parando na metade e me envolvendo com os dedos. Joguei a cabeça para trás. Tremi, sentindo um prazer delicioso me tomar. Ela afrouxou o aperto, e minha respiração se acelerou quando ela deslizou a mão para a cabeça do meu pau. Meu corpo inteiro estremeceu quando ela voltou a apertar.

— Deuses — murmurei com um grunhido.

— Estou fazendo certo?

— Qualquer coisa que você fizer é mais do que certo. — Voltei a grunhir quando ela subiu e desceu com a mão. — Mas especialmente isso. Exatamente isso.

Poppy riu e fez de novo. Meus quadris acompanharam o movimento, e o desejo rugiu em meu peito.

— Está vendo o que seu toque faz comigo? — perguntei, me movendo contra sua mão.

— Sim — sussurrou.

— Você acaba comigo. — Abaixei a cabeça, absorvendo o jeito como ela me olhava. Eu nunca havia sentido tamanha expectativa, tamanho prazer. — Você acaba comigo de um jeito que acho que nunca vai conseguir entender.

O olhar dela buscou o meu.

— De um... jeito bom?

Deuses, aquilo acabou comigo. Ergui a mão, tocando sua bochecha.

— De um jeito que eu nunca senti antes.

— Ah — disse ela com suavidade.

Abaixei a cabeça e a beijei enquanto me apoiava no braço esquerdo. Desci a mão de sua bochecha pelo seu corpo até chegar ao ponto entre nós. Minha mão substituiu a dela.

— Você está pronta?

Seu peito se ergueu, encostando no meu, e ela assentiu.

— Eu quero ouvir você dizer isso.

Ela deu um sorriso.

— Sim.

Porra, ainda bem.

— Ótimo, pois acho que poderia até morrer se você não estivesse.

Poppy deu uma risadinha, o que fez a pele ao redor de seus olhos ficar franzida.

— Acha que eu estou brincando? Você não faz ideia. — Eu a beijei enquanto guiava a cabeça do pau até a entrada de seu corpo. Meti, só um pouco, antes de parar. Grunhi ao sentir como ela estava quente e molhada. — Ah, sim, você está tão pronta. — Ergui os olhos para ela de novo, vendo como ela tinha ficado mais corada. Sorri. — Você me impressiona.

— Como? — Ela soava confusa.

— Você enfrenta os Vorazes sem medo nenhum. — Deslizei os lábios pelos dela. — Mas cora e estremece quando eu falo sobre como você está molhada e gostosa.

— Você é tão inapropriado.

— Estou prestes a ser bastante inapropriado — alertei. — Mas, primeiro, isso pode doer.

Seu peito se ergueu de novo quando ela respirou fundo.

— Eu sei.

— Andou lendo livros obscenos novamente?

Ela mordeu o lábio.

— Quem sabe?

Dei uma risada, e caralho, aquilo não foi uma boa ideia. Acabei entrando mais nela. Respirando fundo, meti devagar. Ela estava bem molhada, mas era apertada. Eu não queria machucá-la. Eu preferiria arrancar a porra do meu próprio coração a fazer aquilo, e talvez aquilo devesse ter me preocupado, mas eu estava absorto demais na sensação do corpo dela aceitando o meu, de ela me acolhendo, para ficar pensando sobre isso. Poppy levou as mãos aos meus ombros. Eu gostava da sensação das mãos dela ali. Gostava muito. Tremendo, trinquei os dentes enquanto metia até o fundo. Ela arfou, fechando os olhos e ficando tensa embaixo de mim. Com a respiração acelerada, eu me forcei a ficar imóvel, mesmo que eu estivesse com o corpo tremendo.

— Desculpe. — Beijei a ponta de seu nariz, então cada um dos olhos fechados, e as bochechas. — Desculpe.

— Tudo bem — respondeu ela.

Beijei sua boca, então encostei a testa na dela. Ainda não me mexi. O corpo dela precisava de tempo. Ela também precisava, não por causa da dor, mas porque a dor, ainda que breve, tendia a tornar tudo real. Ela poderia mudar de ideia naquele momento, e eu a deixaria em paz, mas aquilo não desfaria as escolhas que havíamos feito até ali. Não mudaria o fato de que ela tinha ultrapassado aquele limite comigo. Que eu o ultrapassara com ela.

O peito de Poppy se ergueu contra o meu, então ela levantou os quadris...

Caralho, Deuses, minha Poppy linda e corajosa. Fechei bem os olhos para conter a sensação dela se movendo em volta de mim. Estremeci quando ela fez de novo, mantendo-me imóvel até que ela afrouxasse o aperto nos meus ombros. Então abri os olhos.

Então comecei a me mexer devagar, observando-a com atenção para identificar qualquer sinal de desconforto. Se eu visse algum, pararia. Eu me movi para trás até que só a cabeça do meu pau continuasse dentro dela, então meti de novo, devagar.

Poppy envolveu meu pescoço com os braços, e estremeci de novo. Ela ergueu os quadris, seguindo minha deixa mais uma vez. Então começamos a nos mover juntos, ela se erguendo enquanto eu me impulsionava contra ela. Estabelecemos um ritmo de dar e receber. Ainda me mexia devagar, mantendo o controle. Aquilo era suficiente: a fricção do calor dela no meu pau, seus gemidos suaves, a sensação tão apertada dela ao meu redor. Aquela era a primeira vez dela. Ela não precisava de um sexo intenso. Precisava de gentileza.

Mas então Poppy... minha linda, corajosa e *maliciosa* Poppy, envolveu meus quadris com as pernas, e meu autocontrole desapareceu.

Passei um braço debaixo de sua cabeça, segurando seu ombro com tanta força quanto segurava seu quadril. Tomei sua boca com a minha. Meti mais forte, mais rápido, enquanto a mantinha debaixo de mim. Seus lábios se moveram nos meus, e ela gemeu.

Senti a pressão crescendo, e eu sabia que não aguentaria por muito mais tempo. Não depois de provar seu gosto. Não depois de senti-la gozar em minha boca. Não com ela ali indo de encontro a cada estocada minha. Soltei seu quadril e movi a mão entre nós, estimulando seu clitóris enquanto eu me movia dentro dela, sentindo a onda de prazer crescer. Aquilo era como se entregar a um completo desvario. Afastei a boca da dela e foquei em suas feições.

Poppy gemeu, prendendo mais meus quadris entre as pernas, e comprimindo meu pau com o corpo. Ela gozou, e aquilo bastou. Seus espasmos me levaram ao limite da sanidade. Minha mandíbula latejou. Enquanto ela desfrutava do próprio prazer sem vergonha alguma, entreabri os lábios. Tirei a mão do espaço entre nós e a coloquei na cama, ao lado da cabeça dela, cravando os dedos no colchão. Meu desejo por ela estava espiralando, intensificando-se, e outro tipo de urgência se formou, uma mais sombria. Olhei para sua boca inchada, para o seu pescoço. A pulsação ali. Minhas presas se pressionaram contra minha boca. Cada parte do meu corpo estava tensa. Comecei a abaixar a cabeça, separando mais os lábios.

Poppy abriu os olhos, me encarando. Ela colocou a mão na minha bochecha.

— Hawke — sussurrou ela.

O som de sua voz me refreou. Trinquei os dentes enquanto as urgências duplas rugiam dentro de mim. Apertei mais o colchão e lutei contra a vontade de enfiar bem as presas nela assim como havia feito com o pau e ceder ao meu outro desejo.

Envolvi forte os ombros de Poppy com o braço, e então meti com vontade. Fodi com força, provavelmente com mais força do que eu deveria ter feito, fazendo nossos corpos deslizarem pela cama. A sensação de seu corpo era boa pra caralho, perfeita pra caralho, e eu a quisera desde o primeiro momento em que minha boca tocara a dela. A tensão cresceu. A sensação do orgasmo se espalhou pela minha coluna. Dei mais uma estocada, grudando o corpo no dela enquanto era tomado por ondas de prazer e gozava. O prazer subiu à minha cabeça, e o instinto contra o qual eu vinha lutando tomou conta. Abaixei a cabeça, me colocando debaixo de seu queixo e forçando a cabeça dela para cima. Senti sua pulsação em minha boca enquanto eu girava os quadris em círculos ainda dentro dela. Repuxei os lábios. Minhas presas roçaram a pele dela. Poppy estremeceu, e um sorriso curvou meus lábios. Eu estava preparado, pronto para atacar...

Caralho.

Fechei a boca com força, reprimindo um grunhido, e pressionei o peito no dela. Meu coração martelava enquanto eu lutava contra a fome. Fazia semanas desde que eu tinha me alimentado, mas eu não precisava fazê-lo. Eu conseguia aguentar muito mais tempo. O desejo pelo sangue dela não tinha a ver com aquilo. Tinha tudo a ver com *Poppy*, e nunca na vida eu tinha sentido aquele tipo de urgência com uma mortal.

Eu não fazia ideia de quanto tempo demorou para aquilo acontecer, para que eu voltasse a confiar em mim mesmo ali com ela. Aos poucos tomei ciência de seus dedos acariciando meu cabelo, mas continuei do mesmo jeito, ainda dentro dela. Eu não achava que tivesse escolha. A urgência quase avassaladora de beber o sangue dela me abalou, isso sem contar a sensação de completude que me acometera, sem nem mesmo que eu me alimentasse dela. Eu nunca havia sentido aquilo. Nunca. Eu não sabia o que significava. Ou talvez soubesse porque eu sabia que aquilo era verdadeiro. O que existia entre nós. O que ela sentia por mim. O que eu sentia por ela. Aquilo. Era verdadeiro.

Exalei com força e mudei de posição, me apoiando nos cotovelos. Virei a cabeça, encostando a boca na dela. Beijando-a.

— Não se esqueça disso.

Ela colocou a mão em minha mandíbula.

— Acho que eu nunca conseguiria.

— Prometa para mim. — Ergui a cabeça, encarando-a. — Prometa que não vai se esquecer disso, Poppy. Que não importa o que aconteça amanhã, no dia seguinte, na semana seguinte, você não vai se esquecer disso… que isso foi verdadeiro.

— Eu prometo — jurou ela sem hesitar. — Não vou esquecer.

520

# BASTANTE INAPROPRIADO

Voltei para a cama, com uma taça de vinho quente em uma das mãos e um pano molhado na outra. Poppy não tinha se mexido desde que eu a deixara, surpreendentemente atendendo ao que eu dissera. Ela estava deitada de lado, com os braços sobre o peito, os joelhos um pouco curvados, e gloriosamente nua. Tracei com os olhos as curvas deliciosas de seu corpo. Eu poderia passar a noite inteira ali olhando para ela, mas aquilo seria esquisito, eu tinha que admitir.

— Princesa.

Poppy abriu os olhos quando apoiei o joelho na cama.

— Não me chame assim.

— Mas combina tanto com você — murmurei, sorrindo quando ela franziu as sobrancelhas. — Eu trouxe uma bebida.

— Obrigada.

Poppy se sentou, abaixando o queixo enquanto desdobrava os braços e aceitava a taça.

Sentindo que ela estava tímida, eu me pus a agir como um cavalheiro. Pelo menos para variar. Esperei até ela terminar antes de tomar um gole também e colocar a taça na mesa de cabeceira ao lado da adaga dela. Meu sorriso aumentou.

— Deite-se.

Com os braços bem colados junto ao corpo e o cabelo caindo em ondas despenteadas pelos ombros e seios, ela olhou para mim. Não se mexeu.

— Você parece que acabou de ser devorada — comentei. As bochechas dela ficaram vermelhas. — Eu gosto disso.

— É inapropriado que você mencione isso.

— Mais inapropriado do que a minha língua no meio das suas pernas? Poppy abriu a boca em choque.

— A Senhorita Willa escreveu lá no diário como se chama isso? — perguntei, me aproximando dela. Coloquei os dedos embaixo de seu queixo, inclinando sua cabeça para trás para que seu olhar focasse no meu. Beijei-a. — O ato tem vários nomes. Eu posso fazer uma lista para você...

— Não será necessário.

— Tem certeza?

Beijei o canto de sua boca enquanto eu a deitava de lado, e então de costas.

— Tenho certeza.

Ela segurou meu braço, tentando se firmar um pouco enquanto eu me sentava ao seu lado.

Soltei uma risada.

— Como quiser, Princesa. — Abaixei o pano em minha mão, afastando o olhar dos mamilos que despontavam em meio às mechas de cabelo. — Me faz um favor?

— O quê?

— Abra as pernas para mim.

Poppy ficou sem reação.

— Para... para quê?

Abaixei a cabeça, beijando sua bochecha.

— Eu quero te limpar — expliquei. Ela inalou com força, apertando meu braço. — Eu sinto que talvez eu possa ter deixado uma... demonstração inapropriada da minha afeição para trás.

— Ah — sussurrou ela.

Um piscar de olhos depois, e Poppy fez como pedi. Dei uma olhada no rastro escorregadio na parte de cima de suas coxas. Não fiquei olhando porque não queria deixá-la constrangida, mas vi a evidência da minha *afeição inapropriada* e traços leves de uma cor mais escura que eu também tinha encontrado em mim mesmo quando usara a sala de banho antes. Sangue. Eu tinha sentido o cheiro no momento em que meu corpo deixara o dela. Não era muito, mas eu queria... Eu não sabia ao certo... eliminar os resquícios da dor momentânea que eu causara nela.

O que era ridículo pra caralho, considerando que eu causaria...

522

Afastei os pensamentos, não estando pronto para enfrentá-los. Eu teria que fazer aquilo em breve.

Com gentileza e agilidade, cuidei dela. Ficamos em silêncio durante aqueles instantes íntimos. Quando terminei, eu me inclinei e encostei os lábios no local em que o pano estivera, o que fez Poppy arfar com suavidade e sacudir os quadris de maneira rápida e urgente. Sorrindo com a reação da qual eu duvidava que ela sequer tivesse tido consciência, fui ao fogo e joguei o pano ali. As chamas estalaram, incitando faíscas. Quando me virei, vi que ela tinha voltado a se deitar de lado e me observava.

Eu praticamente conseguia sentir seu olhar em mim enquanto eu voltava para perto dela.

— Sabe — murmurei, pegando o cobertor de pele aos pés da cama. — Algumas pessoas diriam que a forma como está olhando para mim e para as minhas partes é inapropriada, mas sabe o que eu acho?

Poppy estreitou os olhos.

— Estou quase com medo de perguntar.

Esticando-me ao lado dela, eu nos cobri até os quadris.

— Eu bem que gosto de você olhando para as minhas partes como se estivesse com fome.

— Eu não estou olhando para as suas partes dessa maneira.

— Ah, estava sim. — Empurrei o travesseiro dela para trás, passando o braço embaixo de sua cabeça. — Está tudo bem. — Encostei a boca na dela. — Quando quiser provar, é só me dizer.

— Ah, meus Deuses.

Ela riu.

Abocanhei aquela risada com os lábios.

— E isso também é válido para quando você quiser que eu… *coma você.*

Ela levou as mãos para o meu peito.

— Por que eu tenho a sensação de que a última parte é bastante inapropriada?

— Porque definitivamente é.

— Você é tão…

— – Maravilhosamente indecente e avassaladoramente charmoso?

Poppy riu de novo, e, porra, ela realmente tinha que fazer aquilo com mais frequência.

— Incorrigível.

— Eu teria sugerido incomparável — respondi, relaxando o corpo quando ela começou a correr os dedos pela minha pele, deixando que ela me tocasse o quanto quisesse. Observei seus dois dedos tocando o alto do meu peito. — Como está se sentindo?

Ela me encarou.

— Bem. Mais do que bem...

— Está com dor? — interrompi com suavidade.

— Não. Nenhuma.

Ergui a sobrancelha.

Os dedos de Poppy ficaram parados, e ela levantou o ombro.

— Estou só um pouco dolorida, mas nada de mais. Eu juro.

— Que bom.

Ela sorriu, um sorriso suave e doce que me fez pensar que qualquer coisa no mundo era possível. Ela parou os dedos logo abaixo do meu peitoral.

— E... essa cicatriz aqui, como aconteceu?

Tive que parar para me lembrar.

— Acho que lutando. Provavelmente eu estava sendo superconfiante e quase levei uma facada no coração.

Ela fez uma expressão angustiada, correndo os dedos para outro corte superficial em minha pele.

— E isso aqui?

— Mesma coisa. — Peguei uma mecha de seu cabelo, sorrindo quando as costas da minha mão roçaram pelo seu seio e ela inspirou com força. — Um Voraz foi responsável pela cicatriz do lado. E também pela que está do lado direito do meu umbigo.

— Você... você tem várias. — Ela me observou por baixo dos cílios. — Cicatrizes.

— Tenho. — Enrolei a mecha no dedo. A pele de um Atlante de linhagem fundamental não formava cicatrizes com facilidade. A de lupinos também não. Só acontecia geralmente quando alguém estava fraco, ou se fizessem alguma coisa para impedir que a pele se curasse com a rapidez usual. — A maioria delas foi de quando eu era mais novo, causadas por imprudência.

— E quando foi isso? — Ela bocejou, traçando minha barriga com os dedos. — Alguns anos atrás?

Dei um pequeno sorriso.

— É, algo assim.

— E como acabou se machucando quando era mais novo, por causa de imprudência?

— Treinando. Arranjando briga no pátio de treinamento com quem era maior e mais rápido do que eu, tentando provar meu valor — revelei. Em parte, era verdade. Os Comandantes que treinavam os exércitos atlantes eram famosos por diminuírem o ego de qualquer um, mas as outras cicatrizes, as dos Vorazes? A marca? Eram de quando eu fora prisioneiro. — O pai de um bom amigo ajudou a treinar a mim... e a meu irmão. Nós aprendíamos bem rápido, embora não tivéssemos a habilidade que achávamos ter.

Ela sorriu.

— O ego de garotos...

— Seu irmão também tinha esse defeito?

— Não. — Poppy riu enquanto eu puxava seu cabelo de leve. — Ian nunca se interessou por aprender a empunhar uma espada. Ele é muito mais interessado em criar histórias.

— Inteligente, então — murmurei.

Ela assentiu.

— Ian abomina qualquer tipo de violência, mesmo em defesa própria. Ele acredita que qualquer conflito pode ser resolvido com conversa; quanto mais estimulante, melhor. Ele... — Ela olhou para mim de novo. — Ele não gostou que eu estivesse treinando para lutar... Bem, ele não gostava da ideia da violência, mas sabia que era algo de que eu precisava.

— Ele parecia ser um bom irmão.

— Ele é.

*É.*

No tempo presente.

Mas ele não era mais. Quaisquer que fossem as ideias antiviolência que Ian tivera antes, já o haviam abandonado havia muito tempo... no momento em que ele Ascendera.

Aquilo ficou pesando em minha mente enquanto contava a ela sobre a cicatriz na minha cintura, um corte de uns três centímetros que fora cortesia das presas de um javali que meu irmão tinha me desafiado a capturar.

Era nítido que Poppy estava lutando para ficar acordada ao longo da conversa, e o jeito como ela ficava piscando sem parar era... era fofo demais. Enfim, o sono a venceu, mas continuou fugindo de mim enquanto eu seguia ali com a mecha de cabelo dela ao redor do dedo.

Quando ela acordasse, eu teria que contar a ela a verdade e o que estava por vir. Eu precisaria convencê-la de que os Ascendidos eram os monstros. Assim, eu poderia prepará-la para o que encontraria na capital quando eu a trocasse por Malik. Ela era uma guerreira. Ela sobreviveria até que eu a encontrasse de novo.

*Eu não posso fazer isso.*

Caralho. A ideia de entregá-la à Coroa de Sangue me enojava. Poderia acontecer qualquer coisa com ela. Qualquer coisa. Eles precisavam dela por algum motivo. Não havia razão para que eles a chamassem de Escolhida e convencerem um reino inteiro do fato a menos que eles fossem se beneficiar com aquilo de alguma forma. Mas mesmo se eles realmente só planejassem Ascendê-la? Senti um aperto no peito. Eu não poderia deixar que aquilo acontecesse... que ela se tornasse uma criatura fria e desalmada que não mais buscaria eliminar o sofrimento dos outros, e sim se deliciaria em provocá-lo.

Mas eu tinha que libertar meu irmão, e a única forma de fazer isso era usando Poppy.

A realidade da situação deixava meu peito pesado como uma pedra. Havia tantos "e ses"... E se eu não conseguisse reencontrá-la a tempo? E se ela não acreditasse em mim? E se ela escolhesse ficar com os Ascendidos? E por que não escolheria? Seu querido irmão era um deles. A Rainha que ela conhecia era como uma mãe para ela. Tudo bem, ela entendia que alguns deles eram capazes de cometer maldades, mas ela também descobriria que eu vinha mentindo para ela.

Eu estaria dizendo a ela que os Ascendidos a estavam usando para fundamentar suas alegações de serem Abençoados pelos Deuses e que poderiam machucá-la, mas eu também a havia usado. Eu ainda a estava usando.

E eu a machucaria *sim* com a verdade.

Observei Poppy dormindo, sabendo que no momento em que ela descobrisse a verdade não haveria mais nada como *aquilo*. Não poderíamos mais apenas... apenas *viver*. Não haveria mais paz. Eu me tornaria quem ela aprendera a temer quando criança. Ela me odiaria. E eu merecia aquilo, mas ela tinha que lembrar que o que havíamos compartilhado fora verdadeiro. Não fora uma mentira. Ela tinha que lembrar.

Não importava o que acontecesse, eu precisava encontrar uma saída para Poppy.

Cacete, tinha que haver uma saída. Uma que funcionasse para libertar meu irmão, impedir uma guerra iminente e também garantir a segurança dela mesmo que ela nunca deixasse de acreditar nos Ascendidos. Porque não era como se eu pudesse deixá-la ficar andando livre por aí, nem mesmo ali, não com aqueles que acreditavam que ela tinha, por vontade própria, servido como símbolo da Coroa que tanto tirara deles. Havia pessoas às quais eu a confiaria no Pontal de Espessa, que ficava no limiar das Skotos. Ela poderia viver uma vida plena e feliz lá. Mas eu não poderia arriscar tudo pelo que tínhamos trabalhado se ela nos traísse ao fim de tudo, correndo de volta para os Ascendidos quando tivesse a chance.

Deitei as mechas de seu cabelo no próprio braço dela, com a mente fazendo o que sempre fazia na calada da noite. Só que dessa vez ela não estava conjurando antigas lembranças. Estava a toda para achar uma solução.

Mas eu já tinha a resposta, não tinha?

Fechando os olhos, xinguei baixinho. Era a única opção.... a menos que descumpríssemos o acordo logo depois que eu fizesse a troca, não permitindo que a Coroa fosse longe com ela. E seríamos *nós* descumprindo o acordo. Não só eu. Eu era sincero comigo mesmo admitindo que aquilo custaria não apenas aqueles que conseguiam lutar ali, mas muito mais gente.

E eu era esperto o bastante para perceber que o mero ato poderia desencadear a guerra que eu desejava evitar.

# ESTAVA ACABADO

Acordei algum tempo depois, com o corpo aconchegado no de Poppy. Ela ainda usava meu braço como travesseiro, mas tinha se virado para o outro lado enquanto dormia, de modo que suas costas estavam contra meu peito. Meu outro braço envolvia sua cintura, e uma das minhas pernas estava aninhada entre as dela.

Fiquei deitado ali no silêncio do quarto, ainda iluminado pelas lamparinas a gás. O fogo na lareira havia diminuído um pouco, mas o local ainda estava quente. Não devia fazer muito tempo que eu pegara no sono, e eu não fazia ideia do que tinha me despertado. Eu nunca tinha dormido tão perto de alguém daquela forma antes. Geralmente eu gostava de espaço. Mas era confortável. Mais do que confortável. Mais do que agradável. Eu poderia dormir daquele jeito, com seu corpo encostado no meu, pela eternidade.

Ouvi uma batida suave à porta. Franzindo a testa, levantei a cabeça. Ainda devia ser meio da noite, então eu duvidava de que quem quer que estivesse à porta trouxesse boas notícias. Eu podia só fingir não ter ouvido?

Não. Não podia.

Contendo um xingamento, olhei para Poppy. Hesitando em deixá-la, mas sem querer que a batida se repetisse e a despertasse, tirei a perna de entre as dela enquanto acariciava seu braço e a pele suave de sua cintura. Segurando o cobertor, cobri-a até os ombros. Tirei o braço de debaixo dela e coloquei sua cabeça no travesseiro, depois me levantei. Passei a mão pelo cabelo e dei uma olhada no chão, encontrando minha calça. Vesti e fui à porta antes que a batida recomeçasse.

Magda estava ali.

— Três coisas. Já cuidaram de dois dos visitantes.

Ela falava dos guardas.

— Os outros?

— Estamos cuidando disso — respondeu ela com a voz a baixa. — A segunda coisa é que Elijah quer falar com você. — Ela levantou a trouxa que carregava, com a expressão neutra. — E em terceiro, estou com a roupa da *Donzela*.

Peguei a roupa de Poppy.

— Não dá para Elijah esperar?

— Não. — Magda inclinou a cabeça, tentando ver atrás de mim. Mudei de posição, bloqueando seu olhar. — Chegou um recado de Atlântia.

Meu corpo ficou imediatamente tenso.

— Já saio.

Magda assentiu, ainda tentando ver atrás de mim, com um olhar preocupado.

Fechando a porta, coloquei a trouxa de roupa limpa na cadeira. Um recado de Atlântia. Provavelmente não era nada bom. Eu me virei.

Poppy estava acordada.

Em silêncio, fui para perto dela e estiquei a mão, segurando a mesma mecha de cabelo que sempre acabava caindo em seu rosto. Coloquei-a para trás.

— Oi — sussurrou ela, fechando os olhos e pressionando a bochecha na palma da minha mão. — Já está na hora de levantar?

— Não.

— Está tudo bem?

— Tudo bem. Eu só preciso cuidar de uma coisa — revelei, acariciando sua bochecha com o polegar, na região logo abaixo da cicatriz. — Você não precisa se levantar agora.

— Você tem certeza?

Sorri quando ela bocejou.

— Sim, Princesa. Durma. — Ajeitei o cobertor em volta dela de novo. — Voltarei assim que puder.

Poppy voltou a dormir antes que eu terminasse de vestir o agasalho e as botas. Fui até a porta de novo, então parei, querendo olhar para ela de novo, me certificar de que ela estivesse confortável, mas me contive. Se eu fizesse aquilo, provavelmente acabaria dizendo *que se foda essa porra* e voltaria a me deitar ao seu lado.

Deixei o quarto em silêncio, desgostando da ideia de deixá-la sozinha, embora Kieran estivesse a duas portas de distância e fosse ouvir qualquer coisa preocupante.

Sem me dar ao trabalho de descer escadas, apoiei a mão no corrimão e saltei. O ar frio da noite e as rajadas me alcançaram e me engoliram. Caindo agachado, logo me levantei. As botas varriam a neve enquanto eu passava sob o teto do corredor do segundo andar e entrava pela porta lateral. O forte estava silencioso enquanto eu ia até o escritório.

Elijah estava lá, novamente atrás da mesa. Delano estava com ele. Era possível que nenhum dos dois tivesse saído de lá, mas outro homem havia chegado. Um de cabelo claro que trabalhava com Alastir. Senti a irritação me pinicando a pele quando ele se voltou na minha direção, fazendo uma reverência rígida. Delano ergueu as sobrancelhas para mim e deu um gole no mesmo copo de uísque de que provavelmente estivera desfrutando por horas.

— Orion — cumprimentei o Atlante com um aperto de mãos. — Faz um tempo que não te vejo.

— É, faz um tempo. — Orion deu um sorriso forçado. — Muito tempo desde que você esteve na capital.

— É verdade. — Cruzei os braços. — Eu não imaginava encontrá-lo por estas bandas.

— Eu teria preferido arrancar meu próprio coração a estar aqui, mas fui enviado para entregar uma carta de extrema importância.

Ele enfiou a mão dentro da casaca e tirou de lá um pergaminho dobrado.

Peguei o papel, virando-o enquanto Elijah perguntava a Orion como tinha sido o trajeto. O selo dourado com um brasão atlante (o sol com uma espada e uma flecha) despertou sentimentos em mim. Nostalgia pela terra natal? Talvez. Mas a linha tênue cortando o meio do selo me informou de que ele tinha sido rompido e a cera, refundida.

Dando um sorriso tenso, olhei para Orion enquanto rompia o lacre. Ele retribuiu o sorriso enquanto respondia à pergunta de Elijah. Não fiquei nem um pouco surpreso por ele ter lido. Afinal, ele era leal à Coroa e a Alastir, e ia querer saber o que Emil tinha a dizer para o Príncipe de Atlântia.

Abrindo a carta, o músculo em minha mandíbula começou a pulsar quando li a primeira frase. Passei o olho rápido pelo resto. A carta fora escrita de modo que a maioria não entenderia. O esperto Emil a tinha codificado, mas era nítida para mim. Ele tinha feito o possível para interceder por mim junto a Alastir, mas de alguma forma ainda assim haviam chegado aos ouvidos do Conselheiro meu paradeiro e meus planos.

O que significava que meu pai, o Rei, também estava ciente do que eu estava fazendo. Que eu tinha ido capturar a Donzela.

Eu não estava chocado de saber que enfim Alastir tinha descoberto as minhas intenções. Contudo, eu não esperava ler a última parte.

Meu pai, o Rei, estava a caminho de Novo Paraíso.

Caralho, pelos Deuses.

— Fico feliz de você chegar aqui antes da tempestade — comentou Delano. — Mas estou confuso.

Levantei a cabeça, revezando o olhar entre Delano e Orion.

Orion levantou a sobrancelha.

— Confuso com o quê?

— Bem, a palavra certa talvez não seja *confuso* — ponderou Delano, colocando o copo na mesa. — Imagino que "admirado" seja melhor. Estou admirado de você aparecer aqui com uma missiva para o Príncipe no dia em que ele chegou a Novo Paraíso.

Dobrei a carta devagar.

— Ora, isso me deixa admirado — complementou Elijah, com os pés escorados na mesa e um grande sorriso no rosto com barba. — Que sincronismo perfeito.

— Foi mesmo — afirmou Orion com neutralidade. Nada em seu tom indicava falsidade, mas o canto de seu olho direito tremeu. — Suponho que eu tenha dado sorte.

— Suponho que tenha. — Delano sorriu, e seus olhos azuis brilharam. — Ah, espere aí. Elijah e eu ficamos intrigados em relação a uma coisa. Você chegou logo depois do Príncipe.

— E ainda assim você esperou para me chamar? — questionei.

— Fiz um trajeto longo e difícil até aqui, Vossa Alteza. — Orion ergueu o queixo. — Eu estava com fome e precisava de um momento para me recompor.

— Bem, todos nós precisamos de momentos para nos recompor. — Sorri. — Quando meu pai saiu com destino a Novo Paraíso?

Elijah virou a cabeça para mim, o sorriso sumindo.

— Perdão?

Orion franziu a testa.

— Não vamos fingir que você não leu esta missiva e então tentou encobrir o fato.

Joguei a carta na mesa.

Os ombros de Orion ficaram rígidos. Um instante se passou.

— É meu dever manter Alastir informado, e consequentemente manter o Rei e a Rainha informados…

— Sim, sim. Eu sei. Você estava só cumprindo seu dever. Agora, recapitulando… — interrompi. — Quando meu pai partiu?

— Imagino que logo depois que Alastir me mandou para cá. É provável que ele chegue daqui a mais ou menos um dia, a depender das condições da tempestade — informou Orion. — Devo encontrá-lo em Berkton.

Evitei deixar transparecer o choque. Berkton ficava a meio dia de distância dali a cavalo… Era um vilarejo no limiar da mata do Clã dos Ossos Mortos, havia muito tempo esquecido. Nem existia mais uma Colina por lá. As casas tinham todas virado destroços, mas a mansão seguia de pé e com frequência era usada como abrigo. Um abrigo bastante inadequado para um Rei e o Conselheiro da Coroa, porque se meu pai estivesse a caminho, Alastir também estava.

Deuses, aquele era um desdobramento muito problemático. Um com o qual eu teria que lidar depressa.

Olhei para Orion. Eu não conhecia bem o homem, mas eu conhecia Alastir. Ele era como um segundo pai para mim. O único motivo de ele ter deixado Orion entregar uma missiva de Emil era porque o documento lhe fornecia mais informações. Alastir sempre gostava de saber mais do que o que lhe era contado. Ele tinha enviado Orion para bisbilhotar, e aquela era a razão de ele encontrá-los em Berkton em vez de aguardar que eles chegassem ali, onde havia acomodações muito mais confortáveis.

— Essa não — murmurou Delano. — Ele está com aquele olhar.

Orion franziu a testa ao olhar para o lupino loiro.

— Aham. — Elijah assentiu. — Está mesmo.

Delano se inclinou à frente.

— Sabe o que esse olhar significa? — perguntou o lupino, acenando na minha direção com o queixo.

Eu continuava com o sorriso tenso.

O Atlante balançou a cabeça ao me analisar.

— Não, eu não sei.

— Bem, eu já vi esse olhar uma ou umas cem vezes — prosseguiu Delano. — Aquele sorriso ali? É sempre um aviso.

Orion inalou depressa enquanto revezava o olhar entre nós.

— Geralmente aparece logo antes de uma grande quantidade de sangue ser derramada — revelou Delano.

— Uma grande quantidade — contribuiu Elijah.

— Eles estão dizendo a verdade. — Meu sorriso se ampliou, oferecendo um vislumbre das minhas presas. — Vou deixar uma coisa bem clara, Orion. Eu sei que você está a serviço de Alastir, e, sendo assim, da Coroa, e você deve ser um homem absurdamente leal para viajar sozinho por terras infestadas de vampiros.

— Eu sou muito leal — confirmou ele, erguendo o queixo.

— Só que aí é que está. Eu não estou nem aí para a sua lealdade a Alastir ou a meu pai. Aqui? — Abri bem os braços. — Eu não sou o filho do meu pai. Eu não sou seu Príncipe. Sou apenas um homem com quem não devem se meter, então vou perguntar apenas uma vez. O que planeja contar ao Rei quando reencontrá-los?

Orion apertou os lábios enquanto focava o olhar âmbar em mim.

— Eu direi que os rumores são verdadeiros. Que você capturou a Donzela, e que ela está aqui com você.

— Eu imagino que isso vá deixar meu pai muito feliz — murmurei. — Imagino que ele já tenha planos para ela.

Orion relaxou.

— Ele tem.

Inclinei a cabeça.

— E que planos são esses?

— Eu desconheço os detalhes — retrucou ele.

— Ah, não, eu tenho certeza de que Alastir conhece os detalhes — rebati. — O que significa que você também conhece. Quais são os planos dele? — Fiz uma pausa. — E isso estou *sim* perguntando como seu Príncipe.

Orion deu uma risada gélida.

— Interessante como usa seu título quando lhe convém.

Dei um sorriso.

— É mesmo, não é?

— Você deveria estar em casa, Casteel. — Orion deu um passo em minha direção. Por cima do ombro, vi Elijah estreitar os lábios. — Seu pai e sua mãe precisam de você lá. Alastir precisa de você. O reino precisa de você.

— O que você acha que estou fazendo aqui, Orion? — questionei.

— Eu sei o que acha que está fazendo. Seus pais e Alastir também, mas se quer salvar seu povo, você deveria fazer isso em casa, onde é seu lugar — implorou ele, balançando a cabeça. — A coroa devia ter sido passada a você anos atrás...

— A coroa é do meu irmão — interrompi. — O Príncipe Malik é o herdeiro.

— O Príncipe Malik está...

— Se eu fosse você, eu não terminaria essa frase não — alertou Delano.

Orion fechou a boca.

Eu me forcei a conter a fúria crescente.

— Você ainda não me respondeu.

Orion jogou o capuz para trás, apoiando a mão no quadril.

— Ele planeja enviar uma mensagem à Coroa de Sangue.

Tudo dentro de mim desacelerou, mas a ira... Eu conseguia sentir o gosto de seu amargor intenso.

— E qual é a mensagem?

— A Donzela — revelou ele. — Ele vai retorná-la a eles. A cabeça dela. Então nossos exércitos...

Golpeei, socando o peito de Orion. O osso e a cartilagem racharam e cederam.

— Eita — murmurou Delano.

O sangue jorrou, e Orion arregalou os olhos. Ele abriu a boca quando meu punho arrebentou suas costelas. Seu corpo começou a ter espasmos quando meus dedos envolveram seu coração.

Sorrindo, puxei a mão para trás.

— Talvez eu mande isso de volta para meu pai em vez de você.

Orion abaixou o queixo devagar, olhando para a ferida aberta no pcito.

Calado, ele soltou o ar, espirrando sangue, caindo de joelhos e então terminando de cair com a cara contra o chão.

— Mas não vou fazer isso. — Eu me virei, lançando o coração do Atlante no fogo. As chamas estalaram e tremeluziram, cuspindo brasa. — Eu tenho mais classe do que isso.

Delano contorceu a boca, olhando para a lareira.

— Isso foi meio nojento.

— Bem — disse Elijah devagar, pegando o copo de uísque e virando. — Eu não estava esperando a notícia de que o Rei está para chegar. — Ele se inclinou à frente, passando a mão pela mesa. Então pegou o copo de Delano, virando também o resto da bebida. — Eu também não esperava ver o coração de um homem hoje.

— Mas cá estamos nós. — Eu me ajoelhei, usando a casaca de Orion para limpar o sangue e as entranhas da minha mão. Não ajudou muito. Eu me levantei. — Infelizmente, nosso leal mensageiro encontrou um triste e prematuro fim a caminho de Berkton.

— Entendido — respondeu Elijah enquanto Delano fazia um som de deboche. O lupino se levantou, indo até o aparador. A cadeira atrás da mesa rangeu quando o metade Atlante se recostou de novo. — O Rei realmente está em Solis?

— É o que parece.

As chamas se aquietaram.

— E você acha que é isso que seu pai realmente planeja? — questionou Elijah. — Quer dizer, é bem brutal. Até mais do que isso aí. — Ele acenou com a cabeça para o corpo esparramado de Orion enquanto Delano pegava um jarro de água. — Ele era um babaquinha convencido... como muitos de vocês, fundamentais. Sem ofensas.

Fiz um som de deboche.

— Não ofendeu.

— Mas arrancar a cabeça da Donzela? — Ele assoviou baixo. — Ela é só uma garota.

*Só uma garota.*

Poppy não era *só* nada.

— Meu pai não é um homem cruel — falei quando Delano se aproximou de mim, oferecendo uma toalha molhada. — Obrigado — murmurei, aceitando o pano para limpar a mão. A ironia de eu ter feito algo parecido antes naquela noite era... bem, era algo. — Anos atrás? Antes de tudo? Ele não teria considerado isso — Principalmente se tivesse estado na companhia de Poppy por um tempo e visto que ela não tinha escolhido aquela vida. — Mas depois do que fizeram comigo? Com Malik? E com todos aqueles que foram capturados pela Coroa de Sangue? — Esfreguei o pano contra a pele, limpando-a. — Ele é capaz de tudo.

Delano voltou a se sentar.

— E o que você vai fazer com ela, Cas?

Soltei uma risada enquanto jogava outra toalha suja no fogo, e o som foi igualzinho às chamas que cuspiam e sibilavam.

— Eu não planejo fazer isso.

— Não brinca. — Elijah fez um som de escárnio. — Eu imaginei que manter a cabeça dela no lugar estivesse implícito no alerta de ninguém-toca-nem-a-machuca de antes. — Ele deu um sorrisinho para o corpo de Orion. — Mas talvez ele tenha estado muito ocupado desanuviando as ideias para ouvir aquilo.

— Você sabia que ele estava aqui?

Passei por cima das pernas de Orion enquanto eu seguia para o aparador, sentindo uma pontada abafada e repentina de desconforto na lateral da barriga. Surgiu e desapareceu depressa.

— Eu sabia que ele estava aqui, mas não sabia *quem* ele era. Só que era Atlante — revelou Elijah. — Você vai a Berkton?

Puxando a rolha do uísque, dei um gole. O álcool desceu fácil.

— Tenho que ir. — Bebi de novo e esperei que aquela sensação momentânea retornasse. Não retornou. — Em quais condições está a mansão Berkton?

— Nós a mantemos de pé e abastecida com suprimentos — respondeu Elijah.

— Que bom. — Eles teriam que utilizar aqueles suprimentos porque eu não poderia permitir que meu pai chegasse ali. Ainda não. — Vou partir de manhã. Chego lá à tarde e então volto.

— Você vai ter que ir bem rápido para não pegar a tempestade. Não parece muita coisa agora, e vai ter uns ventos mais fracos, mas quando firmar de vez, vai ser uma das grandes — disse Delano, apoiando os cotovelos nos joelhos.

— Malditos lupinos. — Elijah riu, fazendo a mesa sacudir. — Eles são como os nossos previdentes particulares.

Delano ignorou aquilo.

— Está vindo do leste, então se passar uma hora a mais em Berkton, vai ficar preso lá ou no meio do caminho.

— Não vou ficar preso.

— Vou com você — afirmou Delano.

536

— Não. Eu quero que você fique aqui. — Coloquei a rolha de volta no uísque. — Para protegê-la.

— A mensagem foi enviada e recebida por todos no Forte Paraíso — garantiu Elijah, olhando para o chão de propósito. — Ninguém aqui seria tolo o suficiente de te desobedecer.

— Eu prefiro não arriscar. — Passei os dedos pelo cabelo. — Aliás, o nome dela é Penellaphe. Seria melhor chamá-la pelo nome do que de Donzela.

— Aham. — Elijah assentiu, dando uma risadinha. — Seria melhor. — Ele tirou os pés da mesa. — Magda disse que ela foi gentil, ainda que estivesse um tanto nervosa.

— Ela é... — Eu me virei ao ouvir os passos retumbantes. — Mas que porra aconteceu agora?

A porta se escancarou, e Naill entrou depressa.

— Temos um problema.

Levantei a sobrancelha ao ver a besta na mão dele.

— Que tipo de problema?

— Os guardas remanescentes estão tentando fugir com a sua Donzela — respondeu Naill, franzindo a testa ao ver o corpo no chão.

— Mas que caralho? — retruquei, entrando em ação. — Cadê eles?

— Estão nos estábulos — respondeu Naill, e Delano e Elijah se levantaram, suas passadas longas emparelhando com as minhas quando saí para o corredor. — Cas, temos um problema maior do que os guardas tentando fugir com ela — acrescentou Naill. Seus olhos dourados encontraram os meus. — Eles viram Kieran. Em forma de lupino.

— Caralho — murmurou Delano.

Senti o sangue congelar nas veias.

— Como? Como isso aconteceu?

— Pelo que consegui entender do que vi, Phillips tentou levá-la. Ela relutou, e Kieran interveio. Ele se feriu... Ele está bem — acrescentou Naill depressa.

Aquela sensação estranha antes...

— Mas ele se transformou — prosseguiu Naill. — Ele está nos estábulos. Eles bloquearam a porta pelo lado de dentro.

Eles.

*Poppy.*

Por um instante, fiquei ali estático no corredor do forte. Eu não conseguia me mexer. Algo parecido com *horror* tomou meu corpo. Eu poderia ter contado a ela. Eu deveria ter contado. Teria evitado que ela descobrisse daquela forma, mas era tarde demais. Estava acabado. Tudo com Poppy. A proximidade. O carinho. A possibilidade de estar no agora e não no passado, não no futuro. A paz que eu tinha encontrado ao lado dela. Eu soube de imediato. *Estava acabado*. Então me mexi, cambaleando para trás sob o peso da dor. Parecia que tinham enfiado a mão no meu peito e arrancado meu coração. Olhei para baixo, como Orion havia feito, mas não havia nenhuma ferida aberta. Ainda assim, eu sentia uma dor agonizante.

— Kieran provavelmente não conseguiu se controlar quando se feriu — explicou Delano, e olhei para ele, um tanto desnorteado. Ele olhava para meus punhos. Seu tom era preocupado. — Isso ativa nosso instinto.

Eu sabia daquilo.

— Você não contou nada a ela, contou? — perguntou Elijah.

Enfim, encontrei a voz.

— Não. Eu não tive… Eu não tive a chance.

— Beleza, então qual é o plano? — Elijah estreitou os olhos em alerta… atento, como se *soubesse*. — Deixamos que eles tentem fugir? Acabamos com eles lá fora? Podemos deixar Kieran quieto por um tempo, fingir que não sabíamos quem ele era. Isso vai te dar um tempo para lidar com sua…

— Não. — Não havia mais sentido naquilo. Estava tudo acabado. — Eles não vão levar a Donzela. Ela fica aqui.

Eu me fechei em mim mesmo como havia feito sob o salgueiro… tudo. A dor. A culpa. O medo de que ela esquecesse de que o que tínhamos compartilhado não fora uma mentira. Que fora verdadeiro. Eu precisava me controlar. Mal haveria tempo para explicações, menos ainda uma mentira complexa para acalmar Poppy temporariamente. Coloquei todos os sentimentos atrás de uma muralha tão grossa que eu mal conseguia senti-los. Meu peito e minhas entranhas estavam gélidos, mas não senti nada enquanto pegava a besta das mãos de Naill. Aquilo não duraria, mas no momento…

Eu era nada.

— Delano, vá pelos fundos dos estábulos. — Olhei para Naill. — Vá com ele.

Os dois assentiram.

— Eles não vão conseguir tirar os cavalos pelas portas dos fundos — informou Elijah. — Se eles tentarem fugir, vão ter que fazer isso a cavalo.

— Se um deles realmente tiver descoberto quem somos, eles vão a pé — respondi, então me virei para Naill e Delano. — Acabem com os guardas, mas não toquem nela.

— Entendido — respondeu Delano.

Girando, saí do forte e pisei no terreno congelado. A neve tinha cessado. A noite estava silenciosa, a não ser pelo som da madeira estalando nos estábulos. Trinquei a mandíbula.

— Espere — disse Elijah.

Continuei andando. Os estábulos surgiram à frente, as janelas brilhando com a luz amarela de lampiões. Um lupino castanho enorme estava na entrada, arranhando e escavando em frente à porta.

— Merda. — Elijah segurou meu braço. — Espere um segundo.

Parei, abaixando o olhar para onde ele me segurava. Devagar, foquei o olhar no dele.

— É, eu sei. Acabei de ver você arrancar o coração de um homem. Provavelmente eu não deveria estar colocando as mãos em você desse jeito, mas você precisa me ouvir. Eu não sei que porra está acontecendo entre você e aquela garota, mas nada é que não é. Não se dê ao trabalho de dizer o contrário. Eu sei a verdade.

Rangi os dentes.

— E eu não me importo com isso agora. O que eu me importo é com você... com o que você vem há anos trabalhando para conquistar. Não só seu irmão. O que você esquematizou aqui e no Pontal de Espessa. Tudo isso vem funcionando porque esses homens e mulheres são leais a você. Eles acreditam em você — afirmou ele, com o rosto a centímetros do meu. — E certo ou errado, eles só verão a Donzela da forma como a conhecem: como um símbolo daquilo que arrancou tanto deles.

Ele manteve o olhar no meu.

— E embora eles sigam suas ordens, não foram poucos os que se ressabiaram ao descobrir o que você fez com Jericho. E não foram poucas as línguas correndo soltas depois que vocês chegaram, quando viram a forma como você a tratava. Este forte é grande, mas não grande o bastante para eles não saberem onde foi que você passou as várias horas desta noite.

Puta que pariu.

— E eu aposto que foi isso também que chegou aos ouvidos de Orion antes de ele decidir ir ao meu escritório — prosseguiu ele, o vento levantando a neve no chão e fazendo-a girar em um frenesi. — Se você entrar lá e a tratar de qualquer outra forma que não seja como deveria tratá-la? Com seu pai a caminho daqui? Querendo a cabeça dela? — Sobre sua voz, havia o som de Kieran colidindo contra a madeira. — As pessoas aqui vão até contra o próprio Rei por você, mas se acharem que você está na palma da mão da porra da Donzela, você corre o risco de perder o apoio deles. E não é isso o que você quer.

Elijah tinha toda a razão. Meu pai estava a caminho. Ele queria a cabeça dela, e ele era o Rei. Seu comando superava o meu, exceto ali. Em Solis, eles eram leais a mim. Era a única razão de eu estar onde estava. Mas se eu perdesse o apoio deles?

Poppy morreria.

Aquele pânico e a dor ameaçaram retornar, mas não permiti. Eu faria qualquer coisa para garantir que aquilo nunca acontecesse. Qualquer coisa. Mesmo se aquilo significasse me tornar o que ela mais detestava.

O Senhor das Trevas.

— Eu sei — respondi.

Elijah assentiu e soltou meu braço. Eu me virei e fiz a curva no forte.

Kieran se afastou das portas do estábulo, com a cabeça virando em minha direção. Seu grunhido foi baixo e furioso.

— Está tudo bem.

Acariciei suas costas com a mão esquerda ao passar por ele. O gelo tomando minhas entranhas foi atravessado pela fúria quando senti o cheiro e vi o sangue cobrindo o pelo de sua perna e cintura.

Deixei que a raiva me tomasse quando cheguei às portas do estábulo. Não contive a força quando peguei impulso e chutei o meio da porta. A madeira se lascou e cedeu. As portas se abriram, e tudo o que me permiti sentir foi raiva quando absorvi depressa o que acontecia diante de mim.

Vi os guardas. Os cavalos empinados. O maldito Jericho. E Poppy. Eu a vi, corajosa e audaciosa como de costume, segurando a adaga de pedra de sangue.

— Hawke! — gritou Poppy, com evidente alívio no rosto, e não me permiti sentir absolutamente nada. Ela fez menção de ir em minha direção. — Graças aos Deuses, você está bem.

Phillips avançou, segurando o braço dela.

— Afaste-se dele.

Voltei o olhar a ele, à mão dele no braço de Poppy. Ela se soltou. E se virou para Jericho.

— Mate-o! — gritou ela. — Foi ele quem... — Poppy arregalou os olhos, vendo Kieran aparecendo atrás de mim. — Hawke, atrás de você!

Phillips a segurou de novo, daquela vez pela cintura.

— Está tudo bem — respondi a ela, erguendo a besta e disparando.

A flecha acertou meu alvo, afastando Phillips de Poppy com tanto ímpeto que o guarda acabou empalado no mastro atrás deles enquanto ela caía de joelhos.

Abaixei a besta enquanto ela olhava para onde estava Jericho, o desgraçado sorridente de cabelo desgrenhado. Então ela viu a espada de Phillips caída em meio à palha. Eu soube o exato momento em que ela viu o sangue pingando ali... em que viu Phillips. Seu corpo estremeceu.

Luddie, o outro guarda, gritou, erguendo a espada enquanto avançava.

— Com minha espada e com minha...

Delano disparou uma flecha, surgindo em meio às sombras das baias, acertando Luddie por trás e levando-o ao solo coberto de palha.

O último guarda tentou escapar. Eu não me lembrava do nome dele.

Kieran foi mais rápido, saltando no ar. Ele caiu em cima do mortal, suas garras cravando nas costas do guarda e suas mandíbulas poderosas se fincando no pescoço do Caçador, torcendo-o.

Houve um momento de silêncio.

Que não durou muito.

Jericho foi à frente, dando um sorrisinho ao olhar para Poppy.

— Estou muito grato por estar aqui para presenciar esse momento.

— Cale a boca, Jericho — ordenei, sentindo o vento chicoteando minhas costas.

Poppy levantou a cabeça, o olhar encontrando o meu. Sua trança tinha caído em seu ombro, e aquela mecha de cabelo estava no rosto, como sempre. Percebi que ela não estava usando a casaca. Phillips havia planejado levá-la embora desprotegida naquele tempo? Ela teria congelado ou acabado doente. Não senti uma gota de culpa por ter matado aquele energúmeno.

— Hawke? — sussurrou ela, segurando a palha úmida.

Não senti nada.

Poppy recuou, a respiração acelerada.

Eu não era nada.

— Por favor, diga-me que posso matá-la — pediu Jericho. — Eu sei exatamente quais pedaços quero cortar e mandar de volta.

— Toque-a e você perderá mais do que só a mão desta vez — alertei-o, sem desviar o olhar dela. — Nós precisamos dela viva.

# RESPIRAÇÃO ENTRECORTADA

— Você não é nada divertido — murmurou Jericho enquanto Poppy me olhava. — Eu já disse isso antes?

— Uma dezena de vezes — respondi.

Poppy estremeceu.

Ela tinha *estremecido* por causa de mim. Eu não podia me permitir registrar aquilo. Nem poderia me permitir ver o que eu havia feito pelos olhos dela. Eu já sabia o que encontraria ali. Descrença. A compreensão por fim. Terror. Dor. Traição...

Desviei o olhar, focando na palha ensanguentada e nos corpos.

— Essa bagunça precisa ser limpa.

Kieran balançou a cabeça, então se ergueu. O som de seus ossos se encurtando e se quebrando para voltar aos lugares durou alguns segundos. Mais uma vez, ele estava ao meu lado na forma humana. Busquei sinais de sua lesão, vendo apenas uma marca sutil na lateral do corpo. Levantei a sobrancelha para a calça rasgada. Geralmente ele não fazia esforço nenhum para garantir que sua roupa sobrevivesse à transição. Imaginei que ele tivesse feito aquilo por causa dela. Trinquei a mandíbula de novo.

— Essa não é a única bagunça que precisa ser limpa — afirmou Kieran, esticando os músculos do pescoço.

Eu sabia que ele não estava falando dela. Estava falando de mim. Aquela bagunça que eu criara... uma que atraía público. As pessoas estavam se esgueirando pelas sombras do estábulo e atrás de mim, a atenção despertada pela comoção.

Olhei para Poppy. Ela tinha recuado, ainda respirando de maneira muito rápida e superficial.

— Você e eu precisamos conversar.

— Conversar?

Poppy riu, mas o som me lembrou chamas estalando.

— Tenho certeza de que você tem um monte de perguntas — continuei, suavizando a voz quando a vi segurar a adaga com mais força.

Ela estremeceu outra vez.

Inalei com força.

— Onde... — Poppy tentou de novo. — Onde estão os outros dois guardas?

— Mortos — admiti, observando-a com atenção. — Foi uma necessidade infeliz.

Poppy ficou calada. Continuei de olho na adaga. Precisando tirá-la dali antes que ela fizesse algo que causasse uma reação dos outros, eu me aproximei dela.

— Não. — Poppy ficou de pé. — Diga-me o que está acontecendo agora.

Parei, me forçando a falar ainda mais baixo:

— Você sabe o que está acontecendo agora.

Ela abriu a boca, voltando o olhar para onde Elijah estava ao lado de Magda, atrás de mim. Ouvi passos suaves e soube que ao menos Magda tinha ido embora. Ela tinha um coração e alma boas. Não queria presenciar aquilo.

— Phillips estava certo — disse Poppy, a voz trêmula.

— Ele estava?

Entreguei a besta a Naill quando ele apareceu atrás de mim.

— Acho que Phillips estava começando a suspeitar das coisas — respondeu Kieran. — Eles estavam saindo do quarto quando fui vê-la. Mas ela não parecia acreditar no que quer que ele tivesse dito.

Vi novamente no rosto de Poppy... outro lampejo de compreensão. A forma como seu rosto ficou pálido, destacando as cicatrizes. Como ela inspirou com força. O tremor que sacudiu seu corpo.

Apertei os lábios ao sentir que aquela muralha que eu tinha fortificado, a que continha o caos dentro de mim, começava a rachar. *Elijah estava certo*, eu me lembrei. Ninguém ali poderia ver nada daquilo, nem mesmo Poppy.

— Bem, ele não vai suspeitar de mais nada — comentou Jericho devagar, pegando a flecha que sustentava Phillips. Ele a soltou do corpo do guarda, deixando o mortal cair. Então cutucou o homem com o pé. — Isso é certo.

Eu ia matar aquele puto qualquer dia desses.

— Você é um Descendido — murmurou Poppy.

— Um Descendido?

Elijah riu com vontade. Porque óbvio que ele acharia aquilo engraçado. Jericho franziu a testa para Poppy.

— E eu disse que você era inteligente.

Poppy o ignorou.

— Você está lutando contra os Ascendidos.

Confirmei com a cabeça.

A respiração de Poppy estava entrecortada.

— Você... você conhecia essa... essa coisa que matou o Rylan?

— Coisa? — repetiu Jericho. — Estou insultado.

— Isso é um problema seu, não meu — bradou Poppy, e tive que conter um sorriso. Aquilo não ajudaria em nada. Ela se virou para mim. — Eu achava que os lupinos estivessem extintos.

— Há muitas coisas que você pensou serem verdadeiras que não são — rebati. — Mas apesar de não estarem extintos, não restaram muitos lupinos.

Poppy inflou as narinas.

— Você sabia que ele matou Rylan?

— Achei que podia agilizar as coisas e sequestrá-la, mas sabemos como tudo acabou — interveio Jericho.

Ela voltou a atenção a ele.

— Sim, eu lembro muito bem como acabou para você.

Um rosnado profundo ecoou de Jericho.

Eu me aproximei.

— Eu sabia que ele me abriria uma brecha.

— Para que você... se tornasse o meu Guarda Real pessoal?

— Eu precisava me aproximar de você.

Poppy estremeceu de novo.

— Bem, você conseguiu, não foi?

A muralha dentro de mim tremeu mais uma vez também.

— Isso que você está pensando... — Eu sabia que ela estava pensando no que tinha acontecido antes naquela mesma noite. — Não podia estar mais longe da verdade.

— Você não faz a menor ideia do que estou pensando. — Poppy apertava a adaga com tanta força que seus dedos tinham perdido a cor. — E isso foi tudo... o quê? Um truque? Você foi enviado para se aproximar de mim?

Kieran arqueou as sobrancelhas.

— Enviado...

Lancei um olhar para Kieran calar a boca.

— Você foi enviado pelo Senhor das Trevas — afirmou Poppy.

Ela não tinha... Caralho. Ela ainda não tinha percebido que eu era o suposto Senhor das Trevas... ou, ao menos, estava se recusando a reconhecer o que estava nítido diante de si. Eu não poderia culpá-la por aquilo, mas eu faria o que fazia de melhor. Eu me aproveitaria daquilo. Havia uma chance de eu conseguir falar com ela... de maneira sensata, se ela não se permitisse acreditar que o Senhor das Trevas e eu éramos a mesma pessoa.

— Eu vim para a Masadônia com um objetivo em mente — respondi.

— Você.

— Como? — Poppy ergueu o queixo, engolindo em seco. — Por quê?

— Você ficaria surpresa com o número de pessoas próximas a você que apoiam a Atlântia, que querem ver o reino restaurado. Muitas delas abriram o caminho para mim.

— O Comandante Jansen? — adivinhou Poppy.

— Ela é esperta — falei, sorrindo um pouco porque, cacete, ela era incrível pra caralho. Mesmo ali, diante da minha traição. Ela se mantinha calma. Percebia as coisas. Eu continuava a me maravilhar com ela. — Como eu disse a vocês.

Poppy começou a piscar depressa.

— Você ao menos trabalhou na capital? — Ela voltou o olhar para Kieran. — A noite no... — Ela não conseguiu concluir, mas eu sabia que ela estava pensando no Pérola Vermelha. — Você sabia quem eu era desde o início.

— Eu a estava observando enquanto você me observava — revelei baixinho. — Na verdade, há mais tempo.

Ela estremeceu de novo, mais forte do que antes.

— Você... você estava planejando isso havia um bom tempo.

— Há *bastante* tempo — confirmei.

— Hannes. — A voz dela ficou carregada, rouca. — Ele não morreu de doença cardíaca, não é?

— Eu realmente acho que o coração dele deu um basta — respondi. — O veneno que ele bebeu junto com a cerveja naquela noite no Pérola Vermelha deve ter algo a ver com isso.

— Uma certa mulher o ajudou com a bebida? A mesma que me mandou lá para cima?

De que mulher estava falando? A que esteve no Pérola Vermelha e que ela tinha achado ser uma Vidente?

— Sinto que perdi informações cruciais — murmurou Delano com a voz baixa.

— Conto tudo a você mais tarde — comentou Kieran.

Poppy começou a tremer mais ao sussurrar:

— Vikter?

Neguei com a cabeça. Eu era responsável, mas não tinha encomendado a morte dele.

— Não minta para mim! — berrou Poppy. — Você sabia que haveria um ataque ao Ritual? Foi por isso que desapareceu? Por isso que não estava lá quando Vikter foi morto?

Eu conseguia ver a calma dela se dissipando. Eu precisava tirá-la de lá antes que sumisse de vez porque se eu sabia de uma coisa sobre Poppy era como ela reagia quando encurralada. De modo perigoso. E havia muitas pessoas perto dela. O babaca do Jericho. Rolf, que geralmente era mais esperto que aquilo. Um metade Atlante empunhando uma espada. Delano.

— O que eu sei é que você está chateada. Eu não a culpo, mas já vi o que acontece quando você fica com muita raiva. — Ergui as mãos, mantendo-as visíveis. — Há muitas coisas que eu preciso contar para você…

Vi o que aconteceria um segundo antes de ela se mover.

Poppy fez o que eu temia. Encurralada, atacou, e usando aquela maldita adaga. Ela impulsionou o braço para trás e atirou a lâmina bem no meu *peito*.

— Caralho — bradei, desviando enquanto esticava a mão, pegando a adaga antes que a arma encontrasse uma nova vítima.

Naill assobiou baixinho.

Eu me voltei na direção de Poppy. Cacete, ela era cruel.

E também era esperta.

547

Poppy devia ter sabido que eu pegaria a adaga, o que significava que...
*Cacete.*

Ela se abaixou, pegando a espada que fora de Phillips. Hesitei por metade de um segundo. Aquilo bastou para ela. Poppy se virou, golpeando com a espada. Não contra mim. Contra Jericho.

O lupino chegou para trás, mas a ação o pegara desprevenido; evidentemente ele ainda a subestimava. Ela o cortou na altura da barriga.

*Quase* ri, porém ela tinha derramado sangue, e a porra toda estava prestes a sair do controle.

— Vadia! — xingou Jericho com um rosnado, apertando a ferida na barriga com a mão que lhe restava.

Poppy se virou quando várias pessoas partiram para cima dela. Avancei, acertando um dos metade Atlantes na altura do peito e o jogando para trás enquanto Kieran se lançava à frente. Uma espada cortou o ar enquanto Kieran pegava Poppy pela cintura, afastando-a de Rolf e de outro. Segurei o lupino pela bainha da camisa, puxando-o para trás também.

— Não — falei com um grunhido, lançando-o para cima do metade Atlante.

Eu me virei a tempo de ver Kieran caindo com as costas no chão.

Poppy deu uma cabeçada na cara dele, fazendo-o soltar um grito. Ele afrouxou o aperto nela.

Poppy se soltou, tateando em busca da espada. Ela chegou à arma antes de Delano. Com astúcia, ele se afastou quando ela se levantou. Eu a vi girar, seu olhar feroz encontrando o meu.

Ela se deteve.

Aproveitei o momento.

— Isso foi tolice. — Segurei a espada, arrancando-a da mão dela. Eu precisava manter sua atenção, sua raiva, focadas em mim. Se ela atacasse um deles de novo, eu teria que matar cada desgraçado naquele estábulo.

— Você é tão violenta. — Abaixei o queixo e sussurrei o que eu sabia que garantiria que ela não ligasse para mais ninguém ali: — Ainda fico excitado.

Ela berrou, dando uma cotovelada bem no meu queixo.

— Droga — resmunguei, sorrindo enquanto a dor, que eu merecia, descia por minha coluna. — Não muda o que acabei de dizer.

Poppy se virou para a porta.

Elijah bloqueou a entrada, fazendo um barulho de "tsk" baixinho e balançando a cabeça.

Chegando para trás, ela se virou para a esquerda, onde estava Kieran. Ele piscou devagar. Ela se virou e disparou.

Eu a segurei antes que ela desse mais dois passos, girando seu corpo. Poppy enrolou as pernas nas minhas, fazendo-nos tropeçar. Caímos, com ela embaixo. Girei o corpo um segundo antes da colisão, minhas costas indo com tudo no chão.

— De nada — resmunguei.

Ela guinchou que nem um gato das cavernas, acertando o calcanhar em minha canela. A dor se espalhou pela minha perna, o que me fez exalar com força enquanto ela se contorcia, se debatendo em meus braços até que eu temesse que ela se machucasse. Relaxei o aperto só um pouco. Ela se virou, sentando-se sobre meu quadril com uma perna de cada lado...

Abri um sorriso.

— Gosto de aonde isso vai dar.

Ela me deu um *puta* soco na bochecha, e minha cabeça despencou na palha. Ela fez impulso com o braço de novo.

Segurei seu pulso, puxando-a para baixo para ela não ter a vantagem necessária com a outra mão.

— Você bate como se estivesse com raiva de mim.

Ela mudou de posição, levando o joelho para o meio das minhas pernas, e embora eu tivesse deixado que ela me desse uns tabefes, aquilo ali nem pensar.

Usei a coxa para bloquear o golpe.

— Isso teria causado um estrago e tanto.

— Ótimo — rosnou ela, com a trança pendurada no ombro e a mecha de cabelo caindo no rosto.

Eu afastaria a mecha, mas ela provavelmente usaria a oportunidade para enfiar as unhas nos meus olhos, ou pior, atacar outra pessoa.

— Ora, ora. — Mantive a voz baixa, sabendo que só Kieran estava próximo o bastante para ouvir aquilo. — Você ficaria decepcionada mais tarde se eu não pudesse mais usá-lo.

Ela abriu a boca e ficou olhando para mim, a incredulidade estampada em seu olhar.

— Prefiro arrancá-lo do seu corpo.

Levantei a cabeça da palha e sussurrei:

— Mentirosa.

Talvez eu tivesse ido longe demais na tentativa de manter o foco dela em mim porque toda aquela ira que jorrava dela me fez lembrar do som que emanara de Poppy quando fora para cima de Mazeen.

Caralho.

Aquele tipo de raiva atribuía uma força inacreditável a alguém. Ela chegou para trás, soltando-se de mim. Então, depois de ficar de pé em um pulo, ela ergueu um dos pés. Eu o segurei antes que ela esmagasse meu pescoço, puxando sua perna para baixo para ela não correr. Se corresse, era provável que acabasse incitando outra pessoa a detê-la.

Poppy caiu no chão ao meu lado, e um piscar de olhos depois, eu a senti socando a lateral do meu corpo com força o bastante para quebrar minhas costelas.

— Uau — murmurou Kieran devagar.

— Devemos intervir? — perguntou Delano enquanto ela fazia menção de me socar de novo.

Bloqueei o golpe com o braço.

— Não. — Elijah riu. Aquele desgraçado. — É a melhor coisa que eu vejo há um bom tempo. Quem diria que a Donzela sabia lutar?

— É por isso que não se deve misturar negócios com prazer — comentou Kieran.

— É esse o caso? — Elijah assobiou. Eu sabia muito bem que ele já tinha suspeitas daquilo. Era mesmo um desgraçado. — Então eu aposto nela.

— Traidores — respondi, arfando, e bloqueei as mãos de Poppy quando ela começou a tentar segurar minha cabeça, provavelmente tentando torcer meu pescoço.

Sendo sincero, eu teria deixado só para ver se ela conseguiria, mas aquilo tinha que acabar antes que ela se machucasse.

Ou me machucasse.

Eu me movi com mais rapidez do que ela conseguiria deter, rolando sobre ela e fazendo-a se deitar de costas. Ela tentou alcançar meu rosto. Segurei seus pulsos.

— Pare com isso.

Poppy não estava pronta para parar.

Ela levantou os quadris, tentando me tirar de cima dela. Então ergueu a parte superior do corpo, mas eu a mantive presa e analisei a parte da frente de sua camisa. O material estava escuro, mas parecia mais escuro na cintura.

— Saia de cima de mim! — berrou ela.

— Pare com isso — repeti. — Poppy. Pare...

— Eu te odeio!

Ela conseguiu soltar uma das mãos, me surpreendendo com a força. Ela era muito mais forte do que eu tinha percebido. Então ela...

Ela golpeou minha cabeça *de novo*. Senti uma dor dilacerante na boca.

— Eu te odeio! — gritou ela quando segurei sua mão de novo.

Prendi sua mão no chão, repuxando os lábios quando escorreu sangue da minha boca.

— Pare com isso!

Poppy parou.

Enfim.

Só seu peito se ergueu enquanto ela me encarava.

— É por isso que você nunca sorri de verdade — sussurrou ela.

De início não entendi o que ela queria dizer, então soube que ela tinha visto o que eu mal havia conseguido esconder todo aquele tempo. As presas.

Poppy estremeceu debaixo de mim, seus braços ficando moles.

— Você é um monstro.

Fiquei imóvel em cima dela, a dor de suas palavras, a verdade delas, me atingindo profundamente, mas contive aquilo. Não senti nada. Eu não *era* nada ao falar:

— Você finalmente me vê como eu sou.

Os lábios de Poppy tremeram, e seus olhos brilharam. Ela fechou a boca, contendo as lágrimas. O desejo de confortá-la, a vontade de checar como ela tinha se machucado ameaçavam romper o controle que eu tinha sobre mim mesmo. O ímpeto de lutar a deixara. Eu precisava daquilo.

Mas não era o que eu queria.

Ainda assim, era o que eu merecia.

# NEM TUDO ERA MENTIRA

— Quando falei para Delano colocá-la em um lugar seguro... — comentei com Kieran, que estava esperando nos estábulos agora vazios enquanto eu usava um balde de água limpa para lavar o sangue do rosto.

Ele tinha me esperado depois que eu entregara Poppy a Delano, alertara os outros para não tocarem nela e desaparecera na mata fria.

Eu tinha precisado ir me acalmar. Fisicamente. Mentalmente. Tudo. Porque eu estivera prestes a perder o controle e provavelmente fazer algo do qual eu me arrependeria.

Como arrancar o coração daqueles que haviam exigido a morte de Poppy.

Se eu fizesse aquilo, estaria tudo perdido. A vida de Poppy estava em jogo. Assim como a de Malik. A porra do Reino todo corria perigo. Eu precisara daquela calma. E a encontrara.

Passei a toalha no rosto.

— Eu não estava me referindo às masmorras.

— É, bem, é provavelmente o único lugar do qual ela não conseguirá escapar e trucidar todo mundo — respondeu ele em um tom sem emoção.

— Verdade. Sabe como Phillips descobriu tudo?

— Não sei ao certo, mas como falei antes, ele começou a fazer perguntas no momento em que saímos da Masadônia.

Eu supunha que não importasse mais, mas se ele tivesse apenas mantido as suspeitas para si mesmo... Caralho, não era a culpa do homem. Ele só estivera cumprindo seu dever.

— Recebi um recado de Atlântia. — Abrindo a porta do estábulo, começei a caminhar pela neve sólida. — Alastir enfim descobriu meus planos. Kieran xingou.

— Sabíamos que isso aconteceria, independentemente do que Emil conseguisse fazer.

— É, mas não é só isso. — Abri a porta lateral do forte para Kieran passar. — Meu pai está a caminho.

Ele parou, franzindo a testa.

— Caralho. Como assim?

— Tive a mesma reação. — Contei a ele depressa sobre Berkton e meu plano de detê-los lá. — Eu vou ter que convencê-lo de que mantê-la viva é a melhor estratégia.

— E se não conseguir?

— Então a guerra entre Solis e Atlântia vai ser a menor das preocupações do nosso povo. — Atravessei pelas portas do Salão Principal. — Eu não vou permitir que meu pai a machuque. — Parando, eu me voltei a Kieran. — E eu não espero que você fique ao meu lado em relação a isso.

O corpo dele pareceu se retesar.

— Se ficar ao meu lado contra meu pai, vai cometer um ato de traição — eu o lembrei. — E não vou deixar você ser expulso do Reino... de sua família.

— O vínculo...

— É uma ordem — intervim, sabendo que aquela era uma saída para Kieran.

Os olhos dele brilharam com um azul vívido e luminoso.

— Isso é uma puta palhaçada, Cas.

— É mais sobre fazer a coisa certa, ao menos uma vez.

— Não, é mais sobre você estar sendo um babaca teimoso, como de costume — rebateu ele. — O que você acha que Delano vai fazer se tiver que escolher entre você e seu pai? E Naill? Elijah? Minha irmã? Emil? Eu posso continuar com a lista de quem vai te defender.

— Eles receberão a mesma ordem.

— E você acha que isso vai fazer diferença? Caralho, Cas, pelos Deuses. Você é mais esperto que isso. — Kieran balançou a cabeça. — Eles não são leais a você apenas porque você é o Príncipe. Eles são leais porque se importam com você.

553

— Eu sei — rebati. — E é por isso que eu não os quero envolvidos nisso.

— Vou te adiantar uma novidade: todos nós já estamos envolvidos nisso.

— Não, não nisso. — Balancei a cabeça, olhando pelo corredor. — Todos aqui concordaram em me apoiar em libertar meu irmão. Ninguém concordou com isso.

— E o que seria esse *isso*?

Eu não sabia ao certo se sequer conseguiria responder àquilo. Tudo o que eu sabia era que não poderia permitir que ninguém tirasse a vida de Poppy.

— É o que é — respondi, recomeçando a andar. — Eu quero Jericho longe daqui. Mande-o para o Pontal de Espessa ou de volta para Atlântia, mas ele precisa sumir.

— Uma ideia inteligente. Ele é um problema. — Kieran fez uma pausa. — Isso também é.

Soltei uma risada seca enquanto me aproximava da saída.

— E eu não sei, caralho?

— Precisamos conversar. — Kieran colocou a mão na porta, impedindo que eu a abrisse. — Você esteve com ela hoje mais cedo.

— Lógico que eu estive.

Ele focou os olhos azuis gélidos em mim.

— Eu não estou falando disso, e você sabe.

Eu sabia.

— Eu achei que você tivesse dito que a deixaria do mesmo jeito que a tinha encontrado — continuou Kieran com a voz baixa. — Evidentemente não é o caso. Mas que caralhos, Cas?

Passei a mão pelo cabelo.

— Acabou que eu sou um merda grande a esse ponto. Está bem?

Fiz menção de pegar a maçaneta de novo.

Kieran colocou a mão em cima do objeto.

— Não, não está bem.

Formei um punho com a mão, olhando para ele e sentindo a raiva me tomar.

— Realmente não temos tempo para essa conversa, Kieran.

— Vamos criar um tempo, porque o que vi nos estábulos? Você deixou que ela ficasse no controle durante a briga. Várias vezes.

Soltei uma risada.

— Você sabe que ela é boa na luta.

— Não brinca, mas você é a porra de um Atlante fundamental. Com ou sem dom, ela é só uma mortal. Você poderia ter assumido o controle com facilidade. Você não fez isso. Com qualquer outro, homem ou mulher, você teria acabado com aquilo — Kieran apontou para os estábulos com o dedo — em segundos. Com ela não fez isso. Por quê?

Passei a língua pelos dentes superiores, balançando a cabeça.

— O que está acontecendo com você? Com ela? E não me vem com aquela merda de resposta, não quando está disposto a ir contra seu pai por causa dela. — O rosto de Kieran demonstrava raiva. — Você não esconde as coisas de mim, Cas. Passamos por muita coisa para você começar com isso de novo, então não vamos repetir. O que é?

*O que é?*

— Eu não tenho tempo para falar disso. Nós não temos tempo. Vamos conversar — garanti a ele, contendo a irritação. Ele tinha todo o direito de questionar. — Eu prometo.

Kieran manteve o olhar no meu por um momento. Sua mandíbula tensa quando ele ergueu a mão. O lupino não disse mais nada, deixando-me passar. Eu estava sendo um babaca escondendo as coisas dele, mas aquilo... o que quer que fosse, com Poppy era diferente.

Entrei na escadaria estreita, já perturbado pra caralho. O subsolo do Forte Paraíso era úmido e desagradável. Agourento. Aqueles que construíram o forte não pensaram em conforto e sim em medo.

O lugar de Poppy não era ali.

O lugar dela era ao sol.

Criando forças, passei sob um batente de porta baixo e entrei em um corredor mal iluminado. O brilho fosco dos ossos retorcidos dos antigos Deuses que adornavam o teto assombrou meus passos enquanto eu ia até onde Delano aguardava.

— Saia — falei a ele.

O lupino hesitou, olhando de volta para a cela, mas foi embora.

Dei um passo à frente, analisando-a. Ela estava sentada em um colchão fino e sujo, com as costas na parede. Seu rosto estava pálido, mas seu olhar era desafiador como sempre. Corajoso. Audacioso.

— Poppy. — Suspirei, odiando que ela estivesse ali. Odiando que estivesse ali por minha causa, mas sabendo que no momento em que eu a soltasse, as coisas piorariam. — O que devo fazer com você?

— Não me chame assim.

Ela deu um chute. As correntes se agitaram, chamando minha atenção. Trinquei a mandíbula. Delano não a teria acorrentado a menos que tivesse motivo, o que significava que ela provavelmente o atacara.

Voltei o olhar a ela.

— Mas achei que você gostasse.

— Você estava errado — rebateu ela. — O que você quer?

A rigidez na voz dela? A frieza? Era brutal e ao mesmo tempo afiada como uma lâmina. Frágil.

— Mais do que você poderia imaginar — respondi.

— Você veio aqui para me matar?

A pergunta me surpreendeu.

— Por que eu faria isso?

Poppy ergueu os braços, o que agitou as algemas.

— Você me acorrentou.

Na verdade, não tinha acorrentado, mas não havia motivo algum para ela se voltar contra Delano mais do que já tinha acontecido.

— Acorrentei, sim.

Ela inflou as narinas.

— Todos lá fora querem me ver morta.

— Isso é verdade.

— E você é um Atlante — prosseguiu ela, falando com a mesma repulsa com que falara dos jarratos. — É isso o que você faz. Você mata. Você destrói. Você amaldiçoa.

Bufei, dando uma risada curta.

— Isso é muito irônico vindo de alguém que esteve cercada por Ascendidos a vida toda.

— Eles não matam inocentes nem transformam pessoas em monstros...

— Não — interrompi. — Eles só forçam jovens mulheres que os fazem se sentir inferiores a exibir a pele para serem açoitadas por uma bengala e só os Deuses sabem mais o quê. Sim, Princesa, eles são modelos exemplares de tudo o que é bom e correto neste mundo.

Ela inspirou com força, abrindo a boca.

— Você achou que eu não descobriria quais eram as *lições* do Duque? Eu lhe disse que iria descobrir.

Ela recuou, e seu pescoço e bochechas ficaram vermelhos.

— Ele usava uma bengala feita com a madeira de uma árvore da Floresta Sangrenta e a obrigava a se despir parcialmente. — Ergui as mãos, segurando as grades quando senti a fúria me tomando de novo. — E dizia que você merecia aquilo. Que era para o seu próprio bem. Mas, na verdade, tudo o que ele fazia era suprir uma necessidade doentia de infligir dor.

— Como? — sussurrou ela.

— Eu posso ser *bastante* persuasivo.

Poppy virou o rosto, fechando os olhos de repente. Ela estremeceu e voltou o olhar ao meu.

— Você o matou.

Lembrando o jeito como o Duque tinha morrido, sorri.

— Matei e nunca gostei tanto de ver a vida se esvaindo dos olhos de alguém como quando vi o Duque morrer. Ele mereceu. — Mantive o olhar no dela. — E acredite em mim quando digo que a morte lenta e dolorosa do Duque não teve nada a ver com o fato de ele ser um Ascendido. Eu também teria matado o Lorde eventualmente, mas você cuidou daquele desgraçado primeiro.

Poppy me encarou por um bom tempo, então balançou a cabeça, fazendo com que aquela mecha caísse em seu rosto.

— Só porque o Duque e o Lorde eram horríveis e perversos, isso não faz de você uma pessoa melhor. E não faz com que todos os Ascendidos sejam culpados.

— Você não sabe de absolutamente nada, Poppy.

Cheguei para o lado, destrancando a porta da cela. Eu não falaria com ela através de grades.

Mantendo o olhar nela, entrei, mas o fiz com cautela. Conhecendo-a, ela usaria aquelas correntes para me enforcar. Fechei a porta da cela atrás de mim.

— Você e eu precisamos conversar.

Ela ergueu o queixo.

— Não precisamos, não.

— Bem, você não tem muita escolha, não é? — Olhei para as algemas em seus pulsos enquanto me aproximava. Parei, inalando profundamente. O cheiro dela me alcançou, assim como o cheiro de sangue. O sangue dela. E eu sabia que era dela e não de outra pessoa que havia morrido naqueles estábulos. Era muito doce, muito fresco. Fui tomado pela preocupação.

— Você está ferida.

Poppy recuou.

— Eu estou bem.

— Não, não está. — Analisei-a, focando o olhar na região molhada de sua camisa. — Você está sangrando.

— Quase nada.

Sem me preocupar mais com se ela iria me enforcar com as correntes ou não, fui até ela. Aquilo a assustou. Ela arfou, chegando mais para perto da parede. Aproveitei a oportunidade, pegando a barra da camisa de linho áspera.

— Não toque em mim!

Ela se esquivou para o lado, estremecendo de dor.

Tudo em mim ficou estático ao olhar para ela. O pânico que ouvi em sua voz. A *dor*.

— Não — repetiu ela.

Empurrar tudo para atrás daquela muralha dentro de mim foi mais difícil do que nunca.

— Você não se importou que eu tocasse em você ontem à noite.

Ela repuxou os lábios e rosnou.

— Aquilo foi um erro.

— Foi mesmo?

— Foi — sibilou. — Eu gostaria que não tivesse acontecido.

Sem dúvida era a verdade. Uma verdade amarga da qual eu já sabia. Ainda assim, ouvir aquilo me acertou em cheio. Minhas muralhas não eram tão reforçadas como eu pensara.

— Seja como for, você está ferida, Princesa, e vai deixar que eu dê uma olhada nisso.

Aquele queixo dela foi lá no alto de novo.

— E se eu não deixar?

Dei uma risada, achando graça genuína da resistência dela... impressionado com o ato. Mas eu não lutaria com ela de novo.

— Como se você pudesse me impedir. Você pode deixar que eu a ajude ou...

— Ou você vai me forçar?

Eu não queria fazer aquilo, mas faria. Ela estava machucada. Caralho, Deuses, quase orei para que ela cedesse.

Poppy me encarou por tanto tempo que pensei que talvez fosse ser necessário que eu usasse a persuasão. Eu não sabia qual era a gravidade da ferida, mas mesmo as pequenas poderiam se agravar em mortais.

Ela desviou o olhar.

— Por que você se importa se eu sangrar até a morte?

— Por que acha que eu quero que você morra? — contrapus. — Se quisesse, por que não teria concordado com o que foi exigido lá fora? Você não serve de nada para mim morta.

— Quer dizer que eu sou a sua refém até que o Senhor das Trevas chegue aqui? Todos vocês planejam me usar contra o Rei e a Rainha.

— Garota esperta — murmurei, aliviado por ela ainda não ter percebido a verdade. — Você é a Donzela favorita da Rainha. Vai deixar que eu veja a ferida agora?

Poppy não respondeu, o que eu sabia que significava que ela estava cedendo. Aproximei a mão da camisa, dessa vez mais devagar. Ela ficou tensa, mas não se afastou. Ergui a barra do tecido e analisei. O cheiro de seu sangue ficou mais forte, mesmo antes de eu me aproximar da ferida que escorria logo abaixo de seu seio. O corte era fino. Rangi os dentes, me recordando daqueles que estiveram próximos o bastante para causar tal ferida... um corte que poderia ter-lhe custado a vida se houvesse sido um centímetro mais profundo. Ela teria sangrado até a morte no maldito chão do estábulo.

— Deuses — murmurei, olhando para seu rosto. — Você quase foi estripada.

— Você sempre foi tão observador — rebateu.

E eu também estava feliz de ver que ninguém tinha ferido o temperamento dela.

— Por que você não disse nada? A ferida pode infeccionar.

— Bem, eu não tive muito tempo — começou ela, com os braços às laterais do corpo —, já que você estava ocupado me traindo.

— Isso não é desculpa.

Ela deu uma risada cortante.

— É óbvio que não. Eu sou uma boba por não ter percebido que o indivíduo que participou da morte das pessoas de quem eu gostava, que me traiu e fez planos com aquele que ajudou a massacrar a minha família, para me usar para algum propósito nefasto, se importaria com o fato de eu estar ferida.

Ela estava correta.

Estava totalmente correta em pensar aquilo.

E também era completamente destemida.

— Sempre tão corajosa — murmurei, soltando a camisa. Eu me virei. — Delano — chamei, sabendo que ele não teria ido longe.

O lupino apareceu em um piscar de olhos. Logo disse a ele do que eu precisava, então aguardei. Eu sabia que Poppy tinha voltado a se encostar na parede e poderia me atacar a qualquer momento.

Mas eu não achava que ela faria aquilo. A ferida estava causando dor.

Delano voltou, entregando-me os itens em uma cesta. Pude perceber que ele queria perguntar dela antes de ir embora.

Eu me voltei à Poppy.

— Por que você não se deita...? — Olhei ao redor, com os ombros tensos de novo ao ver o colchão. — Por que você não se deita?

— Estou bem de pé, obrigada.

Comecei a ficar mais impaciente ao me aproximar dela. Não tinha como eu fazer aquilo com ela de pé.

— Você prefere que eu me ajoelhe?

Poppy manteve o olhar no meu enquanto começava a dar um sorrisinho...

— Não me importo. — Mordi o lábio inferior. — Eu ficaria na altura perfeita para fazer algo de que sei que você gostaria bastante. Afinal de contas, estou sempre desejoso por um pouco de mel.

Ela arregalou os olhos enquanto a raiva tingia suas bochechas. Mas a raiva não era o único motivo. Por um instante, um tipo diferente de calor tomou o sangue dela.

Poppy se desencostou da parede e foi marchando para o colchão. Então se sentou.

— Você é repulsivo.

Ri enquanto ia para perto dela e me ajoelhava, conseguindo que ela fizesse o que eu queria. Que ela se sentasse. E também descobri que, apesar de tudo, ela ainda sentia atração por mim.

— Se você diz.

— Eu sei que é.

Abri um grande sorriso, colocando a cesta no chão. Ela deu uma olhada ali dentro, provavelmente em busca de algo que pudesse servir de arma. Ficaria decepcionada. Gesticulei para ela se deitar.

— Desgraçado — murmurou ela, fazendo o que pedi.

— Olha a boca suja. — Fiz menção de pegar a camisa de novo, mas foi ela quem o fez. Aquilo me lembrou de algo importante. Controle. Ela precisava de controle porque nunca tivera nenhum. — Obrigado.

Poppy apertou os lábios.

Dei um sorriso tranquilo, pegando uma garrafa da cesta. Um cheiro azedo e forte se emplastrou pela cela no momento em que abri a tampa.

— Quero te contar uma história — comentei, analisando a ferida.

— Não estou a fim de ouvir história nenhuma... — Poppy arfou e segurou meu pulso com as duas mãos quando segurei o tecido da camisa. — O que você está fazendo?

— A lâmina quase arrancou a sua caixa torácica. — A raiva me tomou. — A ferida vai até o lado das suas costelas. — Esperei que ela negasse aquilo. Ela não o fez. — Acha que isso aconteceu quando a espada foi arrancada de você?

Poppy continuou em silêncio, mas não soltou meu pulso. Ela achava que eu ia...?

Suspirei.

— Acredite ou não, não estou tentando tirar a sua roupa para me aproveitar de você. Não vim aqui para seduzi-la, Princesa.

Ela abriu a boca e me encarou. Seus ombros se ergueram do colchão, e seus dedos estavam frios demais tocando meu pulso. Outro tremor passou por seu corpo, e eu não fazia ideia do que estava passando por sua cabeça no momento. Poderia ser qualquer coisa, mas quanto mais ela me encarava, mais eu sabia que não era algo bom. Seus pensamentos eram dolorosos. Soube disso pela forma como seus olhos ficaram marejados.

E ouvi na rouquidão de sua voz quando ela perguntou:

— Algo daquilo foi verdadeiro?

Algo daquilo...?

Eu soube então o que eu deveria ter-me feito enxergar quando estivéramos nos estábulos antes. Que ela tinha esquecido de que o tempo que passáramos juntos fora verdadeiro.

Poppy soltou meu pulso, fechando os olhos. Fiz o mesmo. A raiva me tomou. Ela tinha esquecido. A raiva que eu sentia era errada. Eu sabia disso, mas também estava furioso comigo mesmo por esperar que ela se lembrasse. Não havia sentido dizer o contrário a ela. Ela não acreditaria em mim.

Abrindo os olhos, me pus a trabalhar. Levantei sua camisa de novo e olhei as bordas irregulares da ferida mais de perto. Eu precisava fechar o corte, e havia uma alternativa bem mais fácil e rápida do que estava por vir. Eu poderia dar meu sangue a ela, mas eu teria que forçá-la a tomar.

Aquilo a machucaria, mas arrancar por completo o controle dela? Eu tinha para mim que aquilo causaria um dano permanente.

— Pode arder um pouco — avisei ao me inclinar sobre ela, virando a garrafa.

O adstringente acertou a ferida, o que fez o corpo dela se sacudir. O líquido imediatamente começou a borbulhar no corte enquanto eu rangia os dentes. Eu sabia que devia estar doendo, mas Poppy não emitiu som algum.

— Desculpe por isso. — Coloquei a garrafa de lado. — Será necessário esperar um pouco para que o remédio queime qualquer possível infecção.

Ela não disse nada, só deixou a cabeça cair contra o colchão. O cabelo que estava sempre em seu rosto deslizou por sua bochecha.

Eu me segurei para não tirar a mecha dali e, em vez disso, me concentrei no que precisava contar a ela.

— Os Vorazes foram nossa culpa — comecei. — A criação deles, quero dizer. A história toda. Os monstros na névoa. A guerra. O que aconteceu com essa terra. Vocês. Nós. Tudo começou com um ato de amor incrivelmente desesperado e tolo, muitos séculos antes da Guerra dos Dois Reis.

— Eu sei. — Poppy pigarreou. — Conheço a história.

— Mas você conhece a história verdadeira?

— Eu conheço a única história.

Ela abriu os olhos, focando o olhar nos ossos no teto.

— Você conhece apenas o que os Ascendidos fizeram todo mundo acreditar, e não é a verdade. — Peguei a corrente que cruzava seu baixo-ventre, afastando-a. — O meu povo viveu em harmonia com os mortais por milhares de anos, mas quando o Rei Malec O'Meer...

— Criou os Vorazes — interrompeu ela. — Como eu disse...

— Você está errada. — Eu me sentei, dobrando a perna e apoiando o braço nela. Não havia muito tempo para contar tudo, mas se havia qualquer esperança de que ela entendesse, eu precisava tentar. — O Rei Malec se apaixonou perdidamente por uma mulher mortal. O nome dela era Isbeth. Alguns dizem que a Rainha Eloana a envenenou. Outros afirmam que uma amante preterida do Rei a apunhalou, pois parece que ele tinha um longo histórico de infidelidade — contei, tentando imaginar minha mãe conspirando para envenenar alguém. Não era necessariamente difícil. — De qualquer maneira, ela foi mortalmente ferida. Como disse antes, Malec ficou desesperado para salvá-la. Ele cometeu o ato proibido de Ascendê-la... o que você conhece como a Ascensão.

Poppy voltou o olhar ao meu.

— Sim — confirmei o que eu sabia que ela estava começando a decifrar. — Isbeth foi a primeira a Ascender. Não os seus falsos Rei e Rainha. Ela se tornou a primeira vampira. Malec bebeu o sangue de Isbeth, só parando quando sentiu que o coração dela estava começando a falhar e, em seguida, compartilhou o seu sangue com ela. — Estiquei o pescoço. — Talvez se o seu ato de Ascensão não fosse tão bem guardado, os detalhes mais delicados não seriam uma surpresa para você.

Poppy começou a se sentar, mas parou.

— A Ascensão é uma Bênção dos Deuses.

Dei um sorrisinho.

— Longe disso. É mais como um ato que pode criar a imortalidade ou transformar pesadelos em realidade. Nós, os Atlantes, nascemos quase como os mortais. E continuamos assim até a Seleção.

— A Seleção? — repetiu ela.

— É quando nós mudamos. — Repuxei o lábio superior, mostrando a ponta de uma das presas. — As presas aparecem, se alongando apenas quando nos alimentamos, e mudamos de... outras maneiras.

— Como?

A curiosidade a havia tomado.

— Isso não é importante. — Peguei um pano. Não havia tempo o suficiente para explicar tudo aquilo. — Nós podemos até ser mais difíceis de matar do que um Ascendido, mas ainda *podemos* ser mortos. Envelhecemos mais devagar que os mortais e, se nos cuidarmos, podemos viver milhares de anos.

Poppy olhou para mim. Ela não contrapôs aquilo, então imaginei que tivesse feito algum progresso. Ou talvez fosse só a curiosidade dela. Provavelmente a segunda opção.

— Quantos... quantos anos você tem? — perguntou.

— Mais do que aparento.

— Centenas de anos a mais?

— Eu nasci depois da guerra — revelei. — Vi a passagem de dois séculos.

Ela ficou boquiaberta, e achei melhor continuar a história:

— O Rei Malec criou a primeira vampira. Eles são... uma parte de nós, mas não somos iguais. A luz do dia não nos afeta. Não como acontece com um vampiro. Me diga uma coisa: você já viu algum Ascendido à luz do dia?

— Eles não andam sob a luz do sol porque os Deuses não fazem isso — respondeu. — É assim que honram os Deuses.

Ri com deboche.

— Que conveniente. Os vampiros podem ser abençoados com a coisa mais próxima possível da imortalidade, assim como nós, mas não podem andar à luz do dia sem que a sua pele comece a se deteriorar. Quer matar um Ascendido sem sujar as mãos? Tranque-o do lado de fora sem nenhum abrigo disponível. Ele estará morto antes do meio-dia. Eles também precisam se alimentar e, por *alimentação*, quero dizer sangue. Eles precisam fazer isso com frequência para continuar vivos, para impedir que qualquer ferida letal ou doença que sofreram antes de Ascenderem volte. — Analisei a ferida dela. O borbulhar tinha diminuído. — Não conseguem procriar, não depois da Ascensão, e muitos deles sentem sede de sangue quando se alimentam, geralmente matando mortais no processo.

Com delicadeza pressionei o pano na ferida, sugando o adstringente.

— Os Atlantes não se alimentam de mortais...

— Tá bom — interrompeu ela. — Você espera mesmo que eu acredite nisso?

Foquei o olhar no dela.

— O sangue mortal não nos oferece nada de valor real, pois nunca fomos mortais, Princesa. Os lupinos não precisam se alimentar, mas nós sim. Nós nos alimentamos quando precisamos, mas de outros Atlantes.

Poppy deu uma lufada de ar leve, balançando a cabeça.

— Podemos usar o nosso sangue para curar um mortal sem transformá-lo, algo que um vampiro não é capaz de fazer, mas a diferença mais importante é a criação dos Vorazes. Um Atlante nunca criou um Voraz. Mas os vampiros sim. — Levantei o pano. — E caso você não tenha entendido, os vampiros são aqueles que você conhece como Ascendidos.

— Isso é mentira.

Ela formou punhos com as mãos ao lado do corpo.

— É a verdade. — Franzi a testa, olhando para a ferida. O adstringente remanescente não borbulhava mais. Bom sinal. — Um vampiro não pode criar outro vampiro. Eles não são capazes de completar a Ascensão. Quando drenam o sangue de um mortal, eles criam um Voraz.

— O que você está dizendo não faz o menor sentido — argumentou ela.

— Como não?

— Porque se o que você está dizendo é verdade, então os Ascendidos são vampiros e não podem fazer a Ascensão. — A voz dela ficou mais rígida. — Se isso é verdade, então como eles fizeram outros Ascendidos? Como o meu irmão?

— Porque não é um Ascendido que concede o dom da vida — bradei. — Eles estão usando um Atlante para fazer isso.

Ela deu uma risada fulminante.

— Os Ascendidos nunca trabalhariam com um Atlante.

— Eu falei algo errado? — desafiei. — Acho que não. Eu disse que eles estão *usando* um Atlante. Não trabalhando com um. — Peguei um frasco menor, abrindo a tampa. — Quando os nobres descobriram o que o Rei Malec havia feito, ele suspendeu as leis que proibiam a Ascensão. À medida que mais vampiros foram criados, muitos foram incapazes de controlar a sede de sangue. — Enfiei a mão na substância grossa e de cor leitosa. — Eles drenaram muitas das suas vítimas, criando a peste conhecida como Vorazes, que varreu o reino como uma praga. A Rainha de Atlântia, Eloana, tentou impedir isso. Ela proibiu a Ascensão mais uma vez e ordenou que todos os vampiros fossem destruídos em um esforço para proteger a humanidade.

Ela olhou para o frasco.

— Milefólio?

Assenti.

— Entre outras coisas que vão ajudar a acelerar a sua cura.

— Posso…

Poppy se sacudiu quando toquei a pele debaixo da ferida vermelha raivosa. Espalhei o unguento.

— Os vampiros se revoltaram — continuei depois de pegar mais do bálsamo, de alguma forma encontrando a força de ignorar o calor da pele dela. — Foi isso que desencadeou a Guerra dos Dois Reis. Não foram os mortais lutando contra os Atlantes cruéis e desumanos, mas os vampiros que revidaram. O número de mortos durante a guerra não foi exagerado. Na verdade, muitas pessoas acreditam que o número foi muito maior.

Levantei o olhar, vendo que ela me observava.

— Não fomos derrotados, Princesa. O Rei Malec foi deposto, divorciado e exilado. A Rainha Eloana se casou novamente e o novo Rei, Da'Neer, fez o exército recuar, chamou o povo de volta para casa e encerrou uma guerra que estava destruindo este mundo.

— E o que aconteceu com Malec e Isbeth? — perguntou Poppy.

— Os relatos dizem que Malec foi derrotado em combate, mas a verdade é que ninguém sabe. Ele e a amante simplesmente desapareceram. — Coloquei a tampa no frasco de novo e peguei uma atadura limpa. — Os vampiros ganharam o controle das terras remanescentes, ungindo o próprio Rei e Rainha, Jalara e Ileana, e as renomearam Reino de Solis. — Respirei fundo para aplacar minha fúria. — Eles se autodenominaram Ascendidos, usando os *nossos* Deuses, que entraram em hibernação há muito tempo, como um motivo para se tornarem quem são. Nas centenas de anos que se passaram desde então, eles conseguiram apagar a verdade da história: que a grande maioria dos mortais, na verdade, lutou ao lado dos Atlantes contra a ameaça em comum dos vampiros.

— Nada disso me parece plausível — comentou Poppy depois de um tempo.

— Imagino que seja difícil acreditar que você pertence a uma sociedade de monstros assassinos, que pegam as terceiras filhas e filhos durante o Ritual para se alimentarem. E se não drenam o seu sangue, eles se transformam em...

— Em quê? — Ela ofegou. — Você passou esse tempo todo me dizendo um monte de mentiras, mas agora foi longe demais.

Meneando a cabeça, coloquei a atadura sobre sua ferida, pressionando as pontas para se afixarem na pele.

— Eu não disse nada que não fosse verdade. — Cheguei para trás. — Assim como o homem que jogou a mão do Voraz.

Ela se sentou, abaixando a blusa.

— Você está afirmando que aqueles que foram entregues para servir aos Deuses se transformaram em Vorazes?

— Por que você acha que os Templos são inacessíveis a qualquer pessoa, a não ser pelos Ascendidos e aqueles que eles controlam, como os Sacerdotes e as Sacerdotisas?

— Porque são lugares sagrados onde nem mesmo a maioria dos Ascendidos entra.

— Você já viu alguma criança que foi entregue? Pelo menos uma, Princesa? — insisti. — Você conhece alguém que não seja um Sacerdote ou Sacerdotisa, ou um Ascendido que alegou ter visto uma? Você é esperta. Sabe que ninguém viu. Isso porque a maioria morre antes mesmo de aprender a falar.

Ela começou a negar.

— Os vampiros precisam de uma fonte de alimento que não desperte suspeitas, Princesa. Que maneira melhor de fazer isso do que convencer um reino inteiro a entregar os filhos sob o pretexto de honrar os Deuses? Eles criaram uma religião em torno disso, de modo que os próprios familiares se voltam uns contra os outros se algum deles se recusar a entregar o filho. Eles enganaram um reino inteiro, usando o medo daquilo que criaram contra o povo. E não é só isso. Você já pensou como é estranho que tantas crianças pequenas morrem da noite para o dia de uma misteriosa doença do sangue? Como a família Tulis, que perdeu o primeiro e o segundo filhos? Nem todo Ascendido consegue seguir uma dieta rigorosa. A sede de sangue de um vampiro é um problema comum e muito real. Eles agem como ladrões durante a noite, roubando crianças, esposas e maridos.

— Você acha mesmo que eu acredito nisso? Que os Atlantes são inocentes e tudo o que me ensinaram é uma mentira?

— Não muito, mas valia a pena tentar — respondi, sabendo que não era algo no qual eu acreditaria de imediato também. Ela precisava parar para registrar tudo. Eu só torcia para que tivéssemos tempo o suficiente. — Não somos inocentes de todos os crimes…

— Como assassinato e sequestro? — rebateu ela.

— Entre outras coisas — admiti. — Você não quer acreditar no que estou dizendo. Não porque parece tolice, mas porque há coisas que você está começando a questionar. Porque isso significa que o seu precioso irmão está se alimentando de inocentes…

— Não.

— E transformando-os em Vorazes.

— Cale a boca — disse ela com um rosnado, se colocando de pé.

Fiz o mesmo, ficando de frente para ela.

— Você não quer aceitar o que estou dizendo, mesmo que pareça lógico, porque isso significa que o seu irmão é um deles e que a Rainha que cuidou de você matou milhares...

Poppy me golpeou, arrastando a corrente pelo chão.

Segurei sua mão a centímetros da minha mandíbula. Eu a girei, forçando-a se virar. Puxei suas costas contra meu peito, prendi seu braço com o meu e segurei sua mão. Um som de pura frustração escapou dela ao levantar a perna.

— Não — alertei, com a boca em seu ouvido.

Evidentemente, Poppy não me ouviu.

Grunhi quando ela chutou minha canela, provavelmente deixando ali um hematoma como fizera com Kieran. Eu estava, em grande parte, mais do que impressionado com a tenacidade dela. Porra, aquilo era um *tesão*... sua disposição de lutar. Sua força. Mas não tínhamos o dia todo.

Movendo-me rápido demais para ela conseguir reagir, eu a virei e dei vários passos. Prensando-a na parede, tive... quase certeza de que ela não me chutaria.

— Eu já disse que não — repeti, com a boca encostada em sua têmpora. — Estou falando sério, Princesa. Não quero machucá-la.

— Ah, não? Você já me ma... — Poppy parou de falar.

— O quê?

Afastei o braço dela da barriga e da ferida que eu tinha acabado de cobrir, colocando a palma de sua mão contra a parede. Ela não me respondeu, e eu sabia que ela estava pensando em formas de me derrubar. Mais uma vez, era admirável e excitante, mas também inútil.

Mudei a cabeça de posição, encostando a bochecha na dela.

— Você sabe que não pode me machucar de verdade — falei.

O corpo todo dela ficou tenso.

— Então por que estou acorrentada?

— Porque levar chutes, socos ou unhadas continua não sendo bom. E embora os outros tenham recebido ordens para não tocar em você, não quer dizer que eles serão tão tolerantes quanto eu.

— Tolerante? — Ela tentou se afastar da parede... *tentou* sendo a palavra-chave da frase. — Você chama isso de ser tolerante?

— Levando em consideração que acabei de limpar e cobrir o seu ferimento, eu diria que sim. — Fiz uma pausa. — E seria bom ouvir um agradecimento.

— Eu não pedi para você me ajudar — bradou ela.

— Não. Porque é muito orgulhosa ou muito tola para isso. Você teria deixado que a ferida gangrenasse em vez de pedir ajuda. Quer dizer que não vou ouvir nenhum agradecimento, não é?

Ela jogou a cabeça para trás, mas eu tinha previsto a ação. Eu a pressionei até não haver espaço entre ela e a parede, algo que ela não apreciou. Poppy começou a se contorcer, pressionando de volta... remexendo as partes macias e delineadas dela, e meu corpo reagiu de imediato.

Caralho, pelos Deuses.

— Você é excepcionalmente hábil em ser desobediente — afirmei com um rosnado. — Só fica atrás do seu talento para me fazer perder o controle.

— Você se esqueceu de mais uma habilidade.

— É mesmo?

Franzi a testa.

— Sim — sibilou ela. — Sou habilidosa em matar Vorazes. Imagino que matar Atlantes não seja muito diferente.

Dei uma risada, gostando de suas ameaças.

— Nós não somos consumidos pela fome, de modo que não somos tão fáceis de distrair quanto um Voraz.

— Você ainda pode ser morto.

— É uma ameaça? — questionei, sorrindo.

— Entenda como quiser.

Provavelmente era uma ameaça. Meu sorriso sumiu.

— Sei que você já passou por muita coisa. E sei que o que eu te contei é muito para digerir, mas é tudo verdade. Tudo mesmo, Poppy.

— Pare de me chamar assim!

Ela se contorceu, mudando de posição levemente. Sua bunda roçou em meu pau.

— E você deveria parar de fazer isso — bradei, incerto se eu queria mesmo que ela parasse. — Por outro lado... Por favor, continue. É o tipo perfeito de tortura.

Poppy inspirou com força enquanto um tremor tenso e doce correu por ela.

— Você é doente.

— E pervertido. Depravado e sombrio. — Passei o queixo por sua bochecha, sorrindo quando as costas dela se arquearam em resposta. O corpo dela sabia o que queria. Contra a parede, espalhei os dedos em cima dos dela. — Eu sou um monte de coisas...

— Assassino? — sussurrou. — Você matou Vikter. Matou todos os outros.

Respirei de forma pesada.

— Matei, sim. Delano e Kieran também. Eu e aquele que você chama de Senhor das Trevas contribuímos para a morte de Hannes e Rylan, mas não daquela pobre garota — respondi, fazendo referência a Malessa Axton. — Foi um dos Ascendidos, muito provavelmente dominado pela sede de sangue. E aposto que foi o Duque ou o Lorde.

Poppy pareceu exalar a mesma respiração pesada.

— Além disso, nós não tivemos nada a ver com o ataque ao Ritual — continuei, falando a verdade. Não era para eles terem estado perto do Ritual. — E nem com o que aconteceu com Vikter.

Eu conseguia sentir cada lufada de ar, inclusive a que ela tomou ao perguntar:

— Então quem foi?

— Foram aqueles que você chama de Descendidos. Os nossos seguidores — revelei. — Mas não houve nenhuma ordem para atacar o Ritual.

— Você espera mesmo que eu acredite que aquela *coisa* que os Descendidos seguem não ordenou que eles atacassem o Ritual?

— Só porque eles seguem o Senhor das Trevas, não significa que sejam liderados por ele. Muitos dos Descendidos agem por conta própria. Eles conhecem a verdade. Não querem mais viver com medo de que os seus filhos sejam transformados em monstros ou roubados para alimentar outro tipo de monstro. Eu não tive nada a ver com a morte de Vikter — afirmei, embora eu me sentisse responsável porque eu *era* responsável.

Poppy tremeu.

— Mas e os outros? Você os matou. Admitir não muda nada.

— Foi necessário. — Movi o queixo sem pensar, como um gato em busca de contato físico. — Assim como você precisa entender que não há como escapar disso. Você pertence a mim.

*Você pertence a mim.*

Abri os olhos, olhando para as nossas mãos unidas contra a parede de pedra fria. Senti minha nuca pinicar.

— Você não quis dizer que eu pertenço ao Senhor das Trevas? Engoli em seco.

— Eu quis dizer o que disse, Princesa.

— Eu não pertenço a ninguém.

— Se acredita nisso, então você *é* uma tola. — Mexi a cabeça, evitando que ela retaliasse de alguma forma. — Ou está mentindo para si mesma. Você pertencia aos Ascendidos. Sabe disso. É uma das coisas que você detestava. Eles a mantinham presa em uma jaula.

— Pelo menos aquela jaula era mais confortável que esta.

— É verdade — admiti, e caralho, aquilo foi como um chute no saco. — Mas você nunca foi livre.

— Mesmo que isso seja verdade, eu não vou parar de lutar contra você. Não vou me submeter.

— Eu sei disso.

Senti a admiração por ela crescer de novo, assim como a preocupação. Eu não precisava que ela se submetesse a mim. Eu precisava que ela visse a verdade, e havia tanto que eu não contara a ela. Não havia tempo. Eu tinha que ir para Berkton.

O corpo de Poppy ficou rígido.

— E você ainda é um monstro.

Outra verdade.

— Sou, mas não nasci assim. Foi o que *fizeram* de mim. Você perguntou sobre a cicatriz na minha coxa. Você olhou para ela com atenção, ou estava muito ocupada olhando para o meu pa…

— Cale a boca!

— Você deveria ter notado que era o Brasão Real marcado a ferro na minha pele. — Eu não calaria a boca. — Quer saber como eu tenho um conhecimento tão profundo a respeito do que acontece durante a porra da sua Ascensão, Poppy? Como eu sei de coisas que você não sabe? Porque fiquei preso em um daqueles Templos por cinco décadas, onde fui fatiado, cortado e usado como alimento. Meu sangue foi derramado em cálices de ouro que os segundos filhos e filhas bebiam depois de serem drenados pela Rainha, pelo Rei ou por outro Ascendido. Eu era o maldito gado.

Repuxei os lábios.

— E não fui usado só como alimento. Forneci todo tipo de entretenimento. Eu sei exatamente como é não ter escolha. — Falei aquilo porque ela tinha que saber. — Foi a sua Rainha quem me marcou e, se não fosse pela bravura de outra pessoa, eu ainda estaria lá. Foi assim que consegui essa cicatriz.

Então a soltei, com a raiva e o luto, a vergonha e o desespero queimando dentro de mim. As muralhas que havia construído tinham desabado. Afastando-me, vi que ela tremia. Eu sabia que o que eu tinha compartilhado a havia abalado. Que bom. Era terrível. Horrendo. Era a verdade daqueles que ela queria tanto acreditar serem heróis.

A questão era que não havia heróis ali. Não de verdade. Mas os monstros não eram meu povo.

Saí da cela antes que ela se virasse, cruzando os braços pela cintura. Segurei as grades quando ela me olhou.

— Nem o Príncipe nem eu queremos vê-la ferida — expliquei, falando do meu irmão. — Como disse antes, precisamos de você viva.

— Por quê? — sussurrou. — Por que eu sou tão importante?

— Porque eles estão de posse do verdadeiro herdeiro do reino. Eles o capturaram quando ele me libertou.

Ela franziu a testa.

— O Senhor das Trevas tem um irmão?

— Você é a favorita da Rainha. Você é importante para ela e para o reino. Não sei o motivo. Talvez tenha algo a ver com o seu dom. Talvez não. — Eu me forcei a dizer o que precisava, porque não era o momento de dizer que eu não planejava retorná-la a eles nem deixá-la ficar lá. Aquela conversa teria que acontecer quando ela aceitasse a verdade. — Mas nós a libertaremos se eles libertarem o Príncipe Malik.

— Você planeja me usar como moeda de troca.

— É melhor do que mandar você de volta em pedacinhos, não é? — contrapus, apertando mais as grades.

Sua expressão ficou descrente.

— Você passou esse tempo todo me dizendo que a Rainha, os Ascendidos e o meu irmão são todos vampiros maus que se alimentam dos mortais, mas vai me mandar de volta para eles assim que libertar o irmão do Senhor das Trevas?

Não havia nada que eu pudesse dizer que ela estaria disposta a ouvir.

Ela soltou uma risada dura e *magoada*, e as grades se entortaram debaixo das minhas mãos quando ela levou as próprias mãos ao peito.

— Vou arrumar um lugar mais confortável para você dormir. — Eu me afastei das grades. — Você pode decidir não acreditar em nada do que eu disse, mas, se acreditar, o que estou prestes a dizer não será tão chocante. Vou partir em breve para me encontrar com o Rei Da'Neer, de Atlântia, e dizer a ele que capturei você.

Ela levantou a cabeça depressa.

— Sim. O Rei está vivo. Assim como a Rainha Eloana. Os pais daquele que você chama de Senhor das Trevas e do Príncipe Malik. — Eu me virei de costas, então parei. Formei punhos com as mãos. — Nem tudo era mentira, Poppy. Nem tudo.

# PRESENTE XI

— Eu nunca quis que você descobrisse tudo daquele jeito — falei a Poppy. — E eu sei que não é desculpa... Eu sabia disso na época. Não importa que eu tivesse planejado contar a verdade. Eu deveria ter contado tudo antes de passarmos a noite juntos, e eu sei que deveria ter te forçado a confrontar o que já deveria saber. — Tomei uma lufada de ar fraca. — Que eu era quem você acreditava ser o Senhor das Trevas. Aquela teria sido a coisa certa a se fazer. Eu sabia disso na época, também, mas fui egoísta. Eu queria você e não tive a decência de fazer a coisa certa.

Eu estava deitado ao lado de Poppy, acariciando seus braços com os dedos. Sua pele tinha ficado mais quente nas últimas horas.

A esperança era uma criatura frágil, então a mantive sob controle.

— A questão, Poppy? É que se eu tivesse que fazer tudo de novo, a primeira coisa que eu mudaria seria tê-la deixado sozinha naquele quarto. E eu sei que isso é fodido... que há uma série de outras coisas que eu deveria desejar ter feito de modo diferente. Mas saber o que eu deveria ter feito e o que eu teria feito são duas coisas totalmente diferentes. Na época fui ganancioso com você, mesmo antes de perceber, mas aquela noite...

Tracei as linhas elegantes dos ossos e tendões de sua mão.

— Eu já tinha me apaixonado por você, apesar do que eu disse a Kieran. Eu não sabia que não era só desejo e obsessão. Que eu já estava profunda e absurdamente apaixonado por você... por sua teimosia e valentia, por sua bondade e aquela veia maléfica deliciosa que corre dentro de você. — Dei um sorriso. — Eu só não sabia o que eu sentia porque o amor... não era algo que eu achava merecer. Não depois de todos os meus erros, das pessoas que eu matara, e da dor que eu causara aos outros... a dor que eu causara a você. O sofrimento que minhas ações ainda te trariam. Não era nem que eu pensava que você um dia fosse me perdoar. Era que eu não poderia ser perdoado e... — Parei de falar, pensando no meu irmão e no que ele dissera sobre não contar a Millicent que eles eram corações gêmeos.

Senti meu coração se apertar. Fora provavelmente aquilo que motivara a escolha de Malik. Ele acreditava que ela não fosse entender nem perdoar as coisas que ele tinha feito. Que ele não era digno do amor dela... ou do de qualquer outra pessoa, na verdade. E apesar das nossas questões, saber daquilo me fez sentir mal por ele.

Exalei com força, obrigando o nó em meu peito a se desfazer.

— Eu odiei ver você naquela cela, e odiei deixar você lá. Delano e Naill teriam tirado você de lá assim que possível. Eles tiveram que esperar até acreditarem que Jericho havia ido embora. — Apertei os lábios. — E que os outros no forte estavam ocupados. Eles não queriam correr o risco de serem vistos deslocando você porque Novo Paraíso tinha virado um barril de pólvora... mais do que tínhamos percebido.

Uma brisa quente entrou pela janela, brincando com mechas do cabelo de Poppy.

— Fui para Berkton o mais rápido que pude, levando Setti ao limite. A neve tinha diminuído, mas eu sabia que não demoraria muito até recomeçar. Quando cheguei à antiga mansão, eu...

Eu realmente não fazia ideia do que eu teria feito se tivesse sido meu *pai* lá.

— Alastir estava lá, não o Rei. Ele tinha convencido meu pai a ficar em Atlântia porque era muito arriscado para ele ir até as profundezas de Solis daquele jeito. Você já sabe disso, mas o alívio que senti? Quase caí de joelhos. Alastir... ele foi um desgraçado traidor no fim das contas, e ele que se foda, mas até hoje fico feliz que tenha sido ele a ir.

Ergui sua mão e a beijei.

— Eu consegui convencê-lo de que eu estava com as coisas sob controle e que as estradas estavam em condições muito ruins para que o grupo dele fizesse o trajeto. — Olhei para as portas fechadas. — Nesse sentido Emil ajudou, sendo ridículo como de costume. E Alastir? Ele não me pressionou. Não pressionaria. Sinceramente? Acho que adiar tudo foi um alívio para ele. Veja bem, ele não sabia quem você era na época. Tudo o que ele sabia era que estava prestes a ir fazer algo que talvez ele nem quisesse... algo que garantira ao meu pai que faria.

Fiquei remoendo aquilo, tentando conciliar o Alastir com quem eu havia crescido com aquele que eu havia matado. Aquele que no fim nos traiu.

— Eu costumava pensar que era porque ele era um homem bom, mesmo que às vezes irritante. Agora percebo que ele só não queria mais sangue inocente nas próprias mãos. Mas isso foi antes de ele ver quem você era.

Meu sorriso sumiu.

— Se meu pai tivesse estado lá? Ele teria seguido para Novo Paraíso de qualquer jeito, e eu não sei se teria conseguido fazê-lo mudar de ideia — admiti em meio ao silêncio. — Mas eu sei que não teria permitido que ele te machucasse.

Virando sua mão, beijei a marca dourada.

— Eu teria feito pessoas serem expulsas. Outras, mortas. Eu teria dividido o reino. — A verdade tinha gosto de cinzas em minha língua. — Eu o teria matado — sussurrei. — Juro pelos Deuses, mesmo na época, antes de eu conseguir entender o que sentia por você, que você era a minha alma, eu o teria matado.

Abaixei a mão de Poppy.

— Mas aquilo não aconteceu. Nesse sentido tive sorte, mas a sorte não durou.

Eu me deixei apreciar o rubor voltando devagar às bochechas dela, mesmo com a imagem de seu corpo pálido sendo entregue para mim em minha mente, uma lembrança a qual eu sempre teria.

Quando respirei, queimou um pouco.

— O medo que senti quando soube que tinham te atacado enquanto eu voltava ao forte? Eu deveria ter entendido na época. Kieran entendera. — Entrelacei os dedos nos dela. — Mais do que antes. Ele viu meu pânico, o que eu estava disposto a fazer para te salvar. Se fosse qualquer outro? Kieran teria destruído a pessoa por me apunhalar. Mas você? Não me entenda mal. Houve um momento em que o instinto tomou conta. Você me machucou. Aquela reação inicial é além do controle dele. Mas eu pará-lo não foi o motivo de ele não ceder. Ele *sabia*. Foi por isso que ele te deixou viva. — Apertei a mão de Poppy. — Ele já sabia que eu estava apaixonado por você.

# O SENHOR DAS TREVAS

Os *uivos*.

Uma hora depois de começarmos a viagem de volta ao Forte Paraíso, os latidos agudos e os uivos estridentes e poderosos levaram a mata entre a Mansão Berkton e Novo Paraíso a um frenesi. Bem acima de nós nos pinheiros, pássaros alçaram voo, espalhando-se pelo ar. Pequenas criaturas correram para debaixo de arbustos e rochedos. De partes mais profundas e escuras da floresta, os Vorazes responderam com lamentos.

Eu já tinha ouvido o chamado de alerta lupino umas cem vezes antes, mas aquilo fez cada pelo em meu corpo se arrepiar e minha nuca pinicar.

Porque eu *soube*.

Eu não sabia como. Não fazia sentido que eu soubesse, mas cada milímetro de mim soube que tinha acontecido alguma coisa com Poppy.

Minha cabeça se voltou na direção de Kieran.

— Vai.

Ele não hesitou. Desacelerou o ritmo do cavalo e saltou, transformando-se em lupino enquanto corria. Ele já não era nada além de um borrão castanho quando peguei as rédeas de seu cavalo. Incitando Setti à frente, fui o mais rápido que conseguia por entre o labirinto de pinheiros enquanto os ventos se intensificavam, cada vez mais rápidos e fortes.

O vento ferroava minhas bochechas enquanto saltávamos rochedos e árvores derrubadas, meu coração martelando. Não senti a umidade gélida nem os pousos bruscos enquanto os cascos de Setti levantavam neve e terra. A respiração ofegante dos cavalos combinava com a minha. O alívio que eu tinha sentido por ter sido Alastir a ir para a mansão em vez de meu pai tinha sumido havia muito tempo enquanto incitava os cavalos a irem depressa. Agora, eu só sentia um pavor crescente.

Tinha acontecido alguma coisa com Poppy.

A compreensão inexplicável só aumentava com cada minuto e hora que se passava. Ela tinha escapado? Ela tinha ficado doente apesar de eu ter limpado a ferida? Alguém a tinha machucado?

Se alguém tivesse tocado em qualquer centímetro do corpo dela, a pessoa morreria. Não importava quem fosse. A vida dessa pessoa tinha acabado.

Quando os pinheiros começaram a ficar mais escassos, eu soube que estava próximo. Desacelerando o ritmo de Setti e do outro cavalo, saltei da sela e já caí no chão em meio à corrida. Passei por entre as árvores, voando sobre pedras e galhos grossos que se amontoavam pelo chão escorregadio coberto de neve. Minhas botas escorregaram várias vezes, mas não diminuí o ritmo. Uma espécie de instinto primitivo me alertou que não havia tempo a perder.

As paredes de pedras cinzentas e desbotadas do Forte Paraíso apareceram por entre os pinheiros e corri ainda mais, extraindo cada mínima força fundamental em mim. Irrompi pelo limite florestal, correndo pelo pátio... passando pelos rostos borrados dos lupinos que andavam de um lado ao outro. Só desacelerei quando vi Naill saindo correndo das portas do forte.

— Cadê ela? — questionei, exigente.

Ele estava de olhos arregalados... mais arregalados do que eu já os tinha visto, o branco dos olhos contrastando com sua pele.

— Kieran a levou lá para cima, para seus aposentos.

Eu me virei em direção às escadas.

— Gravidade?

Naill estava logo atrás de mim.

— É... é grave.

Senti um vazio no peito enquanto eu abria a porta, e o cheiro do sangue dela me alcançou.

— Os responsáveis?

— Os que ainda estão vivos estão nas celas — respondeu Naill enquanto eu subia os degraus. — Tentamos impedi-los, mas estávamos em menor número, e muito. Ela resistiu, e ela... caralho, ela salvou a vida de Delano lá embaixo. Eu juro pelos Deuses que ela salvou. E eu nem sei por quê.

Nem eu sabia. Escancarei a porta e cheguei ao corredor externo do segundo andar. O cheiro do sangue dela estava ainda mais forte.

— Eu quero que eles continuem vivos. Sou eu quem vai lidar com eles.

— Entendido.

— Eu deixei Setti e o cavalo de Kieran na mata — revelei. — Tem Vorazes...

— Vou pegá-los. — Naill se virou, segurando o corrimão e pulando em cima dele. Ele se agachou. — Cas, me... me desculpe. Nós falhamos com você.

— Não falharam, não — respondi com um grunhido quando a porta do quarto se escancarou, e Elijah apareceu. — Quem falhou fui eu.

Fechando as mãos em punho, passei por um Elijah nitidamente contido e parei de pronto.

Kieran estava em frente ao fogo crepitante, segurando Poppy no colo. Ele apertava a barriga dela com a mão. O vermelho escorria pelos dedos dele e pingava no chão. E Poppy... Ela estava com os olhos fechados, a pele pálida demais. Por um instante, achei que ela... Ah, caralho, achei que ela tivesse morrido. Mas então vi que ela segurava a adaga com força.

Kieran levantou a cabeça, sua expressão era sombria.

— Cas...

Eu conhecia aquele olhar.

A certeza em seu tom de voz.

Eu me recusei a aceitar qualquer uma das coisas enquanto eu avançava, soltando a capa e deixando-a cair no chão. Ciente de que Elijah fechava a porta, removi as luvas, jogando-as para o lado. Abri os braços quando Kieran se levantou e a segurei no colo.

Ela não emitiu som algum. Não fez nada enquanto eu me virava, com o coração martelando. Eu sentia a frieza de sua pele debaixo das vestes. Inalei com força ao ver os cortes irregulares e recentes em seu braço e debaixo de seu ombro. Um lupino a tinha arranhado.

Enojado, coloquei-a no chão em frente ao fogo, mudando-a de posição para que ficasse de lado. Kieran seguiu em silêncio, mais uma vez apertando a ferida... a que estava bem próxima do coração dela.

— Abra os olhos, Poppy. Vamos lá. — Tirei a adaga de sua mão, jogando-a no chão. O fato de que ela ainda apertava a arma daquele jeito acabou comigo. Minha mão estava tremendo quando segurei seu queixo. — Preciso que você abra os olhos. Por favor.

Respirei de forma trêmula quando o sangue dela continuou escorrendo por entre os dedos de Kieran. Era grave. A ferida era profunda, e ninguém ali conseguiria curá-la com unguento e uma atadura. Ela estava... Caralho, Deuses, ela ia... Não, eu não permitiria.

— *Por favor* — ordenei... ou na verdade, implorei.

A pele ao redor de seus olhos se mexeu. Aqueles cílios grossos tremeram, então se ergueram.

— Aí está você.

Forcei um sorriso porque eu não queria que ela ficasse assustada. Eu não queria que ela visse o que eu sabia. Eu não queria que ela tivesse mais uma lembrança horrível para adicionar às que já tinha, porque *sim*, ela sobreviveria àquilo. Eu soubera disso no momento em que ouvira os lupinos uivando.

— Isso dói — murmurou ela, rouca.

— Eu sei. — Estremecendo, mantive o olhar no dela. — Vou dar um jeito nisso. Vou fazer a dor desaparecer. Vou fazer tudo ir embora. Você não vai ficar com mais nenhuma cicatriz.

Seu peito se moveu quando ela inspirou sem força.

— Eu estou... estou morrendo.

— Não, não está — rebati, o horror trombando com o medo. — Você não pode morrer. Eu não vou permitir isso.

Não hesitei. Não pensei duas vezes enquanto eu levava meu pulso à boca e mordia com vontade. Poppy gemeu e Kieran tirou a mão da ferida dela, cambaleando para trás enquanto eu sentia meu próprio sangue na língua. Rasguei a minha pele.

Vi um leve olhar preocupado no rosto dela.

— Eu vou morrer como uma imbecil — sussurrou ela.

Erguendo o pulso, franzi a sobrancelha.

— Você não vai morrer, e eu estou bem. Só preciso que você beba.

Kieran tinha ficado estático.

— Casteel, você...

— Eu sei muito bem o que estou fazendo e não quero ouvir a sua opinião ou o seu conselho. — O sangue escorreu por meu braço. — E também não a pedi.

Ele entendeu o recado e ficou calado.

Poppy, no entanto, não fez isso. Ela tentou se afastar.

— Não — murmurou ela. — Não.

Eu a segurei contra mim.

— Você tem que fazer isso. Vai morrer se não beber.

— Prefiro... morrer a me transformar em um monstro — jurou ela.

— Um monstro? — Ri com o absurdo daquilo. — Poppy, eu já te contei a verdade a respeito dos Vorazes. Isso só vai fazer você melhorar.

Ela virou a cabeça para o outro lado.

Senti o vazio no peito se espalhar.

— Você vai fazer isso. Vai beber. E vai continuar viva. Faça essa escolha, Princesa. — Minha voz estava mais grossa. — Não me force a fazê-la por você.

Ela balançou a cabeça, fraca, ainda tentando se libertar.

Porra, não havia tempo para argumentar, tentar convencê-la do que ela não acreditava. Eu tinha dado uma escolha a ela. Ela me deixara sem nenhuma.

— Penellaphe. — Falei o nome dela enquanto convocava o éter de dentro de mim. Fluiu por minhas veias e preencheu minha voz com o poder dos Deuses. — Olhe para mim.

Devagar, ela olhou para mim. Abriu a boca.

— Beba — comandei, forçando bastante a persuasão enquanto levava o pulso a sua boca. — Beba de mim.

Uma gota de sangue escorreu por meu braço e pingou em sua boca. Deslizou por entre seus lábios, e ela se sacudiu de leve. Pressionei o pulso em sua boca. Meu sangue penetrou, encobrindo sua língua, descendo por sua garganta, mas prendi a respiração e aguardei.

Poppy *engoliu*.

— Isso — falei com a voz rouca. — Beba.

Seus olhos verdes focaram os meus enquanto ela bebia, aceitando meu sangue dentro dela. Ela não desviou o olhar enquanto engolia de novo e de novo, mesmo depois que maneirei na persuasão, libertando-a. Ela bebeu por conta própria, a repulsa em fazer aquilo sumindo assim que provou meu sangue. Não era como ela esperava que fosse.

Poppy fechou os olhos e apertou meus braços com os dedos, mas não fechei os meus. Eu a observei com atenção, vagamente ciente de Kieran saindo do quarto em silêncio. Ficamos só nós ali enquanto ela se alimentava. Fiquei atento a sua respiração, a sua pulsação. Fortalecido e estável, o coração sobrecarregado dela ficava mais forte enquanto eu obrigava a fúria e o terror deixarem minha mente. Eu não queria que ela captasse nada daquilo. Eu queria que ela se sentisse segura.

Ela passou a sugar meu pulso quase de maneira relaxada, e ainda assim continuou, faminta, gulosa. Descansei a cabeça na parede. Por alguma razão, pensei no Mar de Stroud, na imagem dele quando eu saíra dos túneis. O sol tinha machucado meus olhos depois de ter passado tanto tempo debaixo da terra, mas mesmo com os olhos ardendo e marejando, eu não conseguira desviar o olhar das águas azuis cintilantes. Pence estivera certo. O Mar de Stroud era lindo.

A imagem das águas se dissipou quando Poppy se remexeu contra mim. Das profundezas das minhas lembranças, outra imagem se formou. Pedra lisa. Uma água mais clara embebida no cheiro de lavanda em meio às sombras. A *caverna*.

Jurei sentir a presença de Poppy enquanto minha última lembrança lá começava a se formar. Como se ela estivesse dentro da minha mente. Prendi a respiração.

Abri os olhos, com o coração acelerado enquanto eu olhava para ela.

— Chega — afirmei, rouco. A cor tinha voltado à sua pele. — É o bastante.

Poppy… Deuses, tão teimosa quanto de costume, estava agarrada ao meu pulso. Era evidente que para ela ainda não era o bastante. Ela sugava as perfurações que eu havia feito, e aquelas sugadas famintas atingiam cada ponto sensorial do meu corpo.

— Poppy.

Soltei um grunhido e afastei o pulso.

Ela começou a seguir o movimento, mas então relaxou o corpo, fechando os olhos de novo. Sua expressão me lembrou de quando ela tinha adormecido depois de eu contar sobre as minhas cicatrizes. Saciada. Em paz. *Feliz.*

Afastei aquela mecha rebelde de seu rosto, passando os dedos por entre os embaraçados fios sedosos enquanto mantinha a cabeça recostada na parede. Eu tinha que admitir que me perdi um pouco no momento, apenas segurando-a comigo em meio ao silêncio. Eu nem sabia ao certo quanto tempo havia se passado, mas eu não esqueceria os instantes calmos mesmo que o mundo ao redor me exigisse isso.

— Poppy. Como você está se sentindo?

— Eu não estou com frio — respondeu ela depois de um momento.
— O meu peito... não está frio.

— Não deveria estar.

— Eu me sinto... diferente — acrescentou ela.

Dei um sorriso leve.

— Que bom.

— Sinto que o meu corpo... não está conectado a mim.

— Isso vai sumir dentro de alguns minutos — informei. Alimentar-se causava uma sensação entorpecente. Não era a única coisa que causava, mas contanto que ela permanecesse daquele jeito, o efeito passaria. — Só relaxe e aproveite.

— Não sinto mais dor. — Poppy ficou calada por alguns instantes. — Não entendo.

— É o meu sangue. — A mecha tinha voltado a cair em seu rosto. Eu gostava muito daquela mecha. Afastei-a para o lado. Poppy estremeceu, e outro cheiro além de seu sangue me atingiu. Ignorei. — O sangue de um Atlante tem propriedades curativas. Eu contei isso para você.

— Isso... isso é inacreditável.

— É mesmo? — Estiquei a mão e segurei seu braço. — Você não foi ferida aqui?

Ela olhou, mas não havia nada ali além de sangue seco e sujeira.

— E aqui? — Mexi a mão e circulei a parte superior de seu braço com o polegar, logo abaixo de seu ombro. — Você não foi arranhada aqui?

Mais uma vez, seu olhar se voltou na direção que indiquei. Ela ficou maravilhada.

— Não... não há nenhuma cicatriz nova.

— Você não terá outras cicatrizes. Foi o que prometi — eu a lembrei.

— O seu sangue... — Ela engoliu em seco. — É incrível.

Fiquei feliz que ela se sentisse assim naquele momento. Depois? Provavelmente seria outra história.

Poppy voltou o olhar ao meu.

— Você me fez beber o seu sangue.

— Fiz, sim.

Ela torceu o nariz.

— Como?

— É uma daquelas coisas que ocorrem durante a maturidade. Nem todos nós somos capazes de... compelir os outros.

— Você já fez isso antes? Comigo?

— Você gostaria de poder justificar as suas ações prévias com isso, mas eu não fiz nada, Poppy. Nunca precisei, nem quis.

Ela ficou confusa, apertando os lábios.

— Mas fez isso agora.

— Agora, sim.

Ela estreitou os olhos.

— Você não parece nem um pouco envergonhado.

— Não estou — admiti, lutando contra um sorriso. — Eu disse que não deixaria que você morresse, e você teria morrido, Princesa. Você estava morrendo. — Um rompante de dor afiado e gélido me atravessou. — Eu salvei a sua vida. Algumas pessoas diriam que um agradecimento seria a resposta apropriada.

— Eu não pedi que você fizesse isso — retrucou ela, e eu nunca me senti mais grato ao ver aquele queixo teimoso se erguer.

— Mas você está agradecida, não está? — provoquei.

Poppy apertou os lábios de novo.

Aquilo me fez achar mais graça.

— Só você discutiria comigo sobre isso.

— Eu não vou me tornar...

— Não. — Suspirei, abaixando o braço dela para a sua barriga. — Eu te contei a verdade, Poppy. Os Atlantes não criaram os Vorazes. Foram os Ascendidos.

Poppy me encarou, o peito subindo depressa, e imaginei ter visto então, em seus olhos. Um mínimo indício de aceitação antes que ela olhasse para as vigas de madeira no teto.

— Estamos em um quarto de dormir.

— Precisávamos de privacidade.

Ela franziu as sobrancelhas.

— Kieran não queria que você me salvasse.

— Porque é proibido.

— Vou me transformar em uma vampira?

Ri. Eu não conseguia evitar porque ela estava *sim* começando a aceitar a verdade.

— Qual é a graça?

— Nada. — Dei um sorriso. — Sei que você não quer acreditar na verdade, mas lá no fundo já acredita. Por isso fez essa pergunta. — Olhei para a porta ao ouvir os passos se aproximarem, então recuarem. — Para se transformar, você precisaria de muito mais sangue do que isso. E também exigiria que eu fosse um participante mais ativo.

Ela inalou com suavidade.

— Como... como você poderia ser um participante mais ativo?

Meu sorriso ficou maior.

— Você prefere que eu mostre em vez de contar?

— Não — respondeu ela, embora seu desejo tenha se intensificado.

Fechei os olhos.

— Mentirosa.

Poppy ficou calada de novo, e eu sabia que deveria garantir que ela se lavasse e fosse para a cama descansar. Sozinha. Havia coisas das quais eu precisava cuidar. Pessoas que eu queria matar. Devagar. E de maneira dolorosa.

Mas ela estava quente e viva, segura em meus braços, e eu não estava pronto para ir embora.

Eu pagaria por aquilo, e não demoraria muito porque a respiração de Poppy tinha mudado. Sua pulsação estava acelerada. Os outros efeitos do meu sangue que eu tinha tido esperanças de não a afetarem no momento a tomavam.

— Naill e Delano estão... bem? — perguntou ela com a voz mais densa, mais encorpada.

— Eles vão ficar bem, e aposto que ficarão felizes em saber que você perguntou por eles.

Poppy não respondeu. Talvez tivesse respondido, eu só não ouvira por causa da minha própria pulsação frenética. Inalei profundamente e engoli um grunhido. O cheiro dela me envolveu, e senti o olhar quente dela em mim. Eu conseguia sentir exatamente para onde a mente dela se encaminhava, caralho.

— Poppy — alertei.

— O quê? — sussurrou ela.

Trinquei os dentes.

— Pare de pensar no que você está pensando.

— Como você sabe o que eu estou pensando?

Abri os olhos e abaixei o queixo.

— Eu sei.

Ela me encarou de volta, sua pele corada enquanto ela tremia. Seus quadris se remexeram, e acabei xingando enquanto apertava o braço ao redor dela. Eu não tinha certeza de como aquilo ajudava. Não quando a bunda dela estava pressionada em meu pau.

— Você não sabe — negou ela, observando-me com os olhos entreabertos. Ela mordeu o lábio e gemeu. — Hawke.

Caralho, Deuses.

Poppy aproveitou aquele momento para se esticar que nem um felino. Ela arqueou as costas, fazendo os seios pressionarem a camisa.

— Hawke.

— Não — rebati, com o corpo tenso. — Não me chame assim.

— Por que não?

— Apenas não faça isso.

Não depois daquilo. Não depois… *Ah, caralho*.

A mão de Poppy estava em ação, subindo pela camisa. Fiquei com a boca seca ao observar os dedos dela envolverem o próprio seio e apertarem a carne redonda.

— Poppy. O que você está fazendo?

— Não sei.

Aquela era uma grande, enorme mentira.

Ela fechou os olhos e arqueou as costas de novo. Acariciou o bico do seio com o polegar.

— Estou em chamas.

— É só o sangue — expliquei, ouvindo como a minha voz estava densa enquanto eu a observava. — Vai passar, mas você deveria… você tem de parar com isso.

Para o choque de zero pessoas, muito menos o meu, Poppy não me ouviu.

Ela acariciou o mamilo enrijecido, que eu via nitidamente pela camisa fina e desgastada, com o polegar. E gostou da sensação. Ela inspirou com força.

O desejo me tomou quando ela mudou de posição, pressionando a coxa uma na outra… coxas que eu lembrava bem de apertarem meus ombros enquanto eu a saboreava.

— Hawke?

Uma onda intensa de desejo me atravessou.

— Poppy, pelo amor dos Deuses.

Ela abriu os olhos e tirou a mão do seio. Houve um momento de intervalo, mas então os dedos entraram em ação de novo, descendo por sua barriga, e meu alívio desapareceu.

— Me beija? — O sussurro abafado dela me provocou.

Meu corpo ficou todo tenso.

— Você não quer isso.

— Quero, sim. — As pontas de seus dedos alcançaram a barra frouxa de sua calça. — Eu preciso disso.

— Você só acha que precisa agora. — Eu teria feito muita coisa para ouvi-la dizer aquilo em outro momento. — É o sangue.

— Eu não me importo. — Ela desceu mais a mão. — Me toca? Por favor?

A urgência me despedaçou enquanto eu grunhia.

— Você acha que me odeia agora? Se eu fizer o que está pedindo, você vai querer me matar. — Abri um sorriso. Pensando bem... — Bem, vai querer me matar mais do que já quer. Você não tem controle sobre si mesma no momento.

Ela franziu a testa.

— Não.

— Não? — repeti, observando sua mão continuar descendo.

— Eu não odeio você.

Um ruído baixo escapou de mim. Não era só a urgência que me tomava. Era tanto desejo que segurei o pulso dela antes de sequer perceber o que fazia. Eu queria trocar a mão dela pela minha... meus dedos, meus lábios, minha língua. Meu pau endureceu.

— Hawke? — choramingou ela.

Alonguei o pescoço.

— Eu planejei afastar você de tudo o que conhecia e consegui fazer isso, mas esse não é o pior dos meus crimes. Eu matei pessoas, Poppy. Há tanto sangue nas minhas mãos que elas nunca mais ficarão limpas. Vou destronar a Rainha que cuidou de você, e muitas pessoas vão morrer no processo. Eu não sou um bom homem. Mas estou tentando ser agora.

— Eu não quero que você seja bom. — Ela segurou minha túnica. — Eu quero você.

Balancei a cabeça. Eu não faria aquilo. Poppy puxou a mão que eu segurava. Com a respiração irregular, me inclinei sobre ela.

— Daqui a alguns minutos, quando essa tempestade passar, você vai voltar a detestar a minha existência, e por um bom motivo — falei com a boca a centímetros da dela. — Você vai odiar ter implorado para que eu a beijasse e fizesse ainda mais do que isso. Mesmo sem o meu sangue dentro de você, eu sei que você nunca deixou de me querer. — As palavras saíram em uma euforia intensa. — Mas quando eu estiver dentro de você novamente, e vou estar, você não vai poder culpar a influência do sangue ou qualquer outra coisa.

Poppy ficou me encarando enquanto eu puxava a mão que estava entre aquelas coxas maravilhosas e levava a palma de sua outra mão à boca. Beijei o meio de sua palma, o que a fez arfar.

Passou-se um instante.

Talvez dois.

Então, o tesão movido pelo sangue começou a se dissipar, assim como disse que aconteceria.

Soltei sua mão quando ela tentou puxá-la. Segundos se passaram. Minutos.

— Eu não deveria ter saído — confessei, agora sabendo que ela estava com a mente mais ou menos desanuviada. — Já deveria saber que algo assim poderia acontecer, mas subestimei o desejo deles por vingança.

— Eles... eles me queriam morta.

— Eles vão pagar pelo que fizeram — prometi.

Ela se mexeu um pouco, mas não como antes.

— O que você vai fazer? Matá-los?

— Sim, e vou matar qualquer um que pensar em seguir o mesmo caminho.

Poppy engoliu em seco.

— E eu... o que você vai fazer comigo?

Desviei o olhar dela, me sentindo cansado pra caralho.

— Eu já te disse. Vou usá-la para negociar com a Rainha para libertar o Príncipe Malik. Juro que nada de mau acontecerá com você novamente.

Poppy começou a falar, mas seu corpo inteiro pareceu se sacudir.

— Casteel?

Fiquei estático.

— Kieran... Kieran disse o nome Casteel.

Ele tinha dito?

588

Eu não reparara. Estivera muito preocupado em salvá-la. Senti sua pulsação se acelerando, e em vez de raiva ou pânico, senti alívio ao ver a última mentira desmoronando. Ela finalmente estava aceitando o que já deveria saber.

— Ah, meus Deuses. — Ela colocou a mão na boca. — Você é ele. — Ela então levou a mão ao colarinho da camisa rasgada. — Foi isso que aconteceu com o seu irmão. Por isso que você sente tanta tristeza por ele. Ele é o Príncipe que você espera trocar por mim. Seu nome não é Hawke Flynn. Você é ele! Você é o Senhor das Trevas.

Só a dor do passado me impediu de reagir a ser chamado de Senhor das Trevas.

— Prefiro o nome Casteel ou Cas. Se você não quiser me chamar assim, pode me chamar de Príncipe Casteel Da'Neer, o segundo filho do Rei Valyn Da'Neer e irmão do Príncipe Malik Da'Neer. Mas *não* me chame de Senhor das Trevas. Esse *não* é o meu nome.

Poppy ficou imóvel por um segundo, então a raiva e a angústia transbordaram. Deixei que acontecesse. E aceitei tudo. O soco no peito. O tapa ardente na bochecha. Ela empurrou meus ombros e gritou. Deixei que ela fizesse isso até ver as lágrimas em seus olhos. Isso eu não poderia permitir.

— Pare com isso. — Segurei seus braços, puxando-a para mim. — Pare com isso, Poppy.

— Me solte — ordenou ela, tremendo tanto que eu temia que ela se despedaçasse se eu a soltasse.

Que daquela vez ela se estilhaçaria, e não haveria ninguém a culpar a não ser eu. Então, segurei-a em mim com força. Encostei a cabeça na dela.

— Caralho, me desculpa — sussurrei. — Me desculpa.

Nenhuma lágrima escapou de Poppy, mas ela tremia; estava além de onde seria capaz de me ouvir. Comecei a me afastar, afrouxando o aperto. O coração dela estava acelerado.

— Poppy?

Ela se contorceu de novo, virando de lado e arfando.

— Me solte.

— Poppy — repeti, pressionando os dedos em seu pulso. Xinguei. — Seu coração está acelerado demais.

— Me solte! — berrou ela tão alto e com tanta ferocidade que o som de sua voz tinha presença, tinha o próprio poder.

Abaixei o braço, mas não a soltei por completo. Nenhum coração mortal conseguiria bater daquele jeito de maneira contínua. Ela tinha que se acalmar, mas ela estava longe disso. Caralho. Ela apoiou as mãos no chão, com o corpo ainda tremendo. Aquilo era demais para ela... demais para qualquer um. Eu sabia o que teria que fazer. Seria mais uma razão para ela me odiar, mas eu preferiria que ela amaldiçoasse a minha existência a morrer. Eu estava começando a puxá-la quando ela se virou de volta para mim de repente.

— *Poppy.*

Ela empurrou meu peito...

Eu ia inspirar, mas o ar me foi roubado.

Ela... ela não tinha *empurrado* meu peito. Aquilo não teria causado a dor repentina, incapacitante e fervente. A dor que me roubou o ar.

Poppy arregalou os olhos ferozes para mim. Devagar, abaixei a cabeça. Havia uma adaga cravada no meu peito.

A descrença me tomou. Poppy tinha me apunhalado. Assim como eu tinha dito para ela agir debaixo do salgueiro se eu fizesse algo de que ela não gostasse.

Ela soltou o cabo da adaga e chegou para trás.

— Sinto muito — sussurrou ela.

Levantando a cabeça, vi as lágrimas com as quais ela tinha lutado enfim escorrendo. Eu só a tinha visto chorar por Vikter. Por alguém com quem ela se importava.

— Você está chorando — falei com a voz rouca, e senti gosto de sangue. Meu sangue.

Seus olhos se encheram de um absoluto e puro terror. Ela se colocou de pé, afastando-se. O corpo inteiro tremia.

— Sinto muito — repetiu.

Engasguei-me ao rir enquanto me inclinava para a frente, apoiando a mão no chão. A risada me custou, fazendo meu peito arder.

— Não — respondi, arfando. — Não sente, não.

Poppy balançou a cabeça. Ela emitiu um som ao se virar, indo na direção da porta. E então ela fez algo que eu não achava que ela já tivesse feito antes.

Ela saiu *correndo*.

# NA NEVE

— Caralho, Deuses — praguejei com um grunhido, atordoado com a miríade de sentimentos.

Eu estava chocado por ela realmente ter feito aquilo, furioso por ter sido intencional, e além de tudo, achando *graça*. Apertei o cabo da adaga.

De repente Kieran apareceu à porta aberta.

— Pelos Deuses. — Ele cambaleou para a frente, com a respiração irregular. — Ela te apunhalou.

— Só um pouquinho. — Arranquei a adaga do peito. Senti uma explosão de dor enquanto jogava a lâmina no chão. — *Caralho*.

— Um pouquinho? — Kieran rosnou. — Ela acertou seu coração?

— Quase. — Ou talvez um pouco. Talvez tivesse dado uma encostadinha. — E com a pedra de sangue. Uns dois centímetros a mais para a esquerda? — Outra risada ensanguentada e molhada me escapou enquanto a raiva se alastrava pelas minhas veias que nem fogo. — Isso teria... doído bastante.

Um som baixo e furioso emanou de Kieran. Levantei a cabeça, e o predador em mim despertou. A pele dele tinha afinado, a mandíbula se alongado. O azul de seus olhos brilhava tanto quanto as estrelas. Ele virou a cabeça na direção da porta enquanto seu peito se estendia, esticando as costuras de sua túnica. Era mais do que apenas o vínculo entre nós agindo, exigindo que ele fosse atrás de quem tinha me machucado. Se ele fizesse aquilo, pegaria Poppy...

— Não. — Fiquei de pé, ignorando a nova onda de dor agonizante. — Não vá atrás dela. Eu vou buscá-la. — Respirei. Doeu, mas a lâmina estava fora do meu peito. A ferida cicatrizaria depressa. A dor sumiria.

— Eu vou lidar com ela.

Havia tendões se protuberando no pescoço dele quando virou a cabeça para mim de novo. Ele estava vibrando com a fúria.

— Eu vou…

— Não. — Soltei um rosnado, indo para cima dele. Com as presas à mostra, afastei Kieran da porta. — Ela é minha.

Kieran se conteve, então deu um passo instável para trás, a tensão em sua boca diminuindo.

— Cas…

Não havia mais o que dizer. Dei as costas e disparei. "Ela é minha" se repetiu em minha cabeça enquanto eu saltava o balaústre do segundo andar. Atingi o chão com força, o que me causou outra explosão de dor. Erguendo-me em meio à neve que caía, analisei o pátio encoberto, levando a mão ao peito. A ferida já estava fechando.

— A mata. — Elijah estava na entrada do forte. — Ela correu para a mata.

Aonde ela pensava que estava indo, sem proteção contra os elementos naturais nem arma? Abaixei o queixo, rosnando. Qualquer graça que eu tenha achado da situação desapareceu. Enfiar uma adaga no meu peito era uma coisa. Arriscar a própria vida daquele jeito era outra bem diferente.

Poppy estava determinada a acabar morta.

E talvez eu também estivesse.

A dor e o sangramento aguçaram meus sentidos, mal deixando espaço para qualquer coisa além da raiva. Aquilo era perigoso para qualquer um, mas principalmente para um Atlante fundamental.

Atravessando o pátio sob o sopro de neve, cheguei à mata e acelerei o ritmo. Os galhos cobertos de gelo se tornaram um borrão enquanto eu rastreava o cheiro dela. Indo para a esquerda, passei debaixo de um pinheiro meio tombado.

Percebi um lampejo de vermelho-escuro entre o amontoado de branco e verde, e dei um sorriso feroz. Lá estava ela.

Os alertas começaram a soar no fundo do meu subconsciente. Eu já tinha sentido aquele tipo de desvario antes. Eu o tinha vivido. Tinha me arrependido dele. Tinha-o aceitado. Só uma vez. Décadas antes, quando eu encontrara o olhar de Shea e descobrira que ela tinha traído meu irmão.

Aquele desvario era como estar na beirada do precipício de um penhasco, olhando para a queda.

E lá estava eu, mais uma vez naquela beirada.

Como um predador, não fiz barulho. Não dei qualquer aviso ao caçar Poppy e envolver sua cintura com o braço.

Ela gritou quando seus pés se ergueram do chão. Eu a puxei contra meu peito, e a angústia que eu sentia não tinha nada a ver com a dor da ferida que ainda cicatrizava. Era por causa dela. De mim. Daquela situação. De nós. E do desvario que eu estava a ponto de adentrar... aquele que apagava tudo o que importava e fazia todo mundo perder. Segurei o queixo dela, forçando sua cabeça para trás com a mesma mão que tinha matado tanta gente. Aqueles que haviam merecido. E outros que não. Pressionei os dedos na mandíbula de Poppy assim como eu tinha feito com *ela*.

— Um Atlante, ao contrário de um lupino ou de um Ascendido, não pode ser morto por uma adaga no coração — falei com um rosnado em seu ouvido. Minha raiva por causa de sua fuga imprudente sumiu. A descrença por ela ter de fato me apunhalado desapareceu. Todo aquele sofrimento tinha uma origem mais profunda do que a dor física. — Se queria me matar, você devia ter mirado na minha cabeça, Princesa. Mas, pior ainda, você esqueceu.

— Esqueci o quê? — perguntou ela, arfando.

— Que aquilo foi *verdadeiro* — completei com um grunhido.

Então comecei a ceder ao desvario.

Ataquei, enfiando as presas na lateral de seu pescoço. Senti o corpo dela se sacudir contra o meu e apertei o braço ao seu redor. O sangue quente acertou minha língua. Nem senti o gosto. Eu estava despencando, minha boca agarrada ao seu pescoço, minhas presas bem no fundo de sua pele. Eu sabia qual era a sensação quando as presas continuavam cravadas ali. A mordida causaria a sensação de ser queimado vivo, criando um incêndio em forma de dor. A pele frágil em algum momento se romperia. Eu não quebraria o pescoço dela com as próprias mãos, mas Poppy ia...

*Não.*

Não era Shea ali.

Era a Donzela.

A Escolhida.

Penellaphe Balfour.

Poppy.

*Minha.*

Com o coração martelando, afastei as presas, e foi quando seu sangue cobriu minha língua, enchendo minha boca. Comecei a soltá-la, mas aí...

O gosto me acertou com uma sensação atordoante e inesperada. Doce. Fresco. *Poder.* Minha boca ainda estava grudada em seu pescoço, e o sangue dela fluía livremente. A dor que eu tinha causado havia sumido assim que minhas presas deixaram sua pele. No momento, minha mordida criaria um tipo bem diferente de tempestade dentro dela. Dentro de mim.

O gosto dela era exuberante e intenso, era pura devassidão. O desejo que crescia tão depressa nela era puro pecado. O calor ardeu em mim enquanto eu bebia com gula. Grunhi, perdido em meio a tudo enquanto eu a segurava contra mim, mas o gosto dela...

O *sangue* dela foi um despertar. Havia alguma coisa ali. Alguma coisa *no* sangue. A parte interna da minha boca formigava. Minha pele zunia. Havia alguma coisa no sangue dela que não deveria estar ali. Não podia ser. Era uma carga de energia. Poder. A dor da ferida já não estava tão intensa.

*Pelos Deuses.*

Aquilo só poderia significar uma coisa.

Ela era...

O choque me tomou. Eu me afastei dela, descrente.

Poppy cambaleou, então se equilibrou. Ela se virou para mim. Fiquei parado ali, trêmulo, vendo o sangue escorrer de onde eu a tinha mordido.

Eu respirava rápido, e ela levou a mão ao pescoço. Deu um passo para trás, e o choque do que eu tinha descoberto se dissipou.

Poppy era mortal, mas seu sangue também era do meu povo. Atlante.

— Não acredito nisso — murmurei e passei a língua pelo lábio inferior, sentindo o gosto dela.

Sentindo o gosto da verdade. Fechei os olhos enquanto um grunhido de prazer emanava do meu peito. Ela era metade Atlante... e aquela parte dela era forte pra caralho.

Em um instante, tanta coisa fez sentido. Abri os olhos.

— Mas já deveria saber.

Agora eu sabia.

Mais uma vez, *tudo* mudou. Fui para cima dela em menos tempo do que levei para respirar. Encostei a boca na dela e segurei seu cabelo com força. O alívio trombou na *alegria*... um sentimento vívido e aéreo. Ela tinha uma saída daquela situação, uma que lhe garantiria segurança de verdade.

Mas no momento, o alívio e o júbilo não eram as únicas coisas bombeando pelo meu corpo... pelo corpo *dela*. A urgência e o desejo se uniram. Eu a beijei como queria ter beijado desde a primeira vez. Sem precisar esconder as presas nem esconder quem eu era. E Poppy me beijou de volta com a mesma ferocidade, o mesmo desespero. Ela se agarrou a mim quando a joguei no solo coberto pela neve, sem tirar a boca da dela. Parte daquilo era por causa da mordida. Quando a dor desaparecia, surgia o prazer, mas aquilo era apenas *parte* do que gerava os beijos leves e famintos que ela me deu quando virei o quadril contra o dela. Dei uma mordida em seu lábio, embriagado com seu gemido ofegante, preso em como ela se movia debaixo de mim, rebolando os quadris em busca de mais, querendo mais.

De mim.

Poppy me queria.

Aquilo não tinha desaparecido quando ela descobrira minha traição. Não dava para negar a nossa atração, mas eu precisava ouvi-la dizer aquilo.

Encerrando o beijo, ergui a cabeça e olhei para ela.

— Diga que quer isso. — Pressionei mais os quadris em seu corpo. — Diga que precisa de mais.

— Mais — sussurrou ela.

— Obrigado, porra.

Soltei um grunhido, coloquei a mão entre nossos corpos, sentindo a urgência e a porra da avidez por estar dentro dela. Porque ela *sabia*. Ela sabia a verdade sobre mim. Não havia mais mentiras entre nós. Eu tinha que estar dentro dela. Agora. Segurei a parte da frente de sua calça e puxei. Os botões se soltaram.

— Deuses — murmurou ela, arfando.

Dei uma risada, abaixando a calça dela. Despi uma perna linda. Era o suficiente. Ergui o olhar para ela.

— Você sabe que essa camisa não tem mais conserto, não é?

Poppy franziu as sobrancelhas.

— O quê...?

Segurando a camisa ensanguentada, rasguei-a no meio, expondo os seios dela. Caralho. Abri a própria calça enquanto meu olhar faminto percorria sua pele clara, úmida por causa da neve que se infiltrara por entre as árvores. Seus mamilos grandes, de um rosa mais escuro, estavam enrijecidos e eriçados. Vi manchas secas de sangue remanescentes de quando ela fora atacada. Fiquei imóvel. Eu tinha estado tão próximo de perdê-la...

— Vou matá-los — jurei. — Vou matar aqueles desgraçados.

Poppy estremeceu quando tomei a boca dela de novo, deitando-me entre suas pernas e mergulhando em seu calor, molhado e apertado; e os beijos dela abafaram o meu gemido, e eu entrei nela, rápido e com força, a sensação foi alucinante. A forma como ela respondeu a cada estocada. Como ela me apertou, meus ombros, meu cabelo, e qualquer parte do meu corpo que suas mãos conseguissem alcançar. A neve caiu mais forte, mais pesada, como se reagisse à nossa ferocidade com a sua própria.

Mas eu queria que aquilo durasse.

Tomei sua língua em minha boca, obcecado com o gosto dela, então me afastei. Fui distribuindo beijos de seu pescoço para baixo até alcançar a marca da minha mordida. Soltei um grunhido de pura satisfação quando lambi as perfurações minúsculas, sorrindo quando ela arfou e pressionou o corpo no meu. Quando passei a língua pela mordida, ela apertou meus ombros com mais força.

Mas eu não poderia ficar ali.

Se eu fizesse aquilo, reabriria aquelas feridas e beberia mais dela. Eu não podia fazer isso. Ainda que meu sangue estivesse dentro dela, eu já tinha passado dos limites, e ela estivera gravemente ferida mais cedo.

Beijei seu pescoço e levantei a cabeça. Foquei o olhar no dela. Ela estava com os olhos arregalados, e havia neles um tom impressionante de verde enquanto a neve salpicava as mechas soltas de seu cabelo carmesim.

Deuses, ela era... ela era tão surpreendente. De todas as formas possíveis. Tão linda. Tão corajosa. Tão violenta.

Passando a mão por seu peito, segurei seu seio enquanto deslizava para dentro e para fora de seu corpo, cada estocada quase me desestruturando e a desmanchando. A sensação de estar dentro dela era muito intensa, muito molhada, boa pra porra. Voltei a tomar sua boca com a minha. Poppy estava tão faminta quanto eu, tão ávida quanto eu. Ela levantou os quadris, me incitando a ir mais fundo, mais forte, mais rápido. Eu me contive, uma risada dando lugar a um grunhido quando ela choramingou, frustrada.

Levantei a cabeça.

— Sei o que você quer, mas...

Ela pressionou os quadris nos meus até o máximo que podia ir, e eu tremi.

— Mas o quê?

Trinquei a mandíbula ao olhar em seus olhos.

— Quero que você diga o meu nome.

— O quê?

Comecei a mover os quadris em círculos dentro dela.

— Quero que você diga o meu nome verdadeiro.

Ela entreabriu os lábios, inspirando com força.

Fiquei imóvel dentro de seu corpo, sentindo o coração dela martelar.

— É tudo o que peço. — Abaixei a voz enquanto brincava com seu mamilo. — É um reconhecimento. É admitir que você sabe muito bem quem está dentro de você, quem você deseja tão ardentemente, mesmo sabendo que não deveria. Mesmo que você queira *não* sentir o que sente. Quero ouvir você dizer o meu nome verdadeiro.

— Você é um cretino — sussurrou ela, girando os quadris ao meu redor.

Abri um sorriso.

— Algumas pessoas me chamam assim, mas esse não é o nome que estou esperando ouvir, Princesa.

Ela apertou bem os lábios.

— O quanto você me quer, *Poppy*?

Ela segurou meu cabelo, puxando a minha cabeça para baixo com tanta força que arregalei os olhos.

— Muito. — Ela espumava de raiva. — Vossa *Alteza*.

Não era aquilo…

Poppy ergueu as pernas, envolvendo-as em minha cintura. Antes que eu sequer considerasse o que estava aprontando, ela girou meu corpo, me fazendo cair de costas. Ela apoiou as mãos no meu peito e movimentou o corpo para trás como se fosse se levantar, o que me fez ir tão fundo dentro dela que esqueci do meu próprio nome.

— Ah.

Poppy arfou, com a respiração irregular.

Eu a observei com os olhos pesados.

— Sabe de uma coisa?

— O quê? — sussurrou, com o corpo tremendo em volta de mim.

— Não preciso que você diga o meu nome. Só preciso que você faça isso novamente, mas se não começar a se mover agora, você vai acabar me matando.

Uma risada repentina escapou dela.

— Eu… eu não sei o que fazer.

Aquela risada suave. As palavras mais suaves ainda. Parecia que meu peito estava cheio demais quando segurei seus quadris.

— Só se mexa — orientei, mostrando o que eu queria dizer. Eu ergui seu corpo até ele quase se desconectar do meu pau duro e a puxei para baixo de novo. — Desse jeito. — Grunhi com a fricção quente entre nossos corpos. — Não dá para fazer nada errado. Como você não aprendeu isso ainda?

Poppy seguiu minhas orientações, experimentando se mover para cima e para baixo enquanto a neve continuava a cair. Ela prendeu a respiração. Subiu a mão pela minha camisa ao se inclinar para a frente. O gemido dela era a melhor dose de agonia.

— Desse jeito? — perguntou ela, ofegando.

Apertei seus quadris mais forte.

— Bem desse jeito.

Mordendo o lábio, ela rebolou, e com cada subir e descer torturante, seus movimentos foram ficando mais confiantes, e eu mais fascinado.

Não conseguia desviar os olhos de Poppy enquanto ela cavalgava. O prazer em seu rosto, em seus lábios entreabertos e nos olhos vidrados. O contorno de seus seios fartos, os bicos desaparecendo atrás da camisa rasgada e reaparecendo quando ela encontrava um novo ângulo que a fazia ofegar. Abaixei o olhar para onde nossos corpos se uniam quando ela começou a se movimentar mais rápido, se esfregando em mim até gozar. Observá-la assumir o controle daquele jeito, apropriando-se do próprio prazer, foi a coisa mais excitante que eu já tinha visto, caralho.

E me desestruturou.

Mudei de posição, colocando-a embaixo de mim de novo. Tomando a boca de Poppy, estoquei com força enquanto ela se segurava em mim, enfiando as unhas em minha pele. O orgasmo se formou por minha coluna enquanto eu a tomava, meus quadris colidindo com seu corpo enquanto o prazer explodia. Fiquei ali, bem fundo dentro dela, chocado com a intensidade do clímax.

Caralho, Deuses, o orgasmo durou uma pequena eternidade. Eu ainda estava pulsando dentro dela quando encostei a testa na sua. Ficamos daquele jeito por um tempo, com os corpos unidos, minha mão em sua cintura, movendo o polegar ao acaso enquanto nossos corações e respirações desaceleravam. Ficamos ali debaixo da neve caindo por mais tempo do que deveríamos, provavelmente, mas eu estava relutando em me afastar dela porque ela... Deuses, ela era *minha*.

A possessividade foi um tanto chocante. Eu nunca tinha me sentido daquele jeito com ninguém. Franzi a testa.

— Eu não... eu não entendo — sussurrou Poppy.

— Não entende o quê?

Mudei de posição ainda em cima dela, erguendo a cabeça.

— Nada disso. Como foi que isso aconteceu?

Comecei a sair de dentro dela, mas vi seu rosto ficando tenso de repente. Parei de me mexer.

— Você está bem?

— Sim. Sim.

Poppy estava com os olhos fechados. Eu não sabia ao certo se acreditava nela. A preocupação tomou conta. Aquilo tinha sido muito bruto? Eu tinha sido muito bruto?

— Tem certeza? — insisti, me apoiando no cotovelo.

Ela confirmou com a cabeça.

— Olhe para mim e me diga que não está machucada.

Ela ergueu os cílios grossos.

— Eu estou bem.

— Você estremeceu. Eu vi.

Poppy balançou a cabeça devagar.

— É isso que eu não entendo. A menos que eu tenha imaginado os últimos dois dias.

— Não, você não imaginou nada. — Analisei seu rosto enquanto ela piscava, afastando a neve dos cílios. — Você gostaria que isso, o que aconteceu agora, não tivesse acontecido?

Ela desviou o olhar, então voltou a olhar para mim.

— Não — sussurrou ela. — E... você?

— Não, Poppy. Detesto que você precise perguntar isso. — Virei a cabeça para o lado, incerto sobre o que dizer. Sobre como colocar o que eu sentia em palavras. — Quando nós nos conhecemos, foi como... não sei. Fiquei atraído por você. Eu podia tê-la sequestrado naquela ocasião, Poppy...

Aquela era uma verdade que eu não tinha me permitido enxergar até aquele momento. Eu poderia tê-la sequestrado na noite do Pérola Vermelha. Quando ela saíra de lá. Ou quando fora escondida à biblioteca. Eu havia tido tantas oportunidades. Eu teria encontrado uma forma de sair da cidade. Ela teria relutado, mas não teria conseguido me impedir.

Estremeci.

— Podia ter evitado muito do que aconteceu depois, mas eu... eu perdi a noção das coisas. Toda vez que estava perto de você, eu me sentia como se já a conhecesse. — Pensei no gosto que eu havia sentido em seu sangue. Parte de mim reconhecera o que havia nela. — E acho que sei por quê.

Ao menos, eu achava que era o que explicava as sensações estranhas que tinha perto dela. Nem sempre reconhecíamos metade Atlantes daquele jeito, mas houvera histórias como... o éter no nosso sangue reconhecendo o éter em outras pessoas.

Senti Poppy tremer, e de repente me dei conta de que estávamos seminus na neve.

— Você está com frio. — Eu me levantei, vestindo a calça enquanto ignorava a dor intensa quando o movimento fez a pele do meu peito se repuxar. Fechei os botões remanescentes, então estendi a mão a ela. — Precisamos nos abrigar desse clima.

Poppy tinha se sentado, segurando os lados retalhados da camisa. Ela hesitou e então colocou a mão na minha.

— Eu tentei matar você. — Ela disse aquilo como se eu tivesse esquecido, e tive que lutar contra um sorriso enquanto a puxava para se levantar.

— Eu sei. Não posso culpá-la.

Ela ficou boquiaberta enquanto eu me ajoelhava, segurando sua calça e a subindo por suas pernas.

— Não?

— Não. — Eu a tinha culpado, mas pensando bem, eu tinha ficado mais irritado por ela correr para a mata. — Eu menti para você. Traí você e participei da morte de pessoas que você amava. Estou surpreso que tenha sido a primeira vez que você tentou me matar.

Poppy ficou calada.

— E duvido que seja a última. — Perdi a batalha e dei um sorriso de canto enquanto tentava fechar a calça dela. Infelizmente, não tinha restado botão algum. — Droga. — Então tentei, bem, ajeitar a camisa de algum jeito. Aquilo também não ia funcionar. Praguejei de novo. Resolvi tirar a própria camisa. — Toma.

Poppy ainda estava ali parada, olhando para mim como se eu fosse o indivíduo mais incompreensível que ela já havia conhecido.

Eu provavelmente era.

— Você... não está bravo?

Foquei o olhar no dela.

— Você ainda está brava comigo?

— Sim — respondeu ela sem hesitar. — Eu ainda estou com raiva.

— E eu ainda estou com raiva por você ter me apunhalado no peito. — E depois fugir de mim, mas enfim. — Levante os braços.

Poppy obedeceu.

— Aliás, você não errou o meu coração. Você o acertou em cheio — admiti. Definitivamente tinha sido mais que uma *encostadinha*. Abaixei minha camisa por seus braços. — Foi por isso que demorei um minuto para alcançá-la.

— Você demorou mais do que um minuto. — A voz dela ficou abafada por um instante, então sua expressão fofa e irritada reapareceu.

Ela não precisava saber exatamente o que tinha me feito demorar. Não fora a ferida. Fora Kieran.

— Demorei uns *dois* minutos — contrapus, abaixando as mangas.

Ela olhou para a camisa que agora trajava e então para meu peito. A ferida estava ali, em um rosa vívido, a pele um tanto irregular.

— Vai sarar?

— Vai melhorar daqui a algumas horas. Provavelmente antes.

— Sangue atlante — murmurou ela, rouca.

— O meu corpo começa a se curar de feridas não letais imediatamente. E eu me alimentei. Isso também ajuda.

Ela levou a mão ao pescoço antes de afastá-la depressa. Ergui a sobrancelha.

— Vai acontecer alguma coisa comigo por... por você se alimentar?

— Não, Poppy. Eu não bebi o bastante, e você não bebeu o bastante de mim antes. Você provavelmente se sentirá um pouco cansada mais tarde, mas só isso.

Mais uma vez, Poppy estava com o olhar fixo em meu peito.

— Está doendo?

— Quase nada.

Ela levantou a mão, espalmando-a em meu peito. Fiquei imóvel. Ela não ia...

O calor tomou meu peito, inundando meu corpo em ondas suaves. A sensação tomou conta de mim, levando consigo a dor da ferida e o martírio que morava além dela.

Um tremor balançou meu corpo, e minha mandíbula relaxou. Ela tinha feito a dor desaparecer. Eu não conseguia acreditar em sua generosidade.

Com a mão trêmula, segurei a dela ainda em meu peito.

— Eu já deveria saber — falei com a voz grossa, levando sua mão à minha boca.

Estava manchada tanto com meu sangue quanto com o dela. Beijei seus dedos.

— Saber o quê? — perguntou.

— O motivo de eles a quererem tanto que a transformaram na Donzela.

Sua boca ficou tensa.

— Venha.

Puxei sua mão enquanto começava a andar.

— Para onde vamos?

— Agora? Vamos lá para dentro nos limpar e... — Vi que ela tinha que andar segurando a calça. Suspirei. Eu deveria ter tido paciência com aqueles botões. Eu me virei, passando o braço embaixo de seus joelhos. Então a ergui contra o peito. — E, pelo jeito, encontrar umas calças novas para você.

Poppy começou a piscar depressa.

— Era a única que eu tinha.

— Vou arranjar calças novas para você. — Recomecei a andar. — Aposto que uma criança não se importaria de vender as calças em troca de algumas moedas.

Abri um sorriso quando ela franziu as sobrancelhas.

— E depois disso? — insistiu Poppy enquanto eu passava por cima de um galho grosso.

— Vou levar você para casa.

— Casa? — Ela prendeu a respiração. — Vamos voltar para a Masadônia? Ou para a Carsodônia?

— Nenhuma das duas. — Olhei para ela, ampliando o sorriso. Era o tipo de sorriso que deixava tudo à mostra. — Vou levar você para Atlântia.

# EU ESTAVA CERTO

Nosso retorno ao Forte Paraíso não passou despercebido. Todo mundo simplesmente escapuliu dali quando atravessei o pátio, debaixo da neve, com Poppy no colo.

Exceto Kieran.

Ele estava em frente ao guarda-corpo no segundo andar, com os braços cruzados. Foquei o olhar no dele. Ele arqueou a sobrancelha ao me ver, sem camisa... ao nos ver.

— Você pode me colocar no chão — murmurou Poppy. — Eu sei andar.

Não fora a primeira vez que ela dissera aquilo. Devia ser a... vigésima. Eu tinha ignorado as dezenove variações da frase.

— Se eu fizer isso, sua calça vai cair. — Dei um chute para abrir a porta que levava à escadaria. — E aí suas coxas iam ficar de fora... suas belíssimas coxas.

O rubor em seu rosto foi nítido, mesmo na escadaria escura.

— Isso porque você destruiu minha roupa.

— Seja como for, duvido de que você fosse preferir mostrar o corpo para os outros. — Fiz uma pausa no meio do caminho, olhando para ela. — Ou é isso que prefere?

Poppy expirou de um jeito exasperado.

— Não é o que eu prefiro.

Abri um sorriso enquanto voltava a subir.

— Foi o que pensei.

Ela ficou em silêncio enquanto fazíamos a curva na escada e continuávamos a subir. Imaginei que ela estivesse recordando do momento em que enfiara a adaga no meu peito. Verdade fosse dita, a calça não era o motivo para eu insistir em carregá-la. Afinal, eu não reclamaria se ela mostrasse o corpo para mim. As coxas dela eram uma delícia. Mas a neve estava caindo forte, ensopando o resto de sua roupa. Ela estava com frio. Porra, até eu estava ficando com frio. Mas mantê-la próxima de mim também a aquecia o máximo possível. Além disso, eu era mais rápido.

Chegando ao corredor do segundo andar, ela apertou mais a blusa que agora vestia, e seu rosto ficou mais vermelho. Eu a ergui mais no colo, fazendo com que sua bochecha tocasse o meu ombro. Ela virou a cabeça, encostando a testa em mim.

Só que não havia necessidade dela esconder o rosto. Kieran manteve sua atenção fixa na nevasca e na floresta.

Querendo que ela ficasse no meu quarto, considerando que era maior e um pouco mais confortável, passei pelos aposentos em que ela estivera e a levei para os meus. Dei um pequeno sorriso. Kieran tinha limpado o sangue.

E removido a adaga que eu cravara no chão. Uma ação inteligente.

Levei Poppy para minha cama, que era bem maior, e a coloquei lá, grato pelas chamas na lareira ainda estarem fortes. Quando endireitei a postura, ela abriu a boca.

— Eu sei que você tem perguntas a fazer — intervim. — Vou responder tudo, mas preciso cuidar de umas coisas primeiro.

Poppy apertou os lábios, mas ao menos uma vez não argumentou. Dando as costas, parei com a mão na porta, voltando a ficar relutante em deixá-la. Olhei para ela de novo. Ela continuava onde eu a havia colocado, apoiando as mãos na cama.

— Eu volto — prometi, então saí do quarto.

Precisei me obrigar a fazê-lo.

Passei a mão pelo cabelo úmido e me virei para Kieran.

— Eu quero saber por que ela está com a sua camisa e você, com nenhuma? — questionou ele.

— Acho que não quer, não. — Abaixando a mão, fui para perto dele. — Obrigado por limpar o quarto.

Kieran assentiu.

— Ninguém precisa sentir o cheiro do seu sangue.

Dei um sorriso irônico e apoiei as mãos no guarda-corpo.

— Eu preciso que você a vigie por um tempo.

— Você confia essa tarefa a mim? — Foi tudo o que perguntou. Provavelmente já sabia o que eu planejava fazer. — Considerando que eu quis ir atrás dela?

— Mas você não foi — eu o lembrei. — E não vai.

— Porque ela é... — Aí Kieran olhou para mim. — Como foi que falou? "Ela é minha"?

— Não exatamente por isso. — Girei o pescoço. — Ela é metade Atlante.

Kieran se afastou do guarda-corpo.

— Você tem certeza?

— Senti o gosto no sangue dela. Tenho certeza.

Ele ergueu as sobrancelhas, o que fez a testa se franzir.

— Bem, eu tenho um monte de perguntas sobre isso.

— Aposto que tem. — A neve já tinha começado a encobrir as pegadas que eu deixara no solo. — Mas o mais importante agora é que ela é uma de nós... e, Kieran, a parte dela que é Atlante? É *forte*. Olhe para o meu peito. — Ele olhou. — A ferida está bem mais cicatrizada do que normalmente estaria a essa altura.

Kieran ficou olhando para a cicatriz por um momento, então voltou o olhar à porta pela qual eu tinha saído.

— Porra. — Ele passou a mão pelo cabelo, apertando a nuca. — Isso explica tanta coisa. As habilidades dela. Por que os Ascendidos a queriam.

— Explica, sim. — Olhei para as minhas mãos. Ainda estavam sujas de sangue. Haveria novas manchas vermelhas ali em breve. — E ao mesmo tempo não explica.

Kieran levou um instante para entender.

— Os pais dela? O irmão dela...

Confirmei com a cabeça, devagar. Não tinha como aqueles terem sido os pais dela... ao menos um deles não poderia ter sido. Mas Ian? Ele ainda poderia ser um meio-irmão. Aquilo seria outro golpe para ela.

Kieran estreitou os olhos.

— Eles planejavam usá-la para Ascender os cavalheiros e damas de companhia? Mas por quê? Eles estão com Malik. Eles...

Fiquei tenso. Eu sabia o que ele estava pensando. Que eles precisavam de Poppy porque Malik estava...

— Ele ainda está vivo — afirmei.

— Eu não falei que não estava.

Meu coração batia acelerado.

— Ele provavelmente está fraco, e usá-lo para Ascender todos eles provavelmente o mataria. É por isso que precisam de Poppy. É a única coisa que faz sentido, principalmente se o sangue dela for forte.

— E para saberem disso, eles devem ter... — começou Kieran.

Bebido dela em algum momento, provavelmente sem ela saber. Apertei o guarda-corpo frio até ouvir a madeira estalar. Eu me afastei.

— Não vou demorar muito.

— Aliás, você está errado — afirmou Kieran quando eu já estava na metade do corredor.

Parei, voltando a olhar para ele.

— O motivo para eu não machucá-la não tem nada a ver com ela ser metade Atlante nem por ser uma de nós. — Kieran me encarou. — Tem a ver com o fato de que eu estava certo.

Ergui as sobrancelhas.

— Sobre o quê?

— Você. Ela. — Ele inclinou a cabeça para o lado, e quando falou de novo, sua voz estava baixa. — Ela é sua, e você se importa com ela. Esse é o porquê. E nem tente negar. Não depois de tudo o que você fez para mantê-la em segurança. — O lupino deu um passo à frente. — Tudo o que está prestes a fazer para garantir que o que aconteceu naquela cela não aconteça de novo.

Senti uma sensação leve de formigamento na nuca. Não fazia sentido negar.

— É verdade. Eu me importo com ela.

Kieran sorriu como uma criança que tinha acabado de encher os bolsos de doce.

— Não é a reação que estava esperando — comentei com a voz seca.

— Sendo bem sincero? — Ele ergueu as mãos. — Estou aliviado.

Ergui as sobrancelhas.

— É mesmo?

— É. Isso prova que você não é o merda que eu sempre soube que você não era.

— E como caralhos isso prova?

— Porque dormir com ela não foi sobre gozar. Foi porque se importa com ela. Isso muda as coisas.

*Tudo* tinha mudado.

Kieran balançou a cabeça.

— Em qualquer outra situação, seria engraçado você se apaixonar por ela...

— Me apaixonar por ela? — Senti o estômago afundar como se estivéssemos à beira dos penhascos em Skotos. — Eu falei que me importo com ela, Kieran. Eu não falei que estava apaixonado por ela. Tesão? Sim. Respeito e admiração? Porra, sim.

Kieran franziu ainda mais as sobrancelhas ao me observar como se eu estivesse com uns neurônios em falta.

— O que você acha que é a mistura de tesão, respeito, admiração e carinho por alguém?

— Não o que você acha que é. Talvez para algumas pessoas, mas não para mim. Eu não... — Parei de falar, mas o que não disse ficou pesando o ar entre nós.

Eu não merecia estar apaixonado... nem vivenciar aquilo. Não depois das minhas ações, que haviam resultado na captura de Malik. Não depois de Shea. Não com todo o sangue em minhas mãos. Não depois do que eu fizera com Poppy.

E Kieran sabia daquilo. Ele só não queria dizer. Entretanto, aquela conversa sem sentido sobre amor e essas porras ao menos me fez ter uma ideia. Uma ideia absurda pra caralho, mas uma que não apenas me daria o que eu precisava e a Poppy o que merecia, mas muito mais.

— Cas — começou Kieran.

Ergui a mão, detendo-o. Minha mente estava à toda, preenchendo as lacunas. Aquilo daria a Poppy toda a proteção de que ela já tinha precisado e ainda mais enquanto também garantiria que a Coroa de Sangue fosse fazer o possível para evitar que a notícia de quem ela era se espalhasse. Ninguém ousaria tocá-la... nem Atlante nem Descendido. Nem meu pai. Dei um sorriso.

— Por que você está sorrindo desse jeito?

— Olha, eu me importo com ela, mas esse não é o ponto aqui. Ela é uma de nós, e não tem como eles não saberem disso. — Voltei para perto dele, parando à sua frente. — Pense no que isso significa.

— Pela primeira vez, eu acho que não estou entendendo.

— A Coroa de Sangue governa por meio de mentiras, Kieran. Tudo neles e tudo o que dizem ao povo é mentira. E Poppy? — Acenei com o queixo para a porta do quarto. — Ela é a base das mentiras.

Kieran arregalou os olhos quando as coisas começaram a se encaixar.

— Eles disseram ao povo que ela é Escolhida pelos Deuses e, caralho, talvez ela seja mesmo, mas sabemos que ela é metade Atlante.

— E com base nas mentiras que eles contaram? Isso não faria dela metade monstro? — continuei, dando um sorrisinho. — E eles não fariam qualquer coisa para impedir que isso fosse a público?

Kieran assentiu e começou a sorrir também.

— Porra, sim, fariam, porque se todos descobrirem que ela é metade Atlante? — Ele deu uma risadinha. — Seria o fim deles, derrubaria todas as outras mentiras. — O sorriso sumiu. — Mas como você vai provar isso? Ou melhor, como vamos mantê-la viva? Alastir ainda vem para cá, e metade Atlante ou não, seu pai ainda poderia fazer umas exigências.

— Meu pai poderia, sim. — Comecei a me afastar, ampliando o sorriso. — Mas não vai fazer isso.

O corpo de Kieran ficou rígido.

— Cas.

— Não se preocupe, eu tenho um plano.

— Mas isso me preocupa *ainda mais*.

Eu ri, e o som se propagou pelo corredor.

— Vigie-a.

Deixando Kieran para cumprir a tarefa, fui para o andar principal do forte. Encontrei Magda e Elijah no escritório dele.

O Descendido barbudo desviou o olhar dos registros empilhados na mesa, focando em mim.

— Eu não sei se você percebeu, mas está seminu.

— E parece que levou uma facada. — Magda tocou na própria barriga. — No peito.

— Eu estou bem, mas falando em roupa, é possível encontrar alguma que caiba em Penellaphe?

Magda franziu a testa enquanto se levantava da cadeira.

— A roupa que levei para ela antes não pode ser lavada?

Lutei contra um sorriso.

— A resposta para isso é não.

— Certo. — Ela alongou a palavra. — Você precisa de roupas?

— Provavelmente, mas isso pode ficar para depois. Primeiro, pode mandar levarem água quente para o meu quarto? Kieran está lá com ela, e ela vai ficar lá.

— Ai, ai, ai — murmurou Elijah enquanto Magda assentia.

— E pedra de sangue. — Olhei para Elijah. — Vou precisar de pedra de sangue. Uma boa quantidade.

— Você vai às celas? — questionou Elijah.

— Não. Eu quero que vocês os levem para o Salão Principal.

Ele se levantou, esfregando o queixo barbudo.

— Ai, ai, ai, ai, ai.

Sorri.

Não demorou muito para arranjarem umas estacas de pedra de sangue. Elas foram armazenadas em um saco e jogadas no centro do Salão Principal, o espaço pelo qual todos precisavam passar para entrar no salão de banquetes. Estava vazio no momento, com exceção de Delano, e as portas estavam fechadas de ambos os lados.

— Está preparado para isso? — perguntei a ele enquanto eu esperava.

Delano assentiu, com a mandíbula tensa. Não havia nenhum traço juvenil em suas feições.

— Estou mais que preparado.

— Que bom. — Olhei para ele. — Estou feliz que esteja bem.

— Eu também. — Um sorriso rápido apareceu. — Eu não estaria aqui se não fosse por ela. Ela salvou minha vida, Cas, sem ter motivos para fazer isso. — Tive a sensação de que aquela era a razão de ele estar tão empenhado em executar aquela tarefa. — Estou em dívida com ela. Você sabe o que isso significa.

Eu sabia sim o que significava quando um lupino fazia aquela promessa. Era um julgamento basicamente inquebrável. Ele a protegeria com a própria vida. Mesmo contra mim, se chegasse àquele ponto.

Olhei para a porta, ouvindo passos. Eu me agachei, enfiando a mão dentro da sacola. Segurei a hasta lisa de pedra de sangue.

— Você não precisa se preocupar com a possibilidade de eu machucá--la, Delano.

— Eu sei — respondeu ele, girando o pescoço de um lado ao outro. — Disso eu sei.

A porta foi aberta, e um mortal trêmulo foi escoltado para dentro.

Aquele a quem eu havia dado uma segunda chance de viver a vida com a esposa e o filho.

Ele tinha desperdiçado aquilo.

Naill e Elijah soltaram o sr. Tulis. O homem cambaleou para a frente, com as mãos não só unidas, mas apertando uma à outra. Seus olhos arregalados e assustados estavam perdidos.

— Me desculpa...

— Você não está aqui para pedir desculpas. Já passamos desse ponto. — Fui para perto dele, cada passo lento e comedido. — Ela não teve nada a ver com o que aconteceu com seus outros filhos nem teve nada a ver com o Ritual.

— Ela é a Donzela...

Segurei-o pelo pescoço, calando-o.

— O nome dela é Penellaphe Balfour. Você deveria saber o nome da pessoa que sofreu por você e por sua família. Você deveria saber o nome da pessoa contra quem conspirou para matar. — Eu o ergui até que apenas as pontas dos dedos de seus pés estivessem tocando o chão. — E você deveria saber o nome de quem eu ordenei que não fosse machucada.

Os olhos dele quase saltavam das órbitas.

— Eu... eu...

— Não. — Apertei o pescoço dele com mais força. — Você desperdiçou sua vida, não a da sua esposa nem a do seu filho. Deixe que esse seja seu último pensamento ao deixar este plano.

Cravei a estaca em seu peito, a pedra retalhando tecidos e ossos mortais como se fossem manteiga quente. A morte dele não foi instantânea (afinal, deixei a hasta cravada nele), mas foi mais rápida do que ele merecia. Ele estava morto antes de eu empalá-lo na parede.

Eles entraram com o próximo. Ivan. Ele já sabia o que o esperava. Não disse uma palavra. Não implorou nem lutou e ele, também, acabou preso à parede. Foram escoltando o restante, um após o outro. Lupinos. Atlantes. Mortais. Alguns relutaram, dando socos, mostrando as presas e assumindo as formas de lupinos. Outros suplicaram, caindo de joelhos. Havia quem já estivesse morto, uma consequência da briga durante o ataque. Todos acabaram do mesmo jeito. Uma hasta no peito ou na cabeça e pendurados na parede.

Demonstrei mais bondade a eles do que eles haviam feito com Poppy. Aqueles ainda vivos morreram de imediato ou dentro de minutos, e não senti porra de remorso nenhum. *Nenhum* deles tinha sentido. Tudo o que sentiram foi arrependimento pela vida que tinham condenado: a deles mesmos.

Havia sangue espalhado pelo meu peito e o de Delano quando Elijah e Naill arrastaram o último deles para dentro.

Jericho.

Eles o empurraram à frente. O lupino se equilibrou antes que caísse. Os olhos azul-claros se arregalaram quando ele viu a parede do Salão Principal.

— Cas — disse ele, erguendo os braços. — Nós podemos...

— Podemos o quê, Jericho? — Girei a hasta na mão. — Resolver na conversa? — Soltei uma risada. — Já passamos desse ponto, meu amigo. Você foi alertado, e fui misericordioso. — Apontei para o coto em seu braço. — E ainda assim, você me traiu. Não uma, mas duas vezes.

— Eu te traí? — O corpo de Jericho ficou rígido, e sua pele começou a afinar. Ao meu lado, Delano suspirou. O desgraçado ia se transformar. — Estive ao seu lado por *anos*. Fiz tudo o que me pediu e mais.

— E ainda assim você *continuou* fazendo a coisa que mandei não fazer. Sei que estou soando repetitivo, mas você recebeu vários avisos para não tocar nela. — Girei a estaca de novo. — Você só sobreviveu da primeira vez porque Kieran conseguiu me convencer a não te matar. Dessa vez ele nem tentou.

— Lógico que não tentou — vociferou Jericho, rosnando, a voz gutural. — Se você está metendo a pica na Donzela, então ele também está... — Ele soltou um grito, caindo para trás sob a força da hasta que atirei. Ele caiu no chão com força. — Caralho.

Avancei sobre ele.

— Sabe o que é engraçado, Jericho? — Quando ele tentou segurar a estaca, pisei em seu braço direito, quebrando ossos. — Eu sempre soube que ia chegar o dia em que eu te mataria.

— Você... você não acertou meu coração — resmungou ele. — Seu desgraçado. Eu... eu nunca imaginei que você fosse me matar... por causa da puta da Donzela — murmurou, arfando, com sangue escorrendo da boca.

— Não. — Pisei em seu braço com mais força. Outro osso se triturou. Jericho gritou. — Eu não estava mirando em seu coração, seu escroto de merda.

Ele enfim entendeu, e aí, *aí* vi o medo. Sapateei um pouco mais em seu braço destroçado antes de me afastar. Delano apareceu, segurando Jericho pelo braço.

**611**

— Você vai ficar vivo — informei — até que eu esteja a fim a de deixar morrer.

— Como você pode... fazer isso? — Jericho grunhiu, tentando abocanhar Delano quando Elijah segurou seu outro braço. Eles o ergueram enquanto eu ia até a sacola e pegava mais duas hastas. — Você está cometendo um erro...

— Você não aprende, né? — Delano rosnou. — Ao menos dá para calar a porra da boca?

— E que tal você chupar o meu p...?

Jericho gritou quando Delano deu uma joelhada no pau em questão. Elijah riu.

— Caramba, o manteiguinha derretida sabe queimar.

Com a ajuda de Naill, eles o levaram à parede, mantendo os braços dele esticados. Óbvio que Jericho não calou a porra da boca.

— Você estão todos... traindo seus iguais e... seu reino. E para quê? Ela é... basicamente uma Ascendida.

— Ela não é, não — respondi e cravei uma estaca em seu braço.

Ele berrou.

Jericho repuxou os lábios, mostrando os dentes ensanguentados.

— Você... você acha que pode simplesmente fazer as pessoas... se esquecerem de quem ela é?

Suspirei.

— Ela nunca vai ficar... segura aqui! — gritou ele, cuspindo sangue enquanto mais sangue lhe escorria pelo peito.

— Ah, ela vai, sim, ficar segura.

Cravei a hasta na mão que lhe restava enquanto os outros se afastavam.

— Você perdeu... perdeu a cabeça — jurou ele, respirando com dificuldade. — Se é isso que você... acha.

— Isso é o que eu sei.

Segurei sua mandíbula, empurrando a cabeça dele contra a parede enquanto eu chegava pertinho e sussurrava em seu ouvido a verdade sobre Poppy e o que eu planejava fazer.

E Jericho?

Aquele puto enfim calou a boca.

# OS PLANOS MUDARAM

Usei o quarto em que Poppy havia sido alocada antes para me banhar e vestir roupas limpas. A água estava gelada pra caralho, mas eu não queria voltar para perto dela coberto de sangue e cheirando a morte. Com o cabelo molhado, voltei para o corredor. Kieran esperava do lado de fora.

Não era onde ele estava antes.

— Ela está dormindo de novo — anunciou o lupino.

— De novo?

— Ela pegou no sono enquanto tomava banho.

— Você a acordou no meio do *banho*?

Estreitei os olhos.

— Ela ficou lá por um bom tempo. Eu a chamei mais de uma vez — explicou. — Quando ela não respondeu, imaginei que fosse melhor checar.

— E como ela lidou com a sua intromissão?

Ele deu um sorrisinho.

— Ela disse que entre o povo dela não era educado ficar olhando.

Eu o encarei.

— E você ficou olhando?

O sorriso dele se ampliou um tantinho. Aquilo foi… interessante.

— Um pouco. — O lupino focou o olhar no meu. — Eu vi as cicatrizes. Algumas delas.

Fiquei tenso, mas não pelo fato de que ele obviamente havia ficado olhando mais do que um pouco. Outra pessoa? Já estaria morta. Mas porque eu sabia que ela ficava inibida por causa das cicatrizes.

— Eu disse a ela que, entre o meu povo, as cicatrizes nunca ficam escondidas — continuou Kieran. — E que são sempre reverenciadas.

Relaxei. Poppy... Ela precisava ouvir aquilo. Saber daquilo.

— Sua sorte é que ela não estava armada.

Kieran fez um som de deboche.

— Antes de dormir, ela perguntou sobre Atlântia.

— Eu imagino que sim. — Olhei para a porta fechada. — Eu disse a ela que a levaria para casa. Para Atlântia.

Ele ergueu a sobrancelha.

— Essa é a parte do plano com a qual eu não devo me preocupar? Porque fiquei preocupado.

Fui para perto dele.

— Estou planejando me casar com ela.

Devagar, Kieran virou a cabeça na minha direção. Outro instante se passou, e sua expressão permanecia indecifrável.

— Está planejando, é?

Assenti.

— O que aconteceu com ela na cela não vai acontecer de novo se ela for minha esposa. Isso oferece proteção a ela.

Ele ergueu a outra sobrancelha.

— E com ela sendo minha esposa, fica mais real a ameaça de nós acabarmos com as mentiras deles. Afinal, se os Deuses tivessem abandonado os Atlantes como os Ascendidos alegam, então com certeza a Escolhida, a filha dos Deuses, não conseguiria se casar com um. É mais provável que a Coroa de Sangue liberte o meu irmão.

Outro instante se passou.

— E?

— E quando Malik estiver livre, Poppy ficará livre de mim. — Ergui o queixo. — Eu falei que me importo com ela, então não tenho nenhuma intenção de obrigá-la a continuar casada com alguém que ela odeia.

— Alguém que ela odeia? — repetiu Kieran, dando um sorriso de canto. — Quando você foi lá buscá-la para a trazer de volta ao forte, você transou com ela. Eu sei que sim. Senti seu cheiro nela.

— Ela sentir atração por mim não significa que ela vá querer ficar casada com o homem que a sequestrou.

— Ou a libertou — contrapôs ele, e franzi a testa. — É uma perspectiva diferente para o que fez, não? Libertá-la.

Olhando para a nevasca, imaginei que era uma versão revisionista adorável de como tínhamos chegado àquele ponto.

— Matei aqueles com quem Poppy se importava, tanto direta quanto indiretamente. Eu não espero nem busco o perdão dela, Kieran. Não vamos continuar sendo marido e mulher.

— Se é o que diz.

— É o que eu sei.

Minha nuca pinicou de novo, mais forte do que antes.

Kieran ficou me observando e inclinou a cabeça.

— Você tem feito muito isso ultimamente.

— Feito o quê?

— Esfregar a nuca.

Era verdade? Minha mão estava na nuca, então, sim, era verdade.

— Eu acho que dei um jeito no pescoço.

Kieran fez mais um som de deboche.

— O quê? Até parece que não é possível.

— Aham. — Ele desviou o olhar. — Você acha mesmo que Alastir não vai ver por trás dessa tática? Que seu pai não verá?

— Bem, para começar, eu planejo já ter ido embora quando ele chegar. Se a neve parar de cair. Vamos embora de manhã, se possível. De qualquer forma, eles não vão ver por trás de nada... se eu for convincente o bastante. O que planejo ser.

Kieran estreitou os olhos.

— Por favor, me diga que você vai contar esse plano a ela. Que você não vai...

— Eu vou anunciar a quem estiver aqui que vamos nos casar. Só para garantir a segurança dela enquanto não partimos.

— Uma jogada esperta.

— Mas ela não é mais um fantoche, Kieran. Ela vai estar totalmente ciente do plano — jurei.

— E se ela não concordar?

Exalei com força.

— Se ela não concordar, então eu... eu não vou forçá-la. E eu sei o que isso significa, o que vou escolher — falei antes que Kieran pudesse fazê-lo. — Mas só preciso convencer Poppy.

Kieran engoliu uma risada, e não consegui evitar sorrir.

— Aliás, seu plano é... absurdo.

— Eu sei. — Segui o olhar dele para a neve. — Mas além do fato de que irá funcionar, é o mínimo que posso fazer por ela.

Kieran ficou em silêncio por um bom tempo.

— Mas isso vai ser o suficiente?

Eu sabia o que ele queria dizer. Era algo em que eu não me permitia ficar pensando muito. Libertar Malik assumia a prioridade, mas levá-lo para casa não consertaria tudo em Atlântia, não quando estávamos quase sem território. Nosso povo tinha se fortalecido nos anos após a guerra, repondo o número de pessoas que tínhamos perdido e até mais. Aquilo era bom, porém tinha seu lado ruim. Estávamos quase sem terra, e em um futuro não tão distante, os recursos ficariam escassos. E se não expandíssemos para o Pontal de Espessa, o futuro de Atlântia seria cheio de dificuldades. E além disso, Malik estaria pronto a assumir a coroa? Senti um vazio no peito, e minha garganta ficou seca. Ele ficaria bem. Em algum momento. Eu estaria lá para ajudá-lo. Nossos pais também. Kieran e todo mundo. Ele só precisaria de tempo.

— As dificuldades de Atlântia não são de Poppy — respondi. — Ela não tem que carregar o fardo delas.

— Uma Princesa que não deve carregar o fardo do sofrimento de seu reino? — contrapôs Kieran.

— Princesa só no título — lembrei-o.

Ele virou o corpo na minha direção.

— Se ela concordar com isso, isso significa que parte dela aceita a verdade sobre os Ascendidos, e eu não a conheço tão bem, mas você, sim. Acha que ela vai ficar satisfeita só com a liberdade? Enquanto os Ascendidos seguem invictos? Ela vai conseguir continuar sem carregar esse fardo?

Era uma pergunta boa pra caralho. Uma para a qual eu não tinha resposta.

Eu me afastei.

— É quase hora do jantar. Com certeza ela está com fome.

Kieran assentiu, os lábios formando um sorriso leve enquanto ele desviava o olhar.

— Vou ficar esperando.

Eu me virei, atravessei o corredor e entrei no quarto, fechando a porta a seguir.

A princípio, não cheguei tão perto. Eu a vi deitada de lado e encolhida, com as mechas de um carmesim escuro espalhadas pelo travesseiro. Vê-la pareceu me roubar a capacidade de movimento.

O que soava bobo demais, mas tive mesmo que me forçar a dar um passo. Fui para perto dela e me sentei na beirada da cama. O movimento não a acordou. Eu não tinha extraído tanto sangue dela, mas ela passara por muita coisa. Estava exausta, mas precisava comer.

E se eu contasse sobre os planos antes? Ela provavelmente não teria vontade de dar uma única garfada. Ela ficaria irritada comigo ao fim do jantar, mas eu preferia sua fúria a ela acabar machucada. Além disso, eu sempre me pegava meio admirado por sua fúria.

Provavelmente tinha algo de errado comigo.

Estiquei a mão, afastando o cabelo de seu rosto. As duas perfurações me causaram uma reação visceral. O ímpeto repentino e intenso de desejo foi forte pra caramba. Eu não conseguia me lembrar de ter reagido daquele jeito à visão de minha mordida antes.

Levei os dedos da sua bochecha à pele logo acima da mordida. Poppy... As coisas eram diferentes com ela.

Sempre.

Ela abriu os olhos, seu olhar encontrando o meu. Ela não falou. Nem eu, esperando que ela ordenasse que eu não a tocasse. Ela não fez isso, mas tirei a mão de qualquer forma, evitando testar minha sorte.

— Como você está se sentindo?

Poppy franziu o nariz, depois riu.

Pego totalmente de surpresa pela reação, senti um sorriso surgindo.

— O que foi?

— Não acredito que você está me perguntando como estou me sentindo depois que eu o apunhalei no coração.

— Acha que você é quem deveria me fazer essa pergunta? — contrapus. Quando ela não respondeu, meu sorriso se ampliou. — Fico aliviado ao saber que você se importa. Estou perfeitamente bem.

— Eu não me importo — respondeu ela, sentando-se.

— Mentirosa — murmurei. A questão era que eu sabia que ela se importava. Ela não teria aliviado minha dor se não fosse o caso, mas ela não *queria* se importar. Meu peito ficou apertado. Eu não poderia culpá-la por isso. — Você não respondeu a minha pergunta.

— Eu estou bem.

Ela ficou olhando para o amarelo desbotado da manta em cima dela.

— Kieran me disse que você cochilou no banho.

— Ele contou para você que entrou na sala de banho?

— Sim.

Ela voltou o olhar ao meu.

— Eu confio em Kieran. Você dormiu por várias horas.

— Isso não é normal?

— Não é anormal. Acho que estou... — Franzi a testa. — Acho que estou me sentindo culpado por morder você.

— Você acha?

Eu não tinha certeza. Se eu não tivesse mordido, nunca teria descoberto que ela era metade Atlante. Por outro lado, havia muita coisa em relação a Poppy que me fazia sentir culpado, mas de que eu não me arrependia.

— Acredito que sim.

— Você deveria se sentir culpado! — exclamou ela.

Arqueei a sobrancelha.

— Mesmo que você tenha me apunhalado e me deixado para morrer?

Ela fechou a boca.

— Você não morreu. Evidentemente.

— Evidentemente. Eu mal perdi o fôlego.

— Parabéns.

Ela revirou os olhos.

Achando graça, dei uma risada.

Poppy, entretanto, não estava achando muita graça. Jogando a manta para o lado, ela foi para o outro lado da cama.

— O que você está fazendo aqui? Vai me levar de volta para a cela?

— Eu deveria fazer isso. Se alguém além de Kieran soubesse que você tinha me apunhalado, eu teria que fazer isso.

Poppy se levantou.

— Então por que não faz?

— Porque eu não quero.

Ela abriu e fechou as mãos enquanto olhava para mim.

— E agora? Como vai ser, Vossa *Alteza*?

Trinquei a mandíbula.

— Você vai me manter trancada neste quarto até que esteja pronto para irmos embora?

— Você não gosta deste quarto?

— É muito melhor do que uma cela suja, mas ainda é uma prisão. Uma jaula, não importa como as acomodações sejam boas.

Ela estava certa.

— Você saberia, não é? Afinal de contas, você está presa desde criança. Enjaulada e velada.

Para minha surpresa, ela não negou aquilo, apenas se virou para a pequena janela, cruzando os braços.

Abaixei o olhar. A calça que ela usava a vestia como uma segunda pele. Eu gostava da peça. Bastante.

— Eu vim aqui para levá-la para jantar.

— Me levar para jantar?

Ela arregalou os olhos.

— Acho que tem um eco neste quarto, mas sim, imagino que você esteja com fome. Podemos discutir o que vai acontecer depois que comermos alguma coisa.

— Não.

— Não? — repeti. Quando não houve maiores explicações, eu me estiquei na cama de lado, apoiando a bochecha no punho. — Você deve estar com fome.

Poppy balançou a cabeça, mas a ação não combinou com suas palavras:

— Eu estou com fome.

Suspirei.

— Então qual é o problema, Princesa?

— Eu não quero comer com você. Esse é o problema.

Lutei contra um sorriso.

— Bem, é um problema que você vai ter que superar porque é a sua única opção.

— Veja bem, é aí que você se engana. Eu tenho opções.

Ela deu as costas para mim.

Um grande erro.

Eu me levantei sem fazer barulho.

— Prefiro morrer de fome a comer com você, Vossa *Alteza*... — Poppy soltou um grito agudo quando apareci na frente dela. — Deuses — murmurou, arfando e colocando a mão no peito.

— É aí que você se engana, Princesa. — Foquei o olhar no dela. — Você não tem opção quando se trata do seu bem-estar e da sua teimosia estúpida.

Ela arqueou as sobrancelhas.

**619**

— Como é?

— Eu não vou deixar que você fique fraca ou morra de fome porque está brava. E eu entendo. Entendo por que você está chateada. Por querer lutar comigo em tudo, a cada etapa. — Eu me aproximei dela. Poppy não recuou. Ergueu o queixo, e eu sabia que ela estava querendo arrumar briga, mas mal sabia ela que não surtiria o efeito desejado. — Eu quero que você aja assim, Princesa. Gosto disso.

Poppy ficou sem reação.

— Você é perturbado.

— Eu nunca disse que não era. Então, lute comigo. Discuta comigo. Veja se consegue me machucar de verdade da próxima vez. — Fiz uma pausa. — Eu a desafio.

Ela descruzou os braços.

— Você é… Tem alguma coisa errada com você.

— Isso pode até ser verdade, mas também é verdade que não vou deixar que você se coloque em um risco desnecessário.

— Talvez você tenha esquecido, mas eu sei me defender — retrucou ela.

— Eu não esqueci. E nunca vou impedi-la de brandir uma espada para proteger a sua vida ou aqueles com quem você se importa — afirmei. — Mas não vou deixar que você crave essa espada no próprio coração para vencer uma discussão.

Ela ficou calada enquanto parecia registrar o que eu havia dito, então soltou um gritinho frustrado.

— É óbvio que não! O que eu significo para você se estiver morta? Imagino que ainda planeje me usar para libertar o seu irmão.

— Você não é nada para mim se estiver morta — rebati, sentindo a irritação vir à tona.

Aquilo não chegava nem perto do que eu queria expressar.

Quando Poppy inspirou com força, senti o golpe na própria pele.

Não tinha sido um bom começo.

— Venha. A comida vai esfriar. — Peguei a mão dela, mas ela não saiu do lugar. — Não lute comigo por causa disso, Poppy. Você precisa comer, e o meu povo precisa ver que você tem a minha proteção se não quiser passar os dias trancada neste quarto.

Era evidente que Poppy queria se recusar, mas naquele momento, cedeu.

Por ora.

# MINHA
# PRINCESA

Copos e talheres tilintavam, e a risada e as conversas zuniam enquanto Poppy observava as portas fechadas do salão de banquetes.

Ela não estava contente.

Podia ser por causa da discussão que tínhamos tido antes do jantar, ou da risada sabichona de Kieran quando ela saíra do quarto praticamente batendo o pé. Mas o que a incomodara mesmo fora o que vira no salão externo.

O que todos no salão de banquetes tinham visto.

Minha mensagem.

O aviso que eu deixara para os outros na parede.

Poppy tinha ficado horrorizada e perturbada, principalmente ao perceber que Jericho ainda respirava, mas o que a perturbava mais não era o fato de ele ainda estar vivo. Era o quanto ele sofria.

O puto tinha tentado matá-la. Ainda assim, ela se sentia mal por ele. Aquela era a decência mínima que faltava em muitos quando se tratava de alguém que tentara machucá-los. Caralho, o tipo de decência que eu não teria.

Aquilo fez com que eu desejasse ser uma pessoa mais decente. E eu não gostei nada disso.

As coisas que haviam feito comigo quase mataram o que existia dentro de mim. O que fora requerido de mim, e ainda era, tinha concluído o serviço.

Mudei de posição no assento, bebericando o vinho enquanto outros na mesa falavam. Voltei o olhar ao prato dela. Kieran lhe tinha oferecido seu pedaço de carne bovina. Ela tinha aceitado, mas a carne continuara intocada. Ele também tinha colocado um pedaço de pato assado no prato dela. Eu tinha adicionado batatas e uma porção de queijo, seu favorito. Tudo permanecia ali.

— Poppy — chamei com suavidade.

Ela me olhou como se despertasse de um transe.

— Coma — falei com a voz baixa.

Ela espetou um pedaço de carne, então se voltou às batatas. Eu via que ela estava se forçando a fazê-lo.

Segurei a taça com mais força. Era óbvio que eu a tinha chocado. Talvez tivesse feito até com que ela sentisse medo de mim, a ponto de apagar o fogo dentro dela. Senti uma dor no fundo da garganta.

— Você não concorda com o que eu fiz a eles?

Poppy me observou sem dizer nada.

Eu me recostei no assento, ainda segurando a taça.

— Ou ficou tão chocada que não sabe mesmo o que dizer?

Ela engoliu em seco, então abaixou o garfo.

— Eu não esperava aquilo.

— Imagino que não.

Levei o copo à boca.

— Quanto... — Poppy pigarreou. — Quanto tempo você vai deixá-los ali?

— Até quando eu quiser.

— E Jericho?

— Até eu ter certeza de que ninguém se atreverá a erguer a mão contra você novamente — respondi, dando um sorrisinho quando aqueles sentados à mesa começaram a prestar atenção.

— Não conheço muito bem o seu povo, mas acho que eles já aprenderam a lição.

No momento, eu estava pouco me fodendo para o que eles pensavam. Dei um gole.

— O que eu fiz a incomoda.

Poppy desviou o olhar de mim para o prato. A ausência de resposta foi uma resposta.

— Coma — insisti, abaixando a taça de vinho. — Sei que você precisa comer mais do que isso.

Ela estreitou os olhos, e eu quase conseguia vê-la afiando a língua, mas ela não liberou a língua ferina que eu sabia que ela conseguia conjurar. Em vez disso, recebi uma resposta. Uma que me surpreendeu.

— Quando eu vi os homens, fiquei horrorizada. Foi chocante, especialmente o sr. Tulis. O que você fez foi surpreendente, mas o que mais me incomoda é que eu... — Poppy respirou fundo. — Eu não me sinto tão mal assim. Aquelas pessoas riram quando Jericho disse que iria cortar a minha mão. Aplaudiram quando eu sangrei e gritei, e ofereceram outras opções de partes do meu corpo para Jericho estripar e guardar — continuou em meio ao silêncio daqueles ao redor que escutavam. — Eu nunca tinha conhecido a maioria daqueles homens, e eles ficariam felizes em me ver despedaçada. Então eu não sinto compaixão por eles.

— Eles não merecem isso — garanti.

— Concordo — murmurou Kieran.

Poppy ergueu o queixo.

— Mas eles ainda são mortais... ou Atlantes. Merecem morrer com dignidade.

Eu a observei.

— Eles achavam que você não merecia dignidade alguma.

— Eles estavam errados, mas não torna isso certo — contrapôs ela.

Analisei as linhas lindas de seu rosto. Poppy era cruel, mas ainda era decente.

— Coma.

— Você está obcecado em garantir que eu coma — rebateu.

Lá estava o fogo. Abri um grande sorriso.

— Coma, e vou lhe contar os nossos planos.

Aquilo a fez comer.

Dei um gole na bebida para esconder o sorriso. Esperei que ela tivesse comido uma quantidade considerável e então anunciei:

— Vamos partir pela manhã.

— Amanhã? — A voz de Poppy ficou aguda.

Confirmei com a cabeça.

— Como disse antes, nós vamos para casa.

Ela deu um longo gole.

— Mas Atlântia não é a minha casa.

— É, sim — lembrei-a. — Pelo menos em parte.

— O que você quer dizer com isso? — questionou Delano sentado à frente dela.

— Quero dizer que é algo que eu deveria ter descoberto antes. Tantas coisas passaram a fazer sentido agora. O motivo de eles a transformarem na Donzela, como você sobreviveu a um ataque dos Vorazes. O seu dom. — Abaixei a voz ao falar a última frase, assim só quem estava bem perto conseguia ouvir. — Você não é mortal, Poppy. Pelo menos, não por inteiro.

Os olhos azuis de Delano ficaram intensos.

— Você está sugerindo que ela é...

— Metade Atlante? — finalizei por Delano, olhando para Poppy. Sua mão tremeu quando ela deu outro gole. — Sim.

— Isso é impossível — sussurrou ela.

— Você está certo disso? — perguntou Delano, mas então voltou a atenção a Poppy... Que tentava se esconder atrás do cabelo.

Então ele recuou bruscamente no assento.

— Cem por cento — garanti.

— Como? — questionou Poppy, exigente.

Abri um sorriso, olhando para o mesmo ponto que Delano observara na pele dela. Arqueei as sobrancelhas.

Ela voltou o olhar a Delano, depois a Kieran.

— É raro, mas acontece — afirmou Kieran, passando o polegar pela borda de seu cálice. — Um mortal cruza o caminho de um Atlante. A natureza segue o seu curso e, nove meses depois, nasce uma criança mortal. Mas, de vez em quando, nasce uma criança de ambos os reinos. Mortal e Atlante.

— Não. Você só pode estar enganado. — Poppy se remexeu, virando em minha direção. — A minha mãe e o meu pai eram mortais...

— Como você pode ter certeza? — perguntei. — Você achava que eu era mortal.

— Mas o meu irmão é um Ascendido agora.

— Esse é um bom ponto — comentou Delano.

E era mesmo, o que significava que eu tinha que apontar algo que eu sinceramente, verdadeiramente, não queria apontar, mas do qual não havia como fugir.

— Só se supuséssemos que ele seja seu irmão de sangue.

— Ou que ele tenha mesmo Ascendido — complementou Naill quando Poppy chegou para trás, com o rosto ficando pálido.

Eu sabia que ela estava conjurando o pior cenário possível na mente. A taça que segurava começou a escorregar.

Ergui a mão e a segurei. Coloquei o objeto na mesa e cobri a mão dela com a minha, depositando-a sobre a mesa.

— O seu irmão está vivo.

— Como você sabe? — sussurrou ela.

— Estou de olho nele há meses, Poppy. Ele nunca foi visto durante o dia, e só posso imaginar que isso significa que ele seja um Ascendido.

Elijah xingou. Outro cuspiu no chão. Poppy fechou os olhos só por um instante. Era muita coisa para assimilar, mas ela era forte. Provavelmente mais do que todos nós ali no salão.

— Por que eles me manteriam com vida se soubessem disso?

Apertei os lábios.

— Por que eles mantêm o meu irmão vivo?

O corpo dela se agitou.

— Eu não posso fazer isso. Não é? Quero dizer, eu não tenho as... hã, partes para fazer isso.

— Partes? — Kieran tossiu. — O que você anda botando na cabeça dela?

Lancei um olhar neutro a ele.

— Dentes. Acho que foi o que ela quis dizer com isso. — Repuxei o lábio superior, passando a língua por uma presa. — Eles não precisam disso. Só precisam do seu sangue para completar a Ascensão.

Poppy estremeceu, então balançou a cabeça devagar.

— Tenho uma pergunta, Cas. Por que temos de ir para casa? — perguntou Kieran, embora ele já soubesse a resposta. — Só vamos nos afastar de onde o seu irmão está preso.

Ele tinha aumentado a voz de propósito.

— É o único lugar para onde podemos ir — respondi, com os olhos fixos em Poppy. — Você sabia que um Atlante só pode se casar se ambas as partes estiverem na sua terra? É a única maneira de se tornarem um só.

O salão inteiro mergulhou em um silêncio sepulcral enquanto aqueles olhos verdes vívidos e lindos focavam os meus. Pude ver quando ela compreendeu. Poppy entreabriu os lábios.

**625**

E eu sabia que o que eu estava prestes a fazer incitaria o fogo dentro dela até que ele se tornasse um incêndio incontrolável. Em expectativa, comecei a sorrir, e sim, definitivamente tinha alguma coisa errada comigo.

Ergui nossas mãos unidas e falei alto o bastante para o salão de banquetes inteiro ouvir:

— Nós vamos para casa nos casar, minha *Princesa*.

# PRESENTE XII

— Eu realmente achei que você fosse me apunhalar quando anunciei que planejava me casar com você — comentei sorrindo, deitado ao lado de Poppy.

O quarto iluminado por lamparinas estava silencioso enquanto eu falava, a brisa surpreendentemente fria agitando as cortinas das janelas abertas. Eu tinha sido informado de que meu pai estava a algumas horas da Carsodônia, e Kieran tinha ido garantir que a chegada dele não causasse nenhuma agitação na capital ainda calma. Eu tinha enviado Delano com ele, sabendo que Perry quereria vê-lo. Tinha levado algum tempo para convencê-lo, mas Delano enfim cedera.

Na verdade, eu estava... relaxado. As sombras sob os olhos de Poppy tinham sumido. A pele dela parecia *quase* normal. Aquela esperança frágil tinha aumentado, mas não era a única razão de eu estar tranquilo.

Poppy acordaria em breve.

Eu não sabia dizer o quanto estava certo daquilo, além da noção, do sentido, chegando a mim por meio do vínculo. Logo, aqueles olhos lindos se abririam, e ela reconheceria a si mesma. Eu não me permitiria pensar outra coisa.

— Então, eu não fiquei surpreso quando você fugiu. Arrombar uma fechadura? Eu contei como fiquei impressionado com isso? Não só com isso, mas com seu destemor absoluto. Não me entenda mal. Também fiquei furioso em saber que você teria fugido em meio ao frio só com uma... O que era mesmo? Uma faca de cozinha?

Eu conseguia recordar bem de como ela tinha sido feroz ao lutar comigo... e o desejo dela naquela noite e nos dias e semanas que se seguiram. Mas ela não havia sido a única. Eu também fiquei em negação.

Abafei um bocejo e apertei o braço em volta de sua cintura. Busquei na memória pelo momento em que eu tinha parado de fingir.

Fora na despensa enquanto eu roubava uns beijos? Ou antes daquilo, quando o Lorde Chaney a tinha sequestrado? Eu havia mergulhado em uma fúria potente quando vira aquelas marcas de mordida nela. Mas eu não tinha parado de fingir. Nem mesmo depois daquela manhã em que eu acordara com sede de sangue e me banqueteara entre as coxas dela em vez de em sua veia. Aquilo tinha me ocorrido quando chegamos ao Pontal de Espessa, e eu a vi olhar maravilhada para o entreposto atlante? Ou fora quando eu a levara à caverna?

— Não foi em nenhum daqueles momentos — sussurrei. — Eu nunca fingi quando se tratava de querer você. Desde a primeira vez no Pérola Vermelha até este momento, o que senti foi verdadeiro. Sempre foi verdadeiro porque eu... eu tinha me apaixonado por você muito antes de perceber que isso havia acontecido. Eu estava no limite antes de sairmos da Masadônia, e comecei a me apaixonar quando chegamos a Novo Paraíso. Quando alcançamos o Pontal de Espessa, eu sabia que estava apaixonado por você.

Engoli em seco, deixando meus olhos se fecharem. Na verdade, o processo de me apaixonar por Poppy tinha começado na Masadônia. Só tinha levado todo aquele tempo para eu perceber que poderia ser digno de tal sentimento depois de tê-la traído... depois de tudo o que eu tinha feito. Que eu poderia me permitir amar e ser amado sem hesitações nem condições.

Virei o rosto, dando um beijo em sua têmpora, então contei sobre o período que passamos no Pontal de Espessa e como me senti quando conversamos... quando enfim fomos sinceros um com o outro. Compartilhei com ela qual fora a sensação de trocar votos e de lutar para colocar em palavras aqueles sentimentos, porque nenhuma palavra conhecida fazia jus. E então contei como eu ficara atordoado quando tínhamos lutado no Pontal de Espessa e o que ela estivera disposta a fazer para garantir minha segurança.

— Existem algumas semelhanças entre suas ações quando fomos cercados e o que... o que Shea fez. Ela também estivera disposta a qualquer coisa. Mas... — Pigarreei. — Eu vou contar isso quando estiver acordada. O que realmente aconteceu.

Kieran tinha razão.

Poppy entenderia.

Era só algo com que eu tinha que lidar.

Dei um beijo no ponto ao lado de sua orelha de novo e continuei falando. Os momentos na carruagem depois da batalha no Pontal de Espessa, e então o trajeto para Skotos. Mantive os olhos fechados enquanto falava, e as pausas entre o que eu dizia foram ficando mais e mais longas até que eu caísse no sono.

Não sabia ao certo por quanto tempo eu tinha dormido, mas senti na nuca o que pareciam ser dedos gélidos... um alerta primordial que era mais profundo do que o instinto fundamental. Aquilo me acordou de pronto.

Senti um cheiro rançoso e doce, e então tive o vislumbre de uma figura de preto. Logo depois um lampejo de algo branco, como osso polido, que formava um arco.

Levantei o braço, bloqueando o golpe do que acabou sendo uma ponta afiada pra caralho que se cravaria em meu peito. Meu braço colidiu com outro enquanto eu dava impulso para cima, jogando o agressor para trás.

Jogando as pernas para fora da cama, tive a visão nítida do puto de cabelo escuro enquanto pulava para ficar de pé. De imediato soube o que ele era.

Um Espectro.

E como eles tinham estado em todo o castelo antes, graças à Rainha de Sangue, obviamente não precisavam de convite para entrar.

A máscara cobrindo metade de seu rosto denunciou o que ele era. O objeto tinha a forma de asas que chegavam à linha de seu cabelo desgrenhado e desciam por cada lado da mandíbula... Era de um dourado intenso, nem vermelho nem preto.

Os olhos azul-prateados e pálidos pra porra também foram uma pista.

Tinha que ser um daqueles que Malik havia dito ainda estarem por aí e que seria um problema.

— Você escolheu a porra do quarto errado — avisei, mostrando as presas.

— Não escolhi, não. — O Espectro sorriu. — Você devia ter fechado as janelas.

— Ah, é?

Observei o Espectro se mover para o lado.

Ele assentiu.

— E talvez devesse ter sido um pouco menos arrogante na crença de que estavam seguros. Que vocês ganharam uma guerra que não...

— Começou ainda. Estou sabendo. — Meus músculos se contraíram enquanto eu abaixava o queixo, fazendo mechas de cabelo caírem na testa.

— Podemos pular essa conversa clichê pra cacete e só ir direto ao ponto em que eu te faço desejar conseguir morrer?

O Espectro deu uma risada tão seca e dura quanto ossos.

— Que tal pularmos a conversa e irmos direto ao ponto em que *você* morre?

Sorri.

— E vai fazer isso como? Falando até eu morrer de tédio? Ou com sua faquinha branca?

— Faquinha branca? — Ele soltou outra risada abrasiva que raspou em minha pele. — Mas é um estúpido do caralho. Este é o osso dos Ancestrais, seu falso Primordial.

O Espectro me atacou antes que eu pudesse sequer perguntar por que caralhos ele tinha me chamado daquele jeito. Eu me preparei, ampliando o sorriso.

— Eu sempre quis saber como um Espectro fazia crescer uma cabeça nova. E acho que vou descobrir porque você está prestes a perder o caralho da sua.

Ele se lançou para o lado a uns trinta centímetros de mim. Prevendo o que faria, ri baixinho e me virei, chutando-o. Acertei o Espectro na barriga. Ele caiu sobre um dos joelhos. Enquanto eu endireitava a postura, nossos olhares se encontraram.

Tive outro vislumbre de algo branco... uma segunda adaga na outra mão. O Espectro deu um sorriso de canto.

Senti uma inquietação gélida no peito quando o pinicar na minha nuca enviou um alerta. Ouvi a voz de Vikter como se ele estivesse bem ali do meu lado, falando as mesmas palavras que dissera no pátio durante a manhã de treinamento.

*Basta um segundo para seu inimigo ganhar vantagem.*

O Espectro foi chocante de tão veloz, atirando uma das adagas.

Ele não a lançou na minha direção.

Ele tinha atacado Poppy.

*Um mero piscar de olhos, graças à arrogância ou à vingança, é o bastante para perder tudo o que de fato importa.*

Fora um presságio na época. Uma lição que Vikter prometera que eu aprenderia. Uma que eu ainda não tinha aprendido.

Xingando, pulei para o lado o mais rápido que já tinha feito, utilizando cada mínima agilidade e velocidade dentro de mim. Meus dedos alcançaram a lâmina quando a detive no ar...

Sibilei de dor, os espasmos fazendo meus dedos se abrirem em reflexo. A adaga desabou no chão enquanto eu caía agachado. Só havia um corte fino na palma da minha mão, mas não era aquilo que causara a ardência avarenta. Era a própria lâmina. Era escaldante... quente o suficiente para que começasse a sair fumaça da pele ao redor da palma da minha mão.

— Mas que caralhos?

Eu me levantei e virei o corpo.

Segurei o braço do Espectro, mas ele girou a nós dois num rompante de energia anormal pra cacete. Ele golpeou com o braço direito, acertando meu peito...

Uma dor dilacerante explodiu quando caí para trás, inibindo todos os meus sentidos. Dei com as costas na parede, então escorreguei para o chão, vendo o cabo de ferro de uma adaga cravada no meu peito... no mesmo maldito lugar em que Poppy tinha me acertado em Novo Paraíso. O que havia sido mais ou menos uma encostadinha no coração.

O sangue transbordou da ferida, ensopando minha barriga desnuda, mas minha pele... Caralho, eu conseguia senti-la queimando, se soltando de onde a lâmina havia penetrado. Aquela dor. Caralho. Nunca tinha sentido algo assim antes. Rangi os dentes, sendo tomado pela dor.

O Espectro se agachou, pegando a adaga no chão, e falou baixinho:

— Ossos dos Ancestrais. Mais afiado que a pedra de sangue. Mais duro que a pedra das sombras. — Uma asa dourada se ergueu quando ele deu um meio sorriso. — E mais letal que as duas, capaz de matar um Deus e incapacitar um Primordial.

Aquele puto do Espectro deu uma piscadinha e se levantou.

— Devia ter fechado a janela, Vossa Alteza.

Ele girou a adaga branca entre os dedos.

Voltei o olhar à cama.

*Poppy.*

O terror foi um choque gélido em meu corpo, congelando o fogo em meu peito por um momento. Eu me levantei... ou achei ter levantado. Meu cérebro enviou a mensagem, mas minhas pernas não se mexeram.

Continuei caído contra a parede enquanto o Espectro ria, voltando para a cama. Eu não conseguia enviar ar o suficiente para meus pulmões... na verdade, não conseguia enviar ar nenhum. Eu não conseguia respirar.

*Levante-se*, ordenei. *Levante-se, caralho.*

Músculos se contraíram, mas não responderam enquanto o Espectro se aproximava da cama. O pânico se juntou ao horror, e abri a boca, mas a garganta não emitiu som algum.

Eu estava congelado. Não conseguia me mexer. Não conseguia falar. Não conseguia gritar por ajuda. Eu não sabia quem estava no corredor... ou Emil ou Naill, mas as paredes eram grossas. Se eles estivessem mais distantes, não conseguiriam ouvir porra nenhuma...

Pelos Deuses, aquilo não poderia estar acontecendo.

Não agora.

Não quando não sabíamos qual era a sensação de ter um ao outro quando o plano estava em paz. Não quando não tínhamos tido a chance de saber do que nosso amor era capaz... do que poderíamos criar juntos. *Nunca.*

— Que florzinha linda — cantarolou o Espectro com suavidade.

Por um segundo, a dor dilacerante sumiu, substituída pelo puro terror daquelas palavras enquanto eu olhava para as costas do Espectro. Aquela maldita rima... Poppy a ouvira por anos, por *anos* de verdade.

— Que poderosa papoula — disse ele, pegando a manta.

Começou baixo, emanando de fora de mim, um zumbido baixo... Não, vinha de dentro de mim.

— Colha — continuou cantarolando, afastando a coberta — e veja-a sangrar.

*Levante-se.*

Nada se mexeu. Porra nenhuma se mexeu enquanto Poppy seguia dormindo, as feições relaxadas e em paz.

— Já não é mais tão poderosa.

O Espectro esticou a mão, pegando um punhado de cabelo de Poppy... Ele a tocou.

Ele estava *tocando* nela, caralho, e ela estava totalmente vulnerável. Meu coração se partiu... Tinha que estar se partindo. Ela estava *vulnerável*, e ela tinha prometido a si mesma que jamais ficaria assim de novo. Eu tinha jurado que jamais permitiria.

Eu não poderia permitir.

*Não ia permitir.*

O Espectro jogou a cabeça dela para trás, expondo a parte de trás de seu crânio.

— Ele vem esperando tanto tempo pelo que é dele.

Como uma fenda se rasgando, a ira pura e irrestrita explodiu de dentro de mim, mas havia... havia outra coisa. Não uma consciência. Eu já tinha passado disso, porra. Era instinto... um instinto antigo e poderoso. *Primordial.* O zunido em meus ouvidos se intensificou e então chegou ao meu sangue. Minha pele vibrou quando me agarrei à fúria. Meus músculos tremeram enquanto eu aceitava toda aquela ira feroz e deixava que se derramasse para dentro de mim, inundando cada veia e preenchendo cada célula de meu corpo até a violência parecer cinzas em minha boca e gelo em minhas veias.

*Sangue cheio de cinzas e gelo...*

Um relâmpago cortou o céu do lado de fora, fazendo a noite virar dia enquanto eu erguia o braço.

O Espectro virou a cabeça para a janela quando outro raio iluminou o plano, e por um momento, jurei ver fios prateados drapejando pelo quarto... fluindo de Poppy e se espalhando pelo chão, cobrindo minhas pernas. Meu corpo. O Espectro inclinou a cabeça.

Um ruído surgiu em meu peito quando comandei que os dedos segurassem o cabo quente. Meu braço se moveu, retirando a adaga do meu peito. O ar entrou em meus pulmões, e me virei para o lado. A adaga caiu com um baque...

O poder, antigo e implacável, preencheu meus sentidos, e minha mão desabou no chão. Então a coisa assumiu o controle do meu corpo.

Pequenas partículas prateadas apareceram por minha pele, preenchendo cada poro. Repuxei os lábios enquanto minha mandíbula se soltava do encaixe do osso. Caninos se protuberaram. Minhas mãos ficaram mais ásperas enquanto os dedos se alongavam, as unhas crescendo e engrossando, ficando afiadas, cravando no chão de pedra. A calça de linho rasgou na altura das coxas enquanto os ossos ao longo do meu corpo mudavam, quebrando nas articulações e logo se unindo de novo, alongando-se e endurecendo. O tecido caiu quando minhas costas se arquearam. Eu conseguia sentir minha pele afinando, movendo-se. Dos poros iluminados pelo prateado, brotou pelo... um pelo brilhante da cor de ônix e ouro. Dei impulso para trás com os joelhos, então me ergui sobre as mãos e os pés...

**633**

não, sobre minhas patas. Tinha levado poucos segundos. Alguns piscares de olhos irregulares. Eu ainda era eu, mas não era.

Eu era outra coisa.

Apoiei-me nas patas, me sacudindo enquanto o som da respiração rápida do Espectro ecoava em minha cabeça. O cheiro doce e rançoso dele me alcançou, banhado em... medo. Senti o *cheiro* de seu medo. Algo em minha visão periférica prendeu minha atenção... um reflexo no espelho vertical preso à parede. Um enorme felino preto e dourado com mais de um metro e meio de altura e quase o dobro de cumprimento... e olhos prateados luminosos.

O ruído surgiu de novo em meu peito enquanto eu virava a cabeça para o Espectro.

Os olhos azul-claros atrás da máscara dourada estavam arregalados.

— Impossível.

Não houve pensamento, não havia necessidade de compreender como movimentar aqueles membros e o corpo enormes. Era mais do que apenas o instinto que assumia o controle. Foi uma consciência bem escondida que estivera aguardando por décadas, talvez séculos, para ser descoberta e aproveitada.

Saltei, acabando com a distância entre nós enquanto o Espectro golpeava com a adaga. Meus reflexos, já rápidos, estavam ainda mais aguçados. Segurei seu braço, abocanhando-o. A pele dele cedeu como seda frágil. Um sangue quente de gosto estranho invadiu minha boca. Os ossos se racharam como se fossem meros gravetos.

O homem uivou enquanto eu girava a cabeça, rasgando os tecidos de seu corpo. Arranquei-o da cama, a adaga caindo de sua mão. Ele desabou para trás, longe de mim. Cuspi a parte de baixo do braço dele no chão.

— Caralho — murmurou ele com um arquejo, tentando alcançar a adaga derrubada.

Os músculos poderosos e ágeis se contraíram e se esticaram enquanto ele se lançava ao meu lado, tentando me contornar. Golpeei com a pata cheia de garras, rasgando a perna dele. Seu grito de dor virou um grunhido enquanto eu abocanhava sua canela, arrastando-o pelo chão. Segurando seu músculo, eu o ergui e o joguei para o lado. O sangue jorrou quando sua perna se soltou na altura do joelho.

Ele escorregou pelo chão, trombando na parede. Enquanto se apoiava em um joelho, levantou a cabeça. Eu o encurralei, um sibilo baixo emanando do fundo da minha garganta enquanto ele meio se arrastava, meio escorregava.

Deixei que ele chegasse perto o suficiente para as pontas de seus dedos tocarem o que ele queria pegar, então avancei. Jogando-o de costas, cravei as garras em seu peito, nas coxas, retalhando pele e ossos.

Fui brutal, escavando seu peito até formar um buraco sob mim. Senti uma satisfação selvagem. Então segui para os ombros, dilacerando tendões, removendo o que restara de seus braços e pernas enquanto os gritos dele viravam choramingos deploráveis.

Levantando a cabeça ensanguentada, fui escalando o corpo do Espectro, que se contorcia, até ficar com a cara na frente da dele. Ele abriu a boca, exibindo dentes manchados de sangue...

Abocanhei seu pescoço, contorcendo a cabeça de um lado para o outro com força, quebrando o pescoço e então o decepando.

Cuspindo aquele sangue com gosto ruim, levei a pata até o crânio do Espectro, esmagando-o enquanto passava por cima dos restos, analisando o quarto.

Cada parte de mim estava focada na fêmea dormindo na cama, um braço ao lado do corpo e o outro em cima da barriga. Ela estava com a cabeça virada para mim, deixando uma cachoeira de cabelo carmesim se derramar na lateral da cama.

Ela era... importante.

Minhas garras arranharam o chão enquanto eu ia na direção dela, esticando-me à frente. O cheiro dela. Meu focinho se aproximou de seu braço imóvel. Meu bigode tremeu. Fresca. Doce. *Minha*. Virei a cabeça, empurrando a mão dela com o focinho. Ela era *minha*. Minha Princesa...

Meu coração gêmeo.

Minha Rainha.

*Minha*.

E eu era *dela*.

Virei a cabeça para as portas do quarto. Ouvi passos pesados. Um rosnado rouco e gutural reverberou por mim enquanto eu abaixava a cabeça, ficando tenso.

As portas se escancararam, e um macho ofegante de pele negra entrou... um que tinha cheiro de solo denso e escuro e de nós. Dela. Seu olhar azul ultravívido focou primeiro em Poppy, depois em mim.

— Puta merda — sussurrou ele, dando um passo à frente.

Pulei na cama, ficando sobre o corpo dela. Soltei um grunhido de alerta.

O macho ficou imóvel, então ergueu a mão...

Outro chegou e parou atrás dele, com a espada em mãos e o cabelo ruivo desgrenhado.

— Isso é... isso é a porra de um gato das cavernas? Um bem enorme, de cor bem estranha?

— É Cas — explicou o homem... aquele que tinha cheiro da mata e dela.

Ele tinha cheiro de nós. *Meu.*

Estreitei os olhos para o recém-chegado e mostrei os dentes. Ele não tinha cheiro de nós.

— Mas que caralhos é isso? — O recém-chegado arfou, fazendo outro som engasgado quando viu o sangue e os pedaços pelo chão. — Quer dizer, mas que porra, que caralhos é isso?

Fui para os pés da cama, arranhando a madeira polida. Ele não era nós. Era um risco.

— Não, ele não é — disse o macho. — Emil é só irritante pra caralho.

O que se chamava Emil franziu a testa.

— Mas ele não é um risco — continuou o macho. — Ele é um de nós.

Ele não era um de nós. Ele não era *meu*. Ele não era nada além de carne e osso. Comida.

— Carne e osso... Ah, caralho — murmurou o macho. — Emil é mais que isso. Ele também é seu. — Ele fez uma pausa enquanto o rosto daquela outra coisa se contorcia. — Só não do mesmo jeito.

— Certo — disse aquele que logo estaria morto. — Vou falar mais uma vez. Mas que porra de caralho de cacete é isso?

Desci para o chão de pedra, a cauda sibilando enquanto eu olhava para a pilha de carne falante.

— Caralho. — O macho de olho azul girou o corpo, jogando a carne para o lado. — Mantenha o pai dele e os outros longe daqui.

Pai?

Algo se agitou no meu inconsciente.

— Amarre-os. Apague todo mundo — ordenou o macho. — Eu não me importo com o que quer que você precise fazer, porra, desde que os mantenha longe daqui.

O saco de carne não teve chance de responder. O primeiro macho fechou a porta na cara do outro e trancou, depois olhou para mim.

— Cas? — murmurou ele com a voz suave.

Inclinei a cabeça. Aquele nome fez algo se agitar dentro de mim. *Cas*.

— O nome é familiar porque é seu. — Ele se abaixou devagar e se ajoelhou na minha frente. — Seu nome é Casteel Hawkethrone Da'Neer, e eu sou Kieran Contou.

Fiapos de lembranças deslizaram pelas reentrâncias da minha mente. Vislumbres dele bem mais jovem... de nós como garotos, depois homens.

Kieran olhou para onde ela dormia.

— E aquela é...

*Minha*.

Kieran deu um sorriso de canto.

— É, ela é sua, mas a depender do humor dela, talvez ela não fique muito contente de ouvir você rosnando isso toda hora.

Estreitei os olhos enquanto recuava, assim minha cabeça ficou no mesmo nível que o braço dela.

Ele respirou fundo.

— A julgar pelo estado do quarto, imagino que alguém tenha tentado atacá-la, e as coisas acabaram bem mal para a pessoa. — Ele voltou os olhos azuis para mim. — E isso te mudou. — A voz dele soava um pouco admirada. — Puta merda, você *se transformou*.

Era... era verdade. Porque aquela não era minha existência... normal. Eu não via o pelo escuro com pontos dourados e sim um macho de pele marrom-clara e cabelo escuro.

— Cas?

Voltei a atenção a ele. Ele tinha se aproximado e estava apoiado em um joelho.

— Você lembra quando éramos meninos, e eu me transformei pela primeira vez depois de ter passado um tempo em minha forma mortal? Tive dificuldade de me dissociar do lobo, mas você estava lá. Você me ajudou a me lembrar de quem eu era. — A voz dele era baixa e reconfortante enquanto mais imagens desconexas apareciam e colidiam, empilhando-se uma sobre a outra. — Eu sei que pode ser difícil se separar disso, mas você ainda está aí dentro, e vou precisar que você volte para mim como Cas. — *Ele* focou o olhar no meu. — Ela precisa que você volte como Cas.

Kieran.

Ela.

Penellaphe.

*Poppy*.

Minha Rainha.

Ela *precisava* de mim.

De uma só vez, meu senso de identidade voltou, encaixando-se ao lado daquela nova parte minha, fundindo-se a ela. Dei um passo à frente, então parei, sacudindo o pelo.

— Você precisa fixar a intenção — explicou Kieran. — Como faria com a persuasão. Fixe a intenção para seu corpo voltar à forma mortal. É assim que funciona.

Endireitei a postura. Como a persuasão? Acionei o éter como faria para a persuasão, agindo como Kieran instruíra. Fixei a intenção de voltar à forma mortal, mas o rompante de poder me tomou mais rápido e mais forte do que nunca. Fiapos prateados de luz apareceram, emanando dos meus poros e correndo por meu corpo. A transformação aconteceu de forma bem mais fluida. Os ossos dos meus braços e peito encolheram, os músculos e tendões se afrouxaram para terem a mobilidade necessária para voltarem aos seus lugares. Os caninos recuaram enquanto minha mandíbula se refazia. Dei um impulso para trás por instinto, minhas patas se transformando em pés. Eu me levantei, cambaleando um pouco, enquanto a pele substituía o pelo. Endireitei postura, alongando as costas enquanto minhas costelas se assentavam.

— Deuses — murmurei, com a garganta arranhando enquanto eu observava as unhas diminuírem e minhas mãos voltarem ao normal. — Eu achei que você tivesse dito que se transformar não doía.

Kieran soltou uma risada trêmula e aliviada enquanto se levantava.

— A primeira vez pode doer pra porra, mas fica mais fácil... mais confortável a cada vez. — Ele piscou várias vezes. — Aí para de doer.

— Bom saber.

Havia um... um ronronar distinto no tom da minha voz. Olhei para o próprio peito. Eu estava coberto de sangue, mas a maior parte era do Espectro. A ferida em meu peito tinha se fechado, deixando para trás uma linha de pele quase chamuscada.

Olhei para Kieran.

— Eu acho que eu estava a ponto de devorar Emil.

A pele ao redor dos olhos dele ficou enrugada quando ele riu outra vez.

— É, definitivamente você estava pensando nisso.

Maldito Emil.

— Que porra aconteceu aqui? — questionou Kieran, indo ficar na minha frente. Ele tocou a pele debaixo da ferida. — O que é isso?

— Um Espectro entrou pela janela enquanto eu dormia. Eu acordei bem na hora em que ele ia... — Minha mão se fechou em um punho enquanto me certificava de que Poppy estava bem. Ela estava viva, e não estava *vulnerável*. — Ele me acertou no peito com a adaga.

Agachei, pegando a adaga mais próxima.

— Pegue a outra.

Kieran foi até onde a outra adaga tinha caído perto dos pedaços espalhados do Espectro.

— Que tipo de lâmina é essa? — questionou, observando a pedra de um branco leitoso. — Parece o mesmo tipo que aquele puto do Callum usou para me amaldiçoar.

— Parece. — Franzi a testa. — O Espectro disse que era feita com os ossos dos Ancestrais e que poderia incapacitar um Primordial.

Kieran voltou o olhar à Poppy depressa.

— Ancestrais? Como os Primordiais?

— Eu não sei, mas o troço fez um estrago. Eu não conseguia me mexer. Foi como se a lâmina tivesse rompido todo o controle do meu corpo assim que entrou na minha pele. Eu não conseguia me mexer até que o... o poder me preencheu. Nunca senti nada do tipo. Tinha gosto de cinzas e parecia gelo nas minhas veias. — Engoli em seco, limpando o sangue do queixo com a outra mão. — Então consegui me mexer. Tirei a adaga, e eu nem sei como, mas eu... eu me transformei.

Kieran se aproximou, seu olhar analisando o meu.

— Quando você se transformou de volta, pareceu bastante com o pai dela quando ele tinha se transformado. — Ele olhou para Poppy, e quando falou de novo, sua voz soava maravilhada: — Tem que ser o vínculo formado durante a União. Conectou a nós três, de alguma forma te dando a habilidade de se transformar como eu. — Ele franziu as sobrancelhas. — Mas então por que você não se transformou em lupino?

— Não. — Eu ia tocar em Poppy, mas parei quando vi todo o sangue e sujeira em minha mão. — O pai dela se transforma em um gato das cavernas. Minha habilidade de me transformar pode ter vindo por causa da conexão com você, mas foi o éter dela. Foi essa a sensação. Éter Primordial — constatei, mas parecia algo além daquilo. Como se tivesse sido

**639**

algo dentro de mim, que sempre estivera lá. Aguardando. Mas aquilo não fazia sentido. — Eu aposto que era a isso que Nektas se referia.

— Faz sentido — murmurou Kieran. Ele ficou calado por um instante, então voltou o olhar ao meu. — Então isso não significaria que Poppy consegue se transformar...?

Abri um sorriso lento.

— Ela vai ficar muito animada quando descobrir isso.

Kieran riu.

— Aham, vai sim. — Outra risada escapou dele. — Deuses, vocês dois vão ficar insuportáveis com as habilidades de se transformar.

— Pode apostar. — Algo me ocorreu quando Kieran desapareceu na sala de banho e retornou com uma toalha. Peguei-a, limpando o máximo que podia do sangue. Então me virei e peguei uma calça do baú próximo. Não havia tempo para me limpar. — Você ouviu meus pensamentos, não ouviu?

Kieran assentiu enquanto eu vestia a roupa.

— Você também conseguia ouvir os meus. Depois que Emil saiu, eu não estava falando em voz alta.

Fui tomado pela surpresa. Eu queria ver se era algo que éramos capazes de fazer naquela forma ou se era como o que Poppy conseguia fazer com os lupinos. Eu queria ver se aquele vínculo tinha mudado Kieran de alguma forma. Havia várias coisas que eu queria saber... que eu queria ter tempo de parar para analisar. Porque eu tinha acabado de me transformar na porra de um gato das cavernas malhado, mas havia coisas importantes com as quais eu precisava lidar.

A começar pela bagunça no quarto.

Eu não queria que Poppy acordasse e visse o espetáculo de horrores que seria um Espectro se regenerando a partir de pedaços.

— Eu não sei como o puto vai conseguir ressuscitar desse estrago — afirmei. — E pode ser uma boa ideia ver se encontramos Millicent para perguntar, mas acho que deveríamos juntar os pedaços e colocar tudo em uma das celas lá embaixo.

Kieran contorceu a boca.

— E se só jogarmos no mar? Ou queimar?

— Eu adoraria, mas precisamos dele vivo.

— Isso está aberto a debate?

— Ele estava recitando a porra de uma rima... Estava cantando aquela merda. E o Espectro disse que alguém vinha esperando um longo tempo pelo que era dele. Eu sei que ele estava falando de Kolis e... — Minha barriga se contraiu de raiva. — E Poppy.

Kieran tensionou a mandíbula.

— Mas caralho...

Um estrondo surgiu lá de baixo, sacudindo o chão e as paredes. Algo caiu dentro da sala de banho enquanto o olhar de Kieran focava o meu.

— Não pode ser outro Deus despertando.

Eu não achava que fosse.

A minha nuca começou a pinicar com a carga repentina de poder tomando o ar, fazendo os pelos dos meus braços se arrepiarem. Os de Kieran também.

O barulho de pedra rachando surgiu no chão. Uma fratura minúscula apareceu do outro lado de Kieran, logo se espalhando em um círculo ao nosso redor... ao redor da cama. Outra fissura apareceu no chão aos pés da cama, e nas duas laterais.

Kieran deu um passo para trás quando outra fenda rasa cortou o chão debaixo da cama.

— Mas que...

Uma luz prateada apareceu, se espalhando pelas rupturas no chão. O luar pulsou e se fixou, revelando a forma de um círculo com uma cruz sobreposta e pontuda no centro. Um símbolo em atlante antigo... Não, eram dois símbolos. O círculo e a linha no meio eram vida. O que estava em cima representava a morte.

Vida e Morte.

*Sangue e Osso.*

A luz vívida intensa se dissipou, e o estrondo parou. Nós dois nos viramos para Poppy.

Um brilho apareceu sob sua pele, iluminando a delicada rede de veias por todo o seu corpo com... com éter.

— Meus Deuses — sussurrou Kieran.

Cambaleei, a esperança e o medo que eu tinha mantido sob controle desde que ela entrara em estase colidindo uma no outro.

Poppy reconheceria a si mesma.

Ela nos reconheceria.

Falei isso de novo e de novo como uma oração aos Deuses que eu sabia que não mais hibernavam.

— *Por favor* — sussurrei, com a voz falhando.

A luz em suas veias sumiu. Um raio prateado apareceu, e então sombras se reuniram como nuvens de tempestade pulsantes debaixo de sua pele. Deslizaram por seu peito, por seus braços e pernas, um caleidoscópio de luz e escuridão... o poder da vida e da morte chegando às pontas de seus dedos.

Os dedos de Poppy tremeram.

Caí de joelhos ao lado da cama, caí com tudo enquanto Kieran se lançava à frente, apoiando as mãos na cama. O tempo pareceu desacelerar até quase rastejar, cada segundo passando rápido demais e ao mesmo tempo não rápido o bastante enquanto os poderes se agitavam debaixo de sua pele.

Houve um espasmo no braço dela. Um joelho se dobrou de leve. Seus dedos dos pés se agitaram, então se alongaram.

Segurei sua mão e estremeci como a porra de uma folha ao vento.

— A pele está quente. Está sentindo?

Kieran cobriu nossas mãos com a dele.

— Estou — respondeu ele, expirando de um jeito ruidoso.

Eu me senti fraco pra caralho, sentindo um alívio entontecedor, quando o braço esquerdo dela se sacudiu. Então seu peito se ergueu com um respirar profundo, e eu jurava pelos Deuses que nossos peitos fizeram a mesma coisa. As sobrancelhas dela se arquearam. As pálpebras tremeram. Os lábios cheios e rosados se entreabriram, e então o éter desacelerou dentro dela, desaparecendo devagar. Ela inalou profundamente, e foi o som mais bonito de todos.

— Poppy — sussurrei, me inclinando à frente.

A mão dela apertou a minha, e Kieran apertou as nossas mãos. Senti as lágrimas se formando. Ela abriria aqueles olhos e reconheceria a si mesma. Reconheceria...

Os cílios tremularam, erguendo-se e revelando olhos que não tinham vestígio algum do verde orvalhado. Olhos que não eram nem de um Deus. Eram a pura prata derretida do éter revolto quando focaram os meus. Eram os olhos não apenas de uma Primordial.

Mas da Primordial da Vida e da Morte.

De Sangue e Osso.

Este livro foi composto na tipografia Adobe Caslon Pro,
em corpo 11/13,8, e impresso em papel off-white
no Sistema Cameron da Divisão Gráfica
da Distribuidora Record.